AEGIS

2026학년도 수능 대비

홀수

약점 *CHECK* 모의고사

고3 국어 | 공통과목

새로운 수능 국어 학습
이지스 프로그램

홀수 기출
1년 학습
PLAN

 시즌 1 12월~3월

'홀수 약점 CHECK 모의고사'와 '홀수 기출 분석서'로 취약 영역을 탐색 및 보완

STEP 1 '홀수 약점 CHECK 모의고사'로 학습 상황 점검 및 취약점 진단

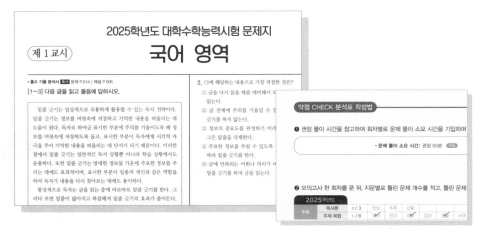

홀수 약점 CHECK 모의고사 [구성]
- 최신 6개년 평가원 기출 국어 공통과목(문학, 독서) 문제를 시험지 형태 그대로 제작하였습니다.
- OMR 카드와 약점 CHECK 분석표를 제공합니다.

홀수 약점 CHECK 모의고사 [활용법]
- 최신 기출부터 역순으로 구성된 모의고사 각 회차를 시간 제한을 두고 풉니다.
- 문제 풀이 시간, 틀린 문제의 유형과 개수를 토대로 학습 상황을 점검하고 취약점을 진단합니다.

시즌 1 12월~3월

홀수 약점 CHECK 모의고사
+
홀수 기출 분석서 1회독

취약 영역
진단 및 보완

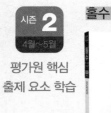
시즌 2 4월~5월

홀수 옛 기출 분석서

평가원 핵심
출제 요소 학습

3월 출시 예정

STEP 2 '홀수 기출 분석서' 1회독으로 평가원이 요구하는 사고방식을 파악하고 약점을 보완

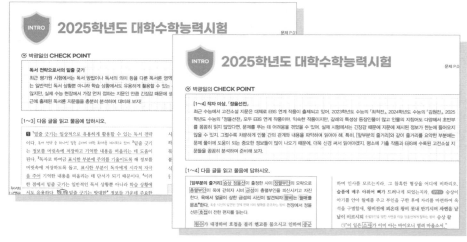

홀수 기출 분석서 [구성]
- 최근 6개년 평가원 기출 국어 공통과목(문학, 독서) 지문을 영역별로 분류 · 수록하여 각 영역에 대한 집중적인 학습이 가능합니다.
- 스스로 빈칸을 채워 나가며 지문을 분석하는 장치, '문제적 문제'와 '모두의 질문' 등 심화된 해설을 제공하는 장치를 통해 '분석하는 기출'의 모형을 제시합니다.

홀수 기출 분석서 [1회독 방법]
- STEP 1에서 푼 지문과 문제를 시간 제한 없이 다시 풀고 분석합니다.
- 기출 분석의 과정을 시각화한 해설 책과의 비교를 통해 자신의 사고방식을 보완합니다.

시즌 3 6월~8월

홀수 기출 분석서 2회독
(홀수 옛 기출 분석서 활용 가능)

취약 지문 영역
집중 강화

시즌 4 9월~11월

홀수 기출 분석서 3회독
(홀수 옛 기출 분석서 활용 가능)

취약 문제 유형
집중 강화

시즌 2 4월~5월
'홀수 옛 기출 분석서'로 평가원의 핵심 출제 요소를 폭넓게 학습

✓ **박광일의 VIEW POINT**

가능세계의 개념과 연계하여 명제 간의 관계를 다룬 지문으로, 철학적 개념과 논리학적 사고가 결합된 이해를 요구하여 지문의 독해 난도가 높았다. 가능세계의 특성과 명제의 성립 조건을 정확히 이해하지 못했다면 일치·불일치 문제에서도 어려움을⋯

홀수 옛 기출 분석서 [구성]
- 박광일 선생님이 엄선한 평가원 필수 옛 기출 지문으로 구성되었습니다.
- 각 지문을 풀어 보아야 하는 이유, 지문과 문제에 대한 상세한 분석을 제공합니다.

홀수 옛 기출 분석서 [활용법]
- 시즌 1에서 학습한 내용을 적용해 옛 기출 지문을 꼼꼼하게 분석합니다.
- 평가원에서 반복적으로 묻는 핵심 요소를 파악하여 평가원의 관점을 체화합니다.

시즌 3 6월~8월
'홀수 기출 분석서' 2회독으로 취약 지문 영역 파악 및 집중 보완
– '홀수 옛 기출 분석서'도 취약 영역 강화에 활용 가능

취약 지문 영역 순위

	독서	문학
1순위	과학·기술	고전산문
2순위	주제 복합	갈래 복합
3순위	사회	고전시가

(예시) 독서 2회독: '과학·기술' 영역 전 지문 기출 분석 → '주제 복합' 영역 전 지문 기출 분석 →
'사회' 영역 전 지문 기출 분석

홀수 기출 분석서 [2회독 방법]
- '홀수 약점 CHECK 모의고사'의 약점 CHECK 분석표를 토대로 우선적으로 보완해야 하는 지문 영역을 파악하여 집중 학습합니다.
- 독서에서는 지문의 구조도를 그리며 정보를 체계화하는 훈련을, 문학에서는 영역별 핵심 출제 요소 및 접근법에 대한 이해를 높이는 훈련을 권장합니다.

시즌 4 9월~11월
'홀수 기출 분석서' 3회독으로 취약 문제 유형 파악 및 집중 보완
– '홀수 옛 기출 분석서'도 취약 유형 강화에 활용 가능

취약 문제 유형 순위

	독서	문학
1순위	구체적 상황에 적용	작품 내용 이해
2순위	세부 내용 추론	외적 준거에 따른 작품 감상
3순위	세부 정보 파악	표현상, 서술상 특징 파악

(예시) 독서 3회독: 전 지문의 '구체적 상황에 적용' 문제만 기출 분석 → 전 지문의 '세부 내용 추론'
문제만 기출 분석 → 전 지문의 '세부 정보 파악' 문제만 기출 분석

홀수 기출 분석서 [3회독 방법]
- '홀수 약점 CHECK 모의고사'의 약점 CHECK 분석표를 토대로 수능 전 반드시 보완해야 하는 문제 유형을 파악하여 집중 학습합니다.
- 수능 직전에는 최근 3~5개년 수능 및 올해 시행된 6월·9월 모의평가를 다시 분석합니다.

구성과 특징

첫째 ━ 평가원에서 출제한 최신 6개년(2020학년도~2025학년도) 수능과 6월·9월 모의평가 국어 공통과목 전 지문, 전 문항을 수록하였습니다.

둘째 ━ 실제 시험과 유사한 조건에서 문제를 풀어 볼 수 있도록 시험지 형태 그대로 제작하였으며, 답안 작성 훈련을 위한 OMR 카드를 제공합니다.

셋째 ━ 약점 CHECK 분석표를 통해 지문 영역별, 문제 유형별 취약점을 스스로 진단할 수 있습니다.

> 홀수 기출 분석서(문학, 독서)를 활용하면 취약점을 효과적으로 보완할 수 있습니다. 홀수 기출 분석서 페이지는 각 지문의 상단에 표기되어 있습니다.

*13~18회차는 현행 수능의 출제 경향에 맞추어 문항을 재배치하였습니다.

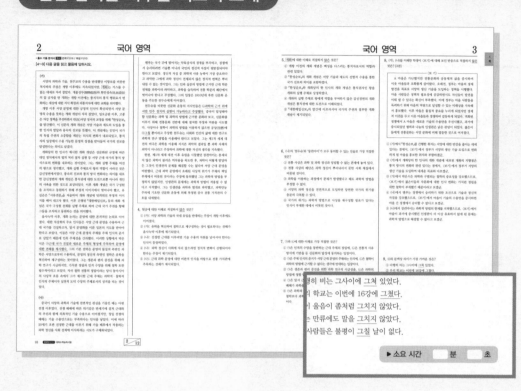

평가원 기출 모의고사 18회

- 총 18회의 모의고사를 풀어 보며 실전 감각을 키울 수 있습니다.

시간 배분 훈련을 통한 실전 감각 향상

- 회차당 세 번의 문제 풀이 소요 시간을 기록하여 시간을 배분하는 훈련을 할 수 있습니다.
- 답안 작성을 포함해 1~12회는 65분, 13~18회는 60분의 제한 시간에 맞춰 풀어 보는 것을 권장합니다.

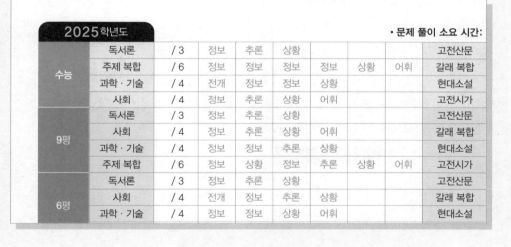

2025학년도								• 문제 풀이 소요 시간:
수능	독서론	/ 3	정보	추론	상황				고전산문
	주제 복합	/ 6	정보	정보	정보	정보	상황	어휘	갈래 복합
	과학·기술	/ 4	전개	정보	정보	상황			현대소설
	사회	/ 4	정보	추론	상황	어휘			고전시가
9평	독서론	/ 3	정보	추론	상황				고전산문
	사회	/ 4	정보	추론	상황	어휘			갈래 복합
	과학·기술	/ 4	정보	정보	추론	상황			현대소설
	주제 복합	/ 6	정보	상황	정보	추론	상황	어휘	고전시가
6평	독서론	/ 3	정보	추론	상황				고전산문
	사회	/ 4	전개	정보	추론	상황			갈래 복합
	과학·기술	/ 4	정보	정보	상황	어휘			현대소설

취약점 진단을 통한 약점 극복

- 약점 CHECK 분석표를 통해 지문 영역별, 문제 유형별로 틀린 문항을 한눈에 확인할 수 있습니다.
- 취약점 진단을 통해 본격적인 기출 분석에서 집중 학습해야 하는 부분을 파악할 수 있습니다.

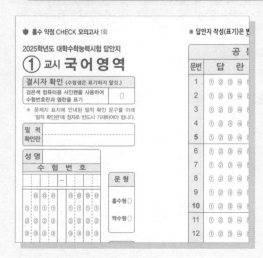

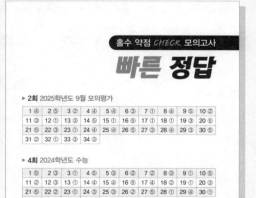

답안 작성 훈련과 빠른 정답 확인

- 답안 작성 훈련을 할 수 있도록 18회차 + 여분 2회차 분량의 OMR 카드를 수록했습니다.
- 수험생들이 시간을 효율적으로 활용할 수 있도록 빠른 정답을 제공합니다.

약점
CHECK
분석표

약점 CHECK 분석표 작성법

❶ 회차별로 문제 풀이 소요 시간을 기입한 후 권장 풀이 시간을 참고하여 문제 풀이 시간을 적절하게 활용하고 있는지 점검할 수 있습니다.

> • 문제 풀이 소요 시간: 권장 65분 수능 분 / 9평 분 / 6평 분

❷ 모의고사 한 회차를 푼 뒤, 지문별로 틀린 문제 개수를 적고, 틀린 문제 유형에 체크합니다. (문제 유형은 문제 순서대로 제시)

2025학년도

수능	독서론	0 / 3	정보	추론	상황			고전산문	ㄴ/ 4	내용✓	내용	정서✓	외적		
	주제 복합	3 / 6	정보✓	정보	정보✓	정보	상황✓	어휘	갈래 복합	ㄴ/6	표현✓	내용	내용	외적✓	내용	외적

❸ 모의고사 1년분(3회차)을 푼 뒤, 지문 영역별, 문제 유형별로 틀린 개수를 세어 보고 가장 많이 틀린 순서대로 정리합니다.

독서 취약 **영역** ① 주제 복합(6개) ② 과학·기술(5개) ③ 사회(ㄴ개)
취약 **유형** ① 추론(5개) ② 상황(3개) ③ 정보(ㄴ개)

문학 취약 **영역** ① 갈래 복합(5개) ② 고전시가(4개) ③ 고전산문(3개)
취약 **유형** ① 외적(4개) ② 내용(3개) ③ 표현(ㄴ개)

❹ 모의고사 18회차를 모두 푼 뒤, ❸번의 내용을 취합하여 가장 취약한 지문 영역과 문제 유형을 3순위까지 정리합니다. 이후 '홀수 기출 분석서'를 활용해 취약 지문 영역과 취약 문제 유형을 집중 학습함으로써 약점을 보완합니다.

취약 지문 영역 순위

	독서	문학
1순위	과학·기술	고전산문
2순위	주제 복합	갈래 복합
3순위	사회	고전시가

취약 문제 유형 순위

	독서	문학
1순위	구체적 상황에 적용	작품 내용 이해
2순위	세부 내용 추론	외적 준거에 따른 작품 감상
3순위	세부 정보 파악	표현상, 서술상 특징 파악

문제 유형					
독서	전개 전개 방식 파악	정보 세부 정보 파악	추론 세부 내용 추론	어휘 어휘의 의미 파악	상황 구체적 상황에 적용
문학	표현 표현상, 서술상 특징 파악	내용 작품 내용 이해	정서 화자의 정서, 인물의 심리 파악	기능 배경과 소재의 기능 파악	외적 외적 준거에 따른 작품 감상

2025학년도

• 문제 풀이 소요 시간: 권장 65분 수능 ___ 분 / 9평 ___ 분 / 6평 ___ 분

독서

구분	영역	문항수						
수능	독서론	/ 3	정보	추론	상황			
	주제 복합	/ 6	정보	정보	정보	정보	상황	어휘
	과학·기술	/ 4	전개	정보	정보	상황		
	사회	/ 4	정보	추론	상황	어휘		
9평	독서론	/ 3	정보	추론	상황			
	사회	/ 4	정보	추론	상황	어휘		
	과학·기술	/ 4	정보	정보	추론	상황		
	주제 복합	/ 6	정보	상황	정보	추론	상황	어휘
6평	독서론	/ 3	정보	추론	상황			
	사회	/ 4	전개	정보	추론	상황		
	과학·기술	/ 4	정보	정보	상황	어휘		
	주제 복합	/ 6	정보	추론	정보	추론	정보	어휘

문학

영역	문항수						
고전산문	/ 4	내용	내용	정서	외적		
갈래 복합	/ 6	표현	내용	내용	외적	내용	외적
현대소설	/ 4	표현	기능	정서	외적		
고전시가	/ 3	표현	기능	외적			
고전산문	/ 4	내용	기능	정서	외적		
갈래 복합	/ 6	표현	내용	내용	외적	내용	외적
현대소설	/ 4	표현	기능	내용	외적		
고전시가	/ 3	표현	내용	외적			
고전산문	/ 4	기능	정서	기능	외적		
갈래 복합	/ 5	표현	내용	정서	내용	외적	
현대소설	/ 4	표현	기능	기능	외적		
현대시	/ 4	표현	내용	내용	외적		

독서 취약 **영역** ① _____ ② _____ ③ _____   문학 취약 **영역** ① _____ ② _____ ③ _____
　　 취약 **유형** ① _____ ② _____ ③ _____   　　 취약 **유형** ① _____ ② _____ ③ _____

2024학년도

• 문제 풀이 소요 시간: 권장 65분 수능 ___ 분 / 9평 ___ 분 / 6평 ___ 분

독서

구분	영역	문항수						
수능	독서론	/ 3	정보	추론	상황			
	사회	/ 4	정보	정보	추론	상황		
	과학·기술	/ 4	정보	추론	상황	어휘		
	주제 복합	/ 6	정보	정보	추론	상황	상황	어휘
9평	독서론	/ 3	정보	추론	상황			
	사회	/ 4	정보	추론	상황	어휘		
	과학·기술	/ 4	전개	정보	정보	상황		
	주제 복합	/ 6	정보	정보	정보	추론	상황	어휘
6평	독서론	/ 3	정보	상황	추론			
	사회	/ 4	전개	정보	상황	어휘		
	과학·기술	/ 4	정보	추론	상황	상황		
	주제 복합	/ 6	정보	정보	추론	추론	상황	어휘

문학

영역	문항수						
고전산문	/ 4	표현	내용	내용	외적		
갈래 복합	/ 6	표현	외적	내용	내용	내용	외적
현대소설	/ 4	내용	기능	정서	외적		
고전시가	/ 3	표현	기능	외적			
고전산문	/ 4	내용	기능	정서	외적		
갈래 복합	/ 6	표현	외적	정서	내용	내용	외적
현대소설	/ 4	내용	내용	내용	외적		
고전시가	/ 3	표현	정서	외적			
고전산문	/ 4	표현	내용	기능	외적		
갈래 복합	/ 5	표현	내용	외적	정서	외적	
현대소설	/ 4	표현	기능	기능	외적		
현대시	/ 4	표현	기능	외적	외적		

독서 취약 **영역** ① _____ ② _____ ③ _____   문학 취약 **영역** ① _____ ② _____ ③ _____
　　 취약 **유형** ① _____ ② _____ ③ _____   　　 취약 **유형** ① _____ ② _____ ③ _____

2023학년도

• 문제 풀이 소요 시간: 권장 65분 수능 ___ 분 / 9평 ___ 분 / 6평 ___ 분

독서

구분	영역	문항수						
수능	독서론	/ 3	정보	상황	정보			
	주제 복합	/ 6	전개	정보	정보	정보	상황	어휘
	사회	/ 4	정보	추론	상황	어휘		
	과학·기술	/ 4	정보	추론	정보	상황		
9평	독서론	/ 3	정보	상황	정보			
	주제 복합	/ 6	전개	정보	추론	정보	상황	어휘
	사회	/ 4	정보	추론	추론	상황		
	과학·기술	/ 4	정보	추론	상황	어휘		
6평	독서론	/ 3	정보	정보	추론			
	주제 복합	/ 6	전개	정보	정보	추론	상황	어휘
	과학·기술	/ 4	정보	추론	정보	상황		
	사회	/ 4	정보	추론	상황	어휘		

문학

영역	문항수						
고전산문	/ 4	표현	정서	내용	외적		
갈래 복합	/ 5	표현	표현	외적	기능	외적	
현대소설	/ 4	내용	표현	기능	외적		
현대시	/ 4	표현	정서	내용	외적		
고전산문	/ 4	정서	내용	기능	외적		
갈래 복합	/ 6	표현	외적	내용	표현	내용	외적
현대소설	/ 4	표현	정서	기능	외적		
고전시가	/ 3	표현	내용	외적			
고전산문	/ 4	표현	정서	내용	외적		
갈래 복합	/ 6	표현	표현	내용	내용	내용	외적
현대소설	/ 4	정서	정서	내용	외적		
현대시	/ 3	표현	내용	외적			

독서 취약 **영역** ① _____ ② _____ ③ _____   문학 취약 **영역** ① _____ ② _____ ③ _____
　　 취약 **유형** ① _____ ② _____ ③ _____   　　 취약 **유형** ① _____ ② _____ ③ _____

2022학년도

• 문제 풀이 소요 시간: 권장 65분 수능 ___분 / 9평 ___분 / 6평 ___분

수능

독서	문항							문학	문항					
독서론	/ 3	정보	상황	상황				갈래 복합	/ 6	내용	외적	정서	정서	내용	외적
주제 복합	/ 6	전개	정보	상황	추론	상황	어휘	현대소설	/ 4	표현	정서	기능	외적		
사회	/ 4	정보	추론	추론	상황			고전산문	/ 4	정서	기능	정서	외적		
과학·기술	/ 4	정보	정보	상황	어휘			고전시가	/ 3	표현	내용	외적			

9평

독서	문항							문학	문항					
독서론	/ 3	정보	정보	상황				고전산문	/ 4	정서	정서	기능	외적		
주제 복합	/ 6	전개	정보	정보	추론	상황	어휘	갈래 복합	/ 6	표현	내용	외적	정서	내용	내용
인문·예술	/ 4	정보	정보	추론	상황			현대시	/ 4	정서	내용	내용	외적		
과학·기술	/ 4	정보	추론	상황	어휘			고전시가	/ 3	표현	내용	외적			

6평

독서	문항							문학	문항					
독서론	/ 3	정보	상황	상황				현대소설	/ 4	표현	내용	정서	외적		
주제 복합	/ 6	전개	정보	추론	정보	정보	어휘	갈래 복합	/ 6	표현	정서	내용	내용	정서	외적
사회	/ 4	정보	정보	추론	어휘			고전산문	/ 4	정서	기능	기능	외적		
과학·기술	/ 4	정보	정보	추론	상황			현대시	/ 3	표현	내용	외적			

독서 취약 영역 ①_____ ②_____ ③_____   문학 취약 영역 ①_____ ②_____ ③_____

취약 유형 ①_____ ②_____ ③_____   취약 유형 ①_____ ②_____ ③_____

2021학년도

• 문제 풀이 소요 시간: 권장 60분 수능 ___분 / 9평 ___분 / 6평 ___분

수능

독서	문항							문학	문항				
인문·예술	/ 6	전개	정보	정보	추론	상황	어휘	현대소설	/ 4	표현	내용	정서	외적
사회	/ 5	정보	추론	추론	상황	어휘		고전산문	/ 3	표현	기능	외적	
과학·기술	/ 4	정보	정보	추론	상황			갈래 복합	/ 5	표현	외적	외적	정서	내용
								현대시	/ 3	내용	내용	외적	

9평

독서	문항							문학	문항				
인문·예술	/ 6	전개	정보	정보	상황	상황	어휘	현대소설	/ 4	표현	내용	정서	외적
사회	/ 5	정보	추론	정보	상황	어휘		고전산문	/ 3	내용	내용	외적	
과학·기술	/ 4	정보	정보	추론	상황			갈래 복합	/ 5	표현	외적	내용	내용	외적
								현대시	/ 3	표현	내용	외적	

6평

독서	문항							문학	문항				
주제 복합	/ 6	전개	정보	추론	정보	상황	어휘	현대시	/ 3	표현	내용	외적	
과학·기술	/ 4	정보	정보	추론	상황			현대소설	/ 4	표현	기능	내용	외적
사회	/ 5	정보	정보	추론	상황	정보		고전시가	/ 3	표현	내용	외적	
								갈래 복합	/ 5	정서	외적	내용	내용	내용

독서 취약 영역 ①_____ ②_____ ③_____   문학 취약 영역 ①_____ ②_____ ③_____

취약 유형 ①_____ ②_____ ③_____   취약 유형 ①_____ ②_____ ③_____

2020학년도

• 문제 풀이 소요 시간: 권장 60분 수능 ___분 / 9평 ___분 / 6평 ___분

수능

독서	문항							문학	문항				
인문·예술	/ 5	정보	추론	정보	상황	어휘		갈래 복합	/ 6	내용	외적	정서	외적	내용
과학·기술	/ 4	정보	추론	상황	추론			현대소설	/ 3	내용	정서	외적	
사회	/ 6	전개	정보	추론	상황	추론	어휘	고전산문	/ 4	내용	정서	기능	외적
								현대시	/ 3	정서	내용	외적	

9평

독서	문항							문학	문항				
인문·예술	/ 6	전개	정보	상황	정보	상황	어휘	고전시가	/ 5	표현	외적	내용	내용	외적
사회	/ 5	정보	정보	추론	상황			고전산문	/ 3	표현	정서	외적	
과학·기술	/ 4	정보	정보	추론	상황			현대시	/ 3	표현	내용	외적	
								현대소설	/ 4	표현	정서	외적	내용

6평

독서	문항							문학	문항				
인문·예술	/ 4	정보	정보	정보	정보			현대소설	/ 3	표현	정서	외적	
사회	/ 5	정보	정보	추론	상황	어휘		고전산문	/ 4	정서	기능	내용	외적
과학·기술	/ 6	전개	추론	추론	추론	상황	어휘	갈래 복합	/ 5	표현	외적	내용	내용	외적
								현대시	/ 3	표현	외적	내용	

독서 취약 영역 ①_____ ②_____ ③_____   문학 취약 영역 ①_____ ②_____ ③_____

취약 유형 ①_____ ②_____ ③_____   취약 유형 ①_____ ②_____ ③_____

취약 지문 영역 순위

	독서	문학
1순위		
2순위		
3순위		

취약 문제 유형 순위

	독서	문학
1순위		
2순위		
3순위		

제 1교시

국어 영역

• 홀수 기출 분석서 독서 문제 P.014 / 해설 P.006

[1~3] 다음 글을 읽고 물음에 답하시오.

밑줄 긋기는 일상적으로 유용하게 활용할 수 있는 독서 전략이다. 밑줄 긋기는 정보를 머릿속에 저장하고 기억한 내용을 떠올리는 데 도움이 된다. 독자로 하여금 표시한 부분에 주의를 기울이도록 해 정보를 머릿속에 저장하도록 돕고, 표시한 부분이 독자에게 시각적 자극을 주어 기억한 내용을 떠올리는 데 단서가 되기 때문이다. 이러한 점에서 밑줄 긋기는 일반적인 독서 상황뿐 아니라 학습 상황에서도 유용하다. 또한 밑줄 긋기는 방대한 정보들 가운데 주요한 정보를 추리는 데에도 효과적이며, 표시한 부분이 일종의 색인과 같은 역할을 하여 독자가 내용을 다시 찾아보는 데에도 용이하다.

통상적으로 독자는 글을 읽는 중에 바로바로 밑줄 긋기를 한다. 그러다 보면 밑줄이 많아지고 복잡해져 밑줄 긋기의 효과가 줄어든다. 또한 밑줄 긋기를 신중하게 하지 않으면 잘못 표시한 밑줄을 삭제하기 위해 되돌아가느라 독서의 흐름이 방해받게 되므로 효과적으로 밑줄 긋기를 하는 것이 중요하다.

밑줄 긋기의 효과를 얻기 위한 방법에는 몇 가지가 있다. 우선 글을 읽는 중에는 문장이나 문단에 나타난 정보 간의 상대적 중요도를 결정할 때까지 밑줄 긋기를 잠시 늦추었다가 주요한 정보에 밑줄 긋기를 한다. 이때 주요한 정보는 독서 목적에 따라 달라질 수 있다는 점을 고려한다. 또한 자신만의 밑줄 긋기 표시 체계를 세워 밑줄 이외에 다른 기호도 사용할 수 있다. 밑줄 긋기 표시 체계는 밑줄 긋기가 필요한 부분에 특정 기호를 사용하여 표시하기로 독자가 미리 정해 놓는 것이다. 예를 들면 하나의 기준으로 묶을 수 있는 정보들에 동일한 기호를 붙이거나 순차적인 번호를 붙이기로 하는 것 등이다. 이는 기본적인 밑줄 긋기를 확장한 방식이라 할 수 있다.

밑줄 긋기는 어떠한 수준의 독자라도 쉽게 사용할 수 있다는 점 때문에 연습 없이 능숙하게 사용할 수 있다고 오해되어 온 경향이 있다. 그러나 본질적으로 밑줄 긋기는 주요한 정보가 무엇인지에 대한 판단이 선행되어야 한다는 점에서 단순하지 않다. ㉠밑줄 긋기의 방법을 이해하고 잘 사용하는 것은 글을 능동적으로 읽어 나가는 데 도움이 될 수 있다.

1. 윗글의 내용과 일치하지 않는 것은?

① 밑줄 긋기는 일반적인 독서 상황에서 도움이 된다.

② 밑줄 이외의 다른 기호를 밑줄 긋기에 사용하는 것이 가능하다.

③ 밑줄 긋기는 누구나 연습 없이도 능숙하게 사용할 수 있는 전략이다.

④ 밑줄 긋기로 표시한 부분은 독자가 내용을 다시 찾아보는 데 유용하다.

⑤ 밑줄 긋기로 표시한 부분이 독자에게 시각적인 자극을 주어 기억한 내용을 떠올리는 데 도움이 된다.

2. ㉠에 해당하는 내용으로 가장 적절한 것은?

① 글을 다시 읽을 때를 대비해서 되도록 많은 부분에 밑줄 긋기를 하며 읽는다.

② 글 전체에 주의를 기울일 수 있도록 글을 읽고 있을 때에는 밑줄 긋기를 하지 않는다.

③ 정보의 중요도를 판정하기 어려우면 우선 밑줄 긋기를 한 후 잘못 그은 밑줄을 삭제한다.

④ 주요한 정보를 추릴 수 있도록 자신이 만든 밑줄 긋기 표시 체계에 따라 밑줄 긋기를 한다.

⑤ 글에 반복되는 어휘나 의미가 비슷한 문장이 나올 때마다 바로바로 밑줄 긋기를 하며 글을 읽는다.

3. 윗글을 바탕으로 학생이 다음과 같이 밑줄 긋기를 했다고 할 때, 이에 대한 평가로 적절하지 않은 것은? [3점]

[독서 목적] 고래의 외형적 특징에 대한 정보 습득
[표시 기호] ☐ , 1) · 2) , ✓ , 〰

[독서 자료]
고래는 육지 포유동물 에서 기원했지만, 수중 생활에 적응하여 새끼를 수중에서 낳는다. 1)암컷들은 새끼를 낳을 때 서로 도와주며, 2)어미들은 새끼들을 정성껏 보호한다.
고래의 생김새 는 고래의 종류마다 다른데, ✓대체로 몸길이는 1.3m에서 30m에 이른다. ✓피부에는 털이 없거나 아주 짧게 나 있다. 지느러미는 배를 젓는 노와 같은 형태이고, 헤엄칠 때 수평을 유지하는 기능을 한다.
고래는 폐로 호흡하므로 물속에서 숨을 쉴 수 없다. 고래의 머리 꼭대기에는 분수공이 있다. 물속에서 참았던 숨을 분수공으로 내뿜고 다시 숨을 들이마신 뒤 잠수한다. 작은 고래들은 몇 분밖에 숨을 참지 못하지만, 큰 고래들은 1시간 정도 물속에 머물 수 있다.
---

① 독서 목적을 고려하면, 1문단에서 '☐'로 표시한 부분은 적절하지 않게 밑줄 긋기를 하였군.

② 독서 목적을 고려하면, 1문단에서 '1)', '2)'와 같이 순차적인 번호로 표시한 부분은 적절하지 않게 밑줄 긋기를 하였군.

③ 2문단에서 '☐'로 표시한 부분을 보니, 독서 목적에 관련된 주요 어구에 밑줄 긋기를 하였군.

④ 독서 목적을 고려하면, 2문단에서는 '지느러미는 배를 젓는 노와 같은 형태'에 '✓'를 누락하였군.

⑤ '〰'로 표시한 부분을 보니, 독서 목적을 고려하여 3문단 내에서 정보 간의 상대적인 중요도를 판단해 주요한 문장에 밑줄 긋기를 하였군.

• 홀수 기출 분석서 독서 문제 P.016 / 해설 P.010

[4~9] 다음 글을 읽고 물음에 답하시오.

(가)

서양의 과학과 기술, 천주교의 수용을 반대했던 이항로를 비롯한 척사파의 주장은 개항 이후에도 지속되었지만, 개화는 거스를 수 없는 대세로 자리 잡았다. 개물성무(開物成務)와 화민성속(化民成俗)의 앞 글자를 딴 개화는 개항 이전에는 통치자의 통치 행위로서 변화하는 세상에 대한 지식 확장과 피통치자에 대한 교화를 의미했다.

개항 이후 서양 문명에 대한 긍정적 인식이 확산되면서 서양 문명의 수용을 뜻하는 개화 개념이 자리 잡았다. 임오군란 이후, 고종은 자강 정책을 추진하면서 반(反)서양 정서의 교정을 위해 『한성순보』를 발간했다. 이 신문의 개화 개념은 서양 기술과 제도의 도입을 통한 인지의 발달과 풍속의 진보를 뜻했다. 이 개념에는 인민이 국가의 독립 주권의 소중함을 깨닫는 의식의 변화가 내포되었고, 통치자의 입장에서 수용 가능한 문명의 장점을 받아들여 국가의 진보를 달성한다는 의미도 담겼다.

개화당의 한 인사가 제시한 개화 개념은 성문화된 규정에 따른 대민 정치에서의 법적 처리 절차 실현 등 서양 근대 국가의 통치 방식으로의 변화를 내포하는 것이었다. 그는 개화 실행 주체를 여전히 왕으로 생각했고, 개화 실행 주체로서 왕의 역할이 사라진 것은 갑신정변에서였다. 풍속의 진보와 통치 방식 변화라는 의미를 내포한 갑신정변의 개화 개념은 통치권에 대한 도전으로뿐 아니라 개인의 사욕을 위한 것으로 표상되었다. 이후 개화 개념은 국가 구성원을 조직하고 동원하기 위해 부정적 이미지에서 벗어나야 했고, 유길준은 『서유견문』을 저술하며 개화 개념에 덧씌워진 부정적 이미지를 떼어 내고자 했다. 이후 간행된 『대한매일신보』 등의 개화 개념은 국가 구성원 전체를 실행 주체로 하여 근대 국가 주권을 향해 그들을 조직하고 동원하는 것을 의미했다.

을사늑약 이후, 개화 논의는 문명에 대한 본격적인 논의로 이어졌다. 대한 자강회의 주요 인사들은 서양 근대 문명을 수용하여 근대 국가를 건설하고자, 앞서 문명화를 이룬 일본의 지도를 받아야 한다고 보았다. 이들은 서양 근대 문명의 주체를 주체 인식의 준거로 삼았기 때문에 민족 주체성을 간과했다. 이러한 상황에서 박은식은 ㉠근대 국가 건설과 새로운 주체의 형성에 주목하여 문명에 대한 견해를 제시했다. 그의 기본 전략은 문명의 물질적 측면인 과학은 서양으로부터 수용하되, 문명의 정신적 측면인 철학은 유학을 혁신하여 재구성하는 것이었다. 그는 생존과 편리 증진을 위해 과학 연구가 시급하지만, 가치관 정립과 인격 수양을 위해 철학 또한 필수적이라고 보았다. 자국 철학 전통의 정립이라는 당시 동아시아의 사상적 흐름 속에서 그가 제시한 근대 주체는 과학적·철학적 인식의 주체이자 실천적 도덕 수양의 주체로서의 성격을 띠는 것이었다.

(나)

중국이 서양의 과학과 기술에 전면적인 관심을 기울인 때는 아편 전쟁 이후였다. 전쟁 패배에 따른 위기감은 반세기에 걸쳐 근대화의 추진과 함께 의욕적인 기술 수용으로 이어졌지만, 청일 전쟁의 패배는 기술 수용만으로는 부족하다는 인식을 낳았다. 이에 따라 20세기 초반 진정한 근대를 이루기 위해 기술 배후에서 작용하는 과학 정신을 사회 전체에 이식하려는 시도가 구체화되었다.

옌푸는 국가 간에 벌어지는 약육강식의 경쟁을 부각하고, 경쟁에서 승리하려면 기술뿐 아니라 국민의 정신적 자질이 뒷받침되어야 한다고 보았다. 정신적 자질 중 과학적 사유 능력이 가장 중요하다고 파악한 그에게 과학 정신이 전제되지 않은 정치적 변혁은 뿌리 내릴 수 없는 것이었다. 그는 인과 실증의 방법에 근거한 근대 학문 전체를 과학이라 파악하고, 과학을 습득하여 전통 학문의 폐단에서 벗어나야 한다고 주장했다. 그의 입장은 1910년대 후반 신문화 운동을 주도한 천두슈에게 이어졌다.

천두슈를 비롯한 신문화 운동의 지식인들은 ㉡과학의 근거 위에서만 민주 정치의 실현이 가능하다고 주장했다. 중국이 달성해야 할 신문화는 과학 및 과학의 방법에 근거한 문화라 보고, 신문화를 이루기 위해 전통문화 전반에 대해 철저한 부정과 비판을 시도했다. 사상이나 철학이 과학의 방법을 이용하지 않으면 공상(空想)에 ⓐ그칠 뿐이라고 주장한 천두슈는 사회와 인간의 삶에 대한 연구도 과학의 연구 방법을 이용해야 한다고 보았다. 그는 제1차 세계 대전의 비극은 과학을 이용해 저지른 죄악의 결과일 뿐 과학 자체의 죄악이 아니라고 주장하며 과학에 대한 자신의 생각을 지속했다.

한편, 제1차 세계 대전 이후 유럽을 시찰했던 장쥔마이는 통제되지 않은 과학이 불러온 역작용을 목도한 후, 과학이 어떻게 발달하든 그것이 인생관의 문제를 해결할 수는 없다며 서양 근대 문명을 비판했다. 근대 과학 문명에서 초래된 사상적 위기가 주체의 책임 부재에서 비롯된 것이라는 주장에 동의했던 그는 과학적 방법을 부정하지 않았지만, 인생관의 문제에는 과학적 방법이 적용될 수 없다고 지적했다. 그는 인생관을 과학과 별개로 파악했고, 과학만능주의에 기초한 신문화 운동에 의해 부정된 중국 전통 가치관의 수호를 내세웠다.

4. 윗글에 대한 이해로 적절하지 <u>않은</u> 것은?

① (가): 서양 과학과 기술의 국내 유입을 반대하는 주장이 개항 이후에도 이어졌다.

② (가): 유학을 혁신하여 철학으로 재구성하는 것이 필요하다는 견해가 을사늑약 이후에 제기되었다.

③ (나): 진정한 근대를 이루려면 기술 수용의 차원을 넘어서야 한다는 인식이 등장하였다.

④ (나): 과학 정신이 사회에 자리 잡으려면 정치적 변혁이 선행되어야 한다는 주장이 제기되었다.

⑤ (나): 근대 과학 문명에 대한 비판적 인식을 바탕으로 전통 가치관에 주목하는 견해가 제시되었다.

5. 개화에 대한 이해로 적절하지 않은 것은?

① 개항 이전의 개화 개념은 백성을 다스리는 통치자로서의 역할과 관련 있었다.

② 『한성순보』의 개화 개념은 서양 기술과 제도의 선별적 수용을 통한 국가 진보의 의미를 포함하였다.

③ 『한성순보』와 개화당의 한 인사의 개화 개념은 통치권자인 왕을 개화의 실행 주체로 상정하였다.

④ 개화의 실행 주체로 왕에게 역할을 부여하지 않은 갑신정변의 개화 개념은 통치권에 대한 도전으로 이해되었다.

⑤ 『대한매일신보』의 발간에 이르러서야 국가의 주권과 결부한 개화 개념이 제기되었다.

6. (나)의 '천두슈'와 '장쥔마이'가 모두 동의할 수 있는 진술로 가장 적절한 것은?

① 전통 사상은 과학 및 과학 정신과 양립할 수 없는 관계에 놓여 있다.

② 전통 사상의 폐단은 과학 정신이 뿌리내리지 못한 사회 체질에서 비롯된 것이다.

③ 과학을 이용하는 과정에서 문제가 발생했다고 해도 과학적 방법을 부정할 수 없다.

④ 서양의 과학 정신을 전면적으로 도입하면 당면한 국가의 위기를 충분히 극복할 수 있다.

⑤ 국가의 위기는 과학적 방법으로 사상을 재구성할 필요가 있다는 인식이 부재한 데에서 비롯된 것이다.

7. ㉠과 ㉡에 대한 이해로 가장 적절한 것은?

① ㉠은 인격의 수양을 동반하는 근대 주체의 정립에, ㉡은 전통적 사유 방식에 기반을 둔 신문화의 달성에 동의하는 입장이다.

② ㉠은 주체 인식의 준거가 서양 근대 문명의 주체라는 인식에, ㉡은 철학이 과학의 방법에 근거할 수 없다는 생각에 반대하는 입장이다.

③ ㉠은 생존과 편리 증진을 위한 과학 연구의 시급성을, ㉡은 과학의 방법에 영향 받지 않는 사상이나 철학을 부인하는 입장이다.

④ ㉠은 앞서 근대 문명을 이룬 국가를 추종하는 태도를, ㉡은 전쟁의 폐해가 과학을 오용한 자들의 탓이라는 주장을 비판하는 입장이다.

⑤ ㉠은 과학과 철학이 문명의 두 축을 이루는 학문이라는 견해에, ㉡은 철학보다 과학이 우위임을 인정할 수 없다는 견해에 동의하는 입장이다.

8. (가), (나)를 이해한 학생이 〈보기〉에 대해 보인 반응으로 적절하지 않은 것은? [3점]

〈보 기〉

A 마을은 가난했지만 전통문화와 공동체적 삶을 중시하며 이웃 마을들과 조화롭게 살아왔다. 오래전, 정부는 마을의 경제 발전을 목표로 서양의 생산 기술을 도입하는 정책을 시행했다. 마을 사람들은 정책의 필요성에 공감하면서도 자신들이 발전을 이뤄 낼 수 있다는 확신이 부족했다. 이에 정부는 마을 사람들을 독려하기 위해 마을의 역량으로 달성할 수 있는 미래상을 지속해서 홍보했다. 이후 마을은 물질적 풍요를 누리게 되었지만 경제적 이권을 두고 이웃 마을들과 경쟁하며 갈등하게 되었다. 격화된 경쟁에서 A 마을은 새로운 기술의 수용만을 우선시했고, 과거에 중시되었던 협력과 나눔의 인생관은 낡은 관념이 되었다. 젊은이들에게 전통문화는 서양 문화에 비해 열등한 것으로 여겨졌다.

① (가)에서 『한성순보』를 간행한 취지는 서양에 대한 반감을 줄이는 데에 있다는 점에서, 〈보기〉에서 정부가 서양의 생산 기술 도입으로 변화하게 될 마을을 홍보한 취지와 부합하겠군.

② (가)에서 개화당의 한 인사의 개화 개념에 내포된 개화의 지향점은 통치 방식의 변화와 관련 있다는 점에서, 〈보기〉에서 정부가 서양의 생산 기술을 도입하며 내세운 목표와 다르겠군.

③ (가)에서 박은식은 과학과 구별되는 철학의 중요성을 강조했으므로, 〈보기〉에서 젊은이들의 자문화에 대한 인식 변화는 가치관 정립을 위한 철학이 부재했기 때문이라고 보겠군.

④ (나)에서 옌푸는 경쟁에서 승리하기 위한 조건으로 기술과 정신적 자질을 강조했으므로, 〈보기〉에서 마을이 기술의 수용만을 중시하면 마을 간 경쟁에서 승리할 수 없다고 보겠군.

⑤ (나)에서 장쥔마이는 과학적 방법의 한계를 지적했으므로, 〈보기〉에서 마을이 과거에 중시했던 인생관이 더 이상 유효하지 않게 된 문제는 과학적 방법으로 해결할 수 없다고 보겠군.

9. ⓐ와 문맥상 의미가 가장 가까운 것은?

① 다행히 비는 그사이에 그쳐 있었다.

② 우리 학교는 이번에 16강에 그쳤다.

③ 아이 울음이 좀처럼 그치지 않았다.

④ 그는 만류에도 말을 그치지 않았다.

⑤ 저 사람들은 불평이 그칠 날이 없다.

▶ 소요 시간 　분　초

• 홀수 기출 분석서 **독서** 문제 P.020 / 해설 P.019

[10~13] 다음 글을 읽고 물음에 답하시오.

문장이나 영상, 음성을 만들어 내는 인공 지능 생성 모델 중 확산 모델은 영상의 복원, 생성 및 변환에 뛰어난 성능을 보인다. 확산 모델의 기본 발상은, 원본 이미지에 노이즈를 점진적으로 추가하였다가 그 노이즈를 다시 제거해 나가면 원본 이미지를 복원할 수 있다는 것이다. 노이즈는 불필요하거나 원하지 않는 값을 의미한다. 원하는 값만 들어 있는 원본 이미지에 노이즈를 단계별로 더하면 노이즈가 포함된 확산 이미지가 되고, 여러 단계를 거치면 결국 원본 이미지가 어떤 이미지였는지 전혀 알아볼 수 없는 노이즈 이미지가 된다. 역으로, 단계별로 더해진 노이즈를 알 수 있다면 노이즈 이미지에서 원본 이미지를 복원할 수 있다. 확산 모델은 노이즈 생성기, 이미지 연산기, 노이즈 예측기로 구성되며, 순확산 과정과 역확산 과정 순으로 작동한다.

순확산 과정은 이미지에 노이즈를 추가하면서 노이즈 예측기를 학습시키는 과정이다. 첫 단계에서는, 노이즈 생성기에서 노이즈를 만든 후 이미지 연산기가 이 노이즈를 원본 이미지에 더해서 노이즈가 포함된 확산 이미지를 출력한다. 다음 단계부터는 노이즈 생성기에서 만든 노이즈를 이전 단계에서 출력된 확산 이미지에 더한다. 이러한 단계를 충분히 반복하면 최종적으로 노이즈 이미지가 출력된다. 이때 더해지는 노이즈는 크기나 분포 양상 등 그 특성이 단계별로 다르다. 따라서 노이즈 예측기는 단계별로 확산 이미지를 입력받아 이미지에 포함된 노이즈의 특성을 추출하여 수치들로 표현하고, 이 수치들을 바탕으로 노이즈를 예측한다. 노이즈 예측기 내부의 이러한 수치들을 [잠재 표현]이라고 한다. 노이즈 예측기는 잠재 표현을 구하고 노이즈를 예측하는 방식을 학습한다.

노이즈 예측기의 학습 방법은 기계 학습 중에서 지도 학습에 해당한다. 지도 학습은 학습 데이터에 정답이 주어져 출력과 정답의 차이가 작아지도록 모델을 학습시키는 방법이다. 노이즈 예측기를 학습시킬 때는 노이즈 생성기에서 만들어 넣어 준 노이즈가 정답에 해당하며 이 노이즈와 예측된 노이즈 사이의 차이가 작아지도록 학습시킨다.

역확산 과정은 노이즈 이미지에서 노이즈를 제거하여 원본 이미지를 복원하는 과정이다. 노이즈를 제거하려면 이미지에 단계별로 어떤 특성의 노이즈가 더해졌는지 알아야 하는데 노이즈 예측기가 이 역할을 한다. 노이즈 이미지 또는 중간 단계에서의 확산 이미지를 노이즈 예측기에 입력하면 이미지에 포함된 노이즈의 특성을 추출하여 잠재 표현을 구하고 이를 바탕으로 노이즈를 예측한다. 이미지 연산기는 입력된 확산 이미지로부터 이 노이즈를 빼서 현 단계의 노이즈를 제거한 확산 이미지를 출력한다. 확산 이미지에 이런 단계를 반복하면 결국 노이즈가 대부분 제거되어 원본 이미지에 가까운 이미지만 남게 된다.

한편, 많은 종류의 이미지를 학습시킨 후 학습된 이미지의 잠재 표현에 고유 번호를 붙이면 역확산 과정에서 이미지를 선택하여 생성할 수 있다. 또한 잠재 표현의 수치들을 조정하면 다른 특성의 노이즈가 생성되어 여러 이미지를 혼합하거나 실재하지 않는 이미지를 만들어 낼 수도 있다.

10. 학생이 윗글을 읽은 방법으로 적절하지 <u>않은</u> 것은?

① 확산 모델이 지도 학습을 사용한다는 점에 주목하고, 지도 학습 방법이 확산 모델에 어떻게 적용되는지 확인하며 읽었다.

② 확산 모델이 두 가지 과정으로 이루어진다는 점에 주목하고, 두 과정 중 어느 과정이 선행되어야 하는지 살피며 읽었다.

③ 확산 모델에서 노이즈의 중요성을 파악하고, 사용되는 노이즈의 종류가 모델의 성능에 미치는 영향을 이해하며 읽었다.

④ 잠재 표현의 개념을 파악하고, 그 개념을 바탕으로 확산 모델이 노이즈를 예측하고 제거하는 원리를 이해하며 읽었다.

⑤ 확산 모델의 구성 요소를 파악하고, 그 구성 요소가 노이즈 처리 과정에서 어떤 기능을 하는지 확인하며 읽었다.

11. 윗글을 이해한 내용으로 가장 적절한 것은?

① 노이즈 생성기는 순확산 과정에서만 작동한다.

② 확산 모델에서의 학습은 역확산 과정에서 이루어진다.

③ 이미지 연산기와 노이즈 예측기는 모두 확산 이미지를 출력한다.

④ 노이즈 예측기를 학습시킬 때는 예측된 노이즈가 정답으로 사용된다.

⑤ 역확산 과정에서 단계가 반복될수록 출력되는 확산 이미지는 원본 이미지와의 유사성이 줄어든다.

12. [잠재 표현]에 대한 설명으로 적절하지 <u>않은</u> 것은?

① 잠재 표현의 수치들을 조정하면 여러 이미지를 혼합할 수 있다.

② 역확산 과정에서 잠재 표현이 다르면 예측되는 노이즈가 다르다.

③ 확산 모델의 학습에는 잠재 표현을 구하는 방식이 포함되어 있다.

④ 잠재 표현은 이미지에 더해진 노이즈의 크기나 분포 양상에 따라 다른 값들이 얻어진다.

⑤ 잠재 표현은 노이즈 예측기가 원본 이미지를 입력받아 노이즈의 특성을 추출한 결과이다.

13. 윗글을 바탕으로 〈보기〉를 이해한 내용으로 적절하지 <u>않은</u> 것은? [3점]

─〈보 기〉─

　　A 단계는 확산 모델 과정 중 한 단계이다. ㉠은 원본 이미지이고, ㉡은 확산 이미지 중의 하나이며, ㉢은 노이즈 이미지이다. (가)는 이미지가 A 단계로 입력되는 부분이고, (나)는 이미지가 A 단계에서 출력되는 부분이다.

(가) ⇨ ｜ A 단계 ｜ ⇨ (나)

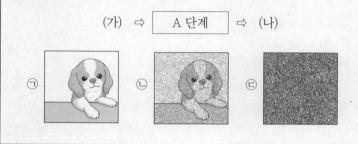

① (가)에 ㉠이 입력된다면, A 단계의 이미지 연산기에서는 ㉠에 노이즈를 더하겠군.

② (나)에 ㉢이 출력된다면, A 단계의 노이즈 생성기에서 생성된 노이즈가 이미지 연산기에서 확산 이미지에 더해졌겠군.

③ 순확산 과정에서 (가)에 ㉡이 입력된다면, A 단계의 노이즈 예측기에서 예측한 노이즈가 이미지 연산기에 입력되겠군.

④ 역확산 과정에서 (가)에 ㉢이 입력된다면, A 단계의 이미지 연산기에서는 ㉢에서 노이즈를 빼겠군.

⑤ 역확산 과정에서 (나)에 ㉡이 출력된다면, A 단계의 노이즈 예측기에서 예측한 노이즈가 이미지 연산기에 입력되었겠군.

• 홀수 기출 분석서 독서 문제 P.022 / 해설 P.025

[14~17] 다음 글을 읽고 물음에 답하시오.

　　리프킨은 사회적 상호 작용에서의 자기표현은 본질적으로 연극적이며, 표면 연기와 심층 연기로 ⓐ이루어진다고 언급했다. 표면 연기는 내면의 자연스러운 감정보다 의례적인 표현과 같은 형식에 집중하여 연기하는 것이고, 심층 연기는 내면의 솔직한 정서를 ⓑ불러내어 자신의 진정성을 보여 주는 것이다. 인터넷에서의 커뮤니케이션에 주목한 리프킨은 가상 공간에서 자기표현이 더욱 활발히 이루어진다고 보았다.

　　가상 공간의 특성에 주목한 연구자들은 사람들과의 관계 속에서 드러나는 고유한 존재로서의 위상을 뜻하는 자기 정체성이 가상 공간에서 다양하게 ⓒ나타난다고 본다. 가상 공간에서는 익명성이 작동하므로 현실에서 위축되는 사람도 적극적으로 자기표현을 할 수 있다. 아울러 현실에서의 자기 정체성을 ⓓ감추고 다른 인격체로 활동하거나 현실에서 억압된 정서를 공격적으로 드러내기도 한다. 게임 아이디, 닉네임, 아바타 등 가상 공간에서 개별적 대상으로 인식되는 '인터넷 ID'에 대한 사이버 폭력이 ⓔ넘쳐 나는 현실도 이와 무관하지 않다.

　　사이버 폭력과 관련하여, 인터넷 ID만을 알고 있는 상황에서 그에 대해 명예훼손이나 모욕 등의 공격이 있을 때 가해자에게 법적인 책임을 물을 수 있는지에 대한 논란이 있어 왔다. 이는 인터넷 ID가 사회적 평판인 명예의 주체로 인정될 수 있는가와 관련된다. 인터넷 ID의 명예 주체성을 ㉠인정하는 입장에 따르면, 자기 정체성은 일원적 · 고정적인 것이 아니라 현실 세계와 가상 공간에 걸쳐 존재하고 상호 작용하는 복합적인 것이다. 인터넷에서의 자기 정체성은 사용자 개인의 자기 정체성의 일부이기 때문에 자기 정체성을 가진 인터넷 ID의 명예 역시 보호되어야 한다. 반면 ㉡인정하지 않는 입장에 따르면, 생성 · 변경 · 소멸이 자유롭고 복수로 개설이 가능한 인터넷 ID는 그 사용자인 개인을 가상 공간에서 구별하는 장치에 불과하다. 인터넷 ID는 현실에서의 성명과 달리 그 사용자인 개인과 동일시될 수 없고, 인터넷 ID 자체는 사람이 아니므로 명예 주체성을 인정할 수 없다는 것이다.

　　㉰대법원은 실명을 거론한 경우는 물론, 실명을 거론하지 않았더라도 주위 사정을 종합할 때 지목된 사람이 누구인지를 제3자가 알 수 있는 경우에는 명예훼손이나 모욕에 대한 가해자의 법적 책임이 성립한다고 판시해 왔다. 이를 수용한 헌법재판소에서는 인터넷 ID와 관련된 명예훼손 · 모욕 사건의 헌법 소원에 대한 결정을 내린 바 있다. 이 결정에서 ㉱다수 의견은 인터넷 ID만을 알 수 있을 뿐 그 사용자가 누구인지 제3자가 알 수 없다면 피해자가 특정되지 않아 명예훼손이나 모욕에 대한 가해자의 법적 책임이 성립하지 않는다고 보았다. 반면 인터넷 ID는 가상 공간에서 성명과 같은 기능을 하므로 제3자의 인식 여부가 법적 책임의 근거가 될 수 없다는 ㉲소수 의견도 제시되었다.

14. 윗글의 내용과 일치하지 <u>않는</u> 것은?

① 심층 연기는 내면의 진솔한 정서를 드러내기 위해 형식에 집중하는 자기표현이다.

② 리프킨은 현실 세계보다 가상 공간에서 자기표현이 더욱 왕성하게 드러난다고 보았다.

③ 가상 공간에서 개별적인 것으로 인식되는 아바타는 사이버 폭력의 대상이 될 수 있다.

④ 익명성은 가상 공간에서 자기 정체성이 다양하게 나타나는 데 영향을 미치는 가상 공간의 특성이다.

⑤ 가상 공간에서의 자기 정체성은 현실에서의 자기 정체성과 마찬가지로 타인과의 관계 속에서 나타난다.

15. ㉠과 ㉡에 대한 이해로 가장 적절한 것은?

① ㉠은 ㉡과 달리 자기 정체성을 단일하고 고정적인 것으로 파악하겠군.

② ㉠은 ㉡과 달리 인터넷 ID에 대한 공격을 그 사용자인 개인에 대한 공격이라고 보겠군.

③ ㉡은 ㉠과 달리 인터넷에서의 자기 정체성과 현실 세계의 자기 정체성이 상호 작용을 한다고 보겠군.

④ ㉡은 ㉠과 달리 인터넷 ID는 복수 개설이 가능하므로 자기 정체성이 복합적으로 구성된다고 보겠군.

⑤ ㉠과 ㉡은 모두, 인터넷 ID마다 개인의 자기 정체성이 다르다고 보겠군.

16. 윗글을 바탕으로 〈보기〉를 이해한 내용으로 적절하지 <u>않은</u> 것은? [3점]

─〈보 기〉─

　　○○ 인터넷 카페의 이용자 A는 a, B는 b, C는 c라는 ID를 사용한다. 박사 학위 소지자인 A는 □□ 전시관의 해설사이고, B는 같은 전시관에서 물고기 관리를 혼자 전담한다. 이 전시관의 누리집에는 직무별로 담당자가 공개되어 있다. 어떤 사람이 □□ 전시관에서 A의 해설을 듣고 A의 실명을 언급한 후기를 카페 게시판에 올리자 다음과 같은 댓글이 달렸다.

A의 해설에 대한 후기
↳ **b** A가 박사인지 의심스럽다. A는 #~#.
↳ **a** □□ 전시관에서 물고기를 관리하는 b는 #~#.
↳ **c** 게시판 분위기를 흐리는 a는 #~#.

(단, '#~#'는 명예를 훼손하거나 모욕을 주는 표현이고 A, B, C는 실명이다. ID로는 그 사용자의 개인 정보를 알 수 없으며, A, B, C의 법적 책임에 영향을 미치는 다른 요소는 고려하지 않는다.)

① ㉮는 B가 가해자로서의 법적 책임을 져야 하지만 C는 가해자로서의 법적 책임을 지지 않는다고 보겠군.

② ㉯는 B가 가해자로서의 법적 책임을 져야 하지만 A는 가해자로서의 법적 책임을 지지 않는다고 보겠군.

③ ㉮와 ㉯는 A가 가해자로서의 법적 책임을 져야 하는지의 여부에 대해 같게 보겠군.

④ ㉯와 ㉰는 B가 가해자로서의 법적 책임을 져야 하는지의 여부에 대해 같게 보겠군.

⑤ ㉮, ㉯, ㉰가, C가 가해자로서의 법적 책임을 져야 하는지의 여부에 대해 판단한 내용이 모두 같지는 않겠군.

17. 문맥상 ⓐ~ⓔ와 바꿔 쓰기에 가장 적절한 것은?

① ⓐ: 완성(完成)된다고 　　② ⓑ: 요청(要請)하여

③ ⓒ: 표출(表出)된다고 　　④ ⓓ: 기만(欺瞞)하고

⑤ ⓔ: 확충(擴充)되는

▶ 소요 시간 [　] 분 [　] 초

• 홀수 기출 분석서 **문학** 문제 P.014 / 해설 P.006

[18~21] 다음 글을 읽고 물음에 답하시오.

[앞부분의 줄거리] 승상 정을선이 출정한 사이 정렬부인의 모략으로 충렬부인이 옥에 갇히자 시비 금섬이 충렬부인을 피신시키고 자진한다. 옥에서 얼굴이 상한 금섬의 시신이 발견되자 왕비는 월매를 문초한다. 전장에서 정을선은 호첩이 전한 편지를 읽는다.

　원수가 대경하여 호첩을 불러 **연고**를 물으시고 인하여 중군장에게 분부하시되 '나는 집에 변이 있어 먼저 가니 중군장은 차후에 인솔하여 오라.' 하고 밤낮 삼 일 만에 득달하니 이때에 왕비의 시비 월매가 종시 토설치 아니하매 **매**를 많이 맞고 여쭈오되

"어서 바삐 죽이시면 금섬의 뒤를 쫓아가겠나이다."

한데 왕비 크게 노하여 목을 베라 할 즈음에 이때 승상이 필마로 달려오다가 월매 죽이려 하는 거동을 보고 급히 소리를 지르며 말에서 내려 이를 구호하매 문왈

"충렬부인은 어디 계시냐?"

월매 인사를 모르다가 승상을 보고 방성통곡 왈

"승상은 바삐 충렬부인을 살리소서."

한데 승상이 급히 문왈

"어디 계시냐?"

한데 월매 울며 왈

"소인이 걷지 못하오니 어찌 가오리까?"

한데 급히 종을 불러 월매를 업히고 구덩이를 찾아가 보니 부인이 아기를 안고 있거늘 아기는 잠을 깊이 들었는지라. 승상이 **통곡** 왈

"부인은 눈을 떠 나를 보소서."

한데 부인이 눈을 떠 보니 승상이 왔거늘 정신 아득하여 인사를 모르다가 겨우 인사를 차려 왈

"이것이 꿈인가 생시인가 구년지수의 해 같고 칠년대한의 빗발같이 바라더니 지금 구덩이에서 만날 줄 알았으리까. 승상은 나의 ⃞누명⃞을 씻겨 주소서."

하며 인사를 모르는지라. 그 참혹한 형상을 어디에 비하리오. **슬픔에 매우 야위어 뼈가 드러나게 되었는지라.** 승상이 아기를 안아 월매를 주고 부인을 구한 후에 자리를 마련하여 옥석을 구별할새, 왕비전에 뵈온대 왕비 못내 반기시며 **사연**을 낱낱이 이르시되 승상 왈

㉠"이 일은 소자가 이미 아는 바이오니 염려 마옵소서."

하며 왈

㉡"처음에 그놈이 충렬부인 방에 간 줄 어찌 알으셨나이까?"

왕비 왈

"사촌 오라비가 이르기로 알았노라."

하신대 승상이 복록을 찾는데 벌써 제 **죄**를 알고 후원에 올라가 이미 죽었는지라. 하릴없어 옥졸을 잡아들여 엄히 문왈

"너희는 어찌 충렬부인 아닌 줄 알았느냐? 바로 아뢰라."

하신대 옥졸이 급히 여쭈오되

"얼굴이 상하여 아모란 줄 모르오나 손길이 곱지 못하오매 소인 등 소견에 충렬부인이 천하일색이라 하더니 손이 곱지 아니하더라 하올 제 정렬부인의 시비 금연이 이를 듣고 묻기에 자세히 이르고 부디 다른 데 가서 이 말 말라 당부하옵더니, 필연 금연의 입을 통해 발설이 된가 하나이다."

한데 승상이 금연을 잡아들여 문왈

"이 말을 듣고 네게 국문하니 바른대로 고하라."

하는 소리가 벼락이 꼭두에 임한 듯하고 궁궐이 뒤집히는 듯하더라. 이때에 정렬부인이 **승상의 호통 소리**를 듣고 똥을 한 무더기를 싸고 자빠졌는지라. 금연이 하릴없어 바로 아뢰나니라 하고 정렬부인 하던 말이며 제가 남복을 하고 충렬부인 침소로 들어간 말이며 이불 속에 누웠다가 달아난 말이며 정렬부인이 앓는 체하고 누웠사오매 충렬부인이 약으로 구병하며 곁에 있으시매 침소로 가라 강권하여 침소로 마지못하여 가시매 복록이 왕비께 참소하던 연유를 낱낱이 아뢴대 왕비 곁에 있다가 **앙천통곡**하시며 왈

"내 밝지 못하여 **악녀**의 꾀에 빠져 충렬부인을 죽이려 하였나니 무슨 면목으로 충렬부인을 보리오."

하시며 자결코자 하거늘 승상이 붙들고 울며 왈

"모친이 너무 과도히 하시면 소자가 먼저 죽으려 하나이다."

왕비 금침에 누워 일어나지 못하더라. 승상이 정렬부인을 결박하여 땅에 꿇리고 크게 노하여 왈

"너는 무엇이 부족하여 충렬부인을 해코자 하느냐. 어찌 일시를 살리리오. 내 임의로는 죽이고 싶으나 황상께 아뢰고 죽게 하리라."

하고 **상소**하니 그 글에 하였으되

"대사마 대도독 대원수 정을선은 돈수백배하고 아뢰나니 신이 서융을 쳐 사로잡고, 백성을 진무하고 돌아오려 할 때, 집에서 급한 소식을 듣고 군사를 중군장에게 맡기옵고 필마로 올라와 본즉, 정렬부인이 이러이러한 변을 일으켰사오니 세상에 이러하온 일이 있사오닛가."

하고 금연이 흉계를 꾸민 일과 월매가 당하던 고초를 낱낱이 아뢰었다.

– 작자 미상, 「정을선전」 –

18. ㉠, ㉡과 관련하여 윗글을 이해한 내용으로 적절하지 <u>않은</u> 것은?

① ㉠을 보니, 호첩에게 물은 '연고'의 내용은 왕비가 말한 '사연'의 내용과 관련이 있겠군.

② ㉠을 보니, 승상이 황상에게 올린 '상소'에 들어 있는 내용은 '이미 아는 바'와 같겠군.

③ ㉡을 보니, 승상은 '사연'의 진상을 밝히는 데에 왕비가 '그놈'의 행위를 알게 된 경위가 중요하다고 생각했겠군.

④ ㉡에 대한 왕비의 대답을 보니, 왕비에게 '그놈'의 행위에 대해 제보한 사람이 있었군.

⑤ ㉡이 제시된 후에 드러난 복록의 상황을 보니, 복록은 자신이 지은 '죄'에 대하여 심리적 중압감을 느꼈겠군.

19. 누명과 관련한 설명으로 가장 적절한 것은?

① 누명이 벗겨지면서, 누명을 썼던 인물은 자신의 어리석음을 탓하고 있다.

② 누명을 쓴 인물의 요청으로 남주인공은 누명을 씌운 인물의 처벌을 유보한다.

③ 누명의 내용은 누명을 쓴 인물이 남몰래 자신의 처소에서 벗어나 구덩이에 있다는 사실이다.

④ 누명을 씌우기 위한 계략에는 누명을 쓰는 인물을 특정 장소로 가게 하는 것이 포함되어 있다.

⑤ 누명이 벗겨지는 계기는 남주인공이 자신의 어머니가 극단적 선택을 하겠다는 것을 만류한 것이다.

20. 〈학습 활동〉을 수행한 결과로 적절하지 <u>않은</u> 것은?

─〈학습 활동〉─

「정을선전」은 모략을 중심으로 사건이 전개되므로 인물 간 소통 양상을 파악하는 것이 중요하다. 윗글을 바탕으로 인물 간에 나타난 소통의 내용을 정리해 보자.

	인물 A	인물 B	소통의 내용
①	원수	중군장	A가 B에게 군사를 이끌고 가 서융을 사로잡으라고 명령함.
②	승상	월매	A가 B에게 충렬부인이 있는 곳이 어디인지 물음.
③	옥졸	금연	B가 A로부터 옥중 시신의 정체와 관련한 정보를 얻음.
④	옥졸	승상	A가 B에게, 금연이 옥중 시신에 대하여 발설했을 것이라는 의혹을 제기함.
⑤	금연	승상	B가 A로부터 정렬부인이 거짓으로 앓아누웠었다는 정보를 얻음.

21. 〈보기〉를 참고하여 윗글을 이해한 내용으로 적절하지 <u>않은</u> 것은? [3점]

─〈보 기〉─

「정을선전」은 영웅소설과 가정소설의 상투적인 면모가 혼재되어 나타난다. 이를테면, 가정 안팎의 서사는 남주인공을 매개로 연결되고, 사건이 선악 구도로 전개되며, 인물의 고난과 감정은 극대화된다. 이 과정에서 일부다처제에서 비롯되는 가정 내 갈등이 개인의 인성 문제로 축소된다. 그러면서도 상전의 수족에 불과한 하층의 시비가 능동적인 행위자로 등장하거나, 가정과 사회에서 상층인 인물이 희화화된다.

① 정을선이 황상에게 올린 상소에서, 대원수와 가장으로서의 모습이 드러나는 것으로 보아, 가정 안팎의 사건에 남주인공이 두루 관여하고 있음을 알 수 있군.

② 승상이 충렬부인을 구출하는 장면에서, '슬픔에 매우 야위어 뼈가 드러난' 부인의 모습과 '통곡'하는 승상의 모습은 인물의 고난과 감정이 극대화된 형상임을 알 수 있군.

③ 왕비가 '앙천통곡'하는 장면에서, 충렬부인의 수난이 '악녀'의 탓이라는 인식이 드러나면서 일부다처제의 문제가 개인의 인성 문제로 축소되고 있음을 알 수 있군.

④ 월매가 '매를' 맞는 장면에서, 월매는 자신이 모시는 주인에게 죽음을 각오하고 진실을 밝힘으로써 능동적인 행위자를 지향하고 있음을 알 수 있군.

⑤ 정렬부인이 '승상의 호통 소리'에 반응하는 장면에서, 가정의 상층 인물이 자신의 위엄이 실추되는 행동을 보이면서 희화화되고 있음을 알 수 있군.

• 홀수 기출 분석서 **문학** 문제 P.016 / 해설 P.012

[22~27] 다음 글을 읽고 물음에 답하시오.

(가)

배를 민다
배를 밀어보는 것은 아주 드문 경험
희번덕이는 잔잔한 가을 바닷물 위에
배를 밀어넣고는
온몸이 아주 추락하지 않을 순간의 한 허공에서
밀던 힘을 한껏 더해 밀어주고는
아슬아슬히 배에서 떨어진 손, 순간 환해진 손을
허공으로부터 거둔다

사랑은 참 부드럽게도 떠나지
뵈지도 않는 길을 부드럽게도

배를 한껏 세게 밀어내듯이 슬픔도
그렇게 밀어내는 것이지

배가 나가고 남은 빈 물 위의 흉터
잠시 머물다 가라앉고

그런데 오, 내 안으로 들어오는 배여
아무 소리 없이 밀려들어오는 배여
                            – 장석남, 「배를 밀며」 –

(나)

　당신……, 당신이라는 말 참 좋지요, 그래서 불러봅니다 킥킥거리며 한때 적요로움의 울음이 있었던 때, 한 슬픔이 문을 닫으면 또 한 슬픔이 문을 여는 것을 이만큼 살아옴의 **상처에 기대, 나 킥킥……,** **당신을 부릅니다** 단풍의 손바닥, 은행의 두 갈래 그리고 합침 저 개망초의 시름, 밟힌 풀의 흙으로 돌아감 당신……, **킥킥거리며** **세월에 대해 혹은 사랑과 상처,** 상처의 몸이 나에게 기대와 저를 부빌 때 당신……, 그대라는 자연의 달과 별……, 킥킥거리며 당신이라고……, 금방 울 것 같은 사내의 아름다움 그 아름다움에 기대 **마음의 무덤**에 나 벌초하러 진설 음식도 없이 맨 술 한 병 차고 병자처럼, 그러나 ⓐ**치병*과 환후***는 각각 따로인 것을 킥킥 당신 **이쁜 당신……, 당신이라는 말 참 좋지요,** 내가 아니라서 끝내 버릴 수 없는, 무를 수도 없는 참혹……, 그러나 킥킥 당신
                            – 허수경, 「혼자 가는 먼 집」 –

*치병: 병을 다스림.
*환후: 병을 정중하게 이르는 말.

(다)

　그녀에게 편지를 쓰는 것이 자신의 존재를 증명하던 시절이 있었다. 사랑하는 사람에게 보내는 편지만큼 표현의 욕구로 흘러넘치는 것도 없다. 무언가를 표현하지 않고는 견딜 수 없는 시간들이 편지를 쓰게 한다. 그는 그녀에게 자신의 사랑이 얼마나 어렵고 진정하며 운명적인가를 설명하고 싶었다. 편지는 사람을 설득하거나 매혹시키는 방편이 될지도 모른다. 그러나 모든 사랑의 편지는 마지막

순간, 도구적이지 못하다. 세상의 모든 글쓰기가 최후의 순간에는 **처음에 품었던 소소한 의도**를 배반하는 것처럼. 그 통제할 수 없는 **익명의 욕구**가 그 편지의 **현실적인 목표**를 잊어버리게 만들기 때문이다. 그런 이유로, 모든 사랑의 편지에는 **아무 전언도 들어 있지 않다.**

　거기에는 결정적인 정보나 주장이 들어 있지 않다. 다만 내 고백을 누군가가 들어준다는 충만한 느낌. 희미한 불빛 아래서 스스로 옷을 벗어야 할 때처럼, 주체할 수 없는 부끄러움 따위. 고백이란 결국 **2인칭을 경유하여 1인칭으로 돌아온다.** 그의 들끓는 고백의 언어들은 고스란히 자신에게 돌아왔다. 한동안 그는, 사랑하는 ○○에게로 시작되는 편지를 자주 썼다. 그녀는 그의 편지를 사랑했다. 정확하게 말하면 **'편지 속의 그'를 그녀는 사랑했다.** 편지 속에는 그가 찾아낸 자신의 **또 다른 영혼**이 있었다. 또 다른 영혼의 '그'는 순수한 열정과 끝 모를 동경과 깊은 이해심을 가진 존재였다. 그도 역시 그녀처럼 자신의 편지 속 1인칭 화자에게 깊이 매료되었다. 하지만 너무 뻔해서 가혹했던 지리멸렬한 시간들 속에서 그는 편지 속의 1인칭 주체를 잊어버렸다.

　편지조차 쓸 수 없는 시간들이 무심하게 지나가고, 다시 편지를 쓰고 싶었을 때, 그는 이미 '편지 속의 그'가 되지 못한다는 것을 알았다. 그는 '편지 속의 그'를 연기하는 것이 부끄러웠고, **자신의 비루함을 뼛속 깊이 실감했다.** 그는 '사랑하는 ○○에게'라는 편지를 쓰고 싶어 하는 자신 속의 어떤 늙지 않는 영혼을, 그 순수한 인격을 외면하고 싶었다. ⓑ누군가가 듣기를 바라는 모든 고백이란, 위선이 아니면 위악이다.
                            – 이광호, 「이젠 되도록 편지 안 드리겠습니다」 –

---

22. (가)~(다)의 공통점으로 가장 적절한 것은?

① 하강적 이미지를 활용하여 시간의 흐름을 보여 준다.
② 자연물에 빗대어 부정적 현실의 극복 가능성을 암시한다.
③ 동일한 구절의 반복과 변주를 통해 상황의 반전을 표현한다.
④ 특정한 행위를 중심으로 행위 주체와 대상의 관계를 드러낸다.
⑤ 공간의 이동에 따라 내용을 전개하여 역동적 분위기를 강화한다.

23. (가)에 대한 이해로 적절하지 <u>않은</u> 것은?

① '아주 추락하지 않을 순간'에 '배'를 밀던 '손'이 '아슬아슬히 배에서 떨어진'다는 것은 이별의 정서적 긴장감을 드러낸다.

② '뵈지도 않는 길'은 '사랑'이 '떠나'는 길이라는 점에서, 이별의 막막한 상황을 공간의 형상으로 드러낸다.

③ '슬픔'을 '밀어내는 것'을 '배'를 밀듯 '한껏 세게 밀어'낸다고 한 것은 이별의 아픔을 떨쳐 내려는 화자의 태도를 드러낸다.

④ '배가 나가'며 생긴 '흉터'가 '잠시 머물다 가라앉'는다는 것은 이별의 슬픔이 잦아든 상태에 있음을 드러낸다.

⑤ '밀려들어' 온 '배'는 '아무 소리 없이' 다시 돌아온 배라는 점에서, 대상과의 재회가 예상대로 이루어짐을 드러낸다.

24. (나)의 '당신'에 대한 설명으로 적절하지 <u>않은</u> 것은?

① 화자와 '한때'의 기억을 잇는 매개적 존재이다.

② 화자의 내면에 살고 있는 '병자'로서 연민의 대상이다.

③ 화자의 눈앞에 없지만 '부'름으로써 환기되는 대상이다.

④ 화자가 '버릴 수 없'고 '무를 수도 없는' 숙명적 존재이다.

⑤ 화자에게 '사랑'과 '슬픔'을 경험하게 하는 이중적 존재이다.

25. 〈보기〉를 참고하여 (나)를 감상한 내용으로 적절하지 <u>않은</u> 것은? [3점]

〈보 기〉

시는 표현하고자 하는 바를 어떤 심적 상태에 놓인 화자의 발화로써 형상화한다. (나)에 나타나 있는 독특한 발화 방식, 즉 끊어질 듯 이어지는 서술, 어휘의 반복적 출현, 맥락이 없어 보이는 구절들의 배열, 수시로 등장하는 말줄임표와 쉼표 등은 사랑의 기억을 떠올리거나 상처를 치유하지 못한 화자의 내면을 드러내는 시적 장치들이다. 이러한 장치들은 사랑의 기억과 함께 상실의 고통을 안고 남은 생을 살아 내야 하는 화자의 복합적인 내면을 생생하게 그려 내는 역할을 한다.

① '킥킥'은 반복적으로 출현하는 웃음의 의성어로서, 사랑과 슬픔이 내재된 화자의 복합적인 정서를 생생하게 드러내는 표현이겠군.

② '상처에 기대, 나 킥킥……, 당신을 부릅니다'는 말줄임표와 쉼표를 사용한 서술로서, 상실의 고통으로 인하여 사랑의 기억이 희미해지는 화자의 심적 상태를 보여 주는 표현이겠군.

③ '킥킥거리며 세월에 대해 혹은 사랑과 상처,'는 맥락이 없어 보이는 표현들이 한데 이어진 서술로서, 감정들이 뒤섞인 화자의 내면을 보여 주는 표현이겠군.

④ '마음의 무덤'은 화자의 심적 상태를 형상화한 서술로서, 상실의 고통을 안고 생을 살아 내야 하는 화자의 내면을 비유한 표현이겠군.

⑤ '이쁜 당신……, 당신이라는 말 참 좋지요.'는 끊어질 듯 이어지는 서술로서, 대상에 대하여 사랑의 감정을 품고 있는 화자의 내면을 보여 주는 표현이겠군.

26. ⓐ, ⓑ에 대한 이해로 가장 적절한 것은?

① ⓐ는 치병의 노력으로도 환후가 사라지는 것은 아니라는 화자의 인식을 말한다.

② ⓐ는 화자가 대상의 아름다움을 발견함으로써 자신의 환후를 의식하지 않게 되었음을 말한다.

③ ⓑ는 사랑의 편지가 상대를 향한 표현일 때, 위선과 위악에서 벗어날 수 있음을 말한다.

④ ⓑ는 더 나은 자신을 드러내려는 욕망이야말로 상대를 매혹하는 진정한 요인임을 말한다.

⑤ ⓐ와 ⓑ는 모두, 아픔을 겪는 이나 고백을 하는 이가 그 아픔이나 고백의 실체를 지각하지 못함을 말한다.

27. 〈보기〉를 바탕으로 (다)를 이해한 내용으로 적절하지 <u>않은</u> 것은?

〈보 기〉

(다)에서 편지는 받는 사람뿐만 아니라 쓰는 사람 자신을 향한 것이기도 하다. 상대에 대한 열망으로 사랑의 편지를 쓰지만 결국 그것은 자신을 표현하는 글이다. 자신을 이상화하려는 욕구에 빠져 있기에 편지는 '그녀'가 사랑할 만한 '그'로 채워진다. 사랑의 편지를 받은 '그녀'는 '편지 속의 그'를 사랑하고, 편지를 쓰는 '그'도 '편지 속의 그'에게 매료되어 있다. 그러나 이런 식의 자기 고백이 지속될 수 없는 까닭은 이 이상화된 '그'와 실제의 '그' 사이의 간극이 주는 부끄러움 때문이다.

① '익명의 욕구'를 '통제할 수 없'다는 것은 상대를 향한 '그'의 사랑이 운명적인 것이어서 사랑을 멈출 수 없음을 말하는군.

② '아무 전언도 들어 있지 않다'는 것은 '처음에 품었던 소소한 의도'를 잊음으로써, 상대를 향한 글쓰기의 '현실적인 목표'가 실패로 돌아갔음을 말하는군.

③ '2인칭을 경유하여 1인칭으로 돌아온다'는 것은 편지가 상대를 향한 '도구적' 기능을 하지 못하고 자기 고백에 그치게 됨을 말하는군.

④ "편지 속의 그'를 그녀는 사랑했다'는 것은 편지를 받은 그녀가 사랑한 상대는 편지 속의 '또 다른 영혼'임을 말하는군.

⑤ '자신의 비루함을 뼛속 깊이 실감했다'는 것은 실제 자신과 이상화된 자신 사이의 간극을 자각한 '그'가 부끄러움에 빠져 있음을 말하는군.

• 홀수 기출 분석서 문학 문제 P.020 / 해설 P.019

[28~31] 다음 글을 읽고 물음에 답하시오.

⊙불편스런 일이 한두 가지가 아니었다. 하지만 허원은 그렇게 스스로 주의하고 고통을 감내해 냈기 때문에 자신의 비밀을 남 앞에 감쪽같이 숨겨 나갈 수 있었다. 아무도 그의 비밀을 눈치챈 사람이 없었다. 비밀이 탄로 나지 않는 한 그의 일상생활은 더 이상 불편을 겪을 필요도 없었다. 인체 생리나 해부학 서적 같은 걸 뒤져 봐도 성인의 배꼽은 거의 아무런 기능도 수행하지 않음을 알 수 있었다. 적어도 그의 외모나 바깥 생활은 정상을 유지할 수 있었다. 그 점만이라도 무척 다행이었다. 그는 일단 안도의 한숨을 내쉬었다.

ⓒ—그깟 놈의 배꼽, 안 가지고 있음 어때.

그쯤 체념을 하고 될 수 있으면 배꼽에 관한 일들을 잊어버리려 했다. ⓒ자신으로부터 배꼽이 사라져 버린 사실을, 그리고 그 때문에 생긴 모든 불편을 잊고, 그 배꼽 없는 생활에 스스로 익숙해져 버리기를 바라 마지않았다. 하지만 문제는 그렇게 간단하지 않았다. 아무리 일상생활에선 드러나게 불편한 점이 없다 해도 그는 역시 배꼽이 없는 자신에 대해 좀처럼 익숙해질 수가 없었다. 그는 자꾸만 허전해서 견딜 수가 없어지곤 했다. 있느니라 여기고 지낼 때는 그처럼 무심스럽던 일이 그런 식으로 한번 **의식의 끈**을 **건드려** 오자 허원의 상념은 잠시도 그 잃어버린 배꼽에서 떠나 있을 수가 없었다.

그는 마침내 **회사 출근**마저 단념하기에 이르렀다. 그러자 신통하게도 **늦잠 버릇**이 깨끗이 자취를 감춰 버렸다. 그는 눈만 뜨면 사라져 없어진 배꼽 때문에 기분이 허전했고, 그러면 그 허망감을 쫓기 위해 배꼽에 관한 끝없는 상념들을 쌓기 시작했다.

(중략)

그리하여 배꼽에 관한 허원의 지식과 **사념**은 자꾸 더 **심오하고 추상적인** 것이 되어 갔다. 그에게는 어느덧 그 나름의 독특한 배꼽론 같은 것이 윤곽을 지어 가고 있었다. 하지만 그러면 그럴수록 허원은 더욱더 허전해지고, 아무 곳에도 발이 닿아 있는 것 같지 않고, 혼자서 외롭게 허공을 둥둥 떠다니고 있는 것처럼 느껴졌다. 그러면 그는 또 거듭 그 허망감을 쫓기 위해 자신의 배꼽론을 완벽하게 발전시켜 나갔다. 마치 그렇게 하여 그는 자신의 사념 속에서 잃어버린 배꼽을 되찾아내고, 그것으로 그 **실물**을 대신해 어떤 식으로든 자신과 세상 간에 큰 불편이 없도록 화해시키고 그것으로 그 난감스런 허망감을 채우려는 듯이. 그의 배꼽론은 가령 이런 식으로까지 발전되어 있었다.

— 우리는 누구나 **배꼽**을 가지고 있다…… 우리는 우리들의 어머니로부터 **탯줄**이 끊어지는 순간 이 우주의 한 단자(單子)로서 고독하게 존재하게 되었다. 그러나 우리는 영원히 그 탯줄의 기억을 잊지 않는다. 우리 영혼은 언제까지나 그 어머니의 탯줄과 이어지려 하고, 또다시 그 어머니의 어머니의 탯줄과 이어져 나가면서 우리 **존재**를 설명하고 근원을 밝혀 나가며, 마침내는 마지막 어머니의 탯줄이 이어지는 우리들의 **우주와 만나게** 된다…… 우리의 배꼽은 우리가 그 마지막 우주와 만나고자 하는 향수의 표상이며 가능성의 상징이며 존재의 비밀로 나아가는 형이상학이다. 그 비밀의 문이다……

그는 어느덧 배꼽에 대해 당당한 일가견을 이룬 배꼽 전문가가 되어 가고 있었다.

ⓔ어느 해 여름이었다. 하니까 그것은 허원이 자신의 배꼽을 잃어버리고 나서 불편하기 그지없는 세 번째의 여름을 맞고 있을 때였다. 그는 물론 배꼽을 잃어버린 자신에 대해 아직도 완전한 익숙해지질 못하고 있었다. **그의 사념** 역시 언제나 그 눈에 보이지 않는 배꼽에 매달려 거기에서밖에는 영영 더 이상 자유로워질 수가 없었다. 그 대신 허원은 이제 그 자신의 **배꼽론**에 대해선 매우 **확고한 경지**에 도달해 있었다.

그럴 즈음이었다. 허원은 문득 **세상 사람들**이 수상쩍어지기 시작했다. 어느 때부턴지는 확실히 알 수 없었지만, 세상 사람들 역시 무슨 이유에선지 이 인간 장기의 한 조그만 흔적에 대해 **심상찮은 관심**을 나타내기 시작한 것이다. 배꼽에 대한 사람들의 관심 역시 기왕부터 있어 온 것을 여태까지 서로 모르고 지내 오다가 비로소 어떤 기미를 알아차리게 된 것인지, 혹은 사람들로 하여금 그런 관심을 내보이게 할 만한 무슨 우연찮은 계기가 마련되었는지는 확실치가 않았다. 그리고 무엇 때문에 사람들에게서 그런 관심이 시작되었는지 그 이유를 알 수도 없었다. 하지만 그것은 어쨌든 **사실**이었다. 주의를 기울여 보니 관심의 정도도 여간이 아니었다. 한두 사람, 한두 곳에서만 나타난 현상이 아니었다. 그것은 이미 일반적인 현상이 되어 가고 있었다. 그리고 그렇듯 **배꼽 이야기**가 **일반화**의 기미를 엿보이기 시작하자 사람들은 이제 그걸 신호로 아무 흥허물 없이 터놓고 지껄이거나 신문, 잡지 같은 데서 진지하게 논의의 대상을 삼기도 하였다. ⓜ배꼽에 관한 논의가 그렇듯 갑자기 시중 일반에까지 성행하기 시작한 것이다.

기묘한 현상이었다.

— 이청준, 「배꼽을 주제로 한 변주곡」 —

28. ⊙~ⓜ의 서술 방식에 대한 설명으로 가장 적절한 것은?

① ⊙: 누구의 생각을 누가 말하는지 명시한 표현을 나타내어 서술하고 있다.

② ⓒ: 인물의 생각을 서술자가 평가하며 그 심화된 의미를 함축하여 서술하고 있다.

③ ⓒ: 인물의 의식을 인물 자신의 생생한 목소리를 통해 서술하고 있다.

④ ⓔ: 인물의 상황에 관련된 정보를 부가하여 서술하고 있다.

⑤ ⓜ: 인물 행동의 진행 과정을 순차적으로 서술하고 있다.

29. 비밀의 서사적 기능으로 가장 적절한 것은?

① 자신의 신념을 인물이 돌이켜 본 결과로, 새로운 세계관을 바탕으로 하는 주제를 형성한다.

② 얽힌 인간관계를 인물이 성찰하는 전환점으로, 갈등으로 인한 위기감을 완화한다.

③ 일상적이지 않은 경험을 인물이 의식한다는 표지로, 인물의 심리적 동요를 부른다.

④ 상충된 이해관계를 인물이 조정하는 단서로, 심화된 사회적 갈등을 해소한다.

⑤ 기성의 질서에 인물이 저항한다는 신호로, 돌발적 사건의 발생을 알린다.

30. '허원'을 중심으로 윗글을 이해한 내용으로 적절하지 <u>않은</u> 것은?

① '허원'은 '실물'과 관련하여 시작된 '사념'을 통해 '존재'의 의미를 발견해 간다.

② '허원'은 '실물'이 몸에서 큰 기능을 하지 않는다는 것을 알고 일단 안도감을 느끼게 된다.

③ '허원'은 '사념'을 방편으로 삼아 자신의 현재 상태에 대해 다른 방향에서 접근하고자 한다.

④ '허원'은 '심상찮은 관심'의 원인에 대해 궁금해하면서 '세상 사람들'에게 주의를 기울이게 된다.

⑤ '허원'은 '실물'에 대한 인식을 '세상 사람들'과 공유하게 되면서, 그간 이어 온 '사념'을 더 이상 지속하지 않게 된다.

31. 〈보기〉를 참고하여 윗글을 감상한 내용으로 적절하지 <u>않은</u> 것은? [3점]

〈보 기〉

「배꼽을 주제로 한 변주곡」은 주인공이 배꼽을 잃어버렸다는 허구적 설정으로 시작하여, 이후 배꼽을 둘러싼 희화적 에피소드들이 이어진다. 주인공은 으레 있어야 할 것이 없어져 불편한 생활을 이어 가던 중 배꼽에 관심을 갖는 이들이 늘어나고 있음을 알게 된다. 이 과정에서 배꼽에 관련된 개인적 상황은 물론 인간 존재와 사회 상황에 대한 심층적 의미의 탐색이 이루어진다.

① '의식의 끈'이 '건드려'짐으로써 주인공이 비정상적 문제 상황에 지속적으로 주목하게 된 것이겠군.

② '회사 출근'을 포기하게 되고 '늦잠 버릇'이 사라진 상황은, 주인공의 일상이 변화된 모습을 보여 준다고 할 수 있겠군.

③ '배꼽'을 '탯줄'에 연관하여 이해하는 것은, 개인에 관련된 생각을 '우주와 만나'는 '심오하고 추상적인' 생각으로 확장하는 실마리가 된다고 할 수 있겠군.

④ '그의 사념'이 도달한 '배꼽론'의 '확고한 경지'는 사소한 것의 심층적 의미를 탐색할 때 이를 수 있으므로, 그 사소한 것에 얽매이지 않는 자유로운 상태에서 실현이 가능해지겠군.

⑤ '기묘한 현상'은, '배꼽 이야기'가 '일반화'되는 상황이 뜻밖이지만 '사실'로 나타나는 현상을 두고 일컬은 말이라고 할 수 있겠군.

• 홀수 기출 분석서 문학 문제 P.022 / 해설 P.024

[32~34] 다음 글을 읽고 물음에 답하시오.

(가)

어져 어져 저기 가는 저 사람아
네 행색을 보아 하니 군사 도망 네로구나
허리 위로 볼작시면 베적삼이 깃만 남고
허리 아래 굽어보니 헌 잠방이 노닥노닥
곱장 할미 앞에 가고 전태발이 뒤에 간다
십 리 길을 하루 가니 몇 리 가서 엎어지리
내 고을의 양반 사람 타도 타관 옮겨 살면
천히 되기 상사여든 본토 군정(軍丁) 싫다 하고
자네 또한 도망하면 일국 일토(一土) 한 인심에
근본 숨겨 살려 한들 어데 간들 면할손가
차라리 네 살던 곳에 아무렇게나 뿌리박혀
칠팔월에 ㉠인삼 캐고 구시월에 돈피* 잡아
공채 신역 갚은 후에 그 나머지 두었다가
함흥 북청 홍원 장사 돌아들어 잠매할 때
후한 값에 팔아 내어 살기 좋은 넓은 곳에
가사 전토(家舍田土) 다시 사고 살림살이 장만하여
부모처자 보전하고 새 즐거움 누리려무나

어와 생원인지 초관인지
그대 말씀 그만두고 **이내** 말씀 들어 보소
이 내 또한 갑민(甲民)*이라 이 땅에서 생장하니 이때 일을 모를
쏘냐
우리 조상 남쪽 양반 진사 급제 계속하여
금장 옥패 빗기 차고 시종신을 다니다가
시기인의 참소 입어 변방으로 쫓겨 와서
국내 변방 이 땅에서 칠팔 대를 살아오니
조상 덕에 하는 일이 읍중 구실 첫째로다
들어가면 좌수 별감 나가서는 풍헌 감관
유사 장의 채지 나면 체면 보아 사양터니
애슬프다 내 시절에 원수인의 모해로써
군사 강정 되단 말가 내 한 몸이 헐어 나니
좌우전후 수다 일가 차차 충군(充軍) 되것고야
조상 제사 이내 몸은 하릴없이 매여 있고
시름없는 친족들은 자취 없이 도망하고
여러 사람 모든 신역 내 한 몸에 모두 무니
한 몸 신역 삼 냥 오 전 돈피 두 장 의법이라
열두 사람 없는 구실 합쳐 보면 사십육 냥
해마다 맡아 무니 석숭*인들 당할쏘냐

                                    – 작자 미상, 「갑민가」 –

*돈피: 담비 가죽.
*갑민: 갑산의 백성.
*석숭: 중국 진나라 때의 부자.

(나)

녹양방초 언덕에 소 먹이는 **아희들**아
앞내 ⓛ고기 뒷내 고기를 다 몽땅 잡아내 다래끼*에 넣어 주거든
네 소 궁둥이에 얹었다가 주렴
　우리도 서주(西疇)*에 일이 많아 바삐 가는 길이매 가 전할동 말동
하여라

                                    – 작자 미상, 사설시조 –

*다래끼: 물고기나 작은 물건 등을 넣는 바구니.
*서주: 서쪽 밭.

32. (가)에 대한 설명으로 적절하지 **않은** 것은?

① 대구 표현으로 외양을 묘사하여 대상의 처지를 드러낸다.
② 행위의 실행을 가정하여 부정적 전망을 제시한다.
③ 의문의 표현을 사용하여 상대의 행적에 대해 의심한다.
④ 과거와 현재를 대비하여 악화된 처지를 보여 준다.
⑤ 구체적 수치를 제시하여 감당하기 힘든 현실을 드러낸다.

33. ㉠, ㉡에 대한 이해로 가장 적절한 것은?

① ㉠은 ㉠을 언급하는 화자가 이주해 가려는 땅에서 재배할 약재이다.
② ㉡은 ㉡을 언급하는 화자가 말을 건네는 상대에게 노동의 대가로 주는
　보상이다.
③ ㉠과 ㉡은 모두, 각각을 언급하는 화자가 유흥을 목적으로 구하려는
　물품이다.
④ ㉠과 ㉡은 모두, 각각을 언급하는 화자가 획득하려면 상대의 도움이
　필요한 대상이다.
⑤ ㉠과 ㉡은 모두, 각각을 언급하는 화자가 보기에 상대가 했으면 하는
　행위의 대상이다.

34. 〈보기〉를 참고하여 (가), (나)를 감상한 내용으로 적절하지 **않은** 것은?
[3점]

〈보 기〉

　조선 후기의 가사나 사설시조에서는 입장이 다른 발화자가 등장
하는 대화체를 사용해 작중 상황을 극의 한 장면처럼 만들기도
한다. 대화를 통해 사실성을 추구하는 작품의 경우, 구체적 소재
와 다각적인 내용으로 그 시대 삶의 모습을 보여 준다. 대화를
통해 유희성을 보이는 작품의 경우, 대화가 논쟁, 의견 불일치
등 의외의 상황으로 전개되면서 재미가 생겨나며, 때로 등장하는
불완전한 표현은 이러한 작품이 내용 자체보다 대화의 전개 양상
에 주목함을 보여 준다.

① (가)의 '그대'가 '자네'의 선택과 다른 권유를 함으로써 '자네'가 풀어낸
　사연은, 당시 갑산 백성이 겪었음 직한 고통을 사실적으로 보여 주는군.
② (가)의 '이내' 말씀은 집안의 내력과 사회적 지위를 구체적으로 언급
　하며 사회의 부조리를 해결하자는 입장으로, '그대' 말씀과 의견이
　일치하지 않는군.
③ (나)는 선행하는 화자의 요청에 대해 '우리'가 선행하는 화자의 기대에
　어긋난 대답을 하면서 대화가 의외의 상황으로 펼쳐지는군.
④ (나)의 선행하는 화자가 '고기'를 누구에게 주라고 하는지 명시하지
　않아 불완전한 표현이 된 것은 이 작품이 내용보다 대화의 전개 양상에
　주목한다는 것을 드러내는군.
⑤ (가)의 '그대'는 길 가는 '자네'를, (나)의 선행하는 화자는 소 먹이는
　'아희들'을 불러 말을 건네고 있어 작품의 상황이 극 중 장면처럼
　보이는군.

▶ 소요 시간　　　분　　　초

* 확인 사항

○ 답안지의 해당란에 필요한 내용을 정확히 기입(표기)했는지 확인
하시오.

국어 영역

• 홀수 기출 분석서 **독서** 문제 P.026 / 해설 P.032

[1~3] 다음 글을 읽고 물음에 답하시오.

학습 목적으로 글을 읽을 때 독자는 문자 이외에 그림, 사진 등의 시각 자료가 포함된 글을 접하곤 한다. 시각 자료가 글 내용을 이해하는 데 도움을 준다는 견해에 따르면, 시각 자료는 문자 외에 또 다른 학습 단서가 된다. 문자로만 구성된 글을 읽을 때 독자는 머릿속으로 문자가 제공하는 정보, 즉 '문자 정보'만을 처리하지만, 시각 자료가 포함된 글을 읽을 때는 '이미지 정보'도 함께 처리한다. 이 두 정보들은 서로 참조되면서 연결되어 독자가 글 내용을 이해하는 데 상호 보완적으로 기여한다. 독자가 문자 정보를 떠올리지 못할 때 이미지 정보가 단서가 되어 글 내용을 기억하는 데도 도움을 준다.

시각 자료는 글 내용과 관련하여 어떤 목적으로 쓰이는가에 따라 예시적, 설명적, 보충적 시각 자료로 구분할 수 있다. 예시적 시각 자료는 글 내용을 시각화하여 보여 주는 데 목적이 있다. 설명적 시각 자료는 글 내용을 시각화하여 제시하는 목적에 더하여 글에서 다룬 내용을 보완하는 목적으로 쓰인다. 보충적 시각 자료는 글의 주제와 관련이 있지만 글에서 다루어지지 않은 내용을 추가하여 보충하는 목적으로 쓰인다. 이에 따라 보충적 시각 자료는 글 내용의 범위를 확장하는 특징이 있다. 이 외에 독자의 흥미를 유발하거나 글 내용과 관련 없이 여백을 메우는 목적으로 장식적 시각 자료가 쓰이기도 한다.

㉠글 내용과 관련된 시각 자료를 포함한 글을 읽을 때, 독자는 글의 내용과 시각 자료의 관계를 살피고 시각 자료로 강조된 중요한 정보를 파악해야 한다. 또한 시각 자료가 설명 대상이나 개념을 적절하게 표현하는지, 글에서 효과적으로 쓰이는지를 판단해야 한다. 이를 토대로, 독자는 글 내용과 이에 적합한 시각 자료를 종합하여 의미를 구성해야 한다. 독자는 매력적인 시각 자료에 사로잡혀 읽기의 목적을 잃지 않고, 낯설고 복잡한 시각 자료도 읽어 내는 능동성을 발휘할 필요가 있다.

1. 윗글의 내용과 일치하지 <u>않는</u> 것은?

① 시각 자료는 여백을 채우는 목적으로 쓰이기도 한다.
② 글에서 중요한 정보를 시각 자료를 통해 부각할 수 있다.
③ 독자가 시각 자료에 끌리다 보면 글을 읽는 목적을 잃을 수 있다.
④ 시각 자료의 용도는 머릿속에서 처리되는 정보의 종류에 따라 구분된다.
⑤ 독자는 낯선 시각 자료도 읽어 내는 능동적 자세를 가질 필요가 있다.

2. ㉠에 대한 이해로 적절하지 <u>않은</u> 것은?

① 글의 의미는 글 내용과 시각 자료를 종합하여 구성할 수 있다.
② 문자 정보와 이미지 정보는 상호 참조되어 보완적으로 작용할 수 있다.
③ 문자로만 구성된 글보다 내용을 이해하기가 쉬웠다면 이미지 정보가 단서가 되었을 수 있다.
④ 글에서 설명하는 개념과 시각 자료의 관련성을 따지고 시각 자료의 적절성을 판단할 필요가 있다.
⑤ 문자 정보 처리와 이미지 정보 처리를 통해 연결된 정보를 독자가 떠올려야 글의 내용을 기억할 수 있다.

3. 〈보기〉는 학생이 쓴 독서 일지의 일부이다. 윗글을 바탕으로 〈보기〉를 설명한 내용으로 가장 적절한 것은? [3점]

〈보 기〉

'이집트의 기록 문화'라는 제목의 글을 읽었다. 제목 옆에 비행기 그림이 있었다. 글은 "파피루스 줄기를 잘라, 줄기를 가로세로로 겹치고 서로 붙여 종이를 만들었다."라는 내용만 있어서 이해하기 어려웠다. 글 속에 있는 그림을 보니, 그림 1에서 파피루스 줄기를 같은 길이로 길고 얇게 자른다는 것을, 그림 2에서 그것들을 가로세로로 겹치고 서로 붙여 종이를 만든다는 것을 알 수 있었다. 그림 3은 이집트 상형 문자가 벽에 새겨진 모습을 담고 있었다.

① 비행기 그림은 글 내용을 시각적으로 보여 주는 예시적 시각 자료이다.
② 그림 1은 글 내용을 시각화해 보여 주면서 글 내용도 보완해 주는 설명적 시각 자료이다.
③ 그림 2는 글에서 다루지 않은 내용을 보여 주는 보충적 시각 자료이다.
④ 그림 3은 글 내용에 있는 설명 대상을 표현하여 글의 주제와의 관계를 보여 주고 있다.
⑤ 그림 2와 3은 글에서 다룬 내용을 보완하여 글의 범위를 확장하고 있다.

• 홀수 기출 분석서 독서 문제 P.062 / 해설 P.094

[4~7] 다음 글을 읽고 물음에 답하시오.

공정거래위원회는 시장 경쟁을 촉진하고 소비자 주권을 확립하기 위해, 사업자의 불공정한 거래 행위와 부당한 광고를 규제한다. 이를 위해 '공정거래법'과 '표시광고법'을 활용한다.

'공정거래법'은 사업자의 재판매 가격 유지 행위를 원칙적으로 금지한다. ㉠재판매 가격 유지 행위란 사업자가 상품·용역을 거래할 때 거래 상대방 사업자 또는 그다음 거래 단계별 사업자에게 거래 가격을 정해 그 가격대로 판매·제공할 것을 강제하거나 그 가격대로 판매·제공하도록 그 밖의 구속 조건을 ⓐ붙여 거래하는 행위이다. 이때 거래 가격에는 재판매 가격, 최고 가격, 최저 가격, 기준 가격이 포함된다. 권장 소비자 가격이라도 강제성이 있다면 재판매 가격 유지 행위에 해당한다.

재판매 가격 유지 행위는 사업자의 가격 결정의 자유, 즉 영업의 자유를 제한하고 사업자 간 가격 경쟁을 제한한다. 유통 조직의 효율성도 저하시킨다. 재판매 가격 유지 행위를 하는 사업자는 형사 처벌은 받지 않지만 시정명령이나 과징금 부과 대상이 될 수 있다. 다만, '공정거래법'에 따라 공정거래위원회가 고시하는 출판된 저작물은 금지 대상이 아니다. 또 경쟁 제한의 폐해보다 소비자 후생 증대 효과가 큰 경우 등 정당한 이유가 있으면 재판매 가격 유지 행위가 허용되는데, 그 이유는 사업자가 입증해야 한다.

'표시광고법'은 소비자를 속이거나 오인하게 할 우려가 있는 부당한 광고를 금지한다. 광고는 표현의 자유와 영업의 자유로 보호받는다. 하지만 사실과 다르거나 사실을 지나치게 부풀리는 거짓·과장 광고, 사실을 은폐하거나 축소하는 기만 광고를 금지한다. 이를 위반한 사업자는 시정명령이나 과징금 부과 또는 형사 처벌 대상이 될 수 있다.

추천·보증과 이용후기를 활용한 인터넷 광고가 늘면서 부당 광고 심사 기준이 중요해졌다. 공정거래위원회의 '추천·보증 광고 심사 지침', '인터넷 광고 심사 지침'에 따르면 추천·보증은 사업자의 의견이 아니라 제3자의 독자적 의견으로 인식되는 표현으로서, 해당 상품·용역의 장점을 알리거나 구매·사용을 권장하는 것이다. 경험적 사실을 근거로 추천·보증을 할 때는 실제 사용해 봐야 하고 추천·보증을 하는 내용이 경험한 사실에 부합해야 부당한 광고로 제재받지 않는다. 전문적 판단을 근거로 추천·보증을 할 때는 그 내용이 해당 분야의 전문적 지식에 부합해야 한다. 추천·보증이 광고에 활용되면서 추천·보증을 한 사람이 사업자로부터 현금 등의 대가를 지급받는 등 경제적 이해관계가 있다면 해당 게시물에 이를 명시해야 한다.

위의 두 심사 지침에서 말하는 ㉡이용후기 광고란 사업자가 자사 홈페이지 등에 게시된 소비자의 상품 이용후기를 활용해 광고하는 것이다. 사업자는 자신에게 유리한 이용후기는 광고로 적극 활용한다. 반면 사업자는 자신에게 불리한 이용후기는 비공개하거나 삭제하기도 하는데, 합리적 이유가 없다면 이는 부당한 광고가 될 수 있다. 사업자는 자신에게 불리한 이용후기의 게시자를 인터넷상 명예훼손죄로 고소하기도 한다. 이때 이용후기가 객관적 내용으로 자신의 사용 경험에 바탕을 두고 다른 이용자에게 도움을 주려는 등 공공의 이익에 관한 것으로 인정받는다면, 게시자의 비방할 목적이 부정되어 명예훼손죄가 성립하지 않는다.

4. 윗글을 통해 알 수 있는 내용으로 적절하지 <u>않은</u> 것은?

① 부당한 광고 행위에 대해서는 재판매 가격 유지 행위와 달리 형사 처벌이 내려질 수 있다.

② 거래 단계별 사업자에게 거래 가격을 강제하는 것은 유통 조직의 효율성 저하를 초래한다.

③ 재판매 가격 유지 행위의 정당성을 인정받고자 하는 사업자는 그 행위의 정당성을 입증할 책임을 진다.

④ 경험적 사실을 바탕으로 한 추천·보증은 심사 지침에 따라 해당 분야의 전문적 지식에 부합해야 한다.

⑤ 공정거래위원회가 고시하는 출판된 저작물의 사업자는 거래 상대방 사업자에게 기준 가격을 지정할 수 있다.

5. ㉠, ㉡에 대한 이해로 가장 적절한 것은?

① ㉠은 소비자 후생 증대 효과가 시장 경쟁 제한의 폐해보다 작은 경우에 허용된다.

② ㉠을 '공정거래법'에서 금지하는 목적은 사업자의 가격 결정의 자유를 제한하기 위한 것이다.

③ ㉡을 할 때 사업자는 영업의 자유를 보호받지만 표현의 자유는 보호받지 못한다.

④ ㉡은 사업자가 자사의 홈페이지에 직접 작성해서 게시한 이용후기를 광고로 활용하는 것을 포함하지 않는다.

⑤ ㉠은 사업자와 소비자 간에, ㉡은 소비자와 소비자 간에 직접 일어나는 행위이다.

6. 윗글을 바탕으로 〈보기〉를 이해한 내용으로 적절하지 <u>않은</u> 것은? [3점]

---〈보 기〉---

A 상품 제조 사업자인 갑은 거래 상대방 사업자에게 특정 판매 가격을 지정해 거래했다. 갑의 회사 홈페이지에 A 상품에 대한 이용후기가 다수 게시되었다. 갑은 그중 A 상품의 품질 불량을 문제 삼은 이용후기 200개를 삭제하고, 박○○ 교수팀이 A 상품을 추천·보증한 광고를 게시했다. 광고 대행사 직원 을은 A 상품의 효능이 뛰어나다는 후기를 갑의 회사 홈페이지에 게시했다. 소비자 병은 A 상품을 사용하며 발견한 하자를 찍은 사진과 품질이 불량하다는 글을 갑의 회사 홈페이지에 게시했다. 갑은 병을 명예훼손죄로 처벌해 달라며 수사 기관에 고소했다.

---

① 갑이 A 상품의 품질 불량을 은폐하기 위해 자신에게 불리한 이용후기를 삭제하는 대신 비공개 처리하는 것도 부당한 광고에 해당하겠군.

② 갑이 박○○ 교수팀이 A 상품을 실험·검증하고 우수성을 추천·보증했다고 광고했으나 해당 실험이 진행된 적이 없다면 갑은 부당한 광고 행위로 제재를 받겠군.

③ 갑이 거래 상대방에게 판매 가격을 지정하며 이를 준수하도록 부과한 조건에 대해 정당성을 인정받지 못했더라도 그 가격이 권장 소비자 가격이었다면 갑은 제재를 받지 않겠군.

④ 을이 갑으로부터 금전을 받고 갑의 회사 홈페이지에 A 상품의 장점을 알리는 이용후기를 게시했다면 대가성이 있었다는 사실을 명시해야겠군.

⑤ 병이 A 상품을 직접 사용해 보고 그 상품의 결점을 제시하면서 다른 소비자들에게 도움을 주려는 취지로 이용후기를 게시한 점이 인정된다면 명예훼손죄가 성립되지 않겠군.

7. ⓐ와 문맥상 의미가 가장 가까운 것은?

① 그는 내 의견에 본인의 견해를 <u>붙여</u> 발언을 이어 갔다.
② 나는 수영에 재미를 <u>붙여</u> 수영장에 다니기로 결정했다.
③ 그는 따뜻한 바닥에 등을 <u>붙여</u> 잠깐 동안 잠을 청했다.
④ 나는 알림판에 게시물을 <u>붙여</u> 동아리 행사를 홍보했다.
⑤ 그는 숯에 불을 <u>붙여</u> 고기를 배부를 만큼 구워 먹었다.

• 홀수 기출 분석서 [독서] 문제 P.098 / 해설 P.182

[8~11] 다음 글을 읽고 물음에 답하시오.

블록체인 기술은 데이터를 블록이라는 단위로 묶어 체인 형태로 연결한 것을 여러 대의 컴퓨터에 중복 저장하는 기술이다. 체인 형태로 연결된 블록의 집합을 블록체인이라 하고, 블록체인을 저장하는 컴퓨터를 노드라고 한다. 새로 생성된 블록은 노드들에 전파된다. 노드들은 블록에 포함된 내용이 블록체인의 다른 블록에 있는 내용과 상충되지 않는지, 동일한 내용이 블록체인의 다른 블록에 이중으로 포함되어 있지 않은지 검증한다. 검증이 끝난 블록을 블록체인에 연결할지 여부는 모든 노드들이 참여하는 승인 과정을 통해 정해진다. 승인이 완료된 블록은 블록체인에 연결되고, 이 블록체인은 노드들에 저장된다. 승인 과정에는 합의 알고리즘이 사용되고, 합의 알고리즘의 예로 '작업증명'이 있다.

블록체인 기술의 성능은 블록체인에 데이터가 저장되는 속도로 정의되며, 단위 시간당 블록체인에 저장되는 데이터의 양으로 계산될 수 있다. 블록체인 기술은 공개형과 비공개형으로 구분된다. 비공개형은 공개형과 달리 노드 수에 제한을 두고, 일반적으로 공개형에 비해 합의 알고리즘의 속도가 빠르다. 따라서 비공개형은 승인 과정에 걸리는 시간이 짧기 때문에 성능이 높다.

데이터가 무단으로 변경되기 어렵다는 성질을 무결성이라 하는데 무결성은 블록체인 기술의 대표적인 장점이다. 특정 노드에 저장되어 있는 일부 데이터가 변경되면 변경된 블록과 그 이후의 블록들은 블록체인과의 연결이 끊어진다. 끊어진 모든 블록을 다시 연결하는 것은 승인 과정을 필요로 하기 때문에 연결을 복구하는 것은 어렵다. 즉 블록과 블록체인의 연결을 유지하면서 블록체인에 포함된 데이터를 변경하는 것이 어려우므로 블록체인 데이터는 무결성이 높다. 무단 변경과 달리, 일부 데이터가 지워져도 승인된 원래의 데이터로 복원할 때는 승인 과정이 필요하지 않다. 따라서 ㉠블록체인에 포함된 데이터는 일부가 지워지더라도 복원이 용이하다.

블록체인 기술에서 고려해야 할 세 가지 특성이 있다. 보안성은 데이터의 무단 변경이 어려울 뿐 아니라 동일한 내용의 데이터가 블록체인의 서로 다른 블록에 또는 단일 블록에 이중으로 포함되는 것이 어렵다는 성질이다. 승인 과정에 걸리는 시간이 줄거나 노드 수가 감소하면 보안성은 낮아진다. 탈중앙성은 승인 과정에 다수의 노드들이 참여하고, 특정 노드가 승인 과정을 주도하지 않는다는 성질이다. 노드 수가 감소하면 탈중앙성은 낮아진다. 확장성은 블록체인 기술이 목표로 하는 응용 분야에 적용 가능할 만큼 성능이 높고, 노드 수가 증가해도 서비스 유지가 가능하다는 성질이다. 노드 수가 증가하면 성능이 저하되므로, 확장성이 높다는 것은 노드 수가 증가하더라도 성능 저하가 크지 않다는 것을 의미한다. 그래서 기술 변화 없이 확장성을 높이고자 할 때 노드 수를 제한하는 방법이 사용되기도 한다. 노드 수를 제한하면 성능 저하를 막을 수 있기 때문이다. 아직까지 블록체인 기술은 보안성, 탈중앙성, 확장성을 함께 높일 수 있는 방법이 없어 대규모로 채택되지 못하고 있다.

8. 다음은 윗글을 읽은 학생에게 제공된 학습지의 일부이다. 학생의 '판단 결과'로 적절하지 <u>않은</u> 것은?

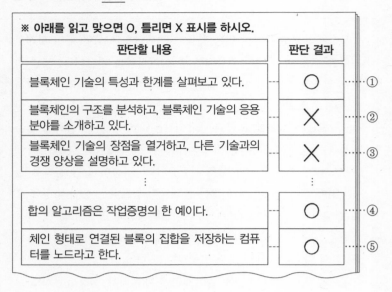

※ 아래를 읽고 맞으면 O, 틀리면 X 표시를 하시오.	
판단할 내용	판단 결과
블록체인 기술의 특성과 한계를 살펴보고 있다.	◯ ……①
블록체인의 구조를 분석하고, 블록체인 기술의 응용 분야를 소개하고 있다.	✕ ……②
블록체인 기술의 장점을 열거하고, 다른 기술과의 경쟁 양상을 설명하고 있다.	✕ ……③
합의 알고리즘은 작업증명의 한 예이다.	◯ ……④
체인 형태로 연결된 블록의 집합을 저장하는 컴퓨터를 노드라고 한다.	◯ ……⑤

9. 윗글에 대한 이해로 가장 적절한 것은?
① 승인 과정에 참여할 노드를 결정하기 위해 합의 알고리즘이 사용된다.
② 일부 블록체인 데이터가 변경되면 전체 노드의 모든 블록은 승인 과정을 다시 거쳐야 한다.
③ 블록과 블록체인의 연결을 유지하면서 블록체인 데이터를 삭제할 수 있으면 보안성이 높다.
④ 공개형 블록체인 기술은 같은 양의 데이터가 저장되는 데 걸리는 시간이 짧을수록 성능이 낮아진다.
⑤ 블록이 블록체인에 연결되기 위해서는 블록의 데이터가 블록체인의 다른 데이터와 비교되어야 한다.

10. ㉠의 이유로 가장 적절한 것은?
① 블록체인에 포함된 데이터는 변경이 쉽기 때문이다.
② 블록체인이 여러 노드들에 중복 저장되기 때문이다.
③ 승인 과정에 참여하는 노드 수에 제한이 있기 때문이다.
④ 데이터가 블록체인에 포함되기 위해서는 승인 과정을 필요로 하기 때문이다.
⑤ 동일한 데이터가 블록체인에 연결된 서로 다른 블록에 이중으로 포함되어 있기 때문이다.

11. 윗글을 바탕으로 〈보기〉를 이해한 내용으로 가장 적절한 것은? [3점]

〈보 기〉

노드 수가 10개로 고정된 블록체인 기술을 사용하고 있는 A 업체는 이전에 사용하던 작업증명 대신 속도가 더 빠른 합의 알고리즘을 개발해, 유통 분야에서 요구되는 성능을 초과 달성했다. 한편 B 업체는 최근 A 업체보다 데이터의 위조 불가능성을 향상시킨 블록체인 기술을 개발했다. 이 기술은 노드 수에 제한이 없지만 현재는 200개의 노드가 참여하고 있다. 승인 과정에는 작업증명을 사용한다.

① A 업체의 블록체인 기술은 이전보다 확장성과 보안성이 모두 높아졌겠군.
② B 업체의 블록체인 기술은 노드 수가 증가할수록 보안성과 확장성이 모두 높아지겠군.
③ B 업체의 블록체인 기술은 노드 수가 감소하면 성능은 높아지고 탈중앙성이 낮아지겠군.
④ A 업체의 블록체인 기술은 B 업체와 달리 공개형이고, B 업체보다 탈중앙성이 낮겠군.
⑤ A 업체의 블록체인 기술은 B 업체와 승인 과정이 다르고, B 업체보다 무결성이 높겠군.

▶ 소요 시간 ☐ 분 ☐ 초

• 홀수 기출 분석서 **독서** 문제 P.138 / 해설 P.268

[12~17] 다음 글을 읽고 물음에 답하시오.

(가)
리얼리즘 영화 이론가 앙드레 바쟁에 따르면 영화는 '세상을 향해 열린 창'이다. 창을 통해 세상을 인식하는 것처럼, 관객은 영화를 통해 현실을 객관적으로 인식할 수 있다. 영화가 담아내고자 하는 현실은 물리적 시·공간이 분할되지 않는 하나의 총체로, 그 의미가 미리 정해지지 않은 미결정의 상태이다. 바쟁은 영화가 현실의 물리적 연속성과 미결정성을 있는 그대로 드러내야 한다고 생각했다.
바쟁은 영화감독을 '이미지를 믿는 감독'과 '현실을 믿는 감독'으로 분류했다. 영화의 형식을 중시한 '이미지를 믿는 감독'은 다양한 영화적 기법으로 현실을 변형하여 ⓐ새로운 의미를 창조하는 데 주력한다. 몽타주의 대가인 예이젠시테인이 대표적이다. 몽타주는 추상적이거나 상징적인 이미지를 통해 관객이 익숙한 대상을 낯설게 받아들이게 한다. 또한 짧은 숏들을 불규칙적으로 편집해서 영화가 재현한 공간이 불연속적으로 연결된 듯한 느낌을 만들어 낸다. 바쟁은 몽타주가 현실의 연속성을 ⓑ깨뜨릴 뿐만 아니라 감독의 의도에 따라 관객이 현실을 하나의 의미로만 해석하게 할 우려가 있는 연출 방식이라고 생각했다.
바쟁은 '현실을 믿는 감독'을 지지했다. 이들은 '이미지를 믿는 감독'

과 달리 영화의 내용, 즉 현실을 더 중요하게 생각하기에 변형되지 않은 현실을 객관적으로 보여 주고자 한다. 디프 포커스와 롱 테이크는 이를 가능하게 해 주는 영화적 기법이다. 디프 포커스는 근경에서 원경까지 숏 전체를 선명하게 초점을 맞춰 촬영하는 기법으로, 원근감이 느껴지도록 공간감을 표현할 수 있다. 롱 테이크는 하나의 숏이 1~2분 이상 끊김 없이 길게 진행되도록 촬영하는 기법이다. 영화 속 사건이 지속되는 시간과 관객의 영화 체험 시간이 일치하여 현실을 ⓒ마주하는 듯한 효과를 낳는다. 바쟁에 따르면, 디프 포커스와 롱 테이크를 혼용하여 연출한 장면은 관객이 그 장면에 담긴 인물이나 사물을 자율적으로 선택하여 응시하면서 화면 속 공간 전체와 사건의 전개를 지켜볼 수 있게 해 준다.

바쟁은 현실의 공간에서 자연광을 이용해 촬영하거나, 연기 경험이 없는 일반인을 배우로 ⓓ쓰는 등 다큐멘터리처럼 강한 현실감을 만들어 내는 연출 방식에 찬사를 보냈다. 또한 정교하게 구조화된 서사를 통해 의미를 명확하게 제시하는 영화보다는 열린 결말을 통해 의미를 확정적으로 제시하지 않는 영화를 선호했다. 이러한 영화가 미결정 상태의 현실을 있는 그대로 드러낸다고 생각했기 때문이다.

(나)

정신 분석학적 영화 이론에 따르면 ㉠관객이 영화에서 느끼는 현실감은 상상적인 것이며 환영이다. 영화와 관객의 심리 사이의 관계를 다루는 정신분석학적 영화 이론은 영화와 관객 사이에 발생하는 동일시 현상에 주목한다. 이런 동일시 현상은 영화 장치로 인해 발생한다. 이때 영화 장치는 카메라, 영화의 서사, 영화관의 환경 등을 아우르는 개념이다. 가장 대표적인 동일시 현상은 관객이 영화의 등장인물에 자신을 일치시키는 것이다. 이런 동일시는 극영화뿐 아니라 다큐멘터리 영화에서도 발생한다. 그런데 관객이 보고 있는 인물과 사물은 영화가 상영되는 그 시간과 장소에는 존재하지 않는다. 그 인물과 사물의 부재를 채우는 역할은 관객의 몫이다. 관객은 상상적 작업을 통해, 영화가 보여 주는 세계의 중심에 자신을 위치시킴으로써, 허구적 세계와 현실 사이의 간극을 ⓔ없앤다. 따라서 정신분석학적 영화 이론에서 영화는 일종의 몽상이다.

정신분석학적 영화 이론에 따르면 관객의 시점은 카메라의 시점과 동일시된다. 관객은 카메라에 의해 기록된 것만을 볼 수 있다. 따라서 관객은 자신이 영화를 보는 시선의 주체라고 생각하지만 그 시선은 카메라에 의해 이미 규정된 시선이다. 또한 영화는 촬영과 편집 과정에서 특정한 의도에 따라 선택과 배제가 이루어지지만, 관객은 제작 과정에서 무엇이 배제되었는지 알 수 없다. 관객은 자신이 현실 세계를 보고 있다고 믿지만, 사실은 인위적으로 만들어진 세계를 보고 있다는 것이 정신분석학적 영화 이론가들의 주장이다.

영화관의 환경은 관객이 영화가 환영임을 인식하기 어렵게 만든다. 영화에 몰입한 관객은 플라톤이 말한 '동굴의 비유' 속 죄수처럼 스크린에 비친 허구적 세계를 현실이라고 착각한다. 이때 영화는 꿈에 빗대진다. 정신분석학적 영화 이론은 영화가 은폐하고 있는 특정한 이념을 관객이 의심하지 않고 자신의 것으로 받아들일 위험이 있다고 경고한다. 이는 관객이 비판적 거리를 유지하면서 영화를 볼 수 있도록, 영화가 환영임을 영화 스스로 폭로하는 설정이 담겨 있는 대안적인 영화가 필요하다는 주장으로 이어진다.

12. (가)와 (나)에서 모두 답을 찾을 수 있는 질문으로 가장 적절한 것은?

① 영화는 무엇에 비유될 수 있는가?
② 영화의 내용과 형식 중 무엇이 중요한가?
③ 영화에 관객의 심리는 어떻게 반영되는가?
④ 영화 이론의 시기별 변천 양상은 어떠한가?
⑤ 영화관 환경은 관객에게 어떤 영향을 주는가?

13. (가)를 바탕으로 할 때, 영화적 기법의 효과에 대한 이해로 적절하지 <u>않은</u> 것은?

① 몽타주를 활용하여 대립 관계의 두 세력이 충돌하는 상황을 상징적 이미지로 표현한 장면에서, 관객은 생소한 느낌을 받을 수 있다.
② 몽타주를 활용하여 서로 다른 공간을 짧은 숏으로 불규칙하게 교차시킨 장면에서, 관객은 영화 속 공간이 불연속적으로 재구성되었다는 인상을 받을 수 있다.
③ 디프 포커스를 활용하여 주인공과 주인공 뒤로 펼쳐진 배경을 하나의 숏으로 촬영한 장면에서, 관객은 배경이 흐릿하게 인물은 선명하게 보이는 느낌을 받을 수 있다.
④ 롱 테이크를 활용하여 사자가 사슴을 사냥하는 모든 과정을 하나의 숏으로 길게 촬영한 장면에서, 관객은 실제 상황을 마주하는 듯한 느낌을 받을 수 있다.
⑤ 디프 포커스와 롱 테이크를 활용하여 광장의 군중을 촬영한 장면에서, 관객은 자율적으로 인물이나 배경에 시선을 옮기며 사건의 전개를 지켜볼 수 있다.

14. 〈보기〉의 입장에서 (가)의 '바쟁'에 대해 비판한 내용으로 가장 적절한 것은?

〈보 기〉
관객은 특별한 예술 교육을 받지 않아도 작품을 해석할 수 있다. 또한 감독의 의도대로 작품을 해석하는 존재가 아니다. 따라서 감독은 영화를 통해 관객을 계몽하려 할 필요가 없다. 관객은 작품과 상호 작용하며 의미를 생산하는 능동적 존재이다. 감독과 관객은 수평적인 위치에 있다.

① 바쟁은 열린 결말의 영화를 관객이 이해하도록 돕는 예술 교육의 필요성을 간과하고 있다.
② 바쟁은 정교하게 구조화된 서사의 영화를 통해 관객을 계몽하는 것을 영화의 목적이라고 오인하고 있다.
③ 바쟁이 감독의 연출 역량을 기준으로 감독의 유형을 나눈 것은 영화와 관객의 상호 작용을 무시한 구분에 불과하다.
④ 바쟁이 변형된 현실을 통해 생성한 의미를 관객에게 전달하는 것을 중시한다는 점에서 관객의 능동적인 작품 해석 능력을 과소평가하고 있다.
⑤ 바쟁은 감독의 연출 방식에 따라 영화 작품에 대한 관객의 이해가 달라질 수 있다고 본다는 점에서 감독이 관객보다 우위에 있다고 간주하고 있다.

15. 정신분석학적 영화 이론을 바탕으로 할 때, ㉠의 이유로 가장 적절한 것은?

① 관객은 영화 장치의 영향을 받기 때문이다.
② 현실의 의미는 미리 정해져 있지 않기 때문이다.
③ 영화가 현실을 불연속적으로 파편화하여 드러내기 때문이다.
④ 관객은 영화의 은폐된 이념을 그대로 받아들일 위험이 있기 때문이다.
⑤ 관객은 영화의 제작 과정에서 배제된 것들을 인식할 수 있기 때문이다.

16. 다음은 학생이 작성한 영화 감상문이다. 이에 대해 (가)의 바쟁(A)의 관점과 (나)의 정신분석학적 영화 이론(B)의 관점에서 설명한 내용으로 가장 적절한 것은? [3점]

> 최근 영화관에서 본 두 편의 영화가 기억에 남는다. ㉮첫째 번 영화는 고단하게 살아가는 한 가족의 일상을 표현한 작품이다. 다큐멘터리라는 착각이 들 정도로 사실적인 영화였다. 작품에 대해 더 찾아보니 거리에서 인공조명 없이 촬영되었고, 주인공은 연기 경험이 없는 일반인이었다고 한다. 마지막에 아버지가 아들의 손을 꼭 잡아 줄 때, 마치 내 손을 잡아 주는 것처럼 느껴져 감동적이었다. 열린 결말이라서 주인공 가족이 앞으로 어떻게 살아갈지 궁금했다.
>
> ㉯둘째 번 영화는 초인적 주인공이 외계의 침략자를 물리치는 내용이다. 영화 후반부까지 사건 전개를 예측하지 못할 정도로 반전을 거듭하는 이야기와 실재라고 착각할 정도로 뛰어난 컴퓨터 그래픽 화면은 으뜸이었지만 뻔한 결말은 아쉬웠다. 그래도 주인공이 침략자를 무찌르는 장면에서는 내가 주인공이 되어 세상을 구하는 것 같아서 쾌감이 느껴졌다. 그런데 영화가 끝나고 생각해 보니 왜 세계의 평화는 서구인이 지키고, 특정 나라에서 일어나는 사건이 인류의 위기인지 의아했다.

① A의 관점에서 보면, 학생이 ㉮에서 궁금함을 떠올린 것은 '이미지를 믿는 감독'이 열린 결말을 통해 현실을 있는 그대로 ㉮에 담았기 때문이다.
② A의 관점에서 보면, 학생이 ㉯에서 사건의 전개를 예측하지 못한 것은 ㉯에는 의미가 미리 정해져 있지 않은 미결정 상태의 현실이 담겨 있기 때문이다.
③ A의 관점에서 보면, 학생이 ㉮와 ㉯에서 착각하는 듯한 인상을 받은 것은 ㉮와 ㉯가 강한 현실감을 만들어 내는 연출 방식으로 촬영되었기 때문이다.
④ B의 관점에서 보면, 학생이 ㉯에서 의아함을 떠올린 것은 ㉯가 관객으로 하여금 비판적 거리를 유지하며 영화를 볼 수 있도록 하는 대안적인 영화이기 때문이다.
⑤ B의 관점에서 보면, 학생이 ㉮에서 감동을 받은 것과 ㉯에서 쾌감을 느낀 것은 상상적 작업을 통해 허구적 세계의 중심에 자신을 위치시켰기 때문이다.

17. 문맥상 ⓐ~ⓔ와 바꿔 쓰기에 적절하지 <u>않은</u> 것은?

① ⓐ: 개선(改善)된
② ⓑ: 파괴(破壞)할
③ ⓒ: 대면(對面)하는
④ ⓓ: 기용(起用)하는
⑤ ⓔ: 해소(解消)한다

▶ 소요 시간 ☐ 분 ☐ 초

• 홀수 기출 분석서 문학 문제 P.106 / 해설 P.188

[18~21] 다음 글을 읽고 물음에 답하시오.

제1회 봄놀이

[A]
> 오작교에선 선랑(仙郎)이 봄바람에 취하고
> 버드나무 언덕에선 가인(佳人)이 그네를 뛰네
>
> '광한루기'는 작품 전체의 제목이다. 광한루가 없었더라면 이도린이 놀러 가지 않았을 것이요, 이도린이 놀러 가지 않았더라면 춘향이 이도린을 만날 수 없었을 것이요, 춘향이 이도린을 만나지 못했더라면 8회로 구성된 한 편의 작품이 무엇을 바탕으로 탄생할 수 있었겠는가. 광한루 하나가 공중에 솟구쳐 있었기에 이도린이 놀러 갈 수밖에 없었고, 춘향이 이도린을 만날 수밖에 없었으며, 8회로 구성된 한 편의 작품이 만들어질 수밖에 없었다.

(중략)

그네 뛰는 모습을 이도린이 보고 자기도 모르게 눈앞이 어질어질하여 김한에게 말했다.

"너는 저런 것을 본 적이 있느냐? 저것이 금이냐, 옥이냐? 아니면 귀신이냐? 그것도 아니면 선녀냐? 너는 저것을 아느냐?"

김한이 대답했다.

"금도 아니고 옥도 아닙니다. 낙수(洛水)에 빠져 죽은 이의 넋도 사라지고, 양대(陽臺)에서 구름과 비를 만들었던 여인의 일도 이제 아득하기만 한데, 어떻게 귀신 같고 선녀 같은 아가씨가 요즘 세상에 나타났겠습니까?"

"그렇다면 누구란 말이냐?"

"이 사람은요……."

"이 사람이 누구냐?"

"도련님께서는 교방 행수 기생 월매를 기억하시는지요?"(이게 무슨 말이야?)

"저렇게 젊고 아리따운 여인을 어떻게 반쯤은 쭈글쭈글해진 노파에다 비교할 수 있느냐?"

"저 사람은 월매의 딸 춘향입니다. 노래도 잘하고 춤도 잘 추며 글도 잘하고 바느질도 잘하며 그 용모와 자태는 정말 절색입니다. 남원의 절색일 뿐 아니라 도내의 절색이요, 도내의 절색일 뿐 아니라 국내의 절색이라 해도 손색이 없습니다."

이도린이 매우 기뻐하며 말했다.

"풍류를 즐길 만한 인연이 정말이지 다른 데 있는 것이 아니구나. 네가 가서 불러 오거라."

"도련님께서는 저 아이를 불러다가 무엇을 하시려고요?"

"고운 얼굴 한번 보려고 그런다." ㉠(어찌 그렇지 않을 수 있겠는가?)

"도련님께서 저 아이를 보시고 무엇 하시려고요?"(눈치 빠른 김한)

"내가 이 일을 하든 저 일을 하든 네가 알아서 뭣 하느냐?"

"부른다 해도 저 아이는 오지 않을 것입니다."

"오고 안 오고는 저 아이한테 달렸지 너한테 달리지 않았으니, 너는 그 새 주둥이 같은 입을 그만 닥치거라."

이에 김한이 머리를 떨구고 갔다.

원래 춘향은 풍경을 즐기려는 옆집 여자 아이를 따라 나온 것이었다. 채색 줄로 만든 그네를 탔는데, 봄바람에 옷자락이 흐트러져 버드나무 가지를 꽉 잡은 채 그네를 멈추고 옷매무새를 바로잡으려

했다. 그때 갑자기 광한루 위에서 사람의 말소리가 들리자(이게 누구지?) 춘향은 몸을 돌려 꽃그늘 속으로 들어가 숨고서는 주변을 둘러보았다. 이도린이 꽃무늬가 있는 작은 종이를 손에 쥐고 홀로 광한루 동쪽 난간에 기대어 있었는데, 그 모습이 티 없이 맑아 춘향은 은연중에 찬탄하는 말을 내뱉었다. 갑자기 김한이 바쁜 걸음으로 와서 불렀다.

"춘향 낭자 어디 있소?"

춘향이 다시 몸을 돌려 숨었기 때문에 아무 소리도 나지 않았다. 김한이 이리저리 찾아보다가 꽃그늘에까지 와서 춘향을 발견했다.

(중략)

김한이 웃으며 말했다.

"춘향은 노여워 말고 내 말 한번 들어 보오. 어제 남문 밖 큰길에서 까치 같은 옷차림의 사령들이 쌍쌍이 앞에서 인도하고, 호랑이 무늬의 활집을 진 군관들이 대열을 이루며 뒤에서 호위한 채, 한 귀인이 구름 같은 가마에 앉아 아전들과 기생들 사이를 누비고 다녔는데, 낭자는 그 사람이 누군지 아오?"

"네가 또 쓸데없는 말을 하는구나. 내가 어찌 본관 사또를 몰라보겠느냐?"

"내가 말한 귀인은 바로 사또 자제 도련님이오." (기특한 김한)

"사또 자제 도련님이 나와 무슨 상관이냐?"

"낭자, 우리 도련님을 한번 만나러 갑시다."

"도련님이 어떻게 춘향인지 추향인지 알겠느냐? 네가 춘향입네, 기생입네 하면서 농지거리해서 일을 벌였겠지. 나는 죽어도 못 간다, 죽어도 못 가."

"춘향 낭자, 그대는 현명하고 지혜로운 사람이면서 이다지도 사리를 분별하지 못하오? 속담에도 '까마귀 날자 배 떨어진다.'라고 했듯이 도련님께서 춘흥이 발한 것이 우연히 오늘이며, 낭자가 그네 뛰며 논 것도 마침 이때이니, 이는 참으로 그렇게 하지 않았는데도 그렇게 된 것이오. 도련님께서 낭자를 보시고는 '귀신이냐? 선녀냐?'라고 물으시기에, '귀신도 아니고 선녀도 아닙니다.'라고 말했고, '그럼 누구냐?'라고 하시기에, '행수 기생의 딸입니다.'라고 말했소. 젊은 사내가 어찌 한 번쯤 그 아름다움을 살피려 하지 않겠소? 춘향 낭자는 잘 헤아려서 처신하시오. 갈 수 있으면 가는 것이고, 못 가겠다면 못 가는 것이지만, 화와 복이 눈앞에 놓여 있으니 낭자는 잘 생각하시오."

춘향이 한참 동안 잠자코 있다가 말했다.

"네 말이 일리가 있다."

– 수산, 「광한루기」 –

18. 윗글에 대한 이해로 가장 적절한 것은?

① 이도린은 춘향이 자신에게 호감을 느꼈다는 사실을 알지 못했다.

② 춘향은 그네를 타기 위해 나들이에 나섰지만 기대했던 바를 달성하지 못했다.

③ 이도린은 춘향을 부르면 이도린 자신을 만나러 올 것이라는 김한의 말을 믿었다.

④ 이도린은 월매가 춘향의 어머니라는 사실을 알고 있었지만 이를 모르는 척했다.

⑤ 옆집 여자 아이는 이도린을 만나기 위해 춘향과 함께 왔지만 풍경을 즐기는 것에 만족했다.

19. 꽃그늘에 대한 이해로 가장 적절한 것은?

① 춘향이 그네를 타기 위해 기다리는 장소

② 춘향이 김한을 기다리며 머물고 있는 장소

③ 춘향이 몸을 감추고 이도린을 바라보는 장소

④ 김한이 이도린을 만나서 대화를 나누는 장소

⑤ 이도린이 춘향과 만나기 위해 미리 약속한 장소

20. 윗글에서 '김한'의 역할을 이해한 것으로 가장 적절한 것은?

① 이도린에게 눈앞에 보이는 것이 금과 옥이 아니라고 알려 주어, 이도린의 무지를 일깨우는 비판자 역할을 한다.

② 이도린에게 춘향이 선녀 같은 아가씨라고 말하여, 이도린이 춘향의 고귀한 신분을 알게 하는 조력자 역할을 한다.

③ 이도린에게 풍류를 즐길 만한 상대가 춘향이라고 이야기하여, 이도린이 춘향을 부르게 하는 중개자 역할을 한다.

④ 춘향에게 춘향 자신이 지혜로운 사람임을 일깨워 주어, 춘향이 이도린을 만나지 못하도록 하는 방해자 역할을 한다.

⑤ 춘향에게 이도린과의 만남은 거듭된 우연으로 이루어진 인연임을 알려 주어, 두 사람을 만나게 하는 매개자 역할을 한다.

21. 〈보기〉를 참고하여 [A], ㉠을 이해한 내용으로 적절하지 않은 것은?

[3점]

〈보 기〉

「광한루기」는 '수산(水山)'이라는 호를 쓴 사람이 「춘향전」을 바탕으로 지은 한문 소설로, 총 8회로 이루어져 있다. 각 회의 앞부분에는 내용을 소개하는 시구와 해당 회에 대한 견해가 제시되어 있고, 본문 속에는 인물이나 사건 등에 대한 짤막한 평이나 감상이 작은 글씨로 제시되어 있다. 「광한루기」의 독자는 이와 같은 다양한 비평적 견해를 이야기와 함께 읽으면서 작품을 감상할 수 있다.

① [A]에서는 시구를 활용하여, '봄바람'과 '버드나무 언덕'이 어우러진 봄날의 분위기를 보여 주면서 해당 회의 배경을 드러내고 있군.

② [A]를 통해 해당 회의 주요 공간인 '광한루'를 소개하여, 그 공간의 역할을 드러내고 있군.

③ [A]에서는 두 인물이 만나게 되는 계기를 서술하여, 서사 전개의 개연성을 보여 주고 있군.

④ ㉠은 인물의 말에 대한 평을 통하여, 독자에게 이도린의 반응이 당연하다는 점을 강조하여 보여 주고 있군.

⑤ [A]와 ㉠을 통해 독자에게 작품의 감상법을 다양하게 설명하여, 「광한루기」를 8회로 구성한 이유를 부각하고 있군.

• 홀수 기출 분석서 문학 문제 P.142 / 해설 P.268

[22~27] 다음 글을 읽고 물음에 답하시오.

(가)

아득한 옛날에 나는 떠났다
㉠부여를 숙신을 발해를 여진을 요를 금을
흥안령을 음산을 아무우르를 숭가리를
범과 사슴과 너구리를 배반하고
송어와 메기와 개구리를 속이고 나는 떠났다

나는 그때
㉡자작나무와 이깔나무의 슬퍼하던 것을 기억한다
갈대와 장풍의 붙드던 말도 잊지 않았다
㉢오로촌이 멧돌을 잡아 나를 잔치해 보내던 것도
쏠론이 십릿길을 따라 나와 울던 것도 잊지 않았다

나는 그때
㉣아무 이기지 못할 슬픔도 시름도 없이
다만 게을리 먼 앞대로 떠나 나왔다
그리하여 따사한 햇귀에서 하이얀 옷을 입고 매끄러운 밥을 먹고
단 샘을 마시고 낮잠을 잤다
밤에는 먼 개소리에 놀라나고
아침에는 지나가는 사람마다에게 절을 하면서도
나는 나의 부끄러움을 알지 못했다

그동안 돌비는 깨어지고 많은 은금보화는 땅에 묻히고 가마귀도 긴 족보를 이루었는데
이리하여 또 한 아득한 새 옛날이 비롯하는 때
㉤이제는 참으로 이기지 못할 슬픔과 시름에 쫓겨
나는 나의 옛 하늘로 땅으로 — 나의 태반으로 돌아왔으나

이미 해는 늙고 달은 파리하고 바람은 미치고 보래구름만 혼자 넋 없이 떠도는데

㉥아, 나의 조상은 형제는 일가친척은 정다운 이웃은 그리운 것은 사랑하는 것은 우러르는 것은 나의 자랑은 나의 힘은 없다 바람과 물과 세월과 같이 지나가고 없다
          – 백석, 「북방에서 – 정현웅에게」 –

(나)

겨울 아침 언 길을 걸어
물가에 이르렀다
나와 물고기 사이
창이 하나 생겼다
물고기네 지붕을 튼 ⓐ살얼음의 창
투명한 창 아래
물고기네 방이 한눈에 훤했다
나의 생가 같았다
창으로 나를 보고
생가의 식구들이
나를 못 알아보고

사방 쪽방으로 흩어졌다
젖을 갓 뗀 어린것들은
찬 마루서 그냥저냥 그네끼리 놀고
어미들은
물속 쌓인 돌과 돌 그 틈새로
그걸 깊은 데라고
그걸 가장 깊은 속이라고 떼로 들어가
나를 못 알아보고
무슨 급한 궁리를 하느라
그 비좁은 구석방에 빼곡히 서서
마음아, 너도 아직 이 생가에 살고 있는가
시린 물속 시린 물고기의 눈을 달고
          – 문태준, 「살얼음 아래 같은 데 2 – 생가(生家)」 –

(다)

이문원 동쪽 늙은 나무가 있는데 적어도 백여 년은 된 것 같다. 그 몸통은 울퉁불퉁 옹이가 졌고 가지는 구불구불 뻗어서 멀찍이서 보면 가파른 산등성이나 성난 파도 같았고 다가가서 보면 둥그스름한 큰 집채 같았다. ⓑ기둥으로 나무를 받쳐 놓았는데 그 기둥이 모두 열두 개이다. 나무 옆에 누각이 있는데 바로 내가 이불을 들고 가서 숙직하는 장소이다. 좌우에 책을 쌓아 놓고 교정하느라 바쁘게 시간을 보내다가 이따금 나무 곁을 산책하였다. 쏴쏴 불어오는 긴 바람 소리를 들으며 널찍이 드리운 서늘한 그늘 아래를 거닐면 몸은 대궐 안 관청에 있어도 숲속의 소나무와 바위 사이로 훌쩍 벗어나 있는 기분이 든다.

하루는 내가 동료에게 다음과 같이 말했다.

"이 나무는 정말 특이하군! 대체로 풀과 나무가 살아가려면 제각기 몸을 보전하는 계책이 있기 마련일세. 풀명자나 배, 귤이나 유자, 사과나 석류 같은 나무들은 열매가 커도 가지가 그 무게를 충분히 감당할 수 있다네. 하지만 질경이나 냉이, 강아지풀 같은 풀들은 살아가려면 땅바닥에 붙어 있어야 하네. 그래야 말발굽이 짓밟거나 수레가 밟고 지나가도 더 손상을 입지 않지. 지금 저 늙은 나무는 줄기의 길이가 몸통보다 갑절로 뻗어 사방에 드리워도 잘라 낼 줄 모르네. 만약 받쳐 주는 기둥이 없으면 부러지고야 말 걸세. 조물주가 이 나무에게는 사람의 손을 빌려 온전하도록 한 것인가?"

아! 내가 암소의 뿔을 보니 뿔이 구부러져 안쪽으로 향했는데 심한 것은 사람이 반드시 톱으로 잘라 내야만 광대뼈를 뚫는 걱정을 모면하였다. 이제야 알겠구나. 늙은 나무를 가축에 견주자면 뿔을 잘라 내야 온전해질 수 있는 암소와 같다. 가축이 인간에게 의지하여 살아가듯이 늙은 나무도 인간에게 의지하여 살아간다.

나는 저 깊은 산중 인적 끊긴 골짜기에 이렇듯이 번성하게 자란 늙은 나무를 아직까지 보지 못했다.
          – 유본예, 「이문원노종기(摛文院老樅記)」 –

22. (가)~(다)의 공통점으로 가장 적절한 것은?

① 비판적 태도로 현실의 부정적 측면을 부각하고 있다.
② 역사적 상황을 묘사하여 비극적 현실을 부각하고 있다.
③ 빗대어 표현하는 방식으로 '나'의 인식을 드러내고 있다.
④ 영탄적 어조로 대상에 대한 '나'의 경외감을 드러내고 있다.
⑤ 향토적 소재를 활용하여 '나'의 과거에 대한 그리움을 드러내고 있다.

23. 태반과 생가에 대한 설명으로 가장 적절한 것은?

① (가)의 화자는 태반에서 상실감을 느끼고 있고, (나)의 화자는 생가에서 서글픔을 느끼고 있다.

② (가)의 화자는 태반에서 소외감을 느끼고 있고, (나)의 화자는 생가에서 느꼈던 수치심을 떠올리고 있다.

③ (가)에서 태반은 이별을 수용하는 공간이고, (나)에서 생가는 만남을 기약하는 공간이다.

④ (가)에서 태반은 화자의 희망이 드러나는 공간이고, (나)에서 생가는 화자의 절망이 드러나는 공간이다.

⑤ (가)에서 태반은 생명의 섭리를 지향하는 공간이고, (나)에서 생가는 생명의 섭리를 거부하는 공간이다.

24. ㉠~㉣을 이해한 것으로 적절하지 <u>않은</u> 것은?

① ㉠에서는 여러 민족, 나라, 지명을 열거하여, 화자가 떠나온 공간을 북방으로 포괄되는 동질적 공간으로 표현하고 있다.

② ㉡에서는 의인화된 자연물을 제시하여, 화자가 북방을 떠나면서 느낀 슬픔을 드러내고 있다.

③ ㉢에서는 이별하던 장면을 유사한 통사 구조로 제시하여, 화자가 북방에서의 기억을 여전히 간직하고 있음을 보여 주고 있다.

④ ㉣의 시구가 ㉤에서 반복, 변주되는 것을 통해, 상반된 상황이 시간의 추이에 따라 일치되는 과정을 드러내고 있다.

⑤ ㉥에서 '없다'와 그 앞에 열거된 시어들을 통해, 화자가 가깝게 느끼고 가치를 부여했던 것들이 부재함을 표현하고 있다.

25. 〈보기〉를 참고하여 (나)를 감상한 내용으로 적절하지 <u>않은</u> 것은? [3점]

> ─────〈보 기〉─────
>
> 이 시에서 성년이 된 화자는 얼음 아래의 물고기를 보면서 유년 시절 자신의 생가를 회상한다. 화자는 물고기의 움직임을 지켜보면서 '물고기네'의 여기저기를 본다. 그리고 '물고기네'의 모습에 화자의 생가에 대한 기억이 겹쳐진다. 화자는 자신을 물고기에 투영하면서, 성년이 된 지금도 여전히 생가에서의 '시린' 기억을 간직하고 있는 자신을 발견한다.

① '투명한 창'을 통해 본 물고기의 생활 공간을 '물고기네 방'이라고 표현한 것을 보니, 화자는 얼음 아래 물고기의 공간과 자신의 생가를 겹쳐 보고 있군.

② '창으로 나를 보고' '사방 쪽방으로 흩어'지는 물고기들의 움직임을, 화자는 '생가의 식구들'이 자신을 못 알아본 것으로 표현하였군.

③ '젖을 갓 뗀 어린것들'이 '그네끼리 놀고'라고 표현한 것을 보니, 화자는 물고기들이 노는 모습을 통해 유년 시절 생가에서 지내던 아이들의 모습을 떠올리고 있군.

④ 화자는 '비좁은 구석방'에서 '급한 궁리를 하'는 물고기의 모습에 유년 시절 생가에서 외따로 지내야 했던 자신의 모습을 투영하고 있군.

⑤ 화자는 '마음아, 너도 아직' 생가에서 '살고 있는가'라고 하여, 성년인 자신의 마음속에 유년의 기억이 자리 잡고 있음을 드러내고 있군.

26. ⓐ와 ⓑ에 대한 이해로 가장 적절한 것은?

① ⓐ는 화자의 불안을 심화하는, ⓑ는 글쓴이의 의지를 북돋아 주는 역할을 한다.

② ⓐ는 화자의 이상향을 형상화하는, ⓑ는 글쓴이의 태도를 전환하는 역할을 한다.

③ ⓐ는 ⓑ와 달리, 화자에게 책임감을 떠올리게 하는 계기가 된다.

④ ⓑ는 ⓐ와 달리, 글쓴이가 처한 상황을 극복하게 하는 역할을 한다.

⑤ ⓐ와 ⓑ는 모두 대상을 새롭게 주목하게 하는 계기를 마련하고 있다.

27. 〈보기〉의 [A]에 들어갈 학생의 말로 적절하지 <u>않은</u> 것은?

> ─────〈보 기〉─────
>
> **선생님:** 여러분, 「이문원노종기」는 이문원의 늙은 나무가 인간의 도움을 받아 오랫동안 무성하게 자라고 있는 점에 착안한 글입니다. 서로 다른 생명체가 각각 이익을 주거나 받는 현상을 중심으로, 「이문원노종기」를 다시 읽어 보려고 해요. 이런 관점에서 이 작품을 감상해 볼까요?
>
> **학생:** _____[A]_____
>
> **선생님:** 네, 잘 말했습니다.

① '이문원 동쪽 늙은 나무'가 '백여 년'을 살 수 있었던 것은, 인간이 나무를 보살펴 주었기 때문입니다.

② 글쓴이가 '널찍이 드리운 서늘한 그늘'로 인해 '훌쩍 벗어나 있는 기분'이 든 것은, '이문원 동쪽 늙은 나무'에게서 인간이 이익을 얻은 경우에 해당합니다.

③ '풀과 나무'가 '몸을 보전하는 계책'이 있는 것은, '조물주'가 서로 다른 생명체가 이익을 주고받도록 해 준 경우에 해당합니다.

④ '암소'의 '뿔이 구부러져 안쪽으로 향'하는 위험을 인간이 '톱으로 잘라'서 해결해 주는 것은, '가축'이 인간에게 의지하며 살아가는 경우에 해당합니다.

⑤ 글쓴이가 '이문원 동쪽 늙은 나무'가 '저 깊은 산중 인적 끊긴 골짜기'에서 자란 나무보다 번성하게 자랐다고 한 것은, 인간의 도움이 필요하다는 것을 말하기 위함입니다.

• 홀수 기출 분석서 **문학** 문제 P.070 / 해설 P.114

[28~31] 다음 글을 읽고 물음에 답하시오.

[앞부분의 줄거리] 동림산업은 사무직 남자 사원들에게까지 제복 착용을 확대하는 정책을 시행하기로 했다. 이를 위해 준비 위원회를 결성해 전체 사원이 새로운 제복을 착용하도록 결정했으나, 그 결과에 불만을 품은 사무직 남자 사원들이 있었다.

"이미 **끝난 일이야.** 지금 와서 아무리 떠들어대 봤자 제복은 벌써 우리 몸에 절반쯤이나 입혀져 있어."

민도식이 나서서 **험악해진 분위기**를 간신히 가라앉혔다.

"준비 위원회를 구성하고 회의를 소집한 건 처음부터 요식 행위에 지나지 않았던 거야. 경영자 독단으로 처리하지 않고 사원들의 의사를 물어서 전폭적인 지지를 얻어 가지고 결정했다는 인상을 대내외에 풍길 필요가 있었던 거야. 이제 길은 두 가지뿐이야. ⓐ나머지 절반을 찾아서 마저 몸에 꿰든가, 아니면 기왕 우리 몸에 입혀진 절반을 아예 벗어 버리든가 각자가 알아서 결정할 일이야. 저기 좀 보라고. 저 사람 아까부터 우릴 비웃고 있어. 제복 얘기 앞으로는 그만하기로 하지."

생산부 공원 복장을 한 사내가 엇비뚜름한 자세로 이쪽을 돌아다보며 ⓐ야릇한 웃음을 입가에 물고 있었다. 그를 보더니 장상태가 화를 벌컥 내면서 큰 소리로 미스 윤을 불렀다.

"이봐, 저기 앉은 저 사람 내가 좀 보잔다고 전해!"

ⓑ눈이 휘둥그레진 미스 윤이 종종걸음으로 그에게 다가가기 전에 그쪽에서 자진해서 먼저 일어섰다. 그가 충분히 알아들을 수 있을 정도로 장의 목소리가 컸던 것이다.

"저를 부르셨습니까?"

여전히 웃음기를 입에 문 얼굴이 장을 정면으로 상대했다.

"당신 뭐야? 뭔데 어제부터 남의 얘길 엿듣고 비웃지, 비웃길?"

"비웃음으로 보셨다면 용서하십쇼. 엿듣고 싶은 생각은 없었습니다. 가만히 앉아 있어도 들릴 정도로 선생님들 말소리가 컸습니다. 말씀 내용이 동림산업에 계신 분들 같아서 저도 모르게 관심이 갔나 봅니다."

"오오라, 그러고 보니 당신도 동림 가족의 일원이 분명하군. 부서가 어디야?"

"생산부 제1 공장입니다. 거기서 잡역부로 근무하고 있습니다."

"이름은?"

"권입니다."

"이름이 권이다? 그럼 성까지 아주 짝을 채워 보게."

"성이 권입니다."

만만한 상대를 만난 장은 권 씨를 노리갯감으로 삼아 화풀이할 작정임을 분명히 하면서 동료들에게 은밀히 눈짓을 보냈다. 함께 놀이에 끼어들라는 뜻일 것이다.

[A] ┌ 그러나 도식이 보기엔 첫눈에 결코 만만한 상대가 아니었다. 그는 참을성 좋게 여전히 웃고 있었다. 그것은 생산부 공원들이 본사의 사무직을 대할 때 일반적으로 갖는 비굴한 표정이 아니었다. 그렇다고 적대감도 아닌 그것은 일종의 자신감의 표현임이 분명했다. 두툼한 입술과 커다란 눈이 얼핏 눈에 띄는 특징이었다. 장상태하고 비교해서 둘이 서로 어금어금할 정도로 작은 체구였다. 실제 나이는 장보다 두세 살쯤 위일 것 같은데 적어도 이삼십 년은 더 세상을 살아 냈을 법한 관록 같은 게 └ 엿보이는 얼굴이었고, 그것이 교양이라는 것하고도 연결되어

잡역부라던 자기소개가 아무래도 믿어지지 않는 그런 사람이었다.

"짝을 채우기 싫다 이거지? 좋아. 그런데 자네가 하는 잡역 일하고 무슨 상관이 있어서 우리 얘기에 이틀 동안이나 관심이 갔지?"

"물론 상관은 없습니다. 그렇지만 한쪽에선 작업 중에 팔이 뭉텅 잘려져 나간 사람이 있고 그 팔 값을 찾아 주려고 투쟁하는 사람들이 있는 반면에 다른 한쪽에선 몸에 걸치는 옷 때문에 자기 인생을 걸려는 분들도 계시구나 하는 생각이 들어서 **그냥 지나칠 수가 없었습니다.**"

그 순간 장상태의 얼굴색이 하얗게 질리는 것 같았다.

(중략)

체육 대회가 열리는 제1 공장까지 가자면 다른 날보다 더 일찍 나서야 되는데도 여전히 밍기적거리고만 있는 남편 곁에서 아내는 시종 근심스런 눈초리를 거두지 않았다. 제복 때문에 **총각 사원 하나**가 사표를 던졌다는 소문을 아내는 믿지 않았다. 사표를 제출한 게 아니라 강제로 모가지가 잘린 거라고 굳게 믿고 있었다.

"까짓것 난 필요 없어. 거기 아니면 밥 빌어먹을 데 없는 줄 알아? 세상엔 아직도 유니폼 안 입는 회사가 수두룩하단 말야!"

ⓒ거듭되는 재촉에 이렇게 큰소리로 대거리를 했지만 결국 민도식은 뒤늦게나마 집을 나서고 말았다.

시내를 멀리 벗어나서 교외에 널찍하게 자리 잡은 제1 공장 앞에 당도했을 때는 벌써 개회식이 시작된 뒤였다. 공장 정문 철책 너머로 **검정 곤색 일색**의 운동장을 넘어다보는 순간 민도식은 갑자기 ⓓ숨이 턱 막혀 옴을 느꼈다. 새로 맞춘 제복으로 단장한 남녀 전 사원이 각 부서별로 군대처럼 질서 정연하게 도열해 서서 연단에선 지휘자의 손끝을 우러러보며 사가(社歌)를 제창하기 직전의 예비 운동으로 목청을 가다듬는 헛기침들을 하고 있었다. 이윽고 공장 일대를 한바탕 들었다 놓는 우렁찬 노래가 터지기 시작했다. 노래 부르는 사원들 모두가 작당해서 ⓔ지각한 사람을 야유하는 듯한 기분이 들었다. 검정 곤색의 제복들이 일치단결해 가지고 사복 차림으로 꽁무니에 따라붙으려는 유일한 사람을 완강히 거부하는 듯한 기분에 사로잡혔다. 세상 전체가 온통 제복투성이인 가운데 저혼자만 외돌토리로 떨어져 있는 셈이었다. 자기 한 사람쯤 불참한다 해도 아무렇지도 않게 체육 대회 개회식은 진행될 수 있다는 사실이 민도식을 무척 화나면서도 그지없이 외롭게 만들었다. 정문으로 들어서지도 못하고 그렇다고 뒤돌아서서 나오지도 못한 채 그는 일단 멈춘 자리에 붙박여 버린 듯 언제까지고 움직일 줄을 몰랐다.

– 윤흥길, 「날개 또는 수갑」 –

28. [A]의 서술상의 특징으로 가장 적절한 것은?

① 인물의 행위를 사실적으로 그려 내어 내적 갈등을 표면화하고 있다.

② 과거와 현재를 교차하여 인물이 겪는 인식의 변화를 드러내고 있다.

③ 공간적 배경을 구체적으로 묘사하여 인물이 처한 상황을 드러내고 있다.

④ 서술자가 특정 인물의 시선을 통해 인물의 특징을 관찰하여 알려 주고 있다.

⑤ 서술자가 인물의 경험을 삽화 형식으로 나열하여 사건을 입체적으로 보여 주고 있다.

29. ㉠의 의미와 관련하여 윗글을 이해한 내용으로 적절하지 <u>않은</u> 것은?

① '이미 끝난 일이야'라는 말로 보아, 남자 사원들 중에 ㉠을 마저 입을지를 결정해야 하는 상황에 직면했다고 생각하는 사람이 있음을 알 수 있다.

② '험악해진 분위기'로 보아, ㉠과 관련된 문제로 남자 사원들 사이에 소란스러운 일이 있었음을 알 수 있다.

③ '그냥 지나칠 수가 없었습니다'라는 말로 보아, 권 씨도 남자 사원들과 마찬가지로 ㉠을 마저 입을지를 선택하는 일이 무엇보다 중요한 문제라고 생각하고 있음을 알 수 있다.

④ '총각 사원 하나'에 대한 아내의 반응으로 보아, 아내는 총각 사원이 ㉠ 때문에 회사를 스스로 그만두었다는 소문을 믿지 않고 있음을 알 수 있다.

⑤ '검정 곤색 일색'으로 보아, 체육 대회에 참석한 전체 사원이 ㉠을 마저 입게 되었음을 알 수 있다.

30. ⓐ~ⓔ에 대한 이해로 적절하지 <u>않은</u> 것은?

① ⓐ는 권 씨가 사무직 사원들의 대화에 관심이 있었음을 나타내는 반응이다.

② ⓑ는 장상태가 화를 내며 큰 소리로 명령하였기 때문에 미스 윤이 드러낸 반응이다.

③ ⓒ는 아내가 집을 나서지 않고 있는 남편 때문에 걱정하여 보인 반응이다.

④ ⓓ는 전체 사원들이 같은 옷을 입고 군대처럼 도열한 모습을 본 민도식에게 나타난 반응이다.

⑤ ⓔ는 사원들이 사복을 입은 민도식에 대한 불만을 드러내는 반응이다.

31. 〈보기〉를 바탕으로 윗글을 감상한 내용으로 적절하지 <u>않은</u> 것은? [3점]

〈보 기〉

'중도적 주인공'은 자신이 속한 집단의 논리를 비판적으로 인식하면서도 집단의 논리를 따를지 여부를 결정하지 못하는 상태에 있는 인물이다. '중도적 주인공'은 인식 측면에서는 집단의 논리에 숨겨진 문제를 읽어 내는 주체적인 관점을 보인다. 그러나 행동 측면에서는 자신의 인식에 따라 적극적으로 행동하지 못하거나, 집단에 동화되지 못한 채 집단 논리의 수용 여부를 두고 머뭇거리는 모습을 보인다.

① 동료에게 '준비 위원회'의 '회의'에 담긴 '경영자'의 숨은 의도를 파악하여 발언하는 것을 보니, 민도식은 '동림산업'이 내세우는 논리에 대해 비판적으로 인식하는 주체적인 관점을 지니고 있다고 볼 수 있군.

② 권 씨를 '노리갯감'으로 삼자는 장상태의 '눈짓'을 읽었지만 이에 선뜻 동참하지 않은 것을 보니, 민도식은 '작업 중' 사고를 둘러싼 '투쟁'과 '몸에 걸치는 옷'을 둘러싼 논쟁에 적극적으로 참여하고 있지 않다고 볼 수 있군.

③ 아내에게 '큰소리'로 자신의 생각을 말하면서도 '뒤늦게나마 집을 나서'는 것을 보니, 민도식은 '동림산업'의 문제를 인식하고 있으면서도 회사를 떠나지 못하는 상황에 놓여 있다고 볼 수 있군.

④ '사복 차림'으로 체육 대회에 가지만 자신을 '꽁무니에 따라 붙으려는' 사람이라고 생각하는 것을 보니, 민도식은 집단의 논리를 거부하고 싶지만 집단에 소속되고 싶은 마음도 지니고 있다고 볼 수 있군.

⑤ '제1 공장' 정문 앞에서 '붙박여 버린 듯' 움직이지 않는 모습을 보니, 민도식은 '동림산업'의 정책에 대한 비판을 적극적인 행동으로 옮길지 여부를 결정하지 못하고 있다고 볼 수 있군.

• 홀수 기출 분석서 **문학** 문제 P.052 / 해설 P.076

[32~34] 다음 글을 읽고 물음에 답하시오.

(가)

풍파에 일렁이던 배 어디로 갔단 말인가

구름이 험하거늘 처음 나왔는가 어찌하여

허술한 배 두신 분네는 모두 조심하소서

– 정철의 시조 –

(나)

심의산(深意山) 서너 바퀴 감돌아 휘돌아 들어

오뉴월 한낮에 살얼음 엉긴 위에 된서리 섞어 치고 자취눈 내렸

거늘 보았는가 임아 임아

온 놈이 온 말을 하여도 임이 짐작하소서

– 정철의 시조 –

(다)

아이야 구럭 망태 찾아라 서쪽 산에 날 늦겠다

밤 지낸 고사리 벌써 아니 자랐으랴

이 몸이 이 나물 아니면 조석(朝夕) 어이 지내리   〈제1수〉

아이야 도롱이 삿갓 차려라 동쪽 시내에 비 내린다

기나긴 낚싯대에 미늘* 없는 낚시 매어

저 고기 놀라지 마라 내 흥 겨워하노라   〈제2수〉

아이야 죽조반(粥早飯) 다오 남쪽 논밭에 일 많구나

서투른 따비*는 누구와 마주 잡을꼬

두어라 성세궁경(聖世躬耕)*도 역군은(亦君恩)이시니라   〈제3수〉

아이야 소 먹여 내어라 북쪽 마을에서 새 술 먹자

잔뜩 취한 얼굴을 달빛에 실어 오니

어즈버 희황상인(羲皇上人)*을 오늘 다시 보는구나   〈제4수〉

– 조존성, 「호아곡」 –

*미늘: 고기가 물면 빠지지 않게 만든 낚시 끝의 안쪽에 있는 작은 갈고리.
*따비: 풀뿌리를 뽑거나 밭을 가는 데 쓰는 농기구.
*성세궁경: 태평한 세월에 자기가 직접 농사를 지음.
*희황상인: 세상일을 잊고 한가하고 태평하게 숨어 사는 사람을 이르는 말.

---

32. (가)~(다)의 공통점으로 가장 적절한 것은?

① 말을 건네는 방식을 통해 화자의 요구를 전달하고 있다.

② 대상을 의인화하여 화자와 자연의 유대감을 나타내고 있다.

③ 과거와 현재를 대비하여 미래에 대한 전망을 드러내고 있다.

④ 물음의 방식을 활용하여 대상에 대한 친밀감을 표현하고 있다.

⑤ 풍경을 사실적으로 묘사하여 계절의 변화상을 그려 내고 있다.

---

33. (다)에 대한 이해로 적절하지 않은 것은?

① 각 수의 첫 음보를 동일한 시어로 제시하여 시상 전개에 안정감을 부여하고 있다.

② 〈제1수〉와 〈제2수〉에서는 생활 도구를 언급하여 화자가 살아가는 모습을 보여 주고 있다.

③ 〈제1수〉 중장과 〈제3수〉 중장에서 나타나는 화자의 걱정은 각 수의 종장에서 강화되고 있다.

④ 〈제1수〉 종장과 〈제3수〉 초장에서는 간단한 먹을거리를 언급하여 화자의 소박한 생활을 드러내고 있다.

⑤ 〈제4수〉 종장은 첫 음보의 감탄 표현을 활용하여 시상을 집약하고 있다.

---

34. 〈보기〉를 참고하여 (가)~(다)를 감상한 내용으로 적절하지 않은 것은? [3점]

〈보 기〉

　　정철과 조존성이 살았던 16세기 후반~17세기 초반에는 정치 참여 과정에서 당파 간의 대립과 투쟁이 극심해지면서 정치적 공격을 받은 문인들이 벼슬에서 파직, 유배되거나 산림에 은거하는 등 정계에서 소외된 상태에 놓이는 경우가 잦았다. 이 과정에서 문인들은 정치 경험을 바탕으로 정치 현실에 대한 비판과 경계, 처세관, 자연에 몰입하려는 태도 등을 작품에 드러내었다.

---

① '풍파'가 험난한 정치 현실이고 '일렁이던 배'가 시련을 겪은 관료라면, (가)의 초장은 당쟁에 휘말린 사람이 정치적 소외 상태에 놓인 것을 의미하겠군.

② '구름이 험하거늘'이 정치적 위기의 조짐에 해당하고 '허술한 배 두신 분네'가 신진 관료라면, (가)의 종장은 화자가 정치 경험이 충분치 않은 이들에게 정치의 험난함을 알려 주는 것이겠군.

③ '심의산'이 화자의 심회이고 '오뉴월'의 '자취눈'이 화자의 복잡한 심정을 비유한 표현이라면, (나)의 초장과 중장에서는 당쟁의 상황에서 굳은 마음을 견지하려는 화자의 의지를 드러내는 것이겠군.

④ '온 놈이 온 말을 하'는 상황이 비방과 모략이 난무하는 현실이고 '임'이 임금이라면, (나)의 종장은 온갖 참소를 임금이 잘 판단해 달라는 것이겠군.

⑤ '미늘 없는 낚시'가 욕심 없이 사는 삶을 의미한다면, (다)의 〈제2수〉 종장은 자연과 더불어 지내는 화자의 흥을 드러내는 것이겠군.

▶ 소요 시간 　　 분 　　 초

---

* 확인 사항

○ 답안지의 해당란에 필요한 내용을 정확히 기입(표기)했는지 확인하시오.

국어 영역

• 홀수 기출 분석서 독서 문제 P.028 / 해설 P.035

[1~3] 다음 글을 읽고 물음에 답하시오.

여러 글에서 다양한 정보를 종합하며 읽는 능력은 많은 정보가 산재해 있는 디지털 환경에서 더욱 중요해졌다. 궁금증 해소나 글쓰기 등 문제 해결을 위한 목적으로 글 읽기를 할 때에 한 편의 글에 원하는 정보가 충분하지 않다면, 여러 글을 읽으며 이를 해결할 수 있다.

독자는 우선 문제 해결에 도움이 되는 글들을 찾아야 한다. 읽을 글을 선정할 때에는 믿을 만한 글인지와 읽기 목적과 관련이 있는 글인지를 평가하는 것이 중요하다. ㉠신뢰성 평가는 글의 저자, 생산 기관, 출판 시기 등 출처에 관한 정보를 확인하여 그 글이 믿을 만한지 판단하는 것이다. ㉡관련성 평가는 글의 내용에 읽기 목적과 부합하는 정보가 있는지 판단하는 것인데, 이를 위해서는 읽기 목적을 지속적으로 떠올리며 평가해 가야 한다.

문제를 해결하기에 적절한 글들을 선정했다면, 다음으로는 읽기 목적에 맞게 글을 읽어야 한다. 이때 글의 정보는 독자가 이해한 의미로 재구성되고 이 과정에서 독자는 선택하기, 연결하기, 조직하기 전략을 활용한다. 이들 세 전략은 꼭 순서대로 사용하는 것은 아니며 반복해서 활용할 수 있다.

선택하기란 읽은 글에서 필요한 정보를 추출하는 전략이다. 연결하기란 읽은 글들에서 추출한 정보들을 정교화하며 연결하여, 읽은 글에서는 나타나지 않던 의미를 구성하거나 심화된 의미로 나아가는 전략이다. 글의 정보를 재구조화하는 것은 조직하기라고 한다. 예를 들어, 시간의 순서에 따른 글과 정보 나열의 글을 읽고, 읽은 글의 구조와는 다른 비교·대조의 구조로 의미를 구성할 수 있다.

이러한 전략을 적극적으로 활용하면, 정보의 홍수 속에서 유용한 정보를 찾아 삶의 여러 문제를 해결하는 데에도 도움이 될 것이다.

1. 윗글의 내용과 일치하지 않는 것은?

① 글을 선정하는 과정에서 글을 평가하는 것은 중요하다.

② 여러 글 읽기에서 정보를 연결하는 것은 문제 해결에 유용한 방법이 될 수 있다.

③ 궁금증을 해소하기 위한 읽기에서 글의 의미를 재구성하는 전략이 사용될 수 있다.

④ 여러 글에서 필요한 정보를 추출하는 과정은 문제를 해결하기 위한 읽기 목적과 관련된다.

⑤ 필요한 정보를 한 편의 글에서 얻지 못할 때는 다른 글을 찾기보다 그 글을 반복해서 읽는다.

2. ㉠, ㉡에 대한 설명으로 가장 적절한 것은?

① 글 내용이 수행 과제와 관련 있는지 평가하는 것은 ㉠에 해당한다.

② 읽을 글을 선정하기 위해 출판사의 공신력을 따지는 것은 ㉠을 고려한 것이다.

③ ㉡에서는 글이 언제 작성되었는지를 중심으로 판단해야 한다.

④ 정보가 산재해 있는 디지털 환경에서는 ㉠의 필요성이 사라지고 ㉡에 대한 요청이 증가한다.

⑤ 글 내용에 목적에 맞는 정보가 있는지 확인하는 것은 ㉠에, 저자의 경력 정보를 확인하는 것은 ㉡에 관련된다.

3. 다음은 여러 글 읽기를 수행한 학생의 독서록이다. 윗글을 참고하여 ⓐ~ⓔ에 대해 이해한 내용으로 적절하지 않은 것은? [3점]

동물이 그린 그림의 판매에 대한 궁금증이 생겼다. 동물의 행동 사례를 열거하여 소개한 〈동물은 예술가〉라는 글에서 ⓐ'동물의 그림도 예술 상품이 될 수 있다'는 정보를 얻을 수 있었다. 이어서 동물에게의 유산 상속이 성공한 사례와 실패한 경우를 비교·대조한 〈동물에게 상속할 수 있는가〉라는 글을 읽으며 ⓑ'동물도 재산상의 권리를 가질 수 있다'는 정보를 찾을 수 있었다. 그리고 ⓒ이 정보를 〈동물은 예술가〉에서 추출한 정보와 연결하여 '동물의 그림에도 저작권이 있겠다'는 새로운 의미를 떠올렸다. 동물이 저작권을 가질 수 있는지 알기 위해, 저작권의 개념을 시대순으로 정리한 〈저작권의 역사〉라는 글을 읽고 저작권의 의의를 이해하여 동물도 저작권을 가질 수 있다고 판단하였다. 이를 바탕으로 ⓓ세 글의 정보를 종합하여 '동물 저작권의 성립 요건'에 관해 인과 관계 구조로 정리하였다. 그러면서 동물이 소유권의 주체가 될 수 있는지에 대한 이해가 더 필요하여 〈동물에게 상속할 수 있는가〉에서 ⓔ'동물 소유권에 관한 다양한 논의'에 대한 정보를 추출하였다.

① ⓐ: 〈동물은 예술가〉를 읽으며 선택하기 전략을 활용했겠군.

② ⓑ: 〈동물에게 상속할 수 있는가〉를 읽으며 연결하기 전략에 앞서 조직하기 전략을 활용했겠군.

③ ⓒ: 〈동물은 예술가〉와 〈동물에게 상속할 수 있는가〉를 읽으며 선택한 정보들로 연결하기 전략을 활용했겠군.

④ ⓓ: 새로운 구조로 정리하여 의미를 구성하기 위해 조직하기 전략을 활용했겠군.

⑤ ⓔ: 〈동물에게 상속할 수 있는가〉를 읽으며 선택하기 전략을 다시 활용했겠군.

• 홀수 기출 분석서 독서 문제 P.064 / 해설 P.098

[4~7] 다음 글을 읽고 물음에 답하시오.

정당과 같은 정치 조직이 민주적 방식과 절차로 운영되어야 하는 것은 당연하다. 그런데 민주적 운영 체제를 갖추었으면서도 실제로는 일부 소수에게 권력이 집중되어 있는 경우도 적지 않다. 조직 운영에서 보이는 이러한 현상을 흔히 과두제라 한다. 이는 정치 조직에서뿐만 아니라 기업 경영에서도 나타난다.

모든 주주가 경영진을 이루어 상호 협력 관계를 기반으로 기업을 운영하며 의사 결정권도 균등하게 행사하는 경우에 이를 '공동체적 경영'이라 부르기도 한다. 이런 기업에서 경영진은 모두 업무와 관련하여 전문성을 가지며, 경영 수익에 관련된 중요한 사항은 주주들이 공동으로 결정한다. 그러나 기업의 규모가 성장하고 사업이 다양해지면, 소수의 의사 결정에 따른 수직적 경영으로 효율성을 지향하는 '과두제적 경영'으로 나아가는 일도 있다.

과두제적 경영은 소수의 경영자로 이루어진 경영진이 강한 결속력을 가지면서 실질적 권한과 정보를 독점하며 기업을 운영하는 것을 말한다. 이런 체제는 전문성과 경험을 갖춘 경영진을 중심으로 안정적 경영권이 확보될 수 있도록 하여, 기업 전략을 장기적으로 수립하고, 이에 맞춰 과감하고 지속적인 투자를 할 수 있어서 첨단 핵심 기술의 개발에도 유리한 면이 있다. 그리고 기업과 경영진 간의 높은 일체성은 위기 상황에서 신속한 의사 결정으로 효율적인 대처를 하는 데 도움을 주기도 한다.

그런데 대체로 주주의 수가 많으면 개별 주주의 결정권은 약하고, 소수의 경영진이 기업을 장악하는 힘은 크다. 이를 이용하여 정보와 권한이 집중된 소수의 경영진이 사익에 치중하면 다수 주주의 이익이 침해되는 폐해가 나타날 수 있다. 경영 성과를 실제보다 부풀려 투자를 유치한 뒤 주주들에게 회복하기 어려운 손해를 입히는 경우도 있으며, 기업 운영에 중대한 영향을 미치는 주요 정보들을 은폐하거나 경영 상황을 조작하여 발표함으로써 결과적으로 기업의 가치에 심각한 타격을 주는 사례도 종종 보게 된다.

이러한 문제점을 완화하기 위해 기업이 경영자와 계약을 체결하여 급여 이외의 경제적 이익을 동기로 부여하는 방안이 있다. 예를 들면, 일정 수량의 주식을 계약 시에 정한 가격으로 미래에 매수할 수 있도록 하는 스톡옵션의 권리를 경영자에게 부여하는 방식이 있다. 이 권리를 행사할지 말지는 자유이고, 경영자는 매수 시점을 유리하게 선택할 수 있다. 또 아직 우리나라에 도입되지는 않았지만, 기업의 주식 가치가 목표치 이상으로 올랐을 때 경영자가 그에 상응하는 보상을 받는 주식 평가 보상권의 방식도 있다.

기업 경영의 건전성을 확보하기 위해 마련된 공적 제도들은 과두제적 경영의 폐해를 방지하는 기능도 한다. 기업의 주식 가치에 영향을 미칠 수 있는 정보 제공을 법적으로 의무화한 경영 공시 제도는 경영 투명성을 높이려는 것이다. 이를 통해 경영진과 주주들 간 정보 격차가 줄어들 수 있다. 기업의 이사회에 외부 인사를 이사로 참여시키도록 하는 사외 이사 제도는 독단적인 의사 결정을 견제함으로써 폐쇄적 경영으로 인한 정보와 권한의 집중을 억제하는 효과를 거둘 수 있다.

4. 윗글의 내용 전개 방식으로 가장 적절한 것은?

① 대상의 개념과 장단점을 제시하고 보완책을 소개한다.

② 유사한 원리들을 분석하고 이를 하나의 이론으로 통합한다.

③ 대립하는 유형을 들어 이론적 근거의 변천 과정을 설명한다.

④ 가설을 세우고 그에 대해 현실적인 사례를 들어 가며 검토한다.

⑤ 문제 상황의 근본 원인을 진단하고 해결책에 대한 상반된 입장을 해설한다.

5. 과두제적 경영에 대한 이해로 적절하지 <u>않은</u> 것은?

① 소수의 경영진이 내린 의사 결정이 수직적으로 집행되는 효율성을 추구한다.

② 강한 결속력을 가진 소수의 경영자로 경영진을 이루어 경영권 유지에 강점이 있다.

③ 경영권이 안정되어 중요 기술 개발에 적극적인 투자를 계속하는 데에 유리하다는 장점이 있다.

④ 경영진이 투자자의 유입을 유도하기 위하여 경영 성과를 부풀릴 위험성이 있어 이에 대비할 필요가 있다.

⑤ 경영진과 다수 주주 사이의 이해가 일치하는 경우에는 그렇지 않은 경우보다 기업 가치가 훼손될 위험성이 높아진다.

6. 윗글을 읽고 추론한 내용으로 적절하지 <u>않은</u> 것은?

① 스톡옵션의 권리를 가진 경영자는 주식 가격이 미리 정해 놓은 것보다 하락하더라도 손실을 입지 않을 수 있다.

② 스톡옵션은 경영자의 성과 보상에 미래의 주식 가치가 관련된다는 점에서 주식 평가 보상권과 차이가 있다.

③ 경영 공시는 주주가 기업 경영 상황을 파악하여 기업 가치를 평가하는 데 유용한 제도가 될 수 있다.

④ 사외 이사 제도는 기업의 의사 결정에 외부 인사를 참여시켜 경영의 개방성을 높일 수 있는 제도라 평가할 수 있다.

⑤ 경영 공시 제도와 사외 이사 제도는 기업의 중요 정보에 대한 경영진의 독점을 완화할 수 있다.

7. 윗글을 바탕으로 <보기>를 이해한 내용으로 가장 적절한 것은? [3점]

<보 기>

　　X사는 정밀 부품 분야에서 독보적인 기술을 장기간 보유하여 발전시켜 온 기업으로서 시장 점유율도 높다. 원래 X사의 주주들은 모두 함께 경영진이 되어 중요 사항에 대하여 동등한 결정권을 보유하였으나, 기업이 성장하면서 효율성 증진을 위하여 소수의 주주만으로 경영진을 구성하였다. 경영진은 주기적으로 다른 주주들로 교체되어 전체 주주는 기업의 경영 상태를 파악할 수 있으며, 경영 이익의 분배와 같은 주요 사항은 전체 주주가 공동으로 의결한다. X사의 주주 A와 B는 회사의 진로에 관하여 다음과 같은 대화를 나누었다.

　A: 최근 치열해진 경쟁에 대응하려면, 경영진의 구성원을 변동시키지 않고 경영 결정권도 경영진이 전적으로 행사하도록 하는 게 좋겠습니다.

　B: 시장 점유율도 잘 유지되고 있고 우리 주주들의 전문성도 탁월하니, 예전처럼 회사를 운영한다고 하더라도 문제없을 듯합니다.

① X사는 주주들 사이의 평등성이 강하여 과도한 정보 격차나 권한 집중과 같은 폐해를 보이지 않는다.

② X사는 현재 경영진이 고정되는 구조로 바뀌었지만 주주가 실적에 대한 이익 분배를 결정할 수 있기 때문에 수직적 경영의 부작용은 나타나지 않는다.

③ A는 결속력이 강한 소수의 경영진을 중심으로 운영되는 경영 방식을 현행대로 유지하여야 시장의 점유율을 지킬 수 있다고 보는 입장이다.

④ B는 수평적인 의사 결정 구조로의 전환을 최소한으로 하여 효율적 경영을 유지해야 한다고 보는 입장이다.

⑤ A와 B는 현재 X사가 경험과 전문성을 바탕으로 안정적인 과두제적 경영을 하고 있다는 전제에서 논의를 한다.

• **홀수 기출 분석서** 독서 문제 P.100 / 해설 P.187

[8～11] 다음 글을 읽고 물음에 답하시오.

　　식품 포장재, 세제 용기 등으로 사용되는 플라스틱은 생활에서 흔히 ⓐ접할 수 있다. 플라스틱은 '성형할 수 있는, 거푸집으로 조형이 가능한'이라는 의미의 '플라스티코스'라는 그리스어에서 온 말로, 열과 압력으로 성형할 수 있는 고분자 화합물을 이른다.

　　플라스틱은 단위체인 작은 분자가 수없이 반복 연결되는 중합을 통해 만들어진 거대 분자로 이루어져 있다. 단위체들은 공유 결합으로 연결되는데, 분자를 구성하는 원자들이 서로 전자를 공유하여 안정한 상태가 되는 결합을 공유 결합이라 한다. 두 원자가 각각 전자를 하나씩 내어놓아 그 두 개의 전자를 한 쌍으로 공유하면 단일 결합이라 하고, 두 쌍을 공유하면 이중 결합이라 한다. 공유 전자쌍이 많을수록 원자 간의 결합력은 강하다. 대부분의 원자는 가장 바깥 전자 껍질의 전자 수가 8개가 될 때 안정해진다. 탄소 원자는 가장 바깥 전자 껍질에 4개의 전자를 갖고 있어, 다른 원자들과 전자를 공유하여 안정해질 수 있으며 다양한 형태의 공유 결합이 가능하여 거대한 분자의 골격을 이룰 수 있다.

　　플라스틱의 한 종류인 폴리에틸렌은 에틸렌 분자들이 서로 연결되는 중합 과정을 거쳐 만들어진다. 에틸렌은 두 개의 탄소 원자와 네 개의 수소 원자로 이루어지는데, 두 개의 탄소 원자가 서로 이중 결합을 하고 각각의 탄소 원자는 두 개의 수소 원자와 단일 결합을 한다. 탄소 원자 간의 이중 결합에서는 한 결합이 다른 하나보다 끊어지기 쉽다.

　　에틸렌의 중합에는 여러 가지 방법이 있는데 그중에 하나는 과산화물 개시제를 사용하는 것이다. 열을 흡수한 과산화물 개시제는 가장 바깥 껍질에 7개의 전자가 있는 불안정한 상태의 원자를 가진 분자로 분해된다. 이 불안정한 원자는 안정해지기 위해 에틸렌이 가진 탄소의 이중 결합 중 더 약한 결합을 끊어 버리면서 에틸렌의 한쪽 탄소 원자와 전자를 공유하며 단일 결합한다. 그러면 다른 쪽 탄소 원자는 공유되지 못한, 홀로 남은 전자를 갖게 된다. 이 불안정한 탄소 원자는 같은 방식으로 다른 에틸렌 분자와 반응을 하게 되고, 이와 같은 반응이 이어지며 불안정해지는 탄소 원자가 계속 생성된다. 에틸렌 분자들이 결합하여 더해지면 이것들은 사슬 형태를 이루며, 이 사슬은 지속적으로 성장하고 사슬 끝에는 불안정한 탄소 원자가 존재하게 된다. 성장하는 두 사슬의 끝이 서로 만나 결합하여 안정한 상태가 되면 반복적인 반응이 멈추게 된다. ㉠이 중합 과정을 거쳐 에틸렌 분자들은 폴리에틸렌이라는 고분자 화합물이 된다.

　　플라스틱을 이루는 거대한 분자들은 길이가 길다. 그래서 사슬들이 일정한 방향으로 나란히 배열되어 있는 결정 영역은, 분자들 전체에서 기대할 수는 없지만 부분적으로 있을 수는 있다. 플라스틱에서 결정 영역이 차지하는 부분의 비율은 여러 조건에 따라 조절이 가능하고 물성에 영향을 미친다. 결정 영역이 많아질수록 플라스틱은 유연성이 낮아 충격에 약하고 가공성이 떨어지며 점점 불투명해지지만, 밀도가 높아져 단단해지고 화학 물질에 대한 민감성이 감소하며 열에 의해 잘 변형되지 않는다. 이런 성질을 활용하여 필요에 따라 다양한 종류의 플라스틱을 만들 수 있다.

8. 윗글에서 알 수 있는 내용으로 적절하지 <u>않은</u> 것은?

① 단위체들은 중합을 거쳐 거대 분자를 이룰 수 있다.

② 에틸렌 분자에는 단일 결합과 이중 결합이 모두 존재한다.

③ 플라스틱이라는 명칭의 유래는 열과 압력으로 성형이 되는 성질과 관련이 있다.

④ 불안정한 원자를 가진 에틸렌은 과산화물을 개시제로 쓰면 분해되면서 안정해진다.

⑤ 탄소와 탄소 사이의 이중 결합 중 하나의 결합 세기는 나머지 하나의 결합 세기보다 크다.

9. ㉠에 대한 이해로 적절하지 **않은** 것은?

① 성장 중의 사슬은 그 양쪽 끝부분에서 불안정한 탄소 원자가 생성된다.

② 사슬의 중간에 두 탄소 원자가 서로 전자를 하나씩 내어놓아 공유하는 결합이 존재한다.

③ 상태가 불안정한 원자를 지닌 분자의 생성이 연속적인 사슬 성장 반응이 일어나는 계기가 된다.

④ 공유되지 못하고 홀로 남은 전자를 가진 탄소 원자는 사슬의 성장 과정이 종결되기 전까지 계속 발생한다.

⑤ 에틸렌 분자를 구성하는 탄소 원자들 사이의 이중 결합이 단일 결합으로 되면서 사슬의 성장 과정을 이어 간다.

10. 윗글을 바탕으로 〈보기〉의 ㉮와 ㉯를 이해한 내용으로 가장 적절한 것은? [3점]

〈보 기〉

폴리에틸렌은 높은 압력과 온도에서 중합되어 사슬이 여기저기 가지를 친 구조로 만들어지기도 한다. ㉮가지를 친 구조의 사슬들은 조밀하게 배열되기 힘들다. 한편 특수한 촉매를 사용하여 저온에서 중합되면 탄소 원자들이 이루는 사슬이 한 줄로 쭉 이어진 직선형 구조로 만들어지기도 한다. 이 ㉯직선형 구조의 사슬들은 한 방향으로 서로 나란히 조밀하게 배열될 수 있다.

① 충격에 잘 깨지지 않도록 유연하게 하려면 ㉮보다 ㉯로 이루어진 소재가 적합하겠군.

② 포장된 물품이 잘 보이게 하려면 포장재로는 ㉮보다 ㉯로 이루어진 소재가 적합하겠군.

③ 보관 용기에서 화학 물질이 닿는 부분에는 ㉮보다 ㉯로 이루어진 소재를 쓰는 것이 좋겠군.

④ ㉯보다 ㉮로 이루어진 소재의 밀도가 더 높겠군.

⑤ 열에 잘 견디게 하려면 ㉯보다 ㉮로 이루어진 소재가 적합하겠군.

11. ⓐ와 문맥상 의미가 가장 가까운 것은?

① 요즘 신도시는 아파트가 대규모로 서로 접해 있다.

② 그는 자신의 수상 소식을 오늘에야 접하게 되었다.

③ 나는 교과서에서 접한 시를 모두 외웠다.

④ 우리나라는 삼면이 바다에 접해 있다.

⑤ 우리 집은 공원을 접하고 있다.

▶ 소요 시간 ☐ 분 ☐ 초

• 홀수 기출 분석서 **독서** 문제 P.142 / 해설 P.276

[12~17] 다음 글을 읽고 물음에 답하시오.

(가)

전통적인 윤리학의 주요 주제는 '선', '올바름'과 같은 도덕 용어에 대한 해명을 바탕으로 무엇이 옳고 그른지를 판정하는 객관적 근거를 ⓐ찾는 것이다. 그러나 윤리학은 오랫동안 그에 대한 만족스러운 답을 ⓑ내놓지 못했다. 이러한 상황에서 에이어는 도덕적으로 옳고 그름에 관한 문장인 도덕 문장이 진리 적합성, 즉 참 또는 거짓일 수 있다는 성질을 갖지 않는다는 주장을 ⓒ펼쳤다.

에이어는 진리 적합성을 갖는 모든 문장은 그 문장에 사용된 단어의 정의를 통해 검증되는 분석적 문장이거나 경험적 관찰에 의해 검증되는 종합적 문장이라는 원리를 바탕으로 도덕 문장은 진리 적합성이 없다고 주장했다. 우선 그는 도덕 문장은 분석적이지 않다는 기존의 논의를 수용했다. '선은 A이다.'라는 도덕 문장이 분석적이려면, 술어인 'A'가 주어인 '선'이라는 개념 속에 내포되어 있어야 한다. 하지만 '선'은 속성이나 내용을 더 이상 분석할 수 없는 단순 개념이므로 해당 문장은 분석적이지 않다. 그렇다고 해서 '선은 A이다.'라는 도덕 문장이 경험적 관찰로 검증될 수 있는 것도 아니다. '선' 그 자체는 우리의 감각으로 검증할 수 없기 때문이다.

도덕 문장은 다양한 감정이나 태도를 표현하고 타인의 감정을 ⓓ불러일으키는 정서적 의미를 갖는다고 에이어는 주장했다. 그는 많은 사람들이 도덕 문장이 진리 적합성을 갖는다고 오해하는 것은 도덕 용어의 두 가지 용법을 구분하지 못해서라고 주장한다. 그에 따르면 도덕 용어는 감정을 표현하는 표현적 용법으로도, 세계에 관한 어떤 사실을 기술하는 기술적 용법으로도 사용될 수 있다. 만약 '도둑질은 나쁘다.'가 도둑질이 사회적으로 배척된다는 사실을 기술하는 문장이라면, 이 문장은 도덕적으로 옳고 그름에 관한 것이 아니다. 따라서 이 문장은 도덕 문장이 아니고, 경험적으로 검증이 가능하다. 반대로 그 문장이 도둑질에 대한 화자의 감정을 표현한 문장이라면 이는 도덕 문장이며 어떤 사실을 기술한 것이 아니다. 에이어에게는 '도둑질은 나쁘다.'와 같은 도덕 문장을 진술하는 것은 감정을 담은 어조로 '네가 도둑질을 하다니!'라고 말하는 것과 다름없기 때문이다. 그의 주장대로라면 도덕 문장은 감정을 표현하는 도덕 주체로부터 독립적으로 존재하는 무언가를 기술할 수 없다. 이는 전통적인 윤리학자들의 기본 가정을 부정하는 급진적 주장이지만 윤리학에 새로운 사고를 ⓔ열어 준 선구적인 면도 있다.

(나)

논리학에서 제기된 의문이 윤리학의 특정 견해에 대한 비판이 되기도 한다. 다음 논의는 이를 보여 준다. 'P이면 Q이다. P이다. 따라서 Q이다.'인 논증을 전건 긍정식이라 한다. 전건 긍정식은 'P이면 Q이다.'와 'P이다.'라는 두 전제가 참이면 결론 'Q이다.'는 반드시 참이라는 뜻에서 타당하다. 그런데 어떤 문장이 단독으로 진술되는 경우에는 감정이나 태도를 표현할 수 있지만 그 문장이 조건문 'P이면 Q이다.'의 부분으로 포함되는 경우에는 그렇지 않다. '귤은 맛있다.'는 화자의 선호라는 감정을 표현한다. 하지만 그 문장이 '귤은 맛있다면 귤은 비싸다.'처럼 조건문의 일부가 되면 귤에 관한 화자의 선호를 표현하지 않는다. 이에 전건 긍정식의 P가 감정이나 태도를 표현하는 문장일 때 'P이면 Q이다.'의 P와 'P이다.'의 P 사이에 내용의 차이가 생기므로, 전건 긍정식임에도 두 전제의 참이 결론 'Q이다.'의 참을 보장하지 않는다는 것이 ⊙몇몇 논리학자들이 제기한 문제였다. 전건 긍정식인 '표절은 나쁘다면 표절을 돕는 것은 나쁘다. 표절은 나쁘다. 따라서 표절을 돕는 것은 나쁘다.'라는 논증은 직관적으로 타당해 보인다. 하지만 '표절은 나쁘다.'가 감정을 표현했다면, 위 논증은 타당하지 않다고 해야 한다. 그러므로 에이어의 윤리학 견해를 고수하려면, 도덕 문장을 포함하는 전건 긍정식의 타당성을 부정하거나, 전건 긍정식은 도덕 문장을 포함할 수 없다고 해야 한다. 이 쟁점에 대해 행크스는 다음과 같이 논의를 전개하였다.

[A]
'표절은 나쁘다.'라는 문장은 표절이라는 대상에 나쁨이라는 속성을 부여하는 내용을 가진다. 그리고 화자의 문장 진술은 그 내용과 완전히 무관할 수는 없기 때문에 그런 문장은 단독으로 진술되든 그렇지 않든 판단적이다. 문장이 판단적이라는 것은, 대상에 속성을 부여하는 내용을 지니는 것이 그 문장의 본질이라는 것을 뜻한다. 도덕 문장을 비롯한 모든 판단적 문장은 참 또는 거짓일 수 있다. 조건문에 포함된 문장도 판단적이라는 점에서 단독으로 진술될 때와 내용의 차이가 없다. 그러므로 도덕 문장을 포함하는 전건 긍정식은 타당해 보일 뿐 아니라 실제로도 타당하다. 그렇다면 'P이면 Q이다.'에 포함된 'P이다.'가 단독으로 진술된 경우와 다른 점은 무엇인가? 가령 '귤은 맛있다.'는, '귤은 맛있다면 귤은 비싸다.'라는 조건문에 포함되는 경우 화자가 대상에 속성을 부여하는 행위를 하는 것은 아니기에 그것의 판단적 본질을 발현하지 못한다. 그러나 이 맥락에서도 조건문에 포함된 '귤은 맛있다.'는 판단적 본질을 여전히 잃지 않는다. 다시 말해, 그 문장 자체는 대상에 속성을 부여하는 내용을 지닌다.

12. (가)에 나타난 에이어의 입장으로 적절하지 않은 것은?

① 도덕 용어를 기술적 용법으로 사용한 문장은 검증이 가능하다.

② 표현적 용법을 활용한 도덕 문장은 자신의 감정을 표현하는 문장과 동일한 의미를 표현한다.

③ 주어와 술어의 의미 관계를 통해 어떤 문장을 검증할 수 있다면 그 문장은 분석적 문장이다.

④ 도덕 용어의 용법은 도덕 용어가 기술하는 사실의 종류에 따라 기술적 용법과 표현적 용법으로 구분할 수 있다.

⑤ 도덕 문장에 진리 적합성이 있다는 오해는 도덕 문장을 세계에 대한 어떠한 사실을 기술한 것으로 해석한 데에 기인한다.

13. [A]로부터 추론한 내용으로 가장 적절한 것은?

① '귤은 맛있다면 귤은 비싸다.'에 포함된 '귤은 맛있다.'는 판단적이지 않다.

② '표절은 나쁘다.'는 단독으로 진술되었을 때에만 참 또는 거짓일 수 있다.

③ '귤은 맛있다.'는 조건문의 일부로 진술될 때는 대상에 속성을 부여하는 내용을 지니지 않는다.

④ 화자는 귤이 맛있음의 속성을 가진다는 내용과 완전히 무관한 채로 '귤은 맛있다.'를 진술할 수 있다.

⑤ '표절은 나쁘다.'는 화자가 표절에 나쁨을 부여하지 않는 맥락에서도 그것의 판단적 본질을 유지할 수 있다.

14. 다음은 윗글을 읽고 학생이 작성한 학습 활동지이다. 윗글을 바탕으로 할 때, 적절하지 않은 것은?

□ 다음의 진술에 대해 윗글에 제시된 학자들이 보일 수 있는 견해를 작성해 봅시다.

[진술 1] 객관적으로 존재하는 도덕적 사실이 있다.

• 전통적인 윤리학자: 옳다. 도덕적 판단의 근거는 도덕 주체로부터 독립적으로 존재하기 때문이다. ·················· ①

• 에이어: 옳지 않다. 도덕 문장은 도덕 주체로부터 독립적일 수 없기 때문이다. ·················· ②

[진술 2] 도덕 문장은 참 또는 거짓이라는 속성을 갖는다.

• 에이어: 옳지 않다. 도덕 문장은 분석적이지도 종합적이지도 않기 때문이다. ·················· ③

• 행크스: 옳다. 도덕 문장은 도덕 용어가 나타내는 속성에 비추어 참 또는 거짓이 정해지기 때문이다.

[진술 3] 전건 긍정식의 두 전제에 공통으로 포함된 도덕 문장은 내용이 다르다.

• 에이어: 옳다. 도덕 문장은 전건 긍정식의 전제로 사용되면 진리 적합성을 갖기 때문이다. ·················· ④

• 행크스: 옳지 않다. 단독으로 진술된 문장은 조건문의 일부로 사용된 때와 내용 차이가 없기 때문이다. ·················· ⑤

15. 윗글을 바탕으로 ⊙을 이해한 내용으로 적절하지 않은 것은?

① 에이어의 윤리학 견해가 옳다면 전건 긍정식이 직관적으로 타당해 보이게 된다는 점에서, ⊙은 에이어에 대한 비판이 된다.

② ⊙에 따르면, 도덕 문장을 포함하는 전건 긍정식이 타당하다면 도덕 문장이 감정을 표현한다는 견해는 수용될 수 없다.

③ ⊙은 전건 긍정식이 타당하려면 두 전제 모두에 나타난 문장의 내용이 일치해야 함에 기초한다.

④ ⊙은 도덕 문장뿐 아니라 개인적 선호를 나타내는 문장에 대해서도 제기될 수 있다.

⑤ 도덕 문장을 판단적이라고 보는 이론에 따르면 ⊙은 애당초 발생하지 않는다.

16. 윗글과 〈보기〉를 비교하여 이해한 내용으로 적절하지 <u>않은</u> 것은? [3점]

〈보 기〉

'자선은 옳다.'는 자선에 대한 찬성, '폭력은 나쁘다.'는 폭력에 대한 반대라는 태도를 표현한다. 도덕 문장을 포함하는 '자선은 옳다면 봉사는 옳다.'라는 조건문은 '태도에 대한 태도'를 표현한다. 위와 같은 주관적 태도들에는 참, 거짓이 없다. '자선은 옳다면 봉사는 옳다.'와 '자선은 옳다.'가 나타내는 태도를 지니면서, '봉사는 옳다.'에 반대하는 것은 비일관적이다. '자선은 옳다면 봉사는 옳다. 자선은 옳다. 따라서 봉사는 옳다.'가 타당하다는 것은 이런 뜻이다.

① 도덕 문장이 태도나 감정을 표현한다는 주장은, 도덕 문장을 포함하는 조건문이 '태도에 대한 태도'를 표현한다는 〈보기〉의 주장과 상충하는군.

② 논증의 타당성이 전제와 결론의 참에 의해 규정된다는 주장은, 타당성을 논증에 나타난 태도 사이의 관계에 의해 규정할 수 있다는 〈보기〉의 주장과 상충하는군.

③ 무엇이 윤리적으로 옳고 그른지에 대한 객관적 기준을 세워야 한다는 주장은, 도덕 문장은 찬성과 반대라는 주관적 태도를 나타낸다는 〈보기〉의 주장과 상충하는군.

④ '귤은 맛있다.'가 귤에 대한 화자의 선호를 표현한다는 주장은, '자선은 옳다.'가 자선에 대한 화자의 찬성을 표현한다는 〈보기〉의 주장과 상충하지 않는군.

⑤ '도둑질은 나쁘다.'가 화자의 정서를 표출하므로 진리 적합성이 없다는 주장은, 폭력에 대한 화자의 태도를 표현하는 문장이 참, 거짓일 수 없다는 〈보기〉의 주장과 상충하지 않는군.

17. 문맥상 ⓐ～ⓔ와 바꿔 쓰기에 가장 적절한 것은?

① ⓐ: 수색하는
② ⓑ: 제시하지
③ ⓒ: 전파했다
④ ⓓ: 발산하는
⑤ ⓔ: 공개하여

▶ 소요 시간 　분　초

• 홀수 기출 분석서 [문학] 문제 P.108 / 해설 P.192

[18～21] 다음 글을 읽고 물음에 답하시오.

장 소저 가 남복을 벗고 담장 소복으로 여복을 개착하고 금로에 향을 사르며 시랑의 영위 먼저 차린 후 제문을 읽으니, ⓐ그 글에 하였으되,

'유세차 기축 삼월 정묘 삭 십오 일에 기주 장 한림의 딸 애황은 감히 이부 시랑 이 공 영위 앞에 아뢰나이다. 오호 애재라! 소첩의 부친이 대인과 사귐이 깊사옵더니, 그 후에 대인은 귀자를 두시고 부친은 소첩을 얻으시니 피차에 동년 동일생이라. 부친이 신기한 꿈을 꾸고는 대인과 **진진지연***을 깊이 맺었더니, 슬프다, 양가 시운이 불리하여 대인은 **간신의 모해**를 입어 외딴섬에 유배 가시고, 부친은 대인의 억울함과 소첩의 앞길이 그릇됨을 원통히

여겨 걱정과 분노가 병이 되어 중도에 **세상을 버리시니**, 모친 또한 부친의 뒤를 따라 별세하시니, 외롭고 연약한 소첩은 의지할 곳이 없더라. 간적 왕희가 첩의 고독함을 업신여겨 **혼인을 강제하**옵기로 변복 도주하였다가, 남자로 행세하여 용문에 올라 남적을 멸하고 대공을 이룸은, 적자 왕희를 없이하여 원통함을 풀고 대인과 공자를 찾아 혼약을 이루기 위함이었는데, 사신의 말을 들으니 대인 부자가 형적이 없다 하니, 반드시 수중고혼이 되신지라. 어찌 참통치 않으리잇고. 이에 한 잔 술을 바치옵나니 삼가 바라건대 존령은 흠향하옵소서.'
하였더라.

(중략)

각설. 이 공자 대봉이 부친을 모시고 ⑦용궁을 떠나 여러 날 만에 ⑥황성에 올라와 머물 곳을 정한 후, 흉노의 머리 벤 것을 봉하여 성상께 올릴새 상소를 지어 전후사연을 주달하였거늘, 이때 성상이 이 시랑 부자의 생사를 알지 못하시고 장 소저의 앞길을 애련히 여기사 마음에 잊지 못하시더니, 또 장 소저의 상표가 이르렀거늘 상이 반기사 급히 열어 보시니 왈,

'신첩 장애황은 일장 표를 용탑 하에 올리나이다. 신첩이 성상의 큰 은혜를 받자와 바닷가에서 제를 올려 고혼을 위로하오나, 이 승과 저승이 판이하게 달라 영혼이 자취가 없사오니, 비록 앞에 와 흠향하온들 어찌 알 리 있사오리잇가. 아득한 경상과 슬픈 마음을 진정치 못하와 제를 지내며 통곡하옵더니, 천우신조하와 삭발 승려를 만나오니 이 곧 시랑 이익의 처 양씨라. 비록 **성혼 행례**는 아니 하였사오나 어찌 시어머니와 며느리 사이가 아니리잇가. 일비일희하여 즐겁기 무궁하오니, 이는 다 성상의 넓으신 덕택으로 말미암음이라. 그러나 왕희 부자는 국가를 혼란스럽게 한 간 신이옵고 신첩의 원수라. 바라건대 폐하는 왕희 부자를 엄형 국 문하사 국법을 밝히시고, 그 부자를 신첩에게 내어 주시면 남선우 베던 칼로 난신을 죽여 이익의 부자에게 제하여 영혼을 위로하리이다.'
하였더라.

상이 다 보신 후 정히 처결코자 하시더니, 이때 또 하나의 표문이 올라오거늘, 상이 의괴하여 열어 보시니 ⑥그 소에 하였으되,

'죄신 이대봉은 황공함과 두려운 마음으로 머리를 조아려 절을 올리며 한 장 표문을 황상 용탑 하에 바치옵나이다. 신의 부자가 간신 왕희의 모함을 입었사오나, 폐하의 성덕을 입사와 이 한목숨에 너그러움을 베풀어 ⑥해도에 내치신 덕택으로 유배지로 가옵더니, 도중을 향하와 배를 타고 대해 중에 행하옵더니, 뜻밖에 뱃사람들이 달려들어 아비를 결박하여 물에 던지거늘, 신의 아비 죽는 양을 보고 또한 뒤를 따라 수중에 빠지오매 거의 죽게 되었삽더니, 마침 서해 용왕의 구함을 입어 살아나 서역 천축국 ⑧백운암에 가 팔 년을 의탁하였나이다. 생각하옵건대 신의 부자가 국가의 죄인이라. 타처에 오래 있사옴이 옳지 않아 세상에 나와 수중에 빠진 아비 유골이나마 찾고 고국에 있는 어미를 찾아보고자 하와 중원으로 돌아가옵다가, 농서에서 한나라 장수 이릉의 영혼을 만나 갑옷과 투구를 얻고, 사평에서 오추마를 얻으며, 화용도에서 관 공의 영혼을 만나 칼을 얻어, 황성으로 향코자 하옵다가, 반적 흉노가 천자의 자리를 범하여 황성을 함몰하고 어가가 ⑩금릉으로 행하셨다 함을 듣고, 분심을 이기지 못하와 전죄를 무릅쓰고 천 리를 달려 금릉에 이르러 자칭 충의장군이라

하옵고 필마단창으로 적군을 파하고 적장 묵특남과 동돌수를 베어 성상의 급하심을 구하옵고, 흉노가 도망하는 것을 따라 서릉도에 들어가 흉노를 베었나이다. 돌아오는 길에 해중에서 풍랑을 만나 나흘 밤낮을 정처 없이 가다가 천우신조하옵고, 성상의 하해지덕으로 무인절도에 다다라 바람이 그치오며, 그 섬에 올라가 죽었던 아비를 만났사오니 황명을 기다리지 아니하고 감히 함께 와 대죄하옵나니, 신의 부자의 죄 만 번 죽어도 아까울 것이 없나이다. 그러하오나 왕희는 국가의 난신적자요 신의 원수라. 뱃사람이 재물 없이 적소로 가는 죄수를 무단히 살해하올 일은 만무하온즉, 이는 반드시 왕희의 사주를 받은 것으로, 의심할 바 없는지라 바라옵건대 성상은 엄형 국문하옵신 후 왕적을 내어 주시고 신의 죄를 다스리옵소서.'

하였더라.

– 작자 미상, 「이대봉전」 –

*진진지연(秦晉之緣): 혼인의 인연.

18. ㉠~㉤에 대한 설명으로 가장 적절한 것은?

① ㉠은 이대봉이 이릉의 영혼을 만나 갑옷과 칼을 얻은 공간이다.
② ㉡은 흉노가 침범한 곳이자 이대봉이 흉노를 처단한 공간이다.
③ ㉢은 장 한림 부부가 간신의 모해로 유배 간 공간이다.
④ ㉣은 이대봉이 중원으로 향하기 전에 머물던 공간이다.
⑤ ㉤은 동돌수가 이대봉을 피해 달아난 공간이다.

19. 장 소저에 대한 이해로 적절하지 않은 것은?

① 부친과 이 시랑이 '진진지연'을 맺은 데에는 신기한 꿈이 영향을 미쳤을 것이라고 알고 있다.
② 이 시랑이 '간신의 모해'를 입은 것은 시운이 좋지 않았기 때문이라고 생각했다.
③ 부친이 '세상을 버린' 까닭은 혼약이 어그러진 것과 이 시랑의 죽음에 대한 분노 때문이라고 여겼다.
④ 왕희가 '혼인을 강제하'는 것으로 판단하여 변복 도주했다.
⑤ '성혼 행례'는 하지 않았으나, 승려가 된 양씨를 시어머니로 대했다.

20. 〈보기〉의 [A]에 들어갈 말로 적절하지 않은 것은?

─────〈보 기〉─────

선생님: 고전 소설에서는 제문, 표문 등과 같은 다양한 글이 활용되기도 해요. 윗글의 ⓐ와 ⓑ에서 글을 바치는 사람과 받는 상대가 누구인지 고려하여, 글의 특징이나 기능에 대해 말해 보세요.

학생: _____[A]_____

선생님: 네, 맞아요.

① ⓐ는 망자에게 바치는 제문이고, ⓑ는 성상에게 바치는 표문이에요.
② ⓐ는 상대의 원통함을 위로하기 위하여, ⓑ는 상대에게 사건 경과를 알려 특별한 조치를 요청하기 위하여 작성되었어요.
③ ⓐ와 달리 ⓑ에는 글을 바치는 사람이 스스로를 낮추는 표현이 사용되었어요.
④ ⓐ에서 글을 바치는 사람이 오해했던 사건의 실상이 ⓑ에서 드러나고 있어요.
⑤ ⓐ와 ⓑ는 모두 글을 바치는 사람과 상대를 서두에서 밝히고 있어요.

21. 〈보기〉를 참고하여 윗글을 감상한 내용으로 적절하지 않은 것은? [3점]

─────〈보 기〉─────

「이대봉전」에서 주인공은 공적 가치와 사적 목표를 실현하기 위해 노력한다. 공적 가치는 국가 차원의 사건에 참여하는 당위로 제시되고, 사적 목표는 가문의 일원으로서 그 사건 해결에 가담하는 동력이 된다. 현실계나 비현실계의 존재들 또한 주인공의 이러한 문제 해결 과정에 조력한다. 공적 활약을 통해 공적 가치의 권위를 인정하는 이면에 사적 목표의 추구를 배치하는 이러한 구도는 영웅소설이 지향하는 '충'이라는 이념을 훼손하지 않으면서도 사적 목표의 추구를 정당화한다.

① 장애황이 혼약을 이루기 위해 대공을 세웠다고 한 데에서, 혼약이 국가 차원의 사건에 참여하는 동력이 되었음을 알 수 있군.
② 장애황이 난신 왕희를 국법으로 다스린 후 자신에게 내어 달라고 한 데에서, 공적 권위를 존중하되 사적 목표도 실현하고자 하는 마음을 알 수 있군.
③ 흉노의 침입으로 성상이 피신했다는 소식에 분노하여 이대봉이 출전한 데에서, 국가 차원의 문제 해결에 참여하는 당위성을 확인할 수 있군.
④ 표류하던 이대봉이 천우신조로 무인절도에서 이 시랑과 재회한 데에서, 비현실계의 존재가 이대봉의 공적 활약에 조력한 것을 확인할 수 있군.
⑤ 이대봉이 흉노 제압을 공으로 드러낸 후 성상에게 왕희의 처벌을 요구한 데에서, 충의 이념을 훼손하지 않으면서도 사적 목표의 정당성을 확보하려는 인물의 의중을 확인할 수 있군.

• 홀수 기출 분석서 문학 문제 P.146 / 해설 P.274

[22~26] 다음 글을 읽고 물음에 답하시오.

(가)

저 건너 ⓐ꽁생원은 팔자를 원망토다
제 아비 덕분으로 **돈천이나** 가졌더니
술 한 잔 밥 한 술을 **친구 대접** 하였던가
주제넘게 아는 체로 ㉠음양술수(陰陽術數) 현혹되어
이장도 자주 하며 이사도 힘을 쓰고
당대발복(當代發福) 예 아니면 피란처가 여기로다
올 적 갈 적 행로상에 ㉡처자식을 흩어 놓고
유무(有無) 상관 아니하고 **공것**을 바라도다
기인취물(欺人取物) 하자 하니 두 번째는 아니 속고
공납(公納) 범용 하자 하니 일가 중에 부자 없고
뜬재물을 경영하여 경향출입 싸다닐 제
재상가에 ㉢청질하다 봉변당해 물러서며
남의 고을 걸태 하다 혼금(閽禁)에 쫓겨 오기
혼인 중매 선채* 돈에 창피당해 뺨 맞으며
가대* 흥정 구문 먹기 ㉣핀잔 듣고 자빠지고
불의행실(不義行實) 찌그렁이 위조문서 비리호송(非理好訟)
부자나 후려 볼까 ㉤감언이설 꾀어 보자
언막이에 보막이며 은광이며 금광이라
큰길가에 색주가며 노름판에 푼돈 떼기
남북촌에 뚜쟁이로 인물 초인(招引) 하여 볼까
산진매 수진매로 사냥질로 놀아나기
혼인 핑계 어린 딸이 백 냥짜리 되었구나
대종손 양반 자랑 산소나 팔아 볼까
아낙은 친정살이 자식은 머슴살이
일가에게 인심 잃고 **친구**에게 손가락질
부지거처(不知去處) 나간 후에 소문이나 들었던가

– 작자 미상, 「우부가」 –

*선채(先綵): 혼례 전에 신랑 집에서 신부 집으로 보내는 비단.
*가대(家垈): 집이나 토지 등을 통틀어 이르는 말.

(나)

경인년(庚寅年)에 큰 가뭄이 들어 정월부터 가을 7월에 이르기까지 **비가 내리지 않았다**. 봄에는 논밭을 갈지 못했고, 여름에는 **김을 맬 수가 없었다**. 들판에 있는 풀은 하나같이 누렇게 말랐고, 논밭의 곡식도 모두 시들었다.

부지런한 농부가 말하기를,

"김을 매도 죽을 것이고 김을 매지 않아도 죽을 것이다. 편안히 앉아 기다리는 것보다는 힘을 다하여 곡식을 살리는 게 나을 것이다. 만일 비가 내린다면 어찌 그동안 들인 노력이 모두 허사가 되겠는가."

라고 하였다. 그러므로 논밭은 이미 갈라졌으나 김매기를 그치지 아니하고 싹이 이미 시들었어도 **풀 뽑기를 쉬지 아니하여**, 한 해가 다 가도록 부지런히 일을 하면서 자신이 할 일에 최선을 다하였다.

ⓑ게으른 농부는 말하기를,

"김을 매도 죽을 것이고 김을 매지 않아도 죽을 것이다. 바쁘게 일하면서 수고로운 것보다는 아무 일도 하지 않고 **그냥 쉬는 것**

이 나을 것이다. 만일 '비가 오지 않으면 이것 모두 무익하게 될 것이다."

라고 하였다. 그러므로 밭에서 일하는 농부들을 보고 비웃기를 그치지 않았고, 들밥을 내가는 아녀자들을 보고 조롱하기를 그만두지 않으면서, 한 해가 다 가도록 물러나 앉아 천명을 기다리고 있었다.

나는 일찍이 가을걷이할 무렵 파산(坡山)의 들판에 가 보았다. 그 밭의 절반은 황폐하였고 절반은 곡식이 잘 가꾸어져 있었는데, 절반은 곡식이 성글게 달렸고 절반은 빽빽하게 달려 있었다. 어떤 농부는 목을 뻣뻣이 세우고 하늘을 우러러보고, 또 어떤 농부는 술에 취해 잠이 들어 있었다. 마을 노인에게 이유를 물으니,

"저 황폐하고 성긴 곡식은 목을 뻣뻣이 세우고 하늘을 우러러보는 자들이 무익하다고 여겨 김을 매지 않은 것이고, 잘 가꾸어져 빽빽한 곡식은 술에 취한 채 목이 메어 잠든 자들이 정성과 힘을 다하여 살린 것이다. 한때의 편안함을 탐내었다가 일 년 내내 굶주리게 되었고, 한때의 괴로움을 참아 일 년 내내 배불리 지낼 수 있게 되었다."

라고 하였다.

아, 열심히 일하여 얻고, 편안하게 놀다가 잃는 것은 비단 농사일만이 아닐 것이다. 오늘날 시서(詩書)를 공부하여 벼슬길에 나아가기를 도모하는 사람들도 어찌 이와 다를 것인가?

ⓒ선비들은 젊었을 때에 학문에 뜻을 두고 밤낮없이 부지런히 노력하여 육경(六經)과 온갖 사서(史書)를 탐구하지 않음이 없고 문장과 아름다운 글귀를 익히지 않음이 없다. 저마다 재주를 품고 기이한 재주를 쌓아 과거 시험장에 나아가 솜씨를 겨루어, 한 번에 뜻을 이루지 못하면 못마땅해하고, 두 번에 뜻을 얻지 못하면 마음이 흐려지고, 세 번에도 뜻을 얻지 못하면 스스로 낙심하여 말하기를,

"공명에는 분수가 있어서 학문으로 이룰 수 있는 것이 아니며, 부귀는 운명에 달려 있으니 역시 학문으로 이룰 수 있는 것이 아니다."

라고 한다. 그동안 배운 것을 버리고 아울러 이전에 쌓아 온 바를 버려서 어떤 이는 중도에 그만두기도 하고 또 어떤 이는 문(門)에 거의 다 이르렀다가 되돌아간다. 아홉 길 높이로 산을 쌓고도 한 삼태기의 힘을 마저 쏟지 않는 것과 같으니, 어찌 게을러서 김을 매지 않는 자들과 같지 않으리오.

학문의 수고로움은 농부들이 봄, 여름, 가을의 세 계절을 고생하는 것에 비할 바가 아니나, 학문을 하여 얻는 공이 어찌 농사를 지어 얻는 이로움 정도뿐이겠는가. 농사를 지어 입과 배를 채우는 것은 그 이로움이 적으나, 학문을 하여 명성을 취하는 것은 그 이로움이 크다. 이로움이 작은 일도 오히려 부지런히 하지 않을 수 없는데, 하물며 **큰 일을 하면서 부지런하지 않을 수 있겠는가**. 마음을 수고롭게 하는 군자는 도리어 몸을 수고롭게 하는 소인이 끝까지 노력함을 알지 못한다. 그러므로 이 글을 지어 그들을 깨우치는 바이다.

– 성현, 「타농설」 –

---

22. (가)와 (나)에 대한 설명으로 가장 적절한 것은?

① (가)는 열거의 방식을, (나)는 대조의 방식을 활용하여 주제를 부각하고 있다.

② (가)는 (나)와 달리, 대구적 표현을 활용하여 인물에 대한 태도의 변화를 드러내고 있다.

③ (나)는 (가)와 달리, 반어적 표현을 활용하여 인물에 대한 기대감을 높이고 있다.

④ (가)와 (나)는 모두, 계절적 배경을 활용하여 향토적 분위기를 조성하고 있다.

⑤ (가)와 (나)는 모두, 해학적 표현을 활용하여 인물 간의 우호적 관계를 드러내고 있다.

23. ㉠~㉤을 이해한 내용으로 적절하지 않은 것은?

① ㉠은 집터나 묏자리를 통해 길운을 바라는 꽁생원이 관심을 보이는 대상이다.

② ㉡은 재물을 모은 꽁생원이 함께 풍요로운 삶을 누리고 싶은 대상이다.

③ ㉢은 재물을 경영하여 부를 증식하려는 꽁생원이 권력가의 권세를 이용하기 위한 방법이다.

④ ㉣은 집이나 땅을 중개하여 이문을 취하려는 꽁생원이 흥정 과정에서 겪은 부정적 반응이다.

⑤ ㉤은 부자의 재산으로 이익을 얻으려는 꽁생원이 부자를 꾀는 수단이다.

24. ⓐ~ⓒ에 대한 이해로 가장 적절한 것은?

① ⓐ는 도박과 음주에 빠져 있고, ⓑ는 파산의 들판에서 술에 취해 잠들어 있다.

② ⓐ는 부모의 혜택을 받지 못하여 팔자를 원망하고, ⓒ는 분수를 알아 자신의 배움에 한계가 있다고 생각한다.

③ ⓐ는 혼인을 중매하는 일에 성공하지 못하여 창피를 당하고, ⓒ는 과거 시험에서 뜻을 이루지 못하여 수치를 당한다.

④ ⓑ는 가뭄에 김을 매지 않아 다른 농부들의 조롱을 받고, ⓒ는 한때의 괴로움을 참지 못하여 공명을 이루지 못한다.

⑤ ⓑ는 김매기를 하여도 작물이 죽을 것이라고 생각하고, ⓒ는 학문에 힘을 쏟아도 부귀를 이루지 못할 수 있다고 생각한다.

25. (나)에 대한 설명으로 적절하지 않은 것은?

① 인물들의 말을 인용하여 특정 상황에 대한 서로 다른 태도를 드러내고 있다.

② 글쓴이의 주장과 그에 대한 반박을 제시하여 화제에 대한 상반된 입장을 나타내고 있다.

③ 물음에 답하는 인물을 통해 글쓴이가 관찰한 상황이 발생하게 된 이유를 제시하고 있다.

④ 다른 사람에게 교훈을 전달하고자 하는 글쓴이의 의도를 드러내며 글을 마무리하고 있다.

⑤ 글쓴이의 경험을 통해 얻은 깨달음을 바탕으로 논의의 대상을 다른 상황으로 확장하고 있다.

26. 〈보기〉를 참고하여 (가), (나)를 감상한 내용으로 적절하지 않은 것은?
[3점]

〈보 기〉

당면한 현실에 대응하는 양상에 따라 삶에 대한 평가는 달라진다. 요행을 바라면서 책임감 없는 삶을 사는 경우에는 부정적으로, 현실적 한계를 극복하고자 노력하는 삶을 사는 경우에는 긍정적으로 평가된다. (가)에서는 당대 규범에서 벗어나 세속적 욕망을 추구하며 요행을 바라는 태도에 대한 경계가, (나)에서는 운명론적 태도에서 벗어나 삶의 주체로서 문제를 성실하게 해결하는 자세에 대한 권면이 나타나고 있다.

① (가)의 '공것'과 '뜬재물'은 정당한 노력을 기울이지 않고 요행을 바라는 태도를 알 수 있는 소재이군.

② (나)의 '비가 내리지 않아' '김을 맬 수가 없'는 것을 보니, 농부들이 농경에 부적합한 환경이라는 문제 상황에 당면하게 된 것을 알 수 있군.

③ (가)의 '공납'을 유용하려는 것에서 이익을 위해 규범을 무시하는 태도를, (나)의 '그냥 쉬는 것이 나을 것'에서 불행한 결과를 예단하는 운명론적 태도를 확인할 수 있군.

④ (가)의 '돈천이나 가졌더니', '친구 대접 하였던가'에서 재물을 베푸는 데 인색한 물욕을, (나)의 '풀 뽑기를 쉬지 아니하여'에서 한계 상황을 극복하고자 하는 의지를 확인할 수 있군.

⑤ (가)의 '일가'와 '친구'에게서 소외당한 꽁생원의 말로에서 무책임한 삶에 대한 경계가, (나)의 '큰 일을 하면서 부지런하'기를 촉구하는 데에서 게으른 농부에 대한 권면이 나타나는군.

• 홀수 기출 분석서 **문학** 문제 P.072 / 해설 P.118

[27~30] 다음 글을 읽고 물음에 답하시오.

어머니의 변명은 끝끝내 내 마음을 어루만져 주지 못했다. 그 후로 나는 좀처럼 아버지에 대한 얘기를 꺼내지 않게 되었다. 뜻밖에도 아버지의 죄를 순순히 시인하는 그녀의 ⓐ한마디가 내게는 그토록 엄청난 충격으로 깊이 남겨졌던 탓이리라. ㉠바로 그 순간부터 나는 아버지의 그 죄라는 것을 내 스스로 함께 나누어 지니고 만 느낌이었고, 그 때문에 나이에 걸맞지 않게 나는 눈빛이 깊고 어두운 아이가 되어 가고 있었다. 그리고 그때부터 아버지의 무서운 환영은 저주처럼 내 곁을 따라다니기 시작했다. 그는 언제나 시커먼 어둠 저편에 숨어서 음산하기 그지없는 눈빛으로 나를 쏘아보고 있었다. 그는 어디에나 숨어 있었다. 내 어릴 때 이따금 고개를 디밀어 들여다보면 마루 밑 저편 깊숙이 도사리고 있던 그 까마득한 어둠 속에도 그 어둠 속에서 술술 기어 나오던 그 눅눅하고 음습한 냄새 속에서도 내가 한 번도 얼굴을 본 적이 없는 그 사내는 핏발 선 눈알을 번득이며 나를 쏘아보고 있는 것이었다. 그건 어디서 묻었는지도 모르는, 오랜 시간이 흐른 뒤에까지 지워지지 않는 핏자국처럼 내게는 저주와 공포의 **낙인**으로 깊이 박혀 있었다. 그리고 그 낙인을 가슴에 지닌 채, 나는 끝끝내 나를 휘감고 있는 어떤 엄청난 **죄악감과 불길한 예감**으로부터 영영 벗어날 수가 없었다.

[중략 부분의 줄거리] 나와 부대원들은 훈련에 대비해 참호를 파다가 발견한 유해를 인근 마을의 노인과 함께 수습하여 매장하는 일을 행한다.

두개골과 다리뼈를 꼼꼼히 문질러 닦은 뒤, 노인은 몸통뼈에 묶인 줄을 풀어내기 시작했다. 완강하게 묶인 매듭은 마침내 노인의 손끝에서 풀리어졌다. 금방이라도 쩔걱쩔걱 쇳소리를 낼 듯한 철삿줄은 싱싱하게 살아 있었다. 살을 녹이고 뼈까지도 녹슬게 만든 그 오랜 시간과 땅 밑의 어둠을 끝끝내 견뎌 내고 그렇듯 시퍼렇게 되살아 나오는 그것의 놀라운 끈질김과 냉혹성이 언뜻 소름끼치도록 무서움증을 느끼게 했다.

노인은 손목과 팔에 묶인 결박까지 마저 풀어낸 다음 허리를 펴고 일어서더니 **줄 묶음**을 들고 저만치 걸어 나갔다. 그가 허공을 향해 그것을 멀리 **내던지**는 순간 나는 까닭 모르게 마당가에서 하늘을 치어다보며 서 있는 어머니의 가녀린 목 줄기와 그녀가 아침마다 소반 위에 떠서 올리곤 하던 하얀 **물 사발**이 눈앞에 떠올랐다가 스러져 버리는 것이었다.

ⓒ나는 담배를 피워 물었다. 멀리 메마른 초겨울의 야산이 헐벗은 등을 까 내놓고 죽은 듯이 엎드려 있었다. 사위는 온통 잿빛의 풍경이었다. 피잉, 현기증이 일었다.

광주리를 머리에 인 어머니가 **모래밭**을 걸어오고 있었다. 돌돌거리며 흐르는 물소리를 거슬러 강변 모래밭을 어머니가 혼자 저만치서 다가오고 있었다. 모래밭은 하얗게 햇살을 되받아 쏘며 은빛으로 반짝였다. 허리띠를 질끈 동인 어머니의 치맛자락이 흐느적이며 바람결에 흔들리고 있었다. 나는 햇살에 부신 눈을 가늘게 오므리고 줄곧 그녀를 지켜보고 있었다. 그때였다. 꿈속에서처럼 나는 그녀의 뒤를 바짝 따라오고 있는 한 **사내의 환영**을 보았다. 그건 아버지였다. ⓒ언젠가 어머니의 낡은 반닫이 깊숙한 옷가지 밑에 숨겨져 있던 액자 속에서 학생복 차림으로 서 있던 그대로 그건 영락없는 그 사내였다. 나를 어머니의 배 속에 남겨 놓은 채 어느 바람이 몹시 부는 날 밤, 산길을 타고 지리산인가 어디로 황황히 떠나가 버렸다는 사내. 창백해 뵈는 뺨에 마른 몸집의 그 사내가 어머니와 함께 걸어오고 있는 것이었다. 놀란 눈으로 풀밭에 앉아 나는 그들을 지켜보고 있었다. 이윽고 어머니의 눈썹과 코, 입의 윤곽과 야윈 목 줄기까지 뚜렷이 드러날 만큼 가까워졌을 때 사내의 환영은 어느 틈에 사라져 버리고 없었다. 몇 번이나 눈을 비비고 보았으나 역시 마찬가지였다. 하얗게 반짝이는 모래밭 위로 어머니가 찍어 내는 발자국만 유령처럼 끈질기게 그녀의 발꿈치를 뒤따라오고 있을 뿐이었다.

우리는 관 대신에 신문지로 싼 **유해**를 맨 처음 그 자리에 다시 묻어 주었다. 도톰하니 봉분을 만들고 뗏장까지 입혀 놓고 보니 엉성한 대로 형상은 갖춘 듯싶었다. 노인은 술을 흙 위에 뿌려 주었다. 그리고 자신이 먼저 한 모금 마신 다음에 잔을 돌렸다. 오 일병이 노파가 준 북어를 내놓았고, 덕분에 작은 술판이 벌어졌다. 음복인 셈이었다.

"얌마, 이런 느닷없는 장례식도 모두 너희 두 놈들 때문이니까, 자 한 잔씩 마셔라."

"그래그래, 어쨌든 너희들은 좋은 일 했으니 천당 가도 되겠다."

소대장이 병을 기울였고 다른 녀석들도 낄낄대며 ⓑ한마디씩 보태었다.

술이 가득 차오른 반합 뚜껑을 나는 두 손으로 받쳐 들었다.

ⓐ저것 봐라이. ㉑날짐승도 때가 되면 돌아올 줄 아는 법이다. 어머니가 말했다. 저만치 웬 사내가 서 있었다. 가슴과 팔목에 철삿줄을 동여맨 채 사내는 이쪽을 응시하며 구부정하게 서 있었다. 퀭하니 열려 있는 그 사내의 눈은 잔뜩 겁에 질려 있는 채로였다. 애앵. 총성이 울렸고 그는 허물어지듯 앞으로 고꾸라지고 있었다. ㉺불현듯 시야가 부옇게 흐려 왔다.

아아. 아버지는 지금 어디에 쓰러져 누워 있을 것인가. 해마다 머리맡에 무성한 ㉰쑥부쟁이와 엉겅퀴꽃을 지천으로 피워 내며 이제 아버지는 어느 버려진 밭고랑, 어느 응달진 산기슭에 무덤도 묘비도 없이 홀로 잠들어 있을 것인가.

　　　　　　　　　　　　　　　　 – 임철우, 「아버지의 땅」 –

27. ㉠~㉺의 서술 방식에 대한 설명으로 적절하지 <u>않은</u> 것은?

① ㉠: '나'의 지각 내용을 '나'가 서술하는 상황으로 인물과 서술자가 겹쳐 있다.

② ㉡: 서술의 주체를 알 수 있는 표지가 분명하게 제시되어 서술자와 지각의 주체가 뚜렷이 구분된다.

③ ㉢: '나'가 아니라 '나'가 지각하는 대상을 주어로 서술함으로써 지각의 대상을 부각하는 효과가 나타난다.

④ ㉣: 인용 부호 없이 서술된 발화에서 인물의 목소리가 드러난다.

⑤ ㉤: 지각의 주체를 알리는 표지가 나타나지 않아서 누가 지각한 바를 서술한 것인지 모호한 상황이 빚어진다.

28. 윗글에서 ⓐ와 ⓑ의 서사적 기능에 대한 설명으로 가장 적절한 것은?

① ⓐ가 이야기의 심화된 주제를 구현하는 제재라면, ⓑ는 이야기의 주제를 가늠하도록 하는 단서이다.

② ⓐ가 이야기를 절정에 치닫도록 하는 추진력이라면, ⓑ는 이야기를 결말에 이르게 하는 원동력이다.

③ ⓐ가 이야기의 긴장감이 형성되는 요인이라면, ⓑ는 이야기의 긴장감이 완화됨을 드러내는 표지이다.

④ ⓐ가 이야기의 위기감이 해소된 종착점이라면, ⓑ는 이야기의 위기감이 고조된 정점이다.

⑤ ⓐ가 이야기를 일으키는 시발점이라면, ⓑ는 이야기의 전모가 드러나게 되는 귀결점이다.

29. ㉮와 ㉯에 대한 이해로 가장 적절한 것은?

① ㉮는 ㉯에 비해 능동적이므로 인물이 처한 문제 상황에 미치는 영향력이 크다.

② ㉮는 ㉯와 달리, 시간과 공간에 관여되면서 이야기의 배경에 실감을 더하게 된다.

③ ㉯는 ㉮와 달리, 희망적인 성격이 강하므로 인물이 원하는 바를 집약한 결과이다.

④ ㉯에서 연상되는 상황이 현실이 될 경우 ㉮에 투영된 염원은 실현 가능성이 사라진다.

⑤ ㉮와 ㉯ 모두, 관념적 의미가 부여됨으로써 인물이 이념에 편향되어 있음이 알려진다.

30. <보기>를 참고하여 윗글을 감상한 내용으로 적절하지 <u>않은</u> 것은? [3점]

─〈보 기〉─

　　부정적인 방향으로 응고된 기억을 돌이켜 긍정적인 방향으로 재편함으로써 심리적 안정을 도모하는 기회를 마련할 수 있다. 심리 요법의 일환으로 적용되는 '기억 재응고화'는 마음의 상처로 남은 기억을 재구성하여 다른 의미와 가치에 대응시킴으로써, 사람들로 하여금 부정적 기억으로 빚어진 심리적 불안정에 대응할 힘을 회복하도록 돕는 원리이다.

① '낙인'과도 같은 유년의 기억을 성인이 되어서도 떨쳐 버리지 못했다는 고백에 비추어 보면, 응고된 기억의 영향력에서 벗어나는 일이 쉽지 않음을 짐작할 수 있겠군.

② '죄악감과 불길한 예감'을 유발한 동인을 추적해 보면, '아버지'에 관한 기억이 마음의 상처로 남음으로써 '나'의 심리적 불안정이 비롯되고 있음을 추정할 수 있겠군.

③ '줄 묶음'을 '내던지'는 '노인'의 행위와 '물 사발'을 올리는 '어머니'의 행위가 이어지며 제시되는 부분을 보면, '나'의 기억을 재응고화하기 위한 이들의 노력을 확인할 수 있겠군.

④ '모래밭'에서의 '어머니' 형상과 '사내의 환영'이 어우러지는 장면에서, '아버지'에 대해 굳어져 있던 기억이 재편될 수 있는 가능성이 시사된다고 할 수 있겠군.

⑤ '아버지'에 대한 이미지가 '유해'에 대응되면서 '나'의 정서적 반응에 변화가 생기는 것을 보면, 부정적인 기억을 재구성함으로써 심리적 안정을 회복해 가는 경위를 엿볼 수 있겠군.

• 홀수 기출 분석서 **문학** 문제 P.026 / 해설 P.032

[31~34] 다음 글을 읽고 물음에 답하시오.

(가)

손 흔들고 떠나갈 미련은 없다
며칠째 청산에 와 발을 푸니
㉠흐리던 산길이 잘 보인다.
상수리 열매를 주우며 인가를 내려다보고
쓰다 둔 편지 구절과 버린 칫솔을 생각한다.
남방으로 가다 길을 놓치고
두어 번 허우적거리는 여울물
산 아래는 때까치들이 몰려와
모든 야성을 버리고 들 가운데 순결해진다.
길을 가다가 자주 뒤를 돌아보게 하는
서른 번 다져 두고 서른 번 포기했던 ⓐ관습들
서쪽 마을을 바라보면 나무들의 잔숨결처럼
㉡가늘게 흩어지는 저녁 연기가
한 가정의 고민의 양식으로 피어오르고
생목 울타리엔 들거미줄
맨살 ㉢비비는 돌들과 함께 누워
실로 이 세상을 앓아 보지 않은 것들과 함께
잠들고 싶다.

– 이기철, 「청산행」 –

(나)

나는 차를 앞에 놓고
고즈넉한 저녁에 호을로 마신다.
내가 좋아하는 차를 마신다.
그러나 이것은 다만 사실일 뿐,
차의 짙은 향기와는 관계 없이
이것은 물과 같이 담담한 사실일 뿐이다.

누구의 시킴을 받아
참새 한 마리가 땅에 떨어지는 것도 아니고
누구의 손으로 들국화를 어여삐 가꾼 것도 아니다.
차를 마시는 것은
이와 같이 ㉣스스로 달갑고 가장 즐거울 뿐,
이것은 다만 사실이며 또 ⓑ관습이다.
나의 고즈넉한 관습이다.

물에게 물은 물일 뿐
소금물일 뿐,
앞으로 남은 십년을 더 살든지 죽든지
나에게도 나는 나일 뿐,
㉤이제는 차를 마시는 나일 뿐,

이 짙은 향기와는 관계도 없이
차를 마시는 사실과 관습은
내가 아는 내게 대한 모든 것이다.
그리고 모든 것에 대한 모든 것도 된다.

– 김현승, 「사실과 관습 : 고독 이후」 –

3
회

31. (가), (나)에 대한 설명으로 적절하지 <u>않은</u> 것은?

① (가)는 인격화한 대상을 통해 화자의 심리를 내포하고 있다.

② (나)는 대상을 한정하는 어휘들을 사용하여 주제 의식을 강조하고 있다.

③ (가)는 (나)와 달리, 공간의 이동에 따라 포착된 사물을 통해 화자의 태도를 드러내고 있다.

④ (나)는 (가)와 달리, 화자를 거듭 명시하면서 시상을 전개하고 있다.

⑤ (가)와 (나)는 모두, 자연물에 화자의 정서를 투영함으로써 대상에 대한 친밀감을 드러내고 있다.

32. ⓐ, ⓑ에 대한 이해로 가장 적절한 것은?

① ⓐ는 '길을 가다가 자주 뒤를 돌아보게' 하는 것이라는 점에서 다시 돌아갈 수 없는 그리움의 대상이다.

② ⓑ는 '호올로' 하는 행위라는 점에서 행위 주체의 사회적 고립을 드러내고 있다.

③ ⓐ는 바라봄의 대상인 '서쪽 마을'과 관련되어 있다는 점에서 피안에 대한 지향을, ⓑ는 일과를 마친 '저녁'과 관련되어 있다는 점에서 안식에 대한 지향을 드러내고 있다.

④ ⓐ는 '서른 번 다져 두고 서른 번 포기'한 것이라는 점에서 내면의 갈등을, ⓑ는 '고즈넉한' 상황에서 이루어지는 '담담한 사실'이라는 점에서 내면의 평정함을 내포한다.

⑤ ⓐ는 사물들을 '내려다보'아 촉발된 것이라는 점에서 자기 연민의 성격을, ⓑ는 '달갑고', '좋아하는' 것이라는 점에서 자기 위안적 성격을 띠고 있다.

33. ㉠~㉤에 대한 이해로 적절하지 <u>않은</u> 것은?

① ㉠은 대상이 이전에는 제대로 파악되지 않았음을 드러내는 표현이다.

② ㉡은 '저녁 연기'의 형상으로 '한 가정'의 상황과 처지를 시각화한 표현이다.

③ ㉢은 '맨살'을 드러낸 '돌들'이 부대끼는 형상으로 세파에 시달리는 모습을 나타내는 표현이다.

④ ㉣은 '차를 마시는 것'이 화자의 선호에 따른 주체적 행위임을 드러내는 표현이다.

⑤ ㉤은 '나'에 대한 현재의 인식이 이전과는 달라졌음을 드러내는 표현이다.

34. <보기>를 참고하여 (가), (나)를 감상한 내용으로 적절하지 <u>않은</u> 것은?

[3점]

<보 기>

자연과 절대자는 각각 인간에게 안식을 주거나 인간과 세계를 규정하는 중요한 준거로 인식되어 왔다. (가)는 세속의 일상을 떠나 자연에 들어온 화자가 점차 자연에 동화되어 가는 과정과 심리 상태를 그리고 있다. (나)는 자신과 세계 인식의 준거였던 절대자와의 관계를 회의하고 자신이 경험한 사실에 기초하여 존재를 인식하겠다는 태도를 표명하고 있다.

① (가)의 '쓰다 둔 편지 구절과 버린 칫솔을 생각한다'는 것은 자연에 온전히 동화되지 못하는 화자의 심리를 보여 주는 것이겠군.

② (나)의 '차를 마시는' 행위가 '내가 아는 내게 대한 모든 것', '모든 것에 대한 모든 것'으로 확장되는 것은 경험적 사실을 '나'와 모든 존재들에 대한 인식의 유일한 근거로 삼겠다는 의식이 반영된 것이겠군.

③ (가)의 '발을 푸니' '잘 보인다'는 것은 화자가 자연에 친숙해지는 심리 상태를, (나)의 '앞으로 남은 십년을 더 살든지 죽든지'는 절대자에 대해 회의하고 현실에 얽매이지 않겠다는 태도를 드러내고 있겠군.

④ (가)의 '여울물'과 '때까치들'에는 자연에 들어와서 느끼는 화자의 심리가 투사되어 있음을, (나)의 '참새'의 떨어짐이 '누구'에 의한 것이 '아니'라는 데에서 절대자와의 관계에 대한 회의가 드러나 있음을 알 수 있겠군.

⑤ (가)의 '이 세상을 앓아 보지 않은 것들과 함께'는 자연에 동화되려는 태도를, (나)의 '물은 물일 뿐'은 경험적 사실로만 대상을 인식하겠다는 태도를 드러내는 것이겠군.

▶ 소요 시간 ☐ 분 ☐ 초

* 확인 사항

○ 답안지의 해당란에 필요한 내용을 정확히 기입(표기)했는지 확인 하시오.

국어 영역

• 홀수 기출 분석서 독서 문제 P.030 / 해설 P.038

[1~3] 다음 글을 읽고 물음에 답하시오.

독서는 독자가 목표한 결과에 도달하기 위해 글을 읽고 의미를 구성하는 인지 행위이다. 성공적인 독서를 위해서는 초인지가 중요하다. 독서에서의 초인지는 독자가 자신의 독서 행위에 대해 인지하는 것으로서 자신의 독서 과정을 점검하고 조정하는 역할을 한다.

[A] 초인지는 글을 읽기 시작한 후 지속적으로 이루어지는 점검 과정에 동원된다. 독자는 가장 적절하다고 판단한 독서 전략을 사용하여 독서를 진행하는데, 그 전략이 효과적이고 문제가 없는지를 평가하며 점검한다. 효과적이지 않거나 문제가 있다고 판단하면 이를 해결해야 한다. 문제가 무엇인지 분명하지 않은 경우에는 독서 중에 떠오르는 생각들을 살펴보고 그중 독서의 진행을 방해하는 생각들을 분류해 보는 방법으로 문제점이 무엇인지 파악할 수 있다. 독서가 중단 없이 이어지는 상태이지만 문제가 발생한 것을 독자 자신이 인지하지 못하는 경우도 있다. 의도한 목표에 부합하지 않는 방법으로 읽기를 진행하거나 자신이 이해한 정도를 판단하지 못하는 예가 그것이다. 문제 발생 여부의 점검을 위해서는 독서 진행 중간중간에 이해한 내용을 정리하는 방법을 사용할 수 있다.

초인지는 문제를 해결하기 위해 독서 전략을 조정하는 과정에도 동원된다. 독서 목표를 고려하여, 독자는 ㉠지금 사용하고 있는 전략을 계속 사용할 것인지를 판단해야 한다. 또 ㉡문제 해결을 위한 다른 전략에는 무엇이 있는지, ㉢각 전략의 특징과 사용 절차, 조건 등은 무엇인지 알아야 한다. 또한 독자 자신이 사용할 수 있는 전략이 무엇인지, ㉣전략들의 적절한 적용 순서가 무엇인지, ㉤현재의 상황에서 최적의 전략이 무엇인지 판단하여 새로운 전략을 선택한다. 선택한 전략을 수행하는 과정에서 독자는 초인지를 활용하여 점검과 조정을 되풀이하며 능동적으로 의미를 구성해 간다.

1. 윗글을 이해한 내용으로 적절하지 <u>않은</u> 것은?

① 독서 전략을 선택할 때 독서의 목표를 고려할 필요가 있다.

② 독서 전략의 선택을 위해 개별 전략들에 대한 지식이 필요하다.

③ 독서 목표의 달성을 위해 독자는 자신의 독서 행위에 대해 인지해야 한다.

④ 독서 문제의 해결을 위해 독자는 자신이 사용할 수 있는 전략이 무엇인지 알아야 한다.

⑤ 독서 문제를 해결하기 위해 새로 선택한 전략은 점검과 조정의 대상에서 제외할 필요가 있다.

2. [A]에서 알 수 있는 내용으로 가장 적절한 것은?

① 독서 진행 중 이해한 내용을 정리하는 것은 독자 스스로 독서 진행의 문제를 점검하는 데에 적합하지 않다.

② 독서 진행 중 독자가 자신이 얼마나 이해하고 있는지 파악하지 못할 때에는 점검을 잠시 보류해야 한다.

③ 독서 진행에 문제가 없어 보이더라도 목표에 부합하지 않는 독서가 이루어지는 경우가 있다.

④ 독서 중에 떠오르는 생각을 분류하는 것은 독서 문제의 발생을 막는다.

⑤ 독서가 멈추지 않고 진행될 때에는 초인지의 역할이 필요 없다.

3. 〈보기〉는 윗글을 읽은 학생이 독서 중 떠올린 생각이다. ㉠~㉤과 관련하여 ⓐ~ⓔ를 설명한 내용으로 적절하지 <u>않은</u> 것은? [3점]

〈보 기〉

○ 이 용어가 무슨 뜻인지 모르겠어.

○ 처음 나왔을 때는 무시하고 읽었는데 다시 등장했으니, 문맥을 통해 의미를 가정하고 읽어 봐야겠어. ········· ⓐ

↓

○ 더 읽어 보았지만 여전히 정확한 뜻을 모르겠네. 그럼 어떻게 하지?

○ 관련된 내용을 앞부분에서 다시 찾아 읽든가, 인터넷 자료를 검색해 보든가, 다른 책들을 찾아볼 수 있겠네. ········· ⓑ

○ 검색을 하려면 인터넷 접속이 필요하겠네. ············· ⓒ

○ 검색은 나중에 하고, 먼저 앞부분을 다시 읽어 봐야겠다. 그다음에 다른 책을 찾아봐야지. ···················· ⓓ

○ 그럼 일단 앞부분에 관련된 내용이 있었는지 읽어 보자.

↓

○ 앞부분에는 관련된 내용이 없어서 도움이 안 되네.

○ 이 용어와 관련된 분야의 책을 찾아보는 것이 가장 좋겠어. ·································· ⓔ

↓

○ 이제 이 용어의 뜻이 이해되네. 그럼 계속 읽어 볼까?

① ⓐ: ㉠을 판단하여 사용 중인 전략을 계속 사용하기로 결정했다.

② ⓑ: ㉡을 고려하여 선택할 수 있는 전략들을 떠올렸다.

③ ⓒ: ㉢을 고려하여 전략의 사용 조건을 확인했다.

④ ⓓ: ㉣을 판단하여 전략들의 적용 순서를 결정했다.

⑤ ⓔ: ㉤을 판단하여 최적이라고 생각한 전략을 선택했다.

• 홀수 기출 분석서 독서 문제 P.066 / 해설 P.103

[4~7] 다음 글을 읽고 물음에 답하시오.

 ⊙경마식 보도는 경마 중계를 하듯 지지율 변화나 득표율 예측 등을 집중 보도하는 선거 방송의 한 방식이다. 경마식 보도는 선거일이 가까워질수록 증가한다. 새롭고 재미있는 정보를 원하는 시청자들의 요구에 부응하고, 방송사로서도 매일 새로운 뉴스를 제공하는 방편이 될 수 있기 때문이다. 경마식 보도는 선거와 정치에 무관심한 유권자들의 선거 참여, 정치 참여를 독려하는 장점이 있다. 하지만 흥미를 돋우는 데 치중하는 경마식 보도는 선거의 주요 의제를 도외시하고 경쟁 결과에 초점을 맞춰 선거의 공정성을 저해할 수 있다.

 경마식 보도의 문제점을 줄이려는 조치가 있다. ㉮「공직선거법」의 규정에 따르면, 당선인을 예상케 하는 여론조사를 실시하는 것은 언제든지 가능하지만, 그 결과의 보도는 선거일 6일 전부터 투표 마감 시각까지 금지된다. 이러한 규정이 국민의 알 권리와 언론의 자유를 침해하는지에 대해 헌법재판소는 신뢰할 수 있는 여론조사 결과라 하더라도 선거일에 임박해 보도하면 선거에 영향을 끼칠 수 있다며 합헌 결정을 내렸다. 「공직선거법」에 근거를 둔 ㉯「선거방송심의에 관한 특별규정」은 유권자에게 영향을 줄 수 있는 사실의 왜곡 보도를 금지하고, 여론조사 결과가 오차 범위 내에 있을 때에 이를 밝히지 않은 채로 서열이나 우열을 나타내는 보도도 금지하고 있다. 언론 단체의 ㉰「선거여론조사보도준칙」은 표본 오차를 감안하여 여론조사 결과를 정확하게 보도하도록 요구한다. 지지율 차이가 오차 범위 내에 있을 때 "경합"이라는 표현은 무방하지만 서열화하거나 "오차 범위 내에서 앞섰다."라는 표현처럼 우열을 나타내어 보도할 수 없다는 것이다.

 경마식 보도로부터 드러난 선거 방송의 한계를 보완하는 방책 중 하나로 선거 방송 토론회가 활용될 수 있다. 이 토론회를 통해 후보자 간 정책과 자질 등의 차이가 드러날 수 있는데, 현실적인 이유로 초청 대상자는 한정된다. ㉺「공직선거법」의 선거 방송 토론회 규정은 5인 이상의 국회의원을 가진 정당이나 직전 선거에서 3% 이상 득표한 정당이 추천한 후보자, 또는 언론기관의 여론조사 결과 평균 지지율이 5% 이상인 후보자 등을 초청 기준으로 제시하고 있다. 다만 초청 대상이 아닌 후보자들을 위해 별도의 토론회 개최가 가능하고 시간이나 횟수를 다르게 할 수 있다.

 이러한 규정이 선거 운동의 기회균등 원칙을 침해하는지에 대해 헌법재판소는 위헌이 아니라고 결정했다. ⓐ다수 의견은 방송 토론회의 효율적 운영을 고려할 때 초청 대상 후보자 수가 너무 많으면 제한된 시간 안에 심층적인 토론이 이루어지기 어렵고, 유권자들도 관심이 큰 후보자들의 정책 및 자질을 직접 비교하기 어렵다는 점을 지적하며, 이 규정은 합리적 제한이라고 보았다. 반면 ⓑ소수 의견은 이 규정이 가장 효과적인 선거 운동의 기회를 일부 후보자에게서 박탈하며, 유권자에게도 모든 후보자를 동시에 비교하지 못하게 하고, 초청 대상 후보자 토론회에 참여한 후보자와 그렇지 못한 후보자를 차별적으로 인식하게 만든다고 지적하였다. 이 규정을 소수 정당이나 정치 신인 등에 대한 자의적이고 차별적인 침해라고 본 것이다.

4. ⊙에 대한 설명으로 가장 적절한 것은?
 ① 선거 기간의 후반기에 비해 전반기에 더 많다.
 ② 시청자와 방송사의 상반된 이해관계가 반영된다.
 ③ 당선자 예측과 관련된 정보의 전파에 초점을 맞추지 않는다.
 ④ 선거의 핵심 의제에 관한 후보자의 입장을 다룬 보도를 중시한다.
 ⑤ 정치에 관심이 없던 유권자들이 선거에 관심을 갖도록 북돋운다.

5. 윗글에서 알 수 있는 내용으로 적절하지 않은 것은?
 ① 신뢰할 수 있는 여론조사의 결과를 보도하더라도 선거의 공정성을 위협할 수 있다.
 ② 정당의 추천을 받지 못해도 선거 방송의 초청 대상 후보자 토론회에 참여할 수 있다.
 ③ 국민의 알 권리와 언론의 자유가 서로 충돌하는지의 문제를 헌법재판소에서 논의한 적이 있다.
 ④ 선거일에 당선인 예측 선거 여론조사를 실시하고 투표 마감 시각 이후에 그 결과를 보도할 수 있다.
 ⑤ 「공직선거법」에는 선거 운동의 기회가 모든 후보자에게 균등하게 배분되지 못하도록 할 가능성이 있는 규정이 있다.

6. ㉺과 관련하여 ⓐ와 ⓑ의 입장에 대한 반응으로 가장 적절한 것은?
 [3점]
 ① 선거 방송 초청 대상 후보자 토론회에서 후보자들이 심층적인 토론을 하지 못한 원인이 시간의 제한이나 참여한 후보자의 수와 관계가 없다면 ⓐ의 입장은 강화되겠군.
 ② 주요 후보자의 정책이 가진 치명적 허점을 지적하고 좋은 대안을 제시해 유명해진 정치 신인이 선거 방송 초청 대상 후보자 토론회에 초청받지 못한다면 ⓐ의 입장은 약화되겠군.
 ③ 선거 방송 초청 대상 후보자 토론회에 참여할 적정 토론자의 수를 제한하는 기준이 국민의 합의에 의해 결정되었기 때문에 자의적인 것이 아니라고 한다면 ⓑ의 입장은 강화되겠군.
 ④ 어떤 후보자가 지지율이 낮은 후보자 간의 별도 토론회에서 뛰어난 정치 역량을 보여 주었음에도 그 토론회에 참여했다는 이유만으로 지지율이 떨어진다면 ⓑ의 입장은 약화되겠군.
 ⑤ 유권자들이 뛰어난 역량을 가진 소수 정당 후보자를 주요 후보자들과 동시에 비교할 수 있는 가장 효율적인 방법이 선거 방송 초청 대상 후보자 토론회라면 ⓑ의 입장은 약화되겠군.

7. ㉮~㉰에 따라 〈보기〉에 대한 언론 보도를 평가한 내용으로 적절하지 <u>않은</u> 것은?

〈보 기〉

　다음은 ○○ 방송사의 의뢰로 △△여론조사 기관에서 세 차례 실시한 당선인 예측 여론조사 결과의 일부이다. (세 조사 모두 신뢰 수준 95%, 오차 범위 8.8%P임.)

구분		1차 조사	2차 조사	3차 조사
조사일		선거일 15일 전	선거일 10일 전	선거일 5일 전
조사 결과	A 후보	42%	38%	39%
	B 후보	32%	37%	38%
	C 후보	18%	17%	17%

① 1차 조사 결과를 선거일 14일 전에 "A 후보, 10%P 이상의 차이로 B 후보와 C 후보에 우세"라고 보도하는 것은 ㉯와 ㉰ 중 어느 것에도 위배되지 않겠군.

② 2차 조사 결과를 선거일 9일 전에 "A 후보는 B 후보에 조금 앞서고, C 후보는 3위"라고 보도하는 것은 ㉯에 위배되지만, ㉰에 위배되지 않겠군.

③ 3차 조사 결과를 선거일 4일 전에 "A 후보는 오차 범위 내에서 1위"라고 보도하는 것은 ㉮와 ㉰에 모두 위배되겠군.

④ 1차 조사 결과를 선거일 14일 전에 "A 후보 1위, B 후보 2위, C 후보 3위"라고 보도하는 것은 ㉯에 위배되지 않고, 2차 조사 결과를 선거일 9일 전에 같은 표현으로 보도하는 것은 ㉰에 위배되겠군.

⑤ 2차 조사 결과를 선거일 9일 전에 "B 후보, A 후보와 오차 범위 내 경합"이라고 보도하는 것은 ㉰에 위배되지 않고, 3차 조사 결과를 선거일 4일 전에 같은 표현으로 보도하는 것은 ㉮에 위배되겠군.

• 홀수 기출 분석서 [독서] 문제 P.102 / 해설 P.192

[8~11] 다음 글을 읽고 물음에 답하시오.

　데이터를 처리할 때 데이터의 정확성은 매우 중요하다. 그런데 데이터에 결측치와 이상치가 포함되면 데이터의 특징을 제대로 ⓐ나타내기 어렵다.

　결측치는 데이터 값이 ⓑ빠져 있는 것이다. 결측치를 처리하는 방법 중 하나인 대체는 다른 값으로 결측치를 채우는 것인데, 대체하는 값으로는 평균, 중앙값, 최빈값을 많이 사용한다. 중앙값은 데이터를 크기순으로 정렬했을 때 중앙에 위치한 값이다. 크기가 같은 값이 복수일 경우에도 순위를 매겨 중앙값을 찾고, 데이터의 개수가 짝수이면 중앙에 있는 두 값의 평균이 중앙값이다. 또 최빈값은 데이터에 가장 많이 나타나는 값을 이른다. 일반적으로 데이터 값이 연속적인 수치이면 평균으로, 석차처럼 순위가 있는 값에는 중앙값으로, 직업과 같이 문자인 경우에는 최빈값으로 결측치를 대체한다.

　이상치는 데이터의 다른 값에 비해 유달리 크거나 작은 값으로, 데이터를 수집할 때 측정 오류 등에 의해 주로 ⓒ생긴다. 그러나 정상적인 데이터라도 데이터의 특징을 왜곡하는 데이터 값이 있을 수 있다. 예를 들어, 데이터가 어떤 프로 선수들의 연봉이고 그중 한 명의 연봉이 유달리 많다면, 이상치가 포함된 데이터에 해당한다. 이런 데이터의 특징을 하나의 수치로 나타내려는 경우 ㉠대푯값으로 평균보다 중앙값을 주로 사용한다.

　평면상에 있는 점들의 위치를 나타내는 데이터에서도 이상치를 발견할 수 있다. 대부분의 점들이 가상의 직선 주위에 모여 있다면 이 직선은 데이터의 특징을 잘 나타낸다고 할 수 있다. 이 직선을 직선 L이라고 하자. 그런데 직선 L로부터 멀리 떨어진 위치에도 몇 개의 점이 있다. 이 점들이 이상치이다.

　㉡이상치를 포함하는 데이터에서 직선 L을 찾는다고 하자. 이때 사용할 수 있는 기법의 하나인 A 기법은 두 점을 무작위로 골라 정상치 집합으로 가정하고, 이 두 점을 ⓓ지나는 후보 직선을 그어 나머지 점들과 후보 직선 사이의 거리를 구한다. 이 거리가 허용 범위 이내인 점들을 정상치 집합에 추가한다. 정상치 집합의 점의 개수가 미리 정해 둔 기준, 즉 문턱값보다 많으면 후보 직선을 최종 후보군에 넣는다. 반대로 점의 개수가 문턱값보다 적으면 후보 직선을 버린다. 만약 처음에 고른 점이 이상치이면, 대부분의 점들은 해당 후보 직선과의 거리가 너무 ⓔ멀어 이 직선은 최종 후보군에서 제외되는 것이다. 이 과정을 반복하여 최종 후보군을 구하고, 최종 후보군에 포함된 직선 중에서 정상치 집합의 데이터 개수가 최대인 직선을 직선 L로 선택한다. 이 기법은 이상치가 있어도 직선 L을 찾을 가능성이 높다.

8. 윗글을 이해한 내용으로 적절하지 <u>않은</u> 것은?

① 데이터가 수치로 구성되지 않아도 최빈값을 구할 수 있다.
② 데이터의 특징이 언제나 하나의 수치로 나타나는 것은 아니다.
③ 데이터가 정상적으로 수집되었다면 이상치가 존재하지 않는다.
④ 데이터에 동일한 수치가 여러 개 있어도 중앙값으로 결측치를 대체할 수 있다.
⑤ 데이터를 수집하는 과정에서 측정 오류가 발생한 값이라도 이상치가 아닐 수 있다.

9. 윗글을 참고할 때, ㉠의 이유로 가장 적절한 것은?

① 중앙값은 극단에 있는 이상치의 영향을 덜 받기 때문이다.
② 중앙값을 찾기 위해 데이터를 나열할 때 이상치는 제외되기 때문이다.
③ 데이터의 개수가 많아질수록 이상치도 많아지고 평균을 구하기 어렵기 때문이다.
④ 이상치가 포함되면 평균을 구하는 것이 중앙값을 찾는 것보다 복잡하기 때문이다.
⑤ 이상치가 포함되면 평균은 데이터에 포함되지 않는 값일 가능성이 큰 반면 중앙값은 항상 데이터에 포함된 값이기 때문이다.

10. ㉡과 관련하여 윗글의 A 기법과 〈보기〉의 B 기법을 설명한 내용으로 가장 적절한 것은? [3점]

〈보 기〉

다음과 같은 방법으로 직선 *L*을 찾는 B 기법을 가정해 보자. 후보 직선을 임의로 여러 개 가정한 뒤에 모든 점에서 각 후보 직선들과의 거리를 구하여 점들과 가장 가까운 직선을 선택한다. 그러나 이렇게 찾은 직선은 직선 *L*로 적합한 직선이 아니다. 이상치를 포함해서 찾다 보니 대부분 최적의 직선과 이상치 사이에 위치한 직선을 선택하게 된다.

① A 기법과 B 기법 모두 최적의 직선을 찾기 위해 최대한 많은 점을 지나는 후보 직선을 가정한다.

② A 기법은 이상치를 제외하고 후보 직선을 가정하지만 B 기법은 이상치를 제외하는 과정이 없다.

③ A 기법에서 최종적으로 선택한 직선은 이상치를 지나지 않지만 B 기법에서 선택한 직선은 이상치를 지난다.

④ A 기법은 이상치의 개수가 문턱값보다 적으면 후보 직선을 버리지만 B 기법은 선택한 직선이 이상치를 포함할 수 있다.

⑤ A 기법에서 후보 직선의 정상치 집합에는 이상치가 포함될 수 있고 B 기법에서 후보 직선은 이상치를 지날 수 있다.

11. 문맥상 ⓐ~ⓔ와 바꿔 쓰기에 가장 적절한 것은?

① ⓐ: 형성(形成)하기

② ⓑ: 누락(漏落)되어

③ ⓒ: 도래(到來)한다

④ ⓓ: 투과(透過)하는

⑤ ⓔ: 소원(疏遠)하여

▶ 소요 시간 [   ] 분 [   ] 초

• 홀수 기출 분석서 [독서] 문제 P.146 / 해설 P.285

[12~17] 다음 글을 읽고 물음에 답하시오.

(가)

『한비자』는 중국 전국 시대의 한비자가 제시한 사상이 ⓐ담긴 저작이다. 여러 나라가 패권을 다투던 혼란기를 맞아 엄격한 법치를 통해 부국강병을 꾀한 한비자는 『노자』에 대한 해석을 통해 자신의 법치 사상을 뒷받침했고, 이러한 면모는 『한비자』의 「해로」, 「유로」 등에서 확인할 수 있다.

『노자』에서 '도(道)'는 만물 생성의 근원으로 묘사된다. 도를 천지 만물의 존재와 본질의 근거라고 본 한비자의 이해도 이와 다르지 않다. 그는 자연과 인간 사회의 모든 현상은 도의 영향을 받지 않을 수 없다고 보고, 인간 사회의 일은 도에 따라 제대로 행했는가의 여부에 따라 그 성패가 드러나는 것이라고 이해했다.

한비자는 『노자』에 제시된 영구불변하는 도의 항상성에 대해 도가 천지와 더불어 영원히 존재한다는 것을 의미하는 것이지, 도가 모습과 이치를 일정하게 유지하는 것은 아니라고 이해했다. 그리고 도는 형체가 없을 뿐 아니라 일정하게 고정되어 있지 않기 때문에 때와 상황에 따라 유연하게 변화하는 것이라고 파악했다. 도가 가변성을 가지고 있어야 도가 일정한 곳에만 있지 않게 되고, 그래야만 도가 모든 사물의 존재와 본질의 근거가 될 수 있다고 파악한 것이다. 그는 도가 가변적이기 때문에 통치술도 고정되어서는 안 된다고 주장했다.

한편, 한비자는 도를 구체적인 사물과 사건에 내재한 개별 법칙의 통합으로 보고, 『노자』의 도에 시비 판단의 근거라는 새로운 의미를 부여했다. 항상 존재하는 도는 개별 법칙을 포괄하기 때문에 다양한 개별 사건의 시비를 판단하는 기준이 될 수 있고, 이러한 도에 근거해서 입법해야 다양한 사건을 판단할 수 있다고 본 것이다. 이러한 이해를 바탕으로 그는 만족을 모르는 인간의 욕망을 사회 혼란의 원인으로 지목한 『노자』의 견해에 동의하면서도, 『노자』에서처럼 욕망을 없애야 한다고 주장하지 않고 인간은 욕망을 필연적으로 가질 수밖에 없음을 지적하며 욕망을 제어하기 위해 법이 필요하다고 강조했다.

(나)

유학자들은 도를 인간 삶의 올바른 길을 의미하는 것이라고 보았다. 중국 송나라 이후, 유학자들은 이러한 유학의 도를 기반으로 현상 세계 너머의 근원으로서 도가의 도에 주목하여 『노자』 주석을 전개했다.

혼란기를 거친 송나라 초기에 중앙집권화가 추진된 이후 정치적 갈등이 드러나면서 개혁의 분위기가 조성됐다. 이러한 분위기하에서 유학자이자 개혁 사상가인 왕안석은 『노자주』를 저술했다. 그는 『노자』의 도를 만물의 물질적 근원인 '기(氣)'라고 파악하고, 현상 세계에 앞서 존재하는 기의 작용에 의해 사물이 형성된다고 보았다. 그는 기가 시시각각 변화하듯 현상 세계도 변화한다고 이해했다. 인위적인 것을 제거해야만 도가 드러나고 인간 사회가 안정된다는 『노자』를 비판한 그는 자연과 달리 인간 사회의 안정을 위해서는 제도와 규범의 제정과 같은 인간의 적극적인 개입이 필요하다고 주장했다. 지혜와 덕이 뛰어난 사람이 제정한 사회 제도와 규범도 현실 사회의 변화에 따라 새롭게 해야 한다고 주장한 것이다. 『노자』의 이상 정치가 실현되려면 유학 이념이 실질적 수단으로 사용되어야 한다고 주장하는 등 왕안석은 『노자』를 유학의 실천적 측면과 결부하여 이해했다.

송 이후 원나라에 이르러 성행하던 도교는 유학과 불교 등을 받아들여 체계화되었지만, 오징에게는 주술적인 종교에 불과했다. ㉠유학자의 입장에서 그는 잘못된 가르침을 펴는 도교에 사람들이 빠지는 것을 경계했다. 그는 도교의 시조로 간주된 노자의 가르침이 공자의 학문과 크게 다르지 않음을 밝히고자 『도덕진경주』를 저술했다. 그는 도와 유학 이념을 관련짓는 구절을 추가하는 등 『노자』의 일부 내용을 바꾸고 기존 구성 체제를 재편했다. 『노자』의 도를 근원적인 불변하는 도로 본 그는 모든 이치를 내재한 도가 현실화하여 천지 만물이 생성된다고 이해했다. 이런 관점에서 그는 유학의 인의예지가 도의 쇠퇴 때문에 나타난 것이라는 『노자』와 달리 도가 현실화하여 드러난 것으로 해석하고, 인간이 마땅히 따라야 할 사회 규범과 사회 질서 체계도 도가 현실화한 결과로 파악했다.

원이 쇠퇴하고 명나라가 들어선 이후 유학과 도가 등 여러 사상이 합류하는 사조가 무르익는 가운데, 유학자인 설혜는 자신의 ㉡학문적 소신에 따라 『노자』를 주석한 『노자집해』를 저술했다. 그는 공자도 존중했던 스승이 노자이므로 노자 사상에 대한 오해를 불식해야 한다고 보았다. 그는 기존의 주석서가 『노자』의 진정한 의미를 제대로 밝히지 못했기 때문에 유학자들이 노자 사상을 이단으로 치부했다고 파악한 것이다. 다양한 경전을 인용하여 『노자』를 해석하면서 그는 『노자』의 도를 인간의 도덕 본성과 그것의 근거인 천명으로 이해하고, 본성과 천명의 이치를 탐구한다는 점에서 노자 사상과 유학이 다르지 않다고 보았다. 또한 그는 『노자』에서 인의 등을 비판한 것은 도덕을 근본으로 삼게 하기 위한 충고라고 파악했다.

12. (가), (나)에 대한 설명으로 가장 적절한 것은?

① (가)는 『한비자』의 철학사적 의의를 설명하고 『한비자』와 『노자』의 사회적 파급력을 비교하고 있다.

② (가)는 한비자가 추구한 이상적인 사회를 소개하고 그 실현을 위해 『노자』를 수용한 입장의 한계를 설명하고 있다.

③ (나)는 특정 개념을 중심으로 『노자』에 대한 여러 학자의 견해를 시간의 흐름에 따라 제시하고 있다.

④ (나)는 여러 유학자가 『노자』를 해석한 의도를 각각 제시하고 그 차이로 인해 발생한 학자 간의 이견을 절충하고 있다.

⑤ (가)와 (나)는 모두, 『노자』에 대해 다양한 시각에서 제시된 비판이 심화되는 과정을 구체적 사례와 함께 설명하고 있다.

13. (가)에 제시된 한비자의 견해로 적절하지 않은 것은?

① 사건의 시비에 따라 달라지는 도에 근거하여 법이 제정되어야 한다.

② 인간은 무엇을 가지거나 누리고자 하는 마음에서 벗어날 수 없다.

③ 도는 고정된 모습 없이 때와 형편에 따라 변화하며 영원히 존재한다.

④ 인간 사회의 흥망성쇠는 사람이 도에 따라 올바르게 행하였는가의 여부에 좌우되는 것이다.

⑤ 도는 만물의 근원이면서 동시에 현실 사회의 개별 사물과 사건에 내재한 법칙을 포괄하는 것이다.

14. ㉠과 ㉡에 대한 이해로 가장 적절한 것은?

① ㉠은 유학 덕목의 등장을 긍정적으로 평가한 『노자』의 견해를 수용하는, ㉡은 유학 덕목에 대한 『노자』의 비판에 담긴 긍정적 의도를 밝히려는 것으로 표출되었다.

② ㉠은 유학에 유입되고 있는 주술성을 제거하는, ㉡은 노자 사상이 탐구하는 대상에 대한 이해를 근거로 노자 사상과 유학의 공통점을 제시하려는 것으로 표출되었다.

③ ㉠은 유학의 가르침을 차용한 종교가 사람들을 현혹하는 상황에 대응하는, ㉡은 『노자』를 해석한 경전들을 참고하여 유학 이론의 독창성을 밝히려는 것으로 표출되었다.

④ ㉠은 유학을 노자 사상과 연관 지어 유교적 사회 질서의 정당성을 확인하는, ㉡은 유학에서 이단으로 치부하는 사상의 진의를 밝혀 오해를 바로잡으려는 것으로 표출되었다.

⑤ ㉠은 특정 종교에서 추앙하는 사상가와 유학 이론의 관련성을 제시하는, ㉡은 유학의 사상적 우위를 입증하여 다른 학문을 통합할 수 있는 근거를 제시하려는 것으로 표출되었다.

15. (나)의 왕안석과 오징의 입장에서 다음의 ㄱ~ㄹ에 대해 판단한 것으로 가장 적절한 것은?

ㄱ. 도는 만물을 통해 드러나는 것이지 만물에 앞서서 존재하는 것은 아니다.

ㄴ. 인간 사회의 규범은 이치를 내재한 근원적 존재인 도가 현실에 드러난 것이다.

ㄷ. 도는 현상 세계의 너머에만 머물러 있지 않고 세상일과 유기적으로 관련되는 것이다.

ㄹ. 도가 변화하듯이 현상 세계가 변하니, 현실 사회의 변화에 따라 인간 사회의 규범도 변해야 한다.

① 왕안석은 ㄱ에 동의하지 않고 ㄴ에 동의하겠군.

② 왕안석은 ㄴ과 ㄹ에 동의하겠군.

③ 왕안석은 ㄷ에 동의하고 ㄹ에 동의하지 않겠군.

④ 오징은 ㄱ과 ㄹ에 동의하지 않겠군.

⑤ 오징은 ㄴ에 동의하고 ㄷ에 동의하지 않겠군.

16. 〈보기〉를 참고할 때, (가), (나)의 사상가에 대한 왕부지의 평가로 적절하지 <u>않은</u> 것은? [3점]

─────────〈보 기〉─────────

　　청나라 초기의 유학자 왕부지는 『노자』의 본래 뜻을 드러내어 노자 사상을 비판하고자 『노자연』을 저술했다. 노자 사상의 비현실성을 드러내어 유학의 실용적 가치를 부각하고자 했던 그는 기존의 『노자』 주석서가 노자 사상이 아닌 사상을 기준으로 삼았기 때문에 『노자』뿐만 아니라 주석자의 사상마저 왜곡했다고 비판했다. 『노자』에서 아무런 행동을 하지 않아도 천하가 다스려진다고 한 것 등을 비판한 그는, 『노자』에서처럼 단순히 인간의 이기적 욕망을 없애는 것이 아니라 사회 질서 유지를 위해 유학 규범을 활용해야 한다고 강조했다.

① 왕부지는 인간의 욕망에 대한 『노자』의 대응 방식을 부정적으로 보았으므로, (가)의 한비자가 『노자』와 달리 사회에 대한 인위적 개입이 필요하다고 한 것에 대해서는 수긍하겠군.

② 왕부지는 『노자』에 제시된 소극적인 삶의 태도를 부정적으로 보았으므로, (나)의 왕안석이 사회 제도에 대한 『노자』의 견해를 비판하며 유학 이념의 활용을 주장한 것은 긍정하겠군.

③ 왕부지는 『노자』의 본래 뜻을 파악해야 한다고 보았으므로, (나)의 오징이 『노자』를 주석하면서 자신의 이해에 따라 원문의 구성과 내용을 수정한 것이 잘못이라고 보겠군.

④ 왕부지는 주석자가 유학을 기준으로 『노자』를 이해하면 주석자의 사상도 왜곡된다고 보았으므로, (나)의 오징이 유학의 인의예지를 『노자』의 도가 현실화한 것으로 본 것을 비판하겠군.

⑤ 왕부지는 『노자』에 담긴 비현실성을 드러내야 한다고 보았으므로, (나)의 설혜가 기존의 『노자』 주석서들을 비판하며 드러낸 학문적 입장이 유학의 실용적 가치를 부각한다고 보겠군.

17. ⓐ와 문맥상 의미가 가장 가까운 것은?

① 과일이 접시에 예쁘게 <u>담겨</u> 있다.

② 상자에 탁구공이 가득 <u>담겨</u> 있다.

③ 시원한 계곡물에 수박이 <u>담겨</u> 있다.

④ 화폭에 봄 경치가 그대로 <u>담겨</u> 있다.

⑤ 매실이 설탕물에 한 달째 <u>담겨</u> 있다.

▶ 소요 시간 ☐ 분 ☐ 초

• 홀수 기출 분석서 [문학] 문제 P.110 / 해설 P.197

[18~21] 다음 글을 읽고 물음에 답하시오.

　　황상과 만조백관이 어찌할 줄 모르더니 좌장군 서경태가 급히 입직군을 동원하여 칼을 들고 내달아 크게 꾸짖길,

　　"이 몹쓸 흉악한 놈아, 어찌 이런 변을 짓느냐?"

　하고 칼을 들어 치니 아귀가 몸을 기울여 피하고 입을 벌려 숨을 들이쉬니 서경태가 날리어 아귀 입으로 들어갔다. 상이 보시다가 크게 놀라,

　　"짐이 여러 번 **전장**을 지내었으되 이런 일은 보도 듣도 못하였으니 제신 중에 뉘 이 짐승을 잡아 짐의 한을 씻으리오."

　정서장군 한세충이 나와 아뢰길,

　　"소장이 비록 재주 없으나 저것을 베어 황상께 바치리이다."

　하고 황금 투구에 엄신갑을 입고 팔 척 장창을 들고 청룡마를 내달아 외쳐 말하길,

[A] 　"흉적은 목을 늘여 내 칼을 받으라."

　아귀가 크게 웃고 말하길,

　　"아까는 내 숨을 들이쉬니 모기 같은 것도 삼켰으니 지금은 숨을 내쉴 것이니 네 눈을 부릅뜨고 자세히 보라."

　하고 입을 벌려 숨을 내부니 황상과 만조백관이 오 리나 밀려갔다. 아귀가 궁중이 텅 빈 것을 보고 세 공주를 등에 업고 돌아갔다.

　　이때 황상이 제신과 함께 정신을 겨우 차려 환궁하시니 세 공주가 다 없었다. 상께 이 연고를 아뢰니 상이 크게 놀라 하교하시되,

　　"이런 해괴한 변이 천고에 없으니 경들의 소견이 어떠하뇨?"

　하고 용루를 흘리시니 **조정**에 모인 여러 신하가 감히 우러러 보지 못하였다.

　이우영이 아뢰길,

　　"전 좌승상 김규가 지모 넉넉하오니 불러 문의하심이 마땅할까 하나이다."

　상이 깨달아 조서를 내려 김규를 부르셨다.

　이때 승상이 원을 데리고 평안히 지내더니 천만의외에 사관이 조서를 가지고 왔거늘 받자와 본즉,

　　"전임 좌승상에게 부치나니 그사이 **고향**에서 무사한가. ⓐ<u>짐은 불행하여 공주를 잃고 종적을 모르니 통한함을 어찌 측량하리오.</u> 경에게 옛 벼슬을 다시 내리나니 바삐 올라와 고명한 소견으로 짐의 아득함을 깨닫게 하라."

　하였다. 승상이 사관을 후대하고 ㉠국변을 물으니 아귀 작란하던 일과 세 공주 잃은 말을 대강 고하니 승상이 못내 슬퍼하여 사은숙배하니, 상이 보시고,

　　"경이 고향에 돌아감은 짐이 불명한 탓이로다. 국운이 불행하여 세 공주를 일시에 잃었으니 짐의 이 원을 어찌하리오? 경의 소견으로 이 일을 도모하면 평생의 한을 풀리로다."

　승상이 엎드려 아뢰길,

　　"소신이 자식이 있삽는데 창법 검술이 일세에 무쌍하와 매일 종적 없이 다니옵기 연고를 물으니 **철마산**에 가 무예를 익히다가 일일은 그 산에서 아귀라 하는 짐승을 만나 겨루고 그 뒤를 좇아 바위 구멍으로 들어감을 보았노라 하옵기 과연 허언이 아닌가 싶사오니 ⓑ<u>자식을 불러 들으심이 마땅하올까 하나이다.</u>"

4
회

[중략 부분의 줄거리] 원은 황상을 뵙고 원수가 되어 철마산 아귀의 소굴로 들어간다.

원수가 백계를 생각하다가 갑자기 깨달아 공주께 아뢰기를,
"독한 술을 많이 빚어 좋은 안주를 장만하여야 계교를 베풀리이다."
하고, 약속을 정해 여러 여자를 청하여 여차여차하게 계교를 갖추고 기다리라고 하였다.

이때 아귀가 원의 칼에 상한 머리 거의 나으니 모든 시녀를 불러 말하기를,

ⓒ"내 병이 조금 나았으니 사오일 후 세상에 나가 남두성을 잡아 죽여 이 원한을 풀리라. 너희는 나를 위하여 마음을 위로하라."

여자들이 이 말을 듣고 크게 기뻐하여 각각 술과 성찬을 권하기를,
"대왕의 상처가 나으시면 첩 등의 복인이 하나이다. ⓓ수이 차도를 얻사오면 남두성 잡기야 어찌 근심하리오? 주찬을 대령하였사오니 다 드시어 첩 등의 우러르는 마음을 즐겁게 하소서."

아귀가 가져오라 하거늘, 여러 여자가 일시에 한 그릇씩 드리니 아홉 입으로 권하는 대로 먹으니 그 수를 알 수 없었다. 술이 취하매 여러 여자가 거짓으로 위로하여,
"장군은 잠깐 잠을 청하여 아픔을 잊으소서."

아귀가 듣고 잠을 자려 하거늘, 막내 공주가 곁에 앉아 말하길,
"보검을 놓고 주무소서. 취중에 보검을 한번 휘둘러 치면 잔명이 죄 없이 상할까 하나이다."

아귀가 말하기를,
"장수가 잠이 드나 칼을 어찌 손에서 놓으리오마는 혹 실수함이 있을까 하노니 머리맡에 세워 두라."
하고 주거늘, 공주가 받아 놓고 잠들기를 기다렸다. 아귀가 깊이 잠들었거늘, 비수를 가지고 **협실**로 나와 원수에게 잠들었음을 이르고 함께 후원에 이르러 큰 기둥을 가리키며,
"원수의 칼로 저 기둥을 쳐 보소서."

원수가 칼을 들어 기둥을 치니 반쯤 부러졌다. 공주가 크게 놀라 말하기를,
"만일 그 칼을 썼더라면 성사도 못하고 도리어 큰 화가 미칠 뻔하였습니다."
아귀가 쓰던 비수로 기둥을 치니 썩은 풀이 베어지는 듯하였다.

– 작자 미상, 「김원전」 –

18. [A]의 서술상 특징에 대한 설명으로 가장 적절한 것은?
① 서술자가 개입하여 인물에 대한 평가를 제시하고 있다.
② 대화를 통해 인물 간의 위계나 관계를 보여 주고 있다.
③ 현재와 과거를 교차하여 장면의 전환을 보여 주고 있다.
④ 인물의 회상을 통해 인물 간 갈등의 원인을 암시하고 있다.
⑤ 상황에 대한 인물의 반응을 과장되게 서술하여 사건의 비극성을 완화하고 있다.

19. ㉠과 관련하여 윗글을 이해한 내용으로 적절하지 **않은** 것은?
① 황상은 ㉠의 심각성을 이전의 '전장'과 비교하고, 그때의 경험에 근거하여 ㉠에 대한 대처 방안을 찾아낸다.
② 이우영은 ㉠의 해결을 위해 '조정'에서 황상의 질문에 답하며 ㉠에 대처할 방안을 찾아 줄 지모 있는 인물을 거명한다.
③ 황상은 ㉠의 여파가 미치지 않은 '고향'에서 편안히 지내던 승상에게 ㉠으로 인한 위기 상황을 알린다.
④ 승상은 ㉠의 원흉인 아귀를 원이 '철마산'에서 본 것을 황상에게 아뢰고, ㉠을 해결할 단서를 제공할 인물을 천거한다.
⑤ 원은 ㉠의 해결 방안을 떠올리고, '협실'에서 공주를 만나 ㉠을 해결할 수 있는 기회가 왔음을 알게 된다.

20. ⓐ~ⓓ에 대한 설명으로 가장 적절한 것은?
① ⓐ와 ⓑ에서는 상대에 대한 신뢰를 바탕으로, 숨겨 온 사실을 드러내고 있다.
② ⓑ와 ⓒ에서는 자신의 위세를 드러내어, 상대의 복종을 이끌어 내고 있다.
③ ⓐ에서는 자신의 감정을 상대에게 드러내고, ⓓ에서는 자신들의 의도를 상대에게 숨기고 있다.
④ ⓑ에서는 당위를 내세워 상대의 행위를 요구하고, ⓓ에서는 상대의 안위를 우려하여 자제를 요청하고 있다.
⑤ ⓒ에서는 상대에게 자신의 목표를 위해 행동할 것을 촉구하고, ⓓ에서는 상대의 목표를 위해 행동할 것을 약속하고 있다.

21. 〈보기〉를 참고하여 윗글을 감상한 내용으로 적절하지 **않은** 것은? [3점]

〈보 기〉
「김원전」은 당대의 보편적 가치인 충군을 주제로, 초월적 능력을 지닌 주인공과 기이한 존재인 적대자의 필연적 대결 관계를 보여 준다. 특히 적대자의 압도적 무력에 맞서는 과정에서 인물에 따라, 혹은 인물이 처한 상황에 따라 다른 대응 방식을 보여 줌으로써 독자의 흥미를 자극한다.

① 서경태가 입직군을 동원해 아귀와 맞서고 원수가 계교를 마련해 아귀를 상대하는 데서, 압도적 무력을 지닌 적대자에 대응하는 양상이 서로 다름을 알 수 있군.
② 한세충이 황상의 한을 씻고자 아귀에게 대항하고 승상이 황상의 불행에 슬퍼하며 상경하는 데서, 인물들이 충군의 가치를 지키고 있음을 알 수 있군.
③ 원이 아귀의 머리를 상하게 한 것과 아귀가 남두성인 원에게 원한을 갚겠다고 다짐하는 데서, 주인공과 적대자의 대결이 피할 수 없는 것임을 알 수 있군.
④ 공주가 황상에게는 국운의 불행으로 잃은 대상이지만 원수에게는 약속대로 아귀를 잠들게 하는 인물인 데서, 여성 인물이 사건의 피해자이자 해결을 돕는 존재임을 알 수 있군.
⑤ 일세에 무쌍한 무예를 갖춘 원수가 아귀의 비수로 기둥을 베어 보는 데서, 주인공이 적대자를 처치하기 위해 자신의 계획대로 초월적 능력을 시험하고 있음을 알 수 있군.

• 홀수 기출 분석서 [문학] 문제 P.150 / 해설 P.279

[22~27] 다음 글을 읽고 물음에 답하시오.

(가)

흰 벽에는 ──
어렴히 해들 적마다 나뭇가지가 그림자 되어 떠오를 뿐이었다.
그러한 정밀*이 천년이나 머물렀다 한다.

단청은 연년(年年)이 빛을 잃어 두리기둥에는 틈이 생기고, 볕과 바람이 쓰라리게 스며들었다. 그러나 험상궂어 가는 것이 서럽지 않았다.

기왓장마다 푸른 이끼가 앉고 세월은 소리없이 쌓였으나 ㉠문은 상기 닫혀진 채 멀리 지나가는 바람 소리에 귀를 기울이는 밤이 있었다.

주춧돌 놓인 자리에 가을풀은 우거졌어도 봄이면 돋아나는 푸른 싹이 살고, 그리고 한 그루 진분홍 꽃이 피는 나무가 자랐다.

유달리도 푸른 높은 하늘을 눈물과 함께 아득히 흘러간 별들이 총총히 돌아오고 사납던 비바람이 걷힌 낡은 처마 끝에 찬란히 빛이 쏟아지는 새벽, 오래 닫혀진 문은 산천을 울리며 열리었다.

── 그립던 깃발이 눈뿌리에 사무치는 푸른 하늘이었다.

- 김종길, 「문」 -

*정밀: 고요하고 편안함.

(나)

이를테면 수양의 늘어진 ㉡가지가 담을 넘을 때
그건 수양 가지만의 일은 아니었을 것이다
얼굴 한번 못 마주친 애먼 뿌리와
잠시 살 붙였다 적막히 손을 터는 꽃과 잎이   [A]
혼연일체 믿어주지 않았다면
가지 혼자서는 한없이 떨기만 했을 것이다

한 닷새 내리고 내리던 고집 센 비가 아니었으면
밤새 정분만 쌓던 도리 없는 폭설이 아니었으면
담을 넘는다는 게
가지에게는 그리 신명 나는 일이 아니었을 것이다
무엇보다 가지의 마음을 머뭇 세우고
담 밖을 가둬두는   [B]
저 금단의 담이 아니었으면
담의 몸을 가로지르고 담의 정수리를 타 넘어
담을 열 수 있다는 걸
수양의 늘어진 가지는 꿈도 꾸지 못했을 것이다

그러니까 목련 가지라든가 감나무 가지라든가
줄장미 줄기라든가 담쟁이 줄기라든가
가지가 담을 넘을 때 가지에게 담은   [C]
무명에 획을 긋는
도박이자 도반*이었을 것이다

- 정끝별, 「가지가 담을 넘을 때」 -

*도반: 함께 도를 닦는 벗.

(다)

나는 이홍에게 이렇게 말했다.

"ⓐ너는 잊는 것이 병이라고 생각하느냐? 잊는 것은 병이 아니다. 너는 잊지 않기를 바라느냐? 잊지 않는 것이 병이 아닌 것은 아니다. ⓑ그렇다면 잊지 않는 것이 병이 되고, 잊는 것이 도리어 병이 아니라는 말은 무슨 근거로 할까? 잊어도 좋을 것을 잊지 못하는 데서 연유한다. 잊어도 좋을 것을 잊지 못하는 사람에게는 잊는 것이 병이라고 치자. 그렇다면 잊어서는 안 되는 것을 잊는 사람에게는 잊는 것이 병이 아니라고 말할 수 있다. ⓒ그 말이 옳을까?

천하의 걱정거리는 어디에서 나오겠느냐? 잊어도 좋을 것은 잊지 못하고 잊어서는 안 될 것은 잊는 데서 나온다. 눈은 아름다움을 잊지 못하고, 귀는 좋은 소리를 잊지 못하며, 입은 맛난 음식을 잊지 못하고, 사는 곳은 크고 화려한 집을 잊지 못한다. 천한 신분인데도 큰 세력을 얻으려는 생각을 잊지 못하고, 집안이 가난한건만 재물을 잊지 못하며, 고귀한데도 교만한 짓을 잊지 못하고, 부유한데도 인색한 짓을 잊지 못한다. 의롭지 않은 물건을 취하려는 마음을 잊지 못하고, 실상과 어긋난 이름을 얻으려는 마음을 잊지 못한다.

그래서 잊어서는 안 될 것을 잊는 자가 되면, 어버이에게는 효심을 잊어버리고, 임금에게는 충성심을 잊어버리며, 부모를 잃고서는 슬픔을 잊어버리고, 제사를 지내면서 정성스러운 마음을 잊어버린다. 물건을 주고받을 때 의로움을 잊고, 나아가고 물러날 때 예의를 잊으며, 낮은 지위에 있으면서 제 분수를 잊고, 이해의 갈림길에서 지켜야 할 도리를 잊는다.

ⓓ먼 것을 보고 나면 가까운 것을 잊고, 새것을 보고 나면 옛것을 잊는다. 입에서 말이 나올 때 가릴 줄을 잊고, 몸에서 행동이 나올 때 본받을 것을 잊는다. 내적인 것을 잊기 때문에 외적인 것을 잊을 수 없게 되고, 외적인 것을 잊을 수 없기 때문에 내적인 것을 더욱 잊는다.

ⓔ그렇기 때문에 하늘이 잊지 못해 벌을 내리기도 하고, 남들이 잊지 못해 질시의 눈길을 보내며, 귀신이 잊지 못해 재앙을 내린다. 그러므로 잊어도 좋을 것이 무엇인지를 알고 잊어서는 안 되는 것이 무엇인지를 아는 사람은 내적인 것과 외적인 것을 서로 바꿀 능력이 있다. 내적인 것과 외적인 것을 서로 바꾸는 사람은, 다른 사람의 잊어도 좋을 것은 잊고 자신의 잊어서는 안 될 것은 잊지 않는다."

- 유한준, 「잊음을 논함」 -

22. (가)~(다)에 대한 설명으로 가장 적절한 것은?

① (가)는 명시적 청자에게 말을 건네는 방식으로 화자의 감정을 드러낸다.

② (가)는 동일한 색채어를, (나)는 유사한 문장 구조를 반복적으로 제시하며 시상을 전개한다.

③ (가)와 (나)는 모두, 사라져 가는 대상에 대한 화자의 안타까움을 드러낸다.

④ (나)는 사물을 관조함으로써, (다)는 세태를 관망함으로써 주제 의식을 부각한다.

⑤ (가), (나), (다)는 모두, 대상과 소통하며 문제 해결 과정을 연쇄적으로 제시한다.

23. 〈보기〉를 참고하여 (가)를 감상한 내용으로 적절하지 <u>않은</u> 것은?

───〈보 기〉───

(가)에서 순환하는 자연이 가진 변화의 힘은 인간 역사의 쇠락과 생성에 관여한다. 인간의 역사는 쇠락의 과정에서도 생성의 기반을 잃지 않고, 자연과 어우러지며 자연의 힘을 탐색하거나 수용한다. 이를 통해 '문'은 새로운 역사를 생성할 가능성을 실현하게 되고, 인간의 역사는 '깃발'로 상징되는 이상을 향해 다시 나아갈 수 있게 된다.

① '흰 벽'에 나뭇가지가 그림자로 나타나는 것은, 천년을 쇠락해 온 인간의 역사가 자연의 힘을 탐색하는 과정에서 자연의 모습에 영향을 미친 결과를 보여 주는군.

② '두리기둥'의 틈에 볕과 바람이 쓰리리게 스며드는 것을 서럽지 않다고 한 것은, 쇠락해 가는 인간의 역사가 자연이 가진 변화의 힘을 수용함을 드러내는군.

③ '기왓장마다' 이끼와 세월이 덮여 감에도 멀리 있는 바람 소리에 귀를 기울이는 것은, 자연의 영향을 받으면서도 자연이 가진 변화의 힘에서 생성의 가능성을 찾는 모습이겠군.

④ '주춧돌 놓인 자리'에 봄이면 푸른 싹이 돋고 나무가 자라는 것은, 생성의 기반을 잃지 않은 인간의 역사가 자연과 어우러져 생성의 힘을 수용하는 모습이겠군.

⑤ '닫혀진 문'이 별들이 돌아오고 낡은 처마 끝에 빛이 쏟아지는 새벽에 열리는 것은, 순환하는 자연 속에서 인간의 역사를 다시 생성할 가능성이 나타남을 보여 주는군.

24. (나)에 대한 이해로 가장 적절한 것은?

① [A]에서는 '얼굴 한번 못 마주친' 상황과 '손을 터는' 행위가 '한없이' 떠는 가지의 마음으로 인한 것임을 드러낸다.

② [B]에서는 '고집 센'과 '도리 없는'을 통해 가지가 '꿈도 꾸지 못'하게 만든 두 대상의 성격을 부각한다.

③ [B]에서는 '가지의 마음을 머뭇 세우'는 대상을 '신명 나는 일'에 연결하여 '정수리를 타 넘'는 행위의 의미를 드러낸다.

④ [A]에서 '가지만의'와 '혼자서는'에 나타난 가지의 상황은, [B]에서 '담 밖'을 가두어 [C]에서 '획'을 긋는 가지의 모습으로 이어진다.

⑤ [A]에서 '않았다면'과 [B]에서 '아니었으면'이 강조하는 대상들의 의미는, [C]에서 '목련'과 '감나무' 사이의 관계에서도 나타난다.

25. ⓐ~ⓔ에 대한 설명으로 적절하지 <u>않은</u> 것은?

① ⓐ: 잊는 것에 대한 '나'의 생각을 전개하기 위한 물음이다.

② ⓑ: 잊음에 대한 '나'의 생각이 어디에서 비롯된 것인지에 대한 답을 제시하기 위해 던지는 물음이다.

③ ⓒ: 잊음에 대해 '나'가 제시한 가정적 상황이 틀리지 않았음을 강조하기 위한 물음이다.

④ ⓓ: 잊지 못하는 것과 잊어버리는 것의 관계를 대비적 표현을 통해 제시하며 잊음에 대한 '나'의 생각을 드러내는 진술이다.

⑤ ⓔ: 잊음의 대상을 제대로 구분하지 못할 때 일어날 수 있는 일을 열거하여 잊음에 대한 '나'의 생각이 옳음을 강조하는 진술이다.

26. ㉠과 ㉡에 대한 이해로 가장 적절한 것은?

① ㉠은 주변 대상의 도움을 받으며 미래로 나아가고, ㉡은 주변 대상에게 도움을 주며 미래를 대비한다.

② ㉠은 자신의 자리를 지켜 내는, ㉡은 자신의 영역을 확장하는 모습을 보인다.

③ ㉠은 주변과 단절된 상황을 극복하려 하고, ㉡은 외부의 간섭을 최소화하려 한다.

④ ㉠과 ㉡은 외면의 변화를 통해 내면의 불안을 감추려 한다.

⑤ ㉠과 ㉡은 과거의 행위에 대해 반성하는 모습을 보인다.

27. 〈보기〉를 참고하여 (나), (다)를 감상한 내용으로 적절하지 <u>않은</u> 것은? [3점]

───〈보 기〉───

(나)와 (다)에는 주체가 대상을 바라보고 사유하여 얻은 인식이 드러난다. 이는 대상에서 발견한 새로운 의미를 보여 주는 방식이나, 대상의 속성에 주목하여 얻은 깨달음을 제시하는 방식으로 나타난다.

① (나)는 '수양'을 부분으로 나눠 살피고 부분들의 관계가 '혼연일체'라는 것을 발견해 수양이 하나의 통합된 대상이라는 인식을 드러내는군.

② (다)는 '잊어도 좋을 것'과 '잊어서는 안 될 것'에 대해 사유하여 타인과 자신의 관계 속에서 지켜야 할 자세에 대한 깨달음을 드러내는군.

③ (다)는 '내적인 것과 외적인 것을 서로 바꾸는 사람'의 특성에 주목해 잊음의 본질에 대한 깨달음이 바람직한 삶의 태도를 이끈다는 인식을 드러내는군.

④ (나)는 '담쟁이 줄기'의 속성에 주목해 담쟁이 줄기가 담을 넘을 수 있다는, (다)는 잊어서는 안 될 것을 잊는 데 주목해 '내적인 것'을 잊으면 '외적인 것'에 매몰된다는 인식을 드러내는군.

⑤ (나)는 담의 의미를 사유하여 담이 '도박이자 도반'이라는, (다)는 '예의'나 '분수'를 잊지 않아야 함에 주목해 '잊지 않는 것이 병이 아닌 것은 아니'라는 깨달음을 드러내는군.

• 홀수 기출 분석서 **문학** 문제 P.074 / 해설 P.123

[28~31] 다음 글을 읽고 물음에 답하시오.

한참 정이와 별의별 말이 다 오고 가고 하였을 때, '불단집*'에서 마악 설거지를 하고 있던 갑순이 할머니가 뛰어나왔다. 갑득이 어미는, 경우에 따라서는 그들 모녀를 상대하여서도, 할 말에 궁하지는 않다고 은근히 마음에 준비가 있었던 것이나, 뜻밖에도 갑순이 할머니는 자기 딸의 역성을 들려고는 하지 않고,

ⓐ"애최에 늬가 말 실수헌 게 잘못이지, 남을 탄해 뭘 허니? 이게 모두 모양만 숭업구……, 온, 글쎄, 그만 허구 들어가아. 늬가 잘못했어. 네 잘못이야."

하고 도리어 딸을 나무라던 것을, 갑득이 어미는 그 당장에는, 귀에 솔깃하여,

"그렇지. 자계가 먼저 말을 냈지. 나야 그저 대꾸헌 죄밖엔 없으니까. 잘했든 잘못했든 자계가 시초를 낸 게니까 ── "

하고, 뽐내도 보았던 것이나, 나중에 깨달으니, 그것은 얼토당토 않은 생각으로, 갑순이 할머니가 그렇게 자기 딸을 꾸짖으며 한사코 집으로 데리고 들어간 것에는,

ⓑ"아, 그 배지 못헌 행랑것허구, 쌈이 무슨 쌈이냐?"

"똥이 무서워 피허니? 더러우니까 피허는 게지!"

하고, 그러한 사상이 들어 있었던 것이 분명하였다.

사실, 을득이 녀석이 나중에 보고하는데 들으니까, 저녁때 돌아온 집주름 영감이 그 얘기를 듣고 나자,

"걔두 그만 분별은 있을 아이가, 그래 그런 상것허구 욕지거리를 허구 그러다니……."

쩻, 쩻, 쩻 하고 혀를 차니까, 늙은 마누라는 또 마주 앉아서,

"그렇죠, 그렇구 말구요. 쌈을 허드래두 같은 양반끼리 해야지, 그런 것허구 허는 건, 꼭 하늘 보구 침 뱉기지. 그 욕이 다아 내게 돌아오지, 소용 있나요."

ⓒ그리고 후유우 하고 한숨조차 내쉬는데, 방 안에서들 그러는 소리가 대문 밖까지 그대로 들리더라 한다.

[중략 부분의 줄거리] 골목 안 아홉 가구가 공동변소처럼 쓰는 불단집 소유의 뒷간에 양 서방이 갇힌다.

그는 아무리 상고하여 보아도 도무지 나갈 도리가 없는 것에 은근히 울화가 올랐다.

'제 집 뒷간두 아니구 남의 집 것을 그렇게 기가 나서 꼭꼭 잠그구 그럴 건 뭐 있누? 늙은이두 제엔장헐…….'

ⓓ인제는 할 수가 없으니, 소리를 한번 질러 볼까? ── 하기도 하였으나, 이러한 경우에 있어, 사람들은, 흔히 자기가 꼭 어떠한 수상한 인물인 듯싶게 스스로 느껴지는 경향이 있다. 그래, 그는 생각 끝에,

"아, 누가 문을 잠겄어어어?"

"문 좀 여세요오. 아, 누가……."

하고, 그러한 말을 제법 외치지도 못하고 그저 중얼대며, 한참이나 문을 잡아, 흔들어 자물쇠 소리만 덜거덕거렸던 것이다.

을득이한테 저의 아비가 불단집 뒷간에 가 갇히어 있다는 말을 듣고, 어인 까닭을 모르는 채 그곳까지 뛰어온 갑득이 어미는, 대강 사정을 알자, 곧 이것은 평소에 자기에게 좋지 않은 생각을 품고 있는 갑순이 할머니가 계획적으로 한 일임에 틀림없다고 혼자 마음에 단정하고,

[A] "아아니, 그래, 애아범이 미우면 으떻게는 못 해서, 그 더러운 뒷간 숙에다 글쎄 가둬야만 헌단 말예요? 그래 노인이 심사를 그렇게 부려야 옳단 말예요?"

하고, 혼자 흥분을 하였다. 갑순이 할머니는, 그것은 전혀 예기하지 못하였던 억울한 말이라, 그래, 눈을 둥그렇게 뜨고, 손조차 내저어 가며,

[B] "그건, 괜한 소리유, 괜한 소리야. 이 늙은 사람이 미쳐서 남을 뒷간 속에다 가둬? 모르구 그랬지, 모르구 그랬어. 난 꼭 아무두 없는 줄만 알구서, 그래, 모르구 자물쇨 챘지. 온, 알구야 왜 미쳤다구 잠그겠수?"

발명을 하였으나,

[C] "모르긴 왜 몰라요. 다아 알구서 한 짓이지. 그래 자물쇨 챌 때, 안에서 말하는 소리두 못 들었단 말예요? 듣구두 모른 체했지. 듣구두 그냥 잠가 버린 거야."

하고, 갑득이 어미는 덮어놓고 시비만 걸려는 것을, 구경 나온 이웃 사람들이,

"아무러기서루니 갑순이 할머니께서 아시구야 그러셨겠소?"

"노인이 되셔서 귀두 어두시구 그래 몰르셨지!"

하고 말들이 있었고, 정작, 양 서방이 또 머뭇거리다가,

"자물쇨 채실때, 내가 얼른 소리를 냈어두 아셨을 텐데, 미처 못 그래 그리 된 거야."

하고, 그러한 말을 매우 겸연쩍게 하여, 갑득이 어미는 집주름집 마누라를 좀더 공박할 것을 단념하여 버릴 수밖에 없는 동시에,

ⓔ"오오, 그러니까, 채, 무어, 말할 새두 없이 문이 잠겨져서, 그냥 갇힌 채, 누구 오기만 기대린 게로군?"

"그래, 얼마 동안이나 들어가 있었어?"

"뭐어 오래야 갇혔겠수? 동안이야 잠깐이겠지만……."

– 박태원, 「골목 안」 –

*불단집: 집 밖에도 전등을 단, 살림이 넉넉한 집.

28. 윗글에 대한 설명으로 가장 적절한 것은?

① 집 안에서의 대화가 이웃에 노출되어 인물의 속내가 드러난다.

② 서로의 말실수에 대한 비난이 인물 간 다툼의 원인임이 드러난다.

③ 이웃의 갈등을 곁에서 지켜보고 있는 인물들의 냉담함이 드러난다.

④ 이웃을 무시하는 인물의 차별적 언행을 함께 견뎌 내려는 사람들의 결연함이 드러난다.

⑤ 곤경에 빠진 가족의 상황을 다른 가족에게 전한 것이 이웃 간 앙금을 씻는 계기가 됨이 드러난다.

29. [A]~[C]에 대한 설명으로 적절하지 <u>않은</u> 것은?

① [A]에서 인물은 상대의 행위가 옳지 않다고 판단하여, 반복적으로 추궁하며 상대가 잘못했음을 분명히 한다.

② [B]에서 인물은 상대의 주장이 사실과 다르다며, 모르고 그랬다는 말을 반복함으로써 자신의 억울함을 알린다.

③ [C]에서 인물은 추측을 바탕으로 상대의 발언이 신뢰하기 어렵다고 반박하고, 상대의 반응에 아랑곳하지 않고 거짓으로 답했다며 몰아 붙인다.

④ [A]에서 인물은 상대의 행위와 동기를 함께 비난하고, [B]에서 인물은 상대의 비난을 파악하지 못해 자신의 행위에 대해서만 인정한다.

⑤ [A]에서 인물이 상대에게 화를 내자, [B]에서 인물은 당황하며 자신을 방어하지만, [C]에서 갈등 상황은 지속된다.

30. 집주름 영감과 양 서방에 대한 이해로 가장 적절한 것은?

① 집주름 영감이 딸의 행동을 분별없다고 탓한 이유는 아내가 갑득이 어미 앞에서 딸을 나무란 뒤 남편에게 밝힌 생각과 같다.

② 집주름 영감은 아내와 갑득이 어미의 갈등이 드러나지 않게 하는, 양 서방은 결과적으로 이들의 갈등을 완화하는 역할을 한다.

③ 양 서방이 여러 궁리를 하면서도 뒷간을 빠져나오지 못한 이유는 아내에게 밝힌 사건의 경위와 무관하다.

④ 양 서방은 아내가 갑순이 할머니에게 한 말과 이에 대한 이웃들의 반응을 듣고도 아내에게 무덤덤한 태도를 보이고 있다.

⑤ 양 서방이 자신의 상황을 갑순이 할머니에게 알리지 못했다고 말한 것은 누가 뒷간 문을 잠갔는지에 대한 의문이 풀려서 화가 누그러졌기 때문이다.

31. 〈보기〉를 참고하여 ㉠~㉤을 이해한 내용으로 적절하지 <u>않은</u> 것은? [3점]

> ─〈보 기〉─
>
> 　서술자는 자신의 시선만으로 서술하기도 하고 인물의 시선으로 초점화하여 서술하기도 한다. 그런데 이 작품에서는 두 서술 방식이 겹쳐 나타나는 경우가 있다. 이때 서술자는 인물과 거리를 둠으로써 그들의 말이나 생각, 감정 등에 대한 태도를 드러낸다. 이 밖에도 쉼표의 연이은 사용은 시간의 지연이나 인물의 상황 등을 드러낸다. 이러한 서술 기법은 문맥 속에서 글의 의미를 다양하게 보충한다.

① ㉠: 말줄임표 이후 쉼표를 연이어 사용한 것은, 인물이 자신의 생각을 감추거나 다른 할 말을 떠올리면서 시간의 지연이 있음을 드러낸 것이겠군.

② ㉡: 서술자 시선의 서술과 인물의 시선으로 초점화한 서술이 겹쳐 나타난 것은, 상황을 잘못 인지한 채 상대의 생각을 추측하는 인물에게 서술자가 거리를 두고 있음을 드러낸 것이겠군.

③ ㉢: 말을 전하는 '~라 한다'의 주체가 인물일 수도 있고 서술자일 수도 있게 서술한 것은, 인물의 경험을 전하기만 하고 특정 인물의 편에 서지 않으려는 서술자의 태도를 드러낸 것이겠군.

④ ㉣: 인물의 생각에 대해 쉼표를 연이어 사용하며 설명한 것은, 인물이 생각을 실행에 옮기지 못하고 망설이는 상황을 드러낸 것이겠군.

⑤ ㉤: 감탄사 이후 쉼표를 연이어 사용한 것은, 인물이 새로운 정보를 바탕으로 사건을 파악하는 상황을 드러낸 것이겠군.

● 홀수 기출 분석서 문학 문제 P.054 / 해설 P.080

[32~34] 다음 글을 읽고 물음에 답하시오.

(가)

장풍에 돛을 달고 **육선**이 함께 떠나
삼현과 **군악** 소리 해산을 진동하니
물속의 어룡들이 응당히 놀라리라
해구를 얼른 나서 오륙도를 뒤 지우고
고국을 돌아보니 야색이 아득하여
아무것도 아니 뵈고 연해 각진포에
불빛 두어 점이 구름 밖에 뵐 만하다　　[A]
배 방에 누워 있어 내 **신세**를 생각하니
가뜩이 심란한데 대풍이 일어나서
태산 같은 성난 물결 천지에 자욱하니
크나큰 만곡주가 **나뭇잎** 불리이듯
하늘에 올랐다가 지함에 내려지니
열두 발 쌍돛대는 차아처럼 굽어 있고
쉰두 폭 초석 돛은 반달처럼 배불렀네

(중략)

날이 마침 극열하고 석양이 비치어서
끓는 땅에 엎디어서 말씀을 여쭈오니
속에서 불이 나고 관대에 땀이 배어
물 흐르듯 하는지라 나라께서 보시고서 [B]
너희 더위 어려우니 먼저 나가 쉬라시니
곡배하고 사퇴하니 천은이 망극하다
더위를 장히 먹어 막힐 듯하는지라
사신들도 못 기다려 하처로 돌아오니
누이도 반겨하고 딸은 기뻐 우는지라
일가 친척들이 나와서 위문하네
여드레 겨우 쉬어 공주로 내려가니
처자식들 나를 보고 죽었던 이 고쳐 본 듯
기쁘기 극한지라 어리석은 듯 앉았구나 [C]
사당에 현알하고 옷도 벗고 편히 쉬니
풍도의 험하던 일 저승 같고 꿈도 같다
손주 안고 어르면서 한가히 누웠으니
강호의 산인이요 **성대**의 일반이로다

              – 김인겸, 「일동장유가」 –

(나)
꼬아 자란 충석류*요 틀어 지은 고사매*라
삼봉 괴석에 달린 솔이 늙었으니
아마도 화암 풍경이 **너뿐**인가 하노라   〈제1수〉

막대 짚고 나와 거니니 양류풍 불어온다
긴 파람 짧은 노래 **뜻대로 소일**하니
어디서 초동과 목수(牧叟)는 웃고 가리키나니   〈제6수〉

맑은 물에 벼를 갈고 **청산**에 섶을 친 후
서림 풍우에 소 먹여 돌아오니
두어라 **야인 생애**도 자랑할 때 있으리라   〈제9수〉

              – 유박, 「화암구곡」 –

*충석류: 석류나무로 만든 분재.
*고사매: 매화를 고목에 접붙인 분재.

32. (가), (나)의 표현상 특징에 대한 설명으로 가장 적절한 것은?

① (가)는 과거를 회상하는 표현을 통해 현재 상황에 대한 아쉬움을 드러내고 있다.
② (가)는 사물의 형태가 변화한 모습을 묘사하여 외부 환경의 영향력을 부각하고 있다.
③ (나)는 계절을 나타내는 어휘를 활용해 애달픈 정서를 부각하고 있다.
④ (나)는 두 인물의 행위를 대비하여 대상에 대한 평가를 드러내고 있다.
⑤ (가)와 (나)는 모두 영탄적 표현을 통해 대상에 대한 경외감을 드러내고 있다.

33. [A]~[C]에 대한 이해로 적절하지 <u>않은</u> 것은?

① [A]에서는 선상에서 불빛 두어 점에 의지해, 떠나온 곳을 가늠하는 행위를 통해 출항 후의 모습이 드러난다.
② [B]에서는 신하들의 고충을 헤아리는 임금의 배려에 감격한 마음이 드러난다.
③ [C]에서는 갑작스러운 상황에 감정을 표현하지 못하고 무심하게 대응하는 가족들의 모습이 드러난다.
④ [A]에서는 포구를 돌아보지만 보고 싶은 것이 보이지 않는 상황이, [B]에서는 격식을 갖추기 위해 뜨거운 땅에 엎드려 있는 일을 힘겨워하는 상황이 드러난다.
⑤ [A]에서는 예기치 않게 맞닥뜨린 여정상의 위험이, [C]에서는 과거의 위험했던 경험에 대한 소회가 드러난다.

34. 〈보기〉를 참고하여 (가), (나)를 감상한 내용으로 적절하지 <u>않은</u> 것은? [3점]

<보 기>

    조선 후기 시가에서는 경험과 외물에 대한 관심이 확대되었다. 「일동장유가」는 사행을 다녀온 경험을 생생하게 표현하며 그에 대한 정서를 솔직하게 드러냈다. 「화암구곡」은 포착된 자연의 양상에 따라 강호에서의 자족감, 출사하지 못한 선비로서 생활 공간인 향촌에 머물 수밖에 없는 데 따른 회포, 취향이 반영된 자연물로 구성한 개성적 공간에서의 긍지를 드러냈다.

① (가)는 배가 '나뭇잎'처럼 파도에 휩쓸리고 하늘에 올랐다 떨어지는 것 같다고 하여 대풍을 겪은 체험을 생동감 있게 드러내는군.
② (나)는 화암의 풍경이라 인정할 만한 것이 '너뿐'이라고 하여 자신이 기른 화훼로 조성한 공간에 대한 자긍심을 드러내는군.
③ (가)는 '육선'에 탄 사신단이 만물이 격동할 만한 '군악'을 들으며 떠나는 데 주목해 경험에 대한 관심을, (나)는 꼬이고 틀어진 모양으로 가꾼 식물에 주목해 외물에 대한 관심을 드러내는군.
④ (가)는 배에서 '신세'를 생각하는 모습으로 사행길의 복잡한 심사를, (나)는 '청산'에서의 삶에서 느끼는 자랑스러움을 '야인 생애'로 표현하여 겸양의 태도를 드러내는군.
⑤ (가)는 집으로 돌아와 한가하게 지내며 '성대'를 누리는 삶에 대한 만족감을, (나)는 양류풍에 감응하며 '뜻대로 소일'하는 강호의 삶에 대한 자족감을 드러내는군.

▶ 소요 시간   분   초

* 확인 사항

○ 답안지의 해당란에 필요한 내용을 정확히 기입(표기)했는지 확인하시오.

국어 영역

• 홀수 기출 분석서 **독서** 문제 P.032 / 해설 P.041

[1~3] 다음 글을 읽고 물음에 답하시오.

흔히 읽기는 듣기·말하기와 달리 영·유아가 글자를 깨치고 나서야 시작된다고 생각한다. 그러나 대부분의 읽기 발달 연구에서는 그 전에도 읽기 발달이 진행된다고 본다. 이 연구들에서는 읽기 행동의 특성이나 글에 대한 이해 수준 등에 따라 읽기 발달 단계를 위계화한다. 대개 '읽기 준비'를 하나의 단계로 보고, 이후의 단계를 '글자를 익히고 소리 내어 읽기', '의미를 이해하며 읽기', '학습 목적으로 읽기', '다양한 관점으로 읽기', '의미를 재구성하며 읽기'의 순으로 나눈다.

여기서 읽기 준비 단계는 읽기의 기초가 형성되는 중요한 시기이다. 이 시기의 영·유아는 글자를 깨치지는 못하더라도 글자의 형태에 익숙해지며, 글자와 소리의 대응 관계도 어렴풋이 알게 된다. 이 과정에서 글자가 뜻이 있고 음성으로 표현된다는 것을 알게 되는 유의미한 경험을 한다.

이 연구들에 따르면 ㉠읽기 준비 단계에서 영·유아의 읽기 발달은 타인의 읽기 행위를 관찰하고 글자에 대한 다양한 경험을 쌓으며 진행된다. 영·유아는 타인의 책 읽는 모습을 보며 글의 시작 부분, 글자를 읽는 방향, 책장을 넘기는 방식 등을 알게 된다. 읽어 주는 사람의 표정이나 몸짓을 기억해 모방하기도 한다. 의사소통의 각 영역인 듣기·말하기·읽기·쓰기는 서로 영향을 주며 함께 발달한다. 글자를 모르는 영·유아가 책을 넘기며 중얼거리고 책 읽는 흉내를 내는 것, 책 읽는 소리를 들으며 따라 말하는 것, 들은 단어나 구절을 사용해 문장을 지어 말하는 것, 읽어 주는 것을 들으며 그림이나 글자 형태로 끄적거리는 것이 이에 해당한다.

[A] 읽기 발달은 일정한 시기에 급격히 이루어지는 것이 아니라 글자를 깨치기 이전부터 점진적으로 진행된다. 따라서 이 시기에 생활 속에서, 책을 자주 읽어 주며 생각을 묻는 등 의사소통의 각 영역이 같이 발달할 수 있도록 하는 자연스러운 지도가 읽기 발달에 도움을 준다. 읽기 준비 단계에서의 경험은 이후의 단계에 중요한 영향을 미친다.

1. 대부분의 읽기 발달 연구의 내용과 일치하지 않는 것은?

① 의미를 재구성하며 읽는 단계는 읽기 발달의 마지막 단계이다.
② 영·유아의 의사소통 각 영역은 상호 간의 작용 없이 발달한다.
③ 영·유아는 글자와 소리가 관계를 맺고 있다는 것을 막연하게 알게 된다.
④ 읽기 행동의 특성이나 글에 대한 이해 수준 등에 따라 읽기 발달의 단계를 나눈다.
⑤ 글자를 습득하고 소리 내어 읽는 단계는 학습을 목적으로 읽는 단계에 선행한다.

2. ㉠에 대한 이해로 적절하지 않은 것은?

① 타인이 책을 읽어 줄 때 들었던 구절을 사용하여 말하는 행동이 관찰된다.
② 책에서 글이 시작되는 부분을 찾거나 일정한 방향으로 글자를 보는 행위가 관찰된다.
③ 글에 나타난 여러 단어의 뜻을 명확히 알고 소리 내어 글자를 읽는 행동이 관찰된다.
④ 책 읽어 주는 것을 들으며 그림이나 글자와 비슷한 형태로 나타내는 행위가 관찰된다.
⑤ 책을 볼 때 부모가 손가락으로 짚어 가며 읽어 준 행동을 기억하여 유사한 행동을 하는 것이 관찰된다.

3. [A]와 〈보기〉를 비교한 내용으로 가장 적절한 것은? [3점]

━━━ 〈보 기〉 ━━━
읽기 지도는 신체적, 정신적으로 어느 정도 성숙한 이후에 해야 한다. 그 전에는 읽기 지도를 하지 않는 것이 바람직하다. 듣기·말하기와 달리 읽기 발달은 글자를 읽을 수 있는 기초 기능을 배운 후부터 시작되기 때문이다. 따라서 듣기와 말하기를 먼저 가르친 후 읽기, 쓰기의 순으로 가르치는 것이 효과적이다.

① [A]와 달리 〈보기〉는 일상에서의 자연스러운 읽기 지도를 강조하는군.
② [A]와 달리 〈보기〉는 글자를 깨치기 전의 경험이 읽기 발달에 영향을 준다고 보는군.
③ [A]와 달리 〈보기〉는 글자 읽기의 기초 기능을 배운 후부터 읽기 발달이 시작된다고 보는군.
④ [A]와 〈보기〉는 모두 읽기 이후에 쓰기를 가르쳐야 한다고 강조하는군.
⑤ [A]와 〈보기〉는 모두 신체적, 정신적으로 어느 정도 성숙한 이후에 읽기를 가르치는 것이 효과적이라고 보는군.

• 홀수 기출 분석서 **독서** 문제 P.068 / 해설 P.109

[4~7] 다음 글을 읽고 물음에 답하시오.

교통 이용 내역과 같은 기록은 개인의 데이터이며, 그 개인이 '정보 주체'이다. 데이터는 물리적 형체가 없고, 복제와 재사용이 수월하다. 이 데이터가 대량으로 집적·처리되면 빅 데이터가 되고, 이것의 정보 처리자인 기업 등이 '빅 데이터 보유자'이다. 산업 분야의 빅 데이터는 특정한 목적으로 활용될 수 있다는 점에서 경제적 가치를 지닌다.

데이터를 재화로 보아 소유권이 누구에게 귀속되어야 하는지에 대한 논의가 있다. 소유권의 주체를 빅 데이터 보유자로 보는 견해와 정보 주체로 보는 견해가 있다. 전자는 빅 데이터 보유자에게 소유권을 부여하면 빅 데이터의 생성 및 유통이 ⓐ쉬워져 데이터 관련 산업이 활성화된다고 주장한다. 후자는 정보 생산 주체는 개인인데, 빅 데이터 보유자에게 부가 집중되는 것은 부당하므로, 정보 주체에게도 대가가 주어져야 한다고 본다.

최근에는 논의의 중심이 데이터의 소유권 주체에서 데이터에 접근하기 위한 방안으로서의 데이터 이동권으로 바뀌고 있다. 우리나라는 데이터에 대해 소유권이 아닌 이동권을 법으로 명문화하여 정보 주체의 개인 정보 자기 결정권을 강화하였다. 데이터 이동권이란 정보 주체가 본인의 데이터를 보유한 자에게 데이터 이동을 요청하면, 그 데이터를 본인 혹은 지정한 제3자에게 무상으로 전송하게 하는 권리이다. 다만, 본인의 데이터라도 빅 데이터 보유자가 수집하여, 분석·가공하는 개발 과정을 거쳐 새로운 가치가 생성된 것은 이에 해당되지 않는다. 법제화 이전에도 은행 간에 계좌 자동 이체 항목을 이동할 수 있는 서비스는 있었다. 이는 은행 간 약정에 ⓑ따라 부분적으로 시행한 조치였다. 데이터 이동권의 도입으로 쇼핑몰 상품 소비 이력 등 정보 주체의 행동 양상과 관련된 부분까지 정보 주체가 자율적으로 통제·관리할 수 있는 범위가 확대되었다.

[A] 데이터 이동권의 법제화로 기업은 데이터의 생성 비용과 거래 비용을 줄일 수 있다. 생성 비용은 기업 내에서 데이터를 개발할 때 발생하는 비용으로, 기업이 스스로 데이터를 수집할 때보다 전송받은 데이터를 복제 및 재사용하게 되면 절감할 수 있다. 거래 비용은 경제 주체 간 거래 시 발생하는 비용으로, 계약 체결이나 분쟁 해결 등의 과정에서 생긴다. 그런데 데이터 이동권의 법제화로, ㉮정보 주체가 지정하여 데이터를 전송받게 된 기업은 ㉯정보 주체의 데이터를 보유했던 기업으로부터 데이터를 받으면 비용을 절감할 수 있다. 이에 따라 기업 간 공유나 유통이 촉진되고, 관련 산업이 활성화된다.

[B] 한편, 정보 주체가 보안의 신뢰성이 높고 데이터 제공에 따른 혜택이 많은 기업으로 데이터를 이동하면, 데이터가 집중되어 데이터의 공유나 유통이 위축될 수 있다는 우려도 있다. ㉰데이터 보유량이 적은 신규 기업은 기존 기업과 거래를 통해 데이터를 수집하는 것이 데이터 생성 비용 절감에도 효율적이다. 그런데 ㉱데이터가 집중된 기존 기업이 집적·처리된 데이터를 공유하려 하지 않으면, 신규 기업의 시장 진입이 어려워져 독점화가 강화될 수 있다.

---

4. 윗글의 내용과 일치하지 **않는** 것은?

① 데이터는 재사용할 수 있으며 물리적 형체가 없다.

② 교통 이용 내역이 집적·처리되면 경제적 가치를 지닌 데이터가 될 수 있다.

③ 우리나라 현행법에는 정보 주체에게 데이터의 소유권을 인정하는 규정이 있다.

④ 정보 주체의 데이터로 발생한 이득이 빅 데이터 보유자에게 집중되는 것은 부당하다는 견해가 있다.

⑤ 데이터 이동권의 도입으로 정보 주체의 데이터 통제 범위가 본인의 행동 양상과 관련된 부분으로 확대되었다.

5. [A], [B]의 입장에서 ㉮~㉱에 대해 이해한 내용으로 적절하지 **않은** 것은?

① [A]의 입장에서, ㉮는 데이터 이동권 도입을 통해 ㉯의 데이터를 재사용할 수 있게 되었으므로 데이터 생성 비용을 줄일 수 있다고 보겠군.

② [A]의 입장에서, 정보 주체가 데이터 이동을 요청하여 데이터를 전송받는 제3자가 ㉮라면, ㉮는 분쟁 없이 정보 주체의 데이터를 받게 되어 거래 비용을 줄일 수 있다고 보겠군.

③ [B]의 입장에서, ㉰가 ㉱와의 거래에 실패해 데이터를 수집하지 못하여 ㉰에 데이터 생성 비용이 발생하면, 데이터 관련 산업의 시장에 진입하기 어려워질 수 있다고 보겠군.

④ [A]와 달리 [B]의 입장에서, 정보 주체의 데이터가 ㉰에서 ㉱로 이동하여 집적·처리될수록 기업 간 공유나 유통이 위축될 수 있다고 보겠군.

⑤ [B]와 달리 [A]의 입장에서, ㉯는 ㉮로 데이터를 이동하여 경제적 이득을 취할 수 있으므로 데이터의 공유나 유통의 활성화에 기여할 수 있다고 보겠군.

6. 윗글을 바탕으로 〈보기〉를 이해한 내용으로 적절하지 <u>않은</u> 것은? [3점]

〈보 기〉

A 은행은 고객들의 데이터를 수집하고 이를 분석·가공하여 자산 관리 데이터 서비스인 연령별·직업군별 등 고객 맞춤형 금융 상품 추천 서비스를 제공했다. 갑은 본인의 데이터 제공에 동의하여 A 은행으로부터 소정의 포인트를 받았다. 데이터 이동권이 법제화된 이후 갑은 B 은행 체크 카드를 발급받은 뒤, A 은행에 '계좌 자동 이체 항목', '체크 카드 사용 내역', '연령별 맞춤형 금융 상품 추천 서비스 내역'을 B 은행으로 이동할 것을 요청했다.

① 갑이 본인의 데이터를 이동 요청하면 A 은행은 갑의 '체크 카드 사용 내역'을 B 은행으로 전송해야 한다.
② A 은행에 대한 갑의 데이터 이동 요청은 정보 주체의 자율적 관리이므로 강화된 개인 정보 자기 결정권의 행사이다.
③ 데이터의 소유권 주체가 정보 주체라고 본다면, 갑이 A 은행으로부터 받은 포인트는 본인의 데이터 제공에 대한 대가이다.
④ 갑이 본인의 데이터를 보유한 A 은행을 상대로 요청한 '연령별 맞춤형 금융 상품 추천 서비스 내역'은 데이터 이동권 행사의 대상이다.
⑤ 데이터 이동권의 법제화 이전에도 갑이 A 은행에서 B 은행으로 이동을 요청한 정보 중에서 '계좌 자동 이체 항목'은 이동이 가능했다.

7. 문맥상 ⓐ, ⓑ와 바꾸어 쓰기에 가장 적절한 것은?

	ⓐ	ⓑ
①	용이(容易)해져	근거(根據)하여
②	유력(有力)해져	근거(根據)하여
③	용이(容易)해져	의탁(依託)하여
④	원활(圓滑)해져	의탁(依託)하여
⑤	유력(有力)해져	기초(基礎)하여

• 홀수 기출 분석서 독서 문제 P.104 / 해설 P.197

[8~11] 다음 글을 읽고 물음에 답하시오.

저울은 흔히 지렛대의 원리를 이용하거나 전기 저항 변화를 측정하여 질량을 잰다. 그렇다면 초정밀 저울은 기체 분자나 DNA와 같은 미세 물질의 질량을 어떻게 잴까? 이에 답하기 위해서는 압전 효과에 대한 이해가 필요하다.

압전 효과에는 재료에 기계적 변형이 생기면 재료에 전압이 발생하는 1차 압전 효과와, 재료에 전압을 걸면 재료에 기계적 변형이 생기는 2차 압전 효과가 있다. 두 압전 효과가 모두 생기는 재료를 압전체라 하며, 수정이 주로 쓰인다.

압전체로 사용하는 수정은 특정 방향으로 절단 및 가공하여 납작한 원판 모양으로 만든다. 이후 원판의 양면에 전극을 만든 후 (+)와 (−) 극이 교대로 바뀌는 전압을 가하면 수정이 진동한다. 이때 전압의 주파수*를 수정의 고유 주파수와 일치시켜 수정이 큰 폭으로 진동하도록 하여 진동을 측정하기 쉽게 만든 것이 ㉠수정 진동자이다. 고유 주파수란 어떤 물체가 갖는 고유한 진동 주파수인데, 같은 재료의 압전체라도 압전체의 모양과 크기에 따라 달라진다. 수정 진동자에 어떤 물질이 달라붙어 질량이 증가하면 고유 주파수에서 진동하던 수정 진동자의 주파수가 감소한다. 수정 진동자의 주파수는 매우 작은 질량 변화에 민감하게 변하므로 기체 분자나 DNA와 같은 미세한 물질의 질량을 측정할 수 있다. 진동자에서 질량 민감도는 주파수의 변화 정도를 측정된 질량으로 나눈 값인데, 수정 진동자의 질량 민감도는 매우 크다.

수정 진동자로 질량을 측정하는 원리를 응용하면 특정 기체의 농도를 감지할 수 있다. 수정 진동자를 특정 기체가 붙도록 처리하면, 여기에 특정 기체가 달라붙으며 질량 변화가 생겨 수정 진동자의 주파수는 감소한다. 일정 시점이 되면 수정 진동자의 주파수가 더 감소하지 않고 일정한 값을 유지한다. 이렇게 일정한 값을 유지하는 이유는 특정 기체가 일정량 이상 달라붙지 않기 때문이다. 혼합 기체에서 특정 기체의 농도가 클수록 더 작은 주파수에서 주파수가 일정하게 유지된다. 특정 기체가 얼마나 빨리 수정 진동자에 붙어서 주파수가 일정한 값이 되는가의 척도를 반응 시간이라 하는데, 반응 시간이 짧을수록 특정 기체의 농도를 더 빨리 잴 수 있다.

그런데 측정 대상이 아닌 기체가 함께 붙으면 측정하려는 대상 기체의 정확한 농도 측정이 어렵다. 또한 대상 기체만 붙더라도 그 기체의 농도를 알 수는 없다. 이 때문에 대상 기체의 농도에 따라 수정 진동자의 주파수 변화를 미리 측정해 놓아야 한다. 그 후 대상 기체의 농도를 모르는 혼합 기체에서 주파수 변화를 측정하면 대상 기체의 농도를 알 수 있다. 수정 진동자의 주파수 변화 정도를 농도로 나누면 농도에 대한 민감도를 구할 수 있다.

*주파수: 진동이 1초 동안 반복하는 횟수 또는 전압의 (+)와 (−) 극이 1초 동안, 서로 바뀌고 다시 원래대로 되는 횟수.

8. 윗글에 대한 설명으로 가장 적절한 것은?
① 압전체의 제작 방법을 소개하고 제작 시 유의점을 나열하고 있다.
② 압전 효과의 개념을 정의하고 압전체의 장단점을 분석하고 있다.
③ 압전 효과의 종류를 분류하고 그 분류에 따른 압전체의 구조를 비교하고 있다.
④ 압전체의 유형을 구분하는 기준을 제시하고 초정밀 저울의 작동 과정을 단계별로 설명하고 있다.
⑤ 압전 효과에 기반한 초정밀 저울의 작동 원리를 설명하고 이 원리가 적용된 기체 농도 측정 방법을 소개하고 있다.

9. 윗글을 통해 알 수 있는 내용으로 적절하지 <u>않은</u> 것은?

① 수정 이외에도 압전 효과를 보이는 재료가 존재한다.

② 수정을 절단하고 가공하여 미세 질량 측정에 사용한다.

③ 전기 저항 변화를 이용하여 물체의 질량을 측정하는 경우가 있다.

④ 같은 방향으로 절단한 수정은 크기가 달라도 고유 주파수가 서로 같다.

⑤ 진동자의 주파수 변화 정도를 측정된 질량으로 나누면 질량에 대한 민감도를 구할 수 있다.

10. ㉠에 대한 이해로 적절하지 <u>않은</u> 것은?

① ㉠에는 1차 압전 효과를 보일 수 있는 재료가 있다.

② ㉠에서는 전압에 의해 압전체의 기계적 변형이 일어난다.

③ ㉠에는 전극이 양면에 있는 원판 모양의 수정이 사용된다.

④ ㉠에서는 전극에 가하는 전압의 주파수를 수정의 고유 주파수에 맞춘다.

⑤ ㉠의 전극에 가해지는 특정 주파수의 전압은 압전체의 고유 주파수 값을 더 크게 만든다.

11. 윗글을 바탕으로 〈보기〉를 탐구한 내용으로 가장 적절한 것은? [3점]

〈보 기〉

알코올 감지기 A와 B를 이용하여 어떤 밀폐된 공간에 있는 혼합 기체의 알코올 농도를 측정하였다. 이때 A와 B는 모두 진동자에 알코올이 달라붙을 수 있도록 처리되어 있다. A와 B 모두, 시간이 흐름에 따라 주파수가 감소하다가 더 이상 감소하지 않고 일정하게 유지되었다.

(단, 측정하는 동안 밀폐된 공간의 상황은 변동 없음.)

① A의 진동자에 있는 압전체의 고유 주파수를 알코올만 있는 기체에서 미리 측정해 놓으면, 혼합 기체에서의 알코올의 농도를 알 수 있겠군.

② B에 달라붙은 알코올의 양은 변하지 않고 다른 기체가 함께 달라붙은 후 진동자의 주파수가 일정하게 유지된다면, 이때 주파수의 값은 알코올만 붙었을 때보다 더 작겠군.

③ A와 B에서 알코올이 달라붙도록 진동자를 처리한 것은 알코올이 달라붙음에 따라 진동자가 최대한 큰 폭으로 진동할 수 있게 하려는 것이겠군.

④ A가 B에 비해 동일한 양의 알코올이 달라붙은 후에 생기는 주파수 변화 정도가 크다면, A가 B보다 알코올 농도에 대한 민감도가 더 작다고 할 수 있겠군.

⑤ B가 A보다 알코올이 일정량까지 달라붙는 시간이 더 짧더라도 알코올이 달라붙은 양이 서로 같다면, A와 B의 반응 시간은 서로 같겠군.

▶ 소요 시간 [ ] 분 [ ] 초

• 홀수 기출 분석서 **독서** 문제 P.150 / 해설 P.293

[12~17] 다음 글을 읽고 물음에 답하시오.

(가)

조선 왕조의 기본 법전인 『경국대전』에 규정된 신분제는 신분을 양인과 천인으로 나눈 양천제이다. 양인은 과거에 응시할 수 있었지만, 납세와 군역 등의 의무를 져야 했다. 천인은 개인이나 국가에 소속되어 천역(賤役)을 담당했다. 관료 집단을 뜻하던 양반이 16세기 이후 세습적으로 군역 면제 등의 차별적 특혜를 받는 신분으로 굳어짐에 따라 양인은 사회적으로 양반, 중인, 상민으로 분화되었다. 이러한 법적, 사회적 신분제는 갑오개혁으로 철폐되기 이전까지 조선 사회의 근간이 되었다.

조선 후기에 접어들어 농업 생산력의 증대와 상공업의 발달로 같은 신분 안에서도 분화가 확대되었고, 이에 따라 신분제에 변화가 일어났다. 천인의 대다수를 구성했던 노비는 속량과 도망 등의 방식으로 신분적 억압에서 점차 벗어났다. 영조 연간에 편찬된 법전인 『속대전』에서는 노비가 속량할 수 있는 값을 100냥으로 정하는 규정을 둠으로써 속량을 제도화했다. 이는 국가의 재정 운영상 노비제의 유지보다 그들을 양인 납세자로 전환하는 것이 유리했기 때문이었다. 몰락한 양반들은 노비의 유지가 어려워졌기 때문에 몸값을 받고 속량해 주는 길을 선택했다.

18세기 이후 경제적으로 성장한 상민층에서는 '유학(幼學)' 직역*을 얻고자 하는 현상이 나타났다. 유학은 벼슬을 하지 않은 유생(儒生)을 지칭했으나, 이 시기에는 관료로 진출하지 못한 이들을 가리키는 직역 명칭으로 ⓐ굳어졌다. 호적상 유학은 군역 면제라는 특권이 있어서 상민층이 원하는 직역이었다. 유학 직역의 획득은 제도적으로 양반이 되는 것을 의미하였으나 그것이 곧 온전한 양반으로 인정받는 것을 의미하는 것은 아니었다. 당시 양반 집단의 일원으로 인정받기 위해서는 ㉠유교적 의례의 준행, 문중과 족보에의 편입 등 다양한 조건이 필요했다. 이에 따라 일부 상민층은 유학 직역을 발판으로 양반 문화를 모방하면서 양반으로 인정받고자 했다.

조선 후기에는 신분 상승 현상이 일어나면서 양반의 하한선과 비(非)양반층의 상한선이 근접하는 모습이 나타났다. 양반들이 비양반층의 진입을 막는 힘은 여전히 작동하고 있었지만, 비양반층이 양반에 접근하고자 하는 힘은 더 강하게 작동했다. 유학의 증가는 이러한 현상의 단면을 보여 준다.

*직역: 신분에 따라 정해진 의무로서의 역할.

(나)

『경국대전』 체제에서 양인은 관료가 될 수 있다는 점에서 능력주의가 일부 작동하는 것처럼 보이지만, 실제로는 양반 이외의 신분에서는 관료가 되기 어려웠다. 이러한 상황에서 17세기의 유형원은 『반계수록』을 통해, 19세기의 정약용은 『경세유표』 등을 통해 각각 도덕적 능력주의에 기초한 일련의 개혁론을 제시했다.

유형원의 기본적인 생각은 국가 공동체를 성리학적 가치와 규범에 따라 운영하고, 구성원도 도덕적으로 만드는 도덕 국가의 건설이었다. 신분 세습을 비판한 그는 현명한 인재라도 노비로 태어나면 노비로 살아야 하는 것이 천하의 도리에 어긋난다고 보고, 노비제 폐지를 주장했다. 아울러 비도덕적 직업이라고 생각한 광대와 같은 직업군을 철폐하고, 사농공상(士農工商)의 사민(四民)으로 편성하고자 했다. 그는 과거제 대신 공거제를 통해 도덕적 능력이 뛰어난 자를 추천으로 선발하여 여러 단계의 교육을 한 후, 최소한의 학식을 확인하여 관료로 임명해야 한다고 제안했다. 도덕을 기준으로 관료를 선발하고 지방에도 관료 선발 인원을 적절히 분배하면 향촌 사회의 풍속도 도덕적으로 이끌 수 있다고 본 것이다.

정약용은 신분제가 동요하는 상황에서 사민이 뒤섞여 사는 것이 교화에 도움이 되지 않는다고 보고, 사농공상별로 구분하여 거주하는 것을 포함한 행정 구역 개편을 구상했다. 이에 맞춰 사(士) 집단을 재편하고자 했다. 도덕적 능력의 여부에 따라 추천으로 예비 관료인 '선사'를 선발하고 일정한 교육을 한 후, 여러 단계의 시험을 거쳐 관료를 선발할 것을 제안했다. ⓒ사 거주지에서 더 많은 선사를 선발하도록 했지만, 농민과 상공인에도 선사의 선발 인원을 배정하는 등 노비 이외에서 사 집단으로 진출할 수 있도록 했다. 노비제에 대해서는 사를 뒷받침하기 위해 유지되어야 한다고 주장했다.

도덕적 능력주의와 관련하여 두 사람은 모두 사회 지배층으로서의 사에 주목했다. 유형원은 다스리는 자인 사와 다스림을 받는 민의 구분을 분명히 하는 것이 천하의 이치라고 보고 ⓒ도덕적 능력이 뛰어난 사람들로 지배층인 사를 구성하고자 했다. 정약용도 양반의 세습을 비판하며 도덕적 능력에 따라 사회 지배층을 재편하는 데 입장을 같이했다. 또한 두 사람은 사회 전체의 도덕 실천을 이끌기 위해 사 집단에 정치권력, 경제력 등을 집중시키려 했고, 지배층과 피지배층 간의 차등을 엄격하게 유지하고자 했다. 내용에서 일부 차이가 있었지만, 두 사람은 사회 지배층의 재구성을 통해 도덕 국가 체제를 추구했다.

12. (가)를 읽고 이해한 내용으로 적절하지 <u>않은</u> 것은?

① 『속대전』의 규정을 적용받아 속량된 사람들은 납세의 의무를 지게 되었다.

② 『경국대전』 반포 이후 갑오개혁까지 조선의 법적 신분제에는 두 개의 신분이 존재했다.

③ 조선 후기 양반 중에는 노비를 양인 신분으로 풀어 주고 금전적 이익을 얻은 이들이 있었다.

④ 조선 후기 '유학'의 증가 현상은 『경국대전』의 신분 체계가 작동하지 않는 현상을 보여 주는 것이었다.

⑤ 조선 후기에 상민이 '유학'의 직역을 얻었을 때, 양반의 특권을 일부 가지게 되지만 온전한 양반으로 인정받지는 못했다.

13. <u>일련의 개혁론</u>에 대한 이해로 적절하지 <u>않은</u> 것은?

① 유형원은 자신이 구상한 공동체의 성격에 적합하지 않은 특정 직업군을 없애는 방안을 구상했다.

② 유형원은 지방 사회의 도덕적 기풍을 진작하기 위해 관료 선발 인원을 지방에도 할당하는 방안을 구상했다.

③ 정약용은 지배층인 사 집단이 주도권을 가지고 사회를 운영하는 방안을 구상했다.

④ 정약용은 직업별로 거주지를 달리하는 것을 포함한 행정 구역 개편 방안을 구상했다.

⑤ 유형원과 정약용은 모두 시험으로 도덕적 능력이 우수한 이를 선발하여 교육한 후 관료로 임명하는 방안을 제시했다.

14. ㉠~㉢에 대한 설명으로 가장 적절한 것은?

① ㉠은 경제적 영향으로 신분 상승 현상이 나타나는 상황에서 신분적 정체성을 지키려는 양반층의 노력이고, ㉡은 이러한 양반층의 노력을 뒷받침하기 위한 정책적 방안이다.

② ㉠은 호적상 유학 직역이 증가하는 상황에서 양반 집단이 기득권을 지키기 위한 자율적 노력이고, ㉡은 기존의 양반들이 가진 기득권을 제도적으로 강화하기 위한 방안이다.

③ ㉠은 상민층이 유학 직역을 얻는 것이 확대되는 상황에서 양반으로 인정받는 것을 억제하는 장치이고, ㉢은 능력주의를 통해 인재 등용에 신분의 벽을 두지 않으려는 방안이다.

④ ㉠은 능력주의가 작동하기 어려운 현실적인 상황에서 신분 구분을 강화하여 불평등을 심화하는 제도이고, ㉢은 사회 지배층의 인원을 늘려 도덕 실천을 이끌기 위한 방안이다.

⑤ ㉡은 양반층의 특권이 점차 사라져 가고 있는 상황에서 신분적 구분을 명확하게 하기 위한 장치이고, ㉢은 양반과 비양반층의 신분적 구분을 없애기 위한 방안이다.

15. (나)를 바탕으로 다음의 ㄱ~ㄹ에 대해 판단한 것으로 가장 적절한 것은?

ㄱ. 아래로 농공상이 힘써 일하고, 위로 사(士)가 효도하고 공경하니, 이는 나라의 기풍이 흐트러지지 않는 것이다.

ㄴ. 사농공상 누구나 인의(仁義)를 실천한다면 비록 농부의 자식이 관직에 나아가더라도 지나친 일이 아닐 것이다.

ㄷ. 덕행으로 인재를 판정하면 천하가 다투어 이에 힘쓸 것이니, 나라 안의 모든 이에게 존귀하게 될 기회가 열릴 것이다.

ㄹ. 양반과 상민의 구분은 엄연하니, 그 경계를 넘지 않아야 상하의 위계가 분명해지고 나라가 편안하게 다스려질 것이다.

① 유형원은 ㄱ과 ㄹ에 동의하겠군.

② 유형원은 ㄴ과 ㄷ에 동의하지 않겠군.

③ 유형원은 ㄴ에 동의하지 않고, ㄹ에 동의하겠군.

④ 정약용은 ㄴ과 ㄹ에 동의하겠군.

⑤ 정약용은 ㄱ에 동의하고, ㄷ에 동의하지 않겠군.

16. (가), (나)를 바탕으로 〈보기〉에 대해 보인 반응으로 적절하지 <u>않은</u> 것은? [3점]

─〈보 기〉─

16세기 초 영국의 토머스 모어는 '유토피아'라는 가상 국가를 통해 당대 사회를 비판했다. 그가 제시한 유토피아에서는 현실 국가와 달리 모두가 일을 하고, 사치에 필요한 일은 하지 않기 때문에 하루 6시간만 일해도 경제적으로 풍요롭다. 하지만 이곳에서도 노동을 면제받는 '학자 계급'이 존재한다. 성직자, 관료 등의 권력층은 이 학자 계급에서만 나오도록 하였는데, 학자 계급은 의무가 면제되는 대신 연구와 공공의 일에 전념한다. 학자 계급은 능력 있는 이를 성직자가 추천하고, 대표들이 승인하는 절차를 거쳐야 될 수 있다. 그러나 학자 계급도 성과가 부족하면 '노동 계급'으로 환원될 수 있고, 노동 계급도 공부에 진전이 있으면 학자 계급으로 승격될 수 있다.

① 유토피아에서 연구와 공공의 일에 전념하는 사람들은 선발의 과정을 거친다는 점에서, (가)의 '유학'보다 (나)의 '선사'에 가깝군.

② 유토피아에서 관료는 노동을 면제받지만 그 특권이 세습되지 않는다는 점에서, (가)에서 차별적 특혜를 받던 16세기 이후의 '양반'과는 다르군.

③ 유토피아에서 '학자 계급'에서만 권력층이 나오도록 한 것은, (나)에서 우월한 집단인 '사 집단'에 정치권력을 집중시키고자 한 유형원, 정약용의 생각과 유사하군.

④ 유토피아에서 '노동 계급'이 '학자 계급'으로 승격되는 것은 학업 능력을 기준으로 추천받는다는 점에서, (가)의 상민 출신인 '유학'이 '양반'으로 인정받는 것과는 다르군.

⑤ 유토피아에서 '노동 계급'과 '학자 계급' 간의 이동이 가능한 것은 계급 간 차등이 없음을 전제하므로, (나)에서 차등을 엄격하게 유지하고자 한 유형원, 정약용의 구상과는 다르군.

17. ⓐ와 문맥상 의미가 가장 가까운 것은?

① 관용이 우리 집의 가훈으로 확고하게 <u>굳어졌다</u>.

② 어젯밤 적당하게 내린 비로 대지가 더욱 <u>굳어졌다</u>.

③ 포기하지 않겠다는 결심이 어머니의 격려로 <u>굳어졌다</u>.

④ 길에서 버스를 기다리던 사람들의 몸이 추위로 <u>굳어졌다</u>.

⑤ 갑작스러운 소식에 나도 모르게 얼굴이 딱딱하게 <u>굳어졌다</u>.

▶ 소요 시간 [ ] 분 [ ] 초

• 홀수 기출 분석서 [문학] 문제 P.112 / 해설 P.202

[18~21] 다음 글을 읽고 물음에 답하시오.

선군이 한림원에 다녀온 후 편지 먼저 하는지라. 노복이 주야로 내려와 상공께 편지를 드리니, 한 장은 부모님께, 한 장은 낭자에게 부친 편지거늘, 부모님께 올린 편지를 상공이 열어 보니,

[A]
"문안드립니다. 그사이 부모님께서는 평안하셨나이까? 저는 부모님 덕분에 무탈하옵니다. 또한 천은을 입어 금번에 장원 급제하여 한림학사로 입조하여 도문*하니, 일자는 금월 망일이오니 잔치는 알아서 준비해 주옵소서."

하였더라.

낭자에게 온 편지를 부인 정 씨 **춘양**에게 주며,

"ⓐ이 편지는 네 어미에게 부친 편지라. 네가 잘 간수하라."

하고 부인 통곡하니 춘양이 그 편지를 받고 울며 동춘을 안고 방에 들어가 어미 시신 흔들고 울며, 편지 열어 낮에 대고 통곡 왈,

"어머님 일어나소. 아버님 편지가 왔나이다. 일어나소. 아버님 장원 급제하여 내려오시나이다."

하며 편지로 낮을 덮으며,

"동춘은 연일 젖 먹자고 웁니다. 어머님 평시 글을 좋아하시더니 아버님 편지 왔사온데 어찌 반기지 아니하시나이까? 춘양은 글을 몰라 어머님 영전에 읽어 드리지 못하나니 답답하나이다."

하고 할머님께 빌며,

"할머님께서 어머님 영전에 가 편지를 읽으시면 어머님 영혼이 감동할 듯하나이다."

하니 정 씨 마지못해 방에 들어가 울면서 편지를 읽는지라.

[B]
"낭자께 문안 전하니, 애정 담은 편지 한 장 올리나이다. 우리의 태산 같은 정이 천리에 가림에, 낭자의 얼굴을 보고 싶어도 볼 수 없고, 낭자를 생각하지 않아도 절로 생각이 납니다. 요사이 그대의 그림이 전과 빛이 달라 날로 변하나이다. 무슨 병이 들었는지 몰라 객창 등불 아래에서 수심으로 잠들지 못하니 답답합니다. 낭자의 지극한 정성으로 장원 급제하여 이 몸이 영화롭게 내려가니, 어찌 낭자의 뜻을 맞추지 아니하였으리오? 날짜는 금월 모일이니 바라건대 낭자는 천금 같은 옥체를 보존하소서. 내려가 반갑게 만나사이다."

정 씨 보기를 다함에 더욱 슬픈 마음을 진정치 못하여 통곡하며,

"ⓑ슬프다, 춘양아! 가련타, 동춘아! 너희 어미 잃고 어찌 살라 하는가?"

[중략 줄거리] 선군은 숙영이 시아버지로부터 가문의 명예를 실추했다는 오해를 받고 자결한 것을 알게 된다. 숙영은 장례 중 부활해 선군과 집에 돌아온다.

상공과 정씨 부인 내달아 낭자를 붙들고 통곡하며,

"낭자는 어디를 갔다 왔느냐?"

하며 참혹한 마음을 이기지 못하더라. 낭자 상공과 정씨 부인 앞에 가 절하고 사뢰되,

"ⓒ첩은 천상의 죄 있으니 천명이 아닌 것이 없습니다. 너무 한탄치 마옵소서."

하며,

"ⓓ옥황상제님이 우리를 올라오라 하시니 천명을 거스르지 못하여 올라가옵나이다."

하니, 상공 부부 더욱 처량한 심사를 측량치 못할러라. 낭자 백학선

과 약주 한 병을 드리며,

"ⓔ이 백학선은 몸이 추우면 더운 바람이 나오니 천하 유명한 보배이옵고, 약주는 기운 불편하시거든 드십시오. 백학선과 약주를 몸에 지니시오면 백세 무양하오리다."

하고,

"부모님 돌아가실 때 연화궁의 세계로 모셔 가오이다. 천상 선관이 연화궁에 자주 다니오니 극락 연화궁으로 오시면 반가이 만나 뵈오리다."

하고 선군더러,

"우리 올라갈 때가 급하였으니, 하직하고 올라가사이다."

하니 선군이 부모지정을 잊지 못하여 새로이 슬퍼하니, 선군과 낭자 부모를 위로하여 나아가 엎드려 고왈,

"소자 등은 세상 연분이 다하였삽기로 오늘 하직하옵나이다."

하고 인하여 하직하며,

"부모님 내내 평안하옵소서."

하고 청사자 한 쌍을 몰아 한림은 동춘을 낭자는 춘양을 안고, 구름에 싸여 올라가는지라.

상공 부부 낭자와 선군이 천궁에 올라간 후로 망연해하며 세간을 다 나누어 주고, 백세를 살다가 한날한시에 별세하더라.

　　　　　　　　　　　　　　　　　　　– 작자 미상, 「숙영낭자전」 –

*도문: 과거 급제하고 집에 오던 일.

18. '춘양'에 대한 설명으로 가장 적절한 것은?

① 아버지를 보고 싶은 심정을 어머니 영전에서 언급한다.
② 할머니로부터 아버지의 편지를 받아 어머니에게 읽어 준다.
③ 할머니와 함께 어머니 생전의 일화에 대해 이야기를 나눈다.
④ 동생이 어머니가 살아 있는 줄 알고 찾아가려 하자 동생을 막아선다.
⑤ 아버지의 소식을 어머니에게 전하고 싶은 마음을 행동으로 표출한다.

19. [A], [B]에 대한 이해로 가장 적절한 것은?

① [A]에서는 자신의 안부를 전한 뒤 곧이어 받는 이의 안부를 묻는다.
② [B]에서는 받는 이를 만나고 싶지만 당장 그럴 수 없는 처지를 언급하며 안타까운 심정을 드러낸다.
③ [B]에서는 받는 이의 건강에 문제가 있다는 소식을 듣고 걱정하는 마음을 드러낸다.
④ [A]와 [B]에서 모두 자신이 뜻한 바를 이루었음을 전하고, 받는 이에게 그 공을 돌리며 감사해한다.
⑤ [A]와 [B] 모두 당부의 말을 전하는데, [A]에서는 받는 이가 글쓴이의 노력을 알아주길 바라고, [B]에서는 받는 이가 스스로 잘 처신하기를 바란다.

20. ⓐ~ⓔ를 이해한 내용으로 적절하지 않은 것은?

① ⓐ: 편지의 수신인이 누구인지 말해 주며 상대가 편지의 중요성을 인식하게 하고 있다.
② ⓑ: 손주들을 호명하며 격해진 감정과 그들을 불쌍해하는 마음을 표출하고 있다.
③ ⓒ: 자신의 운명은 하늘의 뜻이라고 함으로써 집에 온 자신을 책망하지 말 것을 부탁하고 있다.
④ ⓓ: 옥황상제의 부름을 거절할 수 없다고 말함으로써 이별이 예정되어 있음을 언급하고 있다.
⑤ ⓔ: 백학선과 약주를 선물함으로써 상대를 걱정하는 마음을 드러내고 있다.

21. <보기>를 참고하여 윗글을 감상한 내용으로 적절하지 않은 것은? [3점]

───── <보 기> ─────
　「숙영낭자전」에서 승천은 인간 세상의 명분에 구속받지 않는 가족 사랑을 모색한다는 의의를 갖는다. 작품에서는 상공의 잘못이 개인의 문제이기 이전에 가문이라는 명분을 중시하는 인간 세상의 구조적 문제라고 보았다. 그래서 숙영 부부는 가문이라는 명분이 작동하지 않는 천상으로 보내고, 상공 부부는 가문의 무의미함을 깨닫게 하여 구조적 문제에 대응하는 한 방식을 보여 주었다. 하지만 숙영 부부를 천상에 간 뒤에도 부모를 잘 섬기려는 모습으로 그려 낸 것은, 가족 사랑의 보편적 가치를 환기하기 위한 것이다.

① 숙영이 '부모님 돌아가실 때 연화궁'으로 모셔 가겠다고 하는 데에서, 연화궁에서 숙영과 부모를 만나게 하여 가족 사랑의 보편적 가치를 환기하려는 것을 확인할 수 있군.
② 숙영이 선군에게 천궁으로 '올라가사이다'라고 하는 데에서, 숙영 부부를 천상으로 보내 가문이라는 명분이 작동하지 않는 곳에서 살게 하려는 것을 확인할 수 있군.
③ 숙영 부부가 '부모를 위로하여 나아가 엎드려 고'하는 데에서, 승천을 망설이는 모습을 보여 주어 숙영 부부를 부모를 잘 섬기는 인물로 그려 낸 것을 확인할 수 있군.
④ 숙영 부부가 부모에게 '하직' 인사를 하는 데에서, 숙영 부부로 하여금 부모를 떠나게 하여 인간 세상의 구조적 문제에 대응하는 양상을 보여 준 것을 확인할 수 있군.
⑤ '상공 부부'가 '세간을 다 나누어 주'는 데에서, 가족을 잃어 허망해하는 상공 부부의 모습을 보여 주어 가문의 무의미함을 깨닫게 한 것을 확인할 수 있군.

• 홀수 기출 분석서 문학 문제 P.154 / 해설 P.286

[22~27] 다음 글을 읽고 물음에 답하시오.

(가)

첩첩산중에도 없는 마을이 여긴 있습니다. 잎 진 사잇길 저 모랫
둑, 그 너머 강기슭에서도 보이진 않습니다. 허방다리* 들어내면
보이는 마을.

갱 속 같은 마을. ㉠꼴깍, 해가, 노루꼬리 해가 지면 집집마다 봉
당에 불을 켜지요. 콩깍지, 콩깍지처럼 후미진 외딴집, 외딴집에도
불빛은 앉아 이슥토록 창문은 모과빛입니다.

기인 밤입니다. 외딴집 노인은 홀로 잠이 깨어 출출한 나머지 무우
를 깎기도 하고 고구마를 깎다, 문득 바람도 없는데 시나브로 풀려
풀려 내리는 짚단, 짚오라기의 설레임을 듣습니다. 귀를 모으고 듣
지요. ㉡후루룩 후루룩 처마 깃에 나래 묻는 이름 모를 새, 새들의
온기를 생각합니다. 숨을 죽이고 생각하지요.

참 오래오래, 노인의 자리맡에 밭은기침 소리도 없을 양이면 벽
속에서 겨울 귀뚜라미는 울지요. 떼를 지어 웁니다. 벽이 무너지라
고 웁니다.

어느덧 밖에는 눈발이라도 치는지, 펄펄 함박눈이라도 흩날리
는지, 창호지 문살에 돋는 월훈(月暈).

– 박용래, 「월훈」 –

*허방다리: 짐승 따위를 잡기 위해 풀 등을 덮어 위장한 구덩이.

(나)

내 어린 날!
아슬한 하늘에 뜬 연같이
바람에 깜박이는 연실같이
내 어린 날! 아슴풀하다*

하늘은 파랗고 끝없고
편편한 연실은 조매롭고*
오! 흰 연 그새에 높이
㉢아실아실* 떠 놀다 내 어린 날!

바람 일어 끊어지던 날
엄마 아빠 부르고 울다
㉣희끗희끗한 실낱이 서러워
아침저녁 나무 밑에 울다

오! 내 어린 날 하얀 옷 입고
외로이 자랐다 하얀 넋 담고
㉤조마조마 길가에 붉은 발자욱
자욱마다 눈물이 고이었었다

– 김영랑, 「연 1」 –

*아슴풀하다: '아슴푸레하다'의 방언.
*조매롭고: '조마롭다'의 방언. 보기에 마음이 초조하고 불안하다.
*아실아실: '아슬아슬'의 방언.

(다)

ⓐ신위가 자기 집 이름을 '문의당'이라 하고 ⓑ나에게 편지를 보
내 말했다.

"내 천성이 물을 좋아하는데, 도성 안이라 볼만한 샘이나 못이 없
어 비록 물을 보는 법을 알고 있어도 써 볼 데가 없는 것이 늘 아
쉬웠습니다. 그런데 천하의 지도를 보고 깨우친 점이 있었습니다.

넘실거리는 큰 바다 사이로 아홉 개 대륙, 일만 개 나라가 퍼져
있는데 큰 나라는 범선이 늘어선 듯하고, 작은 나라는 갈매기와
해오라기가 출몰하는 듯했습니다. 천하만국에 두루 살고 있는 사
람들은 모두 물 가운데 있는 존재일 뿐입니다. 이것이 제 집의 이
름을 '문의(文漪)*'라고 한 까닭입니다. 그대는 저를 위해 이 집
의 기문을 지어 주시기 바랍니다."

나는 편지를 보고 웃으며 말했다.

"세상에는 본래 그 실물은 없으면서도 이름을 차지하는 경우가
있으니, 지금 그대가 집에 이름을 붙인 것이 바로 그 실물이 없는
것이라고 할 수 있겠소. 비록 그러하나 그대도 이에 대해 할 말이
있을 것이오. 지금 바다의 섬 가운데 집을 짓고 사는 사람이 있다
면, 사람들은 반드시 물에 산다고 하지 산에 산다고 하지 않겠지
요. 섬사람 중에는 담장을 두르고, 집을 짓고, 문을 닫고 들어
앉아 사는 사람도 있게 마련이니, 그가 날마다 파도와 깊은 물을
가까이 접하지는 않는다고 하여, 물에 사는 게 아니라고 한다면
옳지 않겠지요. 이와 같은 이치를 사람들이 모두 그렇다고 인정
하는데, 어찌 유독 그대의 말에만 의심을 품겠소?

대지는 하나의 섬이고, 세상 사람들은 섬사람이라오. 비록
배를 집으로 삼아 물 위를 떠다니면서 날마다 물과 더불어 살아
가는 사람이라 하더라도, 그 형편상 눈을 한곳에 두고 꼼짝하지
않을 수는 없을 것이고, 잠시 눈길을 돌려서 잠깐 동안이나마 물
이 있다는 것을 생각하지 못할 때가 반드시 있을 것이오. 이때에
는 겨우 반걸음을 움직인 것이나 천 리를 간 것이나 매한가지라
할 것이오."

– 서영보, 「문의당기」 –

*문의: 물결무늬.

22. (가)~(다)의 공통점으로 가장 적절한 것은?

① 설의적 표현을 사용하여 인물의 정서를 강조하고 있다.
② 묘사의 방식을 활용하여 대상의 특징을 구체화하고 있다.
③ 말을 건네는 방식을 사용하여 주제 의식을 심화하고 있다.
④ 과거의 장면을 회상하여 현재 상황에 대한 원인을 포착하고 있다.
⑤ 가상의 상황을 설정하여 현실에 대한 긍정적 인식을 이끌어 내고 있다.

23. 〈보기〉를 참고하여 (가)를 감상한 내용으로 적절하지 <u>않은</u> 것은?

─〈보 기〉─

(가)는 적막한 산골 마을을 배경으로 그곳에 사는 한 노인의 모습을 관찰하여 들려주는 시이다. 향토적인 정경 속에서 낯설게 느껴지는 일상에 감각적으로 집중하는 노인을 통해 점점 사라져 가는 것들에 대한 관심을 드러내고, 노인의 삶이 마주한 깊은 정적 속 울음소리를 통해 인간의 쓸쓸함을 고조하고 있다. 이러한 노인의 모습은 외딴집 창호지 문살에 비친 달무리의 이미지로 형상화되고 있다.

① '첩첩산중에도 없는 마을'을 '여긴 있'다고 한 데서, 노인이 살아가는 곳은 쉽게 보기 어려울 것 같은 장소임을 짐작할 수 있겠군.

② '강기슭에서도 보이진 않는' '후미진 외딴집'이라는 배경 설정에서, 적막한 공간의 분위기를 추측할 수 있겠군.

③ '봉당에 불을 켜'는 분위기와 '콩깍지'의 이미지로 나타낸 향토적 정경에서, 사라져 가는 것들에 대한 관심을 유추할 수 있겠군.

④ '짚오라기의 설레임'을 '귀를 모으고 듣'고 '새들의 온기'를 '숨을 죽이고 생각하'는 것은, 일상을 자연스럽게 받아들이는 노인의 감각을 부각한 것으로 볼 수 있겠군.

⑤ '밭은기침 소리도 없'는데 '겨울 귀뚜라미'가 우는 상황과 눈발이 치는 듯한 '밤'의 달무리 이미지가 어우러져, 노인의 고독을 형상화한 것으로 이해할 수 있겠군.

24. (나)에 대한 설명으로 적절하지 <u>않은</u> 것은?

① 1연에서 '연'과 '연실'의 모습에 빗대어 '내 어린 날'의 기억을 '아슴풀하다'라고 표현하고 있다.

② 2연에서 '조매롭고'로 표현된 '연실'의 긴장은 3연에서 연실이 '바람 일어 끊어지던 날'의 정서를 고조하고 있다.

③ 3연에서 '울다'의 반복과 4연에서 '눈물이 고이었었다'를 통해 '내 어린 날'의 상황을 짐작할 수 있게 하고 있다.

④ 4연에서 '외로이 자랐다'와 이어진 '하얀 넋'은 '붉은 발자욱'에 함축된 정서와 상반되는 의미를 이끌어 내고 있다.

⑤ 1연과 4연의 '내 어린날'은 2연의 '내 어린날'의 기억을 통해 떠올린 유년 시절을 표상하는 의미를 지니고 있다.

25. ㉠~㉤에 대한 설명으로 적절하지 <u>않은</u> 것은?

① ㉠: 아주 짧은 순간에 해가 지는 모습을 나타낸 말로, 시간의 변화를 함축하고 있다.

② ㉡: 소리를 통해 연상되는 새의 모습을 감각적으로 형상화하고 있다.

③ ㉢: 높이 날아오른 연을 동경하는 심리를 드러내고 있다.

④ ㉣: 서러움을 느끼게 하는 대상인 실낱의 모습을 표현하고 있다.

⑤ ㉤: 외롭고 슬픈 어린 시절의 정서를 함께 담아내고 있다.

26. ⓐ, ⓑ에 대한 이해로 적절하지 <u>않은</u> 것은?

① ⓐ는 '볼만한 샘이나 못'이 없는 곳에 산다고 생각하다가, '천하의 지도를 보고' 깨달은 바에 따라 자신이 물 가운데 살고 있는 것이나 다름없다는 발상으로 사고를 전환한다.

② ⓐ가 '자기 집'을 '문의'라고 한 것에 ⓑ가 동의한 이유는 ⓐ의 상황이 '배를 집으로 삼아' 사는 사람의 상황보다 집에 '들어앉아 사는 사람'의 상황에 가깝다고 생각했기 때문이다.

③ ⓑ는 '바다의 섬'에 '집을 짓고 사는 사람'의 삶에 주목하여, 바라보는 관점을 달리하면 세상 모든 사람들이 섬에 살고 있다는 논리가 성립한다고 생각한다.

④ ⓑ가 ⓐ의 발상이 타당하다고 하는 이유는, '바다의 섬 가운데' 살더라도 그것을 가리켜 '물에 산다고' 보는 것이 ⓑ의 생각만이 아니라 '사람들'의 판단과도 일치하기 때문이다.

⑤ ⓑ는 '물과 더불어' 사는 사람도 '눈길을 돌리'는 순간이 있는 것과 ⓐ가 '물을 보는 법'을 '써 볼 데가 없'다 하는 것은 물을 보지 못할 때가 있다는 점에서 유사하다고 생각한다.

27. 〈보기〉를 바탕으로 (가), (다)를 이해한 내용으로 가장 적절한 것은? [3점]

─〈보 기〉─

문학 작품 속의 소재들은 연관성 속에서 서로 유사 혹은 대립의 관계를 이룸으로써 의미를 생성하거나 그 특징을 부각하는 효과를 드러낸다.

① (가)의 '허방다리 들어내면 보이는 마을', '갱 속 같은 마을'은 얕음과 깊음의 대비를 이루어 숨어 있는 두 공간의 차이를 부각하고 있군.

② (가)의 '무우'와 '고구마'는 차가움과 따뜻함의 대비를 이루어 밤에 출출함을 달래기 위해 먹는 다양한 음식의 속성을 부각하고 있군.

③ (다)의 '아홉 개 대륙'과 '일만 개 나라'는 바다 안의 육지라는 유사성으로 관계를 맺으며 '천하의 지도'라는 새로운 의미를 생성하고 있군.

④ (다)의 '파도'와 '깊은 물'은 바다의 형상이라는 유사성으로 관계를 맺으며 물에 사는 사람이 살면서 만나게 되는 환경이라는 의미를 생성하고 있군.

⑤ (가)의 '창문은 모과빛'과 '기인 밤'은 밝음과 어둠의 대비를, (다)의 '갈매기'와 '해오라기'는 크고 작음의 대비를 이루어 각 소재가 가진 특징을 부각하고 있군.

• 홀수 기출 분석서 **문학** 문제 P.076 / 해설 P.128

[28~31] 다음 글을 읽고 물음에 답하시오.

몽달 씨 나이가 스물일곱이라니까 나보다 스무 살이나 많지만 우리는 엄연히 친구다. 믿지 않겠지만 내게는 스물일곱짜리 남자 친구가 또 하나 있다. 우리 집 옆, 형제슈퍼의 김 반장이 바로 또 하나의 내 친구인데 그는 원미동 23통 5반의 반장으로 누구보다도 씩씩하고 재미있는 사람이었다. 나는 **매일같이** 슈퍼 앞의 비치파라솔 의자에 앉아 그와 함께 킬킬거리는 재미로 하루를 보내다시피 하였는데 **요즘**은 내가 의자에 앉아 있어도 전처럼 웃기는 소리를 해 주거나 쭈쭈바 따위를 건네주는 법 없이 다소 퉁명스러워졌다. ㉠그 까닭도 나는 환히 알고 있지만 모르는 척하는 수밖에. 우리 집 셋째 딸 선옥이 언니가 지난달에 서울 이모 집으로 훌쩍 떠나 버렸기 때문인 것이다. 김 반장이 선옥이 언니랑 좋아지내는 것은 온 동네가 다 아는 일이지만 선옥이 언니 마음이 요새 좀 싱숭생숭하더니 기어이는 이모네가 하는 옷 가게를 도와준다고 서울로 가 버렸다. 선옥이 언니는 얼굴이 아주 예뻤다. 남들 말대로 개천에서 용이 났다고 해도 과언이 아닐 만큼 지지리 궁상인 우리 집에 두고 보기로는 아까운 편인데, 그 지지리 궁상이 지겨워 맨날 뚱하던 언니였다.

(중략)

집으로 가다 말고 문득 형제슈퍼 쪽을 돌아보니 음료수 박스들을 차곡차곡 쟁여 놓는 일에 땀을 뻘뻘 흘리고 있는 몽달 씨가 보였다. ㉡실컷 두들겨 맞고 열흘간이나 누워 있었던 사람이라 안색이 차마 마주보기 어려울 만큼 핼쑥했다. 그런데도 뭐가 좋은지 **히죽히죽** 웃어 가면서 열심히 박스들을 나르고 있는 게 아닌가. 그것도 김 반장네 가게에서. 아무리 눈을 크게 뜨고 보아도 몽달 씨가 분명했다. 저럴 수가. ㉢어쨌든 제정신이 아닌 작자임이 틀림없었다. 아무리 정신이 좀 헷갈린 사람이래도 그렇지, 그날 밤의 김 반장 행동을 깡그리 잊어버리지 않고서야 저럴 수가 없다는 게 내 생각이었다.

잊었을까. 그날 밤 머리의 어딘가를 세게 다쳐서 김 반장이 자기를 내쫓은 부분만큼만 감쪽같이 지워진 것은 아닐까. 전혀 엉뚱한 이야기만도 아니었다. 텔레비전에서도 보면 기억 상실증인가 뭔가로 자기 아들도 못 알아보는 연속극이 있었다. 그런 쪽의 상상이라면 나를 따라올 만한 아이가 없는 형편이었다. 내 머릿속은 기기괴괴한 온갖 상상들로 늘 모래주머니처럼 빽빽했으니까. 나는 청소부 아버지의 딸이 아니라 사실은 어느 부잣집의 버려진 딸이다, 라는 식의 유치한 상상은 작년도 못되어 이미 졸업했었다. 요즘의 내 상상이란 외계인 아버지와 지구인 엄마와의 사랑, 뭐 그런 쪽의 의젓한 것이었다. ㉣아무튼 나의 기막힌 상상력으로 인해 몽달 씨는 부분적인 기억 상실증 환자로 결정되었다. 그렇다면 이제는 확인할 일만 남은 셈이었다. 오래 기다릴 필요도 없었다. 나는 김 반장네 가게 일을 거들어 주고 난 뒤 비치파라솔 밑의 **의자**에 앉아 **뭔가**를 읽고 있는 몽달 씨에게로 갔다. 보나 마나 주머니 속에 잔뜩 들어 있는 종잇조각 중의 하나일 것이었다. ㉤멀쩡한 정신도 아닌 주제에 이번엔 기억 상실증이란 병까지 얻어 놓고도 여태 시 따위나 읽고 있는 몽달 씨 꼴이 한심했다.

"ⓐ이거, 또 시예요?"

"ⓑ그래. 슬픈 시야. 아주 슬픈……."

몽달 씨가 핼쑥한 얼굴을 쳐들며 행복하게 웃었다. 슬픈 시라고 해 놓고선 웃다니. 나는 이맛살을 찡그리며 몽달 씨 옆에 앉았다.

그리고 아주 낮은 목소리로 물었다.

"ⓒ이제 다 나았어요?"

"ⓓ응. 시를 읽으면서 누워 있었더니 금방 나았지."

금방은 무슨 금방. 열흘이나 되었는데. 또 한 번 나는 몽달 씨의 형편없는 정신 상태에 실망했다.

"**그날** 밤에 난 **여기**에 앉아서 다 봤어요."

"무얼?"

"ⓔ김 반장이 아저씨를 쫓아내는 것……."

순간 몽달 씨가 정색을 하고 내 얼굴을 쳐다보았다. 예전의 그 풀려 있던 눈동자가 아니었다. 까맣고 반짝이는 눈이었다. 그러나 잠깐이었다. 다시는 내 얼굴을 보지 않을 작정인지 괜스레 팔뚝에 엉겨 붙은 상처 딱지를 떼어 내려고 애쓰는 척했다. 나는 더욱 바싹 다가앉았다.

"ⓕ김 반장은 나쁜 사람이야. 그렇지요?"

몽달 씨가 팔뚝을 탁 치면서 "아니야"라고 응수했는데도 나는 계속 다그쳤다.

"ⓖ그렇지요? 맞죠?"

그래도 몽달 씨는 못 들은 척 팔뚝만 문지르고 있었다. 바보같이. 기억 상실도 아니면서……. 나는 자꾸만 약이 올라 견딜 수 없는데도 몽달 씨는 마냥 딴전만 피우고 있었다.

– 양귀자, 「원미동 시인」 –

28. 윗글에 대한 설명으로 가장 적절한 것은?

① 몽달 씨는 김 반장이 자기를 매정하게 대했으나, 김 반장네 가게 일을 해 주고 있다.

② 김 반장은 선옥을 좋아했으나, 선옥이 서울로 가자 '나'를 통해 선옥과의 관계를 회복해 나갔다.

③ '나'는 김 반장을 좋은 친구라고 생각했으나, 김 반장이 빈둥거리며 실없는 행동을 해서 당황했다.

④ 선옥은 자신의 집안 형편에 대해 부정적으로 생각하고 있지만, '나'는 집안 형편을 그렇게 생각하지 않는다.

⑤ '나'는 몽달 씨를 친구라 여겼으나, 몽달 씨가 김 반장 가게에 다시 나온 것을 보고 그렇게 생각한 것을 후회했다.

29. ⓐ~ⓖ에 대한 이해로 적절하지 않은 것은?

① ⓐ는 상대를 못마땅해하는 발언이지만, ⓒ를 고려하면 상대의 상태에 대한 관심에서 비롯된 것이라고 할 수 있다.

② ⓑ와 ⓓ의 시에 대한 인물의 태도를 고려하면, 인물이 시를 통해 위안을 얻었음을 알 수 있다.

③ ⓔ는 ⓓ를 듣고 실망하여, 상대의 새로운 반응을 기대하며 한 발언이라고 할 수 있다.

④ ⓕ는 ⓔ에 대한 상대의 반응이 예상을 벗어났지만, 상대가 보여 준 판단을 수용하기 위한 질문이라고 할 수 있다.

⑤ ⓖ는 ⓕ의 주장을 확인하는 질문으로, 상대의 태도를 탐탁지 않게 여기는 마음이 반영된 발언이라고 할 수 있다.

국어 영역

30. 형제슈퍼 를 중심으로 확인할 수 있는 인물의 행위에 대한 설명으로 가장 적절한 것은?

① '나'가 '매일같이' 김 반장과 재미있게 낄낄거렸던 행위는 '그날'보다 앞선 시간대에 이루어지며, '그날'의 일을 지켜보기만 한 '나'의 부정적 자기 인식으로 이어지고 있다.

② 김 반장이 '나'를 퉁명스럽게 대하는 행위는 '요즘'보다 앞선 시간대에 이루어지며, '나'에게 반성을 유도하고 있다.

③ 몽달 씨가 '히죽히죽' 웃는 행위는 현재 '여기'에서 '나'에게 속내를 감추는 행위보다 앞선 시간대에 이루어지며, '나'에게 진심을 드러내어 보여 주고 있다.

④ '의자'에서 '뭔가'를 읽는 몽달 씨의 행위는 '여기'에서 환기된 '그날'의 경험보다 앞선 시간대에 이루어지며, '나'가 '그날' 느꼈을 긴박감과 대비되는 이완된 상황을 보여 주고 있다.

⑤ '여기'에서 목격된 '그날' 김 반장의 행위는 '요즘'보다 이후의 시간대에 이루어지며, '나'가 김 반장을 이전과 다르게 평가하는 원인으로 기능하고 있다.

31. 〈보기〉를 바탕으로 ㉠~㉤을 이해한 내용으로 적절하지 <u>않은</u> 것은? [3점]

〈보 기〉

미성숙한 어린아이 서술자라도 합리적 정보를 제공하면 독자는 서술자를 신뢰하게 된다. 그러나 작가는 때로 합리성이 부족한 어린아이의 특성을 강화하여 독자가 서술자를 의심하게 한다. 이때 독자는 서술자가 제공하는 정보가 틀릴 수 있다고 생각하면서 서술자와 다른 각도에서 작품이 전하려는 의미를 탐색하게 된다. 이 경우에도 독자는 서술자가 제공하는 제한된 정보에 의존할 수밖에 없으므로, 서술적 상황과 작품이 전하려는 의미가 서로 달라져 작품을 더욱 집중해서 읽게 된다.

① ㉠: 문제적 상황의 원인을 파악하여 이에 대응하고, 인물의 태도 변화를 설명할 수 있는 정보를 제시한다는 점에서 독자가 서술자를 신뢰하도록 유도하고 있군.

② ㉡: 인물이 처한 부정적 상황을 보여 주고, 인물의 안색과 그 이유에 대해 여러 정보를 제공한다는 점에서 독자가 서술자를 신뢰하도록 유도하고 있군.

③ ㉢: 논리적 연관을 무시하고, 추측에 근거하여 인물의 의식 상태를 단정하는 모습을 통해 독자가 작품에 더욱 집중하면서, 서술자와 다른 각도로 생각하도록 유도하고 있군.

④ ㉣: 인물에 대해 적극적으로 탐색하고, 인물의 상태를 스스로 진단하여 그 정보를 제공하는 모습을 통해 독자가 서술자를 신뢰하도록 유도하고 있군.

⑤ ㉤: 시에 대한 이해가 부족하고, 합당한 이유 없이 인물의 취향을 비난하는 모습을 통해 독자가 작품에 더욱 집중하면서, 서술자와 다른 각도로 생각하도록 유도하고 있군.

• 홀수 기출 분석서 **문학** 문제 P.056 / 해설 P.085

[32~34] 다음 글을 읽고 물음에 답하시오.

(가)

청강 녹초변에 소 먹이는 아이들이
석양에 흥이 겨워 피리를 빗기 부니
물 아래 잠긴 **용**이 잠 깨어 일어날 듯
내 기운에 나온 **학**이 제 깃을 던져 두고 반공에 솟아 뜰 듯
소선(蘇仙)* 적벽은 추칠월이 좋다 하되
팔월 십오야를 모두 어찌 칭찬하는가
구름이 걷히고 물결이 다 잔 적에
하늘에 돋은 달이 솔 위에 걸렸거든
잡다가 빠진 줄이 **적선(謫仙)*** 이 헌사할샤
공산에 쌓인 잎을 삭풍이 거둬 불어
떼구름 거느리고 눈조차 몰아오니
천공이 호사로워 옥으로 꽃을 지어
만수천림을 꾸며곰 낼셰이고
앞 여울 가리 얼어 독목교(獨木橋) 비꼈는데
막대 멘 늙은 중이 어느 절로 간단 말고
산옹의 이 부귀를 남더러 자랑 마오
경요굴(瓊瑤窟)* 숨은 세계 찾을 이 있을세라
산중에 벗이 없어 서책을 쌓아 두고
만고 인물을 거슬러 혜여하니
성현도 많거니와 호걸도 하도 할샤
하늘 삼기실 제 곧 무심할까마는
어찌한 시운(時運)이 흥망이 있었는고
모를 일도 하거니와 애달픔도 그지없다
기산의 늙은 고블* 귀는 어찌 씻었던고
박 소리 핑계하고 지조가 가장 높다
인심이 낯 같아야 볼수록 새롭거늘
세사는 구름이라 험하기도 험하구나
엊그제 빚은 술이 얼마나 익었느냐
잡거니 밀거니 실컷 기울이니
마음에 맺힌 시름 조금은 풀리나다

– 정철, 「성산별곡」 –

[A]

*소선: 소동파를 신선에 빗댄 말.
*적선: 이태백을 신선에 빗댄 말.
*경요굴: 눈 내린 성산의 모습을 빗댄 말.
*고블: 기산에 은거한 인물인 허유.

(나)

생매 잡아 길 잘 들여 먼 산 두메로 꿩 사냥 보내고 흰 말 구불구종* 갈기 솔질 활활 솰솰 하여 임의 집 송정 뒤 잔디 잔디 금잔디 밭에 말 말뚝 꽝꽝쌍쌍 박아 숭마 바 고삐 길게 늘여 매고
앞내 여울 **고기** 뒷내 여울 고기 오르는 고기 내리는 고기 자나 굵으나 굵으나 자나 주섬주섬 낚아 내여 시내 동으로 뻗은 움버들 가지 와지끈 뚝딱 꺾어 거꾸로 잡고 잎사귀 셋만 남기고 주루룩 훑어 아가미 너슬너슬 꿰어 시내 잔잔 흐르는 물에 납작 실죽 청 바둑돌로 임도 모르고 아무도 모르게 가만히 살짝 자기자 장단 맞춰 지근 지지 눌러 놓고 동자야 이 뒤에 학 타신 **선관**이 날 찾거든 그물 낚

11／12

홀수 약점 CHECK 모의고사 **67**

싯대 종이 종다래끼* 파리 밥풀통 고추장 **술병**까지 가지고 뒷내 여울로 오라고 일러만 주소

　아마도 산중호걸이 **나**뿐인가 하노라

　　　　　　　　　　　　　　　　　– 작자 미상, 사설시조 –

*구불구종: 말 모는 하인.

*종다래끼: 작은 바구니.

32. (가), (나)에 대한 설명으로 가장 적절한 것은?

① (가)는 영탄적 표현을 통해 인물에 대한 그리움을 드러내고 있다.

② (나)는 음성 상징어를 통해 인물의 역동성을 드러내고 있다.

③ (가)는 (나)와 달리 공간의 이동을 통해 다양한 대상의 면모를 드러내고 있다.

④ (나)는 (가)와 달리 시간의 흐름에 따라 인물의 심리 변화를 드러내고 있다.

⑤ (가)와 (나)는 모두 대구를 사용하여 대조적 대상의 속성을 드러내고 있다.

33. [A]에 대한 이해로 적절하지 <u>않은</u> 것은?

① '삭풍'이 가을 잎을 쓸고 간 자리에 구름을 불러와 '공산'을 눈 세상으로 만들었다고 한 것에는, 인물이 거처한 공간의 아름다움에 대한 인식이 계절에 따른 자연의 변화를 통해 드러난다.

② '앞 여울'을 건너가는 노승을 발견하고 '경요굴'이 들키지 않기를 바라는 것에는, 빼어난 경치를 소중하게 여기는 태도가, 숨어 있는 세계가 알려질 것에 대한 염려를 통해 드러난다.

③ 만족스러운 외적 풍경에서 눈을 돌려 벗이 없는 '산중'에서 '만고 인물'을 생각하는 것에는, 정신적 세계에 주목하는 태도가, 적적한 상황에 놓인 인물의 행위를 통해 드러난다.

④ 하늘의 이치가 제대로 구현되지 못했음을 '시운'의 '흥망'에서 발견하고도 모를 일이 많다고 한 것에는, 인물의 담담한 태도가, 이상에 미치지 못하는 현실을 수용하는 것을 통해 드러난다.

⑤ 세상을 등진 인물의 삶을 '기산'의 '고블'에 비유한 것에는, 험한 세사와의 단절과 은거 지향에 대한 긍정적 인식이 인물의 선택에 대한 평가를 통해 드러난다.

34. 〈보기〉를 바탕으로 (가)와 (나)를 감상한 내용으로 적절하지 <u>않은</u> 것은? [3점]

〈보 기〉

　고전 시가에서 자연은 작품에 따라 다양하게 그려진다. (가)의 자연은 속세와 구별되는 청정한 이상 세계로 그려지며, 신선의 이미지를 통해 탈속적이고 고고한 가치를 추구하는 곳이다. (나)의 자연은 풍요롭게 그려지는 현실적 풍류의 장으로, 활달하고 흥겹게 놀이를 펼치는 곳이며, 신선의 이미지를 통해 멋이 고조된다.

① (가)의 '용'은 피리 소리로 조성된 탈속적 분위기를 환상적으로 표현하는 소재이고, (나)의 '생매'는 고고한 취향을 사실적으로 보여 주는 소재이군.

② (가)의 '학'은 이상적 세계의 아름다움을 구현하는 소재이고, (나)의 '고기'는 풍요롭고 생동하는 세계를 표현하는 소재이군.

③ (가)의 '소선', '적선'은 청정한 강호의 세계에서 떠올린 인물의 이미지이고, (나)의 '선관'은 '나'가 현재의 행위를 함께 하고 싶은 인물을 멋스럽게 표현한 이미지이군.

④ (가)의 '산옹'은 계절에 따른 산의 모습을 바라보며 이상 세계의 삶을 지향하는 인물이고, (나)의 '나'는 사냥과 고기잡이를 통해 현실의 즐거움을 향유하는 인물이군.

⑤ (가)의 '술'은 강호에서 세상에 대한 시름을 달래 주는 소재이고, (나)의 '술병'은 풍류의 장에 흥취를 더해 줄 소재이군.

▶ 소요 시간　　분　　초

* 확인 사항

○ 답안지의 해당란에 필요한 내용을 정확히 기입(표기)했는지 확인하시오.

1

국어 영역

• 홀수 기출 분석서 **독서** 문제 P.034 / 해설 P.044

[1~3] 다음 글을 읽고 물음에 답하시오.

선생님의 권유나 친구의 추천, 자기 계발 등 우리가 독서를 하게 되는 동기는 다양하다. 독서 동기는 '독서를 이끌어 내고, 지속하는 힘'으로 정의되는데, 이 정의에는 독서의 시작과 지속이라는 두 측면이 포함되어 있다. 이러한 독서 동기는 슈츠가 제시한 '때문에 동기'와 '위하여 동기'라는 두 유형을 적용하여 설명할 수 있다.

[A]
독서의 '때문에 동기'는 독서 행위를 하게 만든 이유를 의미한다. 이는 독서 행위를 유발한 계기가 되므로 독서 이전 시점에 이미 발생한 사건이나 경험에 해당한다. 독서의 '위하여 동기'는 독서 행위를 통해 달성하고자 하는 목적을 의미한다. 그 목적은 독서 행위의 결과로 달성되므로 독서 이후 시점의 상태에 대한 기대나 예측이라는 성격을 가지며, 달성하지 못할 가능성을 내포한다. 예를 들어, 친구에게 책을 선물로 받아서 읽게 되었다고 할 때, 선물로 책을 받은 것은 이 독서 행위의 '때문에 동기'이다. 그리고 책을 읽고 친구와 책에 대해 대화를 나누는 것을 목적으로 설정했다면 이는 '위하여 동기'가 된다. 또한 독서 행위를 통해 성취감이나 감동을 느끼는 것, 선물로 받은 책을 읽어서 친구를 실망시키지 않는 것 등도 이 독서 행위의 결과로 기대할 수 있는 것이므로 역시 '위하여 동기'가 된다고 할 수 있다.

이러한 동기 개념은 독서 습관의 형성 과정을 설명하는 데 도움이 된다. 성공적인 독서 경험의 핵심은 독서 행위를 통해 즐거움과 유익함을 경험하는 것인데, 이러한 경험을 하게 되면 다른 책을 더 읽고 싶다는 마음이 들고 그러한 마음은 새로운 독서 행위로 연결된다. 독서의 즐거움과 유익함은 새로운 독서 행위의 이유가 된다는 점에서 '때문에 동기'가 된다. 동시에, 새로운 독서 행위를 통해 다시 경험하고 싶어지는 '위하여 동기'가 되기도 한다. 이러한 선순환을 통해 독서 경험이 반복되고 심화되면서 독서 습관이 자연스럽게 형성된다. 따라서 독서 습관을 형성하려면 '때문에 동기'와 '위하여 동기'를 바탕으로 우선 독서 행위를 시작하는 것과, 성공적인 독서 경험을 통해 독서 행위를 지속하는 것이 중요하다.

1. 윗글의 내용에 대한 이해로 적절하지 <u>않은</u> 것은?

① 타인의 권유나 추천이 독서를 하는 이유가 될 수 있다.

② 슈츠는 동기의 두 측면을 합쳐 하나의 유형으로 제시했다.

③ 독서 습관을 형성하기 위해서는 독서 행위를 시작하는 것이 필요하다.

④ 독서 동기의 정의는 독서를 시작하게 하는 힘과 계속하게 하는 힘을 포함한다.

⑤ 독서의 '때문에 동기'와 '위하여 동기'는 독서 습관의 형성 과정을 설명하는 데 유용하다.

2. 다음은 학생의 메모이다. [A]를 참고할 때, ㉮~㉰에 대한 설명으로 가장 적절한 것은? [3점]

나는 ㉮학교에서 '한 학기에 책 한 권 읽기' 과제를 받았다. 그래서 이번 학기에 읽을 책으로 철학 분야의 책을 선택했다. 책을 다 읽고 나면 ㉯철학에 대해 많이 알게 되겠지. 그리고 ㉰어려운 책을 읽어 냈다는 뿌듯함도 느낄 수 있을 거야.

① ㉮는 독서를 통해 달성하고자 하는 목적이므로 '위하여 동기'라고 할 수 있다.

② ㉯는 독서를 하도록 만든 사건에 해당하므로 '때문에 동기'라고 할 수 있다.

③ ㉮와 ㉯는 이미 발생하여 독서의 계기가 되었으므로 '때문에 동기'라고 할 수 있다.

④ ㉮와 ㉰는 독서 이전 시점에 경험한 일에 해당하므로 '때문에 동기'라고 할 수 있다.

⑤ ㉯와 ㉰는 독서의 결과로 얻게 될 기대에 해당하므로 '위하여 동기'라고 할 수 있다.

3. 윗글을 바탕으로 할 때, <보기>를 설명한 내용으로 적절하지 <u>않은</u> 것은?

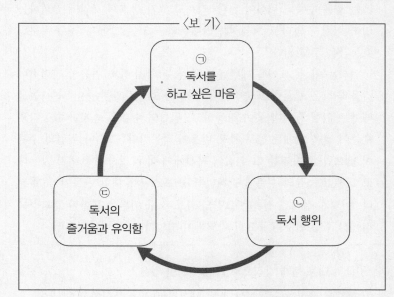

<보 기>

㉠ 독서를 하고 싶은 마음
㉡ 독서 행위
㉢ 독서의 즐거움과 유익함

① ㉠으로 시작해 ㉢을 경험하면 ㉠은 자연스럽게 사라진다.

② ㉡으로 ㉢을 얻는 것이 성공적 독서 경험의 핵심이다.

③ ㉢의 경험을 통하여 ㉠이 생기면 ㉡으로 이어질 수 있다.

④ ㉢은 ㉡의 결과인 동시에 새로운 ㉡의 목적이 될 수 있다.

⑤ ㉠, ㉡, ㉢의 선순환을 통해 독서 경험이 반복되고 심화된다.

• 홀수 기출 분석서 독서 문제 P.070 / 해설 P.114

[4~7] 다음 글을 읽고 물음에 답하시오.

공포 소구는 그 메시지에 담긴 권고를 따르지 않을 때의 해로운 결과를 강조하여 수용자를 설득하는 것으로, 1950년대 초부터 설득 전략 연구자들의 연구 대상이 되었다. 초기 연구를 대표하는 재니스는 기존 연구에서 다루어지지 않았던 공포 소구의 설득 효과에 주목하였다. 그는 수용자에게 공포 소구를 세 가지 수준으로 달리 제시하는 실험을 한 결과, 중간 수준의 공포 소구가 가장 큰 설득 효과를 보인다는 것을 발견하였다.

공포 소구 연구를 진척시킨 레벤달은 재니스의 연구가 인간의 감정적 측면에만 ㉠치우쳤다고 비판하며, 공포 소구의 효과는 수용자의 감정적 반응만이 아니라 인지적 반응과도 관련된다고 하였다. 그는 감정적 반응을 '공포 통제 반응', 인지적 반응을 '위험 통제 반응'이라 ㉡불렀다. 그리고 후자가 작동하면 수용자들은 공포 소구의 권고를 따르게 되지만, 전자가 작동하면 공포 소구로 인한 두려움의 감정을 통제하기 위해 오히려 공포 소구에 담긴 위험을 무시하려는 반응을 보이게 된다고 하였다.

이러한 선행 연구들을 종합한 위티는 우선 공포 소구의 설득 효과를 좌우하는 두 요인으로 '위협'과 '효능감'을 설정하였다. 수용자가 공포 소구에 담긴 위험을 자신이 ㉢겪을 수 있는 것이고 그 위험의 정도가 크다고 느끼면, 그 공포 소구는 위협의 수준이 높다. 그리고 공포 소구에 담긴 권고를 이행하면 자신의 위험을 예방할 수 있고 자신에게 그 권고를 이행할 능력이 있다고 느끼면, 효능감의 수준이 높다. 한 동호회에서 회원들에게 '모임에 꼭 참석해 주세요. 불참 시 회원 자격이 사라집니다.'라는 안내문을 ㉣보냈다고 하자. 회원 자격이 사라진다는 것은 그 동호회 활동에 강한 애착을 가지고 있는 사람에게는 높은 수준의 위협이 된다. 그리고 그가 동호회 모임에 참석하는 일이 어렵지 않다고 느낄 때, 안내문의 권고는 그에게 높은 수준의 효능감을 주게 된다.

위티는 이 두 요인을 레벤달이 말한 두 가지 통제 반응과 관련지어 다음과 같은 결론을 도출하였다. 위협과 효능감의 수준이 모두 높을 때에는 위험 통제 반응이 작동하고, 위협의 수준은 높지만 효능감의 수준이 낮을 때에는 공포 통제 반응이 작동한다. 그러나 위협의 수준이 낮으면, 수용자는 그 위협이 자신에게 아무 영향을 ㉤주지 않는다고 느껴 효능감의 수준에 관계없이 공포 소구에 대한 반응이 없게 된다. 이렇게 정리된 결론은 그간의 공포 소구 이론을 통합한 결과라는 점에서 후속 연구의 중요한 디딤돌이 되었다.

4. 윗글의 내용 전개 방식으로 가장 적절한 것은?

① 화제에 대한 연구들이 시작된 사회적 배경을 분석하고 있다.
② 화제에 대한 연구들을 선행 연구와 연결하여 설명하고 있다.
③ 화제에 대한 연구들을 분류하는 기준의 문제점을 검토하고 있다.
④ 화제에 대한 연구들을 소개한 후 남겨진 연구 과제를 제시하고 있다.
⑤ 화제에 대한 연구들이 봉착했던 난관과 그 극복 과정을 소개하고 있다.

5. 윗글을 읽은 학생의 반응으로 적절하지 않은 것은?

① 재니스는 공포 소구의 효과를 연구하는 실험에서 공포 소구의 수준을 달리하며 수용자의 변화를 살펴보았겠군.
② 레벤달은 재니스의 연구 결과에 대하여 수용자의 감정적 반응과 인지적 반응을 모두 고려하여 살펴보았겠군.
③ 레벤달은 공포 소구의 설득 효과가 나타나려면 공포 통제 반응보다 위험 통제 반응이 작동해야 한다고 보았겠군.
④ 위티는 수용자가 공포 소구에 담긴 위험을 느끼지 않아야 공포 소구의 권고를 따르게 된다고 보았겠군.
⑤ 위티는 공포 소구의 위협 수준이 그 공포 소구의 효능감 수준에 따라 달라지는 것은 아니라고 보았겠군.

6. 윗글을 참고할 때, 〈보기〉의 실험에 대해 추론한 내용으로 적절하지 않은 것은? [3점]

―――――〈보 기〉―――――

한 모임에서 공포 소구 실험을 진행한 결과, 수용자들의 반응은 위티의 결론과 부합하였다. 이 실험에서는 위협의 수준(높음 / 낮음), 효능감의 수준(높음 / 낮음)의 조합을 달리하여 피실험자들을 네 집단으로 나누었다. 집단 1과 집단 2는 공포 소구에 대한 반응이 없었고, 집단 3은 위험 통제 반응, 집단 4는 공포 통제 반응이 작동하였다.

① 집단 1은 위협의 수준이 낮았을 것이다.
② 집단 3은 효능감의 수준이 높았을 것이다.
③ 집단 4는 위협과 효능감의 수준이 서로 달랐을 것이다.
④ 집단 2와 집단 4는 위협의 수준이 서로 달랐을 것이다.
⑤ 집단 3과 집단 4는 효능감의 수준이 서로 같았을 것이다.

7. 문맥상 ㉠~㉤과 바꾸어 쓰기에 적절하지 않은 것은?

① ㉠: 편향(偏向)되었다고
② ㉡: 명명(命名)하였다
③ ㉢: 경험(經驗)할
④ ㉣: 발송(發送)했다고
⑤ ㉤: 기여(寄與)하지

• 홀수 기출 분석서 [독서] 문제 P.106 / 해설 P.201

[8~11] 다음 글을 읽고 물음에 답하시오.

분자들이 만나 화학 반응을 진행하는 데 필요한 최소한의 운동 에너지를 활성화 에너지라 한다. 활성화 에너지가 작은 반응은, 반응의 활성화 에너지보다 큰 운동 에너지를 가진 분자들이 많아 반응이 빠르게 진행된다. 활성화 에너지를 조절하여 반응 속도에 변화를 주는 물질을 촉매라고 하며, 반응 속도를 빠르게 하는 능력을 촉매 활성이라 한다. 촉매는 촉매가 없을 때와는 활성화 에너지가 다른, 새로운 반응 경로를 제공한다. 화학 산업에서는 주로 고체 촉매가 이용되는데, 액체나 기체인 생성물을 촉매로부터 분리하는 별도의 공정이 필요 없기 때문이다. 고체 촉매는 대부분 활성 성분, 지지체, 증진제로 구성된다.

활성 성분은 그 표면에 반응물을 흡착시켜 촉매 활성을 제공하는 물질이다. 고체 촉매의 촉매 작용에서는 반응물이 먼저 활성 성분의 표면에 화학 흡착되고, 흡착된 반응물이 표면에서 반응하여 생성물로 변환된 후, 생성물이 표면에서 탈착되는 과정을 거쳐 반응이 완결된다. 금속은 다양한 물질들이 표면에 흡착될 수 있어 여러 반응에서 활성 성분으로 사용된다. 예를 들면, 암모니아를 합성할 때 철을 활성 성분으로 사용하는데, 이때 반응물인 수소와 질소가 철의 표면에 흡착되어 각각 원자 상태로 분리된다. 흡착된 반응물은 전자를 금속 표면의 원자와 공유하여 안정화된다. 반응물의 흡착 세기는 금속의 종류에 따라 달라진다. 이때 흡착 세기가 적절해야 한다. 흡착이 약하면 흡착량이 적어 촉매 활성이 낮으며, 흡착이 너무 강하면 흡착된 반응물이 지나치게 안정화되어 표면에서의 반응이 느려지므로 촉매 활성이 낮다. 일반적으로 고체 촉매에서는 반응에 관여하는 표면의 활성 성분 원자가 많을수록 반응물의 흡착이 많아 촉매 활성이 높아진다.

금속은 열적 안정성이 낮아, 화학 반응이 일어나는 고온에서 금속 원자들로 이루어진 작은 입자들이 서로 달라붙어 큰 입자를 이루게 되는데 이를 소결이라 한다. 입자가 소결되면 금속 활성 성분의 전체 표면적은 줄어든다. 이러한 문제를 해결하는 것이 지지체이다. 작은 금속 입자들을 표면적이 넓고 열적 안정성이 높은 지지체의 표면에 분산하면 소결로 인한 촉매 활성 저하가 억제된다. 따라서 소량의 금속으로도 ㉠금속을 활성 성분으로 사용하는 고체 촉매의 활성을 높일 수 있다.

증진제는 촉매에 소량 포함되어 활성을 조절한다. 활성 성분의 표면 구조를 변화시켜 소결을 억제하기도 하고, 활성 성분의 전자 밀도를 변화시켜 흡착 세기를 조절하기도 한다. 고체 촉매는 활성 성분이 반드시 있어야 하지만 경우에 따라 증진제나 지지체를 포함하지 않기도 한다.

8. 윗글의 내용과 일치하지 <u>않는</u> 것은?

① 촉매를 이용하면 화학 반응이 새로운 경로로 진행된다.

② 고체 촉매는 기체 생성물과 촉매의 분리 공정이 필요하다.

③ 고체 촉매에 의한 반응은 생성물의 탈착을 거쳐 완결된다.

④ 암모니아 합성에서 철 표면에 흡착된 수소는 전자를 철 원자와 공유한다.

⑤ 증진제나 지지체 없이 촉매 활성을 갖는 고체 촉매가 있다.

9. ㉠의 촉매 활성을 높이는 방법으로 가장 적절한 것은?

① 반응물을 흡착하는 금속 원자의 개수를 늘린다.

② 활성 성분의 소결을 촉진하는 증진제를 첨가한다.

③ 반응물의 반응 속도를 늦추는 지지체를 사용한다.

④ 반응에 대한 활성화 에너지를 크게 하는 금속을 사용한다.

⑤ 활성 성분의 금속 입자들을 뭉치게 하여 큰 입자로 만든다.

10. 윗글을 바탕으로 〈보기〉를 이해한 내용으로 적절하지 <u>않은</u> 것은? [3점]

〈보 기〉

아세틸렌은 보통 선택적 수소화 공정을 통하여 에틸렌으로 변환된다. 이 공정에서 사용되는 고체 촉매는 팔라듐 금속 입자를 실리카 표면에 분산하여 만들며, 아세틸렌과 수소는 팔라듐 표면에 흡착되어 반응한다. 여기서 실리카는 표면적이 넓고 열적 안정성이 높다. 이때, 촉매에 규소를 소량 포함시키면 활성 성분의 표면 구조가 변화되어 고온에서 팔라듐의 소결이 억제된다. 또한 은을 소량 포함시키면 팔라듐의 전자 밀도가 높아지고 팔라듐 표면에 반응물이 흡착되는 세기가 조절되어 원하는 반응을 얻을 수 있다.

① 아세틸렌은 반응물에 해당한다.

② 팔라듐은 활성 성분에 해당한다.

③ 규소와 은은 모두 증진제에 해당한다.

④ 실리카는 낮은 온도에서 활성 성분을 소결한다.

⑤ 실리카는 촉매 활성 저하를 억제하는 기능을 한다.

11. 윗글을 바탕으로 할 때, 〈보기〉의 금속 ⓐ~ⓓ에 대한 설명으로 가장 적절한 것은?

〈보 기〉

다음은 여러 가지 금속에 물질 [가]가 흡착될 때의 흡착 세기와 [가]의 화학 반응에서 각 금속의 촉매 활성을 나타낸다.

(단, 흡착에 영향을 주는 다른 요소는 고려하지 않음.)

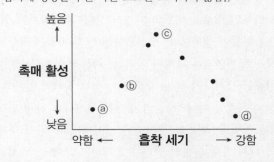

① [가]의 화학 반응은 ⓐ보다 ⓑ를 활성 성분으로 사용할 때 더 느리게 일어난다.

② [가]는 ⓐ보다 ⓒ에 흡착될 때 흡착량이 더 적다.

③ [가]는 ⓐ보다 ⓓ에 흡착될 때 안정화되는 정도가 더 크다.

④ [가]는 ⓑ보다 ⓒ에 더 약하게 흡착된다.

⑤ [가]의 화학 반응에서 촉매 활성만을 고려하면 가장 적합한 활성 성분은 ⓓ이다.

▶ 소요 시간 [ ] 분 [ ] 초

• 홀수 기출 분석서 독서 문제 P.154 / 해설 P.302

[12~17] 다음 글을 읽고 물음에 답하시오.

(가)

심리 철학에서 동일론은 의식이 뇌의 물질적 상태와 동일하다고 ⓐ본다. 이와 달리 기능주의는 의식은 기능이며, 서로 다른 물질에서 같은 기능이 구현될 수 있다고 주장한다. 이때 기능이란 어떤 입력이 주어졌을 때 특정한 출력을 내놓는 함수적 역할로 정의되며, 함수적 역할의 일치는 입력과 출력의 쌍이 일치함을 의미한다. 실리콘 칩으로 구성된 로봇이 찔림이라는 입력에 대해 고통을 출력으로 내놓는 기능을 가진다면, 로봇과 우리는 같은 의식을 가진다는 것이다. 이처럼 기능주의는 의식을 구현하는 물질이 무엇인지는 중요하지 않다고 본다.

설(Searle)은 기능주의를 반박하는 사고 실험을 제시한다. '중국어 방' 안에 중국어를 모르는 한 사람만 있다고 하자. 그는 중국어로 된 입력이 들어오면 정해진 규칙에 따라 중국어로 된 출력을 내놓는다. 설에 의하면 방 안의 사람은 중국어 사용자와 함수적 역할이 같지만 중국어를 아는 것은 아니다. 기능이 같으면서 의식은 다른 사례가 있다는 것이다.

동일론, 기능주의, 설은 모두 의식에 대한 논의를 의식을 구현하는 몸의 내부로만 한정하고 있다. 하지만 의식의 하나인 '인지' 즉 '무언가를 알게 됨'은 몸 바깥에서 ⓑ일어나는 일과 맞물려 벌어진다. 기억나지 않는 정보를 노트북에 저장된 파일을 열람하여 확인하는 것이 한 예이다. 로랜즈의 확장 인지 이론은 이를 설명하는 이론이다.

그에 ⓒ따르면 인지 과정은 주체에게 '심적 상태'가 생겨나게 하는 과정이다. 기억이나 믿음이 심적 상태의 예이다. 심적 상태는 어떤 것에도 의존함이 없이 주체에게 의미를 나타낸다. 예를 들어, 무언가를 기억하는 사람은 자기의 기억이 무엇인지 ⓓ알아보기 위해 아무것도 의존할 필요가 없다. 이와 달리 '파생적 상태'는 주체의 해석에 의존해서만 또는 사회적 합의에 의존해서만 의미를 나타내는 상태로 정의된다. 앞의 예에서 노트북에 저장된 정보는 전자적 신호가 나열된 상태로서 파생적 상태이다. 주체에 의해 열람된 후에도 노트북의 정보는 여전히 파생적 상태이다. 하지만 열람 후 주체에게는 기억이 생겨난다. 로랜즈에게 인지 과정은 파생적 상태가 심적 상태로 변환되는 과정이 아니라, 파생적 상태를 조작함으로써 심적 상태를 생겨나게 하는 과정이다. 심적 상태가 주체의 몸 외부로 확장되는 것이 아니라, 심적 상태를 생겨나게 하는 인지 과정이 확장되는 것이다. 이러한 ㉠확장된 인지 과정은 인지 주체의 것일 때에만, 다시 말해 환경의 변화를 탐지하고 그에 맞춰 행위를 조절하는 주체와 통합되어 있을 때에만 성립할 수 있다. 즉 로랜즈에게 주체 없는 인지란 있을 수 없다. 확장 인지 이론은 의식의 문제를 몸 안으로 한정하지 않고 바깥으로까지 넓혀 설명한다는 의의를 지닌다.

(나)

일반적으로 '지각'이란 몸의 감각 기관을 통해 사물에 대해 아는 것을 의미한다. 이러한 지각을 분석할 때 두 가지 사실에 직면한다. 첫째, 그 사물과 내 몸은 물질세계에 있다. 둘째, 그 사물에 대한 나의 의식은 물질세계가 아닌 다른 세계에 있다. 즉 몸으로서의 나는 사물과 같은 세계에 속하는 동시에 의식으로서의 나는 사물과 다른 세계에 속한다.

이에 대한 객관주의 철학의 입장은 두 가지로 나뉜다. 의식을 포함한 모든 것을 물질로 환원하여 의식은 물질에 불과하다고 주장하거나, 의식을 물질과 구분되는 독자적 실체로 규정함으로써 의식과 물질의 본질적 차이를 주장한다. 전자에 의하면 지각은 사물로부터의 감각 자극에 따른 주체의 물질적 반응으로 이해되며, 후자에 의하면 지각은 감각된 사물에 대한 주체 즉 의식의 판단으로 이해된다. 이처럼 양자 모두 주체와 대상의 분리를 전제하고 지각을 이해한다. 주체와 대상은 지각 이전에 이미 확정되어 각각 존재한다는 것이다.

하지만 지각은 주체와 대상이 각자로서 존재하기 이전에 나타나는 얽힘의 체험이다. 예를 들어 다른 사람과 손이 맞닿을 때 내가 누군가의 손을 ⓔ만지는 동시에 나의 손 역시 누군가에 의해 만져진다. 감각하는 것이 동시에 감각되는 것이 되는 얽힘의 순간에, 나는 나와 대상을 확연히 구분한다. 지각이라는 얽힘의 작용이 있어야 주체와 대상이 분리될 수 있다. 다시 말해 주체와 대상은 지각이 일어난 이후 비로소 확정된다. 따라서 ㉡지각과 감각은 서로 구분되지 않는다.

지각은 물질적 반응이나 의식의 판단이 아니라, 내 몸의 체험이다. 지각은 나의 몸에 의해 이루어지는 것이고, 지각이 이루어지게 하는 것은 모두 나의 몸이다.

12. 다음은 윗글을 읽은 학생이 정리한 내용이다. ㉮와 ㉯에 들어갈 말로 가장 적절한 것은?

> (가)는 기능주의를 소개한 후 _____㉮_____ 은/는 같지 않다는 설(Searle)의 비판을 제시하고 있다. 그리고 인지 과정이 몸 바깥으로까지 확장된다고 주장하는 확장 인지 이론을 설명하고 있다. (나)는 인지 중에서도 감각 기관을 통한 인지, 즉 지각을 주제로 하고 있다. (나)는 지각에 대한 객관주의 철학의 입장을 비판하고, _____㉯_____ 으로서의 지각을 주장하고 있다.

	㉮	㉯
①	의식과 함수적 역할	내 몸의 체험
②	의식과 함수적 역할	물질적 반응
③	의식과 뇌의 상태	의식의 판단
④	의식과 뇌의 상태	내 몸의 체험
⑤	입력과 출력	의식의 판단

13. (가)에서 알 수 있는 내용으로 적절하지 <u>않은</u> 것은?

① 동일론자들은 뇌가 존재하지 않으면 의식도 존재하지 않는다고 볼 것이다.

② 설(Searle)은 '중국어 방' 안의 사람과 중국어를 아는 사람의 의식이 다르다고 볼 것이다.

③ 로랜즈는 기억이 주체의 몸 바깥으로 확장될 수 있다고 볼 것이다.

④ 로랜즈는 인지 과정이 파생적 상태를 조작하는 과정을 포함한다고 볼 것이다.

⑤ 로랜즈는 노트북에 저장된 정보가 그 자체로는 심적 상태가 아니라고 볼 것이다.

14. (나)의 필자의 관점에서 ㉠을 평가한 내용으로 가장 적절한 것은?

① 확장된 인지 과정이 인지 주체의 것일 때에만 성립할 수 있다는 주장은, 지각 이전에 확정된 주체를 전제한 것이므로 타당하지 않다.

② 확장된 인지 과정이 인지 주체의 것일 때에만 성립할 수 있다는 주장은, 의식이 세계를 구성하는 독자적 실체라고 규정하는 것이므로 타당하다.

③ 주체와 통합된 경우에만 확장된 인지 과정이 성립할 수 있다는 주장은, 의식은 물질에 불과하다고 본 것이므로 타당하다.

④ 주체와 통합된 경우에만 확장된 인지 과정이 성립할 수 있는 주장은, 외부 세계에 대한 지각이 이루어질 수 없다고 보는 것이므로 타당하지 않다.

⑤ 주체와 통합된 경우에만 확장된 인지 과정이 성립할 수 있다는 주장은, 주체와 대상의 분리를 통해서만 지각이 이루어질 수 있다고 보는 것이므로 타당하다.

15. ㉡의 이유로 가장 적절한 것은?

① 감각과 지각 모두 물질세계에서 이루어지기 때문에

② 감각하는 것이 동시에 감각되는 것이 되는 얽힘의 작용이 지각이기 때문에

③ 지각은 몸에 의해 이루어지지만 감각은 몸에 의해 이루어지지 않기 때문에

④ 지각은 의식으로서의 주체가 외부의 대상을 감각하여 판단한 결과이기 때문에

⑤ 주체와 대상이 분리되기 이전에 감각과 지각이 분리된 채로 존재하기 때문에

16. (가), (나)를 바탕으로 〈보기〉의 상황을 이해한 내용으로 적절하지 <u>않은</u> 것은? [3점]

　　빛이 완전히 차단된 암실에 A와 B 두 명의 사람이 있다. A는 막대기로 주변을 더듬어 사물의 위치를 파악한다. 막대기 사용에 익숙한 A는 사물에 부딪친 막대기의 진동을 통해 사물의 위치를 파악할 수 있다. B는 초음파 센서로 탐지한 사물의 위치 정보를 '뇌-컴퓨터 인터페이스(BCI)'를 사용하여 전달받는다. 이를 통해 B는 사물의 위치를 파악할 수 있다. BCI는 사람의 뇌에 컴퓨터를 연결하여 외부 정보를 뇌에 전달할 수 있는 기술이다.

① (가)의 기능주의에 따르면, A와 B가 암실 내 동일한 사물의 위치를 묻는 질문에 동일한 대답을 내놓는 경우 이때 둘의 의식은 차이가 없겠군.

② (가)의 확장 인지 이론에 따르면, BCI로 암실 내 사물의 위치를 파악하는 것이 B의 인지 과정인 경우 B에게 사물의 위치에 대한 심적 상태가 생겨나겠군.

③ (가)의 확장 인지 이론에 따르면, 암실 내 사물에 부딪친 막대기의 진동이 A의 해석에 의존해서만 의미를 나타내는 경우 그 진동 상태는 파생적 상태가 아니겠군.

④ (나)에서 몸에 의한 지각을 주장하는 입장에 따르면, 막대기에 의해 A가 사물의 위치를 지각하는 경우 막대기는 A의 몸의 일부라고 할 수 있겠군.

⑤ (나)에서 의식을 물질로 환원하는 입장에 따르면, BCI를 통해 입력된 정보로부터 B의 지각이 일어난 경우 BCI를 통해 들어온 자극에 따른 B의 물질적 반응이 일어난 것이겠군.

17. 문맥상 ⓐ~ⓔ의 단어와 가장 가까운 의미로 쓰인 것은?

① ⓐ: 그간의 사정을 봐서 그를 용서해 주었다.

② ⓑ: 이사 후에 가난하던 살림살이가 일어났다.

③ ⓒ: 개발에 따른 자연 훼손 문제가 심각해졌다.

④ ⓓ: 단어의 뜻을 알아보기 위해 사전을 펼쳤다.

⑤ ⓔ: 그는 컴퓨터 프로그램을 제법 만질 줄 안다.

▶ 소요 시간 　　분　　초

• 홀수 기출 분석서 [문학] 문제 P.114 / 해설 P.207

[18~21] 다음 글을 읽고 물음에 답하시오.

십여 일이 지날 무렵 노비 막동이 눈물을 흘리며 물었다.

"낭군께선 늘 언행이 호방하시고 재주가 무리 중에 탁월해 거침 없으시더니, 요즘에는 울적해 하시니 말 못할 근심이 있는 듯하옵니다. 사모하는 이라도 있으신지요?"

김생이 슬퍼하며 느낀 바를 사실대로 말하니 막동이 한참 생각하고 말했다.

"소인이 낭군을 위해 마륵의 ㉠계책을 올릴 테니, 낭군께선 애태울 일이 없습니다."

"그게 무엇이더냐?"

"낭군께선 급히 주효(酒肴)를 성대히 마련하시고 바로 미인이 머문 집으로 가서서 손님을 전별(餞別)하려는 듯 하십시오. 방 하나를 빌려 잔치를 벌이시고 이놈을 불러 손님을 모셔 오라 하시면, 제가 명을 받들어 나갔다가 한 식경 후에 돌아와 '손님이 오십니다.'라 하지요. 낭군께서 다시 명하시면 제가 또 명을 받고 날이 저물 때쯤 돌아와, '손님께서 오늘은 송별객이 많아 심히 취해 갈 수 없으니 내일 꼭 가겠노라 하셨습니다.'라 하지요. 이때 낭군께선 주인을 불러 앉으라 하시고 그 주효를 먹게 하고, 기색을 드러내지 말고 물러나십시오. 다음 날도 그렇게 하고 그다음 날도 그렇게 하시면, 처음엔 고맙게 여길 것이요, 두 번째는 은혜에 감격할 것이며, 세 번째는 필히 의문을 품을 것입니다. 은혜를 느끼면 보답을 생각할 것이고, 은혜에 감격하면 죽음으로써 보답하고자 생각할 것이며, 의문이 생기면 하시고 싶은 바를 물어볼 것입니다. 이때 흉금을 털고 말하신다면 일은 거의 다 된 것입지요."

생은 진정 그럴듯하다 여기고 기뻐하며 말했다.

"내 일이 잘 되겠구나!"

생은 그 계책에 따라 즉시 주효를 갖추어서 곧바로 그 집에 가 전별 자리를 마련하였다.

(중략)

생이 사모하는 이가 필시 이곳에 없는 줄 알고 낯빛을 바꾸며 말했다.

"이 몸이 할멈에게 후의(厚意)를 입었으니 어찌 사실대로 말하지 않겠나? 과연 모월 모일 모처에서 오다가 길에서 마침 한 낭자를 보았다네. 나이는 대략 십오륙 세에 푸른 적삼에 붉은 치마를 입었고, 백릉버선에 자색 신을 신었지. 진주 비녀를 꽂고 새하얀 옥반지를 끼고, 홍화문 앞길을 지나가고 있었다네. 내 마음이 화사해지고 춘정을 이기지 못해 뒤따랐는데, 마지막에 이른 곳이 곧 할멈의 집이었네. 그날 이후로 마음이 혼미하여 만사가 흐릿하며, 오로지 그 낭자만 생각했다네. 맑은 눈동자와 하얀 이가 자나 깨나 잊히지 않아 상심하며 애태우길 하루 이틀이 아니었네. 할멈이 나를 보고 낯빛이 파리하다 했는데 왜 그랬겠나? 그래서 손님을 전별한다며 할멈을 번거롭게 한 것이네."

노파가 이 말을 듣고 몹시 애처로워했으나 생이 마음에 둔 사람이 누군지 몰랐다. 한동안 깊이 생각하다가 문득 깨닫고서 말했다.

"그런 애가 있습죠. 바로 죽은 제 언니의 딸이에요. 이름은 영영이고 자(字)는 난향이죠. 만약에 정말 그렇다면 참으로 어려운 일입니다. 참 어려운 일이에요!"

"왜 그러한가?"

"이 애는 회산군 댁 시비예요. 궁에서 나고 자라 문 앞길도 밟지 못한 지 오래랍니다. 자색(姿色)이 고운 것은 낭군께서 이미 보셨으니 굳이 말할 것 없지만 고운 마음이며 얌전한 몸가짐은 양반 집 규수와 다를 게 없지요. 게다가 음률과 문장을 알아 나리께서 어여삐 여기시고 장차 소실(小室)로 맞으려 하셨지만, 부인의 시샘이 하동의 사자후보다 심하여 그렇게 못 하고 있을 뿐이옵니다. 지난번 그 애가 올 수 있었던 것은 한식 때를 맞아 그 애가 어미의 제사를 이곳에서 지내려고 부인께 말미를 얻었기 때문이지요. 그리고 때마침 나리께서 외출하신 터에 올 수 있었지 그렇지 않았던들 낭군께서 어찌 얼굴을 볼 수 있었겠습니까? 아이고! 낭군께서 다시 만나시기는 참으로 어렵습죠. 참으로 어려워요!"

생이 하늘을 우러러 탄식하며 말했다.

"아, 끝난 것이로구나! 나는 필시 죽겠구나!"

노파가 안타까워 멍하니 서 있다가 다시 말했다.

"딱 한 가지 ㉡방법이 있습죠. 단오가 꼭 한 달 남았습니다. 그때 이 몸이 죽은 언니를 위해 제사상을 차리고 부인께 영영에게 반나절의 말미를 주도록 청한다면, 만에 하나 낭군의 뜻을 이룰 수 있을 것입니다. 낭군께선 돌아가시어 때를 기다렸다가 오시지요."

생이 기뻐하며 말했다.

"할멈 말대로 된다면야 인간의 5월 5일이 천상의 7월 7일이 되겠소!"

생과 노파는 각각 만복을 기원하며 헤어졌다.

– 작자 미상, 「상사동기」 –

18. 윗글의 대화에 대한 설명으로 가장 적절한 것은?

① 시간 표지를 활용하여 사건의 추이를 드러낸다.

② 앞날의 일을 가정하여 인물 간 갈등의 심화를 암시한다.

③ 인물에 대한 논평을 활용하여 갈등의 해소 방안을 제시한다.

④ 인물의 내력을 요약적으로 제시하여 성격의 변화를 보여 준다.

⑤ 인물의 성격을 고사에 빗대어 사건을 새로운 국면으로 전환한다.

19. 윗글의 내용에 대한 이해로 적절하지 <u>않은</u> 것은?

① 막동은 생의 근심이 사모하는 마음 때문일 것이라 추측했다.

② 생이 노파의 집에서 손님을 전별하는 일을 벌인 데 대해 노파는 번거로움을 호소하였다.

③ 노파는 생이 찾는 자색이 고운 여인이 죽은 언니의 딸인 것을 깨달았다.

④ 노파는 생의 사연을 애처롭게 여기고 자신이 영영에 대해 아는 바를 알려 주었다.

⑤ 생은 천상의 일에 빗대어 영영을 만나는 일의 기쁨을 표현하였다.

20. ㉠과 ㉡에 대한 설명으로 가장 적절한 것은?

① ㉠과 ㉡은 모두 생에게 실현 가능성에 의구심을 갖게 한다.

② ㉠과 ㉡은 모두 생의 의도를 숨기기 위해 상황의 급박함을 부각하는 방식을 취한다.

③ ㉠은 막동의 제안을 생이 실행함으로써 이루어지고, ㉡은 생의 제안을 노파가 실행함으로써 이루어질 수 있다.

④ ㉠이 이루어지면 생은 노파에게 속내를 드러낼 기회를 얻게 되고, ㉡이 이루어지면 생이 영영과 만날 기회를 얻게 된다.

⑤ ㉠에서 생은 노파에게 접근하기 위해 가상의 존재를 내세우고, ㉡에서 생은 영영과의 만남을 위해 권력자의 위세를 내세운다.

21. 〈보기〉를 참고하여 윗글을 감상한 내용으로 적절하지 <u>않은</u> 것은? [3점]

> ───〈보 기〉───
> 「상사동기」는 남녀가 결연의 어려움을 극복하고 애정을 추구하는 서사라는 점에서, 애정 전기 소설의 전통을 따르면서도 전대 소설보다 현실성이 강화되었다. 감정에 충실하여 애정을 우선시하는 주인공의 성격, 서사 진행에 적극 개입하는 보조적 인물의 등장, 환상성을 벗어나 일상에 밀착된 배경의 설정 등에서 이를 확인할 수 있다. 또한 신분적 한계를 지닌 여성과의 결연 과정에서 애정 성취를 가로막는 사회적 관습으로 인한 갈등이 드러난다는 점에서 소설사적 의의가 있다.

① 생이 첫눈에 반한 영영과의 애정 추구에 적극적으로 나서는 점에서, 감정에 충실한 인물의 성격을 확인할 수 있군.

② 막동과 노파가 생의 애정 성취를 돕기 위해 나서는 점에서, 사건에 적극 개입하는 보조적 인물의 등장을 확인할 수 있군.

③ 생이 길을 가다 우연히 영영을 마주치고 노파의 집까지 뒤따르는 것에서, 사건 전개가 일상적 공간 속에서 이루어짐을 확인할 수 있군.

④ 영영이 회산군 댁 시비인 까닭에 두 인물의 만남이 어려운 점에서, 여성 주인공의 신분적 한계로 인해 애정 성취에 곤란을 겪는 것을 확인할 수 있군.

⑤ 회산군 부인의 허락을 구하려는 노파에게 생이 동조하는 것에서, 사회적 관습 안에서 현실적인 애정 성취 방법을 찾는 인물의 내적 갈등을 확인할 수 있군.

6 회

• 홀수 기출 분석서 **문학** 문제 P.158 / 해설 P.292

[22~26] 다음 글을 읽고 물음에 답하시오.

(가)

ㄱ평생에 원하느니 다만 충효뿐이로다
이 두 일 말면 금수(禽獸)나 다르리야
마음에 하고자 하여 ㄴ십재 황황(十載遑遑)*하노라

〈제1수〉

비록 못 이뤄도 임천(林泉)이 좋으니라 ┐
무심 어조(魚鳥)는 절로 한가하였나니   [A]
조만간 세상일 잊고 너를 좇으려 하노라. ┘

〈제3수〉

출(出)하면 치군택민* 처(處)하면 조월경운*
명철 군자는 이것을 즐기나니
하물며 **부귀 위기라 가난하게 살리로다**

〈제8수〉

날이 저물거늘 도무지 할 일 없어 ┐
소나무 문을 닫고 달 아래 누웠으니   [B]
세상에 티끌 마음이 일호말(一毫末)도 없다 ┘

〈제13수〉

성현의 가신 길이 ㄷ만고(萬古)에 한가지라 ┐
은(隱)커나 현(見)커나 **도(道)가 어찌 다르리**   [C]
한가지 길이오 다르지 않으니 아무 덴들 어떠리 ┘

〈제17수〉

강가에 누워서 강물 보는 뜻은
세월이 빠르니 ㄹ백세(百歲)인들 길겠느뇨
ㅁ십 년 전 진세(塵世) 일념이 얼음 녹듯 한다

〈제19수〉

– 권호문, 「한거십팔곡」 –

*십재 황황: 십 년을 허둥지둥함.
*치군택민: 임금에게 충성하고 백성에게 혜택을 베풂.
*조월경운: 달 아래 고기 낚고 구름 속에서 밭을 갊.

(나)

┌ 몇 칸의 집을 수선하려 함에, 아내가 취서사로 들어가 겨릅*
│ 을 구해 오길 권하였다. 유택은 안 된다고 하고, 유평은 해 보
│ 자고 하는데, 나도 스스로 생각해 보니, 절은 기와를 쓰기에 겨
[D] 릅은 그다지 아끼는 것이 아니고, 다만 민간의 요구와 요청에
│ 응하는 것이기에, 이를 요구하더라도 의리를 심히 해치지 않을
└ 듯하였다. 그래서 다시 의견을 널리 구해 보지 않았다.
마침 처숙부 상사공이 약을 지으려 취서사로 가게 되었는데,
내가 가고자 함을 알고 따르게 하였다. 대개 공 또한 안 된다고 생
각하지는 않았기 때문이다.
이윽고 취서사에 도착하니 근방 마을에서 모여든 자가 거의 승려
들 수와 맞먹었는데, 모두 겨릅 때문에 온 자들이었다. 좌우에서 낚
아채 가며 많이 가지려 다투고, **시끌벅적하게 뒤섞여 밟아 대어** 곧
시장판을 만들었으며, 가져감이 많고 적음은 그 힘의 강약에 따랐
으나 승려들은 참견하는 바가 없었다. 그런데 늦게 도착하여 종도
없는 자는 승려들을 나무라며, 심지어 가혹한 일을 하기까지 했지
만 또한 얻을 수 없었다.

(중략)

나는 마음속으로 민망히 생각하였지만, 이미 그 속에 가 있었
기에 의리를 이욕에 빼앗겨서 초연히 버리고 돌아오지 못하였다.
상사공의 힘으로 수십 묶음을 얻어 햇빛에 말려 보관할 수 있었으
니, 다 상사공의 도움 덕분이었다.

┌ 스스로 헛걸음하지 않은 것을 매우 다행스럽게 여겼는데, 집
[E] 으로 돌아오자 멍하기가 마치 술에서 막 깨어난 사람이 잔뜩
└ 취했을 때를 되짚어 생각하는 듯하였다.
내 아내는 비록 원대한 식견이 있는 사람은 아니지만, 내가 항상
곤궁함 때문에 치욕을 입을까 걱정하였으니, 가령 이와 같을 줄 알
았다면 반드시 나의 행차를 권하지 않았을 것이고, 유평도 또한 마
땅히 찬동하지 않았을 것이다.
상사공은 청렴하고 정직하여 주고받음이 구차하지 않다. 거처하
는 집 아래채가 세 칸의 초가집이니, 마땅히 겨릅이 필요하였을 것
이다. 그리고 막 삼계 서원 원장이 되었는데, 취서사가 바로 삼계
서원에 귀속된 절이었다. 그때 서원의 노비가 개인적으로 취서사에
가서 머물고 있는 자가 서너 명 있었으니, 진실로 가지려고 하면 힘
이 없을 걱정이 없었다. 그런데 담담하게 한 마디도 간섭함이 없었
으니, 그 마음속으로 반드시 나를 비난하였을 것이다. 그런데도 애
써 나를 위하여 저와 같이 마음과 힘을 써 주신 것은 다만 나의 곤
궁함을 불쌍히 여겨서일 뿐이리라.
맹자는 "궁해도 의(義)를 잃지 않는다." 하였고, 이극은 "궁할 때
에 그 해서는 안 될 일을 살펴본다." 하였다. 나는 궁함 때문에 이
미 스스로 의를 잃어서 평소에 하지 않던 행동을 했고, 또 어른에게
까지 폐를 끼쳤으니 참으로 부끄러워할 일이다. 이미 뉘우칠 줄 알
았으니, **이후에는 마땅히 조심**해야겠기에 이를 갖추어 기록하고,
또 유택이 나를 아껴 약이 되는 유익한 말을 했음을 드러낸다.

– 김낙행, 「기취서행」 –

*겨릅: 껍질을 벗긴 삼대.

22. [A]~[E]의 표현상 특징에 대한 설명으로 가장 적절한 것은?

① [A]는 자연물을 대상화하여 그 자연물에 역동성을 부여하고 있다.
② [B]는 근경에서 원경으로 시선을 이동하여 인간과 자연의 차이점을
강조하고 있다.
③ [C]는 성현의 말을 인용함으로써 화자가 지닌 궁금증을 드러내고 있다.
④ [D]는 점층적인 표현으로 앞으로 해야 할 일의 중요성을 환기하고
있다.
⑤ [E]는 비유적 표현을 통해 자신의 행동을 돌아보는 글쓴이의 상태를
부각하고 있다.

23. ⊙~⑩을 이해한 내용으로 적절하지 <u>않은</u> 것은?

① ⊙은 화자의 인생을 포괄한다는 점에서 충효를 중요하게 여겨 온 화자의 생각을 강조한다.

② ⓛ은 화자가 돌이켜 보는 삶의 기간을 가리킨다는 점에서 충효를 실현하려고 애쓴 세월을 나타낸다.

③ ⓒ은 유구한 세월이라는 의미를 드러낸다는 점에서 성현의 도는 예나 지금이나 변함없음을 강조한다.

④ ②은 흘러간 시간이 길다는 의미를 드러낸다는 점에서 세월이 빨리 지나가는 것에 대한 화자의 안타까움을 강조한다.

⑤ ⑩은 과거의 한때를 가리킨다는 점에서 현재 자연에서 여유를 느끼는 상황과 대비되는 시절을 나타낸다.

24. 〈보기〉를 참고하여 (가)를 이해한 내용으로 가장 적절한 것은?

---〈보 기〉---

권호문의 「한거십팔곡」은 지향하는 삶을 실천하는 태도의 변화 과정을 형상화한 연시조로, 〈제1수〉부터 〈제19수〉까지의 내용이 긴밀히 연결되어 있다.

---

① 〈제3수〉의 '임천이 좋으니라'에는 〈제1수〉의 '마음에 하고자 하여'에 담긴 태도와는 다른 태도가 나타난다.

② 〈제3수〉의 '너를 좇으려' 했던 태도는 〈제8수〉에서 '출'하는 모습으로 실현되어 나타난다.

③ 〈제8수〉의 '이것을 즐기나니'에는 〈제1수〉의 '이 두 일'을 더 이상 추구하지 않겠다는 의도가 드러난다.

④ 〈제13수〉의 '달 아래 누운 모습에는 〈제3수〉에서 '절로 한가하였'던 삶으로 되돌아가고 싶어 하는 태도가 나타난다.

⑤ 〈제17수〉에서 '아무 덴들' 상관없다고 하는 화자의 생각은 〈제19수〉에서 '일념'으로 바뀌어 나타난다.

25. 의리와 이욕을 중심으로 (나)를 이해한 내용으로 적절하지 <u>않은</u> 것은?

① 글쓴이는 겨릅을 얻은 것을 다행스럽게 여겼던 것은 자신이 '이욕'에 빠졌기 때문이라고 본다.

② 글쓴이는 아내가 자신에게 취서사에 가길 권한 것은 글쓴이가 '이욕'에 빠지게 될 줄 몰랐기 때문이라고 본다.

③ 글쓴이는 겨릅을 얻도록 상사공이 자신을 도와준 것은 글쓴이가 '의리'를 해칠 것을 걱정했기 때문이라고 본다.

④ 글쓴이는 취서사에 가는 것을 유택이 반대한 것은 글쓴이를 아껴 '의리'를 해치지 않기를 바랐기 때문이라고 본다.

⑤ 글쓴이는 겨릅을 구하러 가는 것에 유평이 동의한 것은 그 일이 '이욕'에 빠지는 것은 아니라고 생각했기 때문이라고 본다.

26. 〈보기〉를 참고하여 (가), (나)를 감상한 내용으로 적절하지 <u>않은</u> 것은?

[3점]

---〈보 기〉---

(가)와 (나)에는 작가가 유학자로서의 신념을 바탕으로 자신이 선택한 가치를 추구하는 삶이 나타난다. (가)에는 출사와 은거 사이에서의 고민과 그 해소 과정이, (나)에는 경제적 문제로 인해 곤란을 겪은 상황에 대한 성찰이 나타난다. 한편 (나)는 세속적 가치를 떨치지 못해 과오를 저질렀던 상황이 나타난다는 점에서 (가)와 차이를 보인다.

---

① (가)의 '부귀 위기라 가난하게 살리로다'에서 자신이 선택한 가치를 추구하려는 작가의 태도를 엿볼 수 있군.

② (나)의 '궁해도 의를 잃지 않는다.'에서 작가가 추구하는 유학자로서의 신념을 엿볼 수 있군.

③ (가)의 '세상에 티끌 마음이 일호말도 없다'에서 세속적 가치에 구애되지 않은 모습을, (나)의 '버리고 돌아오지 못하였다'에서 세속적 가치를 떨치지 못한 모습을 엿볼 수 있군.

④ (가)의 '도무지 할 일 없어'에서 출사하지 못한 것에 대해 고민하는 모습을, (나)의 '시끌벅적하게 뒤섞여 밟아 대'는 모습에서 경제적 문제로 곤란을 겪는 상황을 확인할 수 있군.

⑤ (가)의 '도가 어찌 다르리'에서 출사와 은거 사이에서의 고민이 해소되었음을, (나)의 '의를 잃은' 것에 대해 '이후에는 마땅히 조심'하겠다는 다짐에서 성찰적 태도를 확인할 수 있군.

• 홀수 기출 분석서 문학 문제 P.078 / 해설 P.133

[27~30] 다음 글을 읽고 물음에 답하시오.

[앞부분 줄거리] 아버지가 위독하다는 소식을 듣고 귀향한 정일은 용팔에게 재산 상속에 관한 이야기를 듣는다.

아버지가 아직도 지키고 있는 그의 재산을 넘겨다보는 듯한 용팔이가 따지는 산판알이 거침없이 한 자리씩 올라가는 것을 유심히 바라보고 있는 자신을 의식하며 보고 있을 때, 이렇게 대강만 놓아도, 하고 산판을 밀어 놓으며 쳐다보는 용팔의 눈과 마주치게 되자 정일이는 흠칫 놀라게 되는 자신의 얼굴이 붉어지는 것을 깨달았다. ⓐ여기 대한 상속세만 해도 큰돈인데 안 물고 할 수 있는 이것은 제 말씀대로 하시지요. 이렇게 결정적으로 말하는 용팔이는 정일이의 앞에 위임장을 내놓으며 도장을 치라고 하였다.

[A] 정일이는 더욱 불쾌하여졌다. 잠이 부족한 신경 탓도 있겠지만 자기의 눈을 기탄없이 바라보는 용팔이의 얼굴에 발라 놓은 듯한 그 웃음이 말할 수 없이 미웠다. 이 소인 놈! 하는 의분 같은 ㉠심열이 떠오르며, 언제 내가 이런 음모를 하자고 너와 공모를 하였던가? 하고 그의 뺨을 갈기고 싶은 충동을 느끼었다. 그러나 정일이는 금시에 미끄러지는 듯한 웃음이 자기 얼굴에 흐름을 깨달았다. 이러한 심열은 신경 쇠약의 탓이 아닐까? 의분이랄 것도 없고 결벽성도 아니고 그런 것을 공연히 이같이 한순간에 뒤집히는 자기 마음 한 모퉁이에 상식을 놓쳐 뿌린 결과가 어떤가? 해 보자 하는 놓치기 쉬운 어떤 힌트같이 번쩍이는 생각을 보자 정일이는 조급히 도장을 뒤져내며, 자 칠 대로 치우, 나는 어디다 치는 것도 모르니까 하였다. 이렇게 지껄이듯이 말하는 정일이는 자기가 실없이 웃기까지 하는 것을 들을 때 내가 지금 더 심한 심열에 떠 있지 않은가? 하는 생각에 갑자기 피과 웃음과 표정까지 없어지고 말았다.

ⓑ도장을 치고 난 용팔이는 공손히 정일이에게 돌리며, 잔금은 제가 장인께 말씀드리겠습니다, 하고 일어선다. 중문으로 들어가는 용팔이의 뒷모양을 바라보던 정일이는 갑자기 불러내고 싶었다. 궁둥이를 들먹하고 부르는 손짓까지 하였으나 탄력 없이 벌어진 입에서는 말이 나오지 않았다. 창졸간에 용팔이를 어떻게 불러야 할지 몰라서 주저되는 것같이도 생각되었다. 중문 안으로 들어가는 용팔이의 뒷모양은 마치 심한 장난을 꾸미다가 용기를 못 내는 자기를 남겨 두고 ⓒ그걸 못 해? 내 하마 하고 나서는 동무의 모양같이 아슬아슬한 것이었다. 종시 용팔이가 중문 안으로 사라져서 불러낼 기회를 놓치고 말았다고 후회하면서도 내가 정말 후회하는 것이라면 지금이라도 따라가서 붙들 수도 있지 않은가? 이렇게 생각하는 정일이는 용팔이가 이 말을 시작하였을 때부터 자기는 육감으로 벌써 예기하였던지도 모를 일이 지금 일어나리라는 기대가 앞서는 것을 느끼며 ⓓ정일이는 실험의 결과를 기다리는 듯이 숨을 죽이고 귀를 기울이고 있었다. 예사로운 말소리는 들리지 않는 거리이므로 긴장한 정일이의 귀에도 한참 동안은 아무런 말도 들리지 않았다. 아버지도 종시 죽음에 굴복하고 마는가? 이렇게 생각되어 정일이는 긴장하였더니만큼 허전한 실망에 담배를 붙이려고 성냥을 그었을 때 자기의 귀를 때리는 듯한 아버지의 격분한 고함 소리를 들었다.

(중략)

사실 이렇게 되어서까지도 죽기가 싫은가 하고 아버지를 눈 찌푸리고 바라보는 자기는 죽음의 공포를 해탈한 무슨 수양이 있는 것이 아니라 단지 애써 살려는 의지력이 없는 것뿐이다. ⓔ아버지는 한 번도 자기의 생활을 회의하거나 죽음을 생각할 필요가 없었던 사람이므로 이같이 죽음과 싸울 수 있는 것이 아닐까 생각하였다. 그래서 정일이는 어떤 위대한 의지력을 우러러보는 듯한 마음으로 아버지의 고통을 바라보고 있는 자기를 발견하는 때가 있었다.

[B] 그때 심한 구토를 한 후부터 한 방울 물도 먹지 못하고 혓바닥을 축이는 것만으로도 심한 구역을 하게 된 만수 노인은 물을 보기라도 하겠다고 하였다. 정일이는 요를 둑여서 병상을 돋우고 아버지가 바라보기 편한 곳에 큰 물그릇을 놓아 드렸다. 그러나 그 물그릇을 바라보기에 피곤한 병인은 어디나 눈 가는 곳에는 물이 보이기를 원하였다. 그래서 큰 어항을 병실에 가득 늘어놓고 물을 채워 놓았다. 병인은 이 어항에서 저 어항으로 ㉡서늘한 감각을 시선으로 핥듯이 돌려 보다가 그도 만족하지 못하여 시원히 흐르는 물이 보고 싶다고 하였다. 정일이는 아버지가 보기 편한 곳에 큰 물그릇을 놓고 대접으로 물을 떠서는 작은 폭포같이 들이 쏟고 또 떠서는 들이 쏟기를 계속하였다. 만수 노인은 꺼멓게 탄 혀를 벌린 입 밖에 내놓고 황홀한 눈으로 드리우는 물줄기를 바라보고 있었다. 그 눈을 볼 때 정일이는 걷잡을 사이도 없이 자기 눈에 눈물이 솟아오름을 참을 수가 없었다. 정일이는 일찍이 그러한 눈을 본 기억이 없다고 생각하였다. 더욱이 아버지의 얼굴에서! 자기 아버지에게서 저러한 동경에 사무친 황홀한 눈을 보게 되는 것은 의외라고 할밖에 없었다.

— 최명익, 「무성격자」 —

27. 윗글의 서술상의 특징으로 가장 적절한 것은?
① 회상 장면을 병치하여 사건의 흐름을 반전시킨다.
② 사물의 세부를 구체적으로 묘사하여 장면의 현장성을 강화한다.
③ 중심인물의 반복적인 동작을 강조하여 내적 갈등을 표면화한다.
④ 서술자가 풍자적 어조를 활용하여 중심인물에 대한 비판적 입장을 드러낸다.
⑤ 서술자가 중심인물의 시선에 의존하여 사건의 양상을 제한적으로 나타낸다.

28. ⓐ~ⓔ에 대한 이해로 적절하지 않은 것은?
① ⓐ는 정일이 주목하는 용팔의 이해타산적인 태도를 드러낸다.
② ⓑ는 용팔이 정일에게 예의를 갖추어야 하는 위치임을 드러낸다.
③ ⓒ는 용팔의 행위에 대한 정일의 실망스러운 마음을 드러낸다.
④ ⓓ는 아버지와 용팔 간 대화의 결과를 정일이 주시하고 있음을 드러낸다.
⑤ ⓔ는 아버지가 보여 주는 삶의 태도에 대한 정일의 평가를 드러낸다.

29. [A], [B]를 고려하여 ㉠과 ㉡을 이해한 내용으로 가장 적절한 것은?

① ㉠은 용팔의 '웃음'에 대한 정일의 불쾌감으로 인해, ㉡은 아버지가 내비치는 '황홀한 눈'으로 인해 발생한다.

② ㉠은 정일이 갈등 끝에 '도장'을 찍음으로써, ㉡은 아버지가 사무치는 '동경'을 포기함으로써 지속된다.

③ ㉠은 정일의 '신경 쇠약'을 일으키는 원인이고, ㉡은 아버지가 '꺼멓게 탄 혀'의 고통을 줄이기 위한 방편이다.

④ ㉠은 용팔에 대한 미움이 '뺨을 갈기고 싶은 충동'으로 격화되는 정일의 마음을, ㉡은 '물그릇'에서 '어항', '드리우는 물줄기'로 심화되는 아버지의 갈망을 함축한다.

⑤ ㉠은 용팔의 '공모' 요구로 인해 표면화된 정일의 물질 지향적인 태도를, ㉡은 '심한 구역' 이후로 아버지가 '물'에서 얻고자 하는 육체적 안정에 대한 추구를 드러낸다.

30. 〈보기〉를 참고하여 윗글을 감상한 내용으로 적절하지 <u>않은</u> 것은? [3점]

〈보 기〉
「무성격자」의 정일은 자신을 구속하는 속물적 욕망을 경멸하고 현실에서의 적극적인 행동을 주저하는 한편, 자신과 주변에 관심을 집중한다. 그는 주변 대상을 관찰하여 그 의미를 파악하고, 파악한 내용에 반응하며, 그런 자신을 분석하기도 한다. 나아가 관찰과 분석을 수행하는 자신의 내면마저 대상화함으로써 인간 심리의 중층적 구조를 드러낸다.

① 산판알을 놓으며 이익을 따지는 상대를 경멸하면서도 산판알이 올라가는 것을 주목하는 데에서, 자신을 구속하는 속물적 욕망으로부터 자유롭지 못한 모습을 찾을 수 있군.

② 상대의 웃음에서 공모 의사를 읽어 내자 얼굴에 흐르는 미끄러지는 듯한 웃음을 깨닫는 데에서, 상대에 대한 불쾌감을 웃음으로 무마하려는 자신을 의식하는 모습을 찾을 수 있군.

③ 중문 안으로 들어가는 상대를 불러내지는 못하고 자신이 그를 부르지 못한 이유를 생각하는 데에서, 행동을 주저하고 자신에게로 관심을 돌리는 모습을 찾을 수 있군.

④ 상대의 고통을 바라보며 의지력을 우러러보는 듯한 마음이 있는 자신을 발견하는 데에서, 상대와의 차이를 인식하는 스스로의 내면마저 대상화하는 모습을 찾을 수 있군.

⑤ 물줄기를 바라보는 상대로부터 이전에는 한 번도 보지 못한 눈을 확인하는 데에서, 주변 대상을 관찰하여 상대가 내비치는 생에 대한 강렬한 동경을 파악하는 모습을 찾을 수 있군.

• 홀수 기출 분석서 **문학** 문제 P.028 / 해설 P.036

[31~34] 다음 글을 읽고 물음에 답하시오.

(가)

만년(萬年)을 싸늘한 바위를 안고도
뜨거운 가슴을 어찌하리야

어둠에 창백한 꽃송이마다
깨물어 피터진 입을 맞추어

마지막 한방울 피마저 불어 넣고
해돋는 아침에 죽어가리야

사랑하는 것 사랑하는 모든 것 다 잃고라도
흰뼈가 되는 먼 훗날까지
그 뼈가 부활하여 다시 죽을 날까지

거룩한 일월(日月)의 눈부신 모습
임의 손길 앞에 나는 울어라.

마음 가난하거니 임을 위해서
내 무슨 자랑과 선물을 지니랴

의로운 사람들이 피흘린 곳에
솟아 오른 대나무로 만든 피리뿐

흐느끼는 이 피리의 아픈 가락이
구천(九天)에 사모침을 임은 듣는가.

미워하는 것 미워하는 모든 것 다 잊고라도
붉은 마음이 숯이 되는 날까지
그 숯이 되살아 다시 재 될 때까지

못 잊힐 모습을 어이 하리야
거룩한 이름 부르며 나는 울어라.

– 조지훈, 「맹세」 –

(나)

저기 저 담벽, 저기 저 라일락, 저기 저 별, 그리고 저기 저 우리 집 개의 똥 하나, 그래 모두 이리 와 ㉠내 언어 속에 서라. 담벽은 내 언어의 담벽이 되고, 라일락은 내 언어의 꽃이 되고, 별은 반짝이고, 개똥은 내 언어의 뜰에서 굴러라. ㉡내가 내 언어에게 자유를 주었으니 너희들도 자유롭게 서고, 앉고, 반짝이고, 굴러라. 그래 봄이다.

봄은 자유다. 자 봐라, 꽃피고 싶은 놈 꽃피고, 잎 달고 싶은 놈 잎 달고, 반짝이고 싶은 놈은 반짝이고, 아지랑이고 싶은 놈은 아지랑이가 되었다. ㉢봄이 자유가 아니라면 꽃피는 지옥이라고 하자. 그래 봄은 지옥이다. ㉣이름이 지옥이라고 해서 필 꽃이 안 피고, 반짝일 게 안 반짝이던가. 내 말이 옳으면 자, ㉤자유다 마음대로 뛰어라.

– 오규원, 「봄」 –

31. (가), (나)에 대한 설명으로 적절하지 <u>않은</u> 것은?

① (가)는 1연과 6연에서 물음의 형식을 활용하여 화자의 상황 인식을 보여 준다.

② (가)는 4연과 9연에서 상황을 가정하는 표현을 활용하여 화자의 의지를 강조한다.

③ (나)는 반복적인 표현을 제시하면서 쉼표를 사용하여 리듬감을 형성한다.

④ (가)는 대비되는 시어를 활용하여 대상의 양면성을 드러내고, (나)는 반복되는 행위를 제시하여 대상의 효용성을 드러낸다.

⑤ (가)는 같은 시구를 5연, 10연의 마지막에서 반복하여 화자의 정서를 강조하고, (나)는 1연 끝 문장의 시어를 2연 첫 문장으로 연결하며 그 의미를 드러내고 있다.

32. 아픈 가락 에 대한 이해로 가장 적절한 것은?

① 임에게 자랑스레 내보일 화자의 자부심을 포함한다.

② 의로운 사람들이 보여 준 희생과 설움을 담고 있다.

③ 대나무에 서린 임의 뜻을 잊으려는 화자를 질책한다.

④ 피리의 흐느낌에 호응하여 화자의 억울함을 해소한다.

⑤ 구천에 사무친 원망을 살아남은 사람들에게 전달한다.

33. 다음에 따라 (가), (나)를 감상한 내용으로 적절하지 <u>않은</u> 것은? [3점]

> **선생님:** (가)는 부재하는 임을 기다리며 더 나은 세상에 대한 바람을 드러내고, (나)는 봄과 같은 세계에서, 대상들과 함께 자유를 누리려는 바람을 드러냅니다. 그러나 (가)는 대상에게 의미를 부여하는 화자의 시선이 두드러짐에 비해, (나)는 화자가 주목하는 대상들의 모습이 두드러진다는 차이를 보여요. 이 차이가 주변 존재들을 대하는 태도나 바람을 실현하는 방식에 반영되기도 해요.

① (가)의 화자가 바라는 세상은 '해돋는 아침'과 같이 '어둠'을 벗어나 밝음을 회복한 세상일 거야.

② (나)의 화자가 지향하는 세계에서 대상들은 '자유롭게 서고, 앉고, 반짝이고,' 구를 거야.

③ (가)의 화자는 '꽃송이'를 '창백한' 대상으로 바라보고, (나)의 화자는 대상들 각각의 모습에 주목하여 그 개별성을 드러내고 있어.

④ (가)의 화자는 '피마저 불어 넣'는 희생적 태도를 보이고, (나)의 화자는 대상들이 원하는 바를 실현하게 하여 '자유'를 함께 누리려는 태도를 보이고 있어.

⑤ (가)의 화자는 '붉은 마음'을 바쳐 부재하는 '임'을 기다리고, (나)의 화자는 '담벽' 안에서 '봄'과 같은 세계를 대상들과 공유하려 하고 있어.

34. 〈보기〉를 참고하여 ㉠~㉤의 의미를 설명한 것으로 가장 적절한 것은?

> ─────〈보 기〉─────
> (나)는 언어의 한계와 가능성에 대한 시인의 탐구를 보여 준다. 언어를 사용함으로써 대상을 파악할 수 있지만 그 결과는 다시 언어에 구속된다는 필연적 한계를 갖는다. 그래서 시인은 기존의 언어 사용 방식을 벗어나려는 시도를 한다. 이를 통해 언어와 대상이 기존의 관습에서 벗어나 자유를 향해 나아갈 수 있는 가능성을 모색한다.

① ㉠은 자신의 언어 속에서도 기존의 언어 사용 방식이 유지된다는 생각을 의미한다.

② ㉡은 대상을 파악하는 행위까지 포기하면서 자유를 얻고자 하는 의도를 나타낸다.

③ ㉢은 새로운 표현을 시도하여 언어와 대상이 자유를 얻을 가능성을 모색하는 과정을 나타낸다.

④ ㉣은 대상들을 구속에서 벗어나게 하기 위해 외부 상황에 변화를 주었음을 의미한다.

⑤ ㉤은 언어의 새로운 가능성을 실현하여 자신이 제한한 의미에 따라 대상들이 움직임을 의미한다.

▶ 소요 시간　□ 분　□ 초

---

* 확인 사항

○ 답안지의 해당란에 필요한 내용을 정확히 기입(표기)했는지 확인하시오.

제 1 교시

국어 영역

• 홀수 기출 분석서 [독서] 문제 P.036 / 해설 P.047

[1~3] 다음 글을 읽고 물음에 답하시오.

　사람들이 지속적으로 책을 읽는 이유 중 하나는 즐거움이다. 독서의 즐거움에는 여러 가지가 있겠지만 그 중심에는 '소통의 즐거움'이 있다.

　독자는 독서를 통해 책과 소통하는 즐거움을 경험한다. 독서는 필자와 간접적으로 대화하는 소통 행위이다. 독자는 자신이 속한 사회나 시대의 영향 아래 필자가 속해 있거나 드러내고자 하는 사회나 시대를 경험한다. 직접 경험하지 못했던 다양한 삶을 필자를 매개로 만나고 이해하면서 독자는 더 넓은 시야로 세계를 바라볼 수 있다. 이때 같은 책을 읽은 독자라도 독자의 배경지식이나 관점 등의 독자 요인, 읽기 환경이나 과제 등의 상황 요인이 다르므로, 필자가 보여 주는 세계를 그대로 수용하지 않고 저마다 소통 과정에서 다른 의미를 구성할 수 있다.

[A] 　이러한 소통은 독자가 책의 내용에 대해 질문하고 답을 찾아내는 과정에서 가능해진다. 독자는 책에서 답을 찾는 질문, 독자 자신에게서 답을 찾는 질문 등을 제기할 수 있다. 전자의 경우 책에 명시된 내용에서 답을 발견할 수 있고, 책의 내용들을 관계 지으며 답에 해당하는 내용을 스스로 구성할 수도 있다. 또한 후자의 경우 책에는 없는 독자의 경험에서 답을 찾을 수 있다. 이런 질문들을 풍부히 생성하고 주체적으로 답을 찾을 때 소통의 즐거움은 더 커진다.

　한편 독자는 ㉠다른 독자와 소통하는 즐거움을 경험할 수도 있다. 책과의 소통을 통해 개인적으로 형성한 의미를 독서 모임이나 독서 동아리 등에서 다른 독자들과 나누는 일이 이에 해당한다. 비슷한 해석에 서로 공감하며 기존 인식을 강화하거나 관점의 차이를 확인하고 기존 인식을 조정하는 과정에서, 독자는 자신의 인식을 심화·확장할 수 있다. 최근 소통 공간이 온라인으로 확대되면서 독서를 통해 다른 독자들과 소통하며 즐거움을 누리는 양상이 더 다양해지고 있다. 자신의 독서 경험을 담은 글이나 동영상을 생산·공유함으로써, 책을 읽지 않은 타인이 책과 소통하도록 돕는 것도 책을 통한 소통의 즐거움을 나누는 일이다.

1. 윗글의 내용과 일치하지 <u>않는</u> 것은?

① 같은 책을 읽은 독자라도 서로 다른 의미를 구성할 수 있다.

② 다른 독자와의 소통은 독자가 인식의 폭을 확장하도록 돕는다.

③ 독자는 직접 경험해 보지 못했던 다양한 삶을 책의 필자를 매개로 접할 수 있다.

④ 독자의 배경지식, 관점, 읽기 환경, 과제는 독자의 의미 구성에 영향을 주는 독자 요인이다.

⑤ 독자는 책을 읽을 때 자신이 속한 사회나 시대의 영향을 받으며 필자와 간접적으로 대화한다.

2. 다음은 학생이 독서 후 작성한 글의 일부이다. [A]를 바탕으로 ⓐ~ⓔ를 이해한 내용으로 가장 적절한 것은? [3점]

　ⓐ'음악 시간에 들었던 베토벤의 교향곡 「합창」이 위대한 작품인 이유는 무엇일까?' 하는 생각에, 베토벤에 대한 책을 빌렸다. 책에서는 기악만으로 구성됐던 교향곡에 성악을 결합해 개성을 드러냈다는 점에서 ⓑ이 곡이 낭만주의 음악의 특징을 보여 준다고 했다.
　「합창」을 해설한 부분에 이어, 베토벤의 생애에 관한 뒷부분도 읽었는데, ⓒ이 내용들을 종합해, 절망적 상황에서도 열정적으로 자신이 좋아하는 일을 했기에 교향곡 구성의 새로움을 보여 준 명작이 탄생했음을 알게 됐다. 이후 ⓓ내가 진정으로 좋아하는 일이 무엇인지 나에게 묻게 되었다. ⓔ글 쓰는 일에서 가장 큰 행복을 느꼈던 나를 발견할 수 있었고, 나도 어떤 상황에서든 좋아하는 일을 계속해야겠다고 생각했다.

① ⓐ와 ⓑ에는 모두 '독자 자신에게서 답을 찾는 질문'이 나타난다.

② ⓒ와 ⓓ에는 모두 '책에 명시된 내용'에서 질문의 답을 찾아내는 모습이 나타난다.

③ ⓐ에는 '책에서 답을 찾는 질문'이, ⓔ에는 그에 대한 답을 '독자의 경험'에서 찾아내는 모습이 나타난다.

④ ⓑ에는 '책에서 답을 찾는 질문'이, ⓒ에는 그에 대한 답을 '책의 내용들을 관계 지으며' 찾아내는 모습이 나타난다.

⑤ ⓓ에는 '독자 자신에게서 답을 찾는 질문'이, ⓔ에는 그에 대한 답을 '독자의 경험'에서 찾아내는 모습이 나타난다.

3. 윗글을 읽고 ㉠에 대해 보인 반응으로 적절하지 <u>않은</u> 것은?

① 스스로 독서 계획을 세우고 자신에게 필요한 책을 찾아 개인적으로 읽는 과정에서 경험할 수 있겠군.

② 독서 모임에서 서로 다른 관점을 확인하고 자신의 관점을 조정하는 과정에서 경험할 수 있겠군.

③ 개인적으로 형성한 의미를, 독서 동아리를 통해 심화하는 과정에서 경험할 수 있겠군.

④ 자신의 독서 경험을 담은 콘텐츠를 생산하고 공유하는 과정에서 경험할 수 있겠군.

⑤ 오프라인뿐 아니라 온라인 공간에서 해석을 나누는 과정에서도 경험할 수 있겠군.

7회

• 홀수 기출 분석서 독서 문제 P.158 / 해설 P.310

[4~9] 다음 글을 읽고 물음에 답하시오.

(가)

[A]
중국에서 비롯된 유서(類書)는 고금의 서적에서 자료를 수집하고 항목별로 분류, 정리하여 이용에 편리하도록 편찬한 서적이다. 일반적으로 유서는 기존 서적에서 필요한 부분을 뽑아 배열할 뿐 상호 비교하거나 편찬자의 해석을 가하지 않았다. 유서는 모든 주제를 망라한 일반 유서와 특정 주제를 다룬 전문 유서로 나눌 수 있으며, 편찬 방식은 책에 따라 다른 경우가 많았다. 중국에서는 대체로 왕조 초기에 많은 학자를 동원하여 국가 주도로 대규모 유서를 편찬하여 간행하였다. 이를 통해 이전까지의 지식을 집성하고 왕조의 위엄을 과시할 수 있었다.

고려 때 중국 유서를 수용한 이후, 조선에서는 중국 유서를 활용하는 한편, 중국 유서의 편찬 방식에 ⓐ따라 필요에 맞게 유서를 편찬하였다. 조선의 유서는 대체로 국가보다 개인이 소규모로 편찬하는 경우가 많았고, 목적에 따른 특정 주제의 전문 유서가 집중적으로 편찬되었다. 전문 유서 가운데 편찬자가 미상인 유서가 많은데, 대체로 간행을 염두에 두지 않고 기존 서적에서 필요한 부분을 발췌, 기록하여 시문 창작, 과거 시험 등 개인적 목적으로 유서를 활용하고자 하였기 때문이었다.

이 같은 유서 편찬 경향이 지속되는 가운데 17세기부터 실학의 학풍이 하나의 조류를 형성하면서 유서 편찬에 변화가 나타났다. ㉮실학자들의 유서는 현실 개혁의 뜻을 담았고, 편찬 의도를 지식의 제공과 확산에 두었다. 또한 단순 정리를 넘어 지식을 재분류하여 범주화하고 평가를 더하는 등 저술의 성격을 드러냈다. 독서와 견문을 통해 주자학에서 중시되지 않았던 지식을 집적했고, 증거를 세워 이론적으로 밝히는 고증과 이에 대한 의견 등 '안설'을 덧붙이는 경우가 많았다. 주자학의 지식을 ⓑ이어받는 한편, 주자학이 아닌 새로운 지식을 수용하는 유연성과 개방성을 보였다. 광범위하게 정리한 지식을 식자층이 ⓒ쉽게 접할 수 있어야 한다고 생각했고, 객관적 사실 탐구를 중시하여 박물학과 자연 과학에 관심을 기울였다.

조선 후기 실학자들이 편찬한 유서가 주자학의 관념적 사유에 국한되지 않고 새로운 지식의 축적과 확산을 촉진한 것은 지식의 역사에서 적지 않은 의미를 지닌다.

(나)

예수회 선교사들이 중국에 소개한 서양의 학문, 곧 서학은 조선 후기 유서(類書)의 지적 자원 중 하나로 활용되었다. 조선 후기 실학자들 가운데 이수광, 이익, 이규경 등이 편찬한 백과전서식 유서는 주자학의 지적 영역 내에서 서학의 지식을 어떻게 수용하였는지를 보여 주는 대표적인 사례이다.

17세기의 이수광은 주자학뿐 아니라 다른 학문에 대해서도 열린 태도를 가지고 있었다. 주자학에 기초하여 도덕에 관한 학문과 경전에 관한 학문 등이 주류였던 당시 상황에서, 그는 『지봉유설』을 통해 당대 조선의 지식을 망라하여 항목화하고 자신의 견해를 덧붙였을 뿐 아니라 사신의 일원으로 중국에서 접한 서양 관련 지식을 객관적으로 소개했다. 이에 대해 심성 수양에 절실하지 않을뿐더러 주자학이 아닌 것이 ⓓ뒤섞여 순수하지 않다는 ㉯일부 주자학자의 비판이 있었지만, 그가 소개한 서양 관련 지식은 중국과 큰 시간 차이 없이 주변에 알려졌다.

18세기의 이익은 서학 지식 자체를 ㉠『성호사설』의 표제어로 삼았고, 기존의 학설을 정당화하거나 배제하는 근거로 서학을 수용하는 등 서학을 지적 자원으로 활용하였다. 특히 그는 서학의 세부 내용을 다른 분야로 확대하며 상호 참조하는 방식으로 지식을 심화하고 확장하여 소개하였다. 서학의 해부학과 생리학을 그 자체로 수용하지 않고 주자학 심성론의 하위 이론으로 재분류하는 등 지식의 범주를 ⓔ바꾸어 수용하였다. 또한 서학의 수학을 주자학의 지식 영역 안에서 재구성하기도 하였다.

19세기의 이규경도 ㉡『오주연문장전산고』를 편찬하면서 서학을 적극 활용하였다. 그는 『성호사설』의 분류 체계를 적용하였고 이익과 마찬가지로 서학의 천문학, 우주론 등의 내용을 수록하였다. 그가 주로 유서의 지적 자원으로 활용한 중국의 서학 연구서들은 서학을 소화하여 중국의 학문과 절충한 것이었고, 서학이 가지는 진보성의 토대가 중국이라는 서학 중국 원류설을 반영한 것이었다. 이에 따라 이규경은 이 책들에 담긴 중국화한 서학 지식과 서학 중국 원류설을 받아들였고, 문명의 척도로 여겨진 기존의 중화 관념에서 탈피하지 않으면서도 서학 수용의 이질감과 부담감에서 자유로울 수 있었다. 이렇듯 이규경은 중국의 서학 연구서들을 활용해 매개적 방식으로 서학을 수용하였다.

4. (가)와 (나)에 대한 설명으로 가장 적절한 것은?

① (가)는 유서의 유형을 분류하였고, (나)는 유서의 분류 기준과 적절성 여부를 평가하였다.

② (가)는 유서의 개념과 유용성을 소개하였고, (나)는 국가별 유서의 변천 과정을 설명하였다.

③ (가)는 유서의 기원에 대한 다양한 학설을 검토하였고, (나)는 유서 편찬자들 간의 견해 차이를 분석하였다.

④ (가)는 유서의 특성과 의의를 설명하였고, (나)는 유서 편찬에서 특정 학문의 수용 양상을 시기별로 소개하였다.

⑤ (가)는 유서에 대한 평가가 시대별로 달라진 원인을 분석하였고, (나)는 역사적으로 대표적인 유서의 특징을 제시하였다.

5. [A]에 대한 이해로 적절하지 <u>않은</u> 것은?

① 조선에서 편찬자가 미상인 유서가 많았던 것은 편찬자의 개인적 목적으로 유서를 활용하려 했기 때문이다.

② 조선에서는 시문 창작, 과거 시험 등에 필요한 내용을 담은 유서가 편찬되는 경우가 적지 않았다.

③ 조선에서는 중국의 편찬 방식을 따르면서도 대체로 국가보다는 개인에 의해 유서가 편찬되었다.

④ 중국에서는 많은 학자를 동원하여 대규모로 편찬한 유서를 통해 왕조의 위엄을 드러내었다.

⑤ 중국에서는 주로 서적에서 발췌한 내용을 비교하고 해석을 덧붙여 유서를 편찬하였다.

6. ㉮에 대한 이해를 바탕으로 ㉠, ㉡에 대해 파악한 내용으로 적절하지 <u>않은</u> 것은?

① 지식의 제공이라는 ㉮의 편찬 의도는, ㉠에서 지식을 심화하고 확장하여 소개한 것에서 나타난다.

② 지식을 재분류하여 범주화한 ㉮의 방식은, ㉠에서 해부학과 생리학을 주자학 심성론의 하위 이론으로 수용한 것에서 나타난다.

③ 평가를 더하는 저술로서 ㉮의 성격은, ㉡에서 중국 학문의 진보성을 확인하고자 서학을 활용한 것에서 나타난다.

④ 사실 탐구를 중시하며 자연 과학에 대해 드러낸 ㉮의 관심은, ㉡에서 천문학과 우주론의 내용을 수록한 것에서 나타난다.

⑤ 새로운 지식을 수용하는 ㉮의 유연성과 개방성은, ㉠과 ㉡에서 서학을 지적 자원으로 받아들인 것에서 나타난다.

7. ㉯를 반박하기 위한 '이수광'의 말로 가장 적절한 것은?

① 학문에서 의리를 앞세우고 이익을 뒤로하는 것보다 중한 것이 없으니, 심성을 수양하는 것은 그다음의 일이다.

② 주자학에 매몰되어 세상의 여러 이치를 연구하지 않는 것은 널리 배우고 익히는 앎의 바른 방법이 아닐 것이다.

③ 주자의 가르침이 쇠퇴하게 되면 주자학이 아닌 학문이 날로 번성하게 되니, 주자의 도가 분명히 밝혀져야 한다.

④ 유학 경전에서 쓰이지 않은 글자를 한 글자라도 더하는 일을 용납하는 것은 바른 학문을 해치는 길이 될 것이다.

⑤ 참되게 알고 참되게 행하는 것이 어려우니, 우리 학문의 여러 경전으로부터 널리 배우고 면밀히 익혀야 할 것이다.

8. (가), (나)를 읽은 학생이 〈보기〉의 『임원경제지』에 대해 보인 반응으로 적절하지 <u>않은</u> 것은? [3점]

〈보 기〉

서유구의 『임원경제지』는 19세기까지의 조선과 중국 서적들에서 향촌 관련 부분을 발췌, 분류하고 고증한 유서이다. 국가를 위한다는 목적의식을 명시한 이 유서에는 향촌 사대부의 이상적인 삶을 제시하는 과정에서 향촌 구성원 전체의 삶의 조건을 개선할 수 있는 방안이 실렸고, 향촌 실생활에서 활용할 수 있는 내용이 집성되었다. 주자학을 기반으로 실증과 실용의 자세를 견지했던 서유구의 입장, 서학 중국 원류설, 중국과 비교한 조선의 현실 등이 반영되었다. 안설을 부기했으며, 제한적으로 색인을 넣어 검색이 가능하도록 하였다.

① 현실 개혁의 뜻을 담았던 (가)의 실학자들의 유서와 마찬가지로 현실의 문제를 개선하려는 목적의식이 확인되겠군.

② 증거를 제시하여 이론적으로 밝히거나 의견을 제시하는 경우가 많았던 (가)의 실학자들의 유서와 마찬가지로 편찬자의 고증과 의견이 반영된 것이 확인되겠군.

③ 당대 지식을 망라하고 서양 관련 지식을 소개하고자 한 (나)의 『지봉유설』에 비해 특정한 주제를 중심으로 편찬되는 전문 유서의 성격이 두드러지게 드러나겠군.

④ 기존 학설의 정당화 내지 배제에 관심을 두었던 (나)의 『성호사설』에 비해 향촌 사회 구성원의 삶에 필요한 실용적인 지식의 활용에 대한 관심이 드러나겠군.

⑤ 중국을 문명의 척도로 받아들였던 (나)의 『오주연문장전산고』와 달리 중화 관념에 구애되지 않고 중국의 현실과 조선의 현실을 비교한 내용이 확인되겠군.

9. 문맥상 ⓐ~ⓔ와 바꾸어 쓰기에 적절하지 <u>않은</u> 것은?

① ⓐ: 의거(依據)하여
② ⓑ: 계몽(啓蒙)하는
③ ⓒ: 용이(容易)하게
④ ⓓ: 혼재(混在)되어
⑤ ⓔ: 변경(變更)하여

▶ 소요 시간 　 분 　 초

• 홀수 기출 분석서 독서 문제 P.072 / 해설 P.118

[10~13] 다음 글을 읽고 물음에 답하시오.

법령의 조문은 대개 'A에 해당하면 B를 해야 한다.'처럼 요건과 효과로 구성된 조건문으로 규정된다. 하지만 그 요건이나 효과가 항상 일의적인 것은 아니다. 법조문에는 구체적 상황을 고려해야 그 상황에 ⓐ맞는 진정한 의미가 파악되는 불확정 개념이 사용될 수 있기 때문이다. 개인 간 법률관계를 규율하는 민법에서 불확정 개념이 사용된 예로 '손해 배상 예정액이 부당히 과다한 경우에는 법원은 적당히 감액할 수 있다.'라는 조문을 ⓑ들 수 있다. 이때 법원은 요건과 효과를 재량으로 판단할 수 있다. 손해 배상 예정액은 위약금의 일종이며, 계약 위반에 대한 제재인 위약벌도 위약금에 속한다. 위약금의 성격이 둘 중 무엇인지 증명되지 못하면 손해 배상 예정액으로 다루어진다.

채무자의 잘못으로 계약 내용이 실현되지 못하여 계약 위반이 발생하면, 이로 인해 손해를 입은 채권자가 손해 액수를 증명해야 그 액수만큼 손해 배상금을 받을 수 있다. 그러나 손해 배상 예정액이 정해져 있다면 채권자는 손해 액수를 증명하지 않아도 손해 배상 예정액만큼 손해 배상금을 받을 수 있다. 이때 손해 액수가 얼마로 증명되든 손해 배상 예정액보다 더 받을 수는 없다. 한편 위약금이 위약벌임이 증명되면 채권자는 위약벌에 해당하는 위약금을 ⓒ받을 수 있고, 손해 배상 예정액과는 달리 법원이 감액할 수 없다. 이때 채권자가 손해 액수를 증명하면 손해 배상금도 받을 수 있다.

불확정 개념은 행정 법령에도 사용된다. 행정 법령은 행정청이 구체적 사실에 대해 행하는 법 집행인 행정 작용을 규율한다. 법령상 요건이 충족되면 그 효과로서 행정청이 반드시 해야 하는 특정 내용의 행정 작용은 기속 행위이다. 반면 법령상 요건이 충족되더라도 그 효과인 행정 작용의 구체적 내용을 ⓓ고를 수 있는 재량이 행정청에 주어져 있을 때, 이러한 재량을 행사하는 행정 작용은 재량 행위이다. 법령에서 불확정 개념이 사용되면 이에 근거한 행정 작용은 대개 재량 행위이다.

행정청은 재량으로 재량 행사의 기준을 명확히 정할 수 있는데 이 기준을 ㉠재량 준칙이라 한다. 재량 준칙은 법령이 아니므로 재량 준칙대로 재량을 행사하지 않아도 근거 법령 위반은 아니다. 다만 특정 요건하에 재량 준칙대로 특정한 내용의 적법한 행정 작용이 반복되어 행정 관행이 생긴 후에는, 같은 요건이 충족되면 행정청은 동일한 내용의 행정 작용을 해야 한다. 행정청은 평등 원칙을 ⓔ지켜야 하기 때문이다.

10. 윗글의 내용과 일치하지 않는 것은?

① 법령의 요건과 효과에는 모두 불확정 개념이 사용될 수 있다.

② 법원은 불확정 개념이 사용된 법령을 적용할 때 재량을 행사할 수 있다.

③ 불확정 개념이 사용된 법령의 진정한 의미를 이해하려면 구체적 상황을 고려해야 한다.

④ 불확정 개념이 사용된 행정 법령에 근거한 행정 작용은 재량 행위인 경우보다 기속 행위인 경우가 많다.

⑤ 불확정 개념은 행정청이 행하는 법 집행 작용을 규율하는 법령과 개인 간의 계약 관계를 규율하는 법률에 모두 사용된다.

11. ㉠에 대한 이해로 가장 적절한 것은?

① 재량 준칙은 법령이 아니기 때문에 일의적이지 않은 개념으로 규정된다.

② 재량 준칙으로 정해진 내용대로 재량을 행사하는 행정 작용은 기속 행위이다.

③ 재량 준칙으로 규정된 재량 행사 기준은 반복되어 온 적법한 행정 작용의 내용대로 정해져야 한다.

④ 재량 준칙이 정해져야 행정청은 특정 요건하에 행정 작용의 구체적 내용을 선택할 수 있는 재량을 행사할 수 있다.

⑤ 재량 준칙이 특정 요건에서 적용된 선례가 없으면 행정청은 동일한 요건이 충족되어도 행정 작용을 할 때 재량 준칙을 따르지 않을 수 있다.

12. 윗글을 바탕으로 〈보기〉를 이해한 내용으로 가장 적절한 것은? [3점]

〈보 기〉

갑은 을에게 물건을 팔고 그 대가로 100을 받기로 하는 매매 계약을 했다. 그 후 갑이 계약을 위반하여 을은 80의 손해를 입었다. 이와 관련하여 세 가지 상황이 있다고 하자.

(가) 갑과 을 사이에 위약금 약정이 없었다.

(나) 갑이 을에게 위약금 100을 약정했고, 위약금의 성격이 무엇인지 증명되지 못했다.

(다) 갑이 을에게 위약금 100을 약정했고, 위약금의 성격이 위약벌임이 증명되었다.

(단, 위의 모든 상황에서 세금, 이자 및 기타 비용은 고려하지 않음.)

① (가)에서 을의 손해가 얼마인지 증명되지 못한 경우에도, 갑이 을에게 80을 지급해야 하고 법원이 감액할 수 없다.

② (나)에서 을의 손해가 80임이 증명된 경우, 갑이 을에게 100을 지급해야 하고 법원이 감액할 수 있다.

③ (나)에서 을의 손해가 얼마인지 증명되지 못한 경우, 갑이 을에게 100을 지급해야 하고 법원이 감액할 수 없다.

④ (다)에서 을의 손해가 80임이 증명된 경우, 갑이 을에게 180을 지급해야 하고 법원이 감액할 수 있다.

⑤ (다)에서 을의 손해가 얼마인지 증명되지 못한 경우, 갑이 을에게 80을 지급해야 하고 법원이 감액할 수 없다.

13. 문맥상 ⓐ~ⓔ의 의미와 가장 가까운 것은?

① ⓐ: 이것이 네가 찾는 자료가 맞는지 확인해 보아라.

② ⓑ: 그 부부는 노후 대책으로 적금을 들고 안심했다.

③ ⓒ: 그의 파격적인 주장은 학계의 큰 주목을 받았다.

④ ⓓ: 형은 땀 흘려 울퉁불퉁한 땅을 평평하게 골랐다.

⑤ ⓔ: 그분은 우리에게 한 약속을 반드시 지킬 것이다.

• 홀수 기출 분석서 **독서** 문제 P.108 / 해설 P.205

[14~17] 다음 글을 읽고 물음에 답하시오.

하루에 필요한 에너지의 양은 하루 동안의 총 열량 소모량인 대사량으로 구한다. 그중 기초 대사량은 생존에 필수적인 에너지로, 쾌적한 온도에서 편히 쉬는 동물이 공복 상태에서 생성하는 열량으로 정의된다. 이때 체내에서 생성한 열량은 일정한 체온에서 체외로 발산되는 열량과 같다. 기초 대사량은 개체에 따라 대사량의 60~75%를 차지하고, 근육량이 많을수록 증가한다.

기초 대사량은 직접법 또는 간접법으로 구한다. ㉠직접법은 온도가 일정하게 유지되고 공기의 출입량을 알고 있는 호흡실에서 동물이 발산하는 열량을 열량계를 이용해 측정하는 방법이다. ㉡간접법은 호흡 측정 장치를 이용해 동물의 산소 소비량과 이산화 탄소 배출량을 측정하고, 이를 기준으로 체내에서 생성된 열량을 추정하는 방법이다.

19세기의 초기 연구는 체외로 발산되는 열량이 체표 면적에 비례한다고 보았다. 즉 그 둘이 항상 일정한 비(比)를 갖는다는 것이다. 체표 면적은 (체중)$^{0.67}$에 비례하므로, 기초 대사량은 체중이 아닌 (체중)$^{0.67}$에 비례한다고 하였다. 어떤 변수의 증가율은 증가 후 값을 증가 전 값으로 나눈 값이므로, 체중이 W에서 2W로 커지면 체중의 증가율은 (2W)/(W)=2이다. 이 경우에 기초 대사량의 증가율은 (2W)$^{0.67}$/(W)$^{0.67}$=2$^{0.67}$, 즉 약 1.6이 된다.

1930년대에 클라이버는 생쥐부터 코끼리까지 다양한 크기의 동물의 기초 대사량 측정 결과를 분석했다. 그래프의 가로축 변수로 동물의 체중을, 세로축 변수로 기초 대사량을 두고, 각 동물별 체중과 기초 대사량의 순서쌍을 점으로 나타냈다.

가로축과 세로축 두 변수의 증가율이 서로 다를 경우, 그 둘의 증가율이 같을 때와 달리, '일반적인 그래프'에서 이 점들은 직선이 아닌 어떤 곡선의 주변에 분포한다. 그런데 순서쌍의 값에 상용로그를 취해 새로운 순서쌍을 만들어서 이를 〈그림〉과 같이 그래프에 표시하면, 어떤 직선의 주변에 점들이 분포하는 것으로 나타난다. 그러면 그 직선의 기울기를 이용해 두 변수의 증가율을 비교할 수 있다. 〈그림〉에서 X와 Y는 각각 체중과 기초 대사량에 상용로그를 취한 값이다. 이런 방식으로 표현한 그래프를 'L-그래프'라 하자.

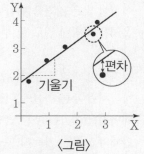
〈그림〉

체중의 증가율에 비해, 기초 대사량의 증가율이 작다면 L-그래프에서 직선의 기울기는 1보다 작으며 기초 대사량의 증가율이 작을수록 기울기도 작아진다. 만약 체중의 증가율과 기초 대사량의 증가율이 같다면 L-그래프에서 직선의 기울기는 1이 된다.

이렇듯 L-그래프와 같은 방식으로 표현할 때, 생물의 어떤 형질이 체중 또는 몸 크기와 직선의 관계를 보이며 함께 증가하는 경우 그 형질은 '상대 성장'을 한다고 한다. 동일 종에서의 심장, 두뇌와 같은 신체 기관의 크기도 상대 성장을 따른다.

한편, 그래프에서 가로축과 세로축 두 변수의 관계를 대변하는 최적의 직선의 기울기와 절편은 최소 제곱법으로 구할 수 있다. 우선, 그래프에 두 변수의 순서쌍을 나타낸 점들 사이를 지나는 임의의 직선을 그린다. 각 점에서 가로축에 수직 방향으로 직선까지의 거리인 편차의 절댓값을 구하고 이들을 각각 제곱하여 모두 합한 것이 '편차 제곱 합'이며, 편차 제곱 합이 가장 작은 직선을 구하는

것이 최소 제곱법이다.

클라이버는 이런 방법에 근거하여 L-그래프에 나타난 최적 직선의 기울기로 0.75를 얻었고, 이에 따라 동물의 (체중)$^{0.75}$에 기초 대사량이 비례한다고 결론지었다. 이것을 '클라이버의 법칙'이라 하며, (체중)$^{0.75}$을 대사 체중이라 부른다. 대사 체중은 치료제 허용량의 결정에도 이용되는데, 이때 그 양은 대사 체중에 비례하여 정한다. 이는 치료제 허용량이 체내 대사와 밀접한 관련이 있기 때문이다.

14. 윗글의 내용과 일치하지 않는 것은?
① 클라이버의 법칙은 동물의 기초 대사량이 대사 체중에 비례한다고 본다.
② 어떤 개체가 체중이 늘 때 다른 변화 없이 근육량이 늘면 기초 대사량이 증가한다.
③ 'L-그래프'에서 직선의 기울기는 가로축과 세로축 두 변수의 증가율의 차이와 동일하다.
④ 최소 제곱법은 두 변수 간의 관계를 나타내는 최적의 직선의 기울기와 절편을 알게 해 준다.
⑤ 동물의 신체 기관인 심장과 두뇌의 크기는 몸무게나 몸의 크기에 상대 성장을 하며 발달한다.

15. 윗글을 읽고 추론한 내용으로 적절하지 않은 것은?
① 일반적인 경우 기초 대사량은 하루에 소모되는 총 열량 중에 가장 큰 비중을 차지하겠군.
② 클라이버의 결론에 따르면, 기초 대사량이 동물의 체표 면적에 비례한다고 볼 수 없겠군.
③ 19세기의 초기 연구자들은 체중의 증가율보다 기초 대사량의 증가율이 작다고 생각했겠군.
④ 코끼리에게 적용하는 치료제 허용량을 기준으로, 체중에 비례하여 생쥐에게 적용할 허용량을 정한 후 먹이면 과다 복용이 될 수 있겠군.
⑤ 클라이버의 법칙에 따르면, 동물의 체중이 증가함에 따라 함께 늘어나는 에너지의 필요량이 이전 초기 연구에서 생각했던 양보다 많겠군.

16. ㉠, ㉡에 대한 이해로 가장 적절한 것은?
① ㉠은 체온을 환경 온도에 따라 조정하는 변온 동물이 체외로 발산하는 열량을 측정할 수 없다.
② ㉡은 동물이 호흡에 이용한 산소의 양을 알 필요가 없다.
③ ㉠은 ㉡과 달리 격한 움직임이 제한된 편하게 쉬는 상태에서 기초 대사량을 구한다.
④ ㉠과 ㉡은 모두 일정한 체온에서 동물이 체외로 발산하는 열량을 구할 수 있다.
⑤ ㉠과 ㉡은 모두 생존에 필수적인 최소한의 에너지를 공급하면서 기초 대사량을 구한다.

17. 윗글을 바탕으로 〈보기〉를 탐구한 내용으로 가장 적절한 것은? [3점]

• 홀수 기출 분석서 **문학** 문제 P.116 / 해설 P.212

─── 〈보 기〉 ───

농게의 수컷은 집게발 하나가 매우 큰데, 큰 집게발의 길이는 계딱지의 폭에 '상대 성장'을 한다. 농게의 ⓐ계딱지 폭을 이용해 ⓑ큰 집게발의 길이를 추정하기 위해, 다양한 크기의 농게의 계딱지 폭과 큰 집게발의 길이를 측정하여 다수의 순서쌍을 확보했다. 그리고 'L-그래프'와 같은 방식으로, 그래프의 가로축과 세로축에 각각 계딱지 폭과 큰 집게발의 길이에 해당하는 값을 놓고 분석을 실시했다.

큰 집게발
계딱지

① 최적의 직선을 구한다고 할 때, 최적의 직선의 기울기가 1보다 작다면 ⓐ에 ⓑ가 비례한다고 할 수 없겠군.

② 최적의 직선을 구하여 ⓐ와 ⓑ의 증가율을 비교하려고 할 때, 점들이 최적의 직선으로부터 가로축에 수직 방향으로 멀리 떨어질수록 편차 제곱 합은 더 작겠군.

③ ⓐ의 증가율보다 ⓑ의 증가율이 크다면, 점들의 분포가 직선이 아닌 어떤 곡선의 주변에 분포하겠군.

④ ⓐ의 증가율보다 ⓑ의 증가율이 작다면, 점들 사이를 지나는 최적의 직선의 기울기는 1보다 크겠군.

⑤ ⓐ의 증가율과 ⓑ의 증가율이 같고 '일반적인 그래프'에서 순서쌍을 점으로 표시한다면, 점들은 직선이 아닌 어떤 곡선의 주변에 분포하겠군.

▶ 소요 시간   분   초

[18~21] 다음 글을 읽고 물음에 답하시오.

혼례를 마친 후 최척이 아내와 함께 장모를 모시고 집으로 돌아오매 하인들이 기뻐했다. 대청에 오르자 **친척들**이 축하하여 온 집안에 기쁨이 넘쳤고, 이들을 기리는 소리가 사방의 이웃으로 퍼졌다. 시집에 온 옥영은 소매를 걷고 머리를 빗어 올린 채 손수 물을 긷고 절구질을 했으며, 시아버지를 봉양하고 남편을 대할 때 효와 정성을 다하고, 윗사람을 받들고 아랫사람을 대할 때는 성의와 예의를 두루 갖췄다. **이웃 사람들**이 이를 듣고는 모두 양홍의 처나 포선의 아내도 이보다 낫지 않을 것이라고 칭찬했다.

최척은 결혼한 후 구하는 것이 뜻대로 되어 재산이 점차 넉넉히 불었으나, 다만 일찍이 자식이 없는 것이 걱정이었다. 최척 부부는 후사를 염려하여 ㉠매월 초하루가 되면 몸과 마음을 깨끗이 하고 함께 만복사에 올라 부처께 기도를 올렸다. 다음 해 갑오년 ㉡정월 초하루에도 만복사에 올라 기도를 했는데, 이날 밤 장육금불이 옥영의 꿈에 나타나 말했다.

"나는 **만복사의 부처**로다. 너희 정성이 가상해 기이한 **사내아이**를 점지해 주니, 태어나면 반드시 특이한 징표가 있을 것이다."

옥영은 ㉢그달에 바로 잉태해 열 달 뒤 과연 아들을 낳았는데, 등에 어린아이 손바닥만 한 **붉은 점**이 있었다. 그래서 최척은 아들 이름을 몽석(夢釋)이라고 지었다.

최척은 피리를 잘 불었으며, ㉣매양 꽃 피는 아침과 달 뜬 밤이 되면 아내 곁에서 피리를 불곤 했다. 일찍이 날씨가 맑은 ㉤어느 봄날 밤이었는데, 어둠이 깊어 갈 무렵 미풍이 잠깐 일며 밝은 달이 환하게 비췄으며, 바람에 날리던 꽃잎이 옷에 떨어져 그윽한 향기가 코끝에 스며들었다. 이에 최척은 옥영과 술을 따라 마신 후, 침상에 기대 피리를 부니 그 여음이 하늘거리며 퍼져 나갔다. 옥영이 한동안 침묵하다 말했다.

"저는 평소 여인이 시 읊는 것을 좋게 여기지 않습니다. 그런데 이처럼 맑은 정경을 대하니 도저히 참을 수가 없군요."

옥영은 마침내 절구 한 수를 읊었다.

왕자진이 피리를 부니 달도 내려와 들으려는데,
바다처럼 푸른 하늘엔 이슬이 서늘하네.
때마침 날아가는 푸른 난새를 함께 타고서도,
안개와 노을이 가득해 봉도 가는 길 찾을 수 없네.

최척은 애초에 자기 아내가 이리 시를 잘 읊는 줄 모르고 있던 터라 놀라 감탄하였다.

[중략 줄거리] 전란으로 가족과 이별한 최척은 명나라 배를 타고 안남에 이르러 처량한 마음에 피리를 불었다.

최척은 동방이 밝아 오자, 강둑을 내려가 **일본인 배에 이르러 조선말로** 물었다.

"어젯밤 시를 읊던 사람은 조선 사람 아닙니까? 나도 조선 사람이어서 한번 만나 보았으면 합니다. 멀리 **다른 나라를 떠도는 사람**이 비슷하게 생긴 **고국 사람을 만나**는 것이 어찌 그저 기쁘기만 한 일이겠습니까?"

옥영도 생각하기를 어젯밤 들은 **피리 소리**가 조선의 곡조인데다, 평소 익히 들었던 것과 너무나 흡사했다. 그래서 남편 생각에 감회가 일어 절로 시를 읊게 되었던 것이다. 옥영은 자기를 찾는 사람의 목소리를 듣고는 황망히 뛰쳐나와 최척을 보았다. 둘은 서로 마주하고 놀라 **소리를 지르며 끌어안**고 백사장을 뒹굴었다. 목이 메고 기가 막혀 마음을 안정할 수 없었으며, 말도 할 수 없었다. 눈에서는 **눈물이 다하자 피가 흘러내**려 서로를 볼 수도 없을 지경이었다. 양국의 **뱃사람들**이 저잣거리처럼 모여들어 구경했는데, 처음에는 친척이나 잘 아는 친구인 줄로만 알았다. 뒤에 그들이 부부 사이라는 것을 알고 서로 돌아보며 소리쳐 말했다.

"이상하고 기이한 일이로다! 이것은 하늘의 뜻이요, 사람이 이룰 수 있는 일이 아니로다. 이런 일은 옛날에도 들어 보지 못하였다."

최척은 옥영에게 그간의 소식을 물었다.

"산속에서 붙들려 강가로 끌려갔다는데, 그때 아버지와 장모님은 어찌 되었소?"

옥영이 말했다.

"날이 어두워진 뒤 배에 오른 데다 정신이 없어 서로 잃어버렸으니, 제가 두 분의 안위를 어떻게 알겠습니까?"

두 사람이 손을 붙들고 통곡하자, 옆에서 지켜보던 사람들도 슬퍼하며 눈물을 닦지 않는 이가 없었다.

                              – 조위한, 「최척전」 –

18. 윗글에 대한 설명으로 가장 적절한 것은?

① 시를 삽입하여 인물 간의 갈등 양상이 구체화되는 상황을 드러내고 있다.

② 인물의 행위가 연속적으로 나열된 장면을 통해 신분의 변화 과정을 드러내고 있다.

③ 주변 인물이 알고 있는 사례를 근거로 주요 인물에 대해 상반된 평가를 내리게 하고 있다.

④ 감각적인 배경 묘사를 통해 인물의 행동이 전개되는 상황의 낭만적 분위기를 부각하고 있다.

⑤ 인물 간 대화가 오가는 장면을 보여 주어 이전 사건에 따른 다른 인물들의 현재 행선지를 드러내고 있다.

19. 윗글의 인물에 대한 이해로 적절하지 <u>않은</u> 것은?

① '뱃사람들'은 최척과 옥영의 관계가 자신들이 생각하던 것과 달라 놀라워했다.

② '최척'은 강둑을 내려가 자신을 '다른 나라를 떠도는 사람'이라 말하며 자신의 처지와 심정을 드러냈다.

③ '최척'은 옥영의 시에 대한 재능을 결혼 전에 알고 있었지만, 옥영이 시를 읊기 전까지 이를 모른 척했다.

④ '옥영'은 가정의 구성원들을 정성스러운 마음으로 대했고, 옥영이 시집온 후 최척의 집안은 점차 부유해졌다.

⑤ '친척들'은 최척의 결혼을 경사로 받아들였고, '이웃 사람들'은 옥영의 행실을 칭찬했다.

20. ㉠~㉤에 대한 이해로 가장 적절한 것은?

① ㉠은 인물의 심리적 갈등이 발생하는, ㉢은 ㉠에서 발생한 갈등이 심화되는 시간의 표지이다.

② ㉢과 ㉤은 모두 과거의 행위를 통해 인물의 성격이 변화됨을 드러내는 시간의 표지이다.

③ ㉣은 인물의 행위가 반복적으로 일어나는, ㉤은 ㉣ 중 한 시점을 특정하는 시간의 표지이다.

④ ㉡은 ㉠에서부터 이어진 행위를 알려 주는, ㉤은 그 행위가 완결된 순간을 지시하는 시간의 표지이다.

⑤ ㉡과 ㉢은 인물의 소망이 실현되어 가는 과정에 포함되는, ㉤은 인물의 소망이 좌절된 시간의 표지이다.

21. 〈보기〉를 바탕으로 윗글을 감상한 내용으로 적절하지 <u>않은</u> 것은? [3점]

〈보 기〉

　「최척전」에는 하나의 문제 상황이 해결되면 또 다른 문제가 확인되는 서사 구조가 나타나고 있다. 이 과정에서 도움을 주는 신이한 존재를 나타나게 하거나, 예언의 실현을 보여 주는 특이한 증거를 활용하거나, 문제 해결의 계기가 되는 소재를 제시하거나, 공간적 배경을 확장하여 다양한 국적의 사람들을 등장시키는 등의 서사적 장치들이 확인된다. 이러한 서사 구조와 다양한 서사적 장치는 독자가 이야기에 흥미를 가지고 그것을 자연스럽게 수용하는 데 기여한다.

① 옥영의 꿈에 나타난 '만복사의 부처'는, 옥영이 겪고 있는 현실적인 문제를 해결하는 데 도움을 주는 신이한 존재로서 역할을 한다고 볼 수 있겠군.

② 몽석의 몸에 나타난 '붉은 점'은, '사내아이'의 출생과 관련한 예언이 실제로 이루어졌음을 확인할 수 있는 특이한 증거로 활용된다고 볼 수 있겠군.

③ 최척이 '일본인 배에 이르러 조선말로 물'어보는 것과 '고국 사람을 만나'려 하는 것은, 서사 전개 과정에서 공간적 배경을 조선뿐 아니라 다른 나라로도 확장한 것과 관련이 있겠군.

④ 옥영이 들은 '피리 소리'는, 옥영이 최척을 떠올리게 하여 이별의 상황을 해결하는 계기가 되는 소재로 작용하고 있다고 볼 수 있겠군.

⑤ 최척과 옥영이 '소리를 지르며 끌어안'는 것은 문제의 해결에 따른 기쁨과, '눈물이 다하자 피가 흘러내'리는 것은 또 다른 문제 확인에 따른 인물의 불안감과 관련이 있겠군.

• 홀수 기출 분석서 **문학** 문제 P.162 / 해설 P.297

[22~26] 다음 글을 읽고 물음에 답하시오.

(가)

이런들 어떠하며 저런들 어떠하료
초야우생(草野愚生)이 이렇다 어떠하료
하물며 **천석고황(泉石膏肓)**을 고쳐 므슴하료   〈제1수〉

연하(烟霞)로 **집**을 삼고 풍월(風月)로 **벗**을 삼아
태평성대에 병으로 늙어 가네
이 중에 바라는 일은 **허물이나 없고자**   〈제2수〉

[A]

춘풍(春風)에 화만산(花滿山)하고 추야(秋夜)에 월만대(月滿臺)라
사시 가흥(佳興)이 **사람과 한가지라**
하물며 어약연비(魚躍鳶飛) 운영천광(雲影天光)이야 어느 끝이 있으리   〈제6수〉

– 이황, 「도산십이곡」 –

(나)

산가(山家) 풍수설에 동구 못이 좋다 할새
십 년을 경영하여 한 땅을 얻으니
형세는 좁고 굵은 암석은 많고 많다
옛 길을 새로 내고 **작은 연못** 파서
활수*를 끌어 들여 가는 것을 머물게 하니
맑은 거울 **티 없어 산 그림자** 잠겨 있다
천고(千古)에 황무지를 아무도 모르더니
일조(一朝)에 진면목을 **내 혼자 알았노라**
처음의 이 내 뜻은 물 머물게 할 뿐이더니
이제는 돌아보니 **가지가지 다 좋구나**
백석은 치치(齒齒)하여 은도로 새겨 있고
벽류는 콸콸 흘러 옥 술잔을 때리는 듯
첩첩한 산들은 좌우의 병풍이요
빽빽한 소나무는 전후의 울타리로다
구곡 상하대는 층층이 둘러 있고
삼경(三逕) 송국죽(松菊竹)은 줄지어 벌여 있다
하물며 바위 벼랑 높은 위에 노송이 용이 되어 구부려 누웠거늘
운근(雲根)을 베어 내고 ㉠작은 정자 붙여 세워
띠 풀로 지붕 이고 자르지 않으니 이것이 어떤 집인가
남양의 제갈려인가 무이의 와룡암인가*
다시금 살펴보니 필굉 위언의 그림의 것이로다
무릉도원을 예 듣고 못 봤더니
이제야 알겠구나 이 진짜 거기로다

– 김득연, 「지수정가」 –

[B]

*활수: 흐르는 물.
*남양의 제갈려, 무이의 와룡암: 옛 현인이 은거한 거처.

(다)

내 초로의 어느 가을날, 나는 겸재가 동해안을 따라 내려가면서 동해 승경을 화폭에 옮겼던 월송정, 망양정, 청간정, 성류굴을 일삼아 떠돌아다녔다. 망양정은 옛 기성면의 바닷가에서 지금의 근남면

산포리로 옮겨 세운 지가 140여 년이 넘어, 기성면의 ㉡옛 망양정 자리는 도로 공사로 단애의 허리가 잘리워 나가, 바닷물은 단애 끝으로부터 멀찌감치 쫓겨났고 그 사이는 시멘트 칠갑이 되어 있었다. 정자 터는 사방이 깎여져 나갔고 화폭 속의 소나무 숲도 베어져 버린 채, 그 언덕은 그저 무의미한 흙더미로 변해 있었다. 마을의 고로(古老)들도 그곳에 들어서 있던 정자를 본 일은 없었고, 다만 그들의 증조나 고조로부터 전해 오는 구전에 의해 그 흙더미가 망양정 옛터였음을 옮길 뿐이었다.

겸재의 화폭을 마음속에 앞세우고 겸재 실경산수(實景山水)의 자리를 찾을 적에 그곳에 옛 정자가 이미 오래전에 없어져 버린 그 허전한 사태는 그다지 허전하지 않았다. 왜 그런가. 현실 속의 정자에 오르면 화폭 속의 정자는 보이지 않는다. 육신의 눈을 앞세워 정자를 찾아오는 자에게는 풍경 전체 속에서 인간세의 위치와 규모를 대표하는 상징으로서의 정자는 보이지 않는다.

(중략)

먼 산을 그릴 때 그는 그 산과 인간 사이의 거리를 그리는 것이 아니라, **그 거리를 들여다보는 시선의 깊이를 그린다.** 먼 것들은 원근상의 거리에 의해 격리되는 것이 아니라, 깊이에 의해 자리 잡는다. 겸재의 화폭 속에서 풍경은 **가깝다는 이유만으로 사실성을 부여받지 않고** 또 멀다는 이유만으로 사실성을 박탈당하지 않는다. 대체로 그의 그림 속에서는 **인간과 인간에 직접 관련된 것들**–정자, 집, 배, 나귀, 가마, 화분, 성곽 같은 것들이 **비교적 명료한 사실성을 띠고 있지만,** 그 사실성은 원근에 의해 정립되는 사실성이 아니라, **세계를 관찰하는 인간과의 관계 속**에서 **정립**되는 사실성이다.

[C]

– 김훈, 「겸재의 빛」 –

22. (가)~(다)의 공통점으로 가장 적절한 것은?

① 대상에 주목하여 대상과 관련된 가치를 추구하는 자세를 나타내고 있다.
② 부정적인 현실을 비판하며 좌절을 극복하려는 의지를 부각하고 있다.
③ 현실을 통찰하며 관용적 삶에 대한 지향을 보여 주고 있다.
④ 계절감을 활용하여 환경의 다양한 변화를 표현하고 있다.
⑤ 가상의 상황을 제시하여 환상적 분위기를 강화하고 있다.

23. [A], [B]에 대한 설명으로 적절하지 <u>않은</u> 것은?

① [A]의 〈제1수〉 초장은 유사한 어휘의 반복을 통해 리듬감을 형성하고 있다.

② [A]의 〈제2수〉 초장은 〈제1수〉 종장의 시상을 이어받아 자연 친화적인 모습을 드러내고 있다.

③ [B]에서는 '산 그림자'가 담긴 '작은 연못'의 경관을 묘사하여 깨끗한 자연의 형상을 보여 주고 있다.

④ [A]의 '집을 삼고'와 '벗을 삼아'는 화자와 대상의 가까운 관계를, [B]의 '끌어 들여'와 '머물게 하니'는 화자가 대상을 가까이 하려는 행동을 제시하고 있다.

⑤ [A]의 '허물이나 없고자'는 미래에 대한 화자의 바람을, [B]의 '티 없어'는 대상을 관찰하기 전에 나타난 화자의 심리를 표현하고 있다.

24. 〈보기〉를 바탕으로 (가), (나)를 이해한 내용으로 적절하지 <u>않은</u> 것은?

[3점]

─〈보 기〉─

「도산십이곡」에서 강호는 자연의 이치와 인간이 지향하는 이치가 일치된 이상적 공간으로, 「지수정가」에서 강호는 자연에서 생활하면서 자연의 가치를 새롭게 발견할 수 있는 공간으로 나타난다. 「도산십이곡」에서는 조화로운 자연과 합일하는 화자가 등장하며, 「지수정가」에서는 자연의 구체적인 모습을 묘사하며 자연의 가치를 확인한 화자가 등장한다.

① (가)의 '초야우생'은 인간이 지향하는 이치와 자연의 이치가 일치된 공간에 존재하는 화자가 스스로를 이르는 말이겠군.

② (나)의 '내 혼자 알았노라'는 자연에서 생활하면서 자연의 가치를 발견한 화자의 심정을 드러내는 말이겠군.

③ (가)의 '천석고황'은 이상적 공간에 다다르지 못한 것에 대한 화자의 아쉬움이, (나)의 '무릉도원'은 현실적 공간을 이상적 공간으로 바라보는 화자의 인식이 나타난 말이겠군.

④ (가)의 '사람과 한가지라'는 자연의 이치와 인간이 지향하는 이치가 다르지 않음을 확인한 화자의 인식이, (나)의 '가지가지 다 좋구나'는 자연의 가치를 확인한 화자의 심정이 나타난 말이겠군.

⑤ (가)의 '춘풍에 화만산하고 추야에 월만대라'는 계절의 양상을 통해 조화로운 자연을, (나)의 '벽류는 콸콸 흘러 옥 술잔을 때리는 듯'은 화자가 발견한 자연의 아름다운 모습을 드러낸 말이겠군.

25. ㉠과 ㉡을 이해한 내용으로 가장 적절한 것은?

① ㉠은 화자가 노력을 기울여 만든 인공물이고, ㉡은 글쓴이가 의도하지 않게 찾아낸 장소이다.

② ㉠은 현실에서 명예를 실현하려는 의지를, ㉡은 현실에서 편의를 실현한 결과를 보여 준다.

③ ㉠은 화자에게 만족하며 머무르는 삶에 대해, ㉡은 글쓴이에게 허전하지 않은 이유에 대해 생각하게 한다.

④ ㉠은 화자에게 일상적인 유용성을 상실한 공간이고, ㉡은 글쓴이에게 본래적인 유용성을 상실한 공간이다.

⑤ ㉠은 화자에게 자신의 삶을 가다듬는 역할을 수행하고, ㉡은 글쓴이에게 자신의 삶을 비판하는 계기로 작용한다.

26. 〈보기〉를 바탕으로 [C]를 읽은 독자의 반응으로 적절하지 <u>않은</u> 것은?

─〈보 기〉─

겸재는 산을 그리면서도 뺄 건 빼고 과장할 것은 과장하면서 필요한 경우에는 자리를 옮겨 가면서까지 자신이 생각하는 구도로 풍경을 재구성하였다. 한 폭의 그림 속에서 물과 바다, 하늘과 땅, 그리고 정자와 인간을 포함한 모든 대상이 화가의 시선에 의해 재구성되어 회화의 구도상 의미를 지닌 자리에 놓일 때야말로 진정한 그림의 요체가 드러나기 때문에, 겸재의 그림은 실물과 똑같이 그리는 것이 능사가 아니라는 점을 증명하고 있다.

① '먼 산을 그릴 때' 그 거리에 집착하지 않는 까닭은, 실물과 똑같이 그리는 것이 능사가 아니기 때문이겠군.

② '그 거리를 들여다보는 시선의 깊이를 그린다'는 뜻은, 화가가 자신의 시선으로 풍경을 재구성하는 작업이 중요하다는 의미이겠군.

③ '가깝다는 이유만으로 사실성을 부여받지 않는 까닭은, 대상을 표현할 때 뺄 건 빼고 과장할 것은 과장할 수 있다는 화가의 생각 때문이겠군.

④ '인간과 인간에 직접 관련된 것들'을 '비교적 명료한 사실성을 띠'도록 그린다는 뜻은, 대상을 회화의 구도상 의미를 지닌 자리로 옮겨 풍경의 원근감을 보이는 그대로 실현해야 한다는 의미이겠군.

⑤ '세계를 관찰하는 인간과의 관계 속'에서 사실성이 '정립'되는 까닭은, 화가의 의도에 따라 풍경을 재구성하는 창작 작업을 통해 그림의 요체가 드러나기 때문이겠군.

• 홀수 기출 분석서 문학 문제 P.080 / 해설 P.138

[27~30] 다음 글을 읽고 물음에 답하시오.

밤이 깊어지면, **시장 안의 가게들**은 하나씩 문을 닫고, 길가에 리어카를 놓고 팔던 상인들은 제각기 과일이나 생선, 채소들을 끌고 다리 위로 올라오는 것이었다.

[A]
그 모양을 이만큼에 서서 흔들리는 버드나무 가지 사이로 바라보면, 리어카마다 켜져 있는 카바이드 불빛이, 마치 난간에 무슨 꽃 등불을 달아 놓은 것처럼 요요하였다.

돈이 없어도 염려가 안 되는 곳.

그 사람들은 대부분 어머니를 알았다.

모르는 사람들도 곧 알게 되었다.

[B]
벽오동집 아주머니.
오동나무 아주머니.

그렇게 어머니를 불렀다.

어느새 나무는 그렇게도 하늘 높이 자라서 저기만큼 걸린 매곡교 다릿목에서도 그 무성한 가지와 잎사귀를 올려다볼 만큼 되었던 것이다.

[C]
거기다가, 우리 집에서 날아간 오동나무 씨앗이 앞뒷집에 떨어져 싹이 나고, 어느 해 바람에 불려 갔는지 그보다 더 먼 건넛집에도, 심지 않은 오동나무가 저절로 자라나게 되었다.
그래서 나는 속으로 우리 동네를 벽오동촌이라고 별명 지었다.
그것은 어쩌면 이 가난한 동네의 한 호사였는지도 모른다.

아버지가 어머니와 혼인하시고, 작천의 친정 어머니를 남겨두신 채, 신행 후에 전주로 돌아와 맨 처음 터를 잡은 곳이 바로 이 **천변**이었다.

[D]
동네 뒤쪽으로는 산줄기가 병풍처럼 둘러쳐져 있고, 앞쪽으로는 흰모래 둥근 자갈밭을 데불은 시냇물이 흐르며 거기다 시장까지 가까운 이곳은, 삼십 년 전 그때만 하여도, 부성 밖의 한적하고 빈한한 동네였을 것이다.

물론 우리도 중간에 **집을 고치고**, 이어 내고, 울타리를 바꾸었으나, 그저 움막처럼 나뭇가지를 얼기설기 얽은 뒤, 풍우나 피하자는 시늉으로 지은 집들도 많았을 것이다.

이 울타리 안에서 해마다 더욱더 무성하게 자라는 오동나무는 유월이면, 아련한 유백색의 비단 무늬 같은 꽃을 피웠다. 그윽한 꽃이었다.

그 나무는 나보다 더 나이가 많았다.

나를 낳으시던 해, 지팡이만 한 나무를 구해다가 앞마당에 심으시며

"기념."

이라고 웃으셨다는 아버지.

"처음에는 저게 자랄까 싶었단다. 그러던 게 이듬해는 키를 넘드라."

해마다 이른 봄이면, 어린아이 손바닥만 하던 잎사귀가 어느 결에 손수건만 해지고, 그러다가 초여름에는 부채처럼 나부낀다.

그리고 가을에는 종이우산만큼이나 넓어지는 것 같았다.

하늘을 덮는 잎사귀, 그 무성한 잎사귀들…….

그 잎사귀 **서걱거리는 소리**가 골목 어귀 천변에까지 들리는 성싶었다.

어머니는 물끄러미 냇물만 바라보고 계시더니, 문득 고개를 돌려,

"영익이 언제 다녀갔지?"

하고 물으셨다.

[E]
"사흘 됐나? 그저께 아니었어요?"
어머니는 어둠 속에서 고개를 끄덕이셨다.
어머니의 고개는 무거워 보였다.

"참, 어머니 지금 저기, 불빛 뵈는 저 산마루에 절, 저기가 영익이 있는 데예요?"

나는 동편 산마루의 깜박이는 불빛을 가리키며 무심한 듯 물었다.

"아니다. 그건 승암사라구 중바위산 아니냐. 그 애 공부하는 덴 이 오른쪽이지…… 기린봉 중턱에 있는 절이야. 여기서는 잘 뵈지도 않는구나."

그러면서 어머니는 눈을 들어, 어두운 밤하늘에 뚜렷한 금을 긋고 있는 산줄기를 바라보셨다. 산은 검고 깊었다.

동생 영익이는 벌써 이 년째 그 산속의 절에서 사법 고시 준비를 하고 있었다.

그는 말이 없고 우울한 때가 많았다.

그리고 그저께 집에 내려와, 이사 날짜가 결정되었다는 말을 듣고는 아무 말도 없이 고개를 떨어뜨리더니

"내가……."

하고 무슨 말을 이으려다 말고 그냥 산으로 올라갔었다.

그때 영익이의 말끝에 맺힌 숨소리는 '흡' 하고 내 가슴에 얹혀 아직도 내려가지 않은 것만 같았다.

우리가 이사하기로 된 집의 **구조**는 지극히 **천박**하였다.

우선 대문이 번화한 도로변으로 나 있는 데다가 오래되고 낡아서 녹이 슨 철제였다. 그것은 잘 닫히지도 않아 비긋하니 틀어진 채 열려 있었다.

그리고 마당은 거의 없다는 편이 옳았다. 그나마 손바닥만 한 것을 시멘트로 빈틈없이 발라 놓았고, 방들은 오밀조밀 붙어 있어 개수만 여럿일 뿐, 좁고 어두웠다.

그중에 한 방은 아예 전혀 **채광 통풍조차도** 되지 않았다.

그것도 원래는 **창문**이었는데, 아마 바로 옆에 가게를 이어 내느라고 **막아 버린** 모양이었다. 그 가게란 양품점으로, 레이스가 많이 달린 네글리제와 여자용 속옷, 스타킹 따위를 고무 인형에 입혀 세워 놓은 곳이었다.

뿐만 아니라 그 가게를 중심으로 앞뒤에 같은 양품점들이 늘어서 있고 그 옆에는 양장점, 제과소, 음식점, 식료품 잡화상들이 있었다.

여기저기서 들려오는 **불규칙한 마찰음**, 무엇이 부딪쳐 떨어지는 소리, 어느 악기점에선가 쿵, 쿵, 울려 오는 스피커 소리…… 끼익, 하며 숨넘어가는 자동차 소리.

한마디로 그 집은, 아스팔트의 바둑판, 환락과 유행과 흥정의 경박한 거리에 금방이라도 쓸려 버릴 것처럼 위태해 보였다.

그리고 우리가 이제 이사 올 집이라고, 그 집 문간에 웅숭그리고 서서 철제 대문 사이로 안을 기웃거리며 들여다보는 **우리들**은 어쩐지 **잘못 날아든 참새들** 같기만 하였다.

– 최명희, 「쓰러지는 빛」 –

27. 윗글에 대한 이해로 가장 적절한 것은?

① '영익'은 가족의 상황을 알고서도 제 생각을 분명히 드러내지 않는다.

② '어머니'는 아들이 출가하여 소식이 끊긴 뒤 그의 근황을 궁금해 한다.

③ '나'는 동생의 말을 듣고서 그가 현재 어디에 머무르고 있는지 알게 된다.

④ '시장 안의 가게들'은 밤늦게 물건을 사기 위해 사람들이 모여드는 곳이다.

⑤ '천변'은 아버지와 어머니가 결혼할 때부터 사람들이 북적였던 번화한 동네이다.

28. [A]~[E]의 서술 방식에 대한 설명으로 적절하지 <u>않은</u> 것은?

① [A]: '이만큼에 서서'와 '바라보면'을 보면, 서술자가 대상을 지각할 수 있는 위치에서 서술하고 있음을 알 수 있다.

② [B]: 호명하는 말을 각각 하나의 문단에 서술하여, 그 호칭이 두드러져 보이는 효과가 나타난다.

③ [C]: '나'와 '우리' 같은 표현을 사용하여, 서술자가 자기 경험을 바탕으로 하는 이야기를 서술하면서 자신의 내면을 드러낸다.

④ [D]: '동네였을 것이다'를 보면, 서술자가 과거 상황에 대해 확정적으로 진술하지 않고 추측의 의미를 담아 서술하고 있음을 알 수 있다.

⑤ [E]: 누가 한 말인지 명시하지 않은 것을 보면, 대화 상황에서 말하는 이와 서술자가 다르다는 사실을 알 수 있다.

29. 윗글의 '오동나무'에 대한 이해로 가장 적절한 것은?

① '나'가 계절의 자연스러운 변화와 세월의 흐름을 느끼게 되는 경험적 대상이다.

② 가난한 마을이지만 사람들로 하여금 호사를 누릴 수 있게 하는 경제적 기반이다.

③ '어머니'가 결혼 후에 심고 정성을 다해 키워 내어 무성해진 애착의 결실이다.

④ 동네 사람들이 마을의 특징에 부합한 별명을 자기 마을에 붙일 때 적용한 단서이다.

⑤ '아버지'가 자식을 얻은 기쁨을 이웃과 나눌 생각에 마을 곳곳에 심은 상징적 기념물이다.

30. <보기>를 바탕으로 윗글을 감상한 내용으로 적절하지 <u>않은</u> 것은? [3점]

―〈보 기〉―

집에 대한 정서적 반응은 집의 구조, 주변 환경, 거주 기간 등의 요인에 따라 다를 수 있다. 자신이 거주하는 집의 내·외부와 관계를 맺으며 충분한 시간 동안 쌓은 경험들은 현재 살고 있는 집에 대한 정서를 형성하는 데 영향을 주며, 다른 낯선 공간에 대한 정서적 반응에 영향을 주기도 한다. 「쓰러지는 빛」은 이사할 처지에 놓인 한 가족의 이야기를 통해 집에 대한 '나'의 정서적 반응을 보여 준다.

① '나'가 '천변' 집에 살면서 추억을 형성해 온 시간들은, 이사할 처지에 놓인 현재의 상황을 불편하게 여기는 요인이 될 수 있겠군.

② '집을 고치'던 경험을 바탕으로 '구조'가 '천박'한 집의 여건을 살펴보는 것에서, 거주 환경의 변화에 적응하여 낯선 공간에 친숙해지고자 하는 '나'의 생각을 확인할 수 있겠군.

③ '서걱거리는 소리'와 '불규칙한 마찰음'에서 드러나는 집 주변 환경의 차이는, 두 집에 대해 '나'가 느끼는 친밀감의 차이를 유발할 수 있음을 예상할 수 있겠군.

④ '창문'을 '막아 버린' 방은 '채광 통풍조차' 되지 않는 속성으로 인해, 지금 살고 있는 집에 대한 '나'의 정서적 반응과는 다른 정서적 반응을 일으키는 요인이 될 수 있겠군.

⑤ '우리들'의 상황이 '잘못 날아든 참새들 같'다고 한 것은, 변화될 거주 여건을 낯설어하는 심리를 비유적으로 드러낸 것이라 할 수 있겠군.

• 홀수 기출 분석서 **문학** 문제 P.030 / 해설 P.040

[31~34] 다음 글을 읽고 물음에 답하시오.

(가)

한여름 채전으로 ㉠**가 보아라**

수염을 드리운 몇 그루 옥수수에 가지, 고추, 오이, 토란, 그리고 **울타리**엔 덤불을 이룬 **넌출** 사이로 반질반질 윤기 도는 크고 작은 박이며 호박들!

이 ㉡**지극히 범속한 것들**은 제각기 타고난 바탕과 생김새로 주어서 아낌없고 받아서 아쉼 없는 황금의 햇빛 속에 일심으로 자라고 영글기에 숨소리도 들릴세라 적적히 여념 없나니

㉢**과분하지 말라 의혹하지 말라** 주어진 대로를 정성껏 충만시킴으로써 스스로를 족할 줄을 알라 오직 여기에 목숨의 유열과 천지와의 화합에 있거니

한여름 채전으로 가 보아라

나비가 심방 오고 풍뎅이가 찾아오고 잠자리가 왔다 가고 바람결에 스쳐 가고 **그늘**이 지나가고 **비**가 내리고 햇볕이 다시 나고 ……
이같이 ㉣**많은 손님들의 극진한 축복과 은혜** 속에
이 지극히 범속한 것들의 지극히 충족한 ㉤**빛나는 생명의 양상**을
한여름 채전으로 와서 보아라

― 유치환, 「채전(菜田)」 ―

(나)

우리는 썩어 가는 참나무 떼,
벌목의 슬픔으로 서 있는 이 땅   [A]
패역의 **골짜기**에서
서로에게 기댄 채 **겨울**을 난다
함께 썩어 갈수록   [B]
바람은 더 높은 곳에서 우리를 흔들고
이윽고 잠자던 **홀씨**들 일어나   [C]
우리 몸에 뚫렸던 상처마다 버섯이 피어난다
황홀한 **음지**의 꽃이여
우리는 서서히 썩어 가지만
너는 **소나기**처럼 후드득 피어나   [D]
그 고통을 순간에 멈추게 하는구나
오, 버섯이여
산비탈에 구르는 낙엽으로도   [E]
골짜기를 떠도는 바람으로도
덮을 길 없는 우리의 몸을   [F]
뿌리 없는 너의 독기로 채우는구나

　　　　　　　　　　　　－ 나희덕, 「음지의 꽃」 －

31. (가)와 (나)의 공통점으로 가장 적절한 것은?

① 사물의 모습에 대한 긍정적 인식을 바탕으로 중심 제재에 대한 예찬적 태도를 드러내고 있다.

② 주어진 현실에 순응하는 모습을 통해 중심 제재를 바라보는 비관적 태도를 암시하고 있다.

③ 풍경을 관조적으로 응시하는 시선으로 중심 제재의 외적 아름다움을 표현하고 있다.

④ 인간의 행위에 대한 우호적 관점을 토대로 중심 제재의 심미적 속성을 강조하고 있다.

⑤ 장소에 대한 부정적 인식을 심화하여 중심 제재와의 정서적 거리를 부각하고 있다.

32. ㉠~㉤의 시적 기능에 대한 설명으로 적절하지 <u>않은</u> 것은?

① ㉠을 반복하고 변주하여 '채전'에서 겪을 수 있는 경험의 소중함을 느끼게 하려는 화자의 의도를 드러내고 있다.

② ㉡을 수식어로 반복하여 '범속한 것들'로부터 '충족한' 느낌을 받는 화자의 정서를 강조하고 있다.

③ ㉢에서 부정 명령형을 사용하여 '주어진 대로' '족할 줄을 알'아야 한다는 화자의 인식을 제시하고 있다.

④ ㉣에서 사물을 인격화하여 '극진한 축복과 은혜'와 대비되는 화자의 시선을 반영하고 있다.

⑤ ㉤에서 관념을 시각화하여 '목숨의 유열과 천지와의 화합'이 이루어진 대상에 대한 화자의 생각을 표현하고 있다.

33. [A]~[F]에 대한 이해로 가장 적절한 것은?

① [A]에서 참나무가 벌목으로 썩어 가는 모습은, [B]에서 바람에 흔들리는 나무의 모습과 순환적 관계를 형성한다.

② [B]에서 참나무의 상태에 변화를 가져온 움직임은, [C]에서 버섯이 피어나는 상황과 순차적 관계를 형성한다.

③ [C]에서 참나무의 상처에 생명이 생성되는 순간은, [D]에서 나무의 고통이 멈추는 과정과 대립적 관계를 형성한다.

④ [D]에서 참나무의 모습에 일어난 변화는, [E]에서 낙엽이나 바람이 처한 상황과 인과적 관계를 형성한다.

⑤ [E]에서 참나무의 주변에 존재하는 사물들은, [F]에서 나무를 채워 주는 존재로 제시된 대상과 동질적 관계를 형성한다.

34. 〈보기〉를 바탕으로 (가)와 (나)를 감상한 내용으로 적절하지 <u>않은</u> 것은?　　　　　[3점]

〈보 기〉

생명 현상을 제재로 삼은 시는 대체로, 생명체들의 풍요로움을 감각적으로 형상화하거나, 생명 파괴의 현실을 극복하는 모습을 형상화한다. (가)는 만물의 조화로운 성장과 충만한 생명력에 자족하는 태도를, (나)는 인간의 욕망에 의한 상처와 고통으로 황폐화된 현실을 강인한 생명력이 피어나는 공간으로 변화시키는 모습을 드러낸다. 이러한 두 양상은 표면적으로 드러난 생명의 모습에서는 차이를 보이지만, 생명체들이 어우러져 살아가는 모습을 보여 준다는 점에서는 동일한 지향성을 지닌다고 할 수 있다.

① (가)의 '한여름'은 생명체들의 풍요로움을 감각적으로 드러내는, (나)의 '겨울'은 생명 파괴의 현실을 이겨 내는 시간적 배경으로 설정되어 있군.

② (가)의 '울타리'는 만물이 함께 살아가는 공간을 드러내는 경계로, (나)의 '골짜기'는 인간의 욕망이 투영된 장소로 제시되어 있군.

③ (가)의 '넌출'은 어우러진 생명체들이 현실의 삶에 자족하게 되는, (나)의 '홀씨'는 공존하던 생명체들이 흩어지게 되는 계기를 드러내고 있군.

④ (가)의 '그늘'은 만물이 성장을 이루어 가는 배경으로서의, (나)의 '음지'는 현실의 고통을 극복하는 장소로서의 의미를 함축하고 있군.

⑤ (가)의 '비'는 생명의 충만함과 조화로움을 갖게 하는, (나)의 '소나기'는 황폐화된 현실에 생명력을 환기하는 대상으로 표상되어 있군.

▶ 소요 시간 　　　분 　　　초

* 확인 사항

○ 답안지의 해당란에 필요한 내용을 정확히 기입(표기)했는지 확인 하시오.

국어 영역

• 홀수 기출 분석서 독서 문제 P.038 / 해설 P.050

[1~3] 다음 글을 읽고 물음에 답하시오.

글을 읽는 동안 독자의 사고 과정을 밝힐 수 있는 방법 중 하나가 눈동자 움직임 분석 방법이다. 이것은 사고 과정이 눈동자의 움직임에 반영된다고 보고 그 특성을 분석하는 방법이다.

[A]
눈동자 움직임에 주목한 연구에 따르면, 글을 읽을 때 독자는 자신이 중요하다고 판단한 단어나 생소하다고 생각한 단어를 중심으로 읽는다. 글을 읽을 때 독자는 눈동자를 단어에 멈추는 고정, 고정과 고정 사이에 일어나는 도약을 보였는데, 도약은 한 단어에서 다음 단어로 이동하는 짧은 도약과 단어를 건너뛰는 긴 도약으로 구분된다. 고정이 관찰될 때는 단어의 의미 이해가 이루어졌지만, 도약이 관찰될 때는 건너뛴 단어의 의미 이해가 이루어지지 않았다. 글을 읽을 때 독자가 생각하는 단어의 중요도나 친숙함에 따라 눈동자의 고정 시간과 횟수, 도약의 길이와 방향도 달랐다. 독자가 중요하거나 생소하다고 생각한 단어일수록 고정 시간이 길었다. 이러한 단어는 독자가 글의 진행 방향대로 읽어 가다가 되돌아와 다시 읽는 경우도 있어 고정 횟수도 많았고, 이때의 도약은 글의 진행 방향과는 다르게 나타났다. 중요한 단어나 생소한 단어가 연속될 때는 그 단어마다 눈동자가 멈추면서 도약의 길이가 짧았다.

눈동자 움직임의 양상은 독자의 읽기 능력이 발달하면서 변화한다. 읽기 능력이 발달하면 이전과 같은 수준의 글을 읽거나 전에 읽었던 글을 다시 읽을 때, 단어마다 눈동자를 고정하지는 않게 되어 ㉠이전보다 고정 횟수와 고정 시간이 줄어들고 단어를 건너뛰는 긴 도약이 자주 일어나는 모습이 관찰된다. 학습 경험과 독서 경험이 쌓이면서 글의 구조에 대한 지식과 아는 단어, 배경지식이 늘어나기 때문이다. 또한 읽기 목적을 분명하게 인식하게 되면서 글에서 중요한 단어를 정확하게 선택할 수 있게 되는 것도 그 이유 중의 하나이다. 이때 문맥을 파악하기 위해 이미 읽은 단어를 다시 확인하려는 도약, 앞으로 읽을 단어를 먼저 탐색하는 도약 등이 빈번하게 나타난다.

1. 윗글에 대한 이해로 가장 적절한 것은?

① 글을 읽을 때 눈동자의 움직임은 독자의 사고 과정에 영향을 받는다.
② 눈동자 움직임 분석 방법을 사용하지 않으면 독자의 사고 과정을 밝힐 수 없다.
③ 독자가 느끼는 글의 어려움의 정도는 독자의 눈동자 움직임의 양상에 영향을 주지 않는다.
④ 눈동자 움직임 분석 방법에 따르면 독자는 자신에게 친숙한 단어일수록 중요하다고 판단한다.
⑤ 글을 읽을 때 독자가 중요하다고 생각하는 단어의 빈도는 눈동자의 움직임에 영향을 주지 않는다.

2. 다음은 학생이 자신의 읽기 과정을 기록한 글이다. [A]를 바탕으로 ⓐ~ⓔ를 분석한 내용으로 적절하지 않은 것은? [3점]

〈독서의 새로운 공간〉이라는 글을 읽으며 우선 글 전체에서 ⓐ중요하다고 생각하는 단어만 확인하는 읽기를 했다. 이를 통해 '도서관'에 대한 내용이라는 것을 확인하고 ⓑ글의 진행 방향에 따라 읽어 나갔다. '장서'의 의미를 알 수 없어서 ⓒ앞에 읽었던 부분으로 돌아가서 다시 읽고 나니 문맥을 통해 '도서관에 소장된 책'이라는 의미임을 알게 되었다. 이후 도서관의 등장과 역할 변화가 글의 주제라는 것을 파악하고서 ⓓ그와 관련된 단어들에 집중하며 읽어 나갔다. '파피루스를 대신하여 양피지가 사용되었다.'라는 문장을 읽을 때 ⓔ'대신하여'와 달리 '파피루스'와 '양피지'처럼 생소한 단어는 하나씩 확인하며 읽었다.

① ⓐ: 중요하다고 생각하는 단어에서는 고정이 일어났을 것이다.
② ⓑ: 도약이 진행되는 동안에는 건너뛴 단어의 의미 이해가 이루어지지 않았을 것이다.
③ ⓒ: 글이 진행되는 방향과 반대 방향의 도약이 나타났을 것이다.
④ ⓓ: 글의 주제와 관련이 없는 단어들을 읽을 때보다 고정 시간이 짧고 고정 횟수가 적었을 것이다.
⑤ ⓔ: 중요하지 않고 익숙한 단어들로만 이루어진 동일한 길이의 문장을 읽을 때보다 고정 시간이 길었을 것이다.

3. 다음은 윗글을 읽은 학생이 ㉠에 대해 보인 반응이다. [가]에 들어갈 내용으로 적절하지 않은 것은?

읽기 능력이 발달하면, [가] 나에게도 이러한 현상이 나타날 수 있겠군.

① 글을 깊이 있게 이해하기 위해 꼼꼼히 읽을 때
② 글과 관련된 배경지식을 적극적으로 활용하여 읽을 때
③ 다양한 글을 읽어서 글의 구조를 잘 이해할 수 있을 때
④ 배우고 익힌 내용이 쌓여 글에 아는 단어가 많아졌을 때
⑤ 읽기 목적에 따라 중요한 단어를 정확하게 고를 수 있을 때

• 홀수 기출 분석서 독서 문제 P.162 / 해설 P.318

[4~9] 다음 글을 읽고 물음에 답하시오.

(가)

아도르노는 문화 산업에 의해 양산되는 대중 예술이 이윤 극대화를 위한 상품으로 전락함으로써 예술의 본질을 상실했을 뿐 아니라 현대 사회의 모순과 부조리를 은폐하고 있다고 지적했다. 아도르노가 보는 대중 예술은 창작의 구성에서 표현까지 표준화되어 생산되는 상품에 불과하다. 그는 대중 예술의 규격성으로 인해 개인의 감상 능력 역시 표준화되고, 개인의 개성은 다른 개인의 그것과 다르지 않게 된다고 보았다. 특히 모든 것을 상품의 교환 가치로 환원하려는 자본주의 사회에서, 대중 예술은 개인의 정체성마저 상품으로 @전락시키는 기제로 작용한다는 것이다.

아도르노는 서로 다른 가치 체계를 하나의 가치 체계로 통일시키려는 속성을 동일성으로, 하나의 가치 체계로의 환원을 거부하는 속성을 비동일성으로 규정하고, 예술은 이러한 환원을 거부하는 비동일성을 지녀야 한다고 주장한다. 그렇기 때문에 예술은 대중이 원하는 아름다운 상품이 되기를 거부하고, 그 자체로 추하고 불쾌한 것이 되어야 한다는 것이다. 그에게 있어 예술은 예술가가 직시한 세계의 본질을 감상자들에게 체험하게 해야 한다. 예술은 동일화되지 않으려는, 일정한 형식이 없는 비정형화된 모습으로 나타남으로써 현대 사회의 부조리를 체험하게 하는 매개여야 한다는 것이다.

아도르노는 쇤베르크의 음악과 같은 전위 예술이 그 자체로 동일화에 저항하면서도, 저항이나 계몽을 직접적으로 드러내지 않는다는 것을 높게 평가한다. 저항이나 계몽을 직접 표현하는 것에는 비동일성을 동일화하려는 폭력적 의도가 내재되어 있다고 보기 때문이다. 불협화음으로 가득 찬 쇤베르크의 음악이 감상자들에게 불쾌함을 느끼게 했던 것처럼 예술은 그것에 드러난 비동일성을 체험하게 함으로써 동일화의 폭력에 저항해야 한다는 것이다.

아도르노에게 있어 예술은 사회적 산물이며, 그래서 미학은 작품에 침전된 사회의 고통스러운 상태를 읽기 위해 존재한다. 그는 비동일성 그 자체를 속성으로 하는 전위 예술을 예술이 추구해야 할 바람직한 모습으로 제시했다.

(나)

아도르노의 미학은 예술과 사회의 관계를 통해 예술의 자율성을 추구했다는 점에서 긍정적으로 평가된다. 예술은 사회적인 것인 동시에 사회에서 떨어져 사회의 본질을 직시하는 것이어야 한다고 보기 때문이다. 그의 미학은 기존의 예술에 대한 비판적 관점을 제공한다. 가령 사과를 표현한 세잔의 작품을 아도르노의 미학으로 읽어 낸다면, 이 그림은 사회의 본질과 ⓑ유리된 '아름다운 가상'을 표현한 것에 불과할 것이다.

하지만 세잔의 작품은 예술가의 주관적 인상을 붉은색과 회색 등의 색채와 기하학적 형태로 표현한 미메시스일 수 있다. 미메시스란 세계를 바라보는 주체의 관념을 재현하는 것, 즉 감각될 수 없는 것을 감각 가능한 것으로 구현하는 것을 의미한다. 다시 말해 세잔의 작품은 눈에 보이는 특정의 사과가 아닌 예술가의 시선에 포착된 세계의 참모습, 곧 자연의 생명력과 그에 얽힌 농부의 삶 그리고 이를 ⓒ응시하는 예술가의 사유를 재현한 것이 된다.

아도르노는 예술이 예술가에게 포착된 세계의 본질을 감상자로 하여금 체험하게 하는 것이어야 한다고 본다. 그러나 그는 이러한

미적 체험을 현대 사회의 부조리에 국한시킴으로써, 진정한 예술을 감각적 대상인 형태 그 자체의 비정형성에 대한 체험으로 한정한다. 결국 ㉠아도르노의 미학에서는 주관의 재현이라는 미메시스가 부정되고 있다.

한편 아도르노의 미학은 예술의 영역을 극도로 축소시키고 있다. 즉 그 자신은 동일화의 폭력을 비판하지만, 자신이 추구하는 전위 예술만이 진정한 예술이라고 주장하며 ㉡전위 예술의 관점에서 예술의 동일화를 시도하고 있다. 특히 이는 현실 속 다양한 예술의 가치가 발견될 기회를 ⓓ박탈한다. 실수로 찍혀 작가의 어떠한 주관도 결여된 사진에서조차 새로운 예술 정신을 ⓔ발견하는 것이 가능하다는 베냐민의 지적처럼, 전위 예술이 아닌 예술에서도 미적 가치를 발견할 수 있다. 또한 대중음악이 사회적 저항의 메시지를 전달하는 사례도 있듯이, 자본의 논리에 편승한 대중 예술이라 하더라도 사회에 대한 비판적 기능을 수행하는 경우도 있다.

4. 다음은 (가)와 (나)를 읽고 수행한 독서 활동지의 일부이다. Ⓐ~Ⓔ 중 적절하지 <u>않은</u> 것은?

	(가)	(나)
글의 화제	아도르노의 예술관 ·························· Ⓐ	
서술 방식의 공통점	구체적인 예를 제시하고 그것에 담긴 의미를 설명함. ······································· Ⓑ	
서술 방식의 차이점	(가)는 (나)와 달리 화제와 관련된 개념을 정의하고 개념의 변화 과정을 제시함. ············· Ⓒ	(나)는 (가)와 달리 논지를 강화하기 위해 다른 이의 견해를 인용함. ············· Ⓓ
서술된 내용 간의 관계	(가)에서 소개한 이론에 대해 (나)에서 의의를 밝히고 한계를 지적함. ·························· Ⓔ	

① Ⓐ   ② Ⓑ   ③ Ⓒ   ④ Ⓓ   ⑤ Ⓔ

5. <u>아도르노가 보는 대중 예술</u>에 대한 이해로 적절하지 <u>않은</u> 것은?

① 문화 산업을 통해 상품화된 개인의 정체성과 대립적 관계를 형성한다.

② 일정한 규격에 맞춰 생산될 뿐 아니라 대중의 감상 능력을 표준화한다.

③ 자본주의의 교환 가치 체계에 종속된 것으로서 예술로 포장된 상품에 불과하다.

④ 모든 것을 상품의 교환 가치로 환원하려는 자본주의 사회의 속성을 은폐한다.

⑤ 문화 산업의 이윤 극대화 과정에서 개인들이 지닌 개성의 차이를 상실시킨다.

6. ㉠의 이유를 추론한 내용으로 가장 적절한 것은?

① 비정형적 형태뿐 아니라 정형적 형태 역시 재현되기 때문이다.

② 재현의 주체가 예술가로부터 예술 작품의 감상자로 전환되기 때문이다.

③ 미적 체험의 대상이 사회의 부조리에서 세계의 본질로 변화되기 때문이다.

④ 미적 체험의 과정에서 비정형적인 형태가 예술가의 주관으로 왜곡되기 때문이다.

⑤ 예술가의 주관이 가려지고 작품에 나타난 형태에 대한 체험만이 강조되기 때문이다.

7. (가)의 '아도르노'의 관점을 바탕으로 할 때, ㉡에 대해 반박할 수 있는 말로 가장 적절한 것은?

① 동일화는 애초에 예술과 무관하므로 예술의 동일화는 실현 불가능하다.

② 전위 예술의 속성은 부조리 그 자체를 폭로하는 것이므로 비동일성은 결국 동일성으로 귀결된다.

③ 동일성으로 환원된 대중 예술에서도 비동일성을 발견할 수 있으므로 예술의 동일화는 무의미하다.

④ 전위 예술은 동일성과 비동일성의 구분을 거부하므로 전위 예술로의 동일화는 새로운 차원의 비동일성으로 전환된다.

⑤ 동일화를 거부하는 속성이 전위 예술의 본질이므로 전위 예술을 추구하는 것은 동일화가 아니라 비동일화를 지향하는 것이다.

8. 다음은 학생이 미술관에 다녀와서 작성한 감상문이다. 이에 대해 (가)의 '아도르노'의 관점(A)과 (나)의 글쓴이의 관점(B)에서 설명한 내용으로 적절하지 <u>않은</u> 것은? [3점]

> 주말 동안 미술관에서 작품을 관람했다. 기억에 남는 세 작품이 있었다. 첫 번째 작품의 제목은 「자화상」이었지만 얼굴의 형상을 전혀 찾아볼 수 없는 기괴한 모습이었고, 제각각의 형태와 색채들이 이곳저곳 흩어져 있어 불편한 감정만 느껴졌다. 두 번째 작품은 사회에 비판적인 유명 연예인의 얼굴을 묘사한 그림으로, 대량 복제되어 유통되는 작품이었다. 그리고 사용된 색채와 구도가 TV에서 본 상업 광고의 한 장면같이 익숙하게 느껴져서 좋았다. 세 번째 작품은 시골 마을의 서정적인 풍경을 사실적으로 묘사한 그림으로 색감과 조형미가 뛰어나 오랫동안 기억에 잔상으로 남았다.

① A: 첫 번째 작품에서 학생이 기괴함과 불편함을 느낀 것은 부조리한 사회에 대한 예술적 체험의 충격 때문일 수 있습니다.

② A: 두 번째 작품에서 학생이 느낀 익숙함은 현대 사회의 모순에 대한 무감각과 같은 것일 수 있습니다. 이는 문화 산업의 논리에 동일화되어 감각이 무뎌진 결과라 할 수 있습니다.

③ A: 세 번째 작품에 표현된 서정성과 조형미는 부조리에 대한 저항과는 괴리가 있습니다. 사회에 대한 저항을 직접적으로 드러낸 예술이어야 진정한 예술이라고 할 수 있습니다.

④ B: 첫 번째 작품의 흩어져 있는 형태와 색채가 예술가의 표현 의도를 담고 있지 않더라도 그 작품에서 예술적 가치를 발견할 수 있습니다.

⑤ B: 두 번째 작품은 대량 생산을 통해 제작된 것이지만 그 연예인의 사회 비판적 이미지를 이용해 현대 사회의 문제점을 고발하는 것일 수 있습니다.

9. 문맥상 ⓐ~ⓔ와 바꿔 쓰기에 적절하지 <u>않은</u> 것은?

① ⓐ: 맞바꾸는

② ⓑ: 동떨어진

③ ⓒ: 바라보는

④ ⓓ: 빼앗는다

⑤ ⓔ: 찾아내는

▶ 소요 시간 ☐ 분 ☐ 초

• 홀수 기출 분석서 [독서] 문제 P.074 / 해설 P.123

[10~13] 다음 글을 읽고 물음에 답하시오.

사유 재산 제도하에서는 누구나 자신의 재산을 자유롭게 처분할 수 있다. 그러나 기부와 같이 어떤 재산이 대가 없이 넘어가는 무상 처분 행위가 행해졌을 때는 그 당사자인 무상 처분자와 무상 취득자의 의사와 무관하게 그 결과가 번복될 수 있다. 무상 처분자가 사망하면 상속이 개시되고, 그의 상속인들이 유류분을 반환받을 수 있는 권리인 유류분권을 행사할 수 있기 때문이다. 이때 무상 처분자는 피상속인이 되고 그의 권리와 의무는 상속인에게 이전된다.

유류분은 피상속인의 무상 처분 행위가 없었다고 가정할 때 상속인들이 상속받을 수 있었을 이익 중 법으로 보장된 부분이다. 만약 상속인이 피상속인의 자녀 한 명뿐이면, 상속받을 수 있었을 이익의 $\frac{1}{2}$만 보장된다. 상속인들이 상속받을 수 있었을 이익은 상속 개시 당시에 피상속인이 가졌던 재산의 가치에 이미 무상 취득자에게 넘어간 재산의 가치를 더하여 산정한다. 유류분은 상속인들이 기대했던 이익을 보호하기 위한 것이기 때문이다.

피상속인이 상속 개시 당시에 가졌던 재산으로부터 상속받은 이익이 있는 상속인은 유류분에 해당하는 이익의 일부만 반환받을 수 있다. 유류분에 해당하는 이익에서 이미 상속받은 이익을 뺀 값인 유류분 부족액만 반환받을 수 있기 때문이다. 유류분 부족액의 가치는 금액으로 계산되지만 항상 돈으로 반환되는 것은 아니다. 만약 무상 처분된 재산이 돈이 아니라 물건이나 주식처럼 돈 이외의 재산이라면, 처분된 재산 자체가 반환 대상이 되는 것이 원칙이다. 다만 그 재산 자체를 반환하는 것이 불가능한 때에는 무상 취득자는 돈으로 반환해야 한다. 또한 재산 자체의 반환이 가능해도 유류분권자와 무상 취득자의 합의에 의해 돈으로 반환될 수도 있다.

무상 처분된 재산이 물건이라면 유류분 반환은 어떤 형태로 이루어질까? 무상 취득자가 반환해야 할 유류분 부족액이 무상 처분된 물건의 가치보다 적다면 유류분권자는 그 물건의 가치에 상당하는 금액에서 유류분 부족액이 차지하는 비율만큼 무상 취득자로부터 반환받을 수 있다. 이로 인해 하나의 물건에 대한 소유권이 여러 명에게 나눠지는데, 이때 각자의 몫을 지분이라고 한다.

무상 처분된 물건의 시가가 변동하면 유류분 부족액을 계산할 때는 언제의 시가를 기준으로 삼아야 할까? ㉠유류분의 취지에 비추어 상속 개시 당시의 시가를 기준으로 해야 한다. 다만 그 물건의 시가 상승이 무상 취득자의 노력에서 비롯되었으면 이때는 무상 취득 당시의 시가를 기준으로 계산해야 한다. 이렇게 정해진 유류분 부족액을 근거로 반환 대상인 지분을 계산할 때는, 시가 상승의 원인이 무엇이든 상속 개시 당시의 시가를 기준으로 해야 한다.

10. 윗글의 내용과 일치하지 <u>않는</u> 것은?

① 유류분권은 상속인이 아닌 사람에게는 인정되지 않는다.

② 유류분권이 보장되는 범위는 유류분 부족액의 일부에 한정된다.

③ 상속인은 상속 개시 전에는 무상 취득자에게 유류분권을 행사할 수 없다.

④ 피상속인이 생전에 다른 사람에게 판 재산은 유류분권의 대상이 될 수 없다.

⑤ 무상으로 취득한 재산에 대한 권리는 무상 취득자 자신의 의사에 반하여 제한될 수 있다.

11. 윗글에 대한 이해로 가장 적절한 것은?

① 무상 처분된 재산이 물건 한 개이면 유류분권자는 그 물건 전부를 반환받는다.

② 무상 처분된 물건이 반환되는 경우 유류분 부족액이 클수록 무상 취득자의 지분이 더 커진다.

③ 무상 취득자가 무상 취득한 물건을 반환할 수 없게 되면 유류분 부족액을 지분으로 반환해야 한다.

④ 유류분권자가 유류분 부족액을 물건 대신 돈으로 반환하라고 요구하더라도 무상 취득자는 무상 취득한 물건으로 반환할 수 있다.

⑤ 무상 처분된 물건의 일부가 반환되면 무상 취득자는 그 물건의 소유권을 가지고 유류분권자는 유류분 부족액만큼의 돈을 반환받게 된다.

12. 윗글을 통해 알 수 있는 ㉠의 이유로 가장 적절한 것은?

① 유류분은 피상속인이 자유롭게 처분한 재산의 일부이어야 하기 때문이다.

② 유류분은 피상속인이 재산을 무상 처분하지 않은 것으로 가정하여 산정되기 때문이다.

③ 유류분은 재산의 가치를 증가시킨 무상 취득자의 노력에 대한 보상으로 인정되는 것이기 때문이다.

④ 유류분은 피상속인의 재산에 대해 소유권을 나눠 가진 사람들 각자의 몫을 반영해야 하기 때문이다.

⑤ 유류분에 해당하는 이익의 가치가 상속 개시 전후에 걸쳐 변동되는 것을 반영해야 하기 때문이다.

13. 윗글을 바탕으로 〈보기〉를 이해한 내용으로 적절하지 <u>않은</u> 것은? [3점]

〈보 기〉

갑의 재산으로는 A 물건과 B 물건이 있었으며 그 외의 재산이나 채무는 없었다. 갑은 을에게 A 물건을 무상으로 넘겨주었고 그로부터 6개월 후 사망했다. 갑의 상속인으로는 갑의 자녀인 병만 있다. A 물건의 시가는 을이 A 물건을 소유하게 되었을 때는 300, 갑이 사망했을 때는 700이었다. 병은 갑이 사망한 날로부터 3개월 후에 을에게 유류분권을 행사했다. B 물건의 시가는 병이 상속받았을 때부터 병이 을에게 유류분 반환을 요구했을 때까지 100으로 동일하다.
(단, 세금, 이자 및 기타 비용은 고려하지 않음.)

① A 물건의 시가 상승이 을의 노력과 무관한 경우 유류분 부족액은 300이다.

② A 물건의 시가 상승이 을의 노력과 무관한 경우 유류분 반환의 대상은 A 물건의 $\frac{3}{7}$ 지분이다.

③ A 물건의 시가가 을의 노력으로 상승한 경우 유류분 부족액은 100이다.

④ A 물건의 시가가 을의 노력으로 상승한 경우 유류분 반환의 대상은 A 물건의 $\frac{1}{3}$ 지분이다.

⑤ A 물건의 시가가 을의 노력으로 상승한 경우와 을의 노력과 무관하게 상승한 경우 모두, 갑이 상속 개시 당시 소유했던 재산으로부터 병이 취득할 수 있는 이익은 동일하다.

• 홀수 기출 분석서 독서 문제 P.112 / 해설 P.210

[14~17] 다음 글을 읽고 물음에 답하시오.

인터넷 검색 엔진은 검색어를 포함하는 웹 페이지를 찾아 화면에 보여 준다. 웹 페이지가 화면에 나타나는 순서를 정하기 위해 검색 엔진은 수백 개가 ⓐ넘는 항목을 고려한 다양한 방식을 사용한다. 대표적인 항목으로 중요도와 적합도가 있다.

검색 엔진은 빠른 시간 내에 검색 결과를 보여 주기 위해 웹 페이지들의 데이터를 수집하여 인덱스를 미리 작성해 놓는다. 인덱스란 단어를 알파벳순으로 정리한 목록으로, 여기에는 각 단어가 등장하는 웹 페이지와 단어의 빈도수 등이 저장된다. 이때 각 웹 페이지의 중요도가 함께 기록된다.

㉠중요도는 웹 페이지의 중요성을 값으로 나타낸 것으로 링크 분석 기법으로 측정할 수 있다. 기본적인 링크 분석 기법에서 웹 페이지 A의 값은 A를 링크한 각 웹 페이지들로부터 받는 값의 합이다. 이렇게 받은 A의 값은 A가 링크한 다른 웹 페이지들에 균등하게 나눠진다. 즉 A의 값이 4이고 A가 두 개의 링크를 통해 다른 웹 페이지로 연결된다면, A의 값은 유지되면서 두 웹 페이지에는 각각 2가 보내진다.

하지만 두 웹 페이지가 실제로 받는 값은 2에 댐핑 인자를 곱한 값이다. 댐핑 인자는 사용자들이 웹 페이지를 읽다가 링크를 통해 다른 웹 페이지로 이동하지 않는 비율을 반영한 값으로 1 미만의 값을 가진다. 댐핑 인자는 모든 링크에 동일하게 적용된다. 가령 그 비율이 20%이면 댐핑 인자는 0.8이고 두 웹 페이지는 A로부터 각각 1.6을 받는다. 웹 페이지로 연결된 링크를 통해 받는 값을 모두 반영했을 때의 값이 각 웹 페이지의 중요도이다. 웹 페이지들을 연결하는 링크들은 변할 수 있기 때문에 검색 엔진은 주기적으로 웹 페이지의 중요도를 갱신한다.

사용자가 검색어를 입력하면 검색 엔진은 인덱스에서 검색어에 적합한 웹 페이지를 찾는다. ㉡적합도는 단어의 빈도, 단어가 포함된 웹 페이지의 수, 웹 페이지의 글자 수를 반영한 식을 통해 값이 정해진다. 해당 검색어가 많이 나올수록, 그 검색어를 포함하는 다른 웹 페이지의 수가 적을수록, 현재 웹 페이지의 글자 수가 전체 웹 페이지의 평균 글자 수에 비해 적을수록 적합도가 높아진다. 검색 엔진은 중요도와 적합도, 기타 항목들을 적절한 비율로 합산하여 화면에 나열되는 웹 페이지의 순서를 결정한다.

14. 윗글을 통해 알 수 있는 내용으로 가장 적절한 것은?

① 인덱스는 사용자가 검색어를 입력한 직후에 작성된다.

② 사용자가 링크를 따라 다른 웹 페이지로 이동하는 비율이 높을수록 댐핑 인자가 커진다.

③ 링크 분석 기법은 웹 페이지 사이의 링크를 분석하여 웹 페이지의 적합도를 값으로 나타낸다.

④ 웹 페이지의 중요도는 다른 웹 페이지에서 받는 값과 다른 웹 페이지에 나눠 주는 값의 합이다.

⑤ 사용자가 검색어를 입력하면 검색 엔진은 검색한 결과를 인덱스에 정렬된 순서대로 화면에 나타낸다.

15. ㉠, ㉡을 고려하여 검색 결과에서 웹 페이지의 순위를 높이기 위한 방안으로 가장 적절한 것은?

① 화제가 되고 있는 검색어들을 웹 페이지에 최대한 많이 나열하여 ㉠을 높인다.

② 사람들이 많이 접속하는 유명 검색 사이트로 연결하는 링크를 웹 페이지에 많이 포함시켜 ㉠을 높인다.

③ 알파벳순으로 앞 순서에 있는 단어들을 웹 페이지 첫 부분에 많이 포함시켜 ㉡을 높인다.

④ 다른 많은 웹 페이지들이 링크하도록 웹 페이지에서 여러 주제를 다루고 전체 글자 수를 많게 하여 ㉡을 높인다.

⑤ 다른 웹 페이지에서 흔히 다루지 않는 주제를 간략하게 설명하되 주제와 관련된 단어를 자주 사용하여 ㉡을 높인다.

16. 〈보기〉는 웹 페이지들의 관계를 도식화한 것이다. 윗글을 바탕으로 〈보기〉를 이해한 내용으로 적절한 것은? [3점]

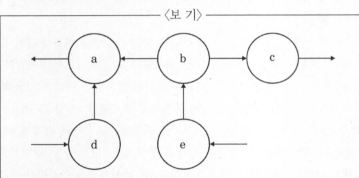

〈보 기〉

원은 웹 페이지이고, 화살표는 웹 페이지에서 링크를 통해 화살표 방향의 다른 웹 페이지로 연결됨을 뜻한다. 댐핑 인자는 0.5이고, d와 e의 중요도는 16으로 고정된 값이다.

(단, 링크와 댐핑 인자 외에 웹 페이지의 중요도에 영향을 주는 다른 요소는 고려하지 않음.)

① a의 중요도는 16이다.

② a가 b와 d로부터 각각 받는 값은 같다.

③ b에서 a로의 링크가 끊어지면 b와 c의 중요도는 같다.

④ e에서 a로의 링크가 추가되면 b의 중요도는 6이다.

⑤ e에서 c로의 링크가 추가되면 c의 중요도는 5이다.

17. 문맥상 ⓐ의 의미와 가장 가까운 것은?

① 공부를 하다 보니 시간은 자정이 넘었다.

② 그들은 큰 산을 넘어서 마을에 도착했다.

③ 철새들이 국경선을 넘어서 훨훨 날아갔다.

④ 선수들은 가까스로 어려운 고비를 넘었다.

⑤ 갑자기 냄비에서 물이 넘어서 좀 당황했다.

▶ 소요 시간 [　] 분 [　] 초

• 홀수 기출 분석서 [문학] 문제 P.118 / 해설 P.217

[18~21] 다음 글을 읽고 물음에 답하시오.

이때 예부 상서 진량을 황제 가장 총애하시니 진량이 의기양양하고 교만 방자한지라. 정 상서 일찍 진량이 소인인 줄 알고 황제께 간하되 황제 종시 그렇지 않다 하심에, 진량이 이 일을 알고 정 상서를 해하려 하더라. 차시 황제의 탄생일이 되었는지라, ㉠마침 정 상서 병이 있어 상소하고 참석지 못하였더니 황제 만조백관더러 묻기를,

"정 상서의 병이 어떠하더뇨?"

하시고 사관을 보내려 하시니 진량이 나아가 왈,

"정 상서는 간악한 사람이라 그 병세를 신이 자세히 아옵니다. 상서가 요사이 황제께 조회하는 것이 다르옵고 신이 상서의 집에 가오니 상서의 말이 수상하옵더니 오늘 조회에 불참하오니 반드시 무슨 생각 있는 줄 아나이다."

황제 대경하여 처벌하려 하시거늘 중관이 아뢰길,

"정 상서의 죄 명백함이 없으니 어찌 벌로 다스리오리까?"

황제 듣지 않고 절강에 귀양을 정하시니 중관이 명을 듣고 정 상서의 집에 나아가 황명을 전하니, 상서 크게 울며,

"내 일찍 국은을 갚을까 하였더니 소인의 참언을 입어 이제 귀양을 가니 어찌 애달프지 않으리오."

하고 칼을 빼어 서안을 치며 말하기를,

"소인을 없애지 못하고 도리어 해를 입으니 누구를 원망하리오."

하며 눈물을 흘리니 부인은 애원 통도하고 친척 노복이 다 서러워하더라.

사관이 재촉 왈,

"㉡황명이 급하오니 수이 행장 차리소서."

정 상서가 일변 행장을 준비하여 부인더러 이르기를,

"나는 천만 의외에 귀양 가거니와 부인은 여아를 데리고 조상 제사를 받들어 길이 무탈하소서."

하고 즉시 발행할새, 모녀 가슴이 막혀 아무 말도 못하더라. 정 상서 여러 날 만에 귀양지에 이르니 절강 만호가 관사를 깨끗이 하고 정 상서를 머물게 하더라.

차설. 정 상서 적거한 후로 슬픔을 머금고 세월을 보내더니 석 달 만에 홀연 득병하여 마침내 세상을 영결하니 절강 만호 슬퍼 놀라 황제께 ⓐ장계로 보고하고 부인께 기별하니라. 이때 부인과 정수정이 정 상서를 이별하고 눈물로 세월을 보내더니 일일 문득 시비 고하되,

"절강에서 사람이 왔나이다."

하거늘 부인이 급히 불러 물으니 답하기를,

"㉢정 상서께서 지난달 보름께 별세하셨나이다."

하는지라. 부인과 정수정 이 말을 듣고 한마디 소리를 내며 혼절하니 시비 등이 창황망조하여 약물로 급히 구함에 오랜 후에야 숨을 내쉬며 눈물이 비 오듯 하더라.

[중략 부분의 줄거리] 남장을 한 정수정은 장원 급제한 뒤 북적을 물리친다. 이후 황제에게 자신이 여성임을 밝히고 정혼자인 장연과 혼인한다. 호왕이 침공하자 정수정은 대원수, 장연은 중군장으로 출전한다.

㉣대원수 호왕에 승리하여 황성으로 향할새 강서 지경에 이르러 한복더러 묻기를,

"진량의 귀양지가 여기서 얼마나 되는가?"

"수십 리는 되나이다."

대원수 분부하되 철기를 거느려 결박하여 오라 하니 한복 등이 듣고 나는 듯이 가 바로 내실로 들어갈새 진량이 대경하여 연고를 묻거늘 한복이 칼을 들어 시종을 베고 군사를 호령하여 진량을 결박하여 본진으로 돌아와 대원수께 고하되, 대원수 이에 진량을 잡아들여 장하에 꿇리고 노기 대발하여 부친 모해하던 죄상을 문초하니 진량이 다만 살려 달라 빌거늘, 대원수 무사를 호령하여 빨리 베라 하니 이윽고 무사 진량의 머리를 드리거늘, 대원수 **제상을 차려 부친께 제사 지내**더라.

황제께 ⓑ첩서를 올려 승전을 알리고, 중군장 장연을 기주로 보내고 대군을 지휘하여 경사로 향하여 여러 날 만에 궐하에 이르니, 황제 백관을 거느려 대원수를 맞아 치하하시고 좌각로 평북후를 봉하시니 대원수 사은하고 청주로 가니라.

차설. 장연이 기주에 이르러 모친 태부인 뵈옵고 전후사연을 고하되 태부인이 듣고 통분 왈,

"너를 길러 벼슬이 공후에 이르니 기쁨이 측량없던 차에 **전쟁터에서 부인에게 욕을 보고 돌아**올 줄 어찌 알았으리오."

장연의 다른 부인들인 원 부인과 공주가 아뢰기를,

"정수정 벼슬이 높으니 능히 제어치 못할 것이요, 저 사람 또한 대의를 알아 삼가 화목할 것이니 이제는 노하지 마소서."

태부인이 그렇게 여겨 이에 시녀를 정하여 서찰을 주어 청주로 보내니라. 이때 정수정은 전쟁에서 **장연 징계한 일로 심사 답답**하더니 시비 문득 아뢰되 기주 시녀 왔다 하거늘 불러들여 ⓜ서찰을 본즉 태부인의 서찰이라. 기뻐 즉시 회답하여 보내고 익일에 행장 차려 갈새, 홍군 취삼으로 봉관 적의에 명월패 차고 수십 시녀를 거느려 성 밖에 나오니, 한복이 정수정을 **호위**하여 기주에 이르러 **태부인께 예**하고 두 부인으로 더불어 예필 좌정함에, 태부인이 지난 일에 조금도 거리낌이 없으니, 정수정 또한 태부인을 지성으로 섬기더라.

– 작자 미상, 「정수정전」 –

18. 윗글의 인물에 대한 이해로 적절하지 <u>않은</u> 것은?

① '황제'는 자신이 총애하는 사람의 말을 듣고 정 상서를 처벌하기로 결심한다.

② '중관'은 정 상서를 처벌하기에는 그 죄가 분명하지 않음을 황제에게 주장한다.

③ '정 상서'는 자신이 소인의 참언 때문에 뜻하지 않게 귀양을 가게 되었다고 생각한다.

④ '한복'은 대원수의 명령에 따라 진량의 귀양지로 가서 그의 죄를 묻고 처벌을 내린다.

⑤ '원 부인'과 '공주'는 정수정이 도리를 지켜 원만하게 지낼 것임을 내세워 태부인을 진정시킨다.

19. ㉠~㉤에 대한 이해로 적절하지 <u>않은</u> 것은?

① ㉠으로 진량에게는 정 상서를 모함할 기회가 생긴다.

② ㉡으로 정 상서는 비보가 전해질 것을 짐작하게 된다.

③ ㉢으로 부인과 정수정은 충격을 받고 정신을 잃게 된다.

④ ㉣로 정수정은 황제로부터 노고에 대한 보답을 받게 된다.

⑤ ㉤으로 정수정은 걱정을 덜며 떠날 채비를 하게 된다.

20. ⓐ, ⓑ에 대한 이해로 가장 적절한 것은?

① ⓐ는 자신의 귀양살이를 보고할 목적으로 작성되었다.

② ⓐ는 황제와의 갈등을 해결하기 위한 목적으로 작성되었다.

③ ⓑ는 호왕과 벌인 전쟁의 결과를 보고할 목적으로 작성되었다.

④ ⓑ는 황제를 직접 만나 보고하는 것을 피할 목적으로 작성되었다.

⑤ ⓐ와 ⓑ에 담긴 소식은 황제 외의 사람들에게는 알려지지 않았다.

21. 〈보기〉를 참고하여 윗글을 감상한 내용으로 적절하지 <u>않은</u> 것은? [3점]

〈보 기〉

정수정은 국가적 위기를 해결하는 영웅이자, 부친의 원수를 갚는 효녀이고, 부녀자로서의 덕목을 지녀야 하는 장씨 가문의 여성이다. 정수정은 주어진 상황과 조건에 따라 세 역할 사이에서 갈등하기도 하지만, 결과적으로는 모든 역할에 충실하며 다양한 능력과 덕목을 갖춘 인물로 형상화된다.

① '진량의 귀양지가 여기서 얼마나 되는'지 묻는 '대원수'의 발언에서, '진량'을 찾아 부친의 한을 풀어 주려는 '정수정'의 효녀로서의 면모가 드러남을 알 수 있군.

② '제상을 차려 부친께 제사 지내'는 '대원수'의 모습에서, '정수정'은 부친의 원수를 갚는 효녀로서의 소임을 수행하여 죽은 부친의 넋을 위로하고 있음을 알 수 있군.

③ '장연'이 '전쟁터에서 부인에게 욕을 보고 돌아'왔다며 통분하는 '태부인'의 모습에서, '태부인'은 '정수정'이 아내의 역할보다 대원수의 역할을 중시한 것에 대해 못마땅해함을 알 수 있군.

④ '장연 징계한 일로 심사 답답'한 '정수정'의 모습에서, '정수정'은 군대를 통솔했던 국가적 영웅으로 돌아가고 싶어 함을 알 수 있군.

⑤ '한복'의 '호위'를 받으며 기주로 가서 '태부인께 예'하는 '정수정'의 모습에서, 국가적 영웅의 면모를 유지하는 '정수정'이 며느리로서의 역할도 수행함을 알 수 있군.

• 홀수 기출 분석서 **문학** 문제 P.166 / 해설 P.303

[22~27] 다음 글을 읽고 물음에 답하시오.

(가)

　아아 아득히 내 첩첩한 산길 왔더니라. **인기척 끊**기고 새도 짐승도 있지 않은 **한낮** 그 **화안한 골 길**을 다만 아득히 나는 머언 생각에 잠기어 왔더니라.

　백화(白樺) 앙상한 사이를 바람에 백화같이 불리우며 물소리에 흰 돌 되어 씻기우며 나는 총총히 외롬도 잊고 왔더니라

　살다가 오래여 삭은 장목들 흰 팔 벌리고 서 있고 풍설(風雪)에 깎이어 날선 봉우리 홀 홀 홀 창천(蒼天)에 흰 구름 날리며 섰더니라

　쏴아 — 한종일내 — 쉬지 않고 부는 물소리 안은 바람소리……
구월 고운 낙엽은 날리어 푸른 담(潭) 위에 호르르르 낙화같이 지더니라.

　어젯밤 잠자던 동해안 어촌 그 검푸른 밤하늘에 나는 장엄히 뿌리어진 허다한 **바다의 별들**을 보았느니,

　이제 나의 이 **오늘밤** 산장에도 얼어붙는 바람 속 우러르는 나의 **하늘에 별들**은 쓸리며 다시 **꽃과 같이 난만(爛漫)**하여라.

　　　　　　　　　　　　　　　　　　　　　 – 박두진, 「별 – 금강산시 3」 –

(나)

사람들은 자기들이 길을 만든 줄 알지만　　　┐
길은 순순히 **사람들의 뜻**을 좇지는 않는다　　[A]
사람을 끌고 가다가 문득　　　　　　　　　　┘
벼랑 앞에 세워 낭패시키는가 하면　　　　　┐
큰물에 우정 제 허리를 동강 내어　　　　　　[B]
사람이 부득이 저를 버리게 만들기도 한다　　┘
사람들은 이것이 다 사람이 만든 길이　　　┐
거꾸로 사람들한테 세상 사는　　　　　　　[C]
슬기를 가르치는 거라고 말한다　　　　　　┘
길이 사람을 밖으로 불러내어　　　　　　　┐
온갖 곳 온갖 사람살이를 구경시키는 것도　　│
세상 사는 이치를 가르치기 위해서라고 말한다│
그래서 길의 뜻이 거기 있는 줄로만 알지　　│
길이 사람을 밖에서 안으로 끌고 들어가　　[D]
스스로를 깊이 들여다보게 한다는 것은 모른다┘
길이 밖으로가 아니라 안으로 나 있다는 것을　┐
아는 **사람**에게만 길은 고분고분해서　　　　[E]
꽃으로 제 몸을 수놓아 향기를 더하기도 하고┘
그늘을 드리워 사람들이 땀을 식히게도 한다
그것을 알고 나서야 **사람들**은 비로소　　　┐
자기들이 길을 만들었다고 말하지 않는다　　[F]

　　　　　　　　　　　　　　　　　　　　　 – 신경림, 「길」 –

(다)

　고요하니 즐거운 이 밤 초롱초롱 맑게 고인 샘물 같은 눈으로 나는 지금 **당신**께서 보내 주신 맑고 고운 수선화 한 폭을 들여다봅니다. 들여다보노라니 그윽한 향기와 새파란 꿈이 안개같이 오르고 또 노란 슬픔이 연기같이 오릅니다. 나는 이제 이 긴긴 밤을 당신께 이 **노란 슬픔의 이야기**나 해서 보내도 좋겠습니까.

　남쪽 바닷가 어떤 낡은 항구의 처녀 하나를 나는 좋아하였습니다. 머리가 까맣고 눈이 크고 코가 높고 목이 패고 키가 호리낭창하였습니다.

　　　　　　　　　　　　　　(중략)

　어느 해 유월이 저물게 **실비 오는 무더운 밤**에 처음으로 그를 안 나는 여러 아름다운 것에 그를 견주어 보았습니다 — 당신께서 좋아하시는 산새에도 해오라비에도 또 진달래에도 그리고 산호에도……. 그러나 나는 어리석어서 아름다움이 닮은 것을 골라낼 수 없었습니다.

　총명한 내 친구 하나가 그를 비겨서 수선이라고 하였습니다. 그제는 나도 기뻐서 그를 비겨 수선이라고 하였습니다. 그러한 나의 수선이 시들어 갑니다. 그는 스물을 넘지 못하고 또 **가슴의 병**을 얻었습니다. 이 이야기는 이만하고 나의 노란 슬픔이 더 떠오르지 않게 나는 당신의 보내 주신 맑고 고운 수선화의 폭을 치워 놓아야 하겠습니다.

　밤이 **아직 샐 때가** 멀고 또 복밥을 먹을 때도 아직 되지 않았습니다. 이제 나는 어머니의 바느질 그릇이 있는 데로 가서 무새 헝겊이나 얻어다가 알록달록한 각시나 만들면서 **이 남은 밤**을 당신께서 좋아하실 내 시골 **육보름*** 밤의 이야기나 해서 보내도 좋겠습니까.

　육보름으로 넘어서는 밤은 집집이 안간으로 사랑으로 웃간에도 맏웃간에도 다락방에도 허텅에도 고방에도 부엌에도 대문간에도 외양간에도 모두 째듯하니 불을 켜 놓고 복을 맞이하는 밤입니다. 달 밝은 마을의 행길 어데로는 **복덩이가 돌아다닐 것도 같은 밤**입니다. 닭이 수잠을 자고 개가 밤물을 먹고 도야지 깃을 들썩이는 밤입니다. **새악시 처녀들**은 새 옷을 입고 복물을 긷는다고 벌을 건너기도 하고 고개를 넘기도 하여 부잣집 우물로 가서 반동이에 옹패기에 찰락찰락 물을 길어 오며 별 같은 이야기를 **자깔자깔** 하는 밤입니다. 새악시 처녀들은 또 복을 가져오노라고 달을 보고 웃어 가며 살쾡이같이 여우같이 **부잣집**으로 가서는 날쌔기도 하게 기왓골의 **기왓장을 벗겨 오**고 부엌의 솥뚜껑을 들어 오고 곱새담의 짚날을 뽑아 오고……. 이렇게 허물없는 즐거움 속에 **끼득끼득** 하는 그들은 산에서 내린 무슨 암짐승이 되어 버리는 밤입니다.

　　　　　　　　　　　　　　　　　　　　　 – 백석, 「편지」 –

*육보름: 정월 대보름 다음날.

22. (가)~(다)의 공통점으로 가장 적절한 것은?

① 빗대어 표현하는 방식으로 대상의 속성을 드러내고 있다.

② 과거를 회상하는 방식으로 현재의 의미를 나타내고 있다.

③ 영탄적인 어조로 대상에서 촉발된 인상을 표현하고 있다.

④ 예스러운 종결 표현으로 고풍스러운 느낌을 자아내고 있다.

⑤ 계절감을 드러내는 표현으로 시간의 경과를 보여 주고 있다.

23. 〈보기〉를 참고하여 (가), (나)를 감상한 내용으로 적절하지 <u>않은</u> 것은?

[3점]

────〈보 기〉────

(가)에서 화자는 금강산으로 가는 길에서 만난 자연의 모습을 자신의 내면에 투영하여 형상화하고 있다. 자연의 외적 모습을 바라보는 데 그치지 않고 주관적 대상으로 묘사하여, 화자와 자연의 정서적 교감을 드러낸다.

(나)에서 화자는 길에 대한 사람들의 생각이 자신의 관점에만 치우쳐 있어서 내면의 길을 찾지 못하고 있음을 일깨우고 있다. '밖'과 '안'을 대비하여 내적 성찰의 중요성을 이끌어 내는 길의 상징적 의미를 진술함으로써, 길에 대해 사람들이 깨달음을 얻어 가는 과정을 보여 준다.

① (가)는 '화안한 골 길'과 '백화 앙상한 사이'를 통해, 화자가 여정 속에서 만난 자연의 모습을 묘사하고 있군.

② (가)는 '바다의 별들'과 '하늘에 별들'을 통해, 화자의 내면에 투영된 자연에 대한 주관적 인상을 형상화하고 있군.

③ (나)는 '벼랑 앞'에서 '낭패'를 겪는 사람들의 상황을 보여 줌으로써, 자신의 관점으로만 길을 이해한 사람들을 일깨우려 하고 있군.

④ (나)는 '세상 사는 이치'에서, 내면의 길을 찾아내어 내적 성찰을 이끌어 낸 사람들의 생각을 담아내고 있군.

⑤ (가)는 '꽃과 같이 난만하여라'에서, (나)는 '꽃으로 제 몸을 수놓아 향기를 더하기도 하고'에서, 대상에 대한 화자의 긍정적인 태도를 엿볼 수 있군.

24. (가), (다)에 대한 이해로 가장 적절한 것은?

① (가)의 '구월'은 화자의 고뇌가 심화되는 시간으로 볼 수 있다.

② (다)의 '고요하니 즐거운 이 밤'은 '당신'과의 재회에 대한 기대감이 고조되는 시간으로 볼 수 있다.

③ (가)의 '어젯밤'은 화자가, (다)의 '복덩이가 돌아다닐 것도 같은 밤'은 글쓴이가 고독감을 느끼는 시간으로 볼 수 있다.

④ (가)의 '오늘밤'은 화자가 고향에 대한 기억을 되살리는, (다)의 '실비 오는 무더운 밤'은 글쓴이가 지난날을 후회하는 계기로 볼 수 있다.

⑤ (가)의 '인기척 끊긴 '한낮'은 화자가 생각에 잠길 만한, (다)의 '아직 샐 때가' 먼 '이 남은 밤'은 글쓴이가 이야기를 계속할 만한 시간으로 볼 수 있다.

25. (가)에 대한 이해로 적절하지 <u>않은</u> 것은?

① 1연에서 '아득히', '왔더니라'를 반복하여, '첩첩한 산길'과 '머언 생각에 잠기'는 화자의 내면을 조응시키고 있다.

② 2연의 '물소리에 흰 돌 되어 씻기우며'에서, 자연과의 관계에서 느끼는 화자의 정서를 드러내고 있다.

③ 3연의 '오래여 삭은 장목들'과 '풍설에 깎이어 날선 봉우리'를 통해, 자연의 유구함에서 풍기는 분위기를 표상하고 있다.

④ 3연의 '홀 홀 홀', 4연의 '쏴아', '호르르르'와 같은 표현으로, 자연의 풍경을 생동감 있게 형상화하고 있다.

⑤ 5연의 '동해안'과 6연의 '산장'이라는 공간의 대조를 통해, 장소의 이동에 따른 화자의 태도 변화를 부각하고 있다.

26. [A]~[F]에 대한 이해로 적절하지 <u>않은</u> 것은?

① [A]에서 '길'이 '사람들의 뜻'을 좇지 않는다는 진술의 구체적인 양상을 [B]에서 확인할 수 있다.

② [B]에서의 경험을 [C]에서 '사람들'이 어떻게 수용하는지를 밝히고 있다.

③ [C]의 '사람들'이 미처 깨닫지 못한 바가 무엇인지를 [D]에서 밝히고 있다.

④ [E]와 같이 제 뜻을 굽혀 '사람'에게 복종하는 '길'의 모습은 [B]와 대비되고 있다.

⑤ [F]에서 깨달음을 얻은 '사람들'의 태도는 [A]의 '사람들'의 태도와 대비되고 있다.

27. 〈보기〉를 참고하여 (다)를 감상한 내용으로 적절하지 <u>않은</u> 것은?

────〈보 기〉────

'당신'에게 쓰는 편지 형식의 이 수필에서 글쓴이는 개인적 경험과 공동체적 경험으로 대비되는 두 가지 이야기를 들려준다. 수선화에서 연상된 이야기가 글쓴이에게 슬픔을 환기하는 기억이라면, 고향의 풍속 이야기는 일탈이 용인되는 유쾌한 축제로 그려진다. 이를 통해 독자는 슬픔과 즐거움이라는 삶의 양면성을 경험하게 된다.

① 글쓴이가 '당신'에게 말하는 형식으로 되어 있어 독자는 자신이 편지의 수신인이 된 것처럼 친근함을 느낄 수 있겠군.

② '노란 슬픔의 이야기'는 '가슴의 병'을 얻은 여인과 관련된 개인적 경험으로 볼 수 있겠군.

③ '육보름'에 대한 '당신'과 글쓴이의 경험을 대비한 것은 삶의 양면성을 보여 주려는 의도로 볼 수 있겠군.

④ '부잣집'의 '기왓장을 벗겨 오'는 '새악시 처녀들'의 행동은 축제 같은 분위기 속에 일시적으로 용인된 것이겠군.

⑤ '자깔자깔', '끼득깨득'과 같은 음성 상징어에서 '새악시 처녀들'의 '허물없는 즐거움'과 쾌감을 느낄 수 있겠군.

• 홀수 기출 분석서 **문학** 문제 P.084 / 해설 P.143

[28~31] 다음 글을 읽고 물음에 답하시오.

그런 일이 있은 지 한 달쯤 지나니 내 겨드랑에 생긴 이변의 전모가 대강 드러났다. **파마늘**은 어김없이 밤 12시부터 새벽 4시 사이에 솟구친다는 것. **방**에 있으면 쑤시고 밖에 나가면 씻은 듯하다는 것. 까닭은 전혀 알 길이 없다는 것 등이었다. **의사**는 나에게 전혀 이상이 없다고 잘라 말했다. 그도 그럴 것이 그 시간에는 내 겨드랑은 멀쩡했기 때문이다. 그때부터 나의 괴로움은 비롯되었다. 파마늘은 전혀 불규칙한 사이를 두고 튀어나왔다. 연이틀을 쑤시는가 하면 한 일주일 소식을 끊고 하는 것이었다. 하루 이틀이지 이렇게 줄곧 밖에서 새운다는 것은 못 할 일이었다. 나는 제집이면서 꼭 **도적놈**처럼 뜰의 어느 구석에 숨어서 밤을 지내야 했기 때문이다. 그런 생활이 두 달째에 접어들었을 때 나는 견디다 못해서 담을 넘어서 밖으로 나가 보았다. 그랬더니 참으로 이상한 일도 다 있었다. 뜰에 나와 있어도 가끔 뜨끔거리고 손을 대 보면 미열이 있던 것이 거리를 거닐게 되면서는 아주 깨끗이 편한 상태가 되었다. 이렇게 되면서 독자들은 곧 짐작이 갔겠지만, 문제가 생겼다. 내가 의료적인 이유로 산책을 강요당하게 되는 시간이 행정상의 **통행 제한**의 시간과 우연하게도 겹치는 점이었다. 고민했다. 나는 부르주아의 썩은 미덕을 가지고 있었다. 관청에서 정하는 규칙은 따라야 한다는 것이 그것이다. 12시부터 4시까지는 모든 **시민**은 밖에 나다니지 말기로 되어 있다. 모든 사람이 받아들이는 규칙이니까 **페어플레이**를 지키는 사람이면 이것은 소형(小型)의 도덕률일 수밖에 없다. 그러나 이 도덕률을 지키는 한 내 겨드랑은 요절이 나고 나는 죽을는지도 모른다.

[중략 부분의 줄거리] '나'는 겨드랑이에 파마늘 같은 것이 돋으면 밤거리를 몰래 산책하곤 한다. '나'는 밤 산책 중 종종 다른 사람들과 마주친다.

오늘은 경관을 만났다. 나는 얼른 몸을 숨겼다. 그는 부산하게 내 앞을 지나갔다. 그 순간 나는 내가 레닌*인 것을, 안중근인 것을, 김구인 것을, 아무튼 그런 인물임을 실감한 것이다. 그가 지나간 다음에도 나는 ㉠은신처에서 나오지 않았다. 공화국의 시민이 어찌하여 그런 엄청난 변모를 할 수 있었는지 모를 일이다. 나는 정치적으로 백치나 다름없는 감각을 가진 사람이다. 위에서 레닌과 김구를 같은 유(類)에 놓은 것만 가지고도 알 만할 것이다. 그런데 경관이 지나가는 순간에 내가 **혁명가**였다는 것도 분명한 사실이다. 혁명가라고 자꾸 하는 것이 안 좋으면 **간첩**이래도 좋다. 나는 그 순간 분명히 간첩이었던 것이다. 그런데 내가 간첩이 아닌 것은 역시 분명하였다. 도적놈이래도 그렇다. 나는 분명히 도적놈이었으나 분명히 도적놈은 아니었다. 나는 아주 희미하게나마 혁명가, 간첩, 도적놈 그런 사람들의 마음이 알 만해지는 듯싶었다. 이 맛을 못 잊는 것이구나 하고 나는 생각하였다. 나도 물론 처음에는 치료라는 순전히 **공리적인** 이유로 이 산책에 나섰다. 그러나 지금으로서는 반드시 그런 것만은 아니다. 설사 내 겨드랑의 달걀이 영원히 가 버린다 하더라도 이 금지된 산책을 그만둘 수 있을지는 심히 의심스럽다. 나의 산책의 성격은 **변질**되기 시작하였다. **누룩 반죽**처럼.

기적(奇蹟). 기적. 경악. 공포. 웃음. 오늘 세상에도 희한한 일이 내 몸에 일어났다. 한강 근처를 산책하고 있는데 겨드랑이 간질간질해 왔다. 나는 속옷 사이로 더듬어 보았다. 털이 만져졌다. 그런

데 닿임새가 심상치 않았다. 털이 괜히 빳빳하고 잘 묶여 있는 느낌이다. 빗자루처럼. 잘 만져 본다. 아무래도 보통이 아니다. 나는 ㉡바위틈에 몸을 숨기고 윗옷을 벗었다. 속옷은 벗지 않고 들치고는 겨드랑을 들여다보았다. 나는 실소하고 말았다. 내 겨드랑에는 새끼 까마귀의 그것만 한 아주 치사하게 쬐끄만 **날개**가 돋아나 있었다. 다른 쪽 겨드랑을 또 들여다보았다. 나는 쿡 웃어 버렸다. 그쪽에도 장난감 몽당빗자루만 한 것이 달려 있는 것이었다. 날개가 보통 새들의 것과 다른 점이 그 깃털이 곱슬곱슬한 고수머리라는 것뿐이었다. 흠. 이놈이 나오려는 아픔이었구나 하고 나는 생각했다. 나는 그 날개를 움직이려고 해 보았다. **귓바퀴**가 말을 안 듣는 것처럼 그놈도 움직이지 않았다. 나는 참말 부끄러워졌다.

– 최인훈, 「크리스마스 캐럴 5」 –

*레닌: 러시아의 혁명가.

28. 윗글의 서술상 특징으로 가장 적절한 것은?

① 시간의 순서를 뒤바꾸어 이야기의 인과 관계를 재구성하고 있다.
② 유사한 사건을 반복해서 제시하며 서술의 초점을 분산시키고 있다.
③ 장면에 따라 서술자를 달리하여 사건의 의미를 입체적으로 조명하고 있다.
④ 공간의 이동에 따른 인물의 경험을 다른 인물의 시선을 통해 서술하고 있다.
⑤ 사건에 대한 중심인물의 내적 반응을 중심인물 자신의 목소리를 통해 제시하고 있다.

29. 윗글에 대한 이해로 적절하지 **않은** 것은?

① '의사'가 '나'의 증상을 진단하지 못한 것은 '나'의 증상이 '의사' 앞에서는 나타나지 않았기 때문이다.
② '나'는 자신의 집에서 '도적놈'과 비슷한 방식으로 행동하곤 했다.
③ '뜰'에서의 '나'의 고통은 '방'에서보다는 덜하지만 완전히 사라지지는 않는다.
④ '나'는 '시민'이 정한 규칙을 준수해야 하는 '페어플레이'를 지키지 못하게 되어 고민한다.
⑤ '혁명가'와 '간첩'은 '나'가 자신의 행동을 이해하기 위해 자신과 비교해 보는 대상이다.

30. ⊙과 ⓒ에 대한 이해로 가장 적절한 것은?

① ⊙은 정신적 안정을, ⓒ은 신체적 회복을 위한 공간이다.
② ⊙은 윤리적인, ⓒ은 정치적인 이유로 몸을 숨기는 공간이다.
③ ⊙은 ⓒ과 달리, 타인의 출현으로 인해 몸을 감춘 공간이다.
④ ⓒ은 ⊙과 달리, 반복적으로 사용하는 공간이다.
⑤ ⊙과 ⓒ은 모두, 과거의 자신을 긍정하는 공간이다.

31. <보기>를 바탕으로 윗글을 감상한 내용으로 적절하지 <u>않은</u> 것은? [3점]

─〈 보 기 〉─

「크리스마스 캐럴 5」는 자유가 억압된 시대적 상황에서 자유의 가능성과 한계를 묻는 작품이다. '나'의 겨드랑이에 돋은 정체불명의 파마늘이 주는 통증은 자유에 대한 요구를, 그로 인한 밤 '산책'은 자유를 위한 실천을 의미한다. 작품은 처음에는 명료하지 않고 미약했던 자유를 향한 의지가 밤 산책을 거듭하면서 심화되는 모습과 함께 그 과정에서 생기는 문제점을 드러낸다.

① '통행 제한'으로 인해 산책의 자유가 제한된 상황은, 단순히 이동의 자유에 대한 억압만이 아니라 자유가 억압되는 시대적 상황 자체에 대한 문제 제기라고 할 수 있겠군.
② '파마늘'이 돋을 때의 극심한 통증은, 자유가 그만큼 절박하게 요구되었던 상황을 보여 주는 동시에 자유를 얻기 위해 필요한 고통을 암시하기도 하겠군.
③ '공리적인' 목적을 가지고 있었던 산책이 점차 '누룩 반죽'처럼 '변질'되었다는 표현은, 자유의 필요성이 망각되어 자유를 위한 실천의 목적이 훼손되는 문제점에 대한 비판이겠군.
④ 정체불명의 파마늘이 '날개'의 형상으로 바뀐 것은, 처음에는 명료하지 않았던 자유를 향한 의지가 산책을 통해 심화되었다는 것을 의미하겠군.
⑤ '날개'가 '곗바퀴' 같다는 점에 대해 '나'가 느낀 부끄러움은, 여러 차례의 산책에도 불구하고 자유를 의지대로 실현하기 어려웠던 한계에 대한 인식으로 볼 수 있겠군.

• 홀수 기출 분석서 **문학** 문제 P.058 / 해설 P.090

[32~34] 다음 글을 읽고 물음에 답하시오.

(가)
이 중에 시름없으니 **어부(漁父)**의 생애로다
일엽편주를 만경파(萬頃波)에 띄워 두고
인세(人世)를 다 잊었거니 날 가는 줄을 아는가
〈제1수〉

굽어보면 천심 녹수 돌아보니 만첩 청산
십장 홍진(十丈紅塵)이 얼마나 가렸는가　　　[A]
강호에 월백(月白)하거든 더욱 무심(無心)하여라
〈제2수〉

청하(靑荷)에 밥을 싸고 **녹류(綠柳)**에 고기 꿰어
노적 화총(蘆荻花叢)에 배 매어 두고
일반 청의미(一般淸意味)를 어느 분이 아실까
〈제3수〉

⊙산두(山頭)에 한운(閑雲) 일고 수중(水中)에 백구(白鷗) 난다
무심코 다정한 것 이 두 것이로다
ⓒ일생에 시름을 잊고 너를 좇아 놀리라
〈제4수〉
– 이현보, 「어부단가」 –

(나)
때마침 부는 **추풍(秋風)** 반갑게도 보이도다
말술이 다나 쓰나 술병 메고 벗을 불러
언덕 너머 어촌에 내 놀이 가자꾸나
흰 두건을 젖혀 쓰고 소정(小艇)을 타고 오니
ⓒ바람에 떨어진 갈대꽃 갠 하늘에 눈이 되어
석양에 높이 날아 어지러이 뿌리는데
갈잎에 닻 내리고 **그물로**
잔잔한 강물 속 자린은순(紫鱗銀脣)* **수없이 잡아내어**
연잎에 담은 회와 항아리에 채운 술을
실컷 먹은 후에
태기 넓은 돌에 높이 베고 누웠으니
희황천지(羲皇天地)*를 오늘 다시 보는구나
잠시 잠들어 뱃노래에 깨어 보니
추월(秋月)이 만강(滿江)하여 밤빛을 잃었거늘
반쯤 취해 시 읊으며 배 위로 건너오니　　　┐
강물 아래 잠긴 달은 또 어인 달인 게오　　　│
달 위에 배를 타고 달 아래 앉았으니　　　　│
문득 의심은 월궁(月宮)에 올랐는 듯　　　　[B]
물외(物外)의 기이한 경관 넘치도록 보이도다 ┘
청경(淸景)을 다투면 내 분에 두랴마는
즐겨도 말리는 이 없으니 나만 둔가 여기노라
놀기를 탐하여 돌아갈 줄 잊었도다
ⓔ아이야 닻 들어라 만조(晩潮)에 띄워 가자
푸른 물풀 위로 **강풍(江風)**이 짐짓 일어
귀범(歸帆)을 재촉하는 듯

아득하던 앞산이 뒷산처럼 보이도다
잠깐 사이 날개 돋아 연잎배 탄 신선된 듯
연파(煙波)를 헤치고 월중(月中)에 돌아오니
ⓜ동파(東坡) 적벽유(赤壁遊)＊인들 이내 흥(興)에 미치겠는가
강호 흥미(興味)는 나만 둔가 여기노라

                − 박인로, 「소유정가」 −

＊자린은순: 물고기를 아름답게 표현하는 말.
＊희황천지: 복희씨(伏羲氏) 때의 태평스러운 세상.
＊동파 적벽유: 중국 송나라 때 소식(蘇軾)이 적벽에서 했던 뱃놀이.

32. ㉠~㉤에 대한 이해로 적절하지 <u>않은</u> 것은?

① ㉠은 대구를 통해 자연 경물의 모습을 제시함으로써 한적한 분위기를 조성하고 있다.

② ㉡은 자연 경물을 ‘너’로 지칭하여 관계를 맺음으로써 이들과 동화하려는 의지를 표출하고 있다.

③ ㉢은 자연 경물의 모습을 감각적으로 표현함으로써 물가의 아름다운 풍경을 묘사하고 있다.

④ ㉣은 명령형 어미를 사용하여 ‘아이’가 해야 할 행동을 제시함으로써 자연 경물에 대한 인식의 변화를 촉구하고 있다.

⑤ ㉤은 유사한 놀이를 즐겼던 과거 인물과 비교함으로써 화자의 자긍심을 드러내고 있다.

33. [A], [B]에 대한 설명으로 가장 적절한 것은?

① [A]에서 화자는 달을 절대적 존재로 인식하고 강호 자연에서 ‘무심’한 삶을 살 수 있도록 기원하고 있다.

② [A]에서 화자는 달에 인격을 부여하여 ‘녹수’와 ‘청산’으로 둘러싸인 강호 자연의 가을 달밤 정경을 묘사하고 있다.

③ [B]에서 화자는 하늘의 달과 강물에 비친 달 사이에 놓임으로써 ‘월궁’에 오른 듯한 신비로움을 표현하고 있다.

④ [B]에서 화자는 시간의 흐름에 따라 모양을 달리 하는 달의 특성을 활용하여 계절의 변화를 다채롭게 나타내고 있다.

⑤ [A]와 [B]에서 강호 자연에 은거한 화자는 달을 대화 상대이면서 동시에 위안의 대상으로 여기고 있다.

34. 〈보기〉를 바탕으로 (가), (나)를 감상한 내용으로 적절하지 <u>않은</u> 것은? [3점]

〈보 기〉

‘어부’는 정치 현실과 거리를 둔 은자로 형상화된다. 이때 ‘어부 형상’은 어부 관련 소재, 행위, 정서 등의 어부 모티프와 연관하여 작품별로 공통적인 속성을 가지면서 다양한 변주를 보인다. (가)는 어부와 관련된 상황의 일부를 초점화하여 유유자적한 삶을 사는 어부를, (나)는 어부와 관련된 여러 상황을 이어 가며 흥취 있는 삶을 사는 어부를 형상화하고 있다.

① (가)의 ‘어부’는 ‘십장 홍진’으로 표현된 정치 현실에서 벗어나 뱃놀이를 즐기며 ‘인세’의 근심과 시름을 다 잊고 한가로움을 추구하려고 하는군.

② (나)의 ‘추풍’은 뱃놀이의 흥취를 북돋우는 자연 현상이고, ‘강풍’은 흥취의 대상을 강에서 산으로 옮겨 가는 자연 현상이라 볼 수 있군.

③ (가)의 ‘일엽편주’와 (나)의 ‘소정’은 화자가 소박한 뱃놀이를 즐기고 있다는 것을 알려 주는 어부 형상 관련 소재라고 할 수 있군.

④ (가)의 ‘녹류에 고기 꿰어’에는 어부의 삶과 관련된 일부 행위를 통해 유유자적한 삶이, (나)의 ‘그물로’, ‘수없이 잡아내어’, ‘실컷 먹은’에는 뱃놀이의 여러 상황들이 연결되어 흥취를 즐기는 삶이 나타나고 있군.

⑤ (가)의 ‘어부’는 강호 자연의 삶 속에서 홀로 자족감을 표출하고 있고, (나)의 어부는 벗들과 함께한 흥겨운 뱃놀이를 통해 만족감을 표출하고 있군.

▶ **소요 시간** ☐ 분 ☐ 초

* **확인 사항**
○ 답안지의 해당란에 필요한 내용을 정확히 기입(표기)했는지 확인하시오.

국어 영역

• 홀수 기출 분석서 독서 문제 P.040 / 해설 P.053

[1~3] 다음 글을 읽고 물음에 답하시오.

글을 읽으려면 글자 읽기, 요약, 추론 등의 읽기 기능, 어휘력, 읽기 흥미나 동기 등이 필요하다. 글 읽는 능력이 발달하려면 읽기에 필요한 이러한 요소를 잘 갖추어야 한다.

[A] 읽기 요소들 중 어휘력 발달에 관한 연구들에서는, 학년이 올라감에 따라 ㉠어휘력이 높은 학생들과 ㉡어휘력이 낮은 학생들 간의 어휘력 격차가 점점 더 커짐이 보고되었다. 여기서 어휘력 격차는 읽기의 양과 관련된다. 즉 어휘력이 높으면 이를 바탕으로 점점 더 많이 읽게 되고, 많이 읽을수록 글 속의 어휘를 습득할 기회가 많아지며, 이것이 다시 어휘력을 높인다는 것이다. 반대로, 어휘력이 부족하면 읽는 양도 적어지고 어휘 습득의 기회도 줄어 다시 어휘력이 상대적으로 부족하게 됨으로써, 나중에는 커져 버린 격차를 극복하는 데에 많은 노력이 필요하게 된다.

이렇게 읽기 요소를 잘 갖춘 독자는 점점 더 잘 읽게 되어 그렇지 않은 독자와의 차이가 갈수록 커지게 되는데, 이를 매튜 효과로 설명하기도 한다. 매튜 효과란 사회적 명성이나 물질적 자산이 많을수록 그로 인해 더 많이 가지게 되고, 그 결과 그렇지 않은 사람과의 차이가 점점 커지는 현상을 일컫는다. 이는 주로 사회학에서 사용되었으나 읽기에도 적용된다.

그러나 ⓐ글 읽는 능력을 매튜 효과로만 설명하는 데에는 문제가 있다. 우선, 읽기와 관련된 요소들에서 매튜 효과가 항상 나타나는 것은 아니다. 인지나 정서의 발달은 개인마다 다르며, 한 개인 안에서도 그 속도는 시기마다 다르기 때문이다. 예컨대 읽기 흥미나 동기의 경우, 어릴 때는 상승 곡선을 그리며 발달하다가 어느 시기부터 떨어지기도 한다. 또한 읽기 요소들은 상호 간에 영향을 미쳐 매튜 효과와 다른 결과를 낳기도 한다. 가령 읽기 기능이 부족한 독자라 하더라도 읽기 흥미나 동기가 높은 경우 이것이 읽기 기능의 발달을 견인할 수 있다.

그럼에도 불구하고 읽기를 매튜 효과로 설명하는 연구는 단순히 지능의 차이에 따라 글 읽는 능력이 달라진다고 보던 관점에서 벗어나, 읽기 요소들이 글을 잘 읽도록 하는 중요한 동력임을 인식하게 하는 계기가 되었다.

1. 윗글의 내용과 일치하지 않는 것은?

① 읽기 기능에는 어휘력, 읽기 흥미나 동기 등이 포함된다.
② 매튜 효과에 따르면 읽기 요소를 잘 갖출수록 더 잘 읽게 된다.
③ 매튜 효과는 주로 사회학에서 사용되는 개념이었다.
④ 읽기 요소는 다른 읽기 요소들에 영향을 미치기도 한다.
⑤ 읽기 연구에서 매튜 효과는 읽기 요소의 가치를 인식하게 했다.

2. 다음은 어휘력 발달에서 나타나는 매튜 효과를 도식화한 것이다. [A]를 바탕으로 ㉠과 ㉡에 대해 이해한 것으로 가장 적절한 것은?

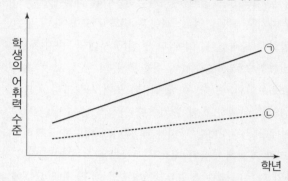

① ㉠은 ㉡에 비해 읽기 양이 적지만 어휘력은 더 큰 폭으로 높아진다.
② ㉡은 학년이 올라갈수록 ㉠과의 어휘력 격차를 줄일 수 있는 가능성이 커진다.
③ ㉡은 학년이 올라가면 ㉠에 비해 적은 노력으로도 어휘력 부족에서 벗어날 수 있다.
④ ㉠과 ㉡ 간의 어휘력 격차가 점점 커지는 것은 지능의 차이 때문이다.
⑤ ㉠과 ㉡ 간의 어휘력 격차가 점점 커지는 것은 읽기 양의 차이가 누적되기 때문이다.

3. 〈보기〉의 관점에서 ⓐ를 뒷받침할 수 있는 내용으로 가장 적절한 것은?   [3점]

〈보 기〉
인간의 사고는 자연적으로 발달하기보다는 공동체 내 언어적 상호 작용에 의해 발달한다. 따라서 고차적 사고에 속하는 읽기도 타인과 상호 작용함으로써 점진적으로 발달한다.

① 읽기 발달의 속도는 한 개인 안에서도 시기마다 다르다.
② 읽기 발달은 읽기 속도나 취향 등 개인차에 따라 각기 다르다.
③ 읽기 흥미나 동기 등은 타고난 개인적 성향으로서 변하지 않는다.
④ 읽기 발달은 개인의 읽기 경험을 공유하는 사회적 환경에 따라 달라질 수 있다.
⑤ 충분한 시간과 몰입할 수 있는 장소가 주어진다면 혼자서도 읽기를 잘할 수 있다.

• 홀수 기출 분석서 [독서] 문제 P.166 / 해설 P.326

[4~9] 다음 글을 읽고 물음에 답하시오.

(가)

전국 시대의 혼란을 종식한 진(秦)은 분서갱유를 단행하며 사상 통제를 ⓐ기도했다. 당시 권력자였던 이사(李斯)에게 역사 지식은 전통만 따지는 허언이었고, 학문은 법과 제도에 대해 논란을 일으키는 원인에 불과했다. 이에 따라 전국 시대의 『순자』처럼 다른 사상을 비판적으로 ⓑ흡수하여 통합 학문의 틀을 보여 준 분위기는 일시적으로 약화되었다. 이에 한(漢) 초기 사상가들의 과제는 진의 멸망 원인을 분석하고 이에 기초한 안정적 통치 방안을 제시하며, 힘의 지배를 ⓒ숭상하던 당시 지배 세력의 태도를 극복하는 것이었다. 이러한 과제에 부응한 대표적 사상가는 육가(陸賈)였다.

순자의 학문을 계승한 그는 한 고조의 치국 계책 요구에 부응해 『신어』를 저술하였다. 이 책을 통해 그는 진의 단명 원인을 가혹한 형벌의 남용, 법률에만 의거한 통치, 군주의 교만과 사치, 그리고 현명하지 못한 인재 등용 등으로 지적하고, 진의 사상 통제가 낳은 폐해를 거론하며 한 고조에게 지식과 학문이 중요함을 설득하고자 하였다. 그에게 지식의 핵심은 현실 정치에 도움을 주는 역사 지식이었다. 그는 역사를 관통하는 자연의 이치에 따라 천문·지리·인사 등 천하의 모든 일을 포괄한다는 ㉠통물(統物)과, 역사 변화 과정에 대한 통찰로서 상황에 맞는 조치를 취하고 기존 규정을 고수하지 않는다는 ㉡통변(通變)을 제시하였다. 통물과 통변이 정치의 세계에 드러나는 것이 ㉢인의(仁義)라고 파악한 그는 힘에 의한 권력 창출을 긍정하면서도 권력의 유지와 확장을 위한 왕도 정치를 제안하며 인의의 실현을 위해 유교 이념과 현실 정치의 결합을 시도하였다.

인의가 실현되는 정치를 위해 육가는 유교의 범위를 벗어나지 않는 한에서 타 사상을 수용하였다. 예와 질서를 중시하며 교화의 정치를 강조하는 유교를 중심으로 도가의 무위와 법가의 권세를 끌어들였다. 그에게 무위는 형벌을 가벼이 하고 군주의 수양을 강조하는 것으로 평온한 통치의 결과를 의미했고, 권세도 현명한 신하의 임용을 통해 정치권력의 안정을 도모하는 방향성을 가진 것이었기에 원래의 그것과는 차별된 것이었다.

육가의 사상은 과도한 융통성으로 사상적 정체성이 문제가 되기도 했지만, 군주의 정치 행위에 따라 천명이 결정됨을 지적하고 인의의 실현을 강조한 통합의 사상이었다. 그의 사상은 한 무제 이후 유교 독존의 시대를 여는 데 기여하였다.

(나)

조선 초기에 진행된 고려 관련 역사서 편찬은 고려 멸망의 필연성과 조선 건국의 정당성을 드러내는 작업이었다. 편찬자들은 다양한 방식으로 고려와 조선의 차별성을 부각하고, 고려보다 조선이 뛰어남을 설득하고자 하였다.

태조의 명으로 고려 말에 찬술되었던 자료들을 모아 고려에 관한 역사서가 편찬되었지만, 왕실이 아닌 편찬자의 주관이 ⓓ개입되었다는 비판이 제기되는 등 여러 문제점이 지적되었다. 이에 태종은 고려의 역사서를 다시 만들라는 명을 내렸다. 이후 고려의 용어들을 그대로 싣자는 주장과 유교적 사대주의에 따른 명분에 맞추어 고쳐 쓰자는 주장이 맞서는 등 세종 대까지도 논란이 ⓔ계속되었지만, 문종 대에 이르러 『고려사』 편찬이 완성되었다. 이 과정에서 역사 연구에 관심을 기울인 세종은 경서(經書)가 학문의 근본이라면 역사서는 학문을 현실에서 구현하는 것으로 파악하고, 집현전 학자들과의 경연을 통해 경서와 역사서에 대한 이해를 쌓아 갔다.

이런 분위기에서 세종은 중국과 우리나라의 흥망성쇠를 담은 『치평요람』의 편찬을 명하였고, 집현전 학자들은 원(元)까지의 중국 역사와 고려까지의 우리 역사를 정리하였다. 정리 과정에서 주자학적 역사관이 담긴 『자치통감강목』에 따라 역대 국가를 정통과 비정통으로 구분했지만, 편찬 형식 측면에서는 강목체를 따르지 않았다. 또한 올바른 정치의 여부에 따라 국가의 운명이 다하고 천명이 옮겨 간다는 내용을 드러내고자 기존 역사서와 달리 국가 간 전쟁과 외교 문제, 국가 말기의 혼란과 새 국가 초기의 혼란 수습 등을 부각하였다.

이러한 편찬 방식은 국가의 흥망성쇠를 거울삼아 국가를 잘 운영하겠다는 목적 이외에 새 국가의 토대를 마련하려는 의도가 전제된 것이었다. 이런 의도가 집중적으로 반영된 곳은 『치평요람』의 「국조(國朝)」 부분이었다. 이 부분의 편찬자들은 유교적 시각에서 고려 정치를 바라보며 불교 사상의 폐단을 비롯한 문제점들을 다각도로 드러냈고, 이를 통해 유교적 사회로의 변화를 주장하였다. 이성계의 능력과 업적을 담기는 했지만 이것이 조선 건국을 정당화하기에는 불충분했기에 세종은 역사적 사실을 배경으로 조선 왕조의 우수성을 부각한 『용비어천가』의 편찬을 지시했다. 이는 왕조의 우수성과 정통성을 경전과 역사의 다양한 근거를 통해 보여 주고자 한 것이었다.

4. (가)와 (나)의 차이점을 중심으로 두 글을 비교하며 읽는 방법으로 가장 적절한 것은?

① (가)는 한(漢)에서, (나)는 조선에서 쓰인 책을 설명하고 있으니, 시대 상황과 사상이 책에 반영된 양상을 비교하며 읽는다.

② (가)는 피지배 계층을, (나)는 지배 계층을 대상으로 한 책을 설명하고 있으니, 예상 독자의 반응 양상을 비교하며 읽는다.

③ (가)는 동일한 시대에, (나)는 서로 다른 시대에 쓰인 책들을 설명하고 있으니, 시대에 따른 창작 환경을 비교하며 읽는다.

④ (가)는 학문적 성격의, (나)는 실용적 성격의 책을 설명하고 있으니, 다양한 분야의 책에 담긴 보편성을 확인하며 읽는다.

⑤ (가)는 국가 주도로, (나)는 개인 주도로 편찬된 책들을 설명하고 있으니, 각 주체별 관심 분야의 차이를 확인하며 읽는다.

5. (가), (나)의 내용과 일치하지 <u>않는</u> 것은?

① 진의 권력자인 이사는 역사 지식과 학문을 부정적인 것으로 인식하였다.

② 전국 시대에는 『순자』처럼 여러 사상을 통합하려는 학문 경향이 있었다.

③ 『치평요람』은 『자치통감강목』의 편찬 형식에 따라 역대 국가를 정통과 비정통으로 구분하여 정리하였다.

④ 『치평요람』의 「국조」는 고려의 문제점들을 보임으로써 사회의 변화를 이끌어야 한다는 주장을 드러내었다.

⑤ 『용비어천가』에는 조선 왕조의 우수성을 드러내고 건국의 정당성을 확보하려는 목적이 담겨 있다.

6. ㉠~㉢에 대한 이해로 가장 적절한 것은?

① ㉠은 역사 속에서 각광을 받았던 학문 분야들의 개별적 특징을 이해한 것이다.

② ㉡은 도가나 법가 사상을 중심 이념으로 삼아 정치 상황의 변화에 대응하려는 것이다.

③ ㉢은 현명한 신하의 임용과 엄한 형벌의 집행을 전제로 한 평온한 정치의 결과를 의미한다.

④ ㉢은 군주가 부단한 수양과 안정된 권력을 바탕으로 교화의 정치를 펼쳐야 실현되는 것이다.

⑤ ㉠과 ㉡은 역사 지식과 현실 정치를 긴밀하게 연결하여 힘으로 권력을 창출하는 것을 의미한다.

7. 윗글에서 '육가'와 '집현전 학자들'이 공통적으로 드러내고자 한 내용에 해당하는 것만을 〈보기〉에서 있는 대로 고른 것은?

┌─────────── 〈보 기〉 ───────────┐

ㄱ. 옛 국가의 역사를 거울삼아 새 국가를 안정적으로 통치하도록 한다.

ㄴ. 옛 국가의 멸망 원인은 잘못된 정치 운영에 있지 않고 새 국가로 천명이 옮겨 온 것에 있다.

ㄷ. 옛 국가에서 드러난 사상적 공백을 채우기 위해 새 국가의 군주는 유교에 따라 통치하도록 한다.

└───────────────────────────┘

① ㄱ   ② ㄴ   ③ ㄱ, ㄴ

④ ㄱ, ㄷ   ⑤ ㄴ, ㄷ

8. 〈보기〉는 동양 역사가들의 견해이다. 〈보기〉를 바탕으로 (가), (나)를 이해한 내용으로 적절하지 <u>않은</u> 것은? [3점]

┌─────────── 〈보 기〉 ───────────┐

ㄱ. 대부분 옛일의 성패를 논하기 좋아하고 그 일의 진위를 자세히 살피지 않는다. 하지만 진위를 분명히 한 후에야 성패가 어긋나지 않을 수 있다. 이는 역사 서술의 근원인 자료를 바로잡고 깨끗이 한다는 뜻이다.

ㄴ. 고금의 흥망은 현실의 객관적 형세인 시세의 흐름에 따르는 것이며, 사림(士林)의 재주와 덕행으로 말미암은 것은 아니었다. 그러므로 천하의 일은 시세가 제일 중요하고, 행복과 불행이 다음이며, 옳고 그름의 구분은 마지막이라고 하는 것이다.

ㄷ. 도(道)의 본체는 경서에 있지만 그것의 큰 쓰임은 역사서에 담겨 있다. 역사란 선을 높이고 악을 낮추며 선을 권면하고 악을 징계하는 것이다.

└───────────────────────────┘

① ㄱ의 관점에 따르면, 『신어』에 제시된 진의 멸망 원인에 대한 지적은 관련 내용의 진위에 대한 명확한 판별 이후에 이루어져야 하는 것이겠군.

② ㄱ의 관점에 따르면, 『고려사』 편찬 과정에서 고려의 용어를 고쳐 쓰자고 한 의견은 역사 서술의 근원인 자료를 바로잡고 깨끗이 하자는 것이라고 볼 수 있겠군.

③ ㄴ의 관점에 따르면, 『치평요람』에 서술된 국가의 흥망은 그 원인이 인물들의 능력보다는 객관적 형세인 시세의 흐름에 있다고 보아야겠군.

④ ㄷ의 관점에 따르면, 『신어』에 제시된 진에 대한 비판은 악을 낮추고 징계하는 것으로 볼 수 있겠군.

⑤ ㄷ의 관점에 따르면, 『치평요람』 편찬과 관련한 세종의 생각에서 학문의 근본은 도의 본체에, 현실에서 학문의 구현은 도의 큰 쓰임에 대응하겠군.

9. 문맥상 ⓐ~ⓔ와 바꿔 쓰기에 적절하지 <u>않은</u> 것은?

① ⓐ: 꾀했다

② ⓑ: 받아들여

③ ⓒ: 믿던

④ ⓓ: 끼어들었다는

⑤ ⓔ: 이어졌지만

▶ 소요 시간   □ 분 □ 초

• 홀수 기출 분석서 [독서] 문제 P.114 / 해설 P.215

[10~13] 다음 글을 읽고 물음에 답하시오.

혈액은 세포에 필요한 물질을 공급하고 노폐물을 제거한다. 만약 혈관 벽이 손상되어 출혈이 생기면 손상 부위의 혈액이 응고되어 혈액 손실을 막아야 한다. 혈액 응고는 섬유소 단백질인 피브린이 모여 형성된 섬유소 그물이 혈소판이 응집된 혈소판 마개와 뭉쳐 혈병이라는 덩어리를 만드는 현상이다. 혈액 응고는 혈관 속에서도 일어나는데, 이때의 혈병을 혈전이라 한다. 이물질이 쌓여 동맥 내벽이 두꺼워지는 동맥 경화가 일어나면 그 부위에 혈전 침착, 혈류 감소 등이 일어나 혈관 질환이 발생하기도 한다. 이러한 혈액의 응고 및 원활한 순환에 비타민 K가 중요한 역할을 한다.

비타민 K는 혈액이 응고되도록 돕는다. 지방을 뺀 사료를 먹인 병아리의 경우, 지방에 녹는 어떤 물질이 결핍되어 혈액 응고가 지연된다는 사실을 발견하고 그 물질을 비타민 K로 명명했다. 혈액 응고는 단백질로 이루어진 다양한 인자들이 관여하는 연쇄 반응에 의해 일어난다. 우선 여러 혈액 응고 인자들이 활성화된 이후 프로트롬빈이 활성화되어 트롬빈으로 전환되고, 트롬빈은 혈액에 녹아 있는 피브리노겐을 불용성인 피브린으로 바꾼다. 비타민 K는 프로트롬빈을 비롯한 혈액 응고 인자들이 간세포에서 합성될 때 이들의 활성화에 관여한다. 활성화는 칼슘 이온과의 결합을 통해 이루어지는데, 이들 혈액 단백질이 칼슘 이온과 결합하려면 카르복실화되어 있어야 한다. 카르복실화는 단백질을 구성하는 아미노산 중 글루탐산이 감마-카르복시글루탐산으로 전환되는 것을 말한다. 이처럼 비타민 K에 의해 카르복실화되어야 활성화가 가능한 표적 단백질을 비타민 K-의존성 단백질이라 한다.

비타민 K는 식물에서 합성되는 ㉠비타민 K₁과 동물 세포에서 합성되거나 미생물 발효로 생성되는 ㉡비타민 K₂로 나뉜다. 녹색 채소 등은 비타민 K₁을 충분히 함유하므로 일반적인 권장 식단을 따르면 혈액 응고에 차질이 생기지 않는다.

그런데 혈관 건강과 관련된 비타민 K의 또 다른 중요한 기능이 발견되었고, 이는 칼슘의 역설과도 관련이 있다. 나이가 들면 뼈 조직의 칼슘 밀도가 낮아져 골다공증이 생기기 쉬운데, 이를 방지하고자 칼슘 보충제를 섭취한다. 하지만 칼슘 보충제를 섭취해서 혈액 내 칼슘 농도는 높아지나 골밀도는 높아지지 않고, 혈관 벽에 칼슘염이 침착되는 혈관 석회화가 진행되어 동맥 경화 및 혈관 질환이 발생하는 경우가 생긴다. 혈관 석회화는 혈관 근육 세포 등에서 생성되는 MGP라는 단백질에 의해 억제되는데, 이 단백질이 비타민 K-의존성 단백질이다. 비타민 K가 부족하면 MGP 단백질이 활성화되지 못해 혈관 석회화가 유발된다는 것이다.

비타민 K₁과 K₂는 모두 비타민 K-의존성 단백질의 활성화를 유도하지만 K₁은 간세포에서, K₂는 그 외의 세포에서 활성이 높다. 그러므로 혈액 응고 인자의 활성화는 주로 K₁이, 그 외의 세포에서 합성되는 단백질의 활성화는 주로 K₂가 담당한다. 이에 따라 일부 연구자들은 비타민 K의 권장량을 K₁과 K₂로 구분하여 설정해야 하며, K₂가 함유된 치즈, 버터 등의 동물성 식품과 발효 식품의 섭취를 늘려야 한다고 권고한다.

10. 윗글에서 알 수 있는 내용으로 적절하지 <u>않은</u> 것은?

① 혈전이 형성되면 섬유소 그물이 뭉쳐 혈액의 손실을 막는다.
② 혈액의 응고가 이루어지려면 혈소판 마개가 형성되어야 한다.
③ 혈관 손상 부위에 혈병이 생기려면 혈소판이 응집되어야 한다.
④ 혈관 경화를 방지하려면 이물질이 침착되지 않게 해야 한다.
⑤ 혈관 석회화가 계속되면 동맥 내벽과 혈류에 변화가 생긴다.

11. 칼슘의 역설 에 대한 이해로 가장 적절한 것은?

① 칼슘 보충제를 섭취하면 오히려 비타민 K₁의 효용성이 감소된다는 것이겠군.
② 칼슘 보충제를 섭취해도 뼈 조직에서는 칼슘이 여전히 필요하다는 것이겠군.
③ 칼슘 보충제를 섭취해도 골다공증은 막지 못하나 혈관 건강은 개선되는 경우가 있다는 것이겠군.
④ 칼슘 보충제를 섭취하면 혈액 내 단백질이 칼슘과 결합하여 혈관 벽에 칼슘이 침착된다는 것이겠군.
⑤ 칼슘 보충제를 섭취해도 혈액으로 칼슘이 흡수되지 않아 골다공증 개선이 안 되는 경우가 있다는 것이겠군.

12. ㉠과 ㉡에 대한 설명으로 가장 적절한 것은?

① ㉠은 ㉡과 달리 우리 몸의 간세포에서 합성된다.
② ㉡은 ㉠과 달리 지방과 함께 섭취해야 한다.
③ ㉡은 ㉠과 달리 표적 단백질의 아미노산을 변형하지 않는다.
④ ㉠과 ㉡은 모두 표적 단백질의 활성화 이전 단계에 작용한다.
⑤ ㉠과 ㉡은 모두 일반적으로는 결핍이 발생해 문제가 되는 경우는 없다.

13. 윗글을 참고할 때 〈보기〉의 (가)~(다)를 투여함에 따라 체내에서 일어나는 반응을 예상한 내용으로 적절하지 <u>않은</u> 것은? [3점]

〈보 기〉

다음은 혈전으로 인한 질환을 예방 또는 치료하는 약물이다.
(가) 와파린: 트롬빈에는 작용하지 않고 비타민 K의 작용을 방해함.
(나) 플라스미노겐 활성제: 피브리노겐에는 작용하지 않고 피브린을 분해함.
(다) 헤파린: 비타민 K-의존성 단백질에는 작용하지 않고 트롬빈의 작용을 억제함.

① (가)의 지나친 투여는 혈관 석회화를 유발할 수 있겠군.
② (나)는 이미 뭉쳐 있던 혈전이 풀어지도록 할 수 있겠군.
③ (다)는 혈액 응고 인자와 칼슘 이온의 결합을 억제하겠군.
④ (가)와 (다)는 모두 피브리노겐이 전환되는 것을 억제하겠군.
⑤ (나)와 (다)는 모두 피브린 섬유소 그물의 형성을 억제하겠군.

• 홀수 기출 분석서 **토서** 문제 P.076 / 해설 P.129

[14~17] 다음 글을 읽고 물음에 답하시오.

경제학에서는 증거에 근거한 정책 논의를 위해 사건의 효과를 평가해야 할 경우가 많다. 어떤 사건의 효과를 평가한다는 것은 사건 후의 결과와 사건이 없었을 경우에 나타났을 결과를 비교하는 일이다. 그런데 가상의 결과는 관측할 수 없으므로 실제로는 사건을 경험한 표본들로 구성된 시행집단의 결과와, 사건을 경험하지 않은 표본들로 구성된 비교집단의 결과를 비교하여 사건의 효과를 평가한다. 따라서 이 작업의 관건은 그 사건 외에는 결과에 차이가 ⓐ날 이유가 없는 두 집단을 구성하는 일이다. 가령 어떤 사건이 임금에 미친 효과를 평가할 때, 그 사건이 없었다면 시행집단과 비교집단의 평균 임금이 같을 수밖에 없도록 두 집단을 구성하는 것이다. 이를 위해서는 두 집단에 표본이 임의로 배정되도록 사건을 설계하는 실험적 방법이 이상적이다. 그러나 사람을 표본으로 하거나 사회 문제를 다룰 때에는 이 방법을 적용할 수 없는 경우가 많다.

이중차분법은 시행집단에서 일어난 변화에서 비교집단에서 일어난 변화를 뺀 값을 사건의 효과라고 평가하는 방법이다. 이는 사건이 없었더라도 비교집단에서 일어난 변화와 같은 크기의 변화가 시행집단에서도 일어났을 것이라는 평행추세 가정에 근거해 사건의 효과를 평가한 것이다. 이 가정이 충족되면 사건 전의 상태가 평균적으로 같도록 두 집단을 구성하지 않아도 된다.

이중차분법은 1854년에 스노가 처음 사용했다고 알려져 있다. 그는 두 수도 회사로부터 물을 공급받는 런던의 동일 지역 주민들에 주목했다. 같은 수원을 사용하던 두 회사 중 한 회사만 수원을 ⓑ바꿨는데 주민들은 자신의 수원을 몰랐다. 스노는 수원이 바뀐 주민들과 바뀌지 않은 주민들의 수원 교체 전후 콜레라로 인한 사망률의 변화들을 비교함으로써 콜레라가 공기가 아닌 물을 통해 전염된다는 결론을 ⓒ내렸다. 경제학에서는 1910년대에 최저임금제 도입 효과를 파악하는 데 이 방법이 처음 이용되었다.

평행추세 가정이 충족되지 않는 경우에 이중차분법을 적용하면 사건의 효과를 잘못 평가하게 된다. 예컨대 ㉠어떤 노동자 교육 프로그램의 고용 증가 효과를 평가할 때, 일자리가 급격히 줄어드는 산업에 종사하는 노동자의 비중이 비교집단에 비해 시행집단에서 더 큰 경우에는 평행추세 가정이 충족되지 않을 것이다. 그렇다고 해서 집단 간 표본의 통계적 유사성을 ⓓ높이려고 사건 이전 시기의 시행집단을 비교집단으로 설정하는 것이 평행추세 가정의 충족을 보장하는 것은 아니다. 예컨대 고용처럼 경기변동에 민감한 변화라면 집단 간 표본의 통계적 유사성보다 변화 발생의 동시성이 이 가정의 충족에서 더 중요할 수 있기 때문이다.

여러 비교집단을 구성하여 각각에 이중차분법을 적용한 평가 결과가 같음을 확인하면 평행추세 가정이 충족된다는 신뢰를 줄 수 있다. 또한 시행집단과 여러 특성에서 표본의 통계적 유사성이 높은 비교집단을 구성하면 평행추세 가정이 위협받을 가능성을 ⓔ줄일 수 있다. 이러한 방법들을 통해 이중차분법을 적용한 평가에 대한 신뢰도를 높일 수 있다.

14. 윗글에 대한 이해로 적절하지 <u>않은</u> 것은?

① 실험적 방법에서는 시행집단에서 일어난 평균 임금의 사건 전후 변화를 어떤 사건이 임금에 미친 효과라고 평가한다.

② 사람을 표본으로 하거나 사회 문제를 다룰 때에도 실험적 방법을 적용하는 경우가 있다.

③ 평행추세 가정에서는 특정 사건 이외에는 두 집단의 변화에 차이가 날 이유가 없다고 전제한다.

④ 스노의 연구에서 시행집단과 비교집단의 콜레라 사망률은 사건 후뿐만 아니라 사건 전에도 차이가 있었을 수 있다.

⑤ 스노는 수원이 바뀐 주민들과 바뀌지 않은 주민들 사이에 공기의 차이는 없다고 보았을 것이다.

15. 다음은 이중차분법을 ㉠에 적용할 경우에 나타날 결과를 추론한 것이다. A와 B에 들어갈 말을 바르게 짝지은 것은?

프로그램이 없었다면 시행집단에서 일어났을 고용률 증가는, 비교집단에서 일어난 고용률 증가와/보다 (A) 것이다. 그러므로 ㉠에 이중차분법을 적용하여 평가한 프로그램의 고용 증가 효과는 평행추세 가정이 충족되는 비교집단을 이용하여 평가한 경우의 효과보다 (B) 것이다.

	A	B
①	클	클
②	클	작을
③	같을	클
④	작을	클
⑤	작을	작을

16. 윗글을 바탕으로 〈보기〉를 이해한 내용으로 적절하지 <u>않은</u> 것은? [3점]

─〈보 기〉─

아래의 표는 S 국가의 P주와 그에 인접한 Q주에 위치한 식당들을 1992년 1월 초와 12월 말에 조사한 결과의 일부이다. P주는 1992년 4월에 최저임금을 시간당 4달러에서 5달러로 올렸고, Q주는 1992년에 최저임금을 올리지 않았다. P주 저임금 식당들은, 최저임금 인상 전에 시간당 4달러의 임금을 지급했고 최저임금 인상 후에 임금이 상승했다. P주 고임금 식당들은, 최저임금 인상 전에 이미 시간당 5달러보다 더 높은 임금을 지급했고 최저임금 인상 후에도 임금이 상승하지 않았다. 이때 최저임금 인상에 따른 임금 상승이 고용에 미친 효과를 평가한다고 하자.

집단	평균 피고용인 수(단위: 명)		
	사건 전 (A)	사건 후 (B)	변화 (B-A)
P주 저임금 식당	19.6	20.9	1.3
P주 고임금 식당	22.3	20.2	-2.1
Q주 식당	23.3	21.2	-2.1

① 최저임금 인상 후에 시행집단에서 일어난 변화는 1.3명이다.
② 시행집단과 비교집단의 식당들이 종류나 매출액 수준 등의 특성에서 통계적 유사성이 높을수록 평가에 대한 신뢰도가 높아진다.
③ 비교집단을 Q주 식당들로 택해 이중차분법을 적용하면 시행집단에서 최저임금 인상에 따른 임금 상승의 고용 효과는 3.4명 증가로 평가된다.
④ 비교집단의 변화를, P주 고임금 식당들의 1992년 1년간 변화로 파악할 경우보다 시행집단의 1991년 1년간 변화로 파악할 경우에 더 신뢰할 만한 평가를 얻는다.
⑤ 비교집단을 Q주 식당들로 택하든 P주 고임금 식당들로 택하든 비교집단에서 일어난 변화가 동일하다는 사실은 평행추세 가정의 충족에 대한 신뢰도를 높인다.

17. 문맥상 ⓐ~ⓔ의 단어와 가장 가까운 의미로 쓰인 것은?

① ⓐ: 그 사건의 전말이 모두 오늘 신문에 났다.
② ⓑ: 산에 가려다가 생각을 바꿔 바다로 갔다.
③ ⓒ: 기상청에서 전국에 건조 주의보를 내렸다.
④ ⓓ: 회원들이 회칙 개정을 요구하는 목소리를 높였다.
⑤ ⓔ: 하고 싶은 말은 많지만 오늘은 이만 줄입니다.

▶ 소요 시간 [ ] 분 [ ] 초

• 홀수 기출 분석서 **문학** 문제 P.120 / 해설 P.222

[18~21] 다음 글을 읽고 물음에 답하시오.

상서의 셋째 부인 여씨는 둘째 부인 석씨의 행실과 마음 씀이 매사 뛰어남을 보고 마음속에 불평하여 생각하되, '이 사람이 있으면 내게 상서의 총애가 오지 않으리라.' 하여 좋은 마음이 없더라. 날이 늦겨져 모임이 흩어진 후 상서의 서모(庶母) 석파가 청운당에 오니 여씨가 말하길,
"석 부인은 실로 적강선녀라. 상공의 총애가 가볍지 않으리로다."
석파가 취해 실언함을 깨닫지 못하고 왈,
"석 부인은 비단 얼굴뿐 아니라 덕행을 겸비하여 시모이신 양 부인이 더욱 사랑하시나이다."
이때 석씨가 석파를 청하자 석파가 벽운당에 이르러 웃고 왈,
"나를 불러 무엇 하려 하느뇨? 내 석 부인이 받는 총애를 여 부인에게 자랑하였나이다."
석씨가 내키지 않아 하며 당부하되,
"㉠후일은 그런 말을 마소서."
하니, 석파 웃더라.
여씨의 거동이 점점 아름답지 않으나 양 부인과 상서는 내색하지 않더라. 일일은 상서가 문안 후 청운당에 가니 여씨 없고, 녹운당에 이르니 희미한 달빛 아래 여씨가 난간에 엎드려 화씨의 방을 엿듣는지라. 도로 청운당에 와 시녀로 하여금 청하니 여씨가 급히 돌아오니 상서가 정색하고 문 왈,
"부인은 깊은 밤에 어디 갔더뇨?"
여씨 답 왈,
"㉡문안 후 소 부인의 운취각에 갔더이다."
상서는 본래 사람을 지극한 도로 가르치는지라 책망하며 왈,
"부인이 여자의 행실을 전혀 모르는지라. 무릇 여자의 행세 하나하나 몹시 어려운지라. 어찌 깊은 밤에 분주히 다니리오? 더욱이 다른 부인의 방을 엿들음은 **금수의 행동**이라 전일 말한 사람이 있어도 전혀 믿지 않았더니 내 눈에 세 번 뵈니 비로소 그 말이 사실임을 알지라. 부인은 다시 이 행동을 말고 과실을 고쳐 나와 함께 늙어갈 일을 생각할지어다."
하며 기세가 엄숙하니, 여씨가 크게 부끄러워하더라.
이후 여씨 밤낮으로 생각하더니, 문득 옛날 강충이란 자가 저주로써 한 무제와 여 태자를 **이간**했던 일을 떠올리고, 저주의 말을 꾸며 취성전을 범하니 일이 치밀한지라 뉘 능히 알리오?
일일은 취성전에서 양 부인이 일찍 일어나 앉았으나 석씨가 마침 병이 나서 문안에 불참하매 시녀 계성에게 청소시키니, 계성이 짐짓 침상 아래를 쓸다가 갑자기 **봉한 것**을 얻어 내며,
"알지 못하겠도다. 누가 잃은 것인고? 필연 동료 중 잃은 것이니 임자를 찾아 주리라."
하고 스스로 혼잣말 하거늘 부인이 수상히 여겨 가져오라 하여 풀어 보니, 그 글에 품은 한이 흉악하여 차마 보지 못할 바이러라. 필적이 산뜻하니 완연히 석씨의 것이라 크게 괴히 여겨 다시 보니 그 언사의 흉함이 차마 바로 보지 못할지라. 양 부인이 불을 가져다가 사르고 시녀들을 당부하여 왈,
"너희들이 이 일을 누설한즉 죽을죄를 당하리라."
좌우 시녀 듣고 송구하여 입을 봉하되, 홀로 계성은 누설치 못함을 조급해하고 양 부인은 이후 석씨와 자녀를 보나 내색하지 않더라.

[중략 부분의 줄거리] 석씨가 쫓겨난 후, 첫째 부인 화씨를 모함하려고 여씨가 여의개용단을 먹고 화씨로 둔갑해 나타나자, 상서는 친누나 소씨, 의남매 윤씨, 석파를 불러 모아 함께 실상을 밝히려 여씨의 심복을 찾는다.

시녀가 여씨 심복 미양을 가리켜 아뢰니, 상서가 미양을 잡아내어 엄하게 조사하더라. 미양이 혼비백산하여 사실대로 고하고 두 가지 약을 내어 드리니, 소씨 등이 다투어 보고 웃되, 상서는 홀로 눈을 들어 보지 않으니 사악한 빛을 보지 않으려 함이라. 석파가 그 중 **회면단**을 물에 풀어 두 화씨에게 나누어 주니 진짜 화씨 노기 가득하여 먹고 왈,

"약을 먹더라도 부모님 남긴 몸이 달리 되랴? 네 굳이 내 얼굴이 되고자 하니, 이 무슨 괴이한 생각으로 패악을 떨려 하느뇨?"

상서 왈,

"어지럽게 굴지 말라."

진짜 화씨는 회면단을 마시되 용모 변치 않더라. 상서가 또 여씨에게 권하니, 여씨 먹지 않거늘 윤씨 웃고 왈,

"아니 먹는 죄 의심되도다."

소씨 나아가 우김질로 들이붓더라. 여씨가 마지못하여 먹으니 화씨 변하여 여씨 되는지라. 좌우 사람들이 박장대소하더라. 상서 바야흐로 단정히 고쳐 앉으며 왈,

"군자 있는 곳에는 요사스러운 일이 없거늘 이 아우가 어질지 못하여 집안에 이런 변이 있으니 대장부 되어 아녀자를 거느리지 못하여 이런 행동거지 있으니 어찌 부끄럽지 않으리오. 석씨를 모함함도 여씨의 일이니 누님은 따져 물으소서."

석파가 먼저 나서며 미양을 붙들고 물으니 미양이 당초부터 여씨가 계교를 꾸몄던 일들을 낱낱이 말하더라. 소씨, 윤씨 두 사람이 웃으며 왈,

"이제 보건대, 당초 우리 의심이 그르지 않았도다."

석파가 몹시 좋아해 뛰면서 기쁨을 이기지 못하고, 여씨는 부끄러움을 이기지 못하여 움직이지 못하고, 화씨는 꾸짖기를 마지않더라. 날이 새어 취성전에 들어가 **어젯밤 일**을 일일이 아뢰더라. 양 부인이 놀라고 여씨를 불러 마루 아래에 꿇리고 벌주되 가장 엄숙하여 언어 명백하며 들음에 모골이 송연하더라. 이에 여씨를 내치고 계성과 미양 등을 엄히 다스리고 집안을 평정하더라.

– 작자 미상, 「소현성록」 –

18. 윗글에 대한 설명으로 가장 적절한 것은?

① 배경 묘사를 통해 인물의 성격 변화를 암시하고 있다.

② 독백을 반복하여 내적 갈등의 해결 과정을 드러내고 있다.

③ 과거와 현재를 교차하여 사건을 입체적으로 전개하고 있다.

④ 한 인물과 다른 인물들 간의 다면적 갈등 관계를 제시하고 있다.

⑤ 두 공간에서 동시에 일어나는 사건을 병렬적으로 배치하고 있다.

19. 윗글의 내용에 대한 이해로 적절하지 <u>않은</u> 것은?

① 석파는 집안사람들과 교류하며 집안일에 관여한다.

② 상서는 남의 말의 진위를 직접 확인하여 판단한다.

③ 여씨는 상서의 책망에도 부끄러워하지 않는다.

④ 양 부인은 권위를 지니고 가족과 시녀들을 통솔한다.

⑤ 소씨는 여씨를 압박하여 의혹을 해소하려 한다.

20. 맥락을 고려하여 ㉠과 ㉡을 이해한 내용으로 가장 적절한 것은?

① ㉠은 석파의 독선을 질책하는 말이고, ㉡은 상서의 오해를 증폭시키는 말이다.

② ㉠은 석파의 안전을 도모하기 위한 말이고, ㉡은 상서를 위험에 빠뜨리기 위한 말이다.

③ ㉠은 석파에 대한 호의를 표현하는 말이고, ㉡은 상서에 대한 불신을 표현하는 말이다.

④ ㉠은 석파의 경솔함을 염려하는 말이고, ㉡은 상서의 의심을 피하기 위해 한 말이다.

⑤ ㉠은 석파에게 얻은 정보를 불신하는 말이고, ㉡은 상서가 가진 정보를 몰라서 하는 말이다.

21. 〈보기〉를 참고하여 윗글을 감상한 내용으로 적절하지 <u>않은</u> 것은? [3점]

〈보 기〉

음모 모티프는 인물이 욕망을 실현하기 위해 음모를 실행하는 이야기 단위이다. 음모의 진행 과정에 환상적 요소가 사용되기도 하고 조력자가 등장해 음모자를 돕기도 한다. 음모가 실행되면서 서사적 긴장이 고조되는데, 음모자의 욕망 실현이 지연되면 서사적 긴장은 일시적으로 이완된다. 이때 음모자가 또 다른 음모를 꾸미나 결국 음모의 실체가 드러나며 죄상에 따라 처벌된다.

① 여씨가 자신을 석씨와 견주고 양 부인과 석씨를 '이간'하려는 데서, 석씨와의 경쟁 관계를 의식한 여씨의 욕망에서 음모가 비롯됨을 알 수 있군.

② 여씨가 꾸민 '봉한 것'이 계성을 통해 양 부인에게 건네진 데서, 상하 관계에 있는 음모자와 조력자에 의해 서사적 긴장이 고조됨을 알 수 있군.

③ '그 글'이 불살라지고 시녀들의 누설이 금지된 데서, 양 부인에 의해 음모의 실행이 저지되어 서사적 긴장이 일시적으로 이완됨을 알 수 있군.

④ '회면단'을 먹고 여씨가 본래 모습으로 돌아오는 데서, 음모자가 욕망의 실현을 위해 준비한 환상적 요소가 음모의 실체를 드러내는 도구로 작용함을 알 수 있군.

⑤ 상서는 '금수의 행동'을 한 여씨를 교화하려 했지만 양 부인은 '어젯밤 일'로 여씨를 내친 데서, 처벌 방법을 두고 대립이 있음을 알 수 있군.

• 홀수 기출 분석서 문학 문제 P.170 / 해설 P.309

[22~27] 다음 글을 읽고 물음에 답하시오.

(가)

강호에 봄이 드니 이 몸이 일이 많다
나는 그물 깁고 아이는 밭을 가니
뒷 뫼에 엄기는 약을 **언제** 캐려 하나니   〈제1수〉

삿갓에 도롱이 입고 세우(細雨) 중에 호미 메고
산전을 흩매다가 **녹음**에 누웠으니
목동이 우양을 몰아다가 **잠든 나를** 깨와다   〈제2수〉

대추 볼 붉은 골에 밤은 어이 떨어지며
벼 벤 그루에 게는 어이 내리는고
술 익자 체 장수 **돌아가니** 아니 먹고 어이리   〈제3수〉

뫼에는 **새** 다 궂고 들에는 갈 이 없다
외로운 배에 삿갓 쓴 **저 늙은이**
낚대에 맛이 깊도다 눈 깊은 줄 아는가   〈제4수〉
                                                    — 황희, 「사시가」 —

(나)

건곤이 얼어붙어 삭풍이 몹시 부니
하루 쬔다 한들 열흘 추위 어찌할꼬
은침을 빼내어 **오색실** 꿰어 놓고
임의 터진 옷을 깁고자 하건마는
㉠천문구중(天門九重)에 갈 길이 아득하니
아녀자 깊은 정을 임이 **언제** 살피실꼬
㉡음력 섣달 거의로다 새봄이면 늦으리라
동짓날 자정이 지난밤에 **돌아오니**
만호천문(萬戶千門)이 차례로 연다 하되
자물쇠를 굳게 잠가 **동방(洞房)**을 닫았으니
눈 위에 서리는 얼마나 녹았으며
뜰 가의 매화는 몇 송이 피었는고
㉢간장이 다 썩어 넋조차 그쳤으니
천 줄기 원루(怨淚)는 피 되어 솟아나고
반벽청등(半壁靑燈)은 빛조차 어두워라
황금이 많으면 매부(買賦)나 하련마는
㉣백일(白日)이 무정하니 뒤집힌 동이에 비칠쏘냐
평생에 쌓은 죄는 다 나의 탓이로되
언어에 공교 없고 눈치 몰라 다닌 일을
풀어서 헤여 보고 다시금 생각거든
조물주의 처분을 누구에게 물으리오
사창 매화 달에 가는 한숨 다시 짓고
㉤은쟁(銀箏)을 꺼내어 원곡(怨曲)을 슬피 타니
주현(朱絃) 끊어져 다시 잇기 어려워라
차라리 죽어서 **자규**의 넋이 되어
밤마다 이화에 피눈물 울어 내어
오경에 잔월(殘月)을 섞어 **임의 잠**을 깨우리라
                                                    — 조우인, 「자도사」 —

(다)

그 집은 **그 집 아이**들에게 작은 우주였다. 그곳에는 많은 비밀이 있었다. 자연 속에는 눈에 보이는 것 말고도 눈에 보이지 않는 무한한 비밀이 감춰져 있었다. 그는 그 집에서 크면서 자연 속에 감춰진 비밀들을 깨달아 갔다.

석양의 북새, 혹은 **낮게 깔리는 굴뚝 연기**를 보고 그는 비설거지를 했다. 그런 다음 날은 틀림없이 **비**가 올 것이므로. 비가 온 날 저녁에는 또 지렁이가 밤새 운다는 것을 그는 알고 있었다. 똑또르 똑또르 하는 지렁이 울음소리. 냄새와 소리와 맛과 색깔과 형태 들이 그 집에서는 선명했다. 모든 것들이 말이다. 왜냐하면 봄과 여름과 가을과 겨울과 아침과 낮과 저녁과 밤이 그 집에서는 뚜렷했으므로. 자연이 그러한 것처럼 사람들의 삶이 명료했다.

이제 그 집을 떠난 그에게는 모든 것이 불분명하다. 아침과 저녁이 불분명하고 사계절이 불분명하고 오감이 불분명하다. 병원에서 태어나 수십 군데 이사를 다니고 나서 겨우 장만한 **아파트. 그 사각진 콘크리트 벽 속에 살고 있는 그의 아이는 여름에 긴팔 옷을 입고 겨울에 반팔 옷을 입는다.**

돈은 은행에서 나고 먹을 것은 슈퍼에서 나는 것으로 아는 아이는, 수박이 어느 계절의 과일인지 분간하지 못하는 아이는 그래서 봄 여름 가을 겨울을 알지 못한다. 아침 저녁의 냄새와 소리와 맛과 형태와 색깔이 어떻게 다른지 알지 못한다.

어머니의 부음을 듣고 그는 그가 나고 성장한 그 노란 집으로 갔다. 팔 남매를 낳고 기르느라 조그마해질 대로 조그마해진 어머니는 바로 자신의 아이들을 낳았던 그 자리에 자신의 몸을 부려 놓고 있었다.

그 집, 노란 그 집에 **탄생과 죽음**이 있었다. 그 집 안주인의 죽음 이후 그 집은 적막해졌다. 아무도 그 집에 들어와 살지 않을 것이며 누구도 아이를 그 집에서 낳지 않을 것이며 그러므로 죽음 또한 그 집에서는 일어나지 않을 것이다. 그 집의 역사는 그렇게 끝이 난 것이다.

우리들의 어머니의 죽음과 함께 조왕신과 성주신이 살지 않는 우리들의 집은 이제 적막하다. 더 이상의 탄생과 죽음이 없는 우리들의 집은 쓸쓸하다.

우리는 오늘 밤도 쓸쓸한 집으로 돌아들 간다.
                                                    — 공선옥, 「그 시절 우리들의 집」 —

22. (가)~(다)의 공통점으로 가장 적절한 것은?

① 어조의 변화를 통해 긴장감을 조성하고 있다.
② 자연과 인간의 대비를 통해 세태를 비판하고 있다.
③ 대상과의 문답을 통해 주제 의식을 부각하고 있다.
④ 초월적 공간을 설정하여 고조된 감정을 드러내고 있다.
⑤ 시간을 나타내는 표현을 활용하여 내용을 전개하고 있다.

23. (가)의 시상 전개에 대한 설명으로 가장 적절한 것은?

① 〈제1수〉의 초장, 중장은 풍경 묘사이고, 종장은 이에 대한 감상의 표현이다.

② 〈제2수〉의 초장, 중장은 인물의 행위가 순차적으로 나열된 것이다.

③ 〈제2수〉의 초장과 중장에 있는 인물의 행위는 〈제3수〉의 초장에서 그 결과로 나타난다.

④ 〈제3수〉의 초장의 장면은 중장과 인과적 관계로 연결된다.

⑤ 〈제4수〉의 초장의 동적인 분위기는 중장의 정적인 분위기로 전환된다.

24. 〈보기〉에 따라 (나)의 ㉠~㉤을 이해한 내용으로 적절하지 <u>않은</u> 것은?

─ 〈보 기〉 ─

선생님: 이 작품의 제목에 쓰인 '자도(自悼)'는 '자신을 애도한다'는 뜻으로, 죽음에 견줄 만큼의 극단적인 슬픔을 드러낸 것입니다. 이 점에 주목하여 작품을 읽어 봅시다.

① ㉠을 통해, 임과 만날 가능성이 희박하다는 비관적 인식이 자신을 애도하게 만든 배경임을 알 수 있어요.

② ㉡을 통해, 새봄을 맞이하여 이별의 슬픔을 극복하기 위해 마음을 다잡으려 노력하고 있음을 알 수 있어요.

③ ㉢을 통해, 임에 대한 사무치는 그리움이 너무나 커서 자신을 애도할 수밖에 없는 상황임을 알 수 있어요.

④ ㉣을 통해, 무정한 임 때문에 자신의 처지가 바뀔 가능성이 없음을 깨닫고 좌절감을 느끼고 있음을 알 수 있어요.

⑤ ㉤을 통해, 임을 향한 원망의 마음을 음악으로 표현하여 내면의 슬픔을 토로하고 있음을 알 수 있어요.

25. (가)와 (나)의 시어에 대한 이해로 가장 적절한 것은?

① (가)의 '녹음'은 평온한 분위기의, (나)의 '동방'은 암울한 분위기의 장소이다.

② (가)의 '언제'는 미래의 어느 시기를, (나)의 '언제'는 과거의 어느 시기를 가리킨다.

③ (가)의 '새'와 (나)의 '자규'는 모두 화자의 감정이 이입된 대상물이다.

④ (가)의 '잠든 나'의 '잠'과 (나)의 '임의 잠'은 모두 꿈을 통해서라도 소망을 실현하기 위한 매개이다.

⑤ (가)의 '돌아가니'와 (나)의 '돌아오니'는 모두 화자가 새로운 상황에 기대감을 갖는 계기이다.

26. 비밀들을 중심으로 (다)를 이해한 내용으로 적절하지 <u>않은</u> 것은?

① '그 집'을 떠난 후 그의 오감이 불분명한 것은 비밀들이 그의 '아파트'에 감춰져 있기 때문이다.

② '그 집 아이들'은 '그 집'에서 '낮게 깔리는 굴뚝 연기'에 감춰진 '비'에 관한 비밀들을 깨달을 수 있었다.

③ '그의 아이'가 '여름에 긴팔 옷을 입고 겨울에 반팔 옷을 입는' 것은 비밀들을 모르고 살아가는 모습을 보여 준다.

④ '그 집'의 역사가 어머니의 죽음 후 끝났다고 한 것은 비밀들과 함께할 사람들의 '탄생과 죽음'이 사라졌기 때문이다.

⑤ '그 사각진 콘크리트 벽 속'에 사는 '그의 아이'는 비밀들을 알아차릴 줄 아는 감각을 익히지 못해 삶이 불분명하다.

27. 〈보기〉를 참고하여 (가)~(다)를 감상한 내용으로 적절하지 <u>않은</u> 것은?

[3점]

─ 〈보 기〉 ─

시조, 가사, 수필에서 작가는 대개 1인칭으로 나타나므로 작가 정보를 활용하면 작품을 더 풍부하게 해석할 수 있다. 그런데 작가는 자신을 다른 인물로 상정하여 표현하기도 한다. 이 경우에도 작가를 그 인물에 투영해서 읽을 수 있다. (가)는 작가가 나이 들어 벼슬에서 물러나 전원에서 생활하며 지은 시조라는 점, (나)는 작가가 임금에게 충언하는 시를 쓴 죄로 옥에 갇혔을 때 지은 가사라는 점, (다)는 작가가 시골에서 성장한 경험을 반영하여 쓴 수필이라는 점을 고려하여 작품을 해석할 수 있다.

① (가)의 '저 늙은이'가 작가라면, 전체적으로 이 작품은 연로한 작가가 느끼는 전원생활의 흥취를 드러낸 것이겠군.

② (가)의 '저 늙은이'가 작가가 아니라면, 〈제4수〉는 '낚대'의 깊은 맛에 몰입하며 '나'와는 달리 한가롭게 지내는 인물에 대한 심리적 거리감을 드러낸 것이겠군.

③ (나)의 '아녀자'가 작가라면, 이 작품은 '은침'과 '오색실'로 '임의 터진 옷'을 깁는 상황을 설정하여 임금에 대한 곧은 충심을 표현한 것이겠군.

④ (다)의 '그'가 작가라면, 이 작품은 '그 집'에서 성장하고 떠났던 자신의 경험을 타인의 것처럼 전달함으로써 개인적인 경험에 거리를 두고 객관화하여 표현한 것이겠군.

⑤ (다)의 '우리들'에 작가 자신이 포함되므로, 이 작품은 작가 자신의 개인적 경험을 확장하여 유사한 경험을 가진 독자들의 공감을 이끌어 내려 한 것이겠군.

• 홀수 기출 분석서 **문학** 문제 P.086 / 해설 P.147

[28~31] 다음 글을 읽고 물음에 답하시오.

[앞부분의 줄거리] 해방 직후, 미군 소위의 통역을 맡아 부정 축재를 일삼던 방삼복은 고향에서 온 백 주사를 집으로 초대한다.

"서 주사가 이거 두구 갑디다."
들고 올라온 각봉투 한 장을 남편에게 건네어 준다.
"어디?"
그러면서 받아 봉을 뜯는다. 소절수 한 장이 나온다. 액면 만 원짜리다.
미스터 방은 성을 벌컥 내면서
"겨우 둔 만 원야?"
하고 소절수를 다다미 바닥에다 홱 내던진다.
"내가 알우?"
"우랄질 자식 어디 보자. 그래 전, 걸 십만 원에 불하 맡아, 백만 원 하나 냉겨 먹을 테문서, 그래 겨우 둔 만 원야? 엠병헐 자식, ㉠내가 엠피*헌테 말 한마디문, 전 어느 지경 갈지 모를 줄 모르구서."
"정종으루 가져와요?"
"내 말 한마디에, 죽을 놈이 살아나구, 살 놈이 죽구 허는 줄 모르구서, 흥, 이 자식 경 좀 쳐 봐라…… 증종 따끈허게 데와. 날두 산산허구 허니."

새로이 안주가 오고, 따끈한 정종으로 술이 몇 잔 더 오락가락하고 나서였다.
백 주사는 마침내, **진작부터 벼르던 이야기**를 꺼내었다.

백 주사의 아들 ㉡**백선봉**은, 순사 임명장을 받아 쥐면서부터 시작하여 8·15 그 전날까지 칠 년 동안, 세 곳 주재소와 두 곳 경찰서를 전근하여 다니면서, 이백 석 추수의 토지와, 만 원짜리 저금통장과, 만 원어치가 넘는 옷이며 비단과, 역시 만 원어치가 넘는 여편네의 패물과를 장만하였다.

[A]   **남들**은 주린 창자를 졸라맬 때 그의 광에는 옥 같은 정백미가 몇 가마니씩 쌓였고, 반년 일 년을 남들은 구경도 못 하는 고기와 생선이 끼니마다 상에 오르지 않는 날이 없었다.

[B]   ××경찰서의 경제계 주임으로 있던 마지막 이 년 동안은 더욱더 호화판이었다. 8·15 그날 밤, **군중**이 그의 집을 습격하였을 때에 쏟아져 나온 물건이 쌀 말고도
     광목 여섯 필
     고무신 스물세 켤레
     지카다비 여덟 켤레
     빨랫비누 세 궤짝
     양말 오십 타
     정종 열세 병
     설탕 한 부대

[C]   이렇게 **있었더란다**. 만 원어치 여편네의 패물과, 만 원어치의 옷감이며 비단과, 만 원짜리 저금통장은 고만두고 말이었다.

물건 하나 없이 죄다 빼앗기고, 집과 세간은 조각도 못 쓰게 산산다 부수고, 백선봉은 팔이 부러지고, 첩은 머리가 절반이나 뽑히고, 겨우겨우 목숨만 살아, 본집으로 도망해 왔다.

[D]   일변 고을에서는, 백 주사가, 자식이 그런 짓을 해서 산 토지를 가지고, **동네 사람**한테 거만히 굴고, 작인들한테 팔 말 가까운 도지를 받고, 고리대금을 하고 하였대서, 백선봉이 도망해 와 눕는 그날 밤, 그의 본집인 백 주사네 집을 습격하였다.

[E]   집과 세간 죄다 부수고, 백선봉이 보낸 통제 배급 물자 숱한 것 죄다 빼앗기고, **가족**들은 죽을 매를 맞고, 백선봉은 처가로, 백 주사는 서울로 각기 피신하여 목숨만 우선 보전하였다.

백 주사는 비싼 여관 밥을 사 먹으면서, 울적히 거리를 오락가락, 어떻게 하면 이 분풀이를 할까, ⓐ어떻게 하면 빼앗긴 돈과 물건을 도로 다 찾을까 하고 궁리를 하는 것이나, 아무런 묘책도 없었다.

그러자 오늘은 우연히 이 미스터 방을 만났다. 종로를 지향 없이 거니는데, 지나가던 자동차가 스르르 멈추면서, 서양 사람과 같이 탔던 신사 양반 하나가 내려서더니, 어쩌다 눈이 마주치자
"아, 백 주사 아니신가요?"
하고 반기는 것이었다.
자세히 보니, 무어 길바닥에서 신기료장수를 하다던 코삐뚤이 삼복이가 분명하였다.
"자네가, 저, 저, 방, 방……."
"네, 삼복입니다."
"아, 건데, 자네가……."
"허, 살 때가 됐답니다."
그러고는 ⓑ내 집으루 갑시다, 하고 잡아끄는 대로 끌리어 온 것이었다.
의표며, 집하며, 식모에 침모에 계집 하인까지 부리면서 사는 것하며, 신수가 훤히 트여 가지고, 말도 제법 의젓하여진 것 같은 것이며, ⓒ진소위 개천에서 용이 났다고 할 것인지.
옛날의 영화가 꿈이 되고, 일조에 몰락하여 가뜩이나 초상집 개처럼 초라한 자기가, ⓓ또 한 번 어깨가 옴츠러듦을 느끼지 아니치 못하였다. 그런 데다 이 녀석이, 언제 적 저라고 무엄스럽게 굴어, 심히 불쾌하였고, 그래서 ⓔ엔간히 자리를 털고 일어설 생각이 몇 번이나 나지 아니한 것도 아니었다. 그러나 참았다.
보아하니 큰 세도를 부리는 것이 분명하였다. 잘만 하면 그 힘을 빌려, 분풀이와, 빼앗긴 재물을 도로 찾을 여망이 있을 듯 싶었다.

– 채만식, 「미스터 방」 –

*엠피(MP): 미군 헌병.

---

28. 윗글의 대화를 중심으로 '방삼복'을 이해한 것으로 가장 적절한 것은?

① 자신이 꾸미고 있는 일에 관심 없는 상대에게 자기 업무를 떠넘기는 뻔뻔함을 보이고 있다.

② 질문에 대꾸하지 않음으로써 상대가 같은 질문을 반복하도록 거드름을 피우고 있다.

③ 눈앞에 없는 사람을 비난하고 위협함으로써 함께 있는 상대에게 자신의 위세를 드러내고 있다.

④ 차에서 내려 상대에게 먼저 알은체하며 동승자에게 자신의 인맥을 과시하고 있다.

⑤ 상대가 이름을 제대로 말하기 전에 말을 가로채 상대에 대한 열등감을 감추고 있다.

29. ㉠과 ㉡에 대한 설명으로 가장 적절한 것은?

① ㉠과 ㉡에는 모두 외세에 기대어 사익을 추구하는 인물의 부정적 모습이 드러난다.

② ㉠과 ㉡에는 모두 외세와 이를 돕는 인물 간의 권력 관계가 일시적으로 역전된 모습이 드러난다.

③ ㉠과 ㉡에는 모두 사회적 지위를 이용하여 타인의 권익을 침해하는 인물이 몰락하는 모습이 드러난다.

④ ㉠에는 권력을 향한 인물의 조바심이, ㉡에는 권력에 의한 인물의 좌절감이 드러난다.

⑤ ㉠에는 자신의 권위에 대한 인물의 확신이, ㉡에는 추락한 권위를 회복할 수 있다는 인물의 자신감이 드러난다.

30. ⓐ~ⓔ에 대한 이해로 적절하지 않은 것은?

① ⓐ: 스스로는 문제 해결이 불가능한 상태임을 강조하여 인물의 답답한 처지를 보여 준다.

② ⓑ: 방삼복의 제안에 엉겁결에 따라가는 모습을 통해 인물이 얼떨떨한 상태임을 보여 준다.

③ ⓒ: 신수가 좋고 재력이 대단해 보이는 방삼복의 모습에 고향 사람에 대한 자부심을 갖게 되었음을 보여 준다.

④ ⓓ: 자신의 처지를 방삼복과 비교하면서 주눅이 들었음을 보여 준다.

⑤ ⓔ: 방삼복에게 도움을 받을 수 있다는 기대감과 그에 대한 반감이 뒤섞여 있음을 보여 준다.

31. 〈보기〉를 참고하여 [A]~[E]를 감상한 내용으로 적절하지 않은 것은?
[3점]

〈보 기〉
'진작부터 벼르던 이야기'는 백 주사가 자신과 가족의 억울함을 하소연하는 부분이다. 그런데 서술자는 그 '이야기'를 서술자의 시선뿐 아니라 여러 인물들의 시선으로 초점화하여 서술함으로써 독자와 작중 인물 간의 거리를 조절한다. 또한 세부 항목을 하나씩 나열하여 장면의 분위기를 고조하고 정서를 확장하는 서술 방법으로 독자에게 현장감을 전해 준다. 이때 독자는 백 주사와 그의 가족에게 고통받았던 사람들의 입장에 서서 그들을 비판적으로 보게 된다.

① [A]: 백선봉의 풍요로운 생활을 '남들'의 굶주린 생활과 비교하여 서술함으로써 독자가 그를 비판적으로 보게 하고 있군.

② [B]: 부정하게 모은 많은 물건들을 하나씩 나열하여 습격 당시 현장의 들뜬 분위기를 환기함으로써 '군중'의 놀람과 분노를 독자에게 전하려 하고 있군.

③ [C]: '있었더란다'를 통해 누군가에게 들은 것처럼 전하면서도, 전하는 내용을 '군중'의 시선으로 초점화하여 독자가 '군중'의 입장에 서도록 유도하고 있군.

④ [D]: '동네 사람'의 시선으로 초점화하여 백 주사의 만행을 서술함으로써 백 주사가 습격의 빌미를 제공한 것처럼 독자가 느끼게 하고 있군.

⑤ [E]: 백 주사 '가족'의 몰락을 보여 주는 사건들을 백 주사의 시선으로 일관되게 초점화하여 그들에게 고통받았던 사람들의 편에 선 독자가 통쾌함을 느끼게 하고 있군.

• 홀수 기출 분석서 문학 문제 P.032 / 해설 P.044

[32~34] 다음 글을 읽고 물음에 답하시오.

(가)
향아 너의 고운 얼굴 조석으로 우물가에 비최이던 오래지 않은 옛날로 가자

수수럭거리는 수수밭 사이 걸찍스런 웃음들 들려 나오며 호미와 바구니를 든 환한 얼굴 그림처럼 나타나던 석양……

구슬처럼 흘러가는 냇물가 맨발을 담그고 늘어앉아 빨래들을 두드리던 전설같은 풍속으로 돌아가자

눈동자를 보아라 향아 회올리는 무지갯빛 허울의 눈부심에 넋 빼앗기지 말고
철따라 푸짐히 두레를 먹던 ㉠정자나무 마을로 돌아가자 미끈덩한 **기생충의 생리**와 허식에 인이 배기기 전으로 눈빛 아침처럼 빛나던 우리들의 고향 병들지 않은 젊음으로 찾아 가자꾸나

11／12

9 회

향아 허물어질까 두렵노라 얼굴 생김새 맞지 않는 **발돋움의 흉냄랑**
그만 내자

들국화처럼 소박한 목숨을 가꾸기 위하여 맨발을 벗고 콩바심하던
차라리 그 미개지에로 가자 달이 뜨는 명절밤 비단치마를 나부끼며
떼지어 춤추던 전설같은 풍속으로 돌아가자 냇물 굽이치는 싱싱한
마음밭으로 돌아가자.

– 신동엽, 「향아」 –

(나)

이사온 그는 이상한 사람이었다
그의 집 담장들은 모두 빛나는 유리들로 세워졌다

골목에서 놀고 있는 부주의한 아이들이
잠깐의 실수 때문에
풍성한 햇빛을 복사해내는
그 유리 담장을 박살내곤 했다

그러나 애들아, 상관없다
유리는 또 갈아 끼우면 되지
마음껏 이 골목에서 놀렴

유리를 깬 아이는 얼굴이 새빨개졌지만
이상한 표정을 짓던 다른 아이들은
아이들답게 곧 즐거워했다
견고한 송판으로 담을 쌓으면 어떨까
주장하는 아이는, 그 아름다운
골목에서 즉시 추방되었다

유리 담장은 매일같이 깨어졌다
필요한 시일이 지난 후, 동네의 모든 아이들이
충실한 그의 부하가 되었다

어느 날 그가 **유리 담장**을 떼어냈을 때, ⓛ그 골목은
가장 햇빛이 안 드는 곳임이
판명되었다. **일렬로 선 아이들**은
묵묵히 벽돌을 날랐다

– 기형도, 「전문가」 –

32. (가), (나)에 대한 설명으로 가장 적절한 것은?

① (가)는 과거를 회상하며 현실을 관망하는 태도를 드러내고 있다.

② (나)는 상징성을 띤 사건의 전개를 통해 주제를 암시하고 있다.

③ (가)와 (나)는 모두 음성 상징어를 활용하여 상상 세계의 경이로움을
나타내고 있다.

④ (가)와 (나)는 모두 동일한 시구의 반복과 변주를 통해 시적 분위기를
고조하고 있다.

⑤ (가)는 위로하는 어조로, (나)는 충고하는 어조로 시적 청자에게 말을
건네고 있다.

33. ㉠과 ㉡을 비교한 내용으로 가장 적절한 것은?

① ㉠은 '향'에게 귀환이 금지된 공간이고, ㉡은 '아이들'에게 이탈이
금지된 공간이다.

② ㉠은 '향'이 자기반성을 수행하는 공간이고, ㉡은 '아이들'이 '그'의
요청을 수행하는 공간이다.

③ ㉠은 '향'이 본성을 찾아가는 낯선 공간이고, ㉡은 '아이들'이 개성을
박탈당한 상실의 공간이다.

④ ㉠은 '향'의 노동과 놀이가 공존하던 공간이고, ㉡은 '아이들'의 놀이가
사라지고 노동만 남은 공간이다.

⑤ ㉠은 '향'과 화자의 우호적 관계가 드러나는 공간이고, ㉡은 '아이들'과
'그'의 상생 관계가 드러나는 공간이다.

34. 〈보기〉를 참고하여 (가)와 (나)를 감상한 내용으로 적절하지 않은 것은?
[3점]

〈보 기〉

(가)와 (나)는 모두 부정적 현실을 비판한 작품이다. (가)는 물질
문명의 허위와 병폐에 물들어 가는 공동체가 농경 문화의 전통에
바탕을 두고 건강한 생명력과 순수성을 회복하기를 소망하는 작
가 의식을 담고 있다. (나)는 환영(幻影)을 통해 대중의 이성을
마비시키고 대중을 획일적으로 길들이는 권력의 기만적 통치술
에 대한 비판 의식을 담고 있다.

① (가)에서 '차라리 그 미개지에로 가자'라는 화자의 권유는 공동체의
터전을 확장하여 순수성을 지켜 나가려는 의식을 보여 주는군.

② (나)에서 골목이 '가장 햇빛이 안 드는 곳'으로 판명되었다는 것은
'유리 담장'이 대중을 기만하는 환영의 장치였음을 보여 주는군.

③ (가)에서 '기생충의 생리'는 자족적인 농경 문화 전통에 반하는 문명의
병폐를, (나)에서 '주장하는 아이'의 추방은 획일적으로 통제된 사회의
모습을 보여 주는군.

④ (가)에서 '발돋움의 흉내'를 낸다는 것은 물질문명에 물들어 가는
상황을, (나)에서 '곧 즐거워했다'는 것은 권력의 술수에 대중이 길들여
지고 있는 상황을 보여 주는군.

⑤ (가)에서 '떼지어 춤추던' 모습은 농경 문화 공동체의 건강한 생명력을,
(나)에서 '일렬로', '묵묵히' 벽돌을 나르는 모습은 권력에 종속된 대중의
형상을 보여 주는군.

▶ 소요 시간 　　분　　초

* 확인 사항

○ 답안지의 해당란에 필요한 내용을 정확히 기입(표기)했는지 확인
하시오.

국어 영역

• 홀수 기출 분석서 **독서** 문제 P.042 / 해설 P.056

[1~3] 다음 글을 읽고 물음에 답하시오.

어떤 독서 이론도 이 한 장의 사진만큼 독서의 위대함을 분명하게 말해 주지 못할 것이다. 사진은 제2차 세계 대전 당시 처참하게 무너져 내린 런던의 한 건물 모습이다. ㉠폐허 속에서도 사람들이 책을 찾아 서가 앞에 선 이유는 무엇일까? 이들은 갑작스레 닥친 상황에서 독서를 통해 무언가를 구하고자 했을 것이다.

독서는 자신을 살피고 돌아볼 계기를 제공함으로써 어떻게 살 것인가의 문제를 생각하게 한다. 책은 인류의 지혜와 경험이 담겨 있는 문화유산이며, 독서는 인류와의 만남이자 끝없는 대화이다. 독자의 경험과 책에 담긴 수많은 경험들의 만남은 성찰의 기회를 제공함으로써 독자의 내면을 성장시켜 삶을 바꾼다. 이런 의미에서 독서는 자기 성찰의 행위이며, 성찰의 시간은 깊이 사색하고 스스로에게 질문을 던지는 시간이어야 한다. 이들이 책을 찾은 것도 혼란스러운 현실을 외면하려 한 것이 아니라 자신의 삶에 대한 숙고의 시간이 필요했기 때문이다.

또한 ㉡독서는 자신을 둘러싼 현실을 올바로 인식하고 당면한 문제를 해결할 논리와 힘을 지니게 한다. 책은 세상에 대한 안목을 키우는 데 필요한 지식을 담고 있으며, 독서는 그 지식을 얻는 과정이다. 독자의 생각과 오랜 세월 축적된 지식의 만남은 독자에게 올바른 식견을 갖추고 당면한 문제를 해결할 방법을 모색하도록 함으로써 세상을 바꾼다. 세상을 변화시킬 동력을 얻는 이 시간은 책에 있는 정보를 이해하는 데 그치는 것이 아니라 그 정보가 자신의 관점에서 문제를 해결할 수 있는 타당한 정보인지를 판단하고 분석하는 시간이어야 한다. 서가 앞에 선 사람들도 시대적 과제를 해결할 실마리를 책에서 찾으려 했던 것이다.

독서는 자기 내면으로의 여행이며 외부 세계로의 확장이다. 폐허 속에서도 책을 찾은 사람들은 독서가 지닌 힘을 알고, 자신과 현실에 대한 이해를 구하고자 책과의 대화를 시도하고 있었던 것이다.

1. 윗글을 바탕으로 할 때, ㉠의 답으로 적절하지 않은 것은?

① 인류의 지혜와 경험을 배우기 위해
② 현실로부터 도피할 방법을 구하기 위해
③ 시대적 과제를 해결할 실마리를 찾기 위해
④ 자신의 삶에 대해 숙고할 시간을 갖기 위해
⑤ 세상에 대한 안목을 키우는 지식을 얻기 위해

2. 〈보기〉는 ㉡과 같이 독서하기 위해 학생이 찾은 독서 방법이다. 이에 대한 반응으로 적절하지 않은 것은? [3점]

〈 보 기 〉

해결하려는 문제와 관련하여 관점이 다른 책들을 함께 읽는 것은 해법을 찾는 한 방법이다. 먼저 문제가 무엇인지를 명확히 하고, 이와 관련된 서로 다른 관점의 책을 찾는다. 책을 읽을 때는 자신의 관점에서 각 관점들을 비교·대조하면서 정보의 타당성을 비판적으로 검토하고 평가한 내용을 통합한다. 이를 통해 문제를 다각적·심층적으로 이해하게 됨으로써 자신의 관점을 분명히 하고, 나아가 생각을 발전시켜 관점을 재구성하게 됨으로써 해법을 찾을 수 있다.

① 읽을 책을 선택하기 전에 해결하려는 문제가 무엇인지를 명확하게 인식해야겠군.
② 서로 다른 관점을 비교·대조하면서 검토함으로써 편협한 시각에서 벗어나 문제를 폭넓게 보아야겠군.
③ 문제의 해결을 위해 서로 다른 관점을 비판적으로 통합하여 문제에 대한 생각을 새롭게 구성할 수 있어야겠군.
④ 정보를 이해하는 수준을 넘어, 각 관점의 타당성을 검토하고 평가 내용을 통합함으로써 문제를 깊이 이해해야겠군.
⑤ 문제에 대한 여러 관점을 다각도로 검토하고, 비판적 판단을 유보함으로써 자신의 관점이 지닌 타당성을 견고히 해야겠군.

3. 다음은 윗글을 읽은 학생의 독서 기록장 일부이다. 이에 대한 설명으로 가장 적절한 것은?

나의 독서 대부분은 정보 습득을 위한 것이었다. 책의 내용이 그대로 내 머릿속으로 옮겨져 지식이 쌓이기만을 바랐지 내면의 성장을 생각하지 못했다. 윤동주 평전을 읽으며 스스로에게 질문을 던지는 이 시간이 나에 대해 사색하며 삶을 가꾸는 소중한 시간임을 새삼 느낀다. 오늘 나는 책장을 천천히 넘기며 나에게로의 여행을 떠나 보려 한다.

① 삶을 성찰하게 하는 독서의 가치를 깨닫고 이를 실천하려는 모습을 보이고 있다.
② 문학 분야에 편중되었던 독서 습관을 버리고 다양한 분야의 책을 읽으려는 노력을 보이고 있다.
③ 독서를 지속적으로 실천하지 못한 태도를 반성하고 문제 해결을 위해 장기적인 독서 계획을 세우고 있다.
④ 내면적 성장을 위한 도구로서의 독서의 중요성을 인식하고 다양한 매체를 활용한 독서의 방법을 제안하고 있다.
⑤ 개인의 지적 성장에 머무는 독서의 한계를 지적하고 타인과 경험을 공유하는 독서 토론의 필요성을 강조하고 있다.

2

• 홀수 기출 분석서 문제 P.170 / 해설 P.334

[4~9] 다음 글을 읽고 물음에 답하시오.

(가)

　⊙정립-반정립-종합. 변증법의 논리적 구조를 일컫는 말이다. 변증법에 따라 철학적 논증을 수행한 인물로는 단연 헤겔이 거명된다. 변증법은 대등한 위상을 지니는 세 범주의 병렬이 아니라, 대립적인 두 범주가 조화로운 통일을 이루어 가는 수렴적 상향성을 구조적 특징으로 한다. 헤겔에게서 변증법은 논증의 방식임을 넘어, 논증 대상 자체의 존재 방식이기도 하다. 즉 세계의 근원적 질서인 '이념'의 내적 구조도, 이념이 시·공간적 현실로서 드러나는 방식도 변증법적이기에, 이념과 현실은 하나의 체계를 이루며, 이 두 차원의 원리를 밝히는 철학적 논증도 변증법적 체계성을 ⓐ지녀야 한다.

　헤겔은 미학도 철저히 변증법적으로 구성된 체계 안에서 다루고자 한다. 그에게서 미학의 대상인 예술은 종교, 철학과 마찬가지로 '절대정신'의 한 형태이다. 절대정신은 절대적 진리인 '이념'을 인식하는 인간 정신의 영역을 ⓑ가리킨다. 예술·종교·철학은 절대적 진리를 동일한 내용으로 하며, 다만 인식 형식의 차이에 따라 구분된다. 절대정신의 세 형태에 각각 대응하는 형식은 [직관·표상·사유]이다. '직관'은 주어진 물질적 대상을 감각적으로 지각하는 지성이고, '표상'은 물질적 대상의 유무와 무관하게 내면에서 심상을 떠올리는 지성이며, '사유'는 대상을 개념을 통해 파악하는 순수한 논리적 지성이다. 이에 세 형태는 각각 '직관하는 절대정신', '표상하는 절대정신', '사유하는 절대정신'으로 규정된다. 헤겔에 따르면 직관의 외면성과 표상의 내면성은 사유에서 종합되고, 이에 맞춰 예술의 객관성과 종교의 주관성은 철학에서 종합된다.

　형식 간의 차이로 인해 내용의 인식 수준에는 중대한 차이가 발생한다. 헤겔에게서 절대정신의 내용인 절대적 진리는 본질적으로 논리적이고 이성적인 것이다. 이러한 내용을 예술은 직관하고 종교는 표상하며 철학은 사유하기에, 이 세 형태 간에는 단계적 등급이 매겨진다. 즉 예술은 초보 단계의, 종교는 성장 단계의, 철학은 완숙 단계의 절대정신이다. 이에 따라 ⓒ예술-종교-철학 순의 진행에서 명실상부한 절대정신은 최고의 지성에 의거하는 것, 즉 철학뿐이며, 예술이 절대정신으로 기능할 수 있는 것은 인류의 보편적 지성이 미발달된 머나먼 과거로 한정된다.

(나)

　변증법의 매력은 '종합'에 있다. 종합의 범주는 두 대립적 범주 중 하나의 일방적 승리로 ⓓ끝나도 안 되고, 두 범주의 고유한 본질적 규정이 소멸되는 중화 상태로 나타나도 안 된다. 종합은 양자의 본질적 규정이 유기적 조화를 이루어 질적으로 고양된 최상의 범주가 생성됨으로써 성립하는 것이다.

　헤겔이 강조한 변증법의 탁월성도 바로 이것이다. 그러기에 변증법의 원칙에 최적화된 엄밀하고도 정합적인 학문 체계를 조탁하는 것이 바로 그의 철학적 기획이 아니었던가. 그런데 그가 내놓은 성과물들은 과연 그 기획을 어떤 흠결도 없이 완수한 것으로 평가될 수 있을까? 미학에 관한 한 '그렇다'는 답변은 쉽지 않을 것이다. 지성의 형식을 직관-표상-사유 순으로 구성하고 이에 맞춰 절대정신을 예술-종교-철학 순으로 편성한 전략은 외관상으로는 변증법 모델에 따른 전형적 구성으로 보인다. 그러나 실질적 내용을 ⓔ보면 직관으로부터 사유에 이르는 과정에서는 외면성이 점차 지워지고

내면성이 점증적으로 강화·완성되고 있음이, 예술로부터 철학에 이르는 과정에서는 객관성이 점차 지워지고 주관성이 점증적으로 강화·완성되고 있음이 확연히 드러날 뿐, 진정한 변증법적 종합은 ⓔ이루어지지 않는다. 직관의 외면성 및 예술의 객관성의 본질은 무엇보다도 감각적 지각성인데, 이러한 핵심 요소가 그가 말하는 종합의 단계에서는 완전히 소거되고 만다.

　변증법에 충실하려면 헤겔은 철학에서 성취된 완전한 주관성이 재객관화되는 단계의 절대정신을 추가했어야 할 것이다. 예술은 '철학 이후'의 자리를 차지할 수 있는 유력한 후보이다. 실제로 많은 예술 작품은 '사유'를 매개로 해서만 설명되지 않는가. 게다가 이는 누구보다도 풍부한 예술적 체험을 한 헤겔 스스로가 잘 알고 있지 않은가. 이 때문에 방법과 철학 체계 간의 이러한 불일치는 더욱 아쉬움을 준다.

4. (가)와 (나)에 대한 설명으로 가장 적절한 것은?

① (가)와 (나)는 모두 특정한 철학적 방법에 기반한 체계를 바탕으로 예술의 상대적 위상을 제시하고 있다.

② (가)와 (나)는 모두 특정한 철학적 방법에 대한 상반된 평가를 바탕으로 더 설득력 있는 미학 이론을 모색하고 있다.

③ (가)와 달리 (나)는 특정한 철학적 방법의 시대적 한계를 지적하고 이에 맞서는 혁신적 방법을 제안하고 있다.

④ (가)와 달리 (나)는 특정한 철학적 방법에서 파생된 미학 이론을 바탕으로 예술 장르를 범주적으로 유형화하고 있다.

⑤ (나)와 달리 (가)는 특정한 철학적 방법의 통시적인 변화 과정을 적용하여 철학사를 단계적으로 설명하고 있다.

5. (가)에서 알 수 있는 헤겔의 생각으로 적절하지 <u>않은</u> 것은?

① 예술·종교·철학 간에는 인식 내용의 동일성과 인식 형식의 상이성이 존재한다.

② 세계의 근원적 질서와 시·공간적 현실은 하나의 변증법적 체계를 이룬다.

③ 절대정신의 세 가지 형태는 지성의 세 가지 형식이 인식하는 대상이다.

④ 변증법은 철학적 논증의 방법이자 논증 대상의 존재 방식이다.

⑤ 절대정신의 내용은 본질적으로 논리적이고 이성적인 것이다.

118 2022학년도 대학수학능력시험　　2／12

6. (가)에 따라 직관·표상·사유의 개념을 적용한 것으로 적절하지 않은 것은?

① 먼 타향에서 밤하늘의 별들을 바라보는 것은 직관을 통해, 같은 곳에서 고향의 하늘을 상기하는 것은 표상을 통해 이루어지겠군.

② 타임머신을 타고 미래로 가는 자신의 모습을 상상하는 것과, 그 후 판타지 영화의 장면을 떠올려 보는 것은 모두 표상을 통해 이루어지겠군.

③ 초현실적 세계가 묘사된 그림을 보는 것은 직관을 통해, 그 작품을 상상력 개념에 의거한 이론에 따라 분석하는 것은 사유를 통해 이루어지겠군.

④ 예술의 새로운 개념을 설정하는 것은 사유를 통해, 이를 바탕으로 새로운 감각을 일깨우는 작품의 창작을 기획하는 것은 직관을 통해 이루어지겠군.

⑤ 도덕적 배려의 대상을 생물학적 상이성 개념에 따라 규정하는 것과, 이에 맞서 감수성 소유 여부를 새로운 기준으로 제시하는 것은 모두 사유를 통해 이루어지겠군.

7. (나)의 글쓴이의 관점에서 ㉠과 ㉡에 대한 헤겔의 이론을 분석한 것으로 적절하지 않은 것은?

① ㉠과 ㉡ 모두에서 첫 번째와 두 번째의 범주는 서로 대립한다.

② ㉠과 ㉡ 모두에서 두 번째와 세 번째 범주 간에는 수준상의 차이가 존재한다.

③ ㉠과 달리 ㉡에서는 범주 간 이행에서 첫 번째 범주의 특성이 갈수록 강해진다.

④ ㉡과 달리 ㉠에서는 세 번째 범주에서 첫 번째와 두 번째 범주의 조화로운 통일이 이루어진다.

⑤ ㉡과 달리 ㉠에서는 범주 간 이행에서 수렴적 상향성이 드러난다.

8. 〈보기〉는 헤겔과 (나)의 글쓴이가 나누는 가상의 대화의 일부이다. ㉮에 들어갈 내용으로 가장 적절한 것은? [3점]

〈보 기〉

헤겔: 괴테와 실러의 문학 작품을 읽을 때 놓치지 않아야 할 점이 있네. 이 두 천재도 인생의 완숙기에 이르러서야 비로소 최고의 지성적 통찰을 진정한 예술미로 승화시킬 수 있었네. 그에 비해 초기의 작품들은 미적으로 세련되지 못해 결코 수준급이라 할 수 없었는데, 이는 그들이 아직 지적으로 미성숙했기 때문이었네.

(나)의 글쓴이: 방금 그 말씀과 선생님의 기본 논증 방법을 연결하면 ㉮ 는 말이 됩니다.

① 이론에서는 대립적 범주들의 종합을 이루어야 하는 세 번째 단계가 현실에서는 그 범주들을 중화한다

② 이론에서는 외면성에 대응하는 예술이 현실에서는 내면성을 바탕으로 하는 절대정신일 수 있다

③ 이론에서는 반정립 단계에 위치하는 예술이 현실에서는 정립 단계에 있는 것으로 나타난다

④ 이론에서는 객관성을 본질로 하는 예술이 현실에서는 객관성이 사라진 주관성을 지닌다

⑤ 이론에서는 절대정신으로 규정되는 예술이 현실에서는 진리의 인식을 수행할 수 없다

9. 문맥상 ⓐ~ⓔ와 바꾸어 쓰기에 가장 적절한 것은?

① ⓐ: 소지(所持)하여야

② ⓑ: 포착(捕捉)한다

③ ⓒ: 귀결(歸結)되어도

④ ⓓ: 간주(看做)하면

⑤ ⓔ: 결성(結成)되지

▶ 소요 시간 ☐ 분 ☐ 초

• 홀수 기출 분석서 **독서** 문제 P.078 / 해설 P.134

[10~13] 다음 글을 읽고 물음에 답하시오.

기축 통화는 국제 거래에 결제 수단으로 통용되고 환율 결정에 기준이 되는 통화이다. 1960년 트리핀 교수는 브레턴우즈 체제에서의 기축 통화인 달러화의 구조적 모순을 지적했다. 한 국가의 재화와 서비스의 수출입 간 차이인 경상 수지는 수입이 수출을 초과하면 적자이고, 수출이 수입을 초과하면 흑자이다. 그는 "미국이 경상 수지 적자를 허용하지 않아 국제 유동성 공급이 중단되면 세계 경제는 크게 위축될 것"이라면서도 "반면 적자 상태가 지속돼 달러화가 과잉 공급되면 준비 자산으로서의 신뢰도가 저하되고 고정 환율 제도도 붕괴될 것"이라고 말했다.

이러한 트리핀 딜레마는 국제 유동성 확보와 달러화의 신뢰도 간의 문제이다. 국제 유동성이란 국제적으로 보편적인 통용력을 갖는 지불 수단을 말하는데, ㉠금 본위 체제에서는 금이 국제 유동성의 역할을 했으며, 각 국가의 통화 가치는 정해진 양의 금의 가치에 고정되었다. 이에 따라 국가 간 통화의 교환 비율인 환율은 자동적으로 결정되었다. 이후 ㉡브레턴우즈 체제에서는 국제 유동성으로 달러화가 추가되어 '금 환 본위제'가 되었다. 1944년에 성립된 이 체제는 미국의 중앙은행에 '금 태환 조항'에 따라 금 1온스와 35달러를 언제나 맞교환해 주어야 한다는 의무를 지게 했다. 다른 국가들은 달러화에 대한 자국 통화의 가치를 고정했고, 달러화로만 금을 매입할 수 있었다. 환율은 경상 수지의 구조적 불균형이 있는 예외적인 경우를 제외하면 ±1% 내에서의 변동만을 허용했다. 이에 따라 기축 통화인 달러화를 제외한 다른 통화들 간 환율인 교차 환율은 자동적으로 결정되었다.

1970년대 초에 미국은 경상 수지 적자가 누적되기 시작하고 달러화가 과잉 공급되어 미국의 금 준비량이 급감했다. 이에 따라 미국은 달러화의 금 태환 의무를 더 이상 감당할 수 없는 상황에 도달했다. 이를 해결할 수 있는 방법은 달러화의 가치를 내리는 평가 절하, 또는 달러화에 대한 여타국 통화의 환율을 하락시켜 그 가치를 올리는 평가 절상이었다. 하지만 브레턴우즈 체제하에서 달러화의 평가 절하는 규정상 불가능했고, 당시 대규모 대미 무역 흑자 상태였던 독일, 일본 등 주요국들은 평가 절상에 나서려고 하지 않았다. 이 상황이 유지되기 어려울 것이라는 전망으로 독일의 마르크화와 일본의 엔화에 대한 투기적 수요가 증가했고, 결국 환율의 변동 압력은 더욱 커질 수밖에 없었다. 이러한 상황에서 각국은 보유한 달러화를 대규모로 금으로 바꾸기를 원했다. 미국은 결국 1971년 달러화의 금 태환 정지를 선언한 닉슨 쇼크를 단행했고, 브레턴우즈 체제는 붕괴되었다.

그러나 붕괴 이후에도 달러화의 기축 통화 역할은 계속되었다. 그 이유로 규모의 경제를 생각할 수 있다. 세계의 모든 국가에서 ㉢어떠한 기축 통화도 없이 각각 다른 통화가 사용되는 경우 두 국가를 짝짓는 경우의 수만큼 환율의 가짓수가 생긴다. 그러나 하나의 기축 통화를 중심으로 외환 거래를 하면 비용을 절감하고 규모의 경제를 달성할 수 있다.

10. 윗글을 통해 답을 찾을 수 없는 질문은?

① 브레턴우즈 체제 붕괴 이후에도 달러화가 기축 통화로서 역할을 할 수 있었던 이유는 무엇인가?

② 브레턴우즈 체제 붕괴 이후의 세계 경제 위축에 대해 트리핀은 어떤 전망을 했는가?

③ 브레턴우즈 체제에서 미국 중앙은행은 어떤 의무를 수행해야 했는가?

④ 브레턴우즈 체제에서 국제 유동성의 역할을 한 것은 무엇인가?

⑤ 브레턴우즈 체제에서 달러화 신뢰도 하락의 원인은 무엇인가?

11. 윗글을 바탕으로 추론한 내용으로 적절하지 않은 것은?

① 닉슨 쇼크가 단행된 이후 달러화의 고평가 문제를 해결할 수 있는 달러화의 평가 절하가 가능해졌다.

② 브레턴우즈 체제에서 마르크화와 엔화의 투기적 수요가 증가한 것은 이들 통화의 평가 절상을 예상했기 때문이다.

③ 금의 생산량 증가를 통한 국제 유동성 공급량의 증가는 트리핀 딜레마 상황을 완화하는 한 가지 방법이 될 수 있다.

④ 트리핀 딜레마는 달러화를 통한 국제 유동성 공급을 중단할 수도 없고 공급량을 무한정 늘릴 수도 없는 상황을 말한다.

⑤ 브레턴우즈 체제에서 마르크화가 달러화에 대해 평가 절상되면, 같은 금액의 마르크화로 구입 가능한 금의 양은 감소한다.

12. 미국을 포함한 세 국가가 존재하고 각각 다른 통화를 사용할 때, ㉠~㉢에 대한 설명으로 적절한 것은?

① ㉠에서 자동적으로 결정되는 환율의 가짓수는 금에 자국 통화의 가치를 고정한 국가 수보다 하나 적다.

② ㉡이 붕괴된 이후에도 여전히 달러화가 기축 통화라면 ㉢에 비해 교차 환율의 가짓수는 적어진다.

③ ㉢에서 국가 수가 하나씩 증가할 때마다 환율의 전체 가짓수도 하나씩 증가한다.

④ ㉠에서 ㉡으로 바뀌면 자동적으로 결정되는 환율의 가짓수가 많아진다.

⑤ ㉡에서 교차 환율의 가짓수는 ㉢에서 생기는 환율의 가짓수보다 적다.

13. 윗글을 참고할 때, 〈보기〉에 대한 반응으로 가장 적절한 것은? [3점]

〈보 기〉

브레턴우즈 체제가 붕괴된 이후 두 차례의 석유 가격 급등을 겪으면서 기축 통화국인 A국의 금리는 인상되었고 통화 공급은 감소했다. 여기에 A국 정부의 소득세 감면과 군비 증대는 A국의 금리를 인상시켰으며, 높은 금리로 인해 대량으로 외국 자본이 유입되었다. A국은 이로 인한 상황을 해소하기 위한 국제적 합의를 주도하여, 서로 교역을 하며 각각 다른 통화를 사용하는 세 국가 A, B, C는 외환 시장에 대한 개입을 합의했다. 이로 인해 A국 통화에 대한 B국 통화와 C국 통화의 환율은 각각 50%, 30% 하락했다.

① A국의 금리 인상과 통화 공급 감소로 인해 A국 통화의 신뢰도가 낮아진 것은 외국 자본이 대량으로 유입되었기 때문이겠군.

② 국제적 합의로 인한 A국 통화에 대한 B국 통화의 환율 하락으로 국제 유동성 공급량이 증가하여 A국 통화의 가치가 상승했겠군.

③ 다른 모든 조건이 변하지 않았다면, 국제적 합의로 인해 A국 통화에 대한 B국 통화의 환율과 B국 통화에 대한 C국 통화의 환율은 모두 하락했겠군.

④ 다른 모든 조건이 변하지 않았다면, 국제적 합의로 인해 A국 통화에 대한 B국과 C국 통화의 환율이 하락하여, B국에 대한 C국의 경상 수지는 개선되었겠군.

⑤ 다른 모든 조건이 변하지 않았다면, A국의 소득세 감면과 군비 증대로 A국의 경상 수지가 악화되며, 그 완화 방안 중 하나는 A국 통화에 대한 B국 통화의 환율을 상승시키는 것이겠군.

• 홀수 기출 분석서 **독서** 문제 P.116 / 해설 P.220

[14~17] 다음 글을 읽고 물음에 답하시오.

주차하거나 좁은 길을 지날 때 운전자를 돕는 장치들이 있다. 이 중 차량 전후좌우에 장착된 카메라로 촬영한 영상을 이용하여 차량 주위 360°의 상황을 위에서 내려다본 것 같은 영상을 만들어 차 안의 모니터를 통해 운전자에게 제공하는 장치가 있다. 운전자에게 제공되는 영상이 어떻게 만들어지는지 알아보자.

먼저 차량 주위 바닥에 바둑판 모양의 격자판을 펴 놓고 카메라로 촬영한다. 이 장치에서 사용하는 광각 카메라는 큰 시야각을 갖고 있어 사각지대가 줄지만 빛이 렌즈를 ⓐ지날 때 렌즈 고유의 곡률로 인해 영상이 중심부는 볼록하고 중심부에서 멀수록 더 휘어지는 현상, 즉 렌즈에 의한 상의 왜곡이 발생한다. 이 왜곡에 영향을 주는 카메라 자체의 특징을 내부 변수라고 하며 왜곡 계수로 나타낸다. 이를 알 수 있다면 왜곡 모델을 설정하여 왜곡을 보정할 수 있다. 한편 차량에 장착된 카메라의 기울어짐 등으로 인해 발생하는 왜곡의 원인을 외부 변수라고 한다. ㉠촬영된 영상과 실세계 격자판을 비교하면 영상에서 격자판이 회전한 각도나 격자판의 위치 변화를 통해 카메라의 기울어진 각도 등을 알 수 있으므로 왜곡을 보정할 수 있다.

왜곡 보정이 끝나면 영상의 점들에 대응하는 3차원 실세계의 점들을 추정하여 이로부터 원근 효과가 제거된 영상을 얻는 시점 변환이 필요하다. 카메라가 3차원 실세계를 2차원 영상으로 투영하면 크기가 동일한 물체라도 카메라로부터 멀리 있을수록 더 작게 나타나는데, 위에서 내려다보는 시점의 영상에서는 거리에 따른 물체의 크기 변화가 없어야 하기 때문이다.

㉡왜곡이 보정된 영상에서의 몇 개의 점과 그에 대응하는 실세계 격자판의 점들의 위치를 알고 있다면, 영상의 모든 점들과 격자판의 점들 간의 대응 관계를 가상의 좌표계를 이용하여 기술할 수 있다. 이 대응 관계를 이용해서 영상의 점들을 격자의 모양과 격자 간의 상대적인 크기가 실세계에서와 동일하게 유지되도록 한 평면에 놓으면 2차원 영상으로 나타난다. 이때 얻은 영상이 ㉢위에서 내려다보는 시점의 영상이 된다. 이와 같은 방법으로 구한 각 방향의 영상을 합성하면 차량 주위를 위에서 내려다본 것 같은 영상이 만들어진다.

14. 윗글의 내용과 일치하는 것은?

① 차량 주위를 위에서 내려다본 것 같은 영상은 360°를 촬영하는 카메라 하나를 이용하여 만들어진다.

② 외부 변수로 인한 왜곡은 카메라 자체의 특징을 알 수 있으면 쉽게 해결할 수 있다.

③ 차량의 전후좌우 카메라에서 촬영된 영상을 하나의 영상으로 합성한 후 왜곡을 보정한다.

④ 영상이 중심부로부터 멀수록 크게 휘는 것은 왜곡 모델을 설정하여 보정할 수 있다.

⑤ 위에서 내려다보는 시점의 영상에 있는 점들은 카메라 시점의 영상과는 달리 3차원 좌표로 표시된다.

15. ㉠~㉢을 이해한 내용으로 가장 적절한 것은?

① ㉠에서 광각 카메라를 이용하여 확보한 시야각은 ㉡에서는 작아지 겠군.

② ㉡에서는 ㉠과 마찬가지로 렌즈와 격자판 사이의 거리가 멀어질수록 격자판이 작아 보이겠군.

③ ㉡에서는 ㉠에서 렌즈와 격자판 사이의 거리에 따른 렌즈의 곡률 변화로 생긴 휘어짐이 보정되었겠군.

④ ㉡과 실세계 격자판을 비교하여 격자판의 위치 변화를 보정한 ㉢은 카메라의 기울어짐에 의한 왜곡을 바로잡은 것이겠군.

⑤ ㉡에서 렌즈에 의한 상의 왜곡 때문에 격자판의 윗부분으로 갈수록 격자 크기가 더 작아 보이던 것이 ㉢에서 보정되었겠군.

16. 윗글을 바탕으로 〈보기〉를 탐구한 내용으로 가장 적절한 것은? [3점]

─── 〈보 기〉 ───

그림은 장치 가 장착된 차량의 운전자 에게 제공된 영상에서 전방 부분만 보 여 준 것이다. 차량 전방의 바닥에 그 려진 네 개의 도형이 영상에서 각각 A, B, C, D로 나타나 있고, C와 D는 직사각형이고 크기는 같다. p와 q는 각각 영상 속 임의의 한 점이다.

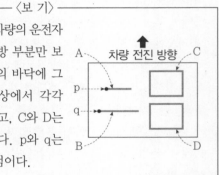

① 원근 효과가 제거되기 전의 영상에서 C는 윗변이 아랫변보다 긴 사다리꼴 모양이다.

② 시점 변환 전의 영상에서 D는 C보다 더 작은 크기로 영상의 더 아래 쪽에 위치한다.

③ A와 B는 p와 q 간의 대응 관계를 이용하여 바닥에 그려진 도형을 크기가 유지되도록 한 평면에 놓은 것이다.

④ B에 대한 A의 상대적 크기는 가상의 좌표계를 이용하여 시점을 변환하기 전의 영상에서보다 더 커진 것이다.

⑤ p가 A 위의 한 점이라면 A는 p에 대응하는 실세계의 점이 시점 변환을 통해 선으로 나타난 것이다.

17. 문맥상 ⓐ의 의미와 가장 가까운 것은?

① 그때 동생이 탄 버스는 교차로를 지나고 있었다.

② 그것은 슬픈 감정을 지나서 아픔으로 남아 있다.

③ 어느새 정오가 훌쩍 지나 식사할 시간이 되었다.

④ 물의 온도가 어는점을 지나 계속 내려가고 있다.

⑤ 가장 힘든 고비를 지나고 나니 마음이 가뿐하다.

▶ 소요 시간 [　] 분 [　] 초

• 홀수 기출 분석서 문학 문제 P.174 / 해설 P.315

[18~23] 다음 글을 읽고 물음에 답하시오.

(가)

구겨진 하늘은 묵은 애기책을 편 듯
돌담 울이 고성같이 둘러싼 산기슭
박쥐 나래 밑에 황혼이 묻혀 오면
초가 집집마다 **호롱불**이 켜지고
고향을 그린 묵화(墨畫) 한 폭 좀이 쳐.   [A]

띄엄 띄엄 보이는 그림 조각은
앞밭에 보리밭에 말매나물 캐러 간
가시내는 가시내와 종달새 소리에 반해   [B]

빈 바구니 차고 오긴 너무도 부끄러워
술레짠 두 뺨 위에 모매꽃이 피었고.

그넷줄에 비가 오면 풍년이 든다더니
앞내강에 씨레나무 밀려 나리면   [C]
젊은이는 젊은이와 **뗏목**을 타고
돈 벌러 항구로 흘러간 몇 달에
서릿발 잎 져도 못 오면 바람이 분다.

피로 가꾼 이삭이 참새로 날아가고
곰처럼 어린 놈이 북극을 꿈꾸는데   [D]
늙은이는 늙은이와 싸우는 입김도

벽에 서려 성에 끼는 한겨울 밤은   [E]
동리(洞里)의 밀고자인 강물조차 얼붙는다.

                    – 이육사, 「초가」 –

(나)

오늘, 북창 을 열어,
장거릴 등지고 산을 향하여 앉은 뜻은
사람은 맨날 변해 쌓지만
태고로부터 푸르러 온 산이 아니냐.
고요하고 너그러워 수(壽)하는 데다가
보옥을 갖고도 자랑 않는 겸허한 산.
마음이 본시 산을 사랑해
평생 산을 보고 산을 배우네.
그 품 안에서 자라나 거기에 가 또 묻히리니
내 이승의 낮과 저승의 밤에
아아라히 뻗쳐 있어 다리 놓는 산.
네 품이 내 고향인 그리운 산아
미역취 한 이파리 상긋한 산 내음새
산에서도 오히려 산을 그리며
꿈같은 산 정기(精氣)를 그리며 산다.

                  – 김관식, 「거산호 2」 –

(다)

　온갖 꽃들이 요란스럽게 일제히 터트려져 광채가 찬란하다. 이때에 바람이 살짝 불어오면 향기가 코를 스친다. 때마침 꼴 베는 자가 낫을 가지고 와서 손 가는 대로 베어 내는데, 아쉬워 돌아보거나 거리끼는 마음도 없다. 나는 이에 한숨을 쉬며 탄식하여 말하였다.

　"땅이 낳고 하늘이 기르는바, 만물이 무성히 자라며 모두가 광대한 은택을 입는구나. 이에 따스한 바람이 불어 갖가지 형상을 아로새기고 단비를 내려 온 둘레를 물들이니, 천기(天機)를 함께 타고나 형체를 부여받음에 각기 그 자질에 따라 고운 자태를 드러낸다. 모란의 진귀하고 귀중함을 해당화의 곱고 아름다움에 견주어 보면, 비록 크고 작은 차이는 있겠으나, 어찌 **공교함과 졸렬함**에 다른 헤아림이 있었겠는가?"

(중략)

　그런데도 **귀함**이 저와 같고 **천함**이 이와 같아, 어떤 것은 **부호가의 깊은 장막 안**에서 눈앞의 봄바람을 지키고, 어떤 것은 짧은 낫을 든 어리석은 종의 손아귀에서 가을 서리처럼 변한다. 이 어찌 된 일인가? 뜨락은 사람 가까이에 있고 교외의 땅은 멀리 막혀 있어 가까운 것은 친하기 쉽고 멀리 있는 것은 저어하기 때문이 아니겠는가? 아니면 요황과 위자*는 성씨가 존엄한데 범상한 화초는 이름이 없으며, 성씨가 존엄한 것은 곱게 빛나는데 이름 없는 것들은 먼 데서 이주해 온 백성 같은 존재이기 때문인가? 그도 아니면 뿌리가 깊은 것은 종족이 번성한데 빽빽이 늘어선 것들은 가늘고 작으며, 높고 큰 것은 높은 자리에 있고 가늘고 작은 것들은 들판에 있기 때문인가?

　아! 낳는 것은 하늘에 달려 있으나 **영화롭게** 하는 것은 인간에 달려 있다. 하늘은 사사로움이 없기에 그 **조화(造化)가** 균일하지만, 인간은 널리 베풀지 못하므로 **소원함**도 있고 **친함**도 있는 것이다. 하늘이 이미 낳아 주었는데 또 어찌 사람이 영화롭게 하고 영화롭지 못하게 한다고 원망하겠는가? 나에게는 비록 감정이 있지만 풀에는 감정이 없으니, 그것이 소의 목구멍을 채우는 것과 **나비**로 하여금 다투어 찾도록 하는 것을 어찌 달리 보겠는가?"

　　　　　　　　　　　　　　　　　　－ 이옥, 「담초(談艸)」 －

*요황과 위자: 모란의 진귀한 품종을 일컫는 말.

---

18. (가)~(다)에 대한 설명으로 가장 적절한 것은?

① (가)에서는 현실적인 문제 해결의 실마리로 조화로운 공동체의 모습을 제시하고 있다.
② (나)에서는 현실에 대한 부정적 인식을 바탕으로 앞날에 대한 회의를 드러내고 있다.
③ (다)에서는 자연과 인간의 관계를 살펴 자연을 바라보는 인간의 태도에 대한 성찰을 드러내고 있다.
④ (가), (다)에서는 모두 자연물이 쇠락하는 과정을 제시하여 인생에 대한 무상감을 드러내고 있다.
⑤ (가), (나), (다)에서는 모두 자연과의 교감을 통해 장소에 대한 낙관적 전망을 이끌어 내고 있다.

---

19. 〈보기〉를 참고할 때, [A]~[E]에 대한 이해로 적절하지 <u>않은</u> 것은?

〈보 기〉
　이육사는 「초가」를 발표하면서 '유폐된 지역에서'라고 창작 장소를 밝혔다. 이곳에서 그는 오래전 떠나온 고향을 떠올려 시로 형상화했다. 계절의 흐름에 따라 낭만적인 봄에서 비극적인 겨울로 시상을 전개하여 악화되어 가는 일제 강점기의 현실을 묘사했다.

① [A]: 돌담 울에 둘러싸인 산기슭을 묘사하여 화자가 고향을 회상하는 장소의 분위기를 나타내고 있다.
② [B]: 봄날의 보리밭 풍경을 제시하여 화자가 떠올리는 고향의 모습을 형상화하고 있다.
③ [C]: 고향 사람들이 기대하던 앞내강 정경을 묘사하여 화자의 소망이 이루어진 상황을 나타내고 있다.
④ [D]: 풍족한 결실을 거두지 못한 상황에서 자신이 처한 현실 너머의 세계를 꿈꾸는 소년의 모습을 보여 주고 있다.
⑤ [E]: 강물이 얼어붙는 삭막한 겨울의 이미지로 일제 강점기의 가혹한 현실 상황을 드러내고 있다.

---

20. '산'에 대한 화자의 태도를 중심으로 (나)를 감상한 내용으로 적절하지 <u>않은</u> 것은?

① '산'을 수시로 변하는 인간과 달리 태고로부터 본질을 잃지 않는 불변성을 지닌 것으로 인식하는군.
② '산'을 인간의 덕성을 표면화하는 데 집중하는 적극적 의지를 지닌 존재로 여기는군.
③ '산'을 삶과 죽음을 이어 줌으로써 죽음 이후에도 함께할 대상으로 여기는군.
④ '산'을 근원적 고향으로 인식함으로써 그리움의 대상으로 바라보는군.
⑤ '산'을 현재 함께하는 존재로 여기면서도 지속적으로 지향해야 할 궁극적인 존재로 인식하는군.

---

21. (다)의 '나'에 대한 이해로 가장 적절한 것은?

① 꽃의 '공교함과 졸렬함'을 판단할 때는 꽃의 형체보다는 쓰임새에 기준을 두어야 함을 강조한다.
② 화초의 '귀함'과 '천함'에 대한 평가는 그 본성에 맞게 이름이 부여되었느냐에 달려 있다고 믿는다.
③ 풀을 '영화롭게' 만드는 주체는 인간이 아니라 하늘이어야 한다는 깨달음을 드러낸다.
④ 하늘의 입장에서 보면 모든 풀은 '조화가 균일'한 존재로서 가치의 우열을 가지지 않는다고 생각한다.
⑤ 인간의 감정에는 '소원함'과 '친함'이 모두 있으므로 사사로움을 넘어 균형을 도모할 수 있다고 본다.

22. 묵화 와 북창 을 중심으로 (가)와 (나)를 비교한 내용으로 가장 적절한 것은?

① (가)에서는 '묵화'와 '박쥐 나래'의 이미지를 연결하여 고향의 어두운 분위기를, (나)에서는 '북창'에서 바라본 산의 '품'에 주목하여 산이 주는 아늑한 분위기를 드러낸다.

② (가)에서 '묵화'는 '황혼'이 상징하는 현실적 상황에, (나)에서 '북창'은 '저승의 밤'이 의미하는 절망적 상황에 대응된다.

③ (가)에서 '묵화'에 '좀이 쳐'라고 한 것은 화자가 고향에 대해 느끼는 세월의 깊이를, (나)에서 '북창'을 '오늘' 열었다고 한 것은 산을 대하는 화자의 인식이 변화된 시점을 드러낸다.

④ (가)에서 '묵화'를 '그림 조각'이라고 한 것은 고향의 분절된 이미지를, (나)에서 '북창'을 '열어' 산을 보고 있다는 것은 선망하는 세계와 분리된 이미지를 나타낸다.

⑤ (가)에서는 '묵화'에 그려진 '모매꽃'에 부끄러움의 정서를, (나)에서는 '북창'을 통해 본 '보옥'에 안타까움의 정서를 담아낸다.

23. 〈보기〉를 참고하여 (가)~(다)를 감상한 내용으로 적절하지 않은 것은? [3점]

───── 〈보 기〉 ─────
문학적 표현에는 표현 대상을 그와 연관된 다른 관념이나 사물로 대신하여 나타내는 방법이 있다. 여기에는 사물의 속성으로 실체를 대신하거나 대상의 한 부분으로 전체를 대신하는 것 등이 포함된다. 이러한 방법들은 서로 혼재되기도 하면서 구체적이고 생생한 이미지와 분위기를 환기한다.

① (가)에서 저녁이 오는 시간을 그와 연관된 사물인 '호롱불'이 켜진다는 것으로 나타냄으로써, 산골 마을의 저녁 풍경을 시각적 이미지로 보여 주는군.

② (가)에서 고향에 머무르지 못하고 객지로 떠나는 현실을 '뗏목'을 타고 흘러가는 것과 연관 지어 나타냄으로써, 삶의 불안정함을 구체적 이미지로 보여 주는군.

③ (나)에서 세속적인 삶의 공간 전체를 이해관계가 얽혀 있는 '장거리'의 속성을 활용하여 나타냄으로써, 인심이 쉽게 변하는 세속 공간의 분위기를 환기하는군.

④ (다)에서 귀한 대우를 받는 삶을 그러한 속성을 가진 '부호가의 깊은 장막 안'으로 나타냄으로써, 인간과 가까운 공간의 적막한 분위기를 환기하는군.

⑤ (다)에서 풀의 가치를 '소'와 '나비'의 행위와 연관 지어 나타냄으로써, 하찮게 취급되는 풀과 귀하게 여겨지는 풀의 차이를 구체적 이미지로 보여 주는군.

• 홀수 기출 분석서 **문학** 문제 P.088 / 해설 P.151

[24~27] 다음 글을 읽고 물음에 답하시오.

[A]
김달채 씨는 퇴근하기 무섭게 뽀르르 집으로 달려가던 묵은 습관을 버리고 밤늦도록 하릴없이 길거리를 배회하면서 시간을 보내는 새로운 습관을 몸에 붙였다. 지하철이나 버스 혹은 공중변소나 포장마차 안에서, 백화점에서 사지도 않을 물건을 흥정하거나 정류장에서 토큰 아니면 올림픽복권을 사면서, 그리고 행인에게 담뱃불을 빌리거나 더욱 과감하게는 파출소에 들어가 경찰관에게 길을 묻는 시늉을 하는 사이에 마주치는 각계각층의 사람들을 상대로 달채 씨는 실수를 가장하기도 하고 때로는 또렷한 목적의식을 드러내기도 해 가며 우산의 존재를 알리기 위해 갖가지 수단과 방법을 다 동원했다. 그런 다음 상대방의 눈에 과연 우산이 어떻게 비치는지, 그리하여 상대방이 우산 임자인 자기를 어떻게 대우하는지 반응을 떠보는 작업을 일삼아 계속해 나갔다. 참으로 긴장과 전율이 넘치는 빠근한 나날들이었다. 구청 호적계장의 직위에 오르기까지 여태껏 전혀 몰랐던 세계가 구청과 자기 집구석 바깥에 따로 있음을 그는 우산을 통해서 비로소 실질적으로 체험할 수가 있었다.

그는 사람들의 반응을 종합해서 몇 가지 결론을 얻어내는 데 성공했다.

첫째는, 진짜 무전기에 익숙한 일부 극소수의 사람들을 제외한 거개의 서민들은 의외로 쉽사리 우산에 속아 넘어간다는 사실이었다.

둘째는, 상대방이 무전기를 지니고 있다고 알아차리는 그 순간부터 사람들의 태도가 확 달라진다는 사실이었다. 일껏 하던 이야기를 뚝 그치거나 얼렁뚱땅 말머리를 돌리는 등으로 지은 죄도 없이 공연히 겁부터 집어먹고는 꾀죄죄한 몰골의 자기한테 갑자기 저자세로 구는 것이었다. 밤늦도록 수고가 많다면서 한사코 술값을 받지 않으려 하던 어떤 포장마찻집 주인의 경우가 단적인 예였다.

셋째는, 노골적으로 손에 쥐고 보여 줄 때보다 그냥 뒤꽁무니에 꿰 찬 채 부주의한 몸가짐인 척하면서 웃옷 자락을 슬쩍 들어 ㉠케이스의 끝부분만 감질나게 보여 주는 편이 오히려 사람들을 놀라게 하는 데 훨씬 더 효과적이고 반응도 민감하다는 사실이었다.

김달채 씨는 그러잖아도 짧은 머리를 더욱 짧게 깎았다. 옷차림도 낡은 양복에서 스포티한 잠바 스타일로 개비했는가 하면 구청 밖에서는 항상 선글라스를 끼고 다녀 버릇했다. 달채 씨는 그처럼 달라진 모습으로 짬만 생기면 하릴없이 길거리를 나다니며 청명한 가을날에 우산을 이용해서 사람들을 떠보는 색다른 취미에 점점 깊숙이 빠져 들어가기 시작했다.

(중략)

그리 멀지 않은 곳에서 뭔가 벌어지고 있는 중이라고 생각하자 까닭 모를 흥분과 기대감이 그를 사로잡아 버렸다. 한 건 올리는 정도가 아니라 뭔가 이제껏 맛보지 못한 엄청난 보람을 느끼게 될 일대 사건을 만날 듯싶은 예감 때문이었다. 그는 다른 행인들이 종종걸음으로 달아나는 방향과는 정반대 편을 향해 정신없이 달려가기 시작했다.

예상했던 그대로의 살벌한 풍경이었다. 깨진 보도블록 조각이나 돌멩이들이 인도와 차도 가릴 것 없이 사방에 흩어져 나뒹굴고 있었다. 시커먼 그을음 연기를 피워 올리며 불타는 자동차와 창유리가 박살 난 건물도 보였다. 김달채 씨는 주체 못할 지경으로 쏟아지는 눈물 콧물도 돌볼 겨를 없이 여전히 선글라스를 착용한 채 최루가스에 심하게 오염된 지역을 향해 가까이 접근했다. 중무장한 전경대에 의해 도로가 완전 차단되어 더 이상 접근이 불가능해지자 달채 씨는 구경꾼들 뒷전에서 작은 키를 한껏 발돋움하고는 시위 현장의 분위기를 살폈다. 어디선가 보이지 않는 저쪽 건물 모퉁이에서 어기찬 함성이 아직도 기세를 올리는 중이었다. 사복 경찰관들한테 붙잡혀 끌려오는 학생의 모습이 구경꾼들 어깨 너머로 내다보였다. 달채 씨는 저도 모르는 사이에 앞사람들 틈바귀를 비집고 전면으로 썩 나섰다.

"이봐요, 거기!"

김달채 씨는 창문마다 철망이 쳐진 버스 안으로 학생들을 마구 밀어 넣는 사복들을 향해 느닷없이 목청을 높였다.

"아직도 어린애야! 다치지 않게 살살 좀 다뤄!"

어디서 그런 용기가 솟아나는지 김달채 씨 자신도 깜짝 놀랄 지경이었다.

"당신 뭐야?"

옷깃에 비표를 단 사복 차림의 청년 하나가 달려와서 김달채 씨의 가슴을 떼밀었다.

"나 이런 사람이오."

김달채 씨는 엉겁결에 잠바 자락 한끝을 슬쩍 들어 뒷주머니에 꿰 찬 우산 케이스를 내보였다. 하지만 상대방 청년은 그런 물건 따위는 애당초 거들떠볼 생심조차 하지 않았다.

"당신도 저 차에 같이 타고 싶어? 여러 소리 말고 빨리 집에나 들어가 봐요!"

이른바 닭장차에 어린 학생들과 함께 실리고 싶은 생각은 물론 털끝만큼도 없었다. 옷깃에 비표를 단 청년이 우산을 ⓛ우산 이상의 것으로 보아 주지 않는다면 그건 어쩔 도리 없는 노릇이었다. 김달채 씨는 남의 채마밭에서 무 뽑아 먹다 들킨 아이처럼 무르춤한 꼬락서니가 되어 맥없이 돌아설 수밖에 없었다.

– 윤흥길, 「매우 잘생긴 우산 하나」 –

24. [A]의 서술상 특징으로 가장 적절한 것은?

① 중심인물이 알지 못하는 사건을 제시해 긴장감을 조성하고 있다.

② 공간 이동에 따른 인물의 내면 변화를 회상을 통해 제시하고 있다.

③ 동시적 사건들의 병치로 사건에 대한 서로 다른 관점을 드러내고 있다.

④ 한 가지의 목적으로 수렴되는 인물의 의도적인 행위들을 나열하고 있다.

⑤ 상대를 달리하여 벌이는 인물의 행동을 서술하여 점진적으로 심화되는 갈등을 묘사하고 있다.

25. 윗글의 내용에 대한 이해로 가장 적절한 것은?

① 거리를 배회하며 새로운 습관을 익히려는 김달채는 생활의 활기를 찾기 위해 비 오는 날을 기다린다.

② 꾀죄죄한 몰골의 김달채는 사람들이 자신을 무시하는 태도를 변화시키기 위해 무전기를 보여 준다.

③ 흥미를 느낄 만한 일이 벌어지고 있음을 짐작한 김달채는 달아나는 행인들과 달리 시위 현장으로 향한다.

④ 시위 진압의 영향으로 고통 받던 김달채는 전경대의 위세에 압도되어 구경꾼들 뒤로 물러선다.

⑤ 닭장차에 끌려가게 된 김달채는 건물 모퉁이에서 들려오는 함성에 안도감을 느낀다.

26. ㉠, ㉡에 대한 이해로 적절하지 않은 것은?

① 김달채는 ㉠을 그 생김새로 인해 ㉡으로 인식하는 사람들이 있다는 사실을 발견한다.

② 김달채는 사람들로부터 기대하는 반응을 효과적으로 이끌어 낼 수 있는 ㉠의 사용법을 알게 된다.

③ '일부 극소수의 사람들'에게는 ㉡을 가진 사람으로 보이려는 김달채의 의도가 실현되지 않는다.

④ 김달채는 ㉡에 익숙하지 않은 '거개의 서민들'이 ㉠을 ㉡으로 오인한다고 판단한다.

⑤ '사복 차림의 청년'은 ㉡에 익숙하여 ㉠을 이용하려는 김달채의 의도를 알아챈다.

27. 〈보기〉를 바탕으로 윗글을 감상한 내용으로 적절하지 <u>않은</u> 것은? [3점]

> ─────────〈보 기〉─────────
>
> 소시민은 자신의 기득권을 지키기 위해 권력관계에 민감하게 반응한다. 권력관계가 형성되기 위해서는 타인의 승인이 요구되며, 이로 인해 힘의 우열 관계가 발생한다. 이 작품은 허구적 권력 표지를 통해 타인의 승인을 얻음으로써 자신감을 갖게 된 인물이, 승인을 거부하는 타인 앞에서는 소시민적 면모를 드러내는 상황을 그려낸다. 이를 통해 상황 논리를 따르는 소시민의 타산적 태도를 비판하고 있다.

① 김달채가 각계각층 사람들의 반응을 떠보는 것은, 권력이 타인들에게 미치는 영향을 살핀다는 점에서 김달채가 권력관계를 의식하는 인물임을 드러내는군.

② 김달채가 준 술값을 포장마찻집 주인이 받지 않으려는 것은, 권력에 대한 사람들의 태도를 나타낸다는 점에서 권력이 인물 간의 우열 관계를 형성하는 요인임을 보여 주는군.

③ 김달채가 외양에 변화를 준 것은, 타인의 승인을 용이하게 받으려 한다는 점에서 허구적 권력 표지를 이용하는 데 더 적극적으로 나서려는 김달채의 의도를 나타내는군.

④ 김달채가 사복들에게 목청을 높이며 항의하는 것은, 자신도 모르게 용기를 드러냈다는 점에서 승인받은 경험들을 통해 얻게 된 김달채의 자신감을 보여 주는군.

⑤ 김달채가 비표를 단 청년 앞에서 돌아서는 것은, 학생들과 맺은 유대 관계를 단절하여 기득권을 지키려 한다는 점에서 상황 논리를 따르는 김달채의 타산적 태도를 드러내는군.

• 홀수 기출 분석서 **문학** 문제 P.122 / 해설 P.227

[28~31] 다음 글을 읽고 물음에 답하시오.

이때 태보 궐문 밖으로 나오니 그제야 정신없어 기절하거늘 좌우 제신이며 일가 제족이 구완하여 겨우 인사 차려 좌우를 돌아보며 왈,
"이 몸이 명재경각(命在頃刻)이라. 어찌 살기를 바라리오. 군 등은 태보가 죽거든 죽기로써 간하여 왕비를 내치지 못하게 하옵소서."
한데 이때에 상소 중에 이름 올린 제원(諸員)이 모두 이로되,

[A] "그대는 죽기로써 간하다 어명을 입고 사경이 되었으나 우리도 역시 한 탓이로다. 막중한 충을 몰랐으니 무슨 낯이 있으리오. 일은 여럿이 참여하고 죄는 그대만 혼자 당하였으니 죄스럽고 민망하기 측량없노라."

무수히 위로하다가 형옥(刑獄)으로 전송하더라. 이튿날에 형조 판서 마지못하여 위계를 갖추어 대강 직계(直啓)로 올렸더니 상(上)이 보시고 다시 하교하사,
"금부로 가두라."
하시거늘 금부 옥졸이 옹위하여 **금부**에 이르니 만조백관이며 장안 백성이 구름 뫼듯 하더라. 이때에 생가 친척이며 양가 제족이 애연 돌탄하거늘 태보 위로 왈,

[B] "인명이오면 재천이옵거늘 설마 무죄로 죽어 청춘 원혼이 되리오마는 나의 뜻은 정한 지 오래되었는지라. 하늘이 무너지고 땅이 꺼져도 변할 길이 없사오니 이 몸이 죽거든 영천수 흐르는 물에 훨훨 씻어 다른 곳에는 묻지 말고 남산하에 묻어 주오면 죽은 혼백이라도 궐내를 향하여 우리 주상 심하에 복지하여 주야로 간하여 왕비를 다시 환궁하게 하올 것이니 아무리 죽은 사람의 말이라 하옵고 저버리지 마시며 부디 명심하소서."

금부에 수일 잡혀 갔더니, 상이 구태여 왕비는 내치시고 태보는 **진도**로 정배하라 하시니라.

[중략 부분의 줄거리] 박태보의 정배를 따라가려다 되돌아온 박태보의 부인은 꿈에서 남편을 만난다.

한림이 울어 왈,
"내 무죄하여 탕탕한 청천이 감동하사 사생풍진을 다 버리고 전고 충신을 따라 황성에로 구경 가나니, 슬프다! 부인은 기다리지 말고 만세 무양하옵소서."
하되, 부인이 대경 왈,
"어디를 가시며 기다리지 말라 하시니까? 한림은 그다지 독하시오. 첩도 한가지로 가사이다."
하며 한림의 소매를 잡고 못 가게 하니 한림이 왈,
"부인은 안심하소서. 구구한 사정을 어찌 잊으오리까? 일후 상봉할 날이 있으오리다."
하고 떨치고 나가거늘 부인 한림의 손을 잡고 따라가니 어떤 남자 십여 명이 의관을 정제하고 서 있거늘 겸연쩍어 방으로 들어앉으며 가만 보니 학발의관(鶴髮衣冠)을 갖춘 어린 제자 오륙 인이 분명하거늘 부인이 놀라 깨달으니 남가일몽이라.
부인이 몽사를 생각함에 심신이 산란하여 명월을 대하여 내념에 '분명 한림이 기사하였도다.'
시비를 데리고 몽사를 설화하더니 이미 동방이 밝았거늘 시부모 당하에 문안차로 나가니, **이화촌**에 개 짖으며 문밖에 울음소리 들리거늘 부인이 놀라 문을 열어 보니 한림의 하인 동일이라 하는 사

람이 한림의 편지를 드리거늘 대감 부부와 부인이 망극하야 서로 붙들고 통곡하다가 기절하거늘 비복 등이 급히 구완하여 겨우 인사를 분별하는지라.

이때에 원근 제족과 만조백관이 다 조문 후에 장안 백성이 뉘 아니 낙루하리오. 이러구러 곡성이 진동하니 어찌 천신이 감동치 아니하리오. 그 편지를 떼어 보니 하였으되,

'불효자 태보는 두어 자 문안을 부모 전에 올리나이다. 천 리 원정에 가다가 **과천**의 관에서 신병과 심회가 울적하거늘 구천에 들어가오니, 사람의 죄 삼천을 정하였으되 불효한 죄가 제일이라 하였으니 삼천 수죄(首罪) 지었으나 국은을 또한 갚지 못하옵고 중로 고혼이 되어 구천에 돌아가는 자식을 생각지 마옵고 말년 귀체를 안보하시다가 만세 후에 부자지정을 만분지일이나 바라나이다.'

하였더라.

이날 대감이 판서 노복 등을 거느리고 즉시 과천으로 행할새, 장안 백성이 다 애연하며 구름 뫼듯 하더라. 대감과 판서 애통함이 측량없더라. 초종례로 극진히 한 후에 채단으로 염습하고 도로 집으로 옮겨와 장사를 지내니 일문이 애통함을 차마 못 볼러라.

각설, 이때에 상이 민 중전을 내치시고 태보를 정배 후, 자연 심신이 산란하여 밤이면 **성내 성외**를 미복으로 순행하시더니 일일은 **한 곳**에 다다르니 명월은 명랑한데 어떤 아이 오륙 인이 월색 희롱하며 노래하야 즐거워하거늘 상이 몸을 은신하시고 자세히 들으니 그 노래에 하였으되,

"저 달은 밝다마는 우리 주상은 불명하야 충신을 무슨 일로 천 리 원정에 내치시며, 무슨 일로 민 중전은 **외관**에 내치시고 군의신충 없었으니 이 부자자효 쓸데없다. 인심은 분명하건마는 국운이 말세 되어 백성도 못할 일을 국가에서 행하고 한심하고 가련하다. 사백 년 사직을 뉘라서 붙들랴. 이 애야, 저 애야. 흥망성쇠는 불관하다마는 당상 부모 모셨어라. **심산궁곡**에 들어가 초목으로 벗을 적시고, 금수로 벗을 삼아 세월을 보내다가 성군을 기다리자." 서로 비기며 애연히 가거늘 상이 그 노래를 들으시매 심신이 산란하여 그 아이들 성명을 묻고자 하시니 아이들이 달아나는지라 못내 애연하시며 곧 환궁하시니라.

― 작자 미상, 「박태보전」―

28. 윗글의 내용에 대한 이해로 적절한 것은?

① 태보는 형옥에서 금부로 이송해 줄 것을 자청했다.
② 부인은 꿈에서 학발의관을 갖춘 사람들을 보고 놀라 꿈을 깼다.
③ 대감은 아들의 주검을 집으로 데려와 초종례를 극진히 지냈다.
④ 상은 노래의 내용을 알기 위해 아이들에게 이름이 무엇인지 물었다.
⑤ 형조 판서는 상의 명령대로 태보에 대한 조사 결과를 자세히 보고했다.

29. 윗글에 제시된 공간에 대한 설명으로 적절하지 <u>않은</u> 것은?

① '금부'는 임금이 권위를 실현하는 공간이고, '한 곳'은 임금이 권위를 내세우는 공간이다.
② '진도'는 임금에게 정배받은 태보가 향해야 하는 곳이고, '외관'은 임금에게 내치진 민 중전이 거처해야 하는 곳이다.
③ '이화촌'은 부인이 시부모에게 직접 문안하는 곳이자 태보가 하인을 보내 부모에게 문안하는 곳이다.
④ '과천'은 태보가 '진도'로 가는 경유지이자, 태보의 소식을 받은 대감이 '이화촌'을 떠나 향하는 지점이다.
⑤ '심산궁곡'은 '성내 성외'와 대비되어 임금을 피하려는 백성의 마음이 투영된 공간이다.

30. [A]와 [B]에 대한 설명으로 가장 적절한 것은?

① [A]에서 태보의 위기에 대해 책임을 통감하는 제원들의 탄식은, [B]에서 그 책임을 자신에게 돌리는 태보의 자책과 대비된다.
② [A]에서 태보가 받은 제원들의 위로는, [B]에서 삶을 도모하여 무죄를 소명하겠다는 태보의 결심으로 이어진다.
③ [A]에서 제원들이 칭송하는 태보의 강직함은, [B]에서 소신을 지키겠다고 하는 태보의 다짐에서 확인된다.
④ [A]에서 제원들 간의 갈등으로 인한 태보의 심리적 상처는, [B]에서 가족과의 만남을 통해 해소된다.
⑤ [A]에서 제원들의 말을 통해 드러난 태보의 후회는, [B]에서 가족들을 향한 태보의 말에서 반복된다.

31. 〈보기〉를 참고하여 윗글을 감상한 내용으로 적절하지 <u>않은</u> 것은? [3점]

〈보 기〉

「박태보전」은 숙종 대의 실존 인물 박태보의 삶을 소설화한 작품이다. 이 작품에서 박태보는 임금의 부당함으로 드러나는 부도덕한 세계와의 대결에서 패배하여 숭고한 뜻을 이루지 못한다. 그럼에도 그는 가족과 국가에 윤리적 책무를 다하는 인물로 인정받음으로써 도덕적 영웅으로 고양된다. 이때 다양한 서사 장치들은 사건의 입체적 전개에 기여한다.

① 하늘이 태보를 무죄로 판명하여 전고 충신을 따르게 함을 몽사로 드러내어, 태보가 윤리적 명분 면에서 인정받은 도덕적 영웅임을 보여 주는군.
② 국은을 갚지 못하고 죽는다는 태보의 한탄을 편지로 제시하여, 태보가 임금을 올바른 길로 인도하려는 숭고한 뜻을 이루지 못하고 세계와의 대결에서 패배했음을 보여 주는군.
③ 만세 후에도 부자지정을 바라는 태보의 염원을 편지로 제시하여, 태보가 죽음에 이른 상황에서조차 부모에 대한 윤리적 책임을 다하려 한 인물임을 보여 주는군.
④ 주상이 밝은 달의 속성과 대비되는 불명한 인물임을 노래를 통해 제시하여, 백성들이 주상을 부도덕한 인물로 평가하여 신임하지 않았음을 보여 주는군.
⑤ 태보에 대한 민심을 편집자적 논평을 통해 반복적으로 나타내어, 태보가 기우는 국운을 회복한 영웅으로 추대되어 백성들의 지지를 받았음을 보여 주는군.

• 홀수 기출 분석서 문학 문제 P.060 / 해설 P.094

[32~34] 다음 글을 읽고 물음에 답하시오.

(가)

춘일(春日)이 지지(遲遲)하여 뻐꾸기가 보채거늘
동린(東隣)에 쟁기 얻고 서사(西舍)에 호미 얻고
집 안에 들어가 씨앗을 마련하니
㉠올벼 씨 한 말은 반 넘게 쥐 먹었고
기장 피 조 팥은 서너 되 부쳤거늘
한아(寒餓)한 식구 이리하여 어이 살리

(중략)

베틀 북도 쓸데없어 빈 벽에 남겨 두고
㉡솥 시루 버려두니 붉은 빛이 다 되었다
세시 삭망 명절 제사는 무엇으로 해 올리며
원근 친척 내빈왕객(來賓往客)은 어이하여 접대할꼬
㉢이 얼굴 지녀 있어 어려운 일 하고 많다
이 원수 궁귀(窮鬼)를 어이하여 여의려뇨
술에 후량을 갖추고 이름 불러 전송하여
길한 날 좋은 때에 사방으로 가라 하니
웅얼웅얼 불평하며 원노(怨怒)하여 이른 말이
어려서나 늙어서나 희로우락(喜怒憂樂)을 너와 함께하여
죽거나 살거나 여읠 줄이 없었거늘
어디 가 뉘 말 듣고 가라 하여 이르느뇨
우는 듯 꾸짖는 듯 온가지로 협박커늘   [A]
돌이켜 생각하니 네 말도 다 옳도다
무정한 세상은 다 나를 버리거늘
네 혼자 유신하여 나를 아니 버리거든
위협으로 회피하며 잔꾀로 여읠려냐
하늘 삼긴 이내 궁(窮)을 설마한들 어이하리
빈천도 내 분(分)이니 서러워해 무엇하리

— 정훈, 「탄궁가」 —

(나)

서산에 돋을볕 비추고 구름은 느지막이 내린다
비 온 뒤 묵은 풀이 뉘 밭이 우거졌던고
㉣두어라 차례 정한 일이니 매는 대로 매리라

〈제1수〉

면화는 세 다래 네 다래요 이른 벼의 패는 모가 곱난가
오뉴월이 언제 가고 칠월이 반이로다   [B]
아마도 하느님 너희 삼길 제 날 위하여 삼기셨다

〈제7수〉

아이는 낚시질 가고 집사람은 절이채 친다
새 밥 익을 때에 새 술을 걸러셔라
㉤아마도 밥 들이고 잔 잡을 때에 흥에 겨워 하노라

〈제8수〉

— 위백규, 「농가」 —

32. (가)에 대한 설명으로 가장 적절한 것은?

① 계절의 변화에 조응하는 여러 자연물을 활용해 화자의 인식 전환을 보여 주고 있다.
② 계절감이 드러난 소재를 대등하게 나열해 시상을 전개하고 있다.
③ 특정 계절의 풍속을 화자의 시선 이동에 따라 묘사하고 있다.
④ 특정 계절을 배경으로 제시해 화자의 처지를 부각하고 있다.
⑤ 계절의 순환을 중심으로 자연의 섭리를 드러내고 있다.

33. [A], [B]에 대한 이해로 적절하지 <u>않은</u> 것은?

① [A]에서 '술에 후량'을 갖춘 화자는 의례를 통해 '궁귀'에 대한 예우를 표하고 있다.
② [B]에서 화자는 시간의 경과를 의식하며 '세 다래 네 다래' 열린 '면화'에 대한 만족감을 드러내고 있다.
③ [A]에서 화자는 '이내 궁'과의 관계를, [B]에서 화자는 '너희'와의 관계를 운명적인 것으로 여기는 관점을 취하고 있다.
④ [A]에서 화자는 '옳도다'라는 응답으로 '네 말'을 수용하는 태도를, [B]에서 화자는 '반이로다'라는 감탄으로 '패는 모'에 대한 기대감을 드러내고 있다.
⑤ [A]와 [B]에서 화자는 각각 초월적인 존재인 '하늘'과 '하느님'을 예찬하는 어조를 취하고 있다.

34. 〈보기〉를 참고할 때, ㉠~㉤의 문맥적 의미에 대한 이해로 적절하지 <u>않은</u> 것은? [3점]

〈보 기〉

「탄궁가」는 향촌 공동체에서 경제적 기반이 취약한 사대부가 가정과 사회에 대한 책임을 다하기 어려운 자신의 궁핍한 삶을 실감나게 그려 낸 작품이다. 한편 「농가」는 곤궁한 향촌 공동체의 발전을 위해 여러 방도를 모색한 사대부가 가난을 벗어난 이상화된 농촌상을 그려 낸 작품이다.

① ㉠은 파종할 볍씨를 쥐가 먹어 버린 상황을 제시해 가난한 향촌 사대부의 곤혹스러운 처지를 실감나게 그려 낸다.
② ㉡은 솥과 시루가 녹슨 상황을 제시해 끼니조차 잇지 못하는 생활이 지속되는 향촌 사대부 가정의 궁핍함을 부각한다.
③ ㉢은 체면을 지키기 어려운 상황을 제시해 취약한 경제적 기반 때문에 사회적 책임을 내려놓는 향촌 사대부의 죄책감을 드러낸다.
④ ㉣은 밭을 맬 때 예정된 차례에 따라야 함을 나타내어 사회적 약속에 대한 존중을 향촌 공동체 발전의 방도로 여기는 관점을 드러낸다.
⑤ ㉤은 먹을거리에 부족함이 없이 즐거운 향촌 구성원의 모습을 통해 가난을 벗어난 이상화된 농촌상의 일면을 보여 준다.

▶ 소요 시간   분   초

* **확인 사항**

○ 답안지의 해당란에 필요한 내용을 정확히 기입(표기)했는지 확인하시오.

국어 영역

• 홀수 기출 분석서 **독서** 문제 P.044 / 해설 P.059

[1~3] 다음은 학생이 쓴 독서 일지이다. 물음에 답하시오.

미술사를 다루고 있는 좋은 책이 많지만 학술적인 지식이 부족하면 이해하기 어려운 경우가 많다고 한다. 이런 점에서 미술에 대해 막 알아 가기 시작한 나와 같은 독자도 이해할 수 있다고 알려진, 곰브리치의 『서양 미술사』를 택해 서양 미술의 흐름을 살펴본 것은 좋은 결정이었다.

이 책을 통해 저자는 미술사를 어떻게 이해할 것인가를 설명한다. 저자는 서론에서 '미술이라는 것은 사실상 존재하지 않는다. 다만 미술가들이 있을 뿐이다.'라고 밝히며, 미술가와 미술 작품에 주목하여 미술사를 이해하려는 자신의 관점을 설명한다. 저자는 27장에서도 해당 구절을 들어 자신의 관점을 다시 설명하고 있었기 때문에, 27장의 내용을 서론의 내용과 비교하여 읽으면서 저자의 관점을 더 잘 이해할 수 있었다.

책의 제목을 처음 접했을 때는, 이 책이 유럽만을 대상으로 삼고 있을 거라고 생각했다. 하지만 책의 본문을 읽기 전에 목차를 살펴보니, 총 28장으로 구성된 이 책이 유럽 외의 지역도 포함하고 있음을 알 수 있었다. 1~7장에서는 아메리카, 이집트, 중국 등의 미술도 설명하고 있었고, 8~28장에서는 6세기 이후 유럽 미술에서부터 20세기 미국의 실험적 미술까지 다루고 있었다. 이처럼 책이 다룬 내용이 방대하기 때문에, 이전부터 관심을 두고 있었던 유럽의 르네상스에 대한 부분을 먼저 읽은 후 나머지 부분을 읽는 방식으로 이 책을 읽어 나갔다.

㉠『서양 미술사』는 자료가 풍부하고 해설을 이해하기 어렵지 않아서, 저자가 해설한 내용을 저자의 관점에 따라 받아들이는 것만으로도 충분히 만족스러웠다. 물론 분량이 700여 쪽에 달하는 점은 부담스러웠지만, 하루하루 적당한 분량을 읽도록 계획을 세워서 꾸준히 실천하다 보니 어느새 다 읽었을 만큼 책의 내용은 흥미로웠다.

1. 윗글을 쓴 학생이 책을 선정할 때 고려한 사항 중, 윗글에서 확인할 수 있는 것은?

① 자신의 지식수준에 비추어 적절한 책인가?
② 다수의 저자들이 참여하여 집필한 책인가?
③ 다양한 연령대의 독자에게서 추천받은 책인가?
④ 이전에 읽은 책과 연관된 내용을 담고 있는 책인가?
⑤ 최신의 학술 자료를 활용하여 믿을 만한 내용을 담고 있는 책인가?

2. 윗글에 나타난 독서 방법으로 적절하지 않은 것은?

① 책에서 내용상 관련된 부분을 비교하며 읽는다.
② 책의 목차를 통해 책의 구성을 파악하고 읽는다.
③ 자신의 경험과 저자의 경험을 연관 지으며 읽는다.
④ 책의 분량을 고려하여 독서 계획을 세워서 읽는다.
⑤ 자신의 관심에 따라서 읽을 순서를 정하여 읽는다.

3. 윗글을 쓴 학생에게 ㉠과 관련하여 〈보기〉를 바탕으로 조언할 때, 그 내용으로 가장 적절한 것은? [3점]

〈보 기〉
예술 분야의 책을 읽을 때, 책에 담긴 저자의 해설 외에도 다양한 해설이 있다는 점을 염두에 두어야 한다. 저자의 해설에도 저자가 속한 시대의 사회·문화적 환경에서 비롯된 영향이 반영되기 마련이다. 이러한 점을 고려하여, 독자는 책의 내용을 무비판적으로 수용하기보다는 자신의 주관을 가지고 책의 내용에 대해 판단할 필요가 있다.

① 책의 자료를 자의적 기준에 의해 정리하기보다는 저자의 관점에 따라 정리하는 게 좋겠어.
② 책이 유발한 사회·문화적 영향을 파악하기보다는 책에 대한 다양한 해설을 찾아보는 게 좋겠어.
③ 다양한 분야를 균형 있게 다룬 책보다는 하나의 분야를 집중적으로 다루고 있는 책을 읽는 게 좋겠어.
④ 책의 내용을 자신의 취향에 따라 골라 읽기보다는 전문가인 저자가 책을 구성한 방식대로 읽는 게 좋겠어.
⑤ 책의 내용을 그대로 받아들이려 하기보다는 자신의 관점을 바탕으로 저자의 관점을 판단하며 읽는 게 좋겠어.

11
회

• 홀수 기출 분석서 **독서** 문제 P.174 / 해설 P.341

[4~9] 다음 글을 읽고 물음에 답하시오.

(가)

광고는 시장의 형태 중 독점적 경쟁 시장에서 그 효과가 크다. 독점적 경쟁 시장은, 유사하지만 차별적인 상품을 다수의 판매자가 경쟁하며 판매하는 시장이다. 각 판매자는 자신이 공급하는 상품을 구매자가 차별적으로 인지하고 선호할 수 있도록 하기 위해 광고를 이용한다. 판매자에게 그러한 차별적 인지와 선호가 중요한 이유는, 이를 통해 판매자가 자신의 상품을 원하는 구매자에 대해 누리는 독점적 지위를 강화할 수 있기 때문이다.

일반적으로 독점적 지위를 누린다는 것은 상품의 가격을 결정할 수 있는 힘이 있다는 의미이다. 그럼에도 불구하고 판매자는 구매자의 수요를 고려해야 한다. 대체로 구매자는 상품의 물량이 많을 때보다 적을 때 높은 가격을 지불하고자 하기 때문에, 판매자는 공급량을 감소시킴으로써 더 높은 가격을 책정할 수 있다. 독점적 경쟁 시장의 판매자도 이러한 지위 덕분에 상품에 차별성이 없는 경우를 가정할 때보다 다소 비싼 가격에 상품을 판매하는 경향이 있다. 그러나 그 결과 독점적 경쟁 시장의 판매자가 단기적으로 이윤을 보더라도, 그 이윤이 지속되리라 기대할 수는 없다. 이윤을 보는 판매자가 있으면 그러한 이윤에 이끌려 약간 다른 상품을 공급하는 신규 판매자의 수가 장기적으로 증가하고, 그 결과 기존 판매자가 공급하던 상품에 대한 수요는 감소하여 이윤이 줄어들 것이기 때문이다.

판매자가 광고를 통해 상품의 차별성을 알리는 대표적인 방법은 상품에 대한 정보를 전달하는 것이다. 하지만 많은 비용을 들인 것으로 보이는 광고만으로도 상품의 차별성을 부각할 수 있다. 판매자가 경쟁력에 자신 없는 상품에 많은 광고 비용을 지출하지 않을 것이라는 구매자의 추측을 유도하는 것이 이 광고 방법의 목적이다. 가격이 변화할 때 구매자의 상품 수요량이 변하는 정도를 수요의 가격 탄력성이라 하는데, 구매자가 자신이 선호하는 상품이 차별화되었다고 느낄수록 수요의 가격 탄력성은 감소한다. 이처럼 구매자가 특정 상품에 갖는 충성도가 높아지면, 판매자의 독점적 지위는 강화된다. 판매자는 이렇게 광고가 ㉠경쟁을 제한하는 효과를 노린다. 독점적 경쟁 시장에 진입하는 신규 판매자도 상품의 차별성을 강조함으로써 독점적 지위를 확보하고자 광고를 빈번하게 이용한다.

(나)

광고는 광고주인 판매자의 이윤 추구 수단으로 기획되지만, 그러한 광고가 광고주의 의도와 상관없이 시장에 영향을 끼치기도 한다. 우선 광고가 독점적 경쟁 시장의 판매자 간 ㉡경쟁을 촉진할 수 있다. 이러한 효과는 광고를 통해 상품 정보에 노출된 구매자가 상품의 품질이나 가격에 예민해질 때 발생한다. 특히 구매자가 가격에 민감하게 수요량을 바꾼다면, 판매자는 경쟁 상품의 가격을 더욱 고려하게 되어 가격 경쟁에 돌입하게 된다. 또한 경쟁은 신규 판매자가 광고를 통해 신상품을 쉽게 홍보하고 시장에 진입할 수 있게 됨으로써 촉진된다. 더 많은 판매자가 시장에서 경쟁하게 되면 각 판매자의 독점적 지위는 약화되고, 구매자는 더 다양한 상품을 높지 않은 가격에 구매할 수 있게 된다.

광고가 특정한 상품에 대한 독점적 경쟁 시장을 넘어서 경제와

사회 전반에 영향을 주기도 한다. 개별 광고가 구매자의 내면에 잠재된 필요나 욕구를 환기하여 대상 상품에 대한 소비를 촉진하는 효과가 합쳐지면 경제 전반에 선순환을 기대할 수 있다. 경제에 광고가 없는 상황을 가정할 때와 비교하면 광고는 쓰던 상품을 새 상품으로 대체하고 싶은 소비자의 욕구를 강화하고, 신상품이 인기를 누리는 유행 주기를 단축하여 소비를 증가시킬 수 있다. 촉진된 소비는 생산 활동을 자극한다. 상품의 생산에는 근로자의 노동, 기계나 설비 같은 생산 요소가 ⓐ들어가므로, 생산 활동이 증가하면 결과적으로 고용이나 투자가 증가한다. 고용 및 투자의 증가는 근로자이거나 투자자인 구매자의 소득을 증가시킬 수 있다. 경제 전반의 소득이 증가할 때 소비가 증가하는 정도를 한계 소비 성향이라고 하는데, 한계 소비 성향은 양(+)의 값이어서, 경제 전반의 소득 수준이 향상되면 소비가 증가하게 된다.

하지만 광고의 소비 촉진 효과는 환경 오염을 우려하는 사람들에게 비판의 대상이 되기도 한다. 소비뿐만 아니라 소비로 촉진된 생산 활동에서도 환경 오염이 발생하기 때문이다. 환경 오염을 적절한 수준으로 줄이기에 충분한 비용을 판매자나 구매자가 지불할 가능성은 낮으므로, 대부분의 경우에 환경 오염은 심할 수밖에 없다.

4. (가), (나)에 대한 설명으로 가장 적절한 것은?

① (가)는 광고의 개념을 정의하고 광고가 시장에서 차지하는 위상을 소개하고 있다.

② (가)는 광고가 판매자에게 중요한 이유를 제시하고 판매자가 광고를 통해 얻으려는 효과를 설명하고 있다.

③ (나)는 광고의 영향에 대한 다양한 견해를 소개하고 각각의 견해가 안고 있는 한계점을 지적하고 있다.

④ (나)는 광고가 구매자에게 수용되는 과정을 제시하고 구매자가 광고를 수용할 때의 유의점을 나열하고 있다.

⑤ (가)와 (나)는 모두 구매자가 상품을 선택하는 기준을 제시하고 광고와 관련된 제도 마련의 필요성을 강조하고 있다.

5. 독점적 지위에 대한 설명으로 적절하지 <u>않은</u> 것은?

① 독점적 경쟁 시장에 신규 판매자가 진입하는 것을 차단하지는 않는다.

② 판매자가 공급량을 조절하여 가격을 책정할 수 있는 힘을 가지고 있음을 의미한다.

③ 구매자가 지불하고자 하는 가격이 상품 공급량에 따라 어느 정도 인지를 판매자가 감안하지 않아도 되게 한다.

④ 독점적 경쟁 시장의 판매자가 다소 비싼 가격을 책정할 수 있게 하지만 이윤을 지속적으로 보장하지는 않는다.

⑤ 독점적 경쟁 시장의 판매자가 구매자로 하여금 판매자 자신의 상품을 차별적으로 인지하고 선호하게 하면 강화된다.

6. (나)에서 알 수 있는 내용으로 적절하지 <u>않은</u> 것은?

① 광고에 의해 유행 주기가 단축되어 소비가 촉진될 수 있다.

② 광고가 경제 전반에 선순환을 일으키는 정도는 한계 소비 성향이 커질 때 작아진다.

③ 광고가 생산 활동을 자극하면, 근로자이거나 투자자인 구매자의 소득 수준을 향상할 수 있다.

④ 광고가 생산 활동을 증가시키면, 근로자의 노동, 기계나 설비 같은 생산 요소 이용이 증가한다.

⑤ 광고의 소비 촉진 효과는 경제 전반에 광고가 없는 상황에 비해 환경 오염을 심화할 수 있다.

7. ㉠, ㉡을 이해한 내용으로 적절한 것은?

① ㉠은 상품에 대한 구매자의 충성도가 높아질 때 일어나고, ㉡은 수요의 가격 탄력성이 높아질 때 일어난다.

② ㉠의 결과로 판매자는 상품의 가격을 올리기 어렵게 되고, ㉡의 결과로 구매자는 다소 비싼 가격을 감수하게 된다.

③ ㉠은 시장 전체의 판매자 수가 증가하지 않는다는 의미이고, ㉡은 신규 판매자가 시장에 진입하기 어려워진다는 의미이다.

④ ㉠은 기존 판매자의 광고가 차별성을 알리는 데 성공하지 못한 결과로 나타나고, ㉡은 신규 판매자의 광고가 의도대로 성공한 결과로 나타난다.

⑤ ㉠은 광고로 인해 가격에 대한 구매자의 민감도가 약화될 때 발생하고, ㉡은 광고로 인해 판매자가 경쟁 상품의 가격을 고려할 필요가 감소될 때 발생한다.

8. 다음은 어느 기업의 광고 기획 초안이다. 윗글을 참고하여 초안을 분석한 학생의 반응으로 적절하지 <u>않은</u> 것은? [3점]

> **'갑' 기업의 광고 기획 초안**
>
> ○ 대상: 새로 출시하는 여드름 억제 비누
>
> ○ 기획 근거: 다수의 비누 판매 기업이 다양한 여드름 억제 비누를 판매 중이며, 우리 기업은 여드름 억제 비누 시장에 처음으로 진입하려는 상황이다. 우리 기업의 신제품은 새로운 성분이 함유되어 기존의 어떤 비누보다 여드름 억제 효과가 탁월하며, 국내에서 전량 생산할 계획이다.
> 　현재 여드름 억제 비누 시장을 선도하는 경쟁사인 '을' 기업은 여드름 억제 비누로 이윤을 보고 있으며, 큰 비용을 들여 인기 드라마에 상품을 여러 차례 노출하는 전략으로 광고 중이다. 반면 우리 기업은 이번 광고로 상품에 대한 정보 검색을 많이 하는 소비 집단을 공략하고자 제품 정보를 강조하되, 광고 비용은 최소화하려 한다.
>
> ○ 광고 개요: 새로운 성분의 여드름 억제 효과를 강조하고, 일반인 광고 모델들이 우리 제품의 여드름 억제 효과를 체험한 것을 진술하는 모습을 담은 TV 광고

① 이 광고가 '갑' 기업의 의도대로 성공한다면 '을' 기업의 독점적 지위는 약화될 수 있겠어.

② 이 광고로 '갑' 기업의 여드름 억제 비누 생산이 확대된다면 이 비누를 생산하는 공장의 고용이나 투자가 증가할 수 있겠어.

③ 이 광고로 '갑' 기업이 단기적으로 이윤을 보게 된다면 여드름 억제 비누 시장 내의 판매자 간 경쟁은 장기적으로 약화될 수 있겠어.

④ 이 광고로 '갑' 기업은 많은 비용을 들이는 방법보다는 정보를 전달하는 방법을 중심으로 차별성을 알리려는 것으로 볼 수 있겠어.

⑤ 이 광고가 '갑' 기업의 신제품을 포함하여 여드름 억제 비누 수요의 가격 탄력성을 높인다면 '갑' 기업은 자사 제품의 가격을 높게 책정할 수 없겠어.

9. 문맥상 ⓐ와 바꿔 쓰기에 가장 적절한 것은?

① 반입(搬入)되므로

② 삽입(揷入)되므로

③ 영입(迎入)되므로

④ 주입(注入)되므로

⑤ 투입(投入)되므로

▶ 소요 시간 □ 분 □ 초

11 회

• 홀수 기출 분석서 **독서** 문제 P.050 / 해설 P.068

[10~13] 다음 글을 읽고 물음에 답하시오.

인간의 본성에 관한 서로 다른 두 관점이 있다. 종교적 인간관에 따르면, 인간에게는 물리적 실체인 몸 이외에 비물리적 실체인 영혼이 있다. 영혼은 물리적 몸과 완전히 구별되며 인간의 결정의 원천이다. 반면 유물론적 인간관에 따르면, 인간은 물리적 몸에 지나지 않는다. 물리적 몸 이외에 영혼은 존재하지 않는다. 따라서 인간의 결정은 단지 뇌에서 일어나는 신경 사건이다. 이러한 두 관점 중 유물론적 인간관을 가정할 때, 인간은 자유롭게 선택할 수 있을까? 즉 인간에게 자유의지가 있을까? 가령 갑이 냉장고 문을 여니 딸기 우유와 초코 우유만 있다고 해 보자. 갑은 이것들 중 하나를 자유의지로 선택할 수 있을까?

이러한 질문과 관련하여 반자유의지 논증은 갑에게 자유의지가 없다고 결론 내린다. 우선 임의의 선택은 이전 사건들에 의해 선결정되거나 무작위로 일어난다. 여기서 무작위로 일어난다는 것은 선결정되지 않는다는 것을 의미한다. 이러한 전제하에 반자유의지 논증은 선결정 가정과 무작위 가정을 모두 고려한다. 첫 번째로 임의의 선택이 그 이전 사건들에 의해 선결정된다고 가정해 보자. 반자유의지 논증에서는 이 경우 우리에게 자유의지가 없다고 결론 내린다. 가령 갑의 딸기 우유 선택이 심지어 갑이 태어나기도 전에 선결정된 것이라면 갑이 자유의지로 그것을 선택한 것이라고 보기 어려울 것이다. 두 번째로 임의의 선택이 무작위로 일어난 것이라 가정해 보자. 반자유의지 논증에서는 이 경우에도 우리에게 자유의지가 없다고 결론 내린다. 가령 갑의 딸기 우유 선택이 단지 갑의 뇌에서 무작위로 일어난 신경 사건이라고 한다면, 그것은 자유의지의 산물이라고 보기 어려울 것이다.

그러나 이 논증에 관한 다양한 비판이 가능하다. ㉠반자유 의지 논증을 비판하는 한 입장에 따르면 반자유의지 논증의 선결정 가정을 고려할 때의 결론은 받아들여야 하지만, 무작위 가정을 고려할 때의 결론은 받아들일 필요가 없다. 따라서 반자유의지 논증의 결론도 받아들일 필요가 없다고 주장한다. 그 이유는 아래와 같다.

임의의 선택이 나의 자유의지의 산물이 되기 위해서는 다음 두 가지 조건을 모두 충족해야 한다. 첫째, 내가 그 선택의 주체여야 한다. 둘째, 나의 선택은 그 이전 사건들에 의해 선결정되지 않아야 한다. 그런데 어떤 선택이 그 이전 사건들에 의해 선결정되어 있다면, 이것은 자유의지를 위한 둘째 조건과 충돌한다. 따라서 반자유의지 논증의 선결정 가정을 고려할 때의 결론인 우리에게 자유의지가 없다는 점을 받아들여야 한다. 물론 이러한 자유의지와 다른 의미를 지닌 자유의지가 있을 수 있다. 만약 '내가 자유롭게 선택했다'는 말이 단지 '내가 하고자 원했던 것을 했다'는 ⓐ욕구 충족적 자유의지를 의미한다면, 나의 선택이 그 이전 사건들에 의해 선결정되어 있든 그렇지 않든 그것은 내 자유의지의 산물일 수 있다. 그러나 이러한 자유의지는 ⓑ여기서 염두에 두는 두 가지 조건을 모두 충족하는 자유의지와 다르다.

다음으로, 어떤 선택이 무작위로 일어난 것이라고 하더라도 그 선택의 주체는 나일 수 있다. 유물론적 인간관에 따르면 '갑이 딸기 우유를 선택했다'는 것은 '선택 시점에 갑의 뇌에서 신경 사건이 발생했다'는 것을 의미한다. 갑의 이러한 신경 사건이 이전 사건들에 의해 선결정되지 않은 것으로 가정해 보자. 이러한 가정 아래에서도 갑은 그 선택의 주체일 수 있다. 왜냐하면 이 가정은 선택 시점

에 발생한 뇌의 신경 사건으로서 '갑이 딸기 우유를 선택했다'는 사실을 바꾸지 않기 때문이다. 결국 ㉡반자유의지 논증의 무작위 가정을 고려할 때의 결론은 받아들일 필요가 없다.

10. 윗글에 대한 설명으로 적절하지 <u>않은</u> 것은?
① 유물론적 인간관은 영혼의 존재를 인정하지 않는다.
② 유물론적 인간관은 인간의 선택을 물리적 사건으로 본다.
③ 종교적 인간관은 인간이 물리적 실체로만 구성된다고 보지 않는다.
④ 종교적 인간관은 인간의 선택에서 비물리적 실체가 하는 역할을 인정한다.
⑤ 반자유의지 논증은 임의의 선택이 선결정되지 않을 가능성을 고려하지 않는다.

11. ⓐ, ⓑ를 이해한 내용으로 적절한 것은?
① 어떤 선택을 원해서 한다면 그 선택을 한 사람에게 ⓐ가 있을 수 없다.
② 어떤 선택을 원해서 한다면 그 선택을 한 사람에게 ⓑ가 있을 수 없다.
③ 어떤 선택이 선결정되어 있다면 그 선택을 한 사람에게 ⓐ가 있을 수 없다.
④ 어떤 선택이 선결정되어 있다면 그 선택을 한 사람에게 ⓑ가 있을 수 없다.
⑤ 어떤 선택을 원해서 하고 그 선택이 선결정되어 있지 않다면 그 선택을 한 사람에게 ⓐ와 ⓑ 중 어느 것도 있을 수 없다.

12. ㉡의 이유로 가장 적절한 것은?
① 비물리적 실체인 영혼은 존재하지 않기 때문이다.
② 어떤 선택은 무작위로 일어난 것이 아니기 때문이다.
③ 어떤 선택은 선결정되어 있지만 욕구 충족적 자유의지의 산물이기 때문이다.
④ 반자유의지 논증의 선결정 가정을 고려할 때의 결론이 받아들여져야 하기 때문이다.
⑤ 어떤 선택은 자유의지의 산물이 되기 위한 두 가지 조건을 모두 충족할 수 있기 때문이다.

13. 윗글의 ㉠에 입각하여 학생이 〈보기〉와 같은 탐구 활동을 한다고 할 때, [A]에 들어갈 내용으로 적절한 것은? [3점]

―――――――〈보 기〉―――――――

자유의지와 관련된 H의 가설과 실험을 보고, 반자유의지 논증에 대해 논의해 보자.

• H의 가설

인간이 결정을 내릴 때 발생하는 신경 사건이 있기 전에 그가 어떤 선택을 할지 알게 해 주는 다른 신경 사건이 그의 뇌에서 매번 발생한다.

• H의 실험

피실험자의 왼손과 오른손에 각각 버튼 하나가 주어진다. 피실험자는 두 버튼 중 어떤 버튼을 누를지 특정 시점에 결정한다. 그 결정의 시점과 그 이전에 발생하는 뇌의 신경 사건을 동일한 피실험자에게서 100차례 관측한다.

○ 논의: [[A]   ]

① H의 가설이 실험 결과에 의해 입증된다면, 선결정 가정을 고려할 때의 결론을 거부해야 한다.

② H의 가설이 실험 결과에 의해 입증된다면, 무작위 가정은 참일 수밖에 없다.

③ H의 가설이 실험 결과에 의해 입증되지 않는다면, 선결정 가정은 참일 수밖에 없다.

④ H의 가설이 실험 결과에 의해 입증되지 않는다면, 무작위 가정을 고려할 때의 결론을 받아들여야 하는 것은 아니다.

⑤ H의 가설의 실험 결과에 의한 입증 여부와 상관없이, 반자유의지 논증의 결론을 받아들여야 한다.

• 홀수 기출 분석서 **독서** 문제 P.118 / 해설 P.224

[14~17] 다음 글을 읽고 물음에 답하시오.

'메타버스(metaverse)'는 '초월'이라는 의미의 '메타(meta)'와 '세계'를 뜻하는 '유니버스(universe)'의 합성어로, 현실 세계와 가상 공간이 적극적으로 상호 작용하는 공간을 의미한다. 감각 전달 장치는 메타버스 속에서 사용자를 대신하는 아바타가 보고 만지는 것으로 설정된 감각을 사용자에게 전달하는 장치이다. 사용자는 이를 통하여 가상 공간을 현실감 있게 체험하면서 메타버스에 몰입하게 된다.

시각을 전달하는 장치인 HMD*는 사용자의 양쪽 눈에 가상 공간을 표현하는, 시차*가 있는 영상을 전달한다. 전달된 영상을 뇌에서 조합하는 과정에서 사용자는 공간과 물체의 입체감을 느낄 수 있다. 가상 공간에서 물체를 접촉하는 것처럼 사용자의 손에 감각 반응을 직접 전달하는 장치로는 가상 현실 장갑이 있다. 가상 현실 장갑은 가상 공간에서 아바타가 만지는 가상 물체의 크기, 형태, 온도 등을 사용자가 느낄 수 있도록 설계되어 있다. 이 외에도 가상 현실 장갑은 사용자의 손가락 및 팔의 움직임에 따라 아바타를 움직이게 할 수 있다.

한편 사용자의 움직임을 아바타에게 전달하는 공간 이동 장치를 이용하면, 사용자는 몰입도 높은 메타버스 체험을 할 수 있다. 공간 이동 장치인 가상 현실 트레드밀은 일정한 공간에 설치되어 360도 방향으로 사용자의 이동이 가능하도록 바닥의 움직임을 지원한다.

[A] 가상 현실 트레드밀과 함께 사용되는 모션 트래킹 시스템은 사용자의 동작에 따라 아바타가 동일하게 움직일 수 있도록 동기화하는 시스템으로, 동작 추적 센서, 관성 측정 센서, 압력 센서 등으로 구성된다. 동작 추적 센서는 사용자의 동작을 파악하며, 관성 측정 센서는 사용자의 이동 속도 변화율 및 회전 속도를 측정한다. 압력 센서는 서로 다른 물체 간에 작용하는 압력을 측정한다. 만약 바닥에 압력 센서가 부착된 신발을 사용자가 신고 뛰면, 압력 센서는 지면과 발바닥 사이의 압력을 감지하여 사용자가 뛰는 힘을 파악할 수 있다. 모션 트래킹 시스템이 사용자의 동작 정보를 컴퓨터에 전달하면, 컴퓨터는 사용자가 움직이는 방향과 속도에 ⓐ맞춰 트레드밀의 바닥을 제어한다. 이와 같이 사용자의 이동 동작에 따라 트레드밀의 움직임이 변경되기도 하지만, 아바타가 존재하는 가상 공간의 환경 변화에 따라 트레드밀 바닥의 진행 속도 및 방향, 기울기 등이 변경되기도 한다. 또한 사용자의 움직임이나 트레드밀의 작동 변화에 따라 HMD에 표시되는 가상 공간의 장면이 변경되어 사용자는 더욱 현실감 높은 체험을 할 수 있다.

＊HMD: 머리에 쓰는 3D 디스플레이의 한 종류.
＊시차: 한 물체를 서로 다른 두 지점에서 보았을 때 방향의 차이.

14. 윗글의 내용과 일치하지 <u>않는</u> 것은?

① 감각 전달 장치와 공간 이동 장치는 사용자가 메타버스에 몰입할 수 있게 한다.

② 공간 이동 장치는 현실 세계 사용자의 움직임을 메타버스의 아바타에게 전달한다.

③ HMD는 사용자가 시각을 통해 메타버스의 공간과 물체의 입체감을 느끼도록 한다.

④ 감각 전달 장치는 아바타가 느끼는 것으로 설정된 감각을 사용자에게 전달하는 장치이다.

⑤ 가상 현실 장갑을 착용하면 사용자와 아바타는 상호 간에 감각 반응을 주고받을 수 있다.

15. [A]에 대한 이해로 적절한 것은?

① 관성 측정 센서는 사용자의 이동 속도와 뛰는 힘을 측정할 수 있다.

② HMD에 표시되는 가상 공간 장면의 변경에 따라 HMD는 가상 현실 트레드밀을 제어한다.

③ 가상 공간에서 아바타가 경사로를 만나면 가상 현실 트레드밀 바닥의 기울기가 변경될 수 있다.

④ 모션 트래킹 시스템은 아바타의 동작에 따라 사용자가 동일하게 움직일 수 있도록 동기화한다.

⑤ 아바타가 이동 방향을 바꾸면 가상 현실 트레드밀 바닥의 진행 방향이 변경되어 사용자의 이동 방향이 바뀌게 된다.

16. 윗글을 바탕으로 〈보기〉를 이해한 내용으로 적절하지 <u>않은</u> 것은? [3점]

〈보 기〉

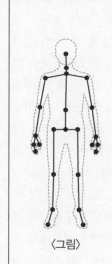

동작 추적 센서의 하나인 키넥트 센서는 적외선 카메라와 RGB 카메라 등으로 구성된다. 적외선 카메라는 광원에서 발산된 적외선이 피사체의 표면에서 반사되어 수신되기까지 걸리는 시간을 측정하여, 피사체의 입체 정보를 포함하는 저해상도 단색 이미지를 제공한다. 반면 RGB 카메라는 피사체의 고해상도 컬러 이미지를 제공한다. 키넥트 센서는 저해상도 입체 이미지를 고해상도 컬러 이미지에 투영하여 사용자가 검출되는 경우, 〈그림〉과 같이 신체 부위에 대응되는 25개의 연결점을 선으로 이은 3D 골격 이미지를 제공한다.

〈그림〉

① 키넥트 센서는 가상 공간에 있는 물체들 간의 거리를 측정하여 입체감을 구현할 수 있다.

② 키넥트 센서가 확보한, 사용자의 춤추는 동작 정보를 바탕으로 아바타의 춤추는 동작이 구현될 수 있다.

③ 키넥트 센서와 관성 측정 센서를 이용하여 사용자의 걷는 자세 및 이동 속도 변화율을 파악할 수 있다.

④ 연결점의 수와 위치의 제약 때문에 사용자의 골격 이미지로는 사용자의 얼굴 표정 변화를 아바타에게 전달할 수 없다.

⑤ 적외선 카메라의 입체 이미지와 RGB 카메라의 컬러 이미지 정보로부터 생성된 골격 이미지가 사용자의 동작 정보를 파악하는 데 사용된다.

17. 문맥상 의미가 ⓐ와 가장 가까운 것은?

① 그 연주자는 피아노를 언니의 노래에 정확히 <u>맞추어</u> 쳤다.

② 아내는 집 안에 있는 물건들의 색깔을 조화롭게 <u>맞추었다</u>.

③ 우리는 다음 주까지 손발을 <u>맞추어</u> 작업을 마치기로 했다.

④ 그 동아리는 신입 회원을 한 명 더 뽑아 인원을 <u>맞추었다</u>.

⑤ 동생은 중간고사를 보고 나서 친구와 답을 <u>맞추어</u> 보았다.

▶ 소요 시간 ☐ 분 ☐ 초

• 홀수 기출 분석서 [문학] 문제 P.124 / 해설 P.232

[18~21] 다음 글을 읽고 물음에 답하시오.

[앞부분의 줄거리] 제주도에 간 배 비장은 애랑의 유혹에 넘어가, 사람들에게 조롱을 받는다. 창피를 당한 배 비장은 서울로 돌아가려고 한다.

이때 배 비장은 떠나는 배가 어디 있나 물어보려고 무서움을 억지로 참고,

"ⓐ여보게, 이 사람. 말씀 물어보세."

그 계집이 한참 물끄러미 보다가 대답도 아니 하고 고개를 돌리니, 배 비장 그중에도 분해서 목소리를 돋우어 다시 책망 겸 묻것다.

"ⓑ이 사람, **양반이 물으면 어찌하여 대답이 없노?**"

"무슨 말이람나? 양반, 양반, 무슨 양반이야. 품행이 좋아야 양반이지. 양반이면 남녀유별 예의염치도 모르고 남의 여인네 발가벗고 일하는 데 와서 말이 무슨 말이며, 싸라기밥 먹고 병풍 뒤에서 낮잠 자다 왔습나? 초면에 반말이 무슨 반말이여? 참 듣기 싫군. 어서 가소. 오래지 아니하여 우리 집 남정네가 물속에서 전복 따가지고 나오게 되면 큰 탈이 날 것이니, 어서 바삐 가시라구! 요사이 세력이 빨랫줄 같은 배 비장도 궤 속 귀신이 될 뻔한 일 못 들었습나?"

배 비장이 구식적 습관으로 **지방이라고 한 손 놓고 하대를** 하다가 그 말을 들어 보니, 부끄럽고 분한 마음이 앞서져서 혼잣말로 자탄을 하것다.

"허허 내가 금년 신수 불길하다! 우리 부모 만류할 제 오지나 말았더면 좋을 것을, 고집을 세우고 예 왔다가 경향에 유명한 웃음거리가 되고, 또 도처마다 망신을 당하니 섬이라는 데 참 사람 못 살 곳이로구!"

하며, 분한 마음에 그 계집과 다시 말싸움을 하고 싶지 않건마는, 해는 점점 서산에 걸치고 앞길은 **물을 사람이 없어** 함경도 문자로 '붙은 데 붙으라' 하는 말과 같이 '**사과나 하고 다시 물을 수밖에 없다.**' 하여, 말공대를 얼마쯤 올려 다시 수작을 하것다.

"ⓒ여보시오, 내가 참 실수를 대단히 하였소. 이곳 풍속을 모르고."

"실수라 할 것이 왜 있사오리까? 그렇다 하는 말씀이지요. 그런데 당신은 어디로 가시는 양반이십까?"

"네, 나는 지금 급한 일이 있어 서울을 갈 터인데, 어느 배가 서울로 가는지 그것을 좀 묻고자 그리하오."

"서울 양반이시면 무슨 일로 여기를 오셨으며, 또 성함은 뉘시오니까?"

"성명은 차차 아시지오마는, 내가 이곳에 볼일이 있어서 왔다가, 부모 병환 기별을 듣고 급히 가는 길인데, 가는 배가 없어 이처럼 애절이오."

"그러하면 가이없습니다. 서울로 가는 배는 어제저녁에 다 떠나고, 인제는 다시 사오 일을 기다려야 있겠습니다."

"그러하면 **이 노릇을 어찌하여야 좋소?**"

"참 딱한 일이올시다."

하더니,

"옳지! 가는 배 하나 있습니다. 그러나 그 배에서 행인을 잘 태울는지 모르겠소. 저기 저편 언덕 밑에 포장 치고 조그마한 돛대 세운 배에 가서 물어보시오. 그 배가 제주 성내에 사는 부인 한 분이 친정이 해남인데 급한 일이 있어 비싼 값을 주고 혼자 빌려

저녁 물에 떠난다더니, 참 떠나는지 알 수 없습니다."

배 비장이 그 말 듣고 좋아라고 허겁지겁 그 배로 뛰어가서 사공을 찾는다.

"ⓓ어이, 뱃사공이 누구여?"

사공이 반말에 비위가 틀려,

"어! 사공은 왜 찾어?"

"말 좀 물어보면⋯."

"무슨 말?"

"그 배가 어디로 가는 배여?"

"물로 가는 배여."

원래 배 비장이 사공을 공손하게 대하기는 초라하고 '해라' 하자니 제 모양 보고 받는지 몰라, **어정쩡하게** 말을 내놓다가 사공의 대답이 한층 더 올라가는 것을 보고, 한숨을 휘이 쉬며,

"허! 내가 그저 **춘몽을 못 깨고 또 실수**를 하였구나!"

어법을 고쳐 입맛이 썩 들어붙게,

"여보시오, ⓔ노형이 이 배 임자시오?"

사공은 목낭청*의 혼이 씌었던지 그대로 좇아가며,

"그렇습니다. 내가 이 배 임자올시다."

"들으니까 노형 배가 오늘 떠나 해남으로 간다지요?"

"예, 오늘 저녁 물에 떠납니다."

"그러면 내가 서울 사는데 지금 가는 길이니 좀 타고 가옵시다."

"좋은 말씀이올시다마는 이 배가 행객 싣는 배가 아니옵고, 해남으로 가시는 부인 한 분이 혼자 빌려 가시는 터인즉, 사공의 임의로 다른 행객을 태울 수가 없습니다."

"그는 그러하겠소마는, 내가 부모 병환 급보를 듣고 급히 가는 길인데, 달리 가는 배는 없고 이 배가 간다 하니, 아무리 부인이 타신 터이라도 이러한 정세를 말씀하시고, 한편 이물 구석에 종용히 끼어 가게 하여 주시면 그 아니 적선이오?"

"당신 정경이 불쌍하오. 그러면 해 진 후에 다시 오시면, 부인 모르시게라도 슬며시 타고 가시게 하오리다."

— 작자 미상, 「배비장전」 —

*목낭청: 자기 주관 없이 응대하는 사람을 이르는 말.

18. 윗글의 내용에 대한 이해로 적절하지 <u>않은</u> 것은?

① '계집'은 '배 비장'의 문제점을 지적함으로써 양반답지 못한 태도에 대해 비판적 인식을 표출하고 있다.

② '배 비장'은 자신에게 이름을 묻는 '계집'의 질문에 즉답을 피함으로써 자신의 정체를 숨기고 있다.

③ '계집'은 '배 비장'에게 배편이 있을 수도 있다는 말을 건넴으로써 그가 궁금해했던 정보를 제공하고 있다.

④ '사공'은 '부인'의 허락 없이 임의로 다른 행객을 태울 수 없다고 말함으로써 낯선 이에 대한 경계심을 드러내고 있다.

⑤ '사공'은 '배 비장'의 다급한 상황을 듣고 해결책을 알려 줌으로써 상대방에 대한 연민의 감정을 보여 주고 있다.

19. ⓐ~ⓔ 중 '배 비장'이 상대의 기분을 풀어 주기 위해 사용한 표현으로만 짝지어진 것은?

① ⓐ, ⓑ   ② ⓐ, ⓓ   ③ ⓑ, ⓒ
④ ⓒ, ⓔ   ⑤ ⓓ, ⓔ

20. 조그마한 돛대 세운 배 에 대한 이해로 가장 적절한 것은?

① 주인공이 부모의 병환 소식을 듣게 되는 공간이다.

② 주인공을 태우고 서울로 가기 위해 급히 준비되었다.

③ 주인공이 당일에 제주도를 떠나기 위해 타려는 대상이다.

④ 주인공이 경제적 보상까지 내세우며 타고자 하는 것이다.

⑤ 주인공이 행객들을 데리고 제주도를 떠나기 위해 타려 한다.

21. 〈보기〉를 참고하여 윗글을 감상한 내용으로 적절하지 <u>않은</u> 것은? [3점]

〈보 기〉

「배비장전」에서 창피를 당해 제주도를 떠나려 했던 배 비장은 제주도에 남게 되고, 결말에 가서는 현감에 올라 사람들의 칭송을 받게 된다. 이와 같은 변화가 어떻게 가능했을까? 배 비장이 제주도를 떠나고자 할 때, 제주도 사람들의 도움을 받기 위해 자신이 서울 양반이라는 우월감을 버리고 그들을 존중하는 경험을 했기 때문이다. 이는 비록 불가피한 선택이었지만, 이 과정에서 그는 자신의 태도를 돌아보게 된다. 서울 양반의 경직된 관념에 변화가 일기 시작한 것이다.

① '양반이' 묻는데 '어찌하여 대답이' 없냐고 계집을 책망한 배 비장의 행위에서, 그가 자신의 신분에 대해 우월감을 갖고 있음을 알 수 있군.

② '지방이라고 한 손 놓고 하대를' 한 배 비장의 태도에서, 그가 서울에서 온 양반이라는 이유로 제주도 사람을 얕보고 있음을 알 수 있군.

③ '물을 사람이 없어' 계집에게 '사과나 하고 다시 물을 수밖에 없다'고 하는 배 비장의 생각에서, 그가 계집의 도움을 받기 위해 불가피한 선택을 했음을 알 수 있군.

④ '이 노릇을 어찌하여야' 좋겠냐고 묻는 배 비장의 모습에서, 그가 경직된 관념을 버리고 제주도 사람을 존중하는 방법을 고민하고 있음을 알 수 있군.

⑤ '어정쩡하게' 말하려다 '춘몽을 못 깨고 또 실수'했다고 한 배 비장의 발언에서, 그가 우월감을 가지고 있던 자신의 태도를 돌아보고 있음을 알 수 있군.

11
회

• 홀수 기출 분석서 문학 문제 P.178 / 해설 P.320

[22~27] 다음 글을 읽고 물음에 답하시오.

(가)

대부분의 사내들이 고기잡이로 떠난 갯마을에는 늙은이들이 어린 손자나 데리고 뱃그늘이나 바위 옆에 앉아 무연히 바다를 바라보고, 아낙네들이 썰물에 조개나 캘 뿐 한가하다.

사흘 째 되던 날, 윤 노인은 아무래도 수상해서 박 노인을 찾아갔다. 박 노인도 막 물가로 나오는 참이었다. 두 노인은 바위 옆 모래톱에 도사리고 앉았다. 윤 노인이 먼저 입을 뗐다.

"저 구름발 좀 보라니?" / "음!"

구름발은 동남간으로 해서 검은 불꽃처럼 서북을 향해 뻗어 오르고 있었다.

윤 노인이 또,

"하하아 저 물빛 봐!"

박 노인은 보라기 전에 벌써 짐작이 갔다. ⓐ아무래도 변의 징조였다.

파도 아닌 크고 느린 너울이 왔다. 그럴 때마다 매운 갯냄새가 풍겼다. 틀림없었다.

이번에는 박 노인이 뻔히 알면서도,

"대마도 쪽으로 갔지?"

"고기 떼를 찾아갔는데 울릉도 쪽이면 못 갈라고…."

두 노인은 더 말이 없었다. 그새 구름은 해를 덮었다. 바람도 딱 그쳤다. 너울이 점점 커 왔다. 큰 너울이 올 적마다 물컥 갯냄새가 코를 찔렀다. 두 노인은 말없이 일어나 말없이 헤어졌다. ㉠그들의 경험에는 틀림이 없었다. 올 것은 기어코 오고야 말았다. 무서운 밤이었다. 깜깜한 칠야. ⓑ비를 몰아치는 바람과 바다의 아우성, 보이는 것은 하늘로 부풀어 오른 파도뿐이었다. 그것은 마치 바다의 참고 참았던 분노가 한꺼번에 터져 흰 이빨로 뭍을 마구 물어뜯는 것과도 같았다. 파도는 이미 모래톱을 넘어 돌각 담을 삼키고 몇몇 집을 휩쓸었다. ⓒ마을 사람들은 뒤 언덕배기 당집으로 모여들었다. 이러는 동안에 날이 샜다. 날이 새자부터 바람이 멎어 가고 파도도 낮아 갔다. 샌 날에 보는 ⓓ마을은 그야말로 난장판이었다.

[A] 이날 밤 한 사람의 희생이 있었다. 윤 노인이었다. 그의 며느리 말에 의하면 돌각 담이 무너지고 파도가 축담 밑까지 들이밀자 윤 노인은 며느리와 손자를 앞세우고 담 밖까지 나오다가 무슨 일로선지 며느리는 먼저 가라고 하고 윤 노인은 다시 들어갔다고 한다. 그러고는 아무것도 모른다는 것이다.

ⓔ바다는 언제 그런 일이 있었던가 하듯 잔물결이 안으로 굽은 모래톱을 찰싹대고, 볕은 한결 뜨거웠고, 하늘은 남빛으로 더욱 짙었다.

[B] 그러나 고등어 배는 돌아오지 않았다. 마을은 더 큰 어두운 수심에 잠겼다. 이틀 뒤에 후리막 주인이 신문을 한 장 가지고 와서, 출어한 많은 어선들이 행방불명이 됐다는 기사를 읽어 주었다. 마을은 다시 수라장이 됐다. 집집마다 울음소리가 그치지 않았다. 이틀이 지났다. 울음에도 지쳤다. 울어서 해결될 문제가 아니었다.

— 설마 죽었으랴고. —

이런 한 가닥 희망을 가지고 아낙네들은 다시 바다로 나갔다. 살아야 했다. 바다에서 죽고 바다로 해서 산다. 해순이는 성구가 돌아올 것을 누구보다도 믿었다. 그동안 세 식구가 먹

고살아야 했다. 해순이도 물옷을 입고 바다로 나갔다.

해조를 따고, 조개를 캐다가도 문득 이마에 손을 하고 수평선을 바라보곤 아련한 돛배만 지나가도 괜히 가슴을 두근거리는 아낙네들이었다. 멸치 철이건만 후리*도 없었다. 후리막은 집 뚜껑을 송두리째 날려 버린 그대로 손볼 엄두를 내지 않았다.

– 오영수, 「갯마을」 –

(나)

S#14. 축항

시멘트로 만든 축항./윤 노인과 박 노인이 꼬니를 두고 있다.

윤 노인: 거 왜 을축년 바람 때만 해도 그랬지… 용왕님만 노하시면 속절없는 거야.

박 노인: 암 여부가 없지…. (수평선을 보며) 여봐 저 구름 좀 보라니….

윤 노인: (침통하게) 음….

박 노인: 아무래도 심상치 않아… 저 물빛도 좀 보라니까….

바람이 점점 세어진다.

S#15. 노목

성황당 뒤에 서 있는 노목이 불어오는 바람을 가누지 못하고 몹시 흔들린다.

S#16. 바위

점점 커 가는 파도가 바위에 부딪쳐 부서진다.

S#17. 축항

밀려온 파도는 축항을 뒤엎을 듯이 노한다.

S#18. 몽타주*

문을 열고, 하늘을 보는 가족들.
뛰어나와 바다를 보는 사람들.
분주하게 움직이는 아낙들.

S#19. 하늘

검은 구름이 몰려온다./번쩍이는 번개./천지를 진동하는 천둥.

S#20. 들판

폭우에 휩쓸리는 나무./무서운 비바람에 흔들리는 나무./벼락이 떨어지며 고목 하나에 불이 붙는다./쏟아지는 비! 비!/몰아치는 바람.

S#21. 길(밤)

돌각 담으로 된 골목길을 달리는 해순.
숨은 하늘에 치닿고/옷은 비에 젖어 나신이나 다름없고…./넘어지며 달린다./번개! 천둥….

S#22. 성황당(밤-비)

비틀거리는 해순이가 올라와서/당목 앞에 꿇어앉으며 원망스러운 눈초리로

해순: 서낭님예… 서낭님예….

몇 번 부르더니 쏟아지는 빗속에서 몇 번이고 절을 한다./ 잠시 후 순임이가 올라와서 해순이와 같이 절을 한다.

S#23. 하늘(밤-비)

　먹장 같은 구름에 뒤덮여 검기만 하다./파도 소리와 바람 소리뿐이다./크게 번개가 친다.

S#24. 노한 밤바다

　노도 속에서 비바람과 싸우는 선원들./처절한 성구의 얼굴./무엇인가 소리치지만 들리지 않는다./선미의 키를 잡으며 이를 악무는 성칠./분주한 선원들의 모습./더욱더 거센 파도./흔들리는 뱃사람들…./파도에 쓰러지고/흔들림에 넘어지고…./이윽고 배는 나뭇잎처럼 덜렁 들렸다가 넘어간다.

S#25. 성황당(밤-비)

　해순이와 순임이 외에도 몇몇 아낙이 모였다./제정신이 아닌 모습으로 절을 하는 아낙들.

S#26. 윤 노인의 집 앞(밤-비)

　윤 노인이 나온다./순임이 따라 나오며

순임: 아버지예. 이 빗속에 어디로 나가신다는 깁니꺼….

윤 노인: 마 퍼뜩 다녀올 끼다….

순임: 내일 아침에 가시면 안 될끼요….

상수: (가며) 앙이다. 거참 아무래도 무슨 일 내겠다….

　나간다.

S#27. 축항(밤-비)

　파도가 휘몰아치는 축항을 위험스럽게 걸어온다./빈 배에 걸려 있는 그물을 벗기려는 순간 윤 노인은 파도에 빨려 축항 밖으로 떨어진다./잠깐 허우적거리는 듯하더니 노도에 휩쓸려 버린다.

S#28. 성황당(밤-비)

　더욱더 거센 비바람./아우성치듯 흔들거리는 당목. 가지가 꺾어진다./O.L.

S#29. 아침 바다

　어젯밤의 폭풍우는 어디로 갔는지 자취도 없고 바다는 잔잔하다./모래밭을 적시는 잔잔한 파도.

　　　　　　　　　　　– 오영수 원작, 신봉승 각색, 「갯마을」 –

*후리: 그물의 한 종류.

*몽타주: 따로따로 촬영된 장면을 결합하여 새로운 의미를 나타내는 편집 방식.

22. [A]의 서술 방식에 대한 설명으로 가장 적절한 것은?

① 간접 인용을 통해 인물의 행적을 서술하고 있다.

② 이야기 내부 인물이 자신의 내면을 진술하고 있다.

③ 과거 회상을 통해 인물 간의 갈등을 심화하고 있다.

④ 인물의 외양 묘사를 통해 개성적 면모를 부각하고 있다.

⑤ 공간 변화에 따라 서술자를 달리하여 사건에 대한 다양한 관점을 제시하고 있다.

23. ㉠에 대한 이해로 가장 적절한 것은?

① '두 노인'은 우연히 만나 ㉠에 대해 대화를 나눈다.

② '두 노인'은 자연 현상을 지각함으로써 ㉠을 환기한다.

③ '두 노인'은 ㉠으로 인해 서로 다른 대처 방안을 제시한다.

④ '두 노인'은 예측이 빗나감에 따라 ㉠에 대해 회의감을 갖는다.

⑤ '두 노인'은 ㉠으로 인해 고깃배의 행선지에 대하여 무관심한 태도를 보인다.

24. 〈보기〉를 참고하여 [B]를 감상한 내용으로 적절하지 않은 것은?

> ─〈보 기〉─
>
> 「갯마을」은 시련이 연속되는 삶의 터전에서 그에 맞서는 인물들의 삶을 다룬다. 갯마을 사람들의 일상을 구성하는 사물, 장소, 일 등은 인물들의 시련과 이를 극복하려는 노력을 나타내는 서사적 장치로 활용된다. 이를 통해 「갯마을」은 삶을 지켜 나가려는 의지와 희망을 형상화하고 있다.

① '고등어 배'가 돌아오지 않은 일은 마을 사람들이 겪게 되는 시련에 해당하는군.

② '신문'은 마을 사람들이 상황을 더욱 심각하게 여기게 하는 매개물이군.

③ '바다'는 아낙네들에게 시련을 주지만 생활의 방편도 제공한다는 점에서 이중적인 의미를 지니는군.

④ '물옷'을 입고 바다로 나가는 것은 삶을 지켜 나가려는 해순의 의지를 보여 주는 행동이군.

⑤ '돛배'는 아낙네들에게 자신들의 희망이 실현될 것이라는 확신을 제공하는 대상이군.

25. (나)의 인물에 대한 설명으로 가장 적절한 것은?

① S#21에서 '해순'이 달려가는 행위는 기상 악화로 인해 다급해진 속내를 보여 준다.

② S#22에서 '해순'이 비틀거리면서도 성황당에 오르는 것은 당목을 지키려는 의무감을 나타낸다.

③ S#22에서 '순임'의 등장은 '해순'이 서낭님에게 기원하던 것을 멈추는 계기가 된다.

④ S#25에서 '해순'과 '순임'은 성황당에 모인 다른 아낙들과 갈등 관계를 형성한다.

⑤ S#26에서 '순임'은 '윤 노인'이 집을 나가는 이유를 제공한다.

26. (나)의 S#18과 S#24에 대한 이해로 적절하지 않은 것은?

① S#18은 인물들의 행동을 보여 주는 장면들을 연결하여, 마을의 어수선한 분위기를 보여 주고 있다.

② S#18은 여러 장소에서 벌어지는 사건들을 각각 보여 주어, 제시된 사건들이 갖는 상반된 의미를 나타내고 있다.

③ S#24는 말소리가 들리지 않는 장면을 제시하여, 성구의 절박한 상황을 부각하고 있다.

④ S#24는 행위와 표정을 하나의 장면으로 제시하여, 비바람에 맞서는 성칠의 모습을 보여 주고 있다.

⑤ S#24는 선원들의 위태로운 모습을 반복적으로 제시하여, 배 안의 급박한 상황을 드러내고 있다.

27. 다음은 (가)와 (나)에 대한 〈학습 활동〉이다. 과제를 수행한 결과로 적절하지 <u>않은</u> 것은? [3점]

───── 〈학습 활동〉 ─────

○ **과제:** (나)는 (가)를 영상화하기 위해 변형한 시나리오이다. (가)의 ⓐ~ⓔ를 다음과 같이 변형하여 각색했다고 할 때, 그 결과를 탐구해 보자.

(가)		(나)	(가)에서 (나)로의 각색 방향
ⓐ	⇒	S#14	인물의 심리를 구체적으로 제시하기
ⓑ	⇒	S#15~S#17	비유적 표현을 시각적으로 나타내기
ⓒ	⇒	S#22, S#25	하나의 사건을 여러 장면으로 제시하기
ⓓ	⇒	S#28	사건의 결과를 상징적으로 보여주기
ⓔ	⇒	S#28, S#29	하나의 상황을 O.L.(오버랩)을 활용하여 제시하기

① ⓐ를 대화 상황에서의 "아무래도 심상치 않아…"라는 대사로 바꾸어 인물이 느끼는 위기감을 드러내고 있다.

② ⓑ를 갯마을과 바다에서 발생하는 상황으로 제시하여 자연의 위력을 부각하고 있다.

③ ⓒ에서 성황당으로 마을 사람들이 모여드는 모습을 등장인물의 수가 다른 장면들로 나누어 구현하고 있다.

④ ⓓ를 당목이 꺾이는 장면으로 변형하여 인물들 간의 믿음이 무너진 마을을 상징적으로 보여 주고 있다.

⑤ ⓔ에 나타난, 폭풍우가 물러간 상황을 효과적으로 드러내기 위해, 비바람이 거센 전날 밤과 파도가 잔잔해진 아침을 연결하여 제시하고 있다.

• 홀수 기출 분석서 [문학] 문제 P.034 / 해설 P.047

[28~31] 다음 글을 읽고 물음에 답하시오.

(가)

　돌담으로 튼튼히 가려 놓은 집 안엔 검은 기와집 종가가 살고 있었다. 충충한 울 속에서 **거미 알 터지듯 흩어져 나가는** 이 집의 지손(支孫)*들. 모두 다 싸우고 찢고 헤어져 나가도 **오래인 동안 이 집의 광영(光榮)을 지키어 주는** 신주(神主)*들은 대머리에 곰팡이가 나도록 알리어지지는 않아도 종가에서는 무기처럼 아끼며 **제삿날이면 갑자기 높아 제상(祭床) 위에 날름히 올라앉는다.** 큰집에는 큰아들의 식구만 살고 있어도 제삿날이면 제사를 지내러 오는 사람들 오조 할머니와 아들 며느리 손자 손주며느리 칠촌도 팔촌도 한데 얼리어 닝닝거린다. 시집갔다 쫓겨 온 작은딸 과부가 되어 온 큰고모 손꾸락을 빨며 구경하는 이종 언니 이종 오빠. 한참 쩡쩡 울리던 옛날에는 오조 할머니 집에서 동원 뒷밥*을 먹어왔다고 오조 할머니 시아버니도 남편도 동네 백성들을 곧-잘 잡아들여다 모말굴림*도 시키고 주릿대를 앵기었다고. 지금도 종가 뒤란에는 중복사 나무 밑에서 대구리가 빤들빤들한 달걀귀신이 융융거린다는 마을의 풍설. **종가에 사는 사람들은 아무 일을 안 해도 지내 왔었고 대대손손이 아-무런 재주도 물리어받지는 못하여** 종갓집 영감님은 근시 안경을 쓰고 눈을 찜찜거리며 먹을 궁리를 한다고 **작인(作人)들에게 고리대금을 하여** 살아나간다.

　　　　　　　　　　　　　　　　　－ 오장환, 「종가」 －

*지손: 맏이가 아닌 자손에서 갈라져 나간 파의 자손.
*신주: 죽은 사람의 위패.
*뒷밥: 고사나 제사를 지낸 후 객귀를 위해 차리는 상.
*모말굴림: 곡식을 담는 그릇 위에 무릎을 꿇리는 형벌.

(나)

노래는 심장에, 이야기는 뇌수에 박힌다
처용이 밤늦게 돌아와, 노래로써
아내를 범한 귀신을 꿇어 엎드리게 했다지만
막상 목청을 떼어 내고 남은 가사는
베개에 떨어뜨린 머리카락 하나 건드리지 못한다 [A]
하지만 처용의 이야기는 살아남아
새로운 노래와 풍속을 짓고 유전해 가리라
정간보가 오선지로 바뀌고
이제 아무도 시집에 악보를 그리지 않는다
노래하고 싶은 시인은 말 속에
은밀히 심장의 박동을 골라 넣는다. [B]
그러나 내 격정의 상처는 노래에 쉬이 덧나
다스리는 처방은 이야기일 뿐
이야기로 하필 시를 쓰며
뇌수와 심장이 가장 긴밀히 결합되길 바란다.

　　　　　　　　　　　　　　　　　－ 최두석, 「노래와 이야기」 －

28. (가)에 대한 이해로 가장 적절한 것은?

① '이 집의 지손들'이 '거미 알 터지듯 흩어져 나'간다는 데서, 종가의 번성에 대한 자부심을 드러낸다.
② '오래인 동안 이 집의 광영을 지키어 주는 신주들'이 '제삿날이면 갑자기 높아 제상 위에 날름히 올라앉는다'는 데서, 종가에 대한 풍자적 태도를 드러낸다.
③ '동네 백성들을 곧—잘 잡아들여다 모말굴림도 시키고 주릿대를 앵기었다'는 데서, 종가의 위세에 대한 시기심을 드러낸다.
④ '종가에 사는 사람들은 아무 일을 안 해도 지내 왔었고 대대손손이 아—무런 재주도 물려받지는 못'했다는 데서, 종가의 내력을 존중하는 태도를 드러낸다.
⑤ '근시 안경을 쓰고 눈을 찝찝거리'는 '종갓집 영감님'이 '작인들에게 고리대금을 하여 살아 나간다'는 데서, 종가에 대한 선망을 드러낸다.

29. [A], [B]에 대한 이해로 가장 적절한 것은?

① [A]는 '노래'와 '가사'의 융합이 가져온 결과를 보여 준 것이다.
② [A]는 '노래'와 '이야기'가 결합되었을 때 나타나는 단점을 설명한 것이다.
③ [B]는 시인의 '말'에 '이야기'가 직접 연결된 상황을 표현한 것이다.
④ [B]는 '노래'의 성격이 약화된 '말'에 '노래'가 주는 감동을 불어넣는 상황을 보여 준 것이다.
⑤ [A]는 '이야기'의 도입이 지닌 한계를, [B]는 '노래'의 회복이 지닌 의의를 설명한 것이다.

30. (가), (나)에 대한 설명으로 적절하지 않은 것은?

① (가)는 '쩡쩡 울리던 옛날'과 '달걀귀신이 융융거린다는 마을의 풍설'을 통해 '종가'에 대한 인상을 감각적으로 나타내고 있다.
② (가)는 '돌담으로 튼튼히 가려 놓은 집'과 '검은 기와집'을 통해 '종가'의 분위기를 드러내고 있다.
③ (나)는 '그러나'라는 시상 전환 표지를 활용하여 '노래'만으로는 화자가 바라는 '시' 창작이 어렵다는 점을 부각하고 있다.
④ (나)는 '처용'이 부른 '노래'와 '처용'에 대한 '이야기'의 성격을 비교하여 주제를 구체화하고 있다.
⑤ (가)는 '지금도'를 통해 '종가'의 불변성을, (나)는 '이제'를 통해 '시'의 영속성을 강조하고 있다.

31. 〈보기〉를 바탕으로 (가), (나)를 감상한 내용으로 적절하지 않은 것은? [3점]

〈보 기〉

(가)에서 화자는 '종가'의 상황을 구체적으로 서술함으로써 종가와 연관된 사람들의 상처를 드러내고, 이러한 종가의 이야기가 현재의 상황과 연결되도록 현재 시제를 주로 사용하여 생동감 있게 표현했다. (나)에서 화자는 '시'가 '노래'의 성격을 되찾아야 할 뿐만 아니라, 감정의 과잉으로 상처가 오히려 깊어지기도 하는 노래의 한계를 극복하기 위해 '이야기'가 요구된다는 점을 강조했다. (가)는 종가에 대한 화자의 경험을 이야기한 산문 형식의 시이고, (나)는 「종가」와 같은, 이야기가 두드러진 시를 짓는 까닭을 제시한 시론 성격의 시이다.

① (가)는 종가 구성원들의 행동을 현재 시제로 생동감 있게 표현함으로써 종가의 이야기와 현실이 연관되도록 서술하고 있군.
② (가)는 '동네 백성들'이 받은 상처를 보여 줌으로써 종가의 부정적 측면을 드러내려는 화자의 의도를 부각하고 있군.
③ (나)는 상처가 노래에 쉽게 덧난다고 말함으로써 시에서 노래의 성격이 분리된 결과를 보여 주고 있군.
④ (나)는 '뇌수'와 '심장'의 결합을 희망한다고 말함으로써 시에 이야기도 필요하다는 생각을 담아내고 있군.
⑤ (가)는 종가에 얽힌 경험과 상처에 대한 이야기를, (나)는 시 창작에서 이야기의 활용이 지니는 의미를 제시하고 있군.

• 홀수 기출 분석서 문학 문제 P.062 / 해설 P.098

[32~34] 다음 글을 읽고 물음에 답하시오.

(가)
공후배필은 못 바라도 군자호구 원하더니
삼생의 원업(怨業)이오 월하의 연분으로
장안유협(長安遊俠) 경박자(輕薄子)를 ⊙꿈같이 만나 있어
당시의 용심(用心)하기 살얼음 디디는 듯
삼오이팔 겨우 지나 천연여질 절로 이니
이 얼골 이 태도로 백년기약하였더니
연광(年光)이 홀홀하고 조물이 다시(多猜)*하여
봄바람 가을 물이 베오리에 북 지나듯
설빈화안 어디 두고 면목가증(面目可憎)* 되거고나   [A]
내 얼골 내 보거니 어느 임이 날 괼소냐

(중략)

옥창에 심은 매화 몇 번이나 피여 진고
겨울밤 차고 찬 제 자최눈 섯거 치고
여름날 길고 길 제 궂은비는 무슨 일고 　[B]
삼춘화류(三春花柳) 호시절(好時節)의 경물이 시름없다
가을 달 방에 들고 **실솔(蟋蟀)이 상(床)**에 울 제
긴 한숨 지는 눈물 속절없이 헴만 많다
아마도 모진 목숨 죽기도 어려울사
도로혀 풀쳐 헤니 이리하여 어이하리
청등을 돌라 놓고 녹기금(綠綺琴) 빗겨 안아
벽련화(碧蓮花) 한 곡조를 시름 좇아 섯거 타니
소상야우(瀟湘夜雨)의 댓소리 섯도는 듯
화표천년(華表千年)의 별학이 우니는 듯
옥수(玉手)의 타는 수단 옛 소리 있다마는
부용장(芙蓉帳) 적막하니 뉘 귀에 들리소니
간장이 구곡되어 굽이굽이 끊쳤어라
차라리 잠을 들어 ⓛ꿈에나 보려 하니
바람의 지는 잎과 풀 속에 우는 짐승
무슨 일 원수로서 잠조차 깨우는다

– 허난설헌, 「규원가」 –

＊다시: 시기가 많음.
＊면목가증: 얼굴 생김이 남에게 미움을 살 만한 데가 있음.

(나)

재 위에 우뚝 선 **소나무 바람 불 적마다 흔덕**흔덕
개울에 섰는 **버들** 무슨 일 좇아서 흔들흔들 　[C]
임 그려 우는 눈물은 옳거니와 **입하고 코**는 어이 무슨 일 좇아서
후루룩 비쭉 하나니

– 작자 미상 –

32. [A]~[C]의 표현상 특징에 대한 설명으로 적절하지 않은 것은?
① [A]는 여성의 생활에 밀접한 소재를 활용하여 흘러가는 세월에 대한 화자의 인식을 시각적으로 표현하였다.
② [B]는 단어를 반복하는 구절을 행마다 사용하여 화자가 주목하는 각 계절의 특성을 강조하였다.
③ [C]는 두 대상을 발음이 비슷한 의태어로 표현하여 움직이는 모습의 유사성을 드러내었다.
④ [A], [B]는 계절적 배경을 알려 주는 시어를 활용하여 시간에 따라 화자의 처지가 달라졌음을 드러내었다.
⑤ [B], [C]는 대구를 활용하여 리듬감을 형성하였다.

33. ㉠, ㉡에 대한 이해로 가장 적절한 것은?
① ㉠은 흐릿한 기억 때문에 혼란스러운 화자의 심정을 나타낸다.
② ㉡은 현실에서는 화자가 문제를 해결할 수 없어서 선택한 방법이다.
③ ㉠은 임과의 만남에 대한 기대에서, ㉡은 임과의 이별에 대한 망각에서 비롯된다.
④ ㉠은 이미 일어난 일에 대해 회상하고, ㉡은 곧 일어날 일에 대해 단정하고 있다.
⑤ ㉠은 인연의 우연성에 대한, ㉡은 재회의 필연성에 대한 화자의 우려를 드러내고 있다.

34. <보기>를 참고하여 (가), (나)를 감상한 내용으로 적절하지 않은 것은? [3점]

<보 기>
(가), (나)는 이별에 대한 서로 다른 대처를 보여 준다. (가)의 화자는 외부와 단절된 채 자신의 쓸쓸한 내면에 몰입하고, 자신의 슬픔을 주변으로 확장한다. (나)의 화자는 외부 대상의 모습에서 자신과의 동질성을 발견하며 슬픔을 확인하면서도, 슬픔을 분출하는 자신의 우스운 외양에 주목한다. (가)는 슬픔을 확장하고 펼쳐 냄으로써, (나)는 슬프지만 슬픔과 거리를 둠으로써 이별에 대처한다.

① (가)에서 '실솔이 상에 울 제'는 화자가 자신의 슬픔을 주변으로 확장한 것을 보여 주는군.
② (가)에서 '부용장 적막하니 뉘 귀에 들리소니'는 화자가 외부와의 교감을 거부하고 내면에 몰입하는 모습을 드러내는군.
③ (나)에서 화자는 '소나무'가 '바람 불 적마다 흔덕'거리는 모습에서 자신과의 동질성을 발견한 것이겠군.
④ (가)의 '삼춘화류'는, (나)의 '버들'과 달리 화자의 내면과 대비되어 외부와의 단절감을 강조하는군.
⑤ (나)의 '후루룩 비쭉'하는 '입하고 코'는, (가)의 '긴 한숨 지는 눈물'과 달리 화자가 자신의 우스운 외양에 주목하여 슬픔과 거리를 두는 것을 보여 주는군.

▶ 소요 시간 　□ 분 　□ 초

＊ 확인 사항
○ 답안지의 해당란에 필요한 내용을 정확히 기입(표기)했는지 확인하시오.

• 홀수 기출 분석서 **독서** 문제 P.046 / 해설 P.062

[1~3] 다음 글을 읽고 물음에 답하시오.

> ㉠특정 주제를 깊이 있게 탐구하기 위한 독서는 지식을 습득하고 이를 비판적·종합적으로 탐구하는 독서이다. 이러한 독서는 목차나 책 전체를 훑어보아 글의 전체 구조를 파악하고, 필요한 부분을 찾아 중점적으로 읽을 내용을 선별하는 것으로부터 출발한다. 이어 독자는 글 표면에 드러난 내용을 정확하고 충분하게 읽기, 글 이면의 내용을 추론하고 비판하며 읽기, 여러 관점을 비교하고 종합하며 읽기와 같은 방법을 적절히 조합하여 선별한 내용을 읽게 된다.
>
> 위 과정에서 독자는 자신의 배경지식과 새로이 얻은 지식을 통합하여 의미를 구성한다. 그런데 이렇게 개인의 머릿속에서 구성된 의미는 다른 사회 구성원들과의 상호 작용을 거쳐 재구성된다. 따라서 특정 주제를 깊이 있게 탐구하기 위한 독서의 의미 구성은 개인적 차원뿐 아니라 사회적 차원에서도 이루어지는 것으로 이해되어야 한다.
>
> 이를 감안하면 특정 주제를 깊이 있게 탐구하기 위한 독서에서는 기록의 역할이 부각된다. 탐구 과정에서 개인적으로 구성한 의미를 기록하는 것은 읽은 내용의 망각을 방지하며, 비판과 토론의 자료로서 사회적 차원의 의미 구성에 기여한다. 또한 보고서, 논문, 단행본 등의 형태로 발전하여 공동체의 지식이 축적되는 토대를 이룬다. 이렇게 볼 때 특정 주제를 깊이 있게 탐구하기 위한 독서는 학문 탐구의 과정에서 글을 읽고 의견을 주고받으며 토론하는 강론 또는 기록을 권유했던 전통과도 맥을 같이한다.

1. 윗글에서 확인할 수 있는 ㉠의 방법이 <u>아닌</u> 것은?

① 글 표면에 드러난 내용을 꼼꼼하게 읽기
② 목차를 보고 전체적인 구조를 파악하며 읽기
③ 글의 숨겨진 의미를 파악하며 비판적으로 읽기
④ 탐구하고자 하는 주제에 필요한 내용을 골라 읽기
⑤ 정서적 반응을 기준으로 글의 가치를 평가하며 읽기

2. 윗글을 바탕으로 〈보기〉를 이해한 내용으로 적절하지 <u>않은</u> 것은? [3점]

> 〈보 기〉
>
> 학문하는 데는 연속적으로 공부하는 것을 중히 여긴다. 한 번이라도 그 맥이 끊어지게 되면 정신이 새어 나가고 성의가 흩어져 버리니, 어떻게 학문의 깊은 뜻을 꿰뚫어 볼 수 있겠는가? 벗끼리 서로 돕는 것으로는 함께 모여 학문을 강론하는 것보다 나은 것이 없다. 그런데 퇴계(退溪)는 "읽은 것을 얼굴을 마주하고 강론하는 것이 좋기는 하지만, 항상 마음속의 생각을 다 드러내지는 못하고 만다. 그러니 의문이 드는 부분을 뽑아 기록해서 벗에게 보내 자세히 살펴볼 수 있게 하는 것만 못하다."라고 하였다. 그 뜻이 참으로 옳다.
>
> – 이익, 「서독승면론」 –

① '정신이 새어 나가고 성의가 흩어져 버리'는 데 대한 우려는 기록의 궁극적 목적이 망각의 방지에 있음을 시사한다.
② 학문 과정에서 '학문의 깊은 뜻을 꿰뚫어' 보고자 하는 것은 주제를 깊이 있게 탐구하고자 하는 태도와 일맥상통한다.
③ '읽은 것을 얼굴을 마주하고 강론하는 것'은 독서의 의미 구성 과정에 포함되는 구성원들과의 상호 작용을 가리킨다.
④ '마음속의 생각'이나 '의문이 드는 부분'을 '강론' 또는 '기록'을 통해 공유하는 것은 사회적 차원의 의미 구성 과정과 연결된다.
⑤ '기록해서 벗에게 보내 자세히 살펴볼 수 있게 하는 것'은 비판과 토론의 자료로 기능할 수 있는 기록의 의의를 드러낸다.

3. 다음은 윗글을 읽은 학생의 반응이다. 이에 대한 설명으로 가장 적절한 것은?

> 첫 문장을 읽으면서 특정 전공 분야의 연구자를 대상으로 하는 글인 줄 알았어. 그런데 생각해 보니 이런 독서의 모습이 낯설지 않아. 우리도 학교에서 보고서 작성을 위해 책을 읽고 친구들과 의문점을 나누며 의논하는 경우가 많잖아?

① 독서에서 얻은 깨달음을 실천하려는 모습을 보이고 있다.
② 모범적인 독서 태도를 발견하고 반성의 계기로 삼고 있다.
③ 학습 경험과 결부하여 독서 활동의 의미를 확인하고 있다.
④ 알게 된 내용과 관련지어 추가적인 독서 계획을 세우고 있다.
⑤ 독서 경험에 비추어 지속적인 독서의 중요성을 인식하고 있다.

12
회

• 홀수 기출 분석서 독서 문제 P.178 / 해설 P.348

[4~9] 다음 글을 읽고 물음에 답하시오.

(가)

근대 이후 서양의 철학자들은 과학적 세계관이 대두하면서 이전과는 달리 인과를 물리적 작용 사이의 관계로 국한하려는 경향을 보였다. 문제는 흄이 지적했듯이 인과 관계 그 자체는 직접 관찰할 수 없다는 것이다. 원인과 결과에 해당하는 사건만을 관찰할 수 있을 뿐이다. 가령 "추위 때문에 강물이 얼었다."는 직접 관찰한 물리적 사실을 진술한 것이 아니다. 그래서 인과가 과학적 개념인지에 대한 의심이 철학자들 사이에 제기되었다. 이에 인과를 과학적 세계관에 입각하여 이해하려는 시도가 새먼의 과정 이론이다.

야구공을 던지면 땅 위의 공 그림자도 따라 움직인다. 공이 움직여서 그림자가 움직인 것이지 그림자 자체가 움직여서 그림자의 위치가 변한 것은 아니다. 과정 이론은 이 차이를 다음과 같이 설명한다. 과정은 대상의 시공간적 궤적이다. 날아가는 야구공은 물론이고 땅에 멈추어 있는 공도 시간은 흘러가고 있기에 시공간적 궤적을 그리고 있다. 공이 멈추어 있는 상태도 과정인 것이다. 그런데 모든 과정이 인과적 과정은 아니다. 어떤 과정은 다른 과정과 한 시공간적 지점에서 만난다. 즉, 두 과정이 교차한다. 만약 교차에서 표지, 즉 대상의 변화된 물리적 속성이 도입되면 이후의 모든 지점에서 그 표지를 전달할 수 있는 과정이 인과적 과정이다.

[A]
가령 바나나가 a 지점에서 b 지점까지 이동하는 과정을 과정 1이라고 하자. a와 b의 중간 지점에서 바나나를 한 입 베어 내는 과정 2가 과정 1과 교차했다. 이 교차로 표지가 과정 1에 도입되었고 이 표지는 b까지 전달될 수 있다. 즉, 바나나는 베어 낸 만큼이 없어진 채로 줄곧 b까지 이동할 수 있다. 따라서 과정 1은 인과적 과정이다. 바나나가 이동한 것이 바나나가 b에 위치한 결과의 원인인 것이다. 한편, 바나나의 그림자가 스크린에 생긴다고 하자. 바나나의 그림자가 스크린상의 a′ 지점에서 b′ 지점까지 움직이는 과정을 과정 3이라 하자. 과정 1과 과정 2의 교차 이후 스크린상의 그림자 역시 변한다. 그런데 a′과 b′ 사이의 스크린 표면의 한 지점에 울퉁불퉁한 스티로폼이 부착되는 과정 4가 과정 3과 교차했다고 하자. 그림자가 그 지점과 겹치면서 일그러짐이라는 표지가 과정 3에 도입되지만, 그 지점을 지나가면 그림자는 다시 원래대로 돌아오고 스티로폼은 그대로이다. 이처럼 과정 3은 다른 과정과의 교차로 도입된 표지를 전달할 수 없다.

과정 이론은 규범이나 마음과 같은, 물리적 세계 바깥의 측면을 해명하기 어렵다는 한계를 지닌다. 예컨대 내가 사회 규범을 어긴 것과 내가 벌을 받아야 하는 것 사이에는 인과 관계가 있지만 과정 이론은 이를 잘 다루지 못한다.

(나)

자연 현상과 인간사를 인과 관계로 설명하는 동아시아의 대표적 논의는 재이론(災異論)이다. 한대(漢代)의 동중서는 하늘이 덕을 잃은 군주에게 재이를 내려 견책한다는 천견설과, 인간과 하늘에 공통된 음양의 기(氣)를 통해 하늘과 인간이 서로 감응한다는 천인감응론을 결합하여 재이론을 체계화하였다. 그에 따르면, 군주가 실정(失政)을 저지르면 그로 말미암아 변화된 음양의 기를 통해 감응한 하늘이 가뭄과 홍수, 일식과 월식 등 재이를 통해 경고를 내린다.

이때 재이는 군주권이 하늘로부터 비롯된 것임을 입증하는 것이자 군주의 실정에 대한 경고였다.

양면적 성격의 재이론은 신하가 정치적 논의에 참여할 수 있는 명분을 제공하였고, 재이가 발생하면 군주가 직언을 구하고 신하가 이에 응하는 전통으로 구체화되었다. 하지만 동중서 이후, 원인으로서의 인간사와 결과로서의 재이를 일대일로 대응시켜 설명하는 개별적 대응 방식은 억지가 심하다는 평가를 받았다. 이 방식은 오히려 ㉠예언화 경향으로 이어져 재이를 인간사의 징조로, 인간사를 재이의 결과로 대응시키는 풍조를 낳기도 하였고, 요망한 말로 백성을 미혹시켰다는 이유로 군주가 직언을 하는 신하를 탄압하는 빌미가 되기도 하였다.

이후 재이에 대한 예언적 해석은 비판의 대상이 되었고, 천인감응론 또한 부정되기도 하였다. 하지만 재이론은 여전히 정치 현장에서 사라지지 않았다. 송대(宋代)에 이르러, 주희는 천문학의 발달로 예측 가능하게 된 일월식을 재이로 간주하지 않는 경향을 수용하였고, 재이를 근본적으로 이치에 의해 설명되기 어려운 자연 현상으로 간주하였다. 하지만 당시까지도 재이에 대해 군주의 적극적인 대응을 유도하며 안전한 언론 활동의 기회를 제공했던 재이론이 폐기되는 것은, 신하의 입장에서 유용한 정치적 기제를 잃는 것이었다. 이 때문에 그는 군주를 경계하는 적절한 방법을 ⓐ찾고자 재이론을 고수하였다. 그는 재이에 대한 개별적 대응 대신 군주에게 허물과 잘못이 쌓이면 이에 하늘이 감응하여 변칙적인 자연 현상이 일어날 것이라는 ㉡전반적 대응설을 제시하고, 재이를 군주의 심성 수양 문제로 귀결시키며 재이론의 역사적 수명을 연장하였다.

4. 다음은 (가)와 (나)를 읽은 학생이 작성한 학습 활동지의 일부이다. ㄱ~ㅁ에 들어갈 내용으로 적절하지 <u>않은</u> 것은?

학습 항목	학습 내용	
	(가)	(나)
도입 문단의 내용 제시 방식 파악하기	ㄱ	ㄴ
⋮	⋮	⋮
글의 내용 전개 방식 이해하기	ㄷ	ㄹ
특정 개념과 관련하여 두 글을 통합적으로 이해하기	ㅁ	

① ㄱ: '인과'에 대한 특정 이론이 등장하게 된 배경을 철학자들의 인식 변화와 관련지어 제시하였음.
② ㄴ: '인과'와 연관된 특정 이론의 배경 사상과 중심 내용을 제시하였음.
③ ㄷ: '인과'에 대한 특정 이론을 정의한 뒤 구체적인 사례와 관련지어 그 이론의 한계와 전망을 제시하였음.
④ ㄹ: '인과'와 연관된 특정 이론을 제시하고 그 이론이 변용되는 양상을 시대의 흐름에 따라 제시하였음.
⑤ ㅁ: '인과'와 관련하여 동서양의 특정 이론들에 나타나는 관점을 비교해 보도록 하였음.

5. 윗글에 대한 이해로 적절하지 <u>않은</u> 것은?

① 과정 이론은 물리적 세계의 테두리 안에서 인과를 해명하는 이론이다.

② 사회 규범 위반과 처벌 당위성 사이의 인과 관계는 표지의 전달로 설명되기 어렵다.

③ 인과가 과학적 세계관과 부합하지 않는다고 생각하는 철학자가 근대 이후 서양에 나타났다.

④ 한대의 재이론에서 전제된 하늘은 음양의 변화에 반응하지 않지만 경고를 하는 의지를 가진 존재였다.

⑤ 천문학의 발달에 따라 일월식이 예측 가능해지면서 송대에는 이를 설명 가능한 자연 현상으로 보는 경향이 있었다.

6. [A]에 대한 이해로 적절하지 <u>않은</u> 것은?

① 바나나와 그 그림자는 서로 다른 시공간적 궤적을 그린다.

② 과정 1이 과정 2와 교차하기 이전과 이후에서, 바나나가 지닌 물리적 속성은 다르다.

③ 과정 1과 달리 과정 3은 인과적 과정이 아니다.

④ 바나나의 일부를 베어 냄으로써 변화된 바나나 그림자의 모양은 과정 3이 과정 2와 교차함으로써 도입된 표지이다.

⑤ 과정 3과 과정 4의 교차로 도입된 표지는 과정 3으로도 과정 4로도 전달되지 않는다.

7. ㉠, ㉡에 대한 설명으로 가장 적절한 것은?

① ㉠은 군주의 과거 실정에 대한 경고로서 재이의 의미가 강조되어 신하의 직언을 활성화하는 방향으로 활용되었다.

② ㉠은 이전과 달리 인간사와 재이의 인과 관계를 역전시켜 재이를 인간사의 미래를 알려 주는 징조로 삼는 데 활용되었다.

③ ㉡은 개별적인 재이 현상을 물리적 작용이라 보고 정치와 무관하게 재이를 이해하는 기초로 활용되었다.

④ ㉡은 누적된 실정과 특정한 재이 현상을 연결 짓는 방식으로 이어져 군주의 권력을 강화하는 데 활용되었다.

⑤ ㉡은 과학적 인식을 기반으로 군주의 지배력과 변칙적인 자연 현상이 무관하다는 인식을 강화하는 기초로 활용되었다.

8. 〈보기〉는 윗글의 주제와 관련한 동서양 학자들의 견해이다. 윗글을 읽은 학생이 〈보기〉에 대해 보인 반응으로 적절하지 <u>않은</u> 것은? [3점]

─〈보 기〉─

㉮ 만약 인과 관계가 직접 관찰될 수 없다면, 물리적 속성의 변화와 전달과 같은 관찰 가능한 현상을 탐구하는 것이 인과 개념을 과학적으로 규명하는 올바른 경로이다.

㉯ 인과 관계란 서로 다른 대상들이 물리적 성질들을 서로 주고 받는 관계일 수밖에 없다. 그러한 두 대상은 시공간적으로 연결되어 있어야만 한다.

㉰ 덕이 잘 닦인 치세에서는 재이를 찾아볼 수 없었고, 세상의 변고는 모두 난세의 때에 출현했으니, 하늘과 인간이 서로 통하는 관계임을 알 수 있다.

㉱ 홍수가 자주 발생하는 강 하류 지방의 지방관은 반드시 실정을 한 것이고, 홍수가 발생하지 않는 산악 지방의 지방관은 반드시 청렴한가? 실제로는 그렇지 않다.

① 흄의 문제 제기와 ㉮로부터, 과정 이론이 인과 개념을 과학적으로 규명하려는 시도의 하나임을 이끌어낼 수 있겠군.

② 인과 관계를 대상 간의 물리적 상호 작용으로 국한하는 ㉯의 입장은 대상 간의 감응을 기반으로 한 동중서의 재이론이 보여 준 입장과 부합하겠군.

③ 치세와 난세의 차이를 재이의 출현 여부로 설명하는 ㉰에 대해 동중서와 주희는 모두 재이론에 입각하여 수용 가능한 견해라는 입장을 취하겠군.

④ 덕이 물리적 세계 바깥의 현상에 해당한다면, 덕과 세상의 변화 사이에 인과 관계가 있다고 본 ㉰는 새먼의 이론에 입각하여 설명되기 어렵겠군.

⑤ 지방관의 실정에서 도입된 표지가 홍수로 이어지는 과정으로 전달될 수 없다면, 새먼은 실정이 홍수의 원인이 아니라는 점에서 ㉱에 동의하겠군.

9. ⓐ와 문맥상 의미가 가장 가까운 것은?

① 모두가 만족하는 대책을 <u>찾으려</u> 머리를 맞대었다.

② 모르는 단어가 나오면 국어사전을 <u>찾아서</u> 확인해라.

③ 건강을 위해 친환경 농산물을 <u>찾는</u> 사람이 많아졌다.

④ 아직 완전하지는 않지만 서서히 건강을 <u>찾는</u> 중이다.

⑤ 선생은 독립을 다시 <u>찾는</u> 것을 일생의 사명으로 여겼다.

▶ 소요 시간 ☐ 분 ☐ 초

• 홀수 기출 분석서 독서 문제 P.080 / 해설 P.140

[10~13] 다음 글을 읽고 물음에 답하시오.

1764년에 발간된 체사레 베카리아의 『범죄와 형벌』은 커다란 반향을 일으켰다. 형벌에 관한 논리 정연하고 새로운 주장들에 유럽의 지식 사회가 매료된 것이다. 자유와 행복을 추구하는 이성적인 인간을 상정하는 당시 계몽주의 사조에 베카리아는 충실히 호응하여, 이익을 저울질할 줄 알고 그에 따라 행동하는 존재로서 인간을 전제하였다. 사람은 대가 없이 공익만을 위하여 자유를 내어놓지는 않는다. 끊임없는 전쟁과 같은 상태에서 벗어나기 위하여 자유의 일부를 떼어 주고 나머지 자유의 몫을 평온하게 ⓐ누리기로 합의한 것이다. 저마다 할애한 자유의 총합이 주권을 구성하고, 주권자가 이를 위탁받아 관리한다. 따라서 사회의 형성과 지속을 위한 조건이라 할 법은 저마다의 행복을 증진시킬 때 가장 잘 준수되며, 전체 복리를 위해 법 위반자에게 설정된 것이 형벌이다. 이런 논증으로 베카리아는 형벌권의 행사는 양도의 범위를 벗어날 수 없다는 출발점을 세웠다.

베카리아가 볼 때, 형벌은 범죄가 일으킨 결과를 되돌려 놓을 수 없다. 또한 인간을 괴롭히는 것 자체가 그 목적인 것도 아니다. 형벌의 목적은 오로지 범죄자가 또다시 피해를 끼치지 못하도록 억제하고, 다른 사람들이 그 같은 행위를 하지 못하도록 예방하는 데 있을 뿐이다. 이는 범죄로 얻을 이득, 곧 공익이 입게 되는 그만큼의 손실보다 형벌이 가하는 손해가 조금이라도 크기만 하면 달성된다. 그리고 이러한 손익 관계를 누구나 알 수 있도록 처벌 체계는 명확히 성문법으로 규정되어야 하고, 그 집행의 확실성도 갖추어져야 한다. 결국 범죄를 ⓑ가로막는 방벽으로 형벌을 바라보는 것이다. 이 ㉠울타리의 높이는 살인인지 절도인지 등에 따라 달리해야 한다. 공익을 훼손한 정도에 비례해야 하는 것이다. 그것을 넘어서는 처벌은 폭압이며 불필요하다. 베카리아는 말한다. 상이한 피해를 일으키는 두 범죄에 동일한 형벌을 적용한다면 더 무거운 죄에 대한 억지력이 상실되지 않겠는가.

그는 인간이 감각적인 존재라는 사실에 맞추어 제도가 운용될 것을 역설한다. 가장 잔혹한 형벌도 계속 시행되다 보면 사회 일반은 그에 ⓒ무디어져 마침내 그런 것을 봐도 옥살이에 대한 공포 이상을 느끼지 못한다. 인간의 정신에 ⓓ크나큰 효과를 끼치는 것은 형벌의 강도가 아니라 지속이다. 죽는 장면의 목격은 무시무시한 경험이지만 그 기억은 일시적이고, 자유를 박탈당한 인간이 속죄하는 고통의 모습을 오랫동안 대하는 것이 더욱 강력한 억제 효과를 갖는다는 주장이다. 더욱 중요한 것을 지키기 위해 희생한 자유에는 무엇보다도 값진 생명이 포함될 수 없다고도 말한다. 이처럼 베카리아는 잔혹한 형벌을 반대하여 휴머니스트로, 최대 다수의 최대 행복을 말하여 공리주의자로, 자유로운 인간들 사이의 합의를 바탕으로 논의를 전개하여 사회 계약론자로 이해된다. 형법학에서도 형벌로 되갚아 준다는 응보주의를 탈피하여 장래의 범죄 발생을 방지한다는 일반 예방주의로 나아가는 토대를 ⓔ세웠다는 평가를 받는다.

10. 윗글에서 베카리아의 관점으로 보기 어려운 것은?

① 공동체를 이루는 합의가 유지되는 데는 법이 필요하다.
② 사람은 이성적이고 타산적인 존재이자 감각적 존재이다.
③ 개개인의 국민은 주권자로서 형벌을 시행하는 주체이다.
④ 잔혹함이 주는 공포의 효과는 시간이 흐르면서 감소한다.
⑤ 형벌권 행사의 범위는 양도된 자유의 총합을 넘을 수 없다.

11. ㉠에 대한 설명으로 적절하지 않은 것은?

① 재범을 방지하는 역할을 수행한다.
② 법률로 엮어 뚜렷이 알아볼 수 있도록 해야 한다.
③ 범죄가 유발하는 손실에 따라 높낮이를 정해야 한다.
④ 손익을 저울질하는 인간의 이성을 목적 달성에 활용한다.
⑤ 지키려는 공익보다 높게 설정할수록 방어 효과가 증가한다.

12. 윗글을 바탕으로 베카리아의 입장을 추론한 내용으로 가장 적절한 것은? [3점]

① 형벌이 사회적 행복 증진을 저해한다고 보는 공리주의의 입장에서 사형을 반대한다.
② 사형은 범죄 예방의 효과가 없으므로 일반 예방주의의 입장에서 폐지되어야 한다고 주장한다.
③ 사형은 사람의 기억에 영구히 각인되는 잔혹한 형벌이어서 휴머니즘의 입장에서 인정하지 못한다.
④ 가장 큰 가치를 내어주는 합의가 있을 수 없다는 이유로 사회 계약론의 입장에서 사형을 비판한다.
⑤ 피해 회복의 관점으로 형벌을 바라보는 형법학의 입장에서 사형을 무기 징역으로 대체하는 데 찬성하지 않는다.

13. 문맥상 ⓐ~ⓔ와 바꿔 쓰기에 적절하지 않은 것은?

① ⓐ: 향유(享有)하기로
② ⓑ: 단절(斷絕)하는
③ ⓒ: 둔감(鈍感)해져
④ ⓓ: 지대(至大)한
⑤ ⓔ: 수립(樹立)하였다는

• 홀수 기출 분석서 독서 문제 P.120 / 해설 P.229

[14~17] 다음 글을 읽고 물음에 답하시오.

1993년 노벨 화학상은 중합 효소 연쇄 반응(PCR)을 개발한 멀리스에게 수여된다. 염기 서열을 아는 DNA가 한 분자라도 있으면 이를 다량으로 증폭할 수 있는 길을 열었기 때문이다. PCR는 주형 DNA, 프라이머, DNA 중합 효소, 4종의 뉴클레오타이드가 필요하다. 주형 DNA란 시료로부터 추출하여 PCR에서 DNA 증폭의 바탕이 되는 이중 가닥 DNA를 말하며, 주형 DNA에서 증폭하고자 하는 부위를 표적 DNA라 한다. 프라이머는 표적 DNA의 일부분과 동일한 염기 서열로 이루어진 짧은 단일 가닥 DNA로, 2종의 프라이머가 표적 DNA의 시작과 끝에 각각 결합한다. DNA 중합 효소는 DNA를 복제하는데, 단일 가닥 DNA의 각 염기 서열에 대응하는 뉴클레오타이드를 순서대로 결합시켜 이중 가닥 DNA를 생성한다.

PCR 과정은 우선 열을 가해 이중 가닥의 DNA를 2개의 단일 가닥으로 분리하는 것으로 시작한다. 이후 각각의 단일 가닥 DNA에 프라이머가 결합하면, DNA 중합 효소에 의해 복제되어 2개의 이중 가닥 DNA가 생긴다. 일정한 시간 동안 진행되는 이러한 DNA 복제 과정이 한 사이클을 이루며, 사이클마다 표적 DNA의 양은 2배씩 증가한다. 그리고 DNA의 양이 더 이상 증폭되지 않을 정도로 충분히 사이클을 수행한 후 PCR를 종료한다. 전통적인 PCR는 PCR의 최종 산물에 형광 물질을 결합시켜 발색을 통해 표적 DNA의 증폭 여부를 확인한다.

PCR는 시료의 표적 DNA 양도 알 수 있는 실시간 PCR라는 획기적인 개발로 이어졌다. 실시간 PCR는 전통적인 PCR와 동일하게 PCR를 실시하지만, 사이클마다 발색 반응이 일어나도록 하여 누적되는 발색을 통해 표적 DNA의 증폭을 실시간으로 확인할 수 있다. 이를 위해 실시간 PCR에서는 PCR 과정에 발색 물질이 추가로 필요한데, '이중 가닥 DNA 특이 염료' 또는 '형광 표식 탐침'이 이에 이용된다. ㉠이중 가닥 DNA 특이 염료는 이중 가닥 DNA에 결합하여 발색하는 형광 물질로, 새로 생성된 이중 가닥 표적 DNA에 결합하여 발색하므로 표적 DNA의 증폭을 알 수 있게 한다. 다만, 이중 가닥 DNA 특이 염료는 모든 이중 가닥 DNA에 결합할 수 있기 때문에 2개의 프라이머끼리 결합하여 이중 가닥의 이합체(二合體)를 형성한 경우에는 이와 결합하여 의도치 않은 발색이 일어난다.

㉡형광 표식 탐침은 형광 물질과 이 형광 물질을 억제하는 소광 물질이 붙어 있는 단일 가닥 DNA 단편으로, 표적 DNA에서 프라이머가 결합하지 않는 부위에 특이적으로 결합하도록 설계된다. PCR 과정에서 이중 가닥 DNA가 단일 가닥으로 되면, 형광 표식 탐침은 프라이머와 마찬가지로 표적 DNA에 결합한다. 이후 DNA 중합 효소에 의해 이중 가닥 DNA가 형성되는 과정 중에 탐침은 표적 DNA와의 결합이 끊어지고 분해된다. 탐침이 분해되어 형광 물질과 소광 물질의 분리가 일어나면 비로소 형광 물질이 발색되며, 이로써 표적 DNA가 증폭되었음을 알 수 있다. 형광 표식 탐침은 표적 DNA에 특이적으로 결합하는 장점을 지니나 상대적으로 비용이 비싸다.

[A] 실시간 PCR에서 발색도는 증폭된 이중 가닥 표적 DNA의 양에 비례하며, 일정 수준의 발색도에 도달하는 데 필요한 사이클은 표적 DNA의 초기 양에 따라 달라진다. 사이클의 진행에 따른 발색도의 변화가 연속적인 선으로 표시되며, 표적 DNA를 검출했다고 판단하는 발색도에 도달하는 데 소요된 사

이클을 Ct값이라 한다. 표적 DNA의 농도를 알지 못하는 미지 시료의 Ct값과 표적 DNA의 농도를 알고 있는 표준 시료의 Ct값을 비교하면 미지 시료에 포함된 표적 DNA의 농도를 계산할 수 있다.

PCR는 시료로부터 얻은 DNA를 가지고 유전자 복제, 유전병 진단, 친자 감별, 암 및 감염성 질병 진단 등에 광범위하게 활용된다. 특히 실시간 PCR를 이용하면 바이러스의 감염 여부를 초기에 정확하고 빠르게 진단할 수 있다.

14. 윗글에서 알 수 있는 내용으로 적절하지 않은 것은?

① 2종의 프라이머 각각의 염기 서열과 정확히 일치하는 염기 서열을 주형 DNA에서 찾을 수 없다.

② PCR에서 표적 DNA 양이 초기 양을 기준으로 처음의 2배가 되는 시간과 4배에서 8배가 되는 시간은 같다.

③ 전통적인 PCR는 표적 DNA 농도를 아는 표준 시료가 있어도 미지 시료의 표적 DNA 농도를 PCR 과정 중에 알 수 없다.

④ 실시간 PCR는 가열 과정을 거쳐야 시료에 포함된 표적 DNA의 양을 증폭할 수 있다.

⑤ 실시간 PCR를 실시할 때에 표적 DNA의 증폭이 일어나려면 DNA 중합 효소와 프라이머가 필요하다.

15. ㉠과 ㉡에 대한 설명으로 가장 적절한 것은?

① ㉠은 ㉡과 달리 프라이머와 결합하여 이합체를 이룬다.

② ㉠은 ㉡과 달리 표적 DNA에 붙은 채 발색 반응이 일어난다.

③ ㉡은 ㉠과 달리 형광 물질과 결합하여 이합체를 이룬다.

④ ㉡은 ㉠과 달리 한 사이클의 시작 시점에 발색 반응이 일어난다.

⑤ ㉠과 ㉡은 모두 이중 가닥 표적 DNA에 결합하는 물질이다.

16. 어느 바이러스 감염증의 진단 검사에 PCR를 이용하려고 한다. 윗글을 읽고 이해한 반응으로 가장 적절한 것은?

① 전통적인 PCR로 진단 검사를 할 때, 시료에 바이러스의 양이 적은 감염 초기에는 감염 여부를 진단할 수 없겠군.

② 전통적인 PCR로 진단 검사를 할 때, DNA 증폭 여부 확인에 발색 물질이 필요 없으니 비용이 상대적으로 싸겠군.

③ 전통적인 PCR로 진단 검사를 할 때, 실시간 증폭 여부를 확인할 필요가 없어 진단에 걸리는 시간을 줄일 수 있겠군.

④ 실시간 PCR로 진단 검사를 할 때, 표적 DNA의 염기 서열이 알려져 있어야 감염 여부를 분석할 수 있겠군.

⑤ 실시간 PCR로 진단 검사를 할 때, 감염 여부는 PCR가 끝난 후에야 알 수 있지만 실시간 증폭은 확인할 수 있겠군.

12회

17. [A]를 바탕으로 〈보기 1〉의 실험 상황을 가정하고 〈보기 2〉와 같이 예상 결과를 추론하였다. ㉮~㉰에 들어갈 말로 적절한 것은? [3점]

─〈보기 1〉─

표적 DNA의 농도를 알지 못하는 ⓐ미지 시료와, 이와 동일한 표적 DNA를 포함하지만 그 농도를 알고 있는 ⓑ표준 시료가 있다. 각 시료의 DNA를 주형 DNA로 하여 같은 양의 시료로 동일한 조건에서 실시간 PCR를 실시한다.

─〈보기 2〉─

만약 ⓐ가 ⓑ보다 표적 DNA의 초기 농도가 높다면,

↓

표적 DNA가 증폭되는 동안, 사이클이 진행됨에 따라 시간당 시료의 표적 DNA의 증가량은 ⓐ가 (㉮).

↓

실시간 PCR의 Ct값에서의 발색도는 ⓐ가 (㉯).

↓

따라서 실시간 PCR의 Ct값은 ⓐ가 (㉰).

	㉮	㉯	㉰
①	ⓑ보다 많겠군	ⓑ보다 높겠군	ⓑ보다 크겠군
②	ⓑ보다 많겠군	ⓑ와 같겠군	ⓑ보다 작겠군
③	ⓑ와 같겠군	ⓑ보다 높겠군	ⓑ보다 작겠군
④	ⓑ와 같겠군	ⓑ와 같겠군	ⓑ보다 작겠군
⑤	ⓑ와 같겠군	ⓑ보다 높겠군	ⓑ보다 크겠군

▶ 소요 시간 [　] 분 [　] 초

• 홀수 기출 분석서 문학 문제 P.090 / 해설 P.155

[18~21] 다음 글을 읽고 물음에 답하시오.

[앞부분의 줄거리] 나는 기범이 죽기 전에 무슨 일이 있었는지 알기 위해, 그가 살았던 구천동을 찾아간다. 기범의 행적을 잘 알고 있는 '임 씨'를 만나 사연을 듣기 전에, 일규의 장례식 후에 있었던 기범과의 과거 일을 회상한다.

　"네가 일규를 어떻게 아냐? 네깐 게 뭘 안다구 감히 일규를 입에 올리냐?"
　기범은 순간 잔을 던지고 미친 듯이 웃기 시작했다. 너무나 돌연한 웃음이어서 나는 그때 꽤나 놀랐다. 기범이 그처럼 미친 듯이 웃는 것을 나는 그날 처음 보았다.
　"그래, 네 말이 맞다. 나는 그놈을 **입에 올릴 자격이 없다.** 허지만 누가 그놈을 진심으로 사랑한 줄 아냐? 너희냐? 너희가 그놈을 사랑한 줄 아냐?"

　㉠나는 긴장했다. 그의 눈에서 번쩍이는 눈물을 보았기 때문이다.
　"너는 그놈이 아깝다구 했지만 나는 그놈이 죽어 세상 살맛이 없어졌다. 나는 살기가 **울적할 때마다** 허공에서 그놈의 쌍판을 찾았다. 나는 그놈을 통해서만 살아가는 **재미와 기쁨**을 느꼈다. 그러나 그놈 역시 사정은 나하구 똑같았다. 나를 **발길로 걷어찼지만** 그놈은 나를 잊은 적이 없다. 우리는 **서로 사랑했지만** 사랑하는 방법이 달랐을 뿐이다."

(중략)

　"원래 그 사람은 도회지에서 살던 사람인데 왜 그때 도시를 버리구 **깊은 산골**을 찾았는지 모르겠군."
　"처음엔 **저두** 많이 궁금하게 생각했습니다. 뭔가 세상에 죄를 짓구 숨어 사는 분이 아닌가 했습니다. ㉡더구나 이리루 들어오시자 머리를 깎구 수염까지 기르셨거든요. 그러나 오래 뫼시구 살다 보니 저두 차츰 납득이 갔습니다. 한마디로 말하기는 어렵지만 세상에 뭔가 실망을 느끼신 게 아닌가 싶습니다."
　"본인이 그런 말을 한 적이 있소?"
　"과거 얘기는 좀체 안 하시는 편이었는데 언젠가는 내게 그 비슷한 말씀을 하시더군요. 듣기에 따라서는 궤변 같지만 그분은 남하구 다른 ⓐ묘한 철학을 지니구 계셨습니다."
　"그걸 한번 들려줄 수 없소?"
　"그분은 세상이 어지럽구 더러울 때는 그것을 구하는 방법이 한 가지밖에 없다구 하셨습니다. 세상을 좀 더 썩게 해서 더 이상 그 세상에 썩을 것이 없도록 만들어야 한다는 것입니다. 그걸 썩지 않게 고치려구 했다가는 공연히 사람만 상하구 힘만 배루 든다는 것입니다. ㉢'모두 썩어라, 철저히 썩어라'가 그분이 세상을 보는 이상한·눈입니다. 제 나름의 어설픈 추측입니다만 그분은 **사람만이 지닌 이상한 초능력**을 믿으시는 것 같았습니다. 사람은 온갖 악행에도 불구하고 자기 스스로를 송두리째 포기하지는 않는다는 것입니다. 세상이 철저히 썩어서 더 썩을 것이 없게 되면 사람은 살아남기 위해 언젠가는 스스로 자구책을 쓴다는 것입니다. 당신은 바로 그걸 믿으셨고, 이러한 자기 생각을 부정(不正)의 미학이라는 묘한 말루 부르시기두 했습니다."
　나는 순간 가슴 한구석에 뭔가 미미하게 부딪쳐 오는 진동을 느꼈다. 진동의 진상은 확실치 않지만, 나는 그것이 기범을 이해하는 어떤 열쇠가 아닌가 생각했다. 그의 온갖 기행과 궤변들이 어지러운 혼란 속에서 그제야 언뜻 한 가닥의 질서 위에 어렴풋이 늘어서는 것이었다.
　"헌데 세상에 대해 그런 생각을 지닌 사람이 갑자기 왜 세상을 등지구 이런 산속에 박혀 사는 거요?"
　"당신께서 아끼시던 친구 한 분이 갑자기 세상을 버리셨다구 하시더군요. 그때 아마 **충격을 받으시구** 이리루 들어오신 게 아닌가 싶습니다."
　"누구랍니까, 그 친구가?"
　"이름은 말씀 안 하시구 그분을 언제나 '미련한 놈'이라구만 부르셨습니다."
　오일규다. 나는 그제야 오일규의 장례식 후에 기범이 격렬하게 지껄인 저 시끄럽던 요설들이 생각났다. 어쩌면 기범은 그때 이미 세상을 등질 결심을 했는지도 알 수 없다. ㉣아니 그는 그 얼마 후에 내 앞에서 정말로 깨끗하게 사라져 버린 것이다.
　"그래 그 친구가 죽은 후로 왜 세상을 등졌답니까?"

"**세상 살 재미가 없어졌다구**" 하시더군요. 아마 친구분을 꽤나 좋아하셨던 모양입니다. 그 미련한 놈이 죽어 버렸으니 자기도 앞으로는 미련하게 살밖에 없노라구 하셨습니다. ⓜ당신이 미련하다고 말씀하시는 건 우습게 들리시겠지만 착한 일을 뜻하시는 것이었습니다."

"그래서 이곳에 온 후 사람이 갑자기 달라진 거요?"

"전 그분의 과거를 몰라서 어떻게 달라졌는지는 잘 모릅니다. 허지만 이곳에 오신 후로는 그분은 거의 남을 위해서만 사셨습니다. 제가 생명을 구한 것두 순전히 그분의 덕입니다."

[A]
나는 다시 기범이 지껄였던 과거의 ⓑ요설들이 생각난다. 세상을 항상 역(逆)으로만 바라보던 그의 난해성이 또 한 번 나를 혼란 속에 빠뜨린다. 그는 어쩌면 이 세상을 역순(逆順)과 역행(逆行)에 의해 누구보다 열심으로 가장 솔직하게 살다 간 것 같다. 그에게 악과 선은 등과 배가 서로 맞붙은 동위(同位) 동질(同質)의 것이었는지도 알 수 없다. 그는 악과 선 중 아무것도 믿지 않았고 오직 믿은 것이라고는 세상에는 아무것도 믿을 것이 없다는 사실뿐이었다. 그와 오일규가 맞부딪쳤을 때 오일규가 해체되는 것은 너무나 당연하다. 그것은 가장 비열한 삶이 가장 올바른 삶을 해체시키는 역설적인 예인 것이다.

– 홍성원, 「무사와 악사」 –

18. [A]의 서술상 특징으로 가장 적절한 것은?

① 이야기 내부의 서술자가 인물의 행동을 객관적으로 서술하고 있다.

② 이야기 내부의 서술자가 인물에 대한 평가를 관념적으로 서술하고 있다.

③ 이야기 외부의 서술자가 인물의 체험을 바탕으로 사건의 배경을 실감나게 서술하고 있다.

④ 이야기 외부의 서술자가 인물의 회상을 중심으로 사건의 전개를 지연시키며 서술하고 있다.

⑤ 이야기 외부의 서술자가 인물의 내면을 묘사하여 인물 간의 갈등이 지속되고 있음을 서술하고 있다.

19. 서사의 흐름을 고려하여 ㉠~ⓜ에 대해 이해한 내용으로 적절하지 <u>않은</u> 것은?

① ㉠: 돌연한 웃음을 보이다가 눈물을 보이는 식으로 갑작스러운 감정 변화를 보인 데 대한 반응이다.

② ㉡: 신원이 미심쩍다고 의심하는 상황에서 그 외모가 의심을 가중했다는 생각이 담긴 말이다.

③ ㉢: 세상에 대한 관점이 상식적이지 않아 일반적으로는 수긍하기 어렵다는 생각을 드러낸 판단이다.

④ ㉣: 약속을 곧바로 실행에 옮긴 행위에 대한 놀라움을 드러낸 표현이다.

⑤ ⓜ: 말의 표면적인 뜻과 달리 그 속에 숨은 뜻을 파악한 우호적인 해석이다.

20. ⓐ, ⓑ에 대한 설명으로 가장 적절한 것은?

① ⓐ에 대한 '나'의 이해는 기범에 대한 '나'의 인식이 전환되는 데에 기여한다.

② ⓐ에 대한 얘기를 '나'가 꺼낸 것은 기범에 대한 '저'의 오해를 풀 목적에서이다.

③ '저'는 '나'가 기범에 대해 품은 의문이 ⓑ를 바탕으로 하고 있음을 알게 된다.

④ '저'가 ⓐ로 인해 기범을 오해한다면, '나'는 ⓑ에 의해 기범을 이해한다.

⑤ '저'는 기범이 선행을 베풀며 보인 변화가 ⓑ에서 ⓐ로 변화된 과정과 일치함을 알고 있다.

21. 〈보기〉의 관점에서 윗글을 감상한 내용으로 적절하지 <u>않은</u> 것은? [3점]

〈보 기〉

사람들은 존경하거나 사랑하는 사람을 닮아 가며 그와 자신을 동일시하려는 경향이 있다. 이를 통해 심리적 위안이나 성취감을 느끼기도 하지만 그 상대로부터 외면받거나 그가 부재한 상황에서는 마음에 상처를 입는다. 이때 동일시의 상대를 부정하거나, 외면당하지 않았다고 자신의 처지를 합리화한다. 또는 관심을 다른 데로 돌려 그 상황에서 아예 벗어나고자 한다. 「무사와 악사」에서 '기범'이 보이는 기행과 궤변은 '일규'를 동일시하려는 상대로 의식한 데서 비롯한 것으로도 볼 수 있다.

① 일규의 죽음에 '충격을 받고' '세상 살 재미가 없어졌다'는 기범의 말이 사실이라면, 동일시하려던 상대의 부재가 가져오는 심리적 영향이 컸다는 것이겠군.

② 기범이 자신을 '발길로 걷어찼'던 일규로부터 외면받았다고 본다면, 일규와 '서로 사랑했'다고 믿는 기범의 진술은 외면당한 자신의 처지를 합리화하려는 의도에서 나온 것이겠군.

③ '울적할 때마다' 일규를 떠올리며 삶의 '재미와 기쁨'을 얻었다는 기범의 고백을 동일시의 결과로 이해한다면, 일규를 통해 기범이 심리적 위안을 얻었음을 추측할 수 있겠군.

④ 일규의 죽음이 기범이 도시를 떠나 '깊은 산골'에 정착한 계기였다고 본다면, 이는 동일시하려던 상대가 사라진 상황에서 관심을 다른 데로 돌려 그 상황을 벗어나기 위해서였겠군.

⑤ 기범이 일규를 '입에 올릴 자격이 없다'는 것이 동일시의 대상에 대한 존경심의 표현이라면, '사람만이 지닌 이상한 초능력'에 대한 기범의 믿음은 동일시를 통한 성취감에 해당되겠군.

12
회

• 홀수 기출 분석서 **문학** 문제 P.182 / 해설 P.326

[22~27] 다음 글을 읽고 물음에 답하시오.

(가)

청평사의 나그네	有客淸平寺
봄 산을 마음대로 노니네	春山任意遊
고요한 외로운 탑에 산새 지저귀고	鳥啼孤塔靜
흐르는 작은 내에 꽃잎 떨어지네	花落小溪流
좋은 나물은 때 알아 돋아나고	佳菜知時秀
향기로운 버섯은 비 맞아 부드럽네	香菌過雨柔
시 읊조리며 **신선 골짝** 들어서니	行吟入仙洞
나의 **백 년 근심** 사라지네	消我百年愁

– 김시습, 「유객(有客)」 –

(나)

도연명(陶淵明) 죽은 후에 또 연명(淵明)이 나다니
밤마을 옛 이름이 때마침 같을시고
돌아와 수졸전원(守拙田園)*이야 그와 내가 다르랴　〈제1곡〉

삼공(三公)이 귀하다 한들 이 강산과 바꿀쏘냐
조각배에 달을 싣고 낚싯대 흩던질 때
이 몸이 이 청흥(淸興) 가지고 만호후*인들 부러우랴　〈제8곡〉

어지럽고 시끄런 문서 다 주어 내던지고
필마(匹馬) 추풍에 채를 쳐 돌아오니
아무리 매인 새 놓였다고 **이대도록 시원하랴**　〈제10곡〉

세버들 가지 꺾어 낚은 **고기** 꿰어 들고
주가(酒家)를 찾으려 **낡은 다리** 건너가니
온 골에 살구꽃 져 쌓이니 갈 길 몰라 하노라　〈제15곡〉

최 행수 쑥달임 하세 조 동갑 꽃달임 하세
닭찜 게찜 올벼 점심은 날 시키소
매일에 이렇게 지내면 무슨 **시름** 있으랴　〈제17곡〉

– 김광욱, 「율리유곡(栗里遺曲)」 –

---

*수졸전원: 전원에서 분수를 지키며 소박하게 살아감.

*만호후: 재력과 권력을 겸비한 세도가.

(다)

오십이 넘은 **판교(板橋)**는 마음에 맞지 않는 관직을 버리고 거리낌 없는 자유로운 심경에서 여생을 보냈다.

"**청수(淸瘦)한 한 폭 대**를 그리어 추풍강상(秋風江上)에 낚대나 만들까 보다."

㉠궁핍을 면할 양으로 본의 아닌 생활을 계속하느니보다 모든 속사(俗事)를 버리고 표연히 강상(江上)의 어객(漁客)이 되는 것이 운치 있는 생활이기도 하려니와 얼마나 자유를 사랑하는 청고(淸高)한 마음이냐. 고기를 낚는 취미도 실로 **삼매경**에 몰입할 수 있는 좋은 놀음이다.

푸른 물이 그득히 담긴 못가에서 흐느적거리는 낚싯대를 척 휘어잡고 바늘에 미끼를 물린다. 가장자리에는 물이끼들이 꽉 엉겼을

뿐 아니라 고기도 **송사리** 떼밖에 오지 않는지라, 팔 힘 자라는 대로 낚싯줄이 허(許)하는 대로 되도록 멀리 낚시를 던져 조금이라도 큰 고기를 잡을 양으로 한껏 내던져도 본다. 풍당 물결이 여울처럼 흔들리고 나면 거울 같은 수면에 찌만이 외롭고 슬프게 곧추서 있다.

㉡한 점 찌가 객이 되고 나는 주인이 되어 알력과 모략과 시기와 저주로 꽉 찬 이 풍진(風塵) 세상을 등 뒤로 두고 서로 무언의 우정을 교환한다.

내 모든 정열을 오로지 외로이 떠 있는 한 점 찌에 기울이고 있노라면, 가다가 ㉢별안간 이 한 점 찌가 술 취한 놈처럼 까딱까딱 흔들리기 시작한다.

'고기가 왔구나!'

다음 순간, 찌는 물속으로 자꾸 딸려 들어간다.

'옳다, 큰 놈이 물린 게로군.'

[A] 잡아당길 때 무거울 것을 생각하면서 배꼽에 힘을 잔뜩 주고 행여나 낚대를 놓칠세라 두 손으로 꽉 붙잡고 번쩍 치켜 올리면, 허허 이런 기막힌 일도 있을까. 큰 고기는커녕 어떤 때는 방게란 놈이 달려 나오고, 어떤 때는 개구리란 놈이 발버둥을 치는 수가 많다. 하면 되는 줄만 알았던 낚시질도 간대로 우리 따위까지 단번에 되란 법은 없나 보다.

[B] 세상일이란 모조리 그러한 것이리라마는 아무리 내 재주가 서툴다기로서니 개구리나 방게란 놈들도 염치가 있지, 속어에 이르기를 숭어가 뛰니 망둥이도 뛴다는 셈으로 나는 나대로 제법 강상의 어객인 양하고 나섰는 판에, 그래도 그럴 듯 미끈한 잉어까지야 못 물린다손 치더라도 고기도 체면은 알 법한지라, 하다못해 붕어 새끼쯤이야 안 물리랴 하는 판에, 얼토당토않은 구역질 나는 놈들이 제가 젠체하고 가다듬은 내 마음을 더럽힐 줄 어찌 알았으랴.

㉣세상이 하 뒤숭숭하니 고요히 서재나 지키어 한묵(翰墨)*의 유희(遊戲)로 폭 박혀 있자는 것도 말처럼 쉽사리 되는 것은 아니라, 그렇다고 거리로 나가 **성격 파산자**처럼 공연스레 왔다갔다 하기도 부질없고, 보이는 것 들리는 것이 모조리 **심사 틀리는 소식**밖엔 없어 그래도 죄 없는 곳은 **내 서재**니라 하여 며칠만 틀어박혀 있으면 그만 속에서 울화가 터져 나온다.

위진(魏晉) 간에 심산벽촌(深山僻村)에 은거하여 청담(淸談)이나 일삼던 그네의 심경을 한때는 **욕**을 한 적도 있었으나, ㉤막상 나 자신이 그런 심경에 처해 있고 보니 고인(古人)의 불우한 그 심정을 넉넉히 동감하게 된다.

– 김용준, 「조어삼매(釣魚三昧)」 –

---

*한묵: 글을 짓거나 쓰는 것을 이르는 말.

22. (가)와 (나)의 공통점으로 가장 적절한 것은?

① 자연물의 속성에 주목하여 교훈적 의미를 전달하고 있다.

② 설의적 표현을 통해 추구하고자 하는 삶의 태도를 제시하고 있다.

③ 먼 경치에서부터 가까운 곳으로 시선을 옮기며 심리의 변화를 드러내고 있다.

④ 화자가 자신을 객관화하는 표현을 내세워 내적 갈등에 대한 공감을 유도하고 있다.

⑤ 계절을 드러내는 시어를 사용하여 시기에 부합하는 자연의 모습을 구체화하고 있다.

23. (나)에 대한 이해로 적절하지 <u>않은</u> 것은?

① 〈제1곡〉에서는 지명에 주목하여 화자의 지향을 드러내고 있다.

② 〈제8곡〉에서는 자연의 가치를 부각하여 화자가 즐기는 흥취를 강조하고 있다.

③ 〈제10곡〉에서는 화자의 현재 상황에 대한 만족감을 바탕으로 자연물에 대한 연민을 드러내고 있다.

④ 〈제15곡〉에서는 다양한 행위를 연속적으로 나열하여 화자가 누리는 생활의 일면을 제시하고 있다.

⑤ 〈제17곡〉에서는 청자를 호명하며 즐거움을 함께하려는 화자의 마음을 전달하고 있다.

24. 문맥을 고려하여 ㉠~㉤에 대해 이해한 내용으로 적절하지 <u>않은</u> 것은?

① ㉠: 생계를 유지하기 위한 생활과 대비되는 낚시의 의의를 드러내고 있다.

② ㉡: 낚시 도구와 글쓴이의 관계를 설정하여 낚시에 몰입하는 태도를 표현하고 있다.

③ ㉢: 낚시에 집중했던 글쓴이의 기다림과 기대에 부응하는 순간을 부각하고 있다.

④ ㉣: 낚시의 대안으로 선택한 것으로서, 글쓴이에게 마음의 안정을 찾게 해 준 방법으로 제시되고 있다.

⑤ ㉤: 낚시를 해 본 후 달라진 글쓴이의 마음가짐으로서, 은거했던 옛사람들에 기대어 자신의 심정을 드러내고 있다.

25. (나)와 (다)를 비교하여 이해한 내용으로 가장 적절한 것은?

① (나)의 '도연명'과 (다)의 '판교'는 각각 화자와 글쓴이가 행적을 따르고자 하는 인물이다.

② (나)의 '삼공'과 (다)의 '성격 파산자'는 모두 세속에서 높은 지위를 차지하고 있는 이들을 가리킨다.

③ (나)의 '세버들 가지'와 (다)의 '청수한 한 폭 대'는 각각 화자와 글쓴이가 자신과 동일시하는 대상이다.

④ (나)의 '고기'와 (다)의 '송사리'는 각각 화자와 글쓴이가 자신을 보잘것없는 존재로 비유한 표현이다.

⑤ (나)의 '시름'과 (다)의 '욕'은 각각 화자와 글쓴이가 자신을 억압하는 존재를 염두에 둔 표현이다.

26. [A]와 [B]에 대한 이해로 가장 적절한 것은?

① [A]에 나타난 글쓴이의 경이감은 [B]에서 인생에 대한 낙관적 기대로 확장된다.

② [A]에 나타난 글쓴이의 무력감은 [B]에서 과거의 삶에 대한 동경을 통해 해소된다.

③ [A]에 나타난 글쓴이의 실망감은 [B]에서 자신의 손상된 체면에 대한 한탄으로 이어진다.

④ [A]에 나타난 글쓴이의 상실감은 [B]에서 새로운 이상을 품도록 만드는 계기로 작용한다.

⑤ [A]에 나타난 글쓴이의 혐오감은 [B]에서 자신의 능력에 대한 겸손한 반성으로 전환된다.

27. 〈보기〉를 바탕으로 (가)~(다)를 감상한 내용으로 적절하지 <u>않은</u> 것은? [3점]

―――――〈보 기〉―――――

　문학 작품에서 공간에 대한 인식을 형상화하는 방식은 다양하다. 공간에 대한 인식을 직접적으로 드러내는 표현을 사용하거나, 공간 내 특정 대상의 속성으로써 그 대상이 포함된 공간 전체를 표상하기도 한다. 또한 이러한 인식은 공간 간의 관계를 통해 표현되기도 한다. 이때 관계를 이루는 공간에는 작품에 명시된 공간은 물론 그 이면에 전제된 공간도 포함된다.

① (가)의 '신선 골짝'은 화자가 지향하는 공간으로서, 이에 대립되는 곳으로 '백 년 근심'이 유발된 공간이 이면에 전제된 것이라 할 수 있겠군.

② (나)의 '낡은 다리'는 '주가'와 '온 골'이라는 대비되는 속성을 지닌 두 공간의 경계를 표현하여, 양쪽 모두에 미련을 버리지 못한 화자의 상황을 상징하고 있겠군.

③ (나)에서 화자가 돌아온 곳은 '어지럽고 시끄런 문서'로 표상되는 공간과 대비되는 공간으로서, '이대도록 시원하랴'와 같은 반응을 자연스럽게 이끌어낸 것이겠군.

④ (다)에서 '푸른 물이 그득히 담긴 못가'는 글쓴이가 '삼매경'에 빠지기를 기대하는 곳으로, 글쓴이가 자신의 지향과 직결되는 공간을 직접적으로 드러낸 것이겠군.

⑤ (다)에서 '내 서재'는 '심사 틀리는 소식'을 피하기 위한 곳임에도 불구하고 '속에서 울화가 터져 나온다'고 언급되었다는 점에서, 그 이면에는 새로운 공간에 대한 지향이 있음을 알 수 있겠군.

• 홀수 기출 분석서 **문학** 문제 P.126 / 해설 P.236

[28~31] 다음 글을 읽고 물음에 답하시오.

[앞부분의 줄거리] 김 진사의 딸 채봉은 선비 필성과 정혼하나, 우여곡절 끝에 스스로 기녀가 되어 송이로 이름을 바꾼다. 송이의 서화를 눈여겨본 감사가 송이를 데려와 관아에서 살게 한다.

송이는 감사가 있는 별당 건넌방에 가 홀로 살고 지내며 감사가 시키는 일을 처리하고 지내며 마음에 기생을 면함은 다행하나, 주야로 잊지 못하는 바는 부모의 소식과 장필성을 못 봄을 한하고 이 감사가 보는 데는 감히 그 기색을 드러내지 못하니, 혼자 있을 때에는 주야 탄식으로 지내더라.

장필성이 이 소문을 듣고 또한 다행하나, 이때 감사는 송이 있는 별당은 외인 출입을 일절 엄금하니, 다시 만날 길이 없어 수심으로 지내더니, 한 계책을 생각하되,

"나도 감사 앞에서 거행하는 관속이 된다면 채봉을 만나기가 쉬우리라."

하고 여러 가지로 주선하더니, ㉠이때 마침 감사가 문필이 있는 이방을 구하는지라. 필성이 한 길을 얻어 이방이 되어 감사에게 현신하니 감사가 일견 대희하여 칭찬하며 왈,

"가위 여옥기인(如玉其人)이로다. 필성아, 이방이라 하는 것은 승상 접하(承上接下)하는 책임이 중대하니, 아무쪼록 일심봉공(一心奉公)하여 민원(民怨)이 없도록 잘 거행하라."

필성이 국궁수명(鞠躬受命)*하고 차후로 공사 문첩(文牒)*을 가지고 매일 드나들며 송이의 소식을 알고자 하나 별당이 깊고 깊어 지척이 천 리라 어찌 알리오.

차시 송이는 별당에 있어 이 감사가 들어와 공문을 쓰라면 쓰고 판결문을 내라면 내고 하더니, ㉡하루는 ⓐ공사 문첩 한 장을 본즉, 필성의 글씨가 완연한지라, 속으로 생각하되,

'이상하다. 필법이 장 서방님 필적 같으니, 혹 공청에를 드나 드나.'

하고 감사더러 묻는다.

"㉢요사이 공사 들어온 것을 보면 전과 글씨가 다르오니 이방이 갈리었습니까?"

"응, 전 이방은 갈고 장필성이란 사람으로 시켰다. 네 보아라, 글씨를 잘 쓰지 않느냐."

송이가 이 말을 듣고 속으로 암암이 기꺼하며, 어떻게 하면 한번 만나 볼까, 그렇지 못하면 편지 왕복이라도 할까, 사람을 시키자니 만일 대감이 알면 무슨 죄벌이 내려올지 몰라 못 하고 무슨 기회를 기다리나 때를 타지 못하여 필성이나 송이나 서로 글씨만 보고 창연히 지내기를 ㉣이미 반년이라. 자연 서로 상사병이 될 지경이더라.

[A]

이때는 추구월(秋九月) 보름 때라. 월색은 명랑하여 남창에 비치었고, 공중에 외기러기 옹용한 긴 소리로 짝을 찾아 날아가고, 동산의 송림 간에 두견이 슬피 울어 불여귀를 화답하니, 무심한 사람도 마음이 상하거든 독수공방에 눈물로 세월을 보내는 송이야 오죽할까. 송이가 모든 심사 잊어버리고 책상머리에 의지하여 잠깐 졸다가 기러기 소리에 놀라 눈을 뜨고 보니, 남창 밝은 달 발허리에 가득하고 쓸쓸한 낙엽성은 심회를 돕는지라. 잊었던 심사가 다시 가슴에 가득하여지며 눈물이 무심히 떨어진다.

송이가 남창을 가만히 열고 달빛을 내다보며 위연탄식하는데,

"달아, 너는 내 심사를 알리라. 작년 이때 뒷동산 명월 아래

우리 님을 만났더니, 달은 다시 보건마는 님은 어찌 못 보는고. 그 옛날 심양강 거문고 뜯던 여인은 만고문장 백낙천(萬古文章白樂天)을 달 아래 만날 적에 마음속에 맺힌 말을 세세히 풀었건만, 나는 어찌 박명하여 명랑한 저 달 아래서 부득설진심중사(不得說盡心中事)하니 가련하지 아니할까. 사람은 없어 말 못하나 차라리 심중사를 종이 위에나 그리리라."

하고 연상을 내어 먹을 흠씬 갈고 청황모 무심필을 덤벅 풀어 백릉화주지를 책상에 펼쳐 놓고 섬섬옥수로 붓대를 곱게 쥐고 장우단탄(長吁短歎)에 맥맥히 앉았다가 고개를 돌리어 벽공의 높은 달을 두세 번 우러러보더니, 서두에 '추풍감별곡(秋風感別曲)' 다섯 자를 쓰고, 상사가 생각 되고 생각이 노래 되고 노래가 글이 되어 붓끝을 따라 나오니 붓대가 쉴 새 없이 쓴다.

(중략)

아득한 정신은 기러기 소리를 따라 멀어지고 몸은 책상머리에 엎드렸더니, 잠깐간에 잠이 들어 주사야몽(晝思夜夢) 꿈이 되어 장주(莊周)의 나비같이 두 날개를 떨치고 바람 좇아 중천에 떠다니며 사면을 살피니, 오매불망하던 장필성이 적막 공방에 혼자 몸이 전일의 답시(答詩)를 내놓고 보며 울고 울고 보며 전전반측 누웠거늘, 송이가 달려들어 마주 붙들고 울다가 꿈 가운데 우는 소리가 잠꼬대가 되어 아주 내처 울음이 되었더라.

사람이 늙어지면 상하물론(上下勿論)하고 잠이 없는 법이라. ㉤이때 이 감사는 연광도 팔십여 세뿐 아니라, 일도방백(一道方伯)이 되어 밤이나 낮이나 어떻게 하면 백성의 원성이 없을까, 어떻게 하면 국은(國恩)에 보답할까 하며 잠을 이루지 못하고 누웠더니, 홀연히 송이의 방에서 흐느껴 우는 소리가 들리거늘, 깜짝 놀라 속으로 짐작하되,

'지금 송이가 나이 십팔 세라. 필연 무슨 사정이 있어 저리하나 보다.'

하고 가만히 나와 보니, 남창을 열고 책상머리에 누웠는데 불을 돋우어 놓고 책상 위에 무엇을 써서 펼쳐 놓았거늘, 마음에 괴이하여 가만히 들어가 ⓑ두루마리를 펼치고 본즉 '추풍감별곡'이라.

— 작자 미상, 「채봉감별곡」 —

---

*국궁수명: 존경하는 뜻으로 몸을 굽히며 분부를 받음.
*공사 문첩: 관청에서 공무상 작성하는 문서.

28. 윗글에 내용에 대한 이해로 적절하지 않은 것은?

① 송이는 부모의 소식으로 애태우다 감사의 걱정을 산다.
② 송이는 필성이 이방이 되었음을 감사를 통해 알게 된다.
③ 감사는 필성의 문필 능력을 높이 평가하고 기대를 건다.
④ 송이는 필성과 꿈속에서나마 일시적으로 만남을 이룬다.
⑤ 필성은 송이를 그리워하는 마음을 감사에게 숨기고 있다.

29. ⓐ와 ⓑ에 대한 설명으로 가장 적절한 것은?

① ⓐ에 대해 대화하며 송이의 그리움을 눈치챈 감사는, ⓑ를 읽으며 그 대상이 필성임을 알게 된다.
② ⓐ를 작성한 사람에 대한 궁금증을 갖게 된 송이는, ⓑ를 통해 자신의 궁금증을 필성에게 알린다.
③ ⓐ를 본 송이는 필성이 가까운 곳에 있음을 알게 되고, ⓑ에 필성을 만나지 못하는 마음을 풀어낸다.
④ ⓐ를 감사로부터 전달받은 필성은 송이의 마음을 알게 되고, ⓑ를 쓰면서 송이에 대한 자신의 그리움을 드러낸다.
⑤ ⓐ를 보면서 필성이 자신을 찾고 있음을 알게 된 송이는, ⓑ를 쓰면서 필성과 재회하고자 하는 의지를 드러낸다.

30. [A]의 '달'에 대한 이해로 적절하지 않은 것은?

① 송이가 필성의 안녕을 기원하는 마음을 의탁하는 대상이다.
② 자연물의 다양한 소리와 어울려 송이의 외로움을 심화한다.
③ 송이가 자신의 심사를 들추어내어 감정을 토로하는 인격화된 상대이다.
④ 송이의 처지와 대조되는 옛 이야기를 환기시켜 송이가 스스로에 대한 연민을 표하게 한다.
⑤ 송이에게 필성과의 추억을 떠올리게 하면서 재회를 기약할 수 없는 현재 상황을 부각한다.

31. 〈보기〉를 참고하여 ㉠~㉤을 이해한 내용으로 적절하지 않은 것은? [3점]

〈보 기〉
　　소설에서 시간 표지는 배경을 지시할 뿐 아니라, 우연하게 일어날 수 있는 사건들에 개연성을 부여하거나 사건의 전개나 장면의 전환 등에 관여된 서사적 정보를 제시하기도 한다. 또한 장면을 제시하는 것은 물론 서로 다른 장면을 연결하거나, 사건이 요약적으로 제시되었음을 가늠하게 하는 등 서사의 주요 요소들을 보조하는 기능을 한다.

① ㉠은 우연으로 보이는 감사의 이방 선발이, 필성이 송이와 만나기 위해 애써 왔던 시간과 맞물려 있음을 드러냄으로써 필성의 관아 입성에 개연성을 부여한다.
② ㉡은 평범한 일상을 지내던 송이와 감사의 대화를 통해 중요한 서사적 정보가 드러난 시간을 부각하여, 필성과 재회하고자 하는 송이의 바람을 심화하게 되는 서사적 전환에 관여한다.
③ ㉢은 공청에서 일어난 최근의 변화에 송이가 주목하고 있음을 보여 주는 한편, 송이가 공청의 일을 돕게 되기까지의 과정이 요약적으로 제시되었음을 드러낸다.
④ ㉣은 송이와 필성의 만남이 이루어지지 않은 상태에서 상당한 시간이 흘렀음을 드러내면서, 송이와 필성이 가진 그리움의 깊이를 함축한 서사적 정보로 기능한다.
⑤ ㉤은 감사의 사람됨과 감사가 잠을 이루지 못하는 이유를 관련짓게 하는 한편, 흐느껴 울던 송이를 감사가 발견하는 사건의 시간적 배경을 지시한다.

• 홀수 기출 분석서 문학 문제 P.036 / 해설 P.051

[32~34] 다음 글을 읽고 물음에 답하시오.

(가)
무너지는 꽃 이파리처럼
휘날려 발 아래 깔리는
서른 나문 해야

구름같이 피려던 뜻은 **날로 굳어**
한 금 두 금 곱다랗게 감기는 연륜(年輪)

갈매기처럼 꼬리 떨며
산호 핀 바다 바다에 내려앉은 섬으로 가자

비취빛 하늘 아래 피는 꽃은 맑기도 하리라
무너질 적에는 눈빛 파도에 적시우리

초라한 경력을 육지에 막은 다음
주름 잡히는 연륜마저 끊어버리고
나도 **또한** 불꽃처럼 **열렬히** 살리라

– 김기림, 「연륜」 –

(나)

제 손으로 만들지 않고
한꺼번에 싸게 사서
마구 쓰다가
망가지면 내다 버리는
플라스틱 물건처럼 느껴질 때
나는 **당장** 버스에서 뛰어내리고 싶다
현대 아파트가 들어서며
홍은동 사거리에서 사라진
털보네 대장간을 찾아가고 싶다
풀무질로 이글거리는 불 속에
시우쇠처럼 나를 달구고
모루 위에서 벼리고
숫돌에 갈아
시퍼런 무쇠 낫으로 바꾸고 싶다
땀 흘리며 두들겨 **하나씩** 만들어 낸
꼬부랑 호미가 되어
소나무 자루에서 송진을 흘리면서
대장간 벽에 걸리고 싶다
지금까지 살아온 인생이
온통 부끄러워지고
직지사 해우소
아득한 나락으로 떨어져 내리는
똥덩이처럼 느껴질 때
나는 가던 길을 멈추고 문득
어딘가 걸려 있고 싶다

　　　　　　　　　　　－ 김광규, 「대장간의 유혹」 －

32. (가)와 (나)에 대한 설명으로 가장 적절한 것은?

① (가)는 (나)와 달리 과정을 나타내는 시어들을 나열하여 시간의 급박한 흐름을 드러내고 있다.

② (나)는 (가)와 달리 자연물에 빗대어 화자의 움직임을 드러내고 있다.

③ (나)는 (가)와 달리 색채어를 활용하여 공간적 배경이 만들어 내는 분위기를 드러내고 있다.

④ (가)와 (나)는 모두 하강의 이미지가 담긴 시어를 활용하여 화자의 인식을 드러내고 있다.

⑤ (가)와 (나)는 모두 표면에 드러난 청자에게 말을 건네는 방식으로 화자의 정서를 드러내고 있다.

33. (가), (나)의 시어에 대한 이해로 적절하지 않은 것은?

① (가)에서 '열렬히'는 화자가 추구하는 삶에 대한 적극적인 태도를 표방한다.

② (나)에서 '한꺼번에'와 '하나씩'의 대조는 개별적인 존재의 고유성을 부각한다.

③ (나)에서 '온통'은 화자의 성찰적 시선이 자신의 삶 전반에 걸쳐 있음을 부각한다.

④ (가)에서 '날로'는 부정적 상황의 지속적인 심화를, (나)에서 '당장'은 당면한 상황에서 벗어나려는 절박감을 강조한다.

⑤ (가)에서 '또한'은 긍정적인 존재와 화자의 동질성을, (나)에서 '마구'는 부정적으로 취급되는 대상과 화자 간의 차별성을 부각한다.

34. 〈보기〉를 참고하여 (가), (나)를 감상한 내용으로 적절하지 않은 것은?
[3점]

〈보 기〉

　시인은 결핍을 느끼는 상황에서 새로운 가치를 발견하고 이를 통해 삶을 성찰하는 경우가 많다. 예컨대 「연륜」은 축적된 인생 경험에서, 「대장간의 유혹」은 현대인이 추구하는 편리함에서 결핍을 발견한 화자를 통해 일상에서 경험하는 것들이 재해석된다. 두 작품은 결핍된 상황에서 벗어나려는 의지를 구심점으로 삼아 시상을 전개한다.

① (가)에서 '서른 나문 해'를 '초라한 경력'으로 표현한 것은, 화자가 자신이 살아온 인생을 변변치 않은 경험으로 재해석한 것이겠군.

② (가)에서 '불꽃'을 긍정적인 이미지로 표현한 것은, '주름 잡히는 연륜'에 결핍되어 있는 속성을 끊을 수 있는 수단이라는 의미로 재해석한 것이겠군.

③ (나)에서 지금은 사라진 '털보네 대장간'을 '찾아가고 싶다'고 표현한 것은, 일상에서 결핍된 가치를 찾고자 하는 화자의 열망을 공간에 투영한 것이겠군.

④ (나)에서 '가던 길을 멈추고' '걸려 있고 싶다'고 표현한 것은, 화자가 추구하는 가치를 표상하는 사물의 상태가 되고 싶다고 진술함으로써 결핍에서 벗어나고자 하는 의지를 드러낸 것이겠군.

⑤ (가)에서 '육지'를 지나간 시간을 막아 둘 공간으로, (나)에서 '버스'를 벗어나고 싶은 공간으로 표현한 것은, '육지'와 '버스'를 화자가 결핍을 느끼는 공간으로 재해석한 것이겠군.

▶ 소요 시간 　　　분　　　초

* 확인 사항

○ 답안지의 해당란에 필요한 내용을 정확히 기입(표기)했는지 확인 하시오.

제 1 교시

국어 영역

• 홀수 기출 분석서 독서 문제 P.182 / 해설 P.356

[1~6] 다음 글을 읽고 물음에 답하시오.

(가)

18세기 북학파들은 청에 다녀온 경험을 연행록으로 기록하여 청의 문물제도를 수용하자는 북학론을 구체화하였다. 이들은 개인적인 학문 성향과 관심에 따라 주목한 영역이 서로 달랐기 때문에 이들의 북학론도 차이를 보였다. 이들에게는 동아시아에서 문명의 척도로 여겨진 중화 관념이 청의 현실에 대한 인식에 각각 다르게 반영된 것이다. 1778년 함께 연행길에 올라 동일한 일정을 소화했던 박제가와 이덕무의 연행록에서도 이러한 차이가 확인된다.

[A] ┌ 북학이라는 목적의식이 강했던 박제가가 인식한 청의 현실은 단순한 현실이 아니라 조선이 지향할 가치 기준이었다. 그가 쓴 『북학의』에 묘사된 청의 현실은 특정 관점에 따라 선택 및 추상화된 것이었으며, 그런 청의 현실은 그에게 중화가 손상 없이 ⓐ보존된 것이자 조선의 발전 방향이기도 하였다. 중화 관념의 절대성을 인정하였기 때문에 당시 조선은 나름의 독자성을 유지하기보다 중화와 합치되는 방향으로 나아가야 한다는 생각이 그의 북학론의 밑바탕이 되었다. 명에 대한 의리를 중시하는 당시 주류의 견해에 대해 그는 의리 문제는 청이 천하를 차지한 지 백여 년이 지나며 자연스럽게 소멸된 것으로 여기고, 청 문물제도의 수용이 가져다주는 이익을 논하며 북학론의 당위성을 설파하였다. 대체로 이익 추구에 대해 부정적이었던 주자학자들과 달리, 이익 추구를 인간의 자연스러운 욕망으로 긍정하고 양반도 이익을 추구하자는 등 실용적인 입장을 보였다.

이덕무는 『입연기』를 저술하면서 청의 현실을 객관적 태도로 기록하고자 하였다. 잘 정비된 마을의 모습을 기술하며 그는 황제의 행차에 대비하여 이루어진 일련의 조치가 민생과 무관하다고 지적하였다. 하지만 청 문물의 효용을 ⓑ도외시하지 않고 박제가와 마찬가지로 물질적 삶을 중시하는 이용후생에 관심을 보였다. 스스로 평등견이라 불렀던 인식 태도를 바탕으로 그는 당시 청에 대한 찬반의 이분법에서 벗어나 청과 조선의 현실적 차이뿐만 아니라 양쪽 모두의 가치를 인정하였다. 이런 시각에서 그는 청과 조선은 구분되지만 서로 배타적이지 않다고 보았다. 즉 청을 배우는 것과 조선 사람이 조선 풍토에 맞게 살아가는 것은 서로 모순되지 않는다는 것이다. 하지만 그는 중국인들의 외양이 만주족처럼 변화된 것을 보고 비통한 감정을 토로하며 중화의 중심이라 여겼던 명에 대한 의리를 중시하는 등 자신이 제시한 인식 태도에서 벗어나는 모습을 보이기도 하였다.

(나)

18세기 후반의 중국은 명대 이래의 경제 발전이 정점에 달해 있었다. 대부분의 주민들이 접근할 수 있는 향촌의 정기 시장부터 인구 100만의 대도시의 시장에 이르는 여러 단계의 시장들이 그물처럼 연결되어 국내 교역이 활발하게 이루어지고 있었다. 장거리 교역의 상품이 사치품에 ⓒ한정되지 않고 일상적 물건으로까지 확대되었

다. 상인 조직의 발전과 신용 기관의 확대는 교역의 질과 양이 급변하고 있었음을 보여 준다. 대외 무역의 발전과 은의 유입은 중국의 경제적 번영에 영향을 미친 외부적 요인이었다. 은의 유입, 그리고 이를 통해 가능해진 은을 매개로 한 과세는 상품 경제의 발전을 ⓓ자극하였다. 은과 상품의 세계적 순환으로 중국 경제가 세계 경제와 긴밀하게 연결되었다.

그러나 청의 번영은 지속되지 않았고, 19세기에 접어들 무렵부터는 심각한 내외의 위기에 직면해 급속한 하락의 시대를 겪게 된다. 북학파들이 연행을 했던 18세기 후반에도 이미 위기의 징후들이 나타나고 있었다. 급격한 인구 증가로 인한 여러 문제는 새로운 작물 재배, 개간, 이주, 농경 집약화 등 민간의 노력에도 불구하고 해결되지 않았다. 인구 증가로 이주 및 도시화가 진행되는 가운데 전통적인 사회적 유대가 약화되거나 단절된 사람들이 상호 부조 관계를 맺는 결사 조직이 ⓔ성행하였다. 이런 결사 조직은 불법적인 활동으로 연결되곤 했고 위기 상황에서는 반란의 조직적 기반이 되었다. 인맥에 기초한 관료 사회의 부정부패가 심화된 것 역시 인구 증가와 무관하지 않았다. 교육받은 지식인들이 늘어났지만 이들을 흡수할 수 있는 관료 조직의 규모는 정체되어 있었고, 경쟁의 심화가 종종 불법적인 행위로 연결되었다. 이와 같이 18세기 후반 청의 화려한 번영의 그늘에는 ㉠심각한 위기의 씨앗들이 뿌려지고 있었다.

통치자들도 번영 속에서 불안을 느끼고 있었다. 조정에는 외국과의 접촉으로부터 백성들을 차단하려는 경향이 있었으며, 서양 선교사들의 선교 활동 확대로 인해 이런 경향이 강화되기도 하였다. 이 때문에 18세기 후반에 청 조정은 서양에 대한 무역 개방을 축소하는 모습을 보였다. 그러나 그때까지는 위기가 본격화되지는 않았고, 소수의 지식인들만이 사회 변화의 부정적 측면을 염려하거나 개혁 방안을 모색하였다.

1. (가), (나)에 대한 설명으로 가장 적절한 것은?

① (가)는 18세기 중국에 대한 학자들의 견해를 제시하면서 그러한 견해의 형성 배경 및 견해 간의 차이를 설명하고 있다.

② (가)는 18세기 중국을 바라보는 사상적 관점을 제시하면서 각 관점이 지닌 역사적 의의와 한계를 서로 비교하고 있다.

③ (나)는 18세기 중국의 사회상을 제시하면서 다양한 사회상을 시대별 기준에 따라 분류하여 서술하고 있다.

④ (나)는 18세기 중국의 사상적 변화를 제시하면서 그러한 변화가 지니는 긍정적 측면과 부정적 측면을 분석하고 있다.

⑤ (가)와 (나)는 모두 18세기 중국의 현실을 제시하면서 그러한 현실이 다른 나라에 미친 영향을 예를 들어 설명하고 있다.

2. (가)의 '박제가'와 '이덕무'에 대한 이해로 적절하지 <u>않은</u> 것은?

① 박제가는 청의 문물을 도입하는 것이 중화를 이루는 방도라고 간주하였다.

② 박제가는 자신이 파악한 청의 현실을 조선을 평가하는 기준이라고 생각하였다.

③ 이덕무는 청의 현실을 관찰하면서 이면에 있는 민생의 문제를 간과하지 않았다.

④ 이덕무는 청 문물의 효용성을 긍정하면서 청이 중화를 보존하고 있음을 인정하였다.

⑤ 박제가와 이덕무는 모두 중화 관념 자체에 대해서는 긍정적인 태도를 견지하였다.

3. 평등견에 대한 이해로 가장 적절한 것은?

① 조선의 풍토를 기준으로 삼아 청의 제도를 개선하자는 인식 태도이다.

② 조선의 고유한 삶의 방식을 청의 방식에 따라 개혁해야 한다는 인식 태도이다.

③ 청과 조선의 가치를 평등하게 인정하고 풍토로 인한 차이를 해소하려는 인식 태도이다.

④ 중국인의 외양이 변화된 모습을 명에 대한 의리 문제와 관련지어 파악하려는 인식 태도이다.

⑤ 청에 대한 배타적 태도를 지양하고 청과 구분되는 조선의 독자성을 유지하자는 인식 태도이다.

4. 문맥을 고려할 때 ㉠의 의미를 파악한 내용으로 가장 적절한 것은?

① 새로운 작물의 보급 증가가 경제적 번영으로 이어지는 상황을 가리키는 것이군.

② 신용 기관이 확대되고 교역의 질과 양이 급변하고 있는 상황을 가리키는 것이군.

③ 반란의 위험성 증가 등 인구 증가로 인한 문제점들이 나타나는 상황을 가리키는 것이군.

④ 이주나 농경 집약화 등 조정에서 추진한 정책들이 실패한 상황을 가리키는 것이군.

⑤ 사회적 유대의 약화로 인하여 관료 사회의 부정부패가 심화되는 상황을 가리키는 것이군.

5. 〈보기〉는 (가)에 제시된 『북학의』의 일부이다. [A]와 (나)를 참고하여 〈보기〉에 대해 비판적 읽기를 수행한 학생의 반응으로 적절하지 <u>않은</u> 것은? [3점]

─〈보 기〉─

우리나라에서는 자기가 사는 지역에서 많이 나는 산물을 다른 데서 산출되는 필요한 물건과 교환하여 풍족하게 살려는 백성이 많으나 힘이 미치지 못한다. … 중국 사람은 가난하면 장사를 한다. 그렇더라도 정말 사람만 현명하면 원래 가진 풍류와 명망은 그대로다. 그래서 유생이 거리낌 없이 서점을 출입하고, 재상조차도 직접 융복사 앞 시장에 가서 골동품을 산다. … 우리나라는 해마다 은 수만 냥을 연경에 실어 보내 약재와 비단을 사 오는 반면, 우리나라 물건을 팔아 저들의 은으로 바꿔 오는 일은 없다. 은이란 천년이 지나도 없어지지 않는 물건이지만, 약은 사람에게 먹여 반나절이면 사라져 버리고 비단은 시신을 감싸서 묻으면 반년 만에 썩어 없어진다.

① 〈보기〉에 제시된 중국인들의 상업에 대한 인식은 [A]에서 제시한 실용적인 입장에 부합하는 것이라 볼 수 있어.

② 〈보기〉에 제시된 조선의 산물 유통에 대한 서술은 [A]에서 제시한 북학론의 당위성을 뒷받침하는 근거라 볼 수 있어.

③ 〈보기〉에 제시된 중국인들의 상행위에 대한 서술은 (나)에 제시된 중국 국내 교역의 양상과 상충되지 않는다고 볼 수 있어.

④ 〈보기〉에 제시된 은에 대한 평가는 (나)에 제시된 중국의 경제적 번영에 기여한 요소를 참고할 때, 은의 효용적 측면을 간과한 평가라 볼 수 있어.

⑤ 〈보기〉에 제시된 중국의 관료에 대한 묘사는 (나)에 제시된 관료 사회의 모습을 참고할 때, 지배층의 전체 면모가 드러나지 않는 진술이라 볼 수 있어.

6. 문맥상 @~@와 바꿔 쓰기에 가장 적절한 것은?

① @: 드러난

② ⓑ: 생각하지

③ ⓒ: 그치지

④ ⓓ: 따라갔다

⑤ @: 일어났다

▶ 소요 시간 　　분 　　초

• 홀수 기출 분석서 독서 문제 P.082 / 해설 P.144

[7∼11] 다음 글을 읽고 물음에 답하시오.

채권은 어떤 사람이 다른 사람에게 특정 행위를 요구할 수 있는 권리이다. 이 특정 행위를 급부라 하고, 특정 행위를 해 주어야 할 의무를 채무라 한다. 채무자가 채권을 ⓐ가진 이에게 급부를 이행하면 채권에 대응하는 채무는 소멸한다. 급부는 재화나 서비스 제공인 경우가 많지만 그 외의 내용일 수도 있다.

민법상의 권리는 여러 가지가 있는데 계약 없이 법률로 정해진 요건의 충족으로 발생하기도 하지만 대개 계약의 효력으로 발생한다. 계약이란 권리 발생 등에 관한 당사자의 합의로서, 계약이 성립하면 합의 내용대로 권리 발생 등의 효력이 인정되는 것이 원칙이다. 당장 필요한 재화나 서비스는 그 제공을 급부로 하는 계약을 성립시켜 확보하면 되지만 미래에 필요할 수도 있는 재화나 서비스라면 계약을 성립시킬 수 있는 권리를 확보하는 것이 유리하다. 이를 위해 '예약'이 활용된다. 일상에서 예약이라고 할 때와 법적인 관점에서의 예약은 구별된다. ㉠기차 탑승을 위해 미리 돈을 지불하고 승차권을 구입하는 것을 '기차 승차권을 예약했다'고도 하지만 이 경우는 예약에 해당하지 않는 계약이다. 법적으로 예약은 당사자들이 합의한 내용대로 권리가 발생하는 계약의 일종으로, 재화나 서비스 제공을 급부 내용으로 하는 다른 계약인 '본계약'을 성립시킬 수 있는 권리 발생을 목적으로 한다.

[A]
예약은 예약상 권리자가 가지는 권리의 법적 성질에 따라 두 가지 유형으로 나뉜다. 첫째는 채권을 발생시키는 예약이다. 이 채권의 급부 내용은 '예약상 권리자의 본계약 성립 요구에 대해 상대방이 승낙하는 것'이다. 회사의 급식 업체 공모에 따라 여러 업체가 신청한 경우 그중 한 업체가 선정되었다고 회사에서 통지하면 예약이 성립한다. 이에 따라 선정된 업체가 급식을 제공하고 대금을 ⓑ받기로 하는 본계약 체결을 요청하면 회사는 이에 응할 의무를 진다. 둘째는 예약 완결권을 발생시키는 예약이다. 이 경우 예약상 권리자가 본계약을 성립시키겠다는 의사를 표시하는 것만으로 본계약이 성립한다. 가족 행사를 위해 식당을 예약한 사람이 식당에 도착하여 예약 완결권을 행사하면 곧바로 본계약이 성립하므로 식사 제공이라는 급부에 대한 계약상의 채권이 발생한다.

예약에서 예약상의 급부나 본계약상의 급부가 이행되지 않는 문제가 ⓒ생길 수 있는데, 예약의 유형에 따라 발생 문제의 양상이 다르다. 일반적으로 급부가 이행되지 않아 채권자에게 손해가 발생한 경우 채무자는 자신의 고의나 과실에서 비롯된 것이 아님을 증명하지 못하는 한 채무 불이행 책임을 진다. 이로 인해 채무의 내용이 바뀌는데 원래의 급부 내용이 무엇이든 채권자의 손해를 돈으로 물어야 하는 손해 배상 채무로 바뀐다.

만약 타인이 고의나 과실로 예약상 권리자가 가진 권리 실현을 방해했다면 예약상 권리자는 그에게도 책임을 ⓓ물을 수 있다. 법률에 의하면 누구든 고의나 과실에 의해 타인에게 피해를 ⓔ끼치는 행위를 하고 그 행위의 위법성이 인정되면 불법행위 책임이 성립하여, 가해자는 피해자에게 손해를 돈으로 배상할 채무를 지기 때문이다. 다만 예약상 권리자에게 예약 상대방이나 방해자 중 누구라도 손해 배상을 하면 다른 한쪽의 배상 의무도 사라진다. 급부 내용이 동일하기 때문이다.

7. 윗글에 대한 이해로 적절하지 않은 것은?

① 계약상의 채권은 계약이 성립하면 추가 합의가 없어도 발생하는 것이 원칙이다.

② 재화나 서비스 제공을 대상으로 하는 권리 외에 다른 형태의 권리도 존재한다.

③ 예약상 권리자는 본계약상 권리의 발생 여부를 결정할 수 있다.

④ 급부가 이행되면 채무자의 채권자에 대한 채무가 소멸된다.

⑤ 불법행위 책임은 계약의 당사자 사이에 국한된다.

8. ㉠에 대한 이해로 가장 적절한 것은?

① 기차 탑승은 채권에 해당하고 돈을 지불하는 행위는 그 채권의 대상인 급부에 해당한다.

② 기차를 탑승하지 않는 것은 승차권 구입으로 발생한 채권에 대응하는 의무를 포기하는 것이다.

③ 기차 승차권을 미리 구입하는 것은 계약을 성립시키면서 채권의 행사 시점을 미래로 정해 두는 것이다.

④ 승차권 구입은 계약 없이 법률로 정해진 요건을 충족하여 서비스를 제공받을 권리를 발생시키는 행위이다.

⑤ 미리 돈을 지불하는 것은 미래에 필요한 기차 탑승 서비스 이용이라는 계약을 성립시킬 수 있는 권리를 확보한 것이다.

13
회

9. 다음은 [A]에 제시된 예를 활용하여, 예약의 유형에 따라 예약상 권리자가 요구할 수 있는 급부에 대해 정리한 것이다. ㄱ~ㄷ에 들어갈 내용을 올바르게 짝지은 것은?

구분	채권을 발생시키는 예약	예약 완결권을 발생시키는 예약
예약상 급부	ㄱ	ㄴ
본계약상 급부	ㄷ	식사 제공

	ㄱ	ㄴ	ㄷ
①	급식 계약 승낙	없음	급식 대금 지급
②	급식 계약 승낙	없음	급식 제공
③	급식 계약 승낙	식사 제공 계약 체결	급식 제공
④	없음	식사 제공 계약 체결	급식 제공
⑤	없음	식사 제공 계약 체결	급식 대금 지급

10. 윗글을 참고할 때, 〈보기〉의 ㉮에 대한 이해로 적절하지 않은 것은?
[3점]

─────〈보 기〉─────

특별한 행사를 앞두고 있는 갑은 미용실을 운영하는 을과 예약을 하여 행사 당일 오전 10시에 머리 손질을 받기로 했다. 갑이 시간에 맞춰 미용실을 방문하여 머리 손질을 요구했을 때 병이 이미 을에게 머리 손질을 받고 있었다. 갑이 예약해 둔 시간에 병이 고의로 끼어들어 위법성이 있는 행위를 하여 ㉮갑은 오전 10시에 머리 손질을 받을 수 없는 손해를 입었다.

① ㉮가 발생하는 과정에서 을의 과실이 있는 경우, 을은 갑에 대해 채무 불이행 책임이 있고 병은 갑에 대해 손해 배상 채무가 있다.
② ㉮가 발생하는 과정에서 을의 고의가 있는 경우, 을과 병은 모두 갑에게 손해 배상 채무를 지고 을이 배상을 하면 병은 갑에 대한 채무가 사라진다.
③ ㉮가 발생하는 과정에서 을에게 고의나 과실이 있는지 없는지 증명되지 않은 경우, 을과 병은 모두 갑에게 채무를 지고 그에 따른 급부의 내용은 동일하다.
④ ㉮가 발생하는 과정에서 을에게 고의나 과실이 있는지 없는지 증명되지 않은 경우, 을과 병은 모두 채무 불이행 책임을 지므로 갑에게 손해 배상 채무를 진다.
⑤ ㉮가 발생하는 과정에서 을에게 고의나 과실이 없음이 증명된 경우, 을과 달리 병에게는 갑이 입은 손해에 대해 금전으로 배상할 책임이 있다.

11. 문맥상 ⓐ~ⓔ의 단어와 가장 가까운 의미로 쓰인 것은?
① ⓐ: 자신의 일에 자부심을 가지는 것이 중요하다.
② ⓑ: 올해 생일에는 고향 친구에게서 편지를 받았다.
③ ⓒ: 기차역 주변에 새로 생긴 상가에 가 보았다.
④ ⓓ: 나는 도서관에서 책 빌리는 방법을 물어 보았다.
⑤ ⓔ: 바닷가의 찬바람을 쐬니 온몸에 소름이 끼쳤다.

• 홀수 기출 분석서 [독서] 문제 P.122 / 해설 P.234
[12~15] 다음 글을 읽고 물음에 답하시오.

최근의 3D 애니메이션은 섬세한 입체 영상을 구현하여 실물을 촬영한 것 같은 느낌을 준다. 실물을 촬영하여 얻은 자연 영상을 그대로 화면에 표시할 때와 달리 3D 합성 영상을 생성, 출력하기 위해서는 모델링과 렌더링을 거쳐야 한다.

모델링은 3차원 가상 공간에서 물체의 모양과 크기, 공간적인 위치, 표면 특성 등과 관련된 고유의 값을 설정하거나 수정하는 단계이다. 모양과 크기를 설정할 때 주로 3개의 정점으로 형성되는 삼각형을 활용한다. 작은 삼각형의 조합으로 이루어진 그물과 같은 형태로 물체 표면을 표현하는 방식이다. 이 방법으로 복잡한 굴곡이 있는 표면도 정밀하게 표현할 수 있다. 이때 삼각형의 꼭짓점들은 물체의 모양과 크기를 결정하는 정점이 되는데, 이 정점들의 개수는 물체가 변형되어도 변하지 않으며, 정점들의 상대적 위치는 물체 고유의 모양이 변하지 않는 한 달라지지 않는다. 물체가 커지거나 작아지는 경우에는 정점 사이의 간격이 넓어지거나 좁아지고, 물체가 회전하거나 이동하는 경우에는 정점들이 간격을 유지하면서 회전축을 중심으로 회전하거나 동일 방향으로 동일 거리만큼 이동한다. 물체 표면을 구성하는 각 삼각형 면에는 고유의 색과 질감 등을 나타내는 표면 특성이 하나씩 지정된다.

공간에서의 입체에 대한 정보인 이 데이터를 활용하여, 물체를 어디에서 바라보는가를 나타내는 관찰 시점을 기준으로 2차원의 화면을 생성하는 것이 렌더링이다. 전체 화면을 잘게 나눈 점이 화소인데, 정해진 개수의 화소로 화면을 표시하고 각 화소별로 밝기나 색상 등을 나타내는 화솟값이 부여된다. 렌더링 단계에서는 화면 안에서 동일 물체라도 멀리 있는 경우는 작게, 가까이 있는 경우는 크게 보이는 원리를 활용하여 화솟값을 지정함으로써 물체의 원근감을 구현한다. 표면 특성을 나타내는 값을 바탕으로, 다른 물체에 가려짐이나 조명에 의해 물체 표면에 생기는 명암, 그림자 등을 고려하여 화솟값을 정해 줌으로써 물체의 입체감을 구현한다. 화면을 구성하는 모든 화소의 화솟값이 결정되면 하나의 프레임이 생성된다. 이를 화면출력장치를 통해 모니터에 표시하면 정지 영상이 완성된다.

모델링과 렌더링을 반복하여 생성된 프레임들을 순서대로 표시하면 동영상이 된다. 프레임을 생성할 때, 모델링과 관련된 계산을 완료한 후 그 결과를 이용하여 렌더링을 위한 계산을 한다. 이때 정점의 개수가 많을수록, 해상도가 높아 출력 화소의 수가 많을수록 연산 양이 많아져 연산 시간이 길어진다. 컴퓨터의 중앙처리장치(CPU)는 데이터 연산을 하나씩 순서대로 수행하기 때문에 과도한 양의 데이터가 집중되면 미처 연산되지 못한 데이터가 차례를 기다리는 병목 현상이 생겨 프레임이 완성되는 데 오랜 시간이 걸린다. CPU의 그래픽 처리 능력을 보완하기 위해 개발된 ㉠그래픽처리장치(GPU)는 연산을 비롯한 데이터 처리를 독립적으로 수행할 수 있는 장치인 코어를 수백에서 수천 개씩 탑재하고 있다. GPU의 각 코어는 그래픽 연산에 특화된 연산만을 할 수 있고 CPU의 코어에 비해서 저속으로 연산한다. 하지만 GPU는 동일한 연산을 여러 번 수행해야 하는 경우, 고속으로 출력 영상을 생성할 수 있다. 왜냐하면 GPU는 한 번의 연산에 쓰이는 데이터들을 순차적으로 각 코어에 전송한 후, 전체 코어에 하나의 연산 명령어를 전달하면, 각 코어는 모든 데이터를 동시에 연산하여 연산 시간이 짧아지기 때문이다.

12. 윗글에 대한 이해로 적절하지 <u>않은</u> 것은?

① 자연 영상은 모델링과 렌더링 단계를 거치지 않고 생성된다.
② 렌더링에서 사용되는 물체 고유의 표면 특성은 화솟값에 의해 결정된다.
③ 물체의 원근감과 입체감은 관찰 시점을 기준으로 구현한다.
④ 3D 영상을 재현하는 화면의 해상도가 높을수록 연산 양이 많아진다.
⑤ 병목 현상은 연산할 데이터의 양이 처리 능력을 초과할 때 발생한다.

13. 모델링에 대한 설명으로 가장 적절한 것은?

① 다른 물체에 가려져 보이지 않는 부분에 있는 삼각형의 정점들의 위치는 계산하지 않는다.
② 삼각형들을 조합함으로써 물체의 복잡한 곡면을 정교하게 표현할 수 있다.
③ 하나의 작은 삼각형에 다양한 색상의 표면 특성들을 함께 부여한다.
④ 공간상에 위치한 정점들을 2차원 평면에 존재하도록 배치한다.
⑤ 다양하게 변할 수 있는 관찰 시점을 순차적으로 저장한다.

14. ㉠에 대한 추론으로 적절한 것은?

① 동일한 개수의 정점 위치를 연산할 때, 동시에 연산을 수행하는 코어의 개수가 많아지면 총 연산 시간이 길어진다.
② 정점의 위치를 구하기 위한 10개의 연산을 10개의 코어에서 동시에 진행하려면, 10개의 연산 명령어가 필요하다.
③ 1개의 코어만 작동할 때, 정점의 위치를 구하기 위한 연산 시간은 1개의 코어를 가진 CPU의 연산 시간과 같다.
④ 정점 위치를 구하기 위한 각 데이터의 연산을 하나씩 순서대로 처리해야 한다면, 다수의 코어가 작동하는 경우 총 연산 시간은 1개의 코어만 작동하는 경우의 총 연산 시간과 같다.
⑤ 정점 위치를 구하기 위해 연산해야 할 10개의 데이터를 10개의 코어에서 처리할 경우, 모든 데이터를 모든 코어에 전송하는 시간은 1개의 데이터를 1개의 코어에 전송하는 시간과 같다.

15. 다음은 3D 애니메이션 제작을 위한 계획의 일부이다. 윗글을 바탕으로 할 때 적절하지 <u>않은</u> 것은? [3점]

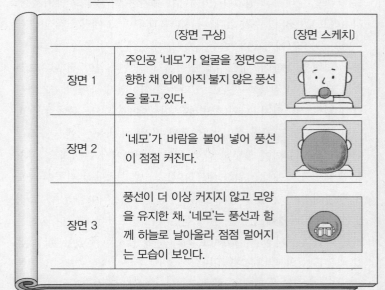

	〔장면 구상〕	〔장면 스케치〕
장면 1	주인공 '네모'가 얼굴을 정면으로 향한 채 입에 아직 불지 않은 풍선을 물고 있다.	
장면 2	'네모'가 바람을 불어 넣어 풍선이 점점 커진다.	
장면 3	풍선이 더 이상 커지지 않고 모양을 유지한 채, '네모'는 풍선과 함께 하늘로 날아올라 점점 멀어지는 모습이 보인다.	

① 장면 1의 렌더링 단계에서 풍선에 가려 보이지 않는 입 부분의 삼각형들의 표면 특성은 화솟값을 구하는 데 사용되지 않겠군.
② 장면 2의 모델링 단계에서 풍선에 있는 정점의 개수는 유지되겠군.
③ 장면 2의 모델링 단계에서 풍선에 있는 정점 사이의 거리가 멀어지겠군.
④ 장면 3의 모델링 단계에서 풍선에 있는 정점들이 이루는 삼각형들이 작아지겠군.
⑤ 장면 3의 렌더링 단계에서 전체 화면에서 화솟값이 부여되는 화소의 개수는 변하지 않겠군.

▶ 소요 시간 ☐ 분 ☐ 초

13 회

• 홀수 기출 분석서 문학 문제 P.092 / 해설 P.159

[16~19] 다음 글을 읽고 물음에 답하시오.

　나는 집에 도착한 그 첫 순간에 베일에 가린 듯이 ⓐ모든 사물, 모든 사람들로부터 차단된 나 자신을 느꼈다. 집에서 맞는 첫날 아침을 나는 이상한 비현실감 속에서 맞았다. "이런 전선에서 두부 장수 종소리, TV에서 흘러나오는 노랫소리, 수돗물이 넘치는 소리가 웬일일까?"라고 중얼거리며 주위를 둘러보았던 것이다. '이런 전선에서'란 느낌은 어떤 긴박한 위기에 대처한 생생한 의지였다. 그것은 아직도 내 몸에 밴 전쟁 냄새였다. 그런데 두부 장수 종소리, 유행가 소리 따위를 의식했을 때 나는 뭔가 맥이 탁 풀리는 것 같았다. 나의 안에 있는 긴박감에 비해서 밖은 너무도 무의미하고 태평스럽고 어쩌면 패덕스럽기까지 했다. 나미도, 학교 공부도, 또 나로부터 그토록 수많은 밤을 앗아 갔던 아틀리에도 예외일 수는 없다. 나는 그것들과의 관계를 다시 시작할 하등의 흥미도 관심도 없었다. 나날이 권태스럽고 짜증스럽기만 했다. 이따금 나는 내 안의 긴장에 대해서, 적어도 숨김없는 그 진실에 대해서 누군가에게 말하려 애써 보았다. 그러나 이해하는 사람은 아무도 없었다.

　그렇다. 이제 생각이 난다. 며칠 전 다방에서의 일이. 실내엔 담배 연기가 꽉 차 있었고 선정적인 허스키로 어떤 여자가 느린 곡조로 노래를 들려주고 있었다. 어쩌다가 내가 나미에게 그 얘기를 들려주려고 했는지 알 수가 없다. 나는 다음과 같이 그 얘기를 시작했다.

　나는 D 고지에서 전투 중인 ○○ 연대 근처까지 물을 실어다 주라는 명령을 받았어. 음료수가 떨어져서 전 연대원이 전투는 고사하고 타는 듯한 갈증과 싸우고 있다는 소식이었어. T에서 거기까진 팔십 킬로 거리였지. 나와 한병장은 밤중에 급수차를 몰아 T를 떠났어. 한 치 앞도 가릴 수 없는 어둠과 정적. 목쉰 듯한 엔진 소리는 어둠과 정적의 벽에 부딪혀 바로 우리의 귓가에서 부서지고, 부챗살 모양으로 어둠이 지워진 헤드라이트의 반경 속에선 사물이 극도로 정밀해져 마치 입체 영화에서처럼 눈 속으로 뛰어들었지. 그 정밀함이란 길바닥에 뒹구는 돌에 묻은 티, 풀포기에 매달려 잠자는 벌레 따위의 미세한 것들까지도 죄다 눈에 잡히는 듯했어. 나는 온갖 사물들이 바로 내 심장에 맞닿아 있는 듯한 그런 느낌을 이전엔 한 번도 가져 보지 못했어. 이따금씩 여우나 늑대 따위들이 길을 횡단하여 쏜살같이 사라지곤 했다. 어둠 속에서 한가로이 떠돌던 나방이 떼들은 갑작스런 불빛에 방향 감각을 잃고 윈도에 머리를 부딪혀 빗방울처럼 떨어져 죽었고, 나는 운전하고 있는 한병장의 팔을 건드리며 유리창을 가리켰지. 그는 겁에 질린 해쓱한 표정으로 나를 힐끔 곁눈질했을 뿐이야. 그렇지, 혈관 속을 움직이는 피의 선회마저 느낄 듯한 이 비상한 감각, 그리고 심연에서 샘처럼 솟아오르는 넘칠 듯한 생동감이 없이는, 저 유리창에 부딪혀 죽는 나방이 따위야 아무것도 신기할 것이 없지, 라고 생각하며 나는 혼자서 빙긋 웃었어.

[A]
　한병장이 다시 얼굴을 힐끔 돌리며 잡아 늘이는 듯한 목소리로 말했어. "차일병은 무섭지 않나?" "아뇨, 전연." "대단하군. 여기선 적이 언제 어디서라도 나타날 수 있지." "저는 적보다 진정으로 무서운 건 무감각이라고 깨달았습니다." "나는 제대하면 곧장 결혼할 거야." "언젭니까, 제대가?" "석 달 남았지." "저는 지금까지 마치 꿈을 꾸다가 깨어난 것 같아요. 이곳에 온 뒤론 바로 생명의 한가운데를 관통하는 느낌입니다." 그런데 중간에서 엔진이 고장났지. 몇 시간 지체하고 나니 벌써 동이

트더군. 이제부터 정말 위험이 시작된 것이라 싶더군. 왜냐하면 적의 정찰 비행에 발견되면 공중 사격을 받을 우려가 있는데다 불별 같은 폭염이 사정없이 쏟아져 그도 또한 견디기 어려운 문제였지.

(중략)

　아까부터 나는 창 옆에서 노인이 나타나기를 기다리고 있었다. 오늘도 그가 그토록 진지한 얼굴로 잃어버린 물건을 계속 찾을 것인지. 대체로 그렇지 못할 것이라고 나는 믿고 있다. 그러나 만에 하나라도 노인이 어제와 같은 모습으로 내 앞에 나타난다면 무료한 가운데서도 어떤 안정성을 획득하고 있던 나의 생활은 송두리째 무너질지도 모른다. 그가 창밖에서 뭔가 열심히 찾고 있는 한 나는 계속 도전을 받는 셈이기에. 때문에 사실을 좀 더 명확하게 파악할 필요가 있다. 노인이 찾고 있는 ⓑ물건의 정체가 무엇인지, 그런저런 것을 알아보노라면 노인의 그와 같은 숙연한 태도와 잃어버린 물건 사이의 상관관계도 알게 될 것이다. 아무튼 이제 나는 그와 한마디 얘기라도 나눠 보지 않으면 못 견딜 것 같은 심정이다.

[B]
　드디어 자전거에 짐을 싣고 공터 안으로 들어오는 노인의 모습이 눈에 잡힌다. 그 곁엔 개가 종종걸음으로 따르고 있다. 어제와 거의 같은 장소에서 노인은 자전거를 멈추고 짐을 내린다. 비치파라솔·궤짝·연탄불 따위들이 착착 있을 곳에 놓여진다. 그런데 얼마 후에 나를 놀라게 하는 일이 벌어진다. 준비를 끝낸 노인은 이내 포장 안에서 빠져나와 개를 데리고 물웅덩이 쪽으로 가는 게 아닌가. 개는 하루 사이 아주 눈에 띄게 쇠약한 모습이고, 노인도 피곤하고 지친 모습이긴 하나 끈질긴 어떤 힘이 그의 전신에서 면면히 솟아 나오고 있는 듯하다. 나는 완전히 안정을 잃고 방 안을 오락가락했다. 믿어지지 않는다. 거짓말이다. 무엇이 노인에게 저토록 소중하게 여겨진단 말인가. 아니, 노인은 무슨 실없는 망상을 하고 있는 걸까. 나는 방에서 뛰쳐나왔다.

　　　　　　　　　　　　　　　　　　　　　　－ 서영은, 「사막을 건너는 법」 －

16. [A]와 [B]의 서술상 특징에 대한 설명으로 가장 적절한 것은?

① [A]는 회상 장면을 삽입하여, [B]는 시간의 흐름에 따라 사건을 서술하여 인물들이 처한 상황을 객관적으로 전달하고 있다.

② [A]는 구어체를 활용하여 경험한 사실을, [B]는 현재형 시제를 활용하여 관찰하고 있는 사실을 생생하게 나타내고 있다.

③ [A]는 공간 이동에 따라 일어나는 사건을 통해, [B]는 공간에 대한 묘사를 통해 인물들의 외적 갈등을 심화하고 있다.

④ [A]는 인물 간의 대화를 삽입하여, [B]는 인물들의 반복되는 행동을 제시하여 갈등 해소 과정을 보여 주고 있다.

⑤ [A]는 중심인물의 말을 제시하여, [B]는 주변 인물의 말을 제시하여 사건들의 인과 관계를 드러내고 있다.

17. 윗글에 대한 이해로 가장 적절한 것은?

① '나'는 일상을 권태롭고 짜증스럽게 느끼는 상황에서 '나미'를 만나 전쟁의 경험담을 전한다.

② '나'는 D 고지로 향하는 도중 음료수가 떨어져 곤란함이 가중된 상황에 처한다.

③ '나'와 '한병장'은 어둠을 밝히는 헤드라이트로 인해 적의 정찰 비행에 발견되어 공격을 받는다.

④ '나'는 임무 수행 중에 결혼할 계획을 밝히며 귀환 후의 꿈 같은 생활에 대한 기대를 갖는다.

⑤ '나'는 전장에서 귀환한 후 자신의 긴장감을 이해해 주는 사람들을 만난다는 사실에 생동감을 느낀다.

18. ⓐ, ⓑ에 대한 이해로 적절하지 <u>않은</u> 것은?

① '나'는 '노인'의 변화된 모습을 통해 ⓑ를 찾는 '노인'의 행위가 중단될 것임을 예감한다.

② '나'는 ⓑ의 정체와 '노인'이 ⓑ를 찾는 태도 사이의 상관관계를 알고 싶어한다.

③ '나'는 '노인'이 ⓑ를 가치 있는 대상으로 여기고 있다고 판단한다.

④ '나'는 자신과 ⓐ의 관계에 대해 타인들은 이해하지 못한다고 생각한다.

⑤ '나'는 ⓐ로부터 소외된 상태에, '노인'은 ⓑ를 상실한 상태에 있다.

19. 〈보기〉를 참고하여 윗글을 감상한 내용으로 적절하지 <u>않은</u> 것은? [3점]

〈보 기〉

이 작품은 신체의 감각을 활용해 '나'의 체험을 다양하게 형상화한다. 청각을 통해 현실에 대한 타인과의 인식 차이를 나타내거나, 과거 경험을 후각화하여 상징적으로 표현한다. 시각을 통해서는 긴장 상태에서 극대화된 감각 체험을 보여 주는 한편 전쟁의 실상을 체험하면서 갖게 된, 현실에 대한 체념을 드러낸다. 또한 체념 상태를 흔드는 사건을 주시하면서 생기는 번민을, 행동을 통해 제시한다. 이는 '나'가 사막 같은 현실에 발을 내딛는 계기로 작용한다.

① '집에서 맞는 첫날 아침'의 느낌을 '나'가 '전선에서' 느끼는 '전쟁 냄새'라고 지각하는 데에서, 과거의 경험이 상징적 감각으로 표현되고 있군.

② '두부 장수 종소리, 유행가 소리'를 듣고 '밖'은 '무의미하고 태평스럽'다고 생각하는 데에서, '나'의 현실 인식이 타인과 다르다는 것을 의식하고 있음이 드러나고 있군.

③ '돌', '벌레' 같은 것들을 '입체 영화'처럼 보며 '심장에 맞닿아 있는 듯' 체감하는 데에서, 전장의 긴장 속에서 '나'의 감각이 극대화되고 있음이 나타나고 있군.

④ '방향 감각'을 잃은 '나방이 떼들'이 차창에 '부딪혀' 죽는 것을 목격하는 데에서, '나'가 전쟁의 실상을 깨달음으로써 체념적 현실 인식을 갖게 된다는 것이 나타나고 있군.

⑤ '믿어지지' 않는 '노인'의 행위를 지켜보고 '방 안을 오락가락'하는 데에서, 현실 인식에 대한 '나'의 번민이 행동을 통해 제시되고 있군.

• 홀수 기출 분석서 [문학] 문제 P.128 / 해설 P.241

[20~22] 다음 글을 읽고 물음에 답하시오.

> 승상 나업은 딸 하나가 있었다. 재예(才藝)가 당대에 빼어났다. 아이는 이 말을 듣고 헌 옷으로 갈아입고 거울 고치는 장사라 속여 승상 집 앞에 가서 "거울 고치시오!"라 외쳤다. 소저는 이 말을 듣고 **거울**을 꺼내 유모에게 주어 보냈다. 소저는 유모 뒤를 따라 바깥문 안쪽까지 나가 문틈으로 엿보았다. 장사가 소저의 얼굴을 언뜻 보고 반해, 손에 쥐었던 **거울**을 일부러 떨어뜨려 깨뜨렸다. 유모가 놀라 화내며 때리자 장사가 울며 말했다.
>
> "거울이 이미 깨졌거늘 때려 무엇 하세요? 저를 노비로 삼아 거울값을 갚게 해 주세요."
>
> 유모가 들어가 이를 승상께 아뢰니 허락하였다. 승상은 그의 이름을 거울을 깨뜨린 노비라는 뜻으로 파경노(破鏡奴)라 짓고 말 먹이는 일을 시켰다. 말들은 저절로 살쪄 여윈 것이 하나도 없었다.
>
> 하루는 천상의 선관들이 구름처럼 몰려와 말 먹일 꼴을 다투어 그에게 주었다. 이에 파경노는 말들을 풀어놓고 누워만 있었다. 날이 저물어 말들이 파경노가 누워 있는 곳에 와 그를 향해 머리를 숙이며 늘어서자 보는 자마다 모두 기이하게 여겼다. 승상 부인은 이 말을 듣고 승상에게 말했다.
>
> "파경노는 용모가 기이하고 탄복할 일이 많으니 필시 비범한 사람일 것입니다. 마부 일도, 천한 일도 맡기지 마세요."
>
> 승상이 옳게 여겨 그 말을 따랐다. 이전에 승상은 동산에 꽃과 나무를 많이 심었는데, 파경노에게 이를 기르게 했다. 이때부터 동산의 **화초**가 무성하며 조금도 시들지 않아, 봉황이 쌍쌍이 날아들어 꽃가지에 깃들었다.
>
> 열흘이 지났다. 파경노는 소저가 동산의 **꽃**을 보고 싶으나 파경노가 부끄러워 오지 못한다는 말을 들었다. 이에 파경노는 승상을 뵙고 말했다.
>
> "제가 이곳에 온 지 여러 해 지났습니다. 한 번도 노모를 뵙지 못했으니, 노모를 뵙고 올 말미를 주십시오."
>
> 승상은 닷새를 주었다. 소저는 파경노가 귀향했다는 소식을 듣고 동산에 들어와 꽃을 보고,
>
> "꽃이 난간 앞에서 웃는데 소리는 들리지 않네."라고 시를 지었다. 파경노는 꽃 사이에 숨어 있다가,
>
> "새가 숲 아래서 우는데 눈물 보기 어렵네."라고 **시**로 화답했다. 소저가 부끄러워 얼굴을 붉히며 돌아갔다.
>
> **[중략 부분 줄거리]** 중국 황제는 신라 왕에게 석함을 보내, 그 안에 있는 물건을 알아내 시를 지어 올리라 명한다. 신라 왕은 이를 해결하지 못하고 나업에게 과업을 넘긴다.
>
> 나업은 집으로 돌아와 석함을 안고 통곡했다. 파경노는 이 말을 듣고 사람들에게 왜 우는지를 물었다. 사람들이 모두 말해 주자, 자못 기쁨을 띠며 꽃가지를 꺾어 외청으로 갔다.
>
> 소저가 슬피 울다가 문득 벽에 걸린 **거울**에 비친 그림자를 보았다. 속으로 놀라 창틈으로 엿보니 파경노가 꽃을 들고 서 있었다. 소저가 이상히 여겨 묻자, 시치미를 떼며 말했다.
>
> "그대가 이 꽃을 보고 싶다 하여 그대를 위해 가져 왔소. 시들기 전에 받아 보시오."
>
> 소저가 한숨을 크게 쉬니, 파경노가 위로하며 말했다.
>
> "거울 속에 비친 이가 반드시 그대 근심을 없애 줄 것이오. 근심

> 치 말고 꽃을 받으시오."
>
> 소저가 꽃을 받고 부끄러워하며 안으로 들어갔다.
>
> 얼마 뒤 소저는 파경노의 말을 괴이히 여겨 승상께 말했다.
>
> "파경노가 비록 어리지만 재주가 남보다 뛰어나고, 신인(神人)의 기운이 있어 석함 속의 물건을 알아내어 **시**를 지을 수 있을 것입니다."
>
> 승상이 말했다.
>
> "너는 어찌 쉽게 말하느냐? 만약 파경노가 할 수 있다면 나라의 이름난 선비 가운데 한 명도 시를 짓지 못해 이 석함을 나에게 맡겼겠느냐?"
>
> 소저가 말했다.
>
> "뱁새는 비록 작지만 큰 새매를 살린다 합니다. 그가 비록 노둔하나 큰 재주를 지니고 있는지 어찌 알겠습니까?"
>
> 이어서 파경노가 걱정하지 말라고 했음을 고했다.
>
> "만약 그가 시를 지을 수 없다면 어찌 그런 말을 냈겠습니까? 원컨대 그를 불러 시험 삼아 시를 짓게 하소서."
>
> 승상이 파경노를 불러 구슬리며 말했다.
>
> "만약 이 석함 속의 물건을 알아내 시를 짓는다면 후한 상을 줄 것이며, 마땅히 네 뜻을 이루어 주겠다."
>
> 파경노가 거절하며 말했다.
>
> "비록 후한 상을 준다 한들 제가 어찌 시를 짓겠습니까?"
>
> 소저가 이 말을 듣고 승상에게 말했다.
>
> "살고 싶고 죽기 싫은 것이 인지상정입니다. 옛날에 어떤 이가 사형을 당하게 되었을 때, 그에게 '네가 만약 시를 짓는다면 내 마땅히 사면해 주겠다.' 했습니다. 그 사람은 무식한 이였으나 그 명을 따랐습니다. 하물며 파경노는 문학이 넉넉해 시를 지을 수 있지만 거짓으로 못하는 체하고 있습니다. 지금 아버님께서 그를 겁박하시면 어찌 삶을 좋아하고 죽음을 싫어하는 마음이 없어 복종치 않겠습니까?"
>
> 승상이 그럴듯하다 여기고 파경노를 불렀다.
>
> － 작자 미상, 「최고운전」 －

20. 윗글의 서술상 특징으로 가장 적절한 것은?

① 시간의 역전을 통해 사건의 진상을 밝히고 있다.
② 서술자의 개입을 통해 사건의 전모를 밝히고 있다.
③ 인물의 희화화를 통해 사건의 반전 효과를 나타내고 있다.
④ 인물 간의 대화를 통해 사건 해결의 방안을 제시하고 있다.
⑤ 꿈과 현실의 교차를 통해 앞으로 일어날 사건을 암시하고 있다.

21. 윗글의 내용에 대한 이해로 적절하지 <u>않은</u> 것은?

① 유모에게 주어 보낸 '거울'은 아이가 소저의 얼굴을 보게 되는 계기를 만들고, 벽에 걸린 '거울'은 파경노가 소저에게 자신의 존재감을 드러내는 계기를 만든다.

② 깨뜨린 '거울'은 아이가 파경노라는 이름을 얻고 승상의 집안으로 들어가는 계기가 되고, 파경노가 관리한 동산의 '화초'는 승상 부인으로부터 인정받는 계기로 작용한다.

③ 동산의 '꽃'은 소저가 보고 싶었으나 파경노로 인해 접근하기 어렵게 된 대상이고, 파경노가 들고 서 있던 '꽃'은 소저에게 자신의 마음을 전달하기 위한 수단이다.

④ 동산에서 화답한 '시'는 파경노가 소저와 교감하기 위해 읊은 것이고, 석함 속 물건에 대한 '시'는 파경노가 해결할 수 있다고 소저가 기대하는 과제이다.

⑤ 석함 속 물건에 대한 '시'는 나업에게 슬픔을 유발하는 과업이지만, 파경노에게는 소저의 슬픔을 해소시켜 줄 수 있는 수단이다.

22. 〈보기〉를 참고하여 윗글을 감상한 내용으로 적절하지 <u>않은</u> 것은? [3점]

─〈보 기〉─

「최고운전」은 비범한 인물로서의 최치원을 형상화했다. 주인공은 문제 해결의 국면에서 치밀함, 기지, 당당함을 보인다. 또한 초월적 존재의 도움을 받으면서도 이에 전적으로 의존하지 않고 자신이 지닌 신이한 능력을 발휘하여 개인의 문제와 국가의 과제를 직접 해결한다. 이는 당대 독자들이 원했던 새로운 영웅상을 최치원에 투영하여 작품 속에서 구현한 것이다.

① 아이가 헌 옷으로 바꾸어 입고 거울 고치는 장사라 속이는 장면은 최치원이 치밀한 면모를 지닌 인물임을 보여 주는군.

② 파경노에게 선관들이 몰려와 말먹이를 가져다주는 장면은 최치원이 초월적 존재에게 도움을 받는 인물임을 보여 주는군.

③ 파경노가 기른 뒤로 화초가 시들지 않아 봉황이 날아드는 장면은 최치원이 신이한 능력을 지닌 인물임을 보여 주는군.

④ 파경노가 노모를 핑계 삼아 말미를 얻는 장면은 최치원이 원하는 바를 얻기 위해 기지를 발휘하는 인물임을 보여 주는군.

⑤ 파경노가 승상의 제안을 거절하는 장면은 최치원이 보상을 추구하기보다 스스로 국가의 과제를 해결하려는 당당한 인물임을 보여 주는군.

• 홀수 기출 분석서 **문학** 문제 P.186 / 해설 P.332

[23~27] 다음 글을 읽고 물음에 답하시오.

(가)

이 몸 삼기실 제 님을 조차 삼기시니
혼싱 **연분(緣分)**이며 하ᄂᆞᆯ 모ᄅᆞᆯ 일이런가
나 ᄒᆞ나 **졈어 잇고** 님 ᄒᆞ나 날 괴시니
이 ᄆᆞᆷ 이 ᄉᆞ랑 견졸 ᄃᆡ 노여 업다
평싱(平生)애 원(願)ᄒᆞ요ᄃᆡ ᄒᆞᆫᄃᆡ 녜쟈 ᄒᆞ얏더니
늙거야 므ᄉᆞ 일로 외오 두고 그리ᄂᆞᆫ고
엇그제 님을 뫼셔 광한면(廣寒殿)의 올낫더니
그 더ᄃᆡ 엇디ᄒᆞ야 하계(下界)예 ᄂᆞ려오니
올 저긔 비슨 머리 헛틀언 디 **삼 년**일쇠
연지분(臙脂粉) 잇니마ᄂᆞᆫ 눌 위ᄒᆞ야 고이 홀고
ᄆᆞᄋᆞᆷ의 미친 실음 텹텹(疊疊)이 ᄡᅡ혀 이셔
짓ᄂᆞ니 한숨이오 디ᄂᆞ니 눈믈이라
인싱(人生)은 유훈(有限)ᄒᆞᆫᄃᆡ 시름도 그지업다
무심(無心)ᄒᆞᆫ 셰월(歲月)은 믈 흐ᄅᆞᆺ ᄒᆞᄂᆞᆫ고야
염냥(炎涼)이 ᄯᅢ룰 아라 **가는 ᄃᆞᆺ 고텨** 오니
듯거니 보거니 늣길 일도 하도 할샤
동풍이 건듯 부러 젹셜(積雪)을 헤텨 내니
창(窓) 밧긔 심근 **미화(梅花)** 두세 가지 픠여셰라
ᄀᆞ득 닝담(冷淡)ᄒᆞᆫᄃᆡ 암향(暗香)은 므ᄉᆞ 일고
황혼의 ᄃᆞᆯ이 조차 벼마틱 빗최니
늣기ᄂᆞᆫ ᄃᆞᆺ 반기ᄂᆞᆫ ᄃᆞᆺ **님이신가** 아니신가
뎌 미화 것거 내여 님 겨신 ᄃᆡ 보내오져
님이 너를 보고 엇더타 너기실고

　　　　　　　　　　　　　 – 정철, 「사미인곡」 –

(나)

창 밧긔 워석버석 **님이신가** 니러 보니
혜란(蕙蘭) 혜경(蹊徑)*에 낙엽은 므ᄉᆞ 일고
어즈버 유한(有限)ᄒᆞᆫ 간장(肝腸)이 **다** 그츨가 ᄒᆞ노라

　　　　　　　　　　　　　 – 신흠 –

*혜란 혜경: 난초 핀 지름길.

(다)

　나는 예전에 장흥방의 길갓집에 살았다. 그 집은 저잣거리에 제법 가까워서 소란스러웠다. 문 옆에 한 칸짜리 초당이 있어 볏짚으로 덮고 흙을 쌓았더니 그윽하고 조용해서 살 만했다. 그러나 초당이 동쪽으로 치우쳐 햇볕을 받았기에 여름이면 너무 더웠다. 그래서 '고요함이 더위를 이긴다[靜勝熱]'는 말을 당호(堂號)*로 정해 문설주에 편액을 해 걸어 두고 위안을 삼았다.

　대저 고요함에는 두 가지가 있으니 하나는 몸의 고요함이요, 다른 하나는 마음의 고요함이다. 몸이 고요한 사람은, 앉고 눕고 일어나고 서는 등 모든 행동에 있어 편안함을 취할 뿐이다. 마음이 고요한 사람은, 천하만사가 마치 촛불로 비춰 보고 거북으로 점을 치는 듯하니 시원한 날씨와 더운 날씨가 무슨 상관이 있겠는가? 그러므로 '고요함이 이긴다'고 한 지금의 말은 마음의 고요함을 가리킨다.

　그 집에서 이십 년을 살고 이사하였다. 그로부터 삼 년이 흐른 뒤

옛집을 찾아가 보았다. 그새 주인이 바뀐 지 여러 번이지만 집은 옛 모습 그대로였다.

은은하게 처마에 들어오는 산빛, 콸콸콸 담을 따라 도는 골짜기 물, 밀랍으로 발라 번들번들한 살창, 쪽빛으로 물들여 놓은 늘어진 천막.

(중략)

내가 여기에 살던 시절은 집안이 번성하던 때였다. 선친께서 승명전에 봉직하실 때라, 퇴근하신 밤이면 우리 형제들이 모시고 앉아 학문과 예술을 담론하고 옛일을 기록하거나, 시를 읽거나 거문고를 들었으니 유중영의 옛일*과 비슷하였다. 그 즐거움을 잊을 수는 없건마는 다시 되찾을 수는 없다!

『서경』에 '그릇은 새것을 찾고, 사람은 옛 사람을 찾는다.'라고 했다. 집 역시 그릇과 같이 무언가를 담는 부류이긴 하나, 사람은 집이 아니면 몸을 붙여 머물 데가 없고 집보다 더 거처를 많이 하는 것은 없으므로, 집은 그릇보다는 사람에 가깝다 하겠다. 그러니 어찌 그리워하지 않을 수 있으랴!

그렇지만 인간사가 벌써 바뀌어, 사물에 닿을 때마다 슬픔만 더하므로 이 집에 다시 살고 싶지는 않다. 마땅히 임원(林園)*에 집터를 보아 집을 지어서 옛 이름의 편액을 걸어 옛집에서 지녔던 뜻을 잊지 않으려 한다.

누군가는 '임원이 이미 고요하거늘, 지금 다시 '고요함이 이긴다'고 하면 또한 군더더기가 아닌가?'라고 말할 수 있으리라. 나는 답하리라. '고요한데 또 고요하니, 이것이야말로 고요함이라네.'라고.
          – 유본학, 「옛집 정승초당을 둘러보고 쓰다」 –

*당호: 집에 붙이는 이름.
*유중영의 옛일: 당나라 때 문신 유중영이 늘 책을 가까이하며 자식들을 가르치던 일.
*임원: 산림.

---

23. (가)와 (나)에 대한 설명으로 가장 적절한 것은?

① (가)의 '노여'와 (나)의 '다'라는 수식어는 모두 임에 대한 원망의 정서를 강조하기 위해 사용된 것이다.

② (가)의 'ㅎㄴ고야'와 (나)의 'ㅎ노라'는 모두 화자의 의지를 단정적인 종결형으로 나타낸 것이다.

③ (가)의 '미화'와 (나)의 '혜란'은 모두 화자와 동일시되는 자연물을 의인화하여 나타낸 것이다.

④ (가)의 '므스 일고'와 (나)의 '므스 일고'는 모두 뜻밖의 대상과 마주하게 된 반가움을 영탄적 어조로 표현한 것이다.

⑤ (가)의 '님이신가'와 (나)의 '님이신가'는 모두 임을 만나고 싶은 간절함을 독백적 어조로 드러낸 것이다.

---

24. 〈보기〉를 바탕으로 (가)를 감상한 내용으로 적절하지 <u>않은</u> 것은?

〈보 기〉

(가)에는 천상의 시간과 지상의 시간이 모두 나타난다. 천상에서는 지상과 달리 생로병사의 과정 없이 끝없는 사랑이 지속된다. 이러한 시간적 질서는 지상에 내려온 화자를 힘겹게 하는데, 이 과정에서 화자는 지상의 물리적 시간을 심리적으로 변형하여 자신의 심경을 드러낸다.

① 임과의 '연분'을 '하눌'과 연결 짓는 것은, 임과의 사랑이 천상의 시간 질서처럼 끝없이 이어지기를 바라는 마음이 반영된 것이라 볼 수 있겠어.

② '졈어 잇고'와 '늙거야'를 통해 화자가 천상의 시간에서 벗어나 지상의 시간으로 편입되었음을 알 수 있겠어.

③ '삼 년' 전을 '엇그제'로 인식하는 것에서, 임과 함께한 기억이 아직도 선명하게 남아 있어 지상의 물리적 시간이 심리적으로 압축되어 나타나고 있음을 알 수 있겠어.

④ '인성은 유혼'과 '무심혼 셰월'을 통해 지상의 시간적 질서에 따라 소망을 이룰 수 있는 시간이 줄고 있는 것에 대한 불안한 마음을 엿볼 수 있겠어.

⑤ '염냥'이 '가는 둧 고텨' 온다는 인식에서, 임과의 관계 단절에 따른 절망감으로 인해 지상의 물리적 시간이 심리적으로 지연되어 나타나고 있음을 알 수 있겠어.

---

25. 〈보기〉를 바탕으로 (나), (다)를 감상한 내용으로 적절하지 <u>않은</u> 것은? [3점]

〈보 기〉

고요함은 소리나 움직임이 없이 잠잠한 상태인 외적 고요와 마음이 평온한 상태인 내적 고요로 구분할 수도 있다. 이에 주목하여 (나)를 감상할 때, 화자가 처한 상황과 그에 따른 심리는 고요함의 측면에서 이해될 수 있다. 또한 (다)에서 필자는 고요함에 대한 통찰을 통해 자신이 처한 공간에서 내적 고요를 추구하려 하는데, 이를 통해 삶에서 느끼는 불편이나 슬픔을 이겨 내는 동력을 얻고 있다.

① (나)에서 '낙엽' 소리가 창 안에서도 들린다는 것은 화자가 외적 고요의 상태에 있었다는 것을 의미하겠군.

② (나)에서 '낙엽' 소리를 임이 오는 소리로 착각했다는 것은 화자의 심리가 내적 고요의 상태에 있지 못했기 때문이겠군.

③ (다)에서 '사물에 닿을 때마다 슬픔만 더'한다는 것은 옛집을 돌아본 경험이 필자로 하여금 내적 고요를 이루기 어렵게 만들었다는 인식이 반영된 것이겠군.

④ (다)에서 '옛집'의 '초당'에 붙였던 당호를 '임원'의 새집에서도 사용하겠다는 것은 필자가 외적 고요에 더해 내적 고요를 추구하고 있음을 보여 주는 것이겠군.

⑤ (다)에서 '누군가'가 '고요함이 이긴다'는 당호를 '군더더기'로 본다는 것은 외적 고요만으로는 삶에서 느끼는 불편이나 슬픔을 이겨 내기 어렵다고 여겼기 때문이겠군.

26. (가)와 (다)를 비교하여 이해한 내용으로 가장 적절한 것은?

① (가)와 (다) 모두 인간의 외양이 변화하는 상황에 대한 안타까움이 나타나 있다.

② (가)와 (다) 모두 오래된 것보다는 새로운 것을 더 중시하는 삶의 자세가 나타나 있다.

③ (가)와 (다) 모두 자신이 있는 공간에서 그 공간에 부재하는 대상을 떠올리는 상황이 나타나 있다.

④ (가)에는 인생의 허무함에 대한 순응적 태도가, (다)에는 인생의 허무함에 대한 극복 의지가 나타나 있다.

⑤ (가)에는 과거와 달라진 타인의 마음에 대한, (다)에는 과거와 달라진 자신의 마음가짐에 대한 아쉬움이 나타나 있다.

27. (다)에 대한 이해로 적절하지 않은 것은?

① 여름에 더웠던 경험을 바탕으로 옛집 초당의 당호를 정하게 된 내력을 서술하고 있다.

② 과거 인물의 행적에 비추어, 다시 찾은 옛집에서 떠올린 기억에 대한 감회를 드러내고 있다.

③ 새집에 붙이고자 하는 당호의 의미를 통해 옛집에서 다시 살고 싶어 하는 마음을 표현하고 있다.

④ 변함없는 옛집의 외양과 달리, 변해 버린 인간사로 인해 새집을 지으려는 마음을 갖게 되었음을 밝히고 있다.

⑤ 집이 그릇과 같은 부류이지만 사람을 담고 있는 존재라는 점에 주목하여 옛집에 대한 그리움을 부각하고 있다.

• 홀수 기출 분석서 문학 문제 P.038 / 해설 P.054

[28~30] 다음 글을 읽고 물음에 답하시오.

(가)
눈이 오는가 북쪽엔
함박눈 쏟아져 내리는가

험한 벼랑을 굽이굽이 돌아간
백무선 철길 위에
느릿느릿 밤새어 달리는
화물차의 검은 지붕에

연달린 산과 산 사이
너를 남기고 온
작은 마을에도 복된 눈 내리는가

잉크병 얼어드는 이러한 밤에
어쩌자고 잠을 깨어
그리운 곳 차마 그리운 곳

눈이 오는가 북쪽엔
함박눈 쏟아져 내리는가

 – 이용악, 「그리움」 –

(나)
왜 그곳이 자꾸 안 잊히는지 몰라
가름쟁이 사래 긴 우리 밭 그 건너의 논실 이센 밭
가장자리에 키 작은 탱자 울타리가 쳐진,
훗날 나 중학생이 되어
아침마다 콩밭 이슬을 무릎으로 적시며
그곳을 지나다녔지
수수알이 ㉠꽝꽝 여무는 가을이었을까
깨끗이 하얗게 부서지는 햇빛 밝은 여름날이었을까
아랫냇가 굽이치던 물길이 옆구리를 들이받아
벌건 황토가 드러난 그곳
허리 굵은 논실댁과 그의 딸 영자 영숙이 순임이가
밭 사이로 일어섰다 앉았다 하며 커다란 웃음들을 웃고
나 그 아래 냇가에 소고삐를 풀어놓고
어항을 놓고 있었던가 가재를 쫓고 있었던가
나를 부르는 소리 같기도 하고
㉡쏴르르 쏴르르 무엇이 물살을 헤짓는 소리 같기도 하여
고개를 들면 아, ㉢청청히 푸르던 하늘
갑자기 무섬증이 들어 언덕 위로 달려 오르면
들꽃 싸아한 향기 속에 두런두런 논실댁의 목소리와
㉣까르르 까르르 밭 가장자리로 울려 퍼지던
영자 영숙이 순임이의 청량한 웃음소리
나 그곳에 오래 앉아
푸른 하늘 아래 가을 들이 ㉤또랑또랑 익는 냄새며
잔돌에 호미 달그락거리는 소리 들었다
왜 그곳이 자꾸 안 잊히는지 몰라
소를 몰고 돌아오다가

혹은 객지로 나가다가 들어오다가
무엇이 나를 부르는 것 같아
나 오래 그곳에 서 있곤 했다
　　　　　　　　　　– 이시영, 「마음의 고향 2 – 그 언덕」 –

28. (가)에 대한 이해로 가장 적절한 것은?

① '오는가'를 '쏟아져 내리는가'로 변주하여 대상에 대한 화자의 거부감을 드러내고 있다.

② '돌아간'과 '달리는'의 대응을 활용하여 두 대상 간에 조성되는 긴장감을 묘사하고 있다.

③ '철길'에서 '화물차의 검은 지붕'으로 묘사의 초점을 이동하여 정적인 이미지를 강화하고 있다.

④ '잉크병'이라는 사물이 '얼어드는' 현상을 활용하여 화자가 처한 현실의 변화 가능성을 암시하고 있다.

⑤ '잠'을 깬 자신에게 '어쩌자고'라는 의문을 던져 현재의 상황에서 느끼는 화자의 애달픈 심정을 드러내고 있다.

29. ㉠~㉤의 의미를 고려하여 (나)를 감상한 내용으로 적절하지 않은 것은?

① ㉠을 활용하여 유년의 화자가 경험한 가을이 단단한 결실을 맺는 시간임을 부각하고 있군.

② ㉡을 활용하여 냇가에서 놀던 유년의 화자가 누군가 자신을 부르는 소리를 물소리로 느낀 경험을 부각하고 있군.

③ ㉢을 활용하여 유년의 화자에게 순간적 감동을 느끼게 한 맑고 푸른 하늘의 색채를 부각하고 있군.

④ ㉣을 활용하여 무섬증에 언덕을 달려 온 유년의 화자에게 또렷하게 인식된 이웃들의 밝은 웃음을 부각하고 있군.

⑤ ㉤을 활용하여 유년의 화자가 곡식이 익어 가는 들녘의 인상을 선명하게 지각한 경험을 부각하고 있군.

30. 〈보기〉를 참고하여 (가)와 (나)를 이해한 내용으로 적절하지 않은 것은? [3점]

〈보 기〉
　이용악과 이시영의 시 세계에서 고향은 창작의 원천이 되는 공간이다. 이용악의 시에서 고향은 척박한 국경 지역이지만 언젠가 돌아가야 할 근원적 공간으로 그려지는데, (가)에서는 가족이 기다리는 궁벽한 산촌으로 구체화된다. 이시영의 시에서 고향은 지금은 상실했지만 기억 속에서 계속 되살아나는 공간으로 그려지는데, (나)에서는 이웃들과 함께했던 삶의 터전이자 생명이 살아 숨 쉬는 평화로운 농촌으로 구체화된다.

① (가)는 '함박눈'으로 연상되는 겨울의 이미지를 통해 '북쪽' 국경 지역의 고향을, (나)는 '햇빛'을 받은 '깨꽃'에서 그려지는 여름의 이미지를 통해 생명력 넘치는 고향을 보여 준다.

② (가)는 '험한 벼랑' 너머 '산 사이'라는 위치를 통해 산촌 마을인 고향의 궁벽함을, (나)는 '소고삐'를 풀어놓고 '가재를 쫓'는 모습을 통해 농촌 마을인 고향의 평화로움을 보여 준다.

③ (가)는 '남기고' 온 '너'를 떠올림으로써 고향에서 기다리는 사람에 대한, (나)는 '밭 사이'에서 웃던 이웃들의 이름을 떠올림으로써 고향에서 함께 살아가던 이웃에 대한 기억을 보여 준다.

④ (가)는 '눈'을 '복된' 것으로 인식함으로써 고향에 돌아갈 날에 대한, (나)는 '무엇'이 '부르는 것 같'았던 언덕을 회상함으로써 고향으로의 귀환에 대한 기대를 드러낸다.

⑤ (가)는 '차마 그리운 곳'이라는 표현을 통해 근원적 공간인 고향에 대한 애틋함을, (나)는 '자꾸 안 잊히는지'라는 표현을 통해 내면에 존재하는 고향에 대한 변함없는 애정을 드러낸다.

▶ 소요 시간 　　분　　초

* 확인 사항
○ 답안지의 해당란에 필요한 내용을 정확히 기입(표기)했는지 확인하시오.

국어 영역

제 1 교시

• 홀수 기출 분석서 독서 문제 P.186 / 해설 P.363

[1~6] 다음 글을 읽고 물음에 답하시오.

(가)

미학은 예술과 미적 경험에 관한 개념과 이론에 대해 논의하는 철학의 한 분야로서, 미학의 문제들 가운데 하나가 바로 예술의 정의에 대한 문제이다. 예술이 자연에 대한 모방이라는 아리스토텔레스의 말에서 비롯된 모방론은, 대상과 그 대상의 재현이 닮은꼴이어야 한다는 재현의 투명성 이론을 ⓐ전제한다. 그러나 예술가의 독창적인 감정 표현을 중시하는 한편 외부 세계에 대한 왜곡된 표현을 허용하는 낭만주의 사조가 18세기 말에 등장하면서, 모방론은 많이 쇠퇴했다. 이제 모방을 필수 조건으로 삼지 않는 낭만주의 예술가의 작품을 예술로 인정해 줄 수 있는 새로운 이론이 필요했다.

20세기 초에 콜링우드는 진지한 관념이나 감정과 같은 예술가의 마음을 예술의 조건으로 규정하는 표현론을 제시하여 이 문제를 해결하였다. 그에 따르면, 진정한 예술 작품은 물리적 소재를 통해 구성될 필요가 없는 정신적 대상이다. 또한 이와 비슷한 ⓑ시기에 외부 세계나 작가의 내면보다 작품 자체의 고유 형식을 중시하는 형식론도 발전했다. 벨의 ⎡형식론⎤은 예술 감각이 있는 비평가들만이 직관적으로 식별할 수 있고 정의는 불가능한 어떤 성질을 일컫는 '의미 있는 형식'을 통해 그 비평가들에게 미적 정서를 유발하는 작품을 예술 작품이라고 보았다.

20세기 중반에, 뒤샹이 변기를 가져다 전시한 「샘」이라는 작품은 예술 작품으로 인정되지만 그것과 형식적인 면에서 차이가 없는 일반적인 변기는 예술 작품으로 인정되지 않는 이유를 설명하지 못하게 되자 두 가지 대응 이론이 나타났다. 하나는 우리가 흔히 예술 작품으로 분류하는 미술, 연극, 문학, 음악 등이 서로 이질적이어서 그것들 전체를 아울러 예술이라 정의할 수 있는 공통된 요소를 갖지 않는다는 웨이츠의 예술 정의 불가론이다. 그의 이론은 예술의 정의에 대한 기존의 이론들이 겉보기에는 명제의 형태를 취하고 있으나 사실은 참과 거짓을 판정할 수 없는 사이비 명제이므로, 예술의 정의에 대한 논의 자체가 불필요하다는 견해를 대변한다.

다른 하나는 예술계라는 어떤 사회 제도에 속하는 한 사람 또는 여러 사람에 의해 감상의 후보 자격을 수여받은 인공물을 예술 작품으로 규정하는 디키의 제도론이다. 하나의 작품이 어떤 특정한 기준에서 훌륭하므로 예술 작품이라고 부를 수 있다는 평가적 ⓒ이론들과 달리, 디키의 견해는 일정한 절차와 관례를 거치기만 하면 모두 예술 작품으로 볼 수 있다는 분류적 이론이다. 예술의 정의와 관련된 이 논의들은 예술로 분류할 수 있는 작품들의 공통된 본질을 찾는 시도이자 예술의 필요충분조건을 찾는 시도이다.

(나)

예술 작품을 어떻게 감상하고 비평해야 하는지에 대해 다양한 논의들이 있다. 예술 작품의 의미와 가치에 대한 해석과 판단은 작품을 비평하는 목적과 태도에 따라 달라진다. 예술 작품에 대한 주요 비평 방법으로는 맥락주의 비평, 형식주의 비평, 인상주의 비평이 있다.

㉠맥락주의 비평은 주로 예술 작품이 창작된 사회적 · 역사적 배경에 관심을 갖는다. 비평가 텐은 예술 작품이 창작된 당시 예술가가 살던 시대의 환경, 정치 · 경제 · 문화적 상황, 작품이 사회에 미치는 효과 등을 예술 작품 비평의 중요한 ⓓ근거로 삼는다. 그 이유는 예술 작품이 예술가가 속해 있는 문화의 상징과 믿음을 구체화하며, 예술가가 속한 사회의 특성들을 반영한다고 보기 때문이다. 또한 맥락주의 비평에서는 작품이 창작된 시대적 상황 외에 작가의 심리적 상태와 이념을 포함하여 가급적 많은 자료를 바탕으로 작품을 분석하고 해석한다.

그러나 객관적 자료를 중심으로 작품을 비평하려는 맥락주의는 자칫 작품 외적인 요소에 치중하여 작품의 핵심적 본질을 훼손할 우려가 있다는 비판을 받는다. 이러한 맥락주의 비평의 문제점을 극복하기 위한 방법으로는 형식주의 비평과 인상주의 비평이 있다. 형식주의 비평은 예술 작품의 외적 요인 대신 작품의 형식적 요소와 그 요소들 간 구조적 유기성의 분석을 중요하게 생각한다. 프리드와 같은 형식주의 비평가들은 작품 속에 표현된 사물, 인간, 풍경 같은 내용보다는 선, 색, 형태 등의 조형 요소와 비례, 율동, 강조 등과 같은 조형 원리를 예술 작품의 우수성을 판단하는 기준이라고 주장한다.

㉡인상주의 비평은 모든 분석적 비평에 대해 회의적인 ⓔ시각을 가지고 있어 예술을 어떤 규칙이나 객관적 자료로 판단할 수 없다고 본다. "훌륭한 비평가는 대작들과 자기 자신의 영혼의 모험들을 관련시킨다."라는 비평가 프랑스의 말처럼, 인상주의 비평은 비평가가 다른 저명한 비평가의 관점과 상관없이 자신의 생각과 느낌에 대하여 자율성과 창의성을 가지고 비평하는 것이다. 즉, 인상주의 비평가는 작가의 의도나 그 밖의 외적인 요인들을 고려할 필요 없이 비평가의 자유 의지로 무한대의 상상력을 가지고 작품을 해석하고 판단한다.

1. (가)와 (나)의 공통적인 내용 전개 방식으로 가장 적절한 것은?
① 대립되는 관점들이 수렴되어 가는 역사적 과정을 밝히고 있다.
② 화제에 대한 이론들을 평가하여 종합적 결론을 도출하고 있다.
③ 화제가 사회에 미치는 영향들을 분석하여 서로 간의 차이를 밝히고 있다.
④ 화제와 관련된 관점의 문제점을 제시하고 대안적 관점을 소개하고 있다.
⑤ 화제와 관련된 하나의 사례를 중심으로 다양한 이론을 시대순으로 나열하고 있다.

2. (가)의 ⎡형식론⎤에 대한 이해로 가장 적절한 것은?
① 미적 정서를 유발할 수 있는 어떤 성질을 근거로 예술 작품의 여부를 판단한다.
② 모든 관람객이 직관적으로 식별할 수 있는 형식을 통해 예술 작품의 여부를 판단한다.
③ 감정을 표현하는 모든 작품은 그 작품이 정신적 대상이더라도 예술 작품이라고 주장한다.
④ 외부 세계의 형식적 요소를 작가 내면의 관념으로 표현하는 것을 예술의 조건이라고 주장한다.
⑤ 특정한 사회 제도에 속하는 모든 예술가와 비평가가 자격을 부여한 작품을 예술 작품으로 판단한다.

14
회

3. (가)에 등장하는 이론가와 예술가들이 상대의 견해나 작품을 평가할 수 있는 말로 적절하지 <u>않은</u> 것은?

① 모방론자가 뒤샹에게: 당신의 작품 「샘」은 변기를 닮은 것이 아니라 변기 그 자체라는 점에서 예술 작품이 되기 위한 필요충분조건을 갖추고 있습니다.

② 낭만주의 예술가가 모방론자에게: 대상을 재현하기만 하면 예술가의 감정을 표현하지 않은 작품도 예술 작품으로 인정하는 당신의 견해는 받아들일 수 없습니다.

③ 표현론자가 낭만주의 예술가에게: 당신의 작품은 예술가의 마음을 표현했으니 대상을 있는 그대로 표현하지 않았더라도 예술 작품입니다.

④ 뒤샹이 제도론자에게: 예술계에서 일정한 절차와 관례를 거치면 예술 작품이라는 당신의 주장은 저의 작품 「샘」 외에 다른 변기들도 예술 작품이 될 수 있음을 인정하는 것입니다.

⑤ 예술 정의 불가론자가 표현론자에게: 당신이 예술가의 관념을 예술 작품의 조건으로 규정할 때 사용하는 명제는 참과 거짓을 판단할 수 없기 때문에 받아들일 수 없습니다.

4. 다음은 비평문을 쓰기 위해 미술 전람회에 다녀온 학생이 (가)와 (나)를 읽은 후 작성한 메모의 일부이다. 메모의 내용이 적절하지 <u>않은</u> 것은?　　　　[3점]

■ 작품 정보 요약
- 작품 제목: 「그리움」
- 팸플릿의 설명
  - 화가 A가, 화가였던 자기 아버지가 생전에 신던 낡고 색이 바랜 신발을 보고 그린 작품임.
  - 화가 A의 예술적 정신을 궁핍하게 살면서도 예술혼을 잃지 않고 작품 활동을 했던 아버지의 삶에서 영향을 받았음.
- 작품 전체에 따뜻한 계열의 색이 주로 사용됨.

■ 비평문 작성을 위한 착안점
○ 콜링우드의 관점을 적용하면, 화가 A가 낡은 신발을 그린 것에서 아버지에 대한 그리움을 갖고 있었으리라는 점을 제시할 수 있겠군. ……………… ①
○ 디키의 관점을 적용하면, 평범한 신발이 특별한 이유는 신발의 원래 주인이 화가였다는 사실에 있음을 언급하여 이 그림을 예술 작품으로 평가할 수 있겠군. ……………… ②
○ 텐의 관점을 적용하면, 이 작품에서 아버지의 낡은 신발은 화가 A가 추구하는 예술가 정신의 상징임을 팸플릿 정보를 근거로 해석할 수 있겠군. ……………… ③
○ 프리드의 관점을 적용하면, 따뜻한 계열의 색들을 유기적으로 구성한 점에서 이 그림이 우수한 작품임을 언급할 수 있겠군. ……………… ④
○ 프랑스의 관점을 적용하면, 그림 속의 낡고 색이 바랜 신발을 보고, 지친 나의 삶에서 편안함과 여유를 느꼈음을 서술할 수 있겠군. ……………… ⑤

5. 피카소의 「게르니카」에 대해 〈보기〉의 A는 ㉠의 관점, B는 ㉡의 관점에서 비평한 내용이다. (나)를 바탕으로 A, B를 이해한 내용으로 적절하지 <u>않은</u> 것은?

────〈보 기〉────

피카소, 「게르니카」

A: 1937년 히틀러가 바스크 산악 마을인 '게르니카'에 30여 톤의 폭탄을 퍼부어 수많은 인명을 살상한 비극적 사건의 참상을, 울부짖는 말과 부러진 칼 등의 상징적 이미지를 사용하여 전 세계에 고발한 기념비적인 작품이다.

B: 뿔 달린 동물은 슬퍼 보이고, 아이는 양팔을 뻗어 고통을 호소하고 있다. 우울한 색과 기괴한 형태들이 나를 그 속으로 끌어들이는 듯하다. 그러나 빛이 보인다. 고통과 좌절감이 느껴지지만 희망을 갈구하는 훌륭한 작품이다.

① A에서 '1937년'에 '게르니카'에서 발생한 사건을 언급한 것은 역사적 정보를 바탕으로 작품을 해석하기 위한 것이겠군.
② A에서 비극적 참상을 '전 세계에 고발'하였다고 서술한 것은 작품이 사회에 미치는 효과를 드러내고자 한 것이겠군.
③ B에서 '슬퍼 보이고'와 '고통을 호소하고'라고 서술한 것은 작가의 심리적 상태를 표현하려는 것이겠군.
④ B에서 '우울한 색과 기괴한 형태'를 언급한 것은 비평가의 주관적 인상을 반영하기 위한 것이겠군.
⑤ B에서 '희망을 갈구하는'이라고 서술한 것은 비평가의 자유로운 상상력이 반영된 것이겠군.

6. 문맥을 고려할 때, 밑줄 친 말이 ⓐ~ⓔ의 동음이의어인 것은?

① ⓐ: 모든 인간은 평등하다고 전제(前提)해야 한다.
② ⓑ: 가을은 오곡백과가 무르익는 시기(時期)이다.
③ ⓒ: 이 문제에 대해서는 이론(異論)의 여지가 없다.
④ ⓓ: 이 소설은 사실을 근거(根據)로 하여 쓰였다.
⑤ ⓔ: 청소년의 시각(視角)으로 이 문제를 살펴보자.

▶ 소요 시간 　　분　　초

• 홀수 기출 분석서 독서 문제 P.084 / 해설 P.150

[7~11] 다음 글을 읽고 물음에 답하시오.

국가, 지방 자치 단체와 같은 행정 주체가 행정 목적을 ⓐ실현하기 위해 국민의 권리를 제한하거나 국민에게 의무를 부과하는 '행정 규제'는 국회가 제정한 법률에 근거해야 한다. 그러나 국회가 아니라, 대통령을 수반으로 하는 행정부나 지방 자치 단체와 같은 행정 기관이 제정한 법령인 행정입법에 의한 행정 규제의 비중이 커지고 있다. 드론과 관련된 행정 규제 사항들처럼, 첨단 기술과 관련되거나, 상황 변화에 즉각 대처해야 하거나, 개별적 상황을 ⓑ반영하여 규제를 달리해야 하는 행정 규제 사항들이 늘어나고 있기 때문이다. 행정 기관은 국회에 비해 이러한 사항들을 다루기에 적합하다.

행정입법의 유형에는 위임명령, 행정규칙, 조례 등이 있다. 헌법에 따르면, 국회는 행정 규제 사항에 관한 법률을 제정할 때 특정한 내용에 관한 입법을 행정부에 위임할 수 있다. 이에 따라 제정된 행정입법을 위임명령이라고 한다. 위임명령은 제정 주체에 따라 대통령령, 총리령, 부령으로 나누어진다. 이들은 모두 국민에게 적용되기 때문에 입법예고, 공포 등의 절차를 거쳐야 한다. 위임명령은 입법부인 국회가 자신의 권한의 일부를 행정부에 맡겼기 때문에 정당화될 수 있다. 그래서 특정한 행정 규제의 근거 법률이 위임명령으로 제정할 사항의 범위를 정하지 않은 채 위임하는 포괄적 위임은 헌법상 삼권 분립 원칙에 저촉된다. 위임된 행정 규제 사항의 대강을 위임 근거 법률의 내용으로부터 ⓒ예측할 수 있어야 한다는 것이다. 다만 행정 규제 사항의 첨단 기술 관련성이 클수록 위임 근거 법률이 위임할 수 있는 사항의 범위가 넓어진다. 한편, 위임명령이 법률로부터 위임받은 범위를 벗어나서 제정되거나, 위임 근거 법률이 사용한 어구의 의미를 확대하거나 축소하여 제정되어서는 안 된다. ㉠위임명령이 이러한 제한을 위반하여 제정되면 효력이 없다.

행정규칙은 원래 행정부의 직제나 사무 처리 절차에 관한 행정입법으로서 고시(告示), 예규 등이 여기에 속한다. 일반 국민에게는 직접 적용되지 않기 때문에, 법률로부터 위임받지 않아도 유효하게 제정될 수 있고 위임명령 제정 시와 동일한 절차를 거칠 필요가 없다. 그러나 행정 규제 사항에 관하여 행정규칙이 제정되는 예외적인 경우도 있다. 위임된 사항이 첨단 기술과의 관련성이 매우 커서 위임명령으로는 ⓓ대응하기 어려워 불가피한 경우, 위임 근거 법률이 행정입법의 제정 주체만 지정하고 행정입법의 유형을 지정하지 않았다면 위임된 사항이 고시나 예규로 제정될 수 있다. 이런 경우의 행정규칙은 위임명령과 달리, 입법예고, 공포 등을 거치지 않고 제정된다.

조례는 지방 의회가 제정하는 행정입법으로 지역의 특수성을 반영하여 제정되고 지역에서 발생하는 사안에 대해 적용된다. 제정 주체가 지방 자치 단체의 기관인 지방 의회라는 점에서 행정부에서 제정하는 위임명령, 행정규칙과 ⓔ구별된다. 조례도 행정 규제 사항을 규정하려면 법률의 위임에 근거해야 한다. 또한 법률로부터 포괄적 위임을 받을 수 있지만 위임 근거 법률이 사용한 어구의 의미를 다르게 사용할 수 없다. 조례는 입법예고, 공포 등의 절차를 거쳐 제정된다.

7. 윗글의 내용과 일치하는 것은?

① 행정입법에 속하는 법령들은 제정 주체가 동일하다.
② 행정입법에 속하는 법령들은 모두 개별적 상황과 지역의 특수성을 반영한다.
③ 행정입법에 속하는 법령들은 모두 정당성을 확보하기 위하여 국회의 위임에 근거한다.
④ 행정 규제 사항에 적용되는 행정입법은 모두 포괄적 위임이 금지되어 있다.
⑤ 행정부가 국회보다 신속히 대응할 수 있는 행정 규제 사항은 행정입법의 대상으로 적합하다.

8. ㉠의 이유로 가장 적절한 것은?

① 그 위임명령이 법률의 근거 없이 행정 규제 사항을 규정했기 때문이다.
② 그 위임명령이 포괄적 위임을 받아 제정된 경우에 해당하기 때문이다.
③ 그 위임명령이 첨단 기술에 대한 내용을 정확히 반영하지 않았기 때문이다.
④ 그 위임명령이 국민의 권리를 제한하는 권한을 행정 기관에 맡겼기 때문이다.
⑤ 그 위임명령이 구체적 상황의 특성을 반영한 융통성 있는 대응을 하지 못했기 때문이다.

9. 행정규칙에 관한 설명 중 적절하지 않은 것은?

① 행정부의 직제나 사무 처리 절차를 규정하는 경우, 법률의 위임이 요구되지 않는다.

② 행정부의 직제나 사무 처리 절차를 규정하는 경우, 일반 국민에게 직접 적용되지 않는다.

③ 행정 규제 사항을 규정하는 경우, 위임명령의 제정 절차를 따르지 않는다.

④ 행정 규제 사항을 규정하는 경우, 위임 근거 법률의 위임을 받은 제정 주체에 의해 제정된다.

⑤ 행정 규제 사항을 규정하는 경우, 위임 근거 법률로부터 위임받을 수 있는 사항의 범위가 위임명령과 같다.

10. 윗글을 바탕으로 〈보기〉의 ㉮~㉱에 대해 이해한 내용으로 가장 적절한 것은? [3점]

─〈보 기〉─

갑은 새로 개업한 자신의 가게 홍보를 위해 인근 자연 공원에 현수막을 설치하려고 한다. 현수막 설치에 관한 행정 규제의 내용을 확인하기 위해 ○○ 시청에 문의하고 아래와 같은 회신을 받았다.

문의하신 내용에 대해 다음과 같이 알려 드립니다.
㉮「옥외광고물 등의 관리와 옥외광고산업 진흥에 관한 법률」제3조(광고물 등의 허가 또는 신고)에 따른 허가 또는 신고 대상 광고물에 관한 사항은 대통령령인 ㉯「옥외광고물 등의 관리와 옥외광고산업 진흥에 관한 법률 시행령」제5조에 규정되어 있습니다. 이에 따르면 문의하신 규격의 현수막을 설치하시려면 설치 전에 신고하셔야 합니다.
또한 위 법률 제16조(광고물 실명제)에 의하면, 신고 번호, 표시 기간, 제작자명 등을 표시하도록 규정하고 있습니다. 표시하는 방법에 대해서는 ㉰○○시 지방 의회에서 제정한 법령에 따르셔야 합니다.

① ㉮의 제3조의 내용에서 ㉯의 제5조의 신고 대상 광고물에 관한 사항의 구체적 내용을 확인할 수 있겠군.

② ㉯의 제5조는 ㉮의 제16조로부터 제정할 사항의 범위가 정해져 위임을 받았겠군.

③ ㉯는 ㉰와 달리 입법예고와 공포 절차를 거쳤겠군.

④ ㉯에 나오는 '광고물'의 의미와 ㉰에 나오는 '광고물'의 의미는 일치하겠군.

⑤ ㉰를 준수해야 하는 국민 중에는 ㉯를 준수하지 않아도 되는 국민이 있겠군.

11. 문맥상 ⓐ~ⓔ와 바꿔 쓰기에 가장 적절한 것은?

① ⓐ: 나타내기

② ⓑ: 드러내어

③ ⓒ: 헤아릴

④ ⓓ: 마주하기

⑤ ⓔ: 달라진다

• 홀수 기출 분석서 독서 문제 P.124 / 해설 P.239

[12~15] 다음 글을 읽고 물음에 답하시오.

질병을 유발하는 병원체에는 세균, 진균, 바이러스 등이 있다. 생명체의 기본 구조에 속하는 세포막은 지질을 주성분으로 하는 이중층이다. 세균과 진균은 일반적으로 세포막 바깥 부분에 세포벽이 있고, 바이러스의 표면은 세포막 대신 캡시드라고 부르는 단백질로 이루어져 있다. 바이러스의 종류에 따라 캡시드 외부가 지질을 주성분으로 하는 피막으로 덮인 경우도 있다. 한편 진균과 일부 세균은 다른 병원체에 비해 건조, 열, 화학 물질에 저항성이 강한 포자를 만든다.

생활 환경에서 병원체의 수를 억제하고 전염병을 예방하기 위한 목적으로 사용하는 방역용 화학 물질을 '항(抗)미생물 화학제'라 한다. 항미생물 화학제는 다양한 병원체가 공통으로 갖는 구조를 구성하는 성분들에 화학 작용을 일으키므로 광범위한 살균 효과가 있다. 그러나 병원체의 구조와 성분은 병원체의 종류에 따라 완전히 같지는 않으므로, 동일한 항미생물 화학제라도 그 살균 효과는 다를 수 있다.

항미생물 화학제 중 ㉠멸균제는 포자를 포함한 모든 병원체를 파괴한다. ㉡감염방지제는 포자를 제외한 병원체를 사멸시키는 화합물로 병원, 공공시설, 가정의 방역에 사용된다. 감염방지제 중 독성이 약해 사람의 피부나 상처 소독에도 사용이 가능한 항미생물 화학제를 ㉢소독제라 한다. 사람의 세포막도 지질 성분으로 이루어져 있어 소독제라 하더라도 사람의 세포를 죽일 수 있으므로, 눈이나 호흡기 등의 점막에 접촉하지 않도록 주의해야 한다. 따라서 항미생물 화학제는 병원체에 대한 최대의 방역 효과와 인체 및 환경에 대한 최고의 안전성을 확보할 수 있도록 종류별 사용법을 지켜야 한다.

항미생물 화학제의 작용기제는 크게 병원체의 표면을 손상시키는 방식과 병원체 내부에서 대사 기능을 저해하는 방식으로 나눌 수 있지만, 많은 경우 두 기제가 함께 작용한다. 고농도 에탄올 등의 알코올 화합물은 세포막의 기본 성분인 지질을 용해시키고 단백질을 변성시키며, 병원성 세균에서는 세포벽을 약화시킨다. 또한 알코올 화합물은 지질 피막이 없는 바이러스보다 지질 피막이 있는 병원성 바이러스에서 방역 효과가 크다. 지질 피막은 병원성 바이러스가 사람을 감염시키는 과정에서 중요한 역할을 하기 때문에, 지질을 손상시키는 기능을 가진 항미생물 화학제만으로도 병원성 바이러스에 대한 방역 효과가 있다. 지질 피막의 유무와 관계없이 다양한 바이러스의 감염 예방을 위해서는 하이포염소산 소듐 등의 산화제가 널리 사용된다. 병원성 바이러스의 방역에 사용되는 산화제는 바이러스의 공통적인 표면 구조를 이루는 캡시드를 손상시키는 기능이 있어 바이러스를 파괴하거나 바이러스의 감염력을 잃게 한다.

병원체의 표면에 생긴 약간의 손상이 병원체를 사멸시키는 데 충분하지 않더라도, 항미생물 화학제가 내부로 침투하면 살균 효과가 증가한다. 알킬화제와 산화제는 병원체의 내부로 침투하면 필수적인 물질 대사를 정지시킨다. 글루타르 알데하이드와 같은 알킬화제가 알킬 작용기를 단백질에 결합시키면 단백질을 변성시켜 기능을 상실하게 하고, 핵산의 염기에 결합시키면 핵산을 비정상 구조로 변화시켜 유전자 복제와 발현을 교란한다. 산화제인 하이포염소산 소듐은 병원체 내에서 불특정 단백질들을 산화시켜 단백질로 이루어진 효소들의 기능을 비활성화하고 병원체를 사멸에 이르게 한다.

12. 윗글에서 답을 찾을 수 있는 질문에 해당하지 <u>않는</u> 것은?

① 병원성 세균은 어떤 작용기제로 사람을 감염시킬까?

② 알코올 화합물은 병원성 세균의 살균에 효과가 있을까?

③ 바이러스와 세균의 표면 구조는 어떤 차이가 있을까?

④ 병원성 바이러스 감염 예방을 위한 방역에 사용되는 물질에는 무엇이 있을까?

⑤ 항미생물 화학제가 병원체에 대해 광범위한 살균 효과를 나타내는 이유는 무엇일까?

13. 윗글을 읽고 이해한 내용으로 적절하지 <u>않은</u> 것은?

① 고농도 에탄올은 지질 피막이 있는 바이러스에 방역 효과가 있다.

② 하이포염소산 소듐은 병원체의 내부가 아니라 표면의 단백질을 손상시킨다.

③ 진균의 포자는 바이러스에 비해서 화학 물질에 대한 저항성이 더 강하다.

④ 알킬화제는 병원체 내 핵산의 염기에 알킬 작용기를 결합시켜 유전자의 발현을 방해한다.

⑤ 산화제가 다양한 바이러스를 사멸시키는 것은 그 산화제가 바이러스의 공통적인 구조를 구성하는 성분들에 작용하기 때문이다.

14. ㉠~㉢에 대한 설명으로 적절한 것은?

① ㉠과 ㉡은 모두, 질병의 원인이 되는 진균의 포자와 바이러스를 사멸시킬 수 있다.

② ㉠과 ㉢은 모두, 생활 환경의 방역뿐 아니라 사람의 상처 소독에 적용 가능하다.

③ ㉡과 ㉢은 모두, 바이러스의 종류에 따라 살균 효과가 달라질 수 있다.

④ ㉠은 ㉡과 달리, 세포막이 있는 병원성 세균은 사멸시킬 수 있으나 피막이 있는 병원성 바이러스는 사멸시킬 수 없다.

⑤ ㉡은 ㉢과 달리, 인체에 해로우므로 사람의 점막에 직접 닿아서는 안 된다.

15. 〈보기〉는 윗글을 읽은 학생이 '가상의 실험 결과'를 보고 추론한 내용이다. [가]에 들어갈 말로 적절하지 <u>않은</u> 것은? [3점]

─── 〈보 기〉 ───

○ 가상의 실험 결과

> 항미생물 화학제로 사용되는 알코올 화합물 A를 변환시켜 다음과 같은 결과를 얻었다.
>
> **[결과 1]** A에서 지질을 손상시키는 기능만을 약화시켜 B를 얻었다.
>
> **[결과 2]** A에서 캡시드를 손상시키는 기능만을 강화시켜 C를 얻었다.
>
> **[결과 3]** B에서 캡시드를 손상시키는 기능만을 강화시켜 D를 얻었다.

○ 학생의 추론: 화합물들의 방역 효과와 안전성을 비교해 보면,

┌─────────────────┐
│   [가]   │ 고 추론할 수 있어.
└─────────────────┘

(단, 지질 손상 기능과 캡시드 손상 기능은 서로 독립적이며, 화합물 A, B, C, D의 비교 조건은 모두 동일하다고 가정함.)

① B는 A에 비해 지질 피막이 있는 바이러스에 대한 방역 효과는 작고, 인체에 대한 안전성은 높다

② C는 A에 비해 지질 피막이 없는 바이러스에 대한 방역 효과는 크고, 인체에 대한 안전성은 같다

③ C는 B에 비해 지질 피막이 있는 바이러스에 대한 방역 효과는 크고, 인체에 대한 안전성은 같다

④ D는 A에 비해 지질 피막이 없는 바이러스에 대한 방역 효과는 크고, 인체에 대한 안전성은 높다

⑤ D는 B에 비해 지질 피막이 없는 바이러스에 대한 방역 효과는 크고, 인체에 대한 안전성은 같다

▶ 소요 시간 　　 분 　　 초

• 홀수 기출 분석서 문학 문제 P.094 / 해설 P.164

[16~19] 다음 글을 읽고 물음에 답하시오.

안승학은 원래 이 고을 읍내에서 살았다. 지금부터 이십 년 전만 해도 그는 다 찌그러진 오막살이에서 **콩나물죽으로 연명하**던 처지였다. 그러던 사람이 오늘은 수백 석 추수를 하고 서울 사는 민판서 집 **사음***까지 얻어서 이 동리로 옮겨 앉은 것이다.

그것은 안승학의 **근본**을 아는 사람은 누구나 놀랄 만한 일이었다. 그는 **지체도 없고** 형세도 없이 타관에서 떠들어온 사람이었다. 그러므로 이 고을에는 그의 일가친척이라고는 면 서기를 다니는 아우 하나밖에 아무도 없다. 그의 부친은 경기도 죽산이라던가 어디서 호방 노릇을 하던 아전이었다는데 승학이가 성년 되기 전에 별세하고 그의 모친도 부친이 돌아간 지 삼년 만에 마저 세상을 떠났다 한다. 그래서 거기서는 살 수가 없어서 아내와 어린 동생 하나를 데리고 이 고장으로 들어왔다. 이 고을 읍내에는 그의 처가가 사는 터이므로.

[A]

처가도 역시 가난하였으나 그래도 처가 끝으로 옹대가리나마 다시 장만해 놓고 살림이라고 떠벌였다.

그런데 그 **무렵**이 마침 **경부선이 개통**한 직후이다. 이 근처 사람들은 생전 처음 보는 기차와 정거장과 전봇대를 보고 경이의 눈을 크게 떴다.

안승학은 지금도 그때 **목판차를 맨 처음으로** 먼저 타고 서울을 가 보았다는 것을 자랑삼아 말하였다. 그때 그는 어떤 **친구의 심부름으로** 혼수 흥정을 하러 따라간 것이었다.

그의 **자만(自慢)**은 그것뿐만 아니었다. 그는 경기도 출생이라고 이 지방에서는 제일 똑똑한 체를 하였다.

우편소가 새로 생긴 것을 보고 이웃 사람들은 그게 무엇인지 몰라서 겁을 잔뜩 집어먹고 있었다. 장승같이 늘어선 전봇대에는 노상 잉－하는 소리가 들렸다. 그것은 전신줄을 감은 사기 안에다 귀신을 잡아넣어서 그런 소리가 무시로 난다는 것이다. 그리고 우편소 안에는 무슨 이상한 기계를 해 앉히고 거기서는 무시로 괴상한 소리가 들렸다. 그래서 이웃 사람들은 그것도 무슨 귀신을 잡아넣어서 그런 소리가 들리는 것이라고 하였다.

[B]

그럴 때에 안승학은 마술사처럼 이 귀신을 부리는 재주를 그들 앞에서 시험해 보였다.

그는 엽서 한 장을 사서 자기 집 통호수와 자기 이름을 쓰고 편지 사연을 써서 우편통 안으로 집어넣었다. 그리고 그들에게 장담하기를 이것이 오늘 해전 안에 우리 집으로 들어갈 터이니가 보자는 것이었다. 과연 그날 저녁때다. 지옥사자 같은 누렁 옷을 입은 사람은 안승학의 집에 엽서 한 장을 던지고 갔다. 그것은 아까 써 넣던 그 엽서였다.

"참, 조홧속이다!"

하고 그들은 일시에 소리를 질렀다.

(중략)

안승학이는 사랑방에서 혼자 앉아서 금테 안경을 콧잔등에 걸고는 문서질을 하다가 인동이를 앞세우고 김선달 조첨지 수동이아버지 희준이 이렇게 다섯 사람이 일시에 달려드는 것을 보고 적이 마음에 불안을 느꼈다.

그래 그는 붓을 놓고서 마당을 내려다보며

"무슨 일들인가? 식전 댓바람에 내 집을 이렇게 찾아오거든 문간에서 주인을 찾고 들어와야지."

매우 위엄스럽게 하는 말이었다.

"아무도 없는데 누구보고 말하랍니까? 대문 기둥에다 대고 말씀하랍시오."

김선달 받는 말이다.

저런 괘씸한 놈 말하는 것 좀 봐…… 그런데 행랑 놈은 어디를 갔기에 문간에 아무도 없었더람! 안승학은 속으로 분해했다.

그러나 **호령할 용기**는 생기지 않는다. 희준이와 인동이와 김선달은 신발을 벗고 마루에 올라가 앉았다.

조첨지와 수동 아버지는 뜰아래서 올라갈까 말까 하는 눈치다.

"하여간 무슨 일들인가?"

안승학은 얼른 이야기나 들어보고 돌려보내자는 계획이다.

"저희들이 이렇게 댁을 찾아왔을 때는 무슨 별다른 소관사가 있겠습니까…… 지난번에도 왔다가 코만 떼우고 갔습니다만 대관절 어떻게 저희들의 |요구 조건|을 들어주시겠습니까?"

희준이가 정식으로 말을 꺼냈다.

"그따위 이야기를 할 작정으로 이렇게들 식전 아침에 왔어? 못들어주겠어! 벌써 여러 번째 요구 조건은 들을 수 없다고 말했는데, 자꾸 조르기만 하면 될 줄 아는가? 어림없지…… 괜히 그러지들 말고 일찍이 **나락을 베는 것**이 당신들에게 유익할 것이야……."

안승학이는 긴 장죽에 담배를 한 대 담아 가지고 불을 붙이기 위해서 성냥을 세 개비나 허비했건만 잘 붙지 아니하므로 그래 네번째 불을 댕겨서는 쉴 새 없이 빠끔빠끔 빨다가 그만 입귀로 붉은 침을 주르르 흘리고서는 제 풀에 화가 나서 담뱃대를 탁 밀어 내던진다.

"괜스리 시간만 낭비하고 **피차의 물질상 손해**만 더 나게 하지 말고 어서 돌아가서 잘들 의논해서 오늘부터라도 일을 시작하란 말이야! 나도 아침부터 바쁜 일이 있으니 어서들 가소."

"그래 정녕코 요구 조건을 못 들어주시겠다는 말씀이지요."

"암!"

－ 이기영, 「고향」 －

*사음: 마름. 지주를 대리하여 소작권을 관리하는 사람.

16. [A]의 서술상 특징에 대한 설명으로 가장 적절한 것은?

① 서술 대상에 대한 독백적 서술을 통해 서술 대상에 대한 정서적 반응이 제시되고 있다.

② 서술 대상에 대한 회고적 서술을 통해 서술 대상에 대한 성찰적 태도가 드러나고 있다.

③ 서술 대상에 대한 병렬적 서술을 통해 서술 대상에 관한 정보가 반복적으로 제시되고 있다.

④ 서술 대상에 대한 묘사적 서술을 통해 서술 대상에 관한 정보가 단계적으로 제시되고 있다.

⑤ 서술 대상에 대한 요약적 서술을 통해 서술 대상에 관한 정보가 개괄적으로 제시되고 있다.

17. [B]에 대한 이해로 적절하지 <u>않은</u> 것은?

① 새로운 문물의 도입이 사람들의 의식을 혼란스럽게 하는 상황이 나타나고 있다.

② 새로운 문물이 실생활에 쓰이는 현장을 소개함으로써 사람들의 생활 방식이 변해야 함을 알려 주고 있다.

③ 새로운 문물의 이용 방법을 알고 있는 인물과 그렇지 못한 사람들 간에 문물에 대한 이해의 차이가 있음이 드러나고 있다.

④ 새로운 문물을 접한 사람들의 반응이 직접적으로 드러남으로써 새로운 세상의 도래에 대한 정서적 충격을 표현하고 있다.

⑤ 새로운 문물에서 신이한 현상을 연상하는 사람들의 반응을 통해 낯선 문물이 도입될 당시의 문화적인 환경을 보여 주고 있다.

18. 요구 조건 을 중심으로 윗글을 이해한 내용으로 적절하지 <u>않은</u> 것은?

① '요구 조건'을 관철시키러 온 '김선달'의 '안승학'에 대한 비아냥거리는 태도가 표출되고 있다.

② '요구 조건'의 이행을 요청하는 '희준'에 대해 '안승학'의 거부 의사가 직접적으로 표출되고 있다.

③ '요구 조건'의 불이행 때문에 벌어질 일을 경고하는 '희준'에 대해 '안승학'이 염려하고 있음이 암시되어 있다.

④ '요구 조건'의 수락 여부를 둘러싸고 빚어진 '안승학'과 '다섯 사람' 간의 갈등 양상이 긴장된 분위기를 자아내고 있다.

⑤ '요구 조건'에 대한 확답을 받기 원하는 '다섯 사람'의 갑작스러운 방문에 대한 '안승학'의 심리적인 동요가 제시되고 있다.

19. 〈보기〉를 참고하여 윗글을 감상한 내용으로 적절하지 <u>않은</u> 것은? [3점]

〈보 기〉
1930년대 리얼리즘 장편 소설에는 변화하는 사회적 환경 속에서 사회적 지위가 상승한 인물형이 등장한다. 이 유형의 인물들은 근대 문물에 발 빠르게 적응하면서도 소작제와 같은 전근대적 토지 제도에 편승하는 모습을 보인다. 이들은 근대 문물을 체험해 보지 못한 사람들에게 자신을 과시하지만 자신만의 이익을 추구하기 때문에 그 지위를 인정받지 못한다. 이러한 인물들을 통해 1930년대 농촌 사회에 등장한 속물적 인물형의 면모를 확인할 수 있다.

① '지체도 없'이 '콩나물죽으로 연명하'다가 '사음까지' 된 인물의 모습은, 소작제를 이용하여 지위가 변한 인물형을 보여 주는군.

② '경부선이 개통'할 '무렵'의 시대 변화에 적응하여 '근본'에서 벗어날 기회를 얻었던 인물의 모습은, 근대 문물이 유입되는 사회적 환경 속에서 변모해 갈 수 있었던 인물형을 보여 주는군.

③ '친구의 심부름으로' '목판차를 맨 처음으로' 타 보고서 '자만'하는 인물의 행동은, 근대 문물을 경험했다는 점을 앞세워 자신을 과시하는 인물의 모습을 보여 주는군.

④ '위엄스럽게' 하대하면서도 '호령할 용기'를 내지 못하는 인물의 심리는, 자신의 사회적 지위를 인정하지 않는 이들에게 반감을 드러내는 인물의 모습을 보여 주는군.

⑤ '피차의 물질상 손해'를 강조하면서도 일방적으로 사람들에게 '나락을 베는 것'을 종용하는 인물의 모습은, 다른 사람의 이익보다 사적인 이익을 우선시하는 인물형을 보여 주는군.

• 홀수 기출 분석서 문학 문제 P.130 / 해설 P.246

[20~22] 다음 글을 읽고 물음에 답하시오.

심청이 왈,

"나는 이 동네 사람이러니, 우리 부친 앞을 못 봐 '공양미 삼백 석을 지성으로 불공하면 눈을 떠 보리라.' 하되 가난하여 장만할 길이 전혀 없어 내 몸을 팔려 하니 어떠하뇨?"

뱃사람들이 이 말을 듣고,

"효성이 지극하나 가련하다."

하며 허락하고, 즉시 쌀 삼백 석을 몽운사로 보내고,

"금년 삼월 십오 일에 배가 떠난다."

하고 가거늘 심청이 부친께,

"공양미 삼백 석을 이미 보냈으니 이제는 근심치 마옵소서."

심봉사 깜짝 놀라,

"너 그 말이 웬 말이냐?"

심청같이 타고난 효녀가 어찌 부친을 속이랴마는 어찌할 수 없는 형편이라 잠깐 ㉠거짓말로 속여 대답하길,

"장승상댁 노부인이 일전에 저를 수양딸로 삼으려 하셨으나 차마 허락지 아니하였는데, 지금 공양미 삼백 석을 주선할 길이 전혀 없어 이 사연을 노부인께 여쭌즉 쌀 삼백 석을 내어 주시기에 수양딸로 가기로 했나이다."

하니 심봉사 물색 모르고 이 말 반겨 듣고,

"그렇다면 고맙구나. 그 부인은 일국 재상의 부인이라 아마도 다르리라. 복이 많겠구나. 저러하기에 그 자제 삼 형제가 벼슬길에 나아갔으리라. 그러하나 양반의 자식으로 몸을 팔았단 말이 이상하다마는 장승상댁 수양딸로 팔린 거야 관계하랴. 언제 가느냐?"

"다음 달 보름에 데려간다 하더이다."

"어, 그 일 매우 잘 되었다."

심청이 그날부터 곰곰이 생각하니, **눈 어두운 백발 부친 영영 이별**하고 죽을 일과 사람이 세상에 나서 십오 세에 죽을 일이 정신이 아득하고 일에도 뜻이 없어 식음을 전폐하고 근심으로 지내더니 **다시금 생각하되,**

'엎질러진 물이요, 쏘아 놓은 화살이다.'

날이 점점 가까워 오니,

'**이러다간 안 되겠다. 내가 살았을 제 부친 의복 빨래나 하리라.**'

하고 춘추 의복 상침 겹것, 하절 의복 한삼 고이 박아 지어 들여 놓고, 동절 의복 솜을 넣어 보에 싸서 농에 넣고, 청목으로 갓끈 접어 갓에 달아 벽에 걸고, 망건 꾸며 당줄 달아 걸어 두고, 행선 날을 세어 보니 하룻밤 남은지라. 밤은 깊어 삼경인데 은하수 기울어졌다. 촛불을 대하여 두 무릎 마주 꿇고 머리를 숙이고 한숨을 길게 쉬니, 아무리 효녀라도 마음이 온전할쏘냐.

'아버지 버선이나 마지막으로 지으리라.'

하고 바늘에 실을 꿰어 드니 가슴이 답답하고 두 눈이 침침, 정신이 아득하여 하염없는 울음이 간장으로조차 솟아나니, 부친이 깰까 하여 크게 울지 못하고 흐느끼며 얼굴도 대어 보고 손발도 만져 본다.

(중략)

황후 반기시사 가까이 입시하라 하시니 상궁이 명을 받아 심봉사의 손을 끌어 별전으로 들어갈 새 심봉사 아무란 줄 모르고 겁을 내어 걸음을 못 이기어 별전에 들어가 계단 아래 섰으니 심 맹인의 얼굴은 몰라볼레라 백발은 소소하고 황후는 삼

년 용궁에서 지냈으니 부친의 얼굴이 가물가물하여 물으시길,

"처자 있으신가?"

심봉사 땅에 엎드려 눈물을 흘리면서,

"아무 연분에 상처하옵고 초칠일이 못 지나서 어미 잃은 딸 하나 있삽더니 눈 어두운 중에 어린 자식을 품에 품고 동냥 젖을 얻어먹여 근근 길러 내어 점점 자라나니 효행이 출천하여 옛사람을 앞서더니 요망한 중이 와서 '공양미 삼백 석을 시주하오면 눈을 떠서 보리라.' 하니 신의 여식이 듣고 **'어찌 아비 눈 뜨리란 말을 듣고 그저 있으리오.'** 하고 달리 마련할 [A] 길이 전혀 없어 신도 모르게 남경 선인들에게 삼백 석에 몸을 팔아서 인당수에 제물이 되었으니 그때 십오 세라. 눈도 뜨지 못하고 **자식만 잃었사오니** 자식 팔아먹은 놈이 세상에 살아 쓸데없으니 죽여 주옵소서."

황후 들으시고 슬피 눈물 흘리시며 그 말씀을 자세히 들으심에 정녕 부친인 줄은 아시되 부자간 천륜에 어찌 그 말씀이 그치기를 기다리랴마는 자연 말을 만들자 하니 그런 것이었다. 그 말씀을 마치자 황후 버선발로 뛰어 내려와서 부친을 안고,

"아버지, 제가 그 심청이어요."

심봉사 깜짝 놀라,

"이게 웬 말이냐?"

하더니 어찌나 반갑던지 **뜻밖에 두 눈**에 딱지 떨어지는 소리가 나면서 두 눈이 활짝 밝았으니, 그 자리 맹인들이 심봉사 눈 뜨는 소리에 일시에 눈들이 '희번덕, 짝짝' 까치 새끼 밥 먹는 소리 같더니, 뭇 소경이 천지 세상 보게 되니 맹인에게는 천지개벽이라.

– 작자 미상, 「심청전」 –

20. ㉠에 대한 이해로 적절하지 않은 것은?

① '심청'과 '뱃사람'의 대화 속에서, ㉠으로 감추려고 한 사건을 확인할 수 있다.

② '심청'이 ㉠을 결심할 때 드러나는 생각에서, '심청'이 불가피하게 ㉠을 선택했음을 알 수 있다.

③ ㉠을 전후하여 진행된 '심청'과 '심봉사'의 대화에서, ㉠에 등장하는 인물이 '심봉사'에게 낯설지 않은 존재임을 알 수 있다.

④ '심봉사'가 ㉠을 듣고 보인 반응에서, ㉠이 '심봉사'에게 의심 없이 받아들여졌음을 확인할 수 있다.

⑤ '심봉사'가 ㉠을 듣고 한 말에서, ㉠이 '심청'과 '심봉사' 사이의 갈등을 해소하는 단초가 됨을 알 수 있다.

21. [A]에 대한 설명으로 가장 적절한 것은?

① '황후'가 있는 별전에 '심봉사'가 들어가는 과정을 묘사함으로써 두 사람이 동일한 감정을 느끼고 있음을 보여 주고 있다.

② '심봉사'에게 가족에 관한 질문을 함으로써 '황후'가 '심봉사'의 정체를 확인할 수 있는 계기가 마련되고 있다.

③ '심봉사'가 부인과 일찍 사별하게 된 이유를 눈물을 흘리며 언급함으로써 '심봉사'의 기구한 삶이 드러나고 있다.

④ '심봉사'가 딸에게 그녀의 의지와는 무관한 선택을 강요함으로써 결국 영원히 이별하게 된 과정을 풀어내고 있다.

⑤ '심봉사'가 자신의 아버지임을 알아차린 '황후'가 '심봉사'의 발언이 끝나기 전에 자신이 딸임을 밝힘으로써 상봉의 기쁨을 강조하고 있다.

22. 〈보기〉를 참고하여 윗글을 감상한 내용으로 적절하지 않은 것은? [3점]

〈보 기〉

「심청전」은 효의 실현 과정에서 다양한 양상의 모순적 상황이 발생한다. 심청이 효를 실천하기 위해 자기희생을 선택함으로써 정작 부친 곁에 남아 있지 못하게 되는 것은 심청의 효행으로 인한 모순적 상황이다. 그리고 심청의 자기희생의 목적이었던 부친의 개안(開眼)이 뒤늦게 실현되는 것은 결말의 지연을 위해 설정된 모순적 상황이라 할 수 있다. 이러한 모순적 상황들로 인해 결말은 보다 극적인 양상을 띠게 되고 심청의 효녀로서의 면모가 더욱 강조된다.

① 심청이 '눈 어두운 백발 부친'과의 '영영 이별'을 근심하면서도 이를 '다시금 생각'하는 것으로 보아, 심청은 자신의 효행으로 인한 모순적 상황을 염려하면서도 결국은 이를 수용하려 함을 알 수 있군.

② 심청이 '이러다간 안 되겠다'며 '내가 살았을 제' 할 일을 생각하는 것으로 보아, 심청은 자신의 효행으로 인한 모순적 상황을 걱정하며 이를 대비하고 있음을 알 수 있군.

③ 심청이 '어찌 아비 눈 뜨리란 말을 듣고 그저 있으리오'라고 말했다는 것으로 보아, 심청은 효행 그 자체보다는 효행으로 인한 모순적 상황을 걱정하고 있음을 알 수 있군.

④ 심봉사가 '자식만 잃었사오니'라고 말하는 것으로 보아, 심봉사는 결말의 지연을 위해 설정된 모순적 상황에 직면하여 자책하고 있음을 알 수 있군.

⑤ 심봉사가 심청과의 상봉으로 인해 '뜻밖에 두 눈'을 뜨게 되는 것으로 보아, 모순적 상황으로 인한 결말의 지연이 극적인 효과를 자아내고 있음을 알 수 있군.

• 홀수 기출 분석서 **문학** 문제 P.190 / 해설 P.338

[23~27] 다음 글을 읽고 물음에 답하시오.

(가)

ⓐ문학 작품의 의미가 생성되는 양상은 세 가지로 나누어 볼 수 있다. 첫째는 자기의 경험은 물론 자기 내면의 정서나 의식 등을 대상에 투영하여, 외부 세계에 새로운 의미를 부여하는 경우이다. 둘째는 외부 세계의 일반적 삶의 방식이나 가치관, 이념 등을 자기 내면으로 수용하여, 자신을 새롭게 해석함으로써 의미를 만들어 내는 경우이다. 셋째는 자기와 외부 세계를 상호적으로 대비하여 양자에 대한 새로운 해석을 통해 의미를 생성하는 경우이다.

문학적 의미 생성의 이러한 세 가지 양상은 문학 작품에서 자기와 외부 세계의 관계를 파악할 때 적용할 수 있다. 첫째와 둘째의 경우, 자기와 외부 세계와의 거리는 가까워지고 친화적 관계가 형성된다. 셋째의 경우는 자기가 외부 세계를 바라보는 관점에 따라 둘 사이의 거리가 가까워져 친화적 관계가 형성되기도 하고, 그 거리가 드러나 소원한 관계가 유지되기도 한다.

14
회

(나)

산슈 간(山水間) 바회 아래 뛰집을 짓노라 ᄒ니
그 모론 ᄂ믈들은 욷는다 ᄒ다마ᄂ
③어리고 햐암의 뜻의ᄂ 내 분(分)인가 ᄒ노라   〈제1수〉

보리밥 픗ᄂ 믈을 알마초 머근 후(後)에
바횟 긋 믉ᄀ의 슬ᄏ지 노니노라
그 나믄 녀나믄 일이야 부롤 줄이 이시랴   〈제2수〉

잔 들고 혼자 안자 먼 뫼흘 ᄇ라보니
그리던 님이 오다 반가옴이 이리ᄒ랴
말ᄉ옴도 우움도 아녀도 몯내 됴하ᄒ노라   〈제3수〉

누고셔 삼공(三公)도곤 낫다 ᄒ더니 만승(萬乘)이 이만ᄒ랴
이제로 헤어든 소부(巢父) 허유(許由)ㅣ 냑돗더라
아마도 님쳔 한흥(林泉閑興)을 비길 곳이 업세라   〈제4수〉

내 셩이 게으르더니 하ᄂ히 아ᄅ실샤
인간 만ᄉ(人間萬事)를 ᄒ 일도 아니 맛뎌
다만당 ᄃ토리 업슨 강산(江山)을 딕희라 ᄒ시도다   〈제5수〉

강산이 됴타 ᄒ돌 내 분(分)으로 누얻ᄂ냐
님군 은혜(恩惠)를 이제 더옥 아ᄂ이다
아ᄆ리 갑고쟈 ᄒ야도 ᄒ올 일이 업세라   〈제6수〉
                    – 윤선도, 「만흥(漫興)」 –

(다)

산림(山林)에 살면서 명리(名利)에 마음을 두는 것은 큰 부끄러움[大恥]이다. 시정(市井)에 살면서 명리에 마음을 두는 것은 작은 부끄러움[小恥]이다. 산림에 살면서 은거(隱居)에 마음을 두는 것은 큰 즐거움[大樂]이다. 시정에 살면서 은거에 마음을 두는 것은 작은 즐거움[小樂]이다.

작은 즐거움이든 큰 즐거움이든 나에게는 그것이 다 즐거움이며, 작은 부끄러움이든 큰 부끄러움이든 나에게는 그것이 다 부끄러움이다. 그런데 큰 부끄러움을 안고 사는 자는 백(百)에 반이요, 작은 부끄러움을 안고 사는 자는 백에 백이며, 큰 즐거움을 누리는 자는 백에 서넛쯤 되고, 작은 즐거움을 누리는 자는 백에 하나 있거나 아주 없거나 하니, 참으로 가장 높은 것은 작은 즐거움을 누리는 자이다.

나는 시정에 살면서 은거에 마음을 두는 자이니, 그렇다면 이 작은 즐거움을 가장 높은 것으로 말한 ⓒ나의 이 말은 대부분의 사람들의 생각과는 거리가 먼, 물정 모르는 소리일지도 모른다.
                    – 이덕무, 「우언(迂言)」 –

23. (나)의 시상 전개에 대한 설명으로 가장 적절한 것은?

① 〈제1수〉에서는 경험적 성격과 연결된 공간으로부터, 〈제6수〉에서는 관념적 성격과 연결된 공간으로부터 시상이 전개된다.
② 〈제2수〉에서는 구체성이 드러나는 소재로, 〈제3수〉에서는 추상성이 강화된 소재로 시상이 시작된다.
③ 〈제2수〉에서 설의적 표현으로 제기된 의문이 〈제5수〉에서 해소되었음이 영탄적 표현으로 드러난다.
④ 〈제3수〉에서의 현재에 대한 긍정이 〈제4수〉에서의 역사에 대한 부정으로 바뀌며 시상이 전환된다.
⑤ 〈제3수〉에 나타난 정서적 반응이 〈제6수〉에서 감각적 표현을 통해 구체화된다.

24. (가)를 참고하여 (나)를 감상한 내용으로 적절하지 않은 것은?

① '산슈 간'에서 살고자 하는 마음과 이에 공감하지 못하는 'ᄂ믈들'의 생각을 병치하여 화자와 'ᄂ믈들' 사이의 거리가 드러남으로써, 자기와 외부 세계 사이의 소원한 관계가 유지된다.
② '바횟 긋 믉ᄀ'에서 즐거움을 누리는 삶과 '녀나믄 일'을 대비하여 세상일과 거리를 두려는 화자의 태도가 드러남으로써, 자기와 외부 세계 사이의 소원한 관계가 유지된다.
③ '님'에 대한 '반가옴'보다 더한 감흥을 불러일으키는 '뫼'의 의미를 부각하여 화자와 '님' 사이의 거리가 드러남으로써, 자기와 외부 세계 사이의 소원한 관계가 유지된다.
④ '님쳔'에서의 '한흥'이 '삼공'이나 '만승'보다 더한 가치를 지닌다고 강조하여 화자와 '님쳔' 사이의 거리가 가까워짐으로써, 자기와 외부 세계 사이의 친화적 관계가 형성된다.
⑤ '강산' 속에서의 삶이 '님군'의 '은혜' 덕택임을 제시하여 화자와 '님군' 사이의 거리가 가까워짐으로써, 자기와 외부 세계 사이의 친화적 관계가 형성된다.

25. (다)를 이해한 내용으로 적절하지 않은 것은?

① '부끄러움'과 '즐거움'을 조화시킴으로써 더 나은 삶의 방식을 결정할 수 있다.
② '나'는 어디에 사느냐와 어디에 마음을 두느냐를 고려하여 삶의 유형을 나누고 있다.
③ '산림'에 사는 사람들 중에는 '즐거움'을 누리는 경우보다 '부끄러움'을 가진 경우가 더 많다.
④ '큰 부끄러움'과 '작은 즐거움'은 어디에 사느냐와 어디에 마음을 두느냐가 모두 서로 다르다.
⑤ '명리'를 '부끄러움'에, '은거'를 '즐거움'에 대응시킨 것으로 보아 '나'는 '은거'의 가치를 '명리'의 가치보다 높이 두고 있음을 알 수 있다.

26. ㉠, ㉡에 대한 설명으로 가장 적절한 것은?

① ㉠은 자신의 처지를 남의 일을 말하듯이 표현함으로써 자신의 문제를 회피하고 있다.

② ㉡은 자신의 행동을 냉철하게 성찰함으로써 자신의 과오를 인정하고 있다.

③ ㉠은 ㉡과 달리, 자신의 처지를 자문자답 형식으로 말함으로써 자신의 생각을 일반화하고 있다.

④ ㉡은 ㉠과 달리, 자신의 생각을 남의 말을 인용하여 표현함으로써 자신의 신념을 객관화하고 있다.

⑤ ㉠과 ㉡은 모두, 자신이 말하고자 하는 바를 우회하여 표현함으로써 자신의 삶에 대한 자부심을 드러내고 있다.

27. ⓐ를 바탕으로 (나), (다)를 이해한 내용으로 적절하지 <u>않은</u> 것은? [3점]

① (나)에서 무정물인 대상에 대해 호감을 표현한 것은 자신의 정서를 대상에 투영한 것이라고 볼 수 있다.

② (다)에서 자연에 의미를 부여하는 것은 자신의 생각을 대상에 투영하여 세계를 해석하는 것이라고 볼 수 있다.

③ (다)에서 삶의 방식을 상대적 기준에 따라 나누어 평가한 것은 자신의 가치관과 세상 사람들의 생각을 비교하여 세계의 의미를 새롭게 파악한 것이라고 할 수 있다.

④ (나)에서는 선인들의 삶의 태도를 자기 내면으로 수용하는 과정을 거쳐, (다)에서는 대다수 사람들의 뜻을 자기 내면으로 수용하는 과정을 거쳐 새로운 의미를 생성한다고 볼 수 있다.

⑤ (나)에서 자기 본성을 하늘의 뜻에 연관 지은 것과, (다)에서 자기 삶의 방식을 일반적인 삶의 방식과 견준 것은 자기 삶의 가치를 새롭게 해석하여 의미를 만들어 낸 것이라고 할 수 있다.

• 홀수 기출 분석서 문학 문제 P.040 / 해설 P.057

[28~30] 다음 글을 읽고 물음에 답하시오.

(가)
……활자(活字)는 반짝거리면서 하늘 아래에서
간간이
자유를 말하는데
나의 영(靈)은 죽어 있는 것이 아니냐

벗이여
그대의 말을 고개 숙이고 듣는 것이
그대는 마음에 들지 않겠지
마음에 들지 않아라

모두 다 **마음에 들지 않아라**
이 황혼도 저 돌벽 아래 잡초도
담장의 푸른 페인트빛도
저 고요함도 이 **고요함도**

그대의 정의도 우리들의 섬세도
행동이 죽음에서 나오는
이 욕된 교외에서는
어제도 오늘도 내일도 마음에 들지 않아라

그대는 반짝거리면서 하늘 아래에서
간간이
자유를 말하는데
우스워라 나의 영(靈)은 죽어 있는 것이 아니냐
                          - 김수영, 「사령(死靈)」-

(나)
한강물 얼고, 눈이 내린 날
㉠강물에 붙들린 배들을 구경하러 나갔다.
㉡훈련받나봐, 아니야 발등까지 딱딱하게 얼었대.
우리는 강물 위에 서서 일렬로 늘어선 배들을
㉢비웃느라 시시덕거렸다.

㉣한강물 흐르지 못해 눈이 덮은 날
강물 위로 빙그르르, 빙그르르.
웃음을 참지 못해 나뒹굴며, 우리는
보았다. 얼어붙은 하늘 사이로 붙박힌 말들을.

언 강물과 언 하늘이 **맞붙은 사이로**
저어가지 못하는 배들이 나란히
날아가지 못하는 말들이 나란히
숨죽이고 있는 것을 비웃으며, 우리는
빙그르르. ㉤올 겨울 몹시 춥고 얼음이 꽝꽝꽝 얼고.
                    - 김혜순, 「한강물 얼고, 눈이 내린 날」-

28. (가)에 대한 이해로 가장 적절한 것은?

① 시간적 표현을 열거하여, 시대에 대한 화자의 인식 변화를 드러낸다.

② 대상에 대한 호칭을 전환하여, 시적 대상에 대한 화자의 경외감을 표현한다.

③ 원근을 나타내는 지시어를 사용하여, 화자의 시선에 포착된 대상의 움직임을 표현한다.

④ 물음의 형식으로 종결하여, 시적 대상에 대한 화자의 깨달음이 부정되고 있음을 나타낸다.

⑤ 동일한 구절을 반복하여, 시적 상황에 대한 화자의 부정적 정서가 심화되는 과정을 드러낸다.

29. ㉠~㉤에 대한 이해로 적절하지 않은 것은?

① ㉠의 '붙들린 배'는 강이 얼었을 때 볼 수 있는 구경거리를 관심의 대상으로 표현한 것으로, 이를 통해 시상 전개의 계기가 형성된다.

② ㉡의 '아니야'는 배가 훈련을 받고 있다는 추측을 부정하는 표현으로, 배가 움직일 수 없는 상황이 배의 내부적 원인에서 기인하고 있음이 이를 통해 드러난다.

③ ㉢의 '시시덕거렸다'는 서로 모여 실없이 떠드는 모습을 표현한 것으로, 배가 질서정연하게 정렬된 모습에 대한 '우리'의 냉소가 이를 통해 드러난다.

④ ㉣의 '흐르지 못해'는 강이 언 상황이 강물의 흐름을 막고 있다고 여기는 것으로, 강물의 자연스러운 흐름을 방해하는 외부의 힘이 이를 통해 강조된다.

⑤ ㉤의 '꽝꽝'은 강추위가 지속되는 현재의 상황을 감각적으로 표현한 것으로, 모든 것을 얼어붙게 하는 현실의 상황이 견고하다는 점이 이를 통해 강조된다.

30. 〈보기〉를 참고하여 (가), (나)를 감상한 내용으로 적절하지 않은 것은? [3점]

〈보 기〉

자유로운 의사소통이 제한되는 사회에서 개인은 자신의 의사를 온전히 표현할 수 없어서 자유가 억압되고, 그 사회 또한 경직된다. 이런 맥락에서 (가)와 (나)를 해석할 수 있다.

(가)는 활발한 의사소통의 수단이어야 할 언어가 '활자'의 상태로만 존재한다고 표현함으로써 언어가 제 기능을 제대로 하지 못하는 상황에 주목한다. 이러한 상황에서 화자는 위축된 의사소통의 장에 적극적으로 참여하지 못하여, 경직된 사회에 대응하지 못하는 자신을 성찰한다. (나)는 자유롭게 쓰여야 할 언어를 '붙박힌 말'로 표현함으로써 개인의 언어 사용이 제한된 상황을 비판한다. 이러한 상황에서 말을 대체할 수 있는 웃음이나 몸짓과 같은 또 다른 의사소통의 방법을 보여 준다.

① (가)에서 '나의 영'에 대해 '우스워라'라고 자조한 것은 의사소통의 여지가 축소된 상황에서 자신의 참여만으로는 의사소통의 장을 활성화할 수 없다는 성찰을 드러낸다고 볼 수 있군.

② (나)에서 '우리'가 '언 강물' 위에서 비웃는 모습이나 '빙그르르' 뒹구는 장면은 언어 사용이 제한된 상황에서 또 다른 의사소통의 방법을 모색함을 드러낸다고 볼 수 있군.

③ (가)의 '하늘 아래'는 '고요함'이 있는 공간이라는 점에서, (나)의 '맞붙은 사이'는 '배'와 '말'이 '숨죽이고 있는' 공간이라는 점에서, 의사소통이 자유롭지 못한 경직된 사회를 엿볼 수 있군.

④ (가)에서 '자유를 말하'는 것이 '활자'로 한정된 것은 의사소통의 장이 위축된 상황을 나타내고, (나)에서 '말'이 '날아가지 못'한다는 것은 자유로워야 하는 언어 사용이 제한되어 있는 상황을 나타낸다고 볼 수 있군.

⑤ (가)에서 주변 세계를 '마음에 들지 않'아 하는 것은 의사소통이 활발하지 못한 상황에 대한 생각을 드러낸 것이고, (나)에서 강물이 얼어 '배'를 '저어가지 못'하는 상황은 의사소통을 방해하는 환경을 표현한 것이라고 볼 수 있군.

▶ 소요 시간 　　 분 　　 초

* 확인 사항

○ 답안지의 해당란에 필요한 내용을 정확히 기입(표기)했는지 확인하시오.

국어 영역

• 홀수 기출 분석서 독서 문제 P.190 / 해설 P.372

[1~6] 다음 글을 읽고 물음에 답하시오.

(가)

　한국, 중국 등 동아시아 사회에서 오랫동안 유지되었던 과거제는 세습적 권리와 무관하게 능력주의적인 시험을 통해 관료를 선발하는 제도라는 점에서 합리성을 갖추고 있었다. 정부의 관직을 ⓐ두고 정기적으로 시행되는 공개 시험인 과거제가 도입되어, 높은 지위를 얻기 위해서는 신분이나 추천보다 시험 성적이 더욱 중요해졌다.

　명확하고 합리적인 기준에 따른 관료 선발 제도라는 공정성을 바탕으로 과거제는 보다 많은 사람들에게 사회적 지위 획득의 기회를 줌으로써 개방성을 제고하여 사회적 유동성 역시 증대시켰다. 응시 자격에 일부 제한이 있었다 하더라도, 비교적 공정한 제도였음은 부정하기 어렵다. 시험 과정에서 ㉠익명성의 확보를 위한 여러 가지 장치를 도입한 것도 공정성 강화를 위한 노력을 보여 준다.

　과거제는 여러 가지 사회적 효과를 가져왔는데, 특히 학습에 강력한 동기를 제공함으로써 교육의 확대와 지식의 보급에 크게 기여했다. 그 결과 통치에 참여할 능력을 갖춘 지식인 집단이 폭넓게 형성되었다. 시험에 필요한 고전과 유교 경전이 주가 되는 학습의 내용은 도덕적인 가치 기준에 대한 광범위한 공유를 이끌어 냈다. 또한 최종 단계까지 통과하지 못한 사람들에게도 국가가 여러 특권을 부여하고 그들이 지방 사회에 기여하도록 하여 경쟁적 선발 제도가 가져올 수 있는 부작용을 완화하고자 노력했다.

　동아시아에서 과거제가 천 년이 넘게 시행된 것은 과거제의 합리성이 사회적 안정에 기여했음을 보여 준다. 과거제는 왕조의 교체와 같은 변화에도 불구하고 동질적인 엘리트층의 연속성을 가져왔다. 그리고 이러한 연속성은 관료 선발 과정뿐 아니라 관료제에 기초한 통치의 안정성에도 기여했다.

　과거제를 장기간 유지한 것은 세계적으로 드문 현상이었다. 과거제에 대한 정보는 선교사들을 통해 유럽에 전해져 많은 관심을 불러일으켰다. 일군의 유럽 계몽사상가들은 학자의 지식이 귀족의 세습적 지위보다 우위에 있는 체제를 정치적인 합리성을 갖춘 것으로 보았다. 이러한 관심은 사상적 동향뿐 아니라 실질적인 사회 제도에까지 영향을 미쳐서, 관료 선발에 시험을 통한 경쟁이 도입되기도 했다.

(나)

　조선 후기의 대표적인 관료 선발 제도 개혁론인 유형원의 공거제 구상은 능력주의적, 결과주의적 인재 선발의 약점을 극복하려는 의도와 함께 신분적 세습의 문제점도 의식한 것이었다. 중국에서는 17세기 무렵 관료 선발에서 세습과 같은 봉건적인 요소를 부분적으로 재도입하려는 개혁론이 등장했다. 고염무는 관료제의 상층에는 능력주의적 제도를 유지하되, ㉮지방관인 지현들은 어느 정도의 검증 기간을 거친 이후 그 지위를 평생 유지시켜 주고 세습의 길까지 열어 놓는 방안을 제안했다. 황종희는 지방의 관료가 자체적으로 관리를 초빙해서 시험한 후에 추천하는 '벽소'와 같은 옛 제도를 ⓑ되살리는 방법으로 과거제를 보완하자고 주장했다.

　이러한 개혁론은 갑자기 등장한 것이 아니었다. 과거제를 시행했던 국가들에서는 수백 년에 ⓒ걸쳐 과거제를 개선하라는 압력이 있었다. 시험 방식이 가져오는 부작용들은 과거제의 중요한 문제였다. 치열한 경쟁은 학문에 대한 깊이 있는 학습이 아니라 합격만을 목적으로 하는 형식적 학습을 하게 만들었고, 많은 인재들이 수험 생활에 장기간 ⓓ매달리면서 재능을 낭비하는 현상도 낳았다. 또한 학습 능력 이외의 인성이나 실무 능력을 평가할 수 없다는 이유로 시험의 ㉡익명성에 대한 회의도 있었다.

　과거제의 부작용에 대한 인식은 과거제를 통해 임용된 관리들의 활동에 대한 비판적 시각으로 연결되었다. 능력주의적 태도는 시험뿐 아니라 관리의 업무에 대한 평가에도 적용되었다. 세습적이지 않으면서 몇 년의 임기마다 다른 지역으로 이동하는 관리들은 승진을 위해서 빨리 성과를 낼 필요가 있었기에, 지역 사회를 위해 장기적인 전망을 가지고 정책을 추진하기보다 가시적이고 단기적인 결과만을 중시하는 부작용을 가져왔다. 개인적 동기가 공공성과 상충되는 현상이 나타났던 것이다. 공동체 의식의 약화 역시 과거제의 부정적 결과로 인식되었다. 과거제 출신의 관리들이 공동체에 대한 소속감이 낮고 출세 지향적이기 때문에 세습 엘리트나 지역에서 천거된 관리에 비해 공동체에 대한 충성심이 약했던 것이다.

　과거제가 지속되는 시기 내내 과거제 이전에 대한 향수가 존재했던 것은 그 외의 정치 체제를 상상하기 ⓔ어려웠던 상황에서, 사적이고 정서적인 관계에서 볼 수 있는 소속감과 충성심을 과거제로 확보하기 어렵다는 판단 때문이었다. 봉건적 요소를 도입하여 과거제를 보완하자는 주장은 단순히 복고적인 것이 아니었다. 합리적인 제도가 가져온 역설적 상황을 역사적 경험과 주어진 사상적 자원을 활용하여 보완하고자 하는 시도였다.

1. (가)와 (나)의 서술 방식으로 가장 적절한 것은?

① (가)와 (나) 모두 특정 제도가 사회에 미친 영향을 인과적으로 서술하고 있다.

② (가)와 (나) 모두 특정 제도를 분석하는 두 가지 이론을 구분하여 소개하고 있다.

③ (가)는 (나)와 달리 구체적 사상가들의 견해를 언급하며 특정 제도에 대한 관점을 드러내고 있다.

④ (나)는 (가)와 달리 특정 제도에 대한 선호와 비판의 근거들을 비교하면서 특정 제도의 특징을 제시하고 있다.

⑤ (가)는 특정 제도의 발전을 통시적으로, (나)는 특정 제도에 대한 학자들의 상반된 입장을 공시적으로 언급하고 있다.

2. (가)의 내용과 일치하지 <u>않는</u> 것은?

① 시험을 통한 관료 선발 제도는 동아시아뿐만 아니라 유럽에서도 실시되었다.

② 과거제는 폭넓은 지식인 집단을 형성하여 관료제에 기초한 통치에 기여했다.

③ 과거 시험의 최종 단계까지 통과하지 못한 사람도 국가로부터 혜택을 받을 수 있었다.

④ 경쟁을 바탕으로 한 과거제는 더 많은 사람들이 지방의 관료에 의해 초빙될 기회를 주었다.

⑤ 귀족의 지위보다 학자의 지식이 우위에 있는 체제가 합리적이라고 여긴 계몽사상가들이 있었다.

3. (나)를 참고할 때, ㉮와 같은 제안이 등장하게 된 배경을 추론한 내용으로 적절하지 <u>않은</u> 것은?

① 과거제로 등용된 관리들이 근무지를 자주 바꾸게 되어 근무지에 대한 소속감이 약했기 때문이었을 것이다.

② 과거제로 등용된 관리들의 봉건적 요소에 대한 지향이 공공성과 상충되는 세태로 나타났기 때문이었을 것이다.

③ 과거제로 선발한 관료들은 세습 엘리트에 비해 개인적 동기가 강해서 공동체 의식이 높지 않았기 때문이었을 것이다.

④ 과거제를 통해 배출된 관료들이 출세 지향적이어서 장기적 안목보다는 근시안적인 결과에 치중했기 때문이었을 것이다.

⑤ 과거제가 낳은 능력주의적 태도로 인해 관리들이 승진을 위해 가시적인 성과만을 내려는 경향이 강해졌기 때문이었을 것이다.

4. (가)와 (나)를 참고하여 ㉠과 ㉡을 이해한 내용으로 가장 적절한 것은?

① ㉠은 모든 사람에게 응시 기회를 보장했지만, ㉡은 결과주의의 지나친 확산에서 비롯되었다.

② ㉠은 정치적 변화에도 사회적 안정을 보장했지만, ㉡은 대대로 관직을 물려받는 문제에서 비롯되었다.

③ ㉠은 지역 공동체의 전체 이익을 증진시켰지만, ㉡은 지나친 경쟁이 유발한 국가 전체의 비효율성에서 비롯되었다.

④ ㉠은 사회적 지위 획득의 기회를 확대하는 데 기여했지만, ㉡은 관리 선발 시 됨됨이 검증의 곤란함에서 비롯되었다.

⑤ ㉠은 관료들이 지닌 도덕적 가치 기준의 다양성을 확대했지만, ㉡은 사적이고 정서적인 관계 확보의 어려움에서 비롯되었다.

5. 〈보기〉는 과거제에 대한 조선 시대 선비들의 견해를 재구성한 것이다. (가)와 (나)를 읽은 학생이 〈보기〉에 대해 보인 반응으로 적절하지 <u>않은</u> 것은? [3점]

〈보 기〉

○ 갑: 변변치 못한 집안 출신이라 차별받는 것에 불만이 있는 사람들이 많았는데, 과거를 통해 관직을 얻으면서 불만이 많이 해소되어 사회적 갈등이 완화된 것은 바람직하다.

○ 을: 과거제를 통해 조선 사회에 유교적 가치가 광범위하게 자리를 잡아 좋다. 그런데 많은 선비들이 오랜 시간 과거를 준비하느라 자신의 뛰어난 능력을 펼치지 못한다는 점이 안타깝다.

○ 병: 요즘 과거 시험 준비를 위해 나오는 책들을 보면 시험에 자주 나왔던 내용만 정리되어 있어서 학습의 깊이가 없으니 문제다. 그래도 과거제 덕분에 더 많은 사람들이 공부를 하려는 생각을 가지게 된 것은 다행이라고 생각한다.

① '갑'이 과거제로 인해 사회적 유동성이 증가했다는 점을 긍정적으로 본 것은, 능력주의에 따른 공정성과 개방성이라는 시험의 성격에 주목한 것이겠군.

② '을'이 과거제로 인해 많은 선비들이 재능을 낭비한다는 점을 부정적으로 본 것은, 치열한 경쟁을 유발하는 시험의 성격에 주목한 것이겠군.

③ '을'이 과거제로 인해 사회의 도덕적 가치 기준에 대한 광범위한 공유가 가능해졌다는 점을 긍정적으로 본 것은, 고전과 유교 경전 위주의 시험 내용에 주목한 것이겠군.

④ '병'이 과거제로 인해 심화된 공부를 하기 어렵다는 점을 부정적으로 본 것은, 형식적인 학습을 유발한 시험 방식에 주목한 것이겠군.

⑤ '병'이 과거제로 인해 교육에 대한 동기가 강화되었다는 점을 긍정적으로 본 것은, 실무 능력을 중심으로 평가하는 시험 방식에 주목한 것이겠군.

6. 문맥상 ⓐ~ⓔ의 단어와 가장 가까운 의미로 쓰인 것은?

① ⓐ: 그가 열쇠를 방 안에 <u>두고</u> 문을 잠가 버렸다.

② ⓑ: 우리는 그 당시의 행복했던 기억을 <u>되살렸다</u>.

③ ⓒ: 협곡 사이에 구름다리가 멋지게 <u>걸쳐</u> 있었다.

④ ⓓ: 사소한 일에만 <u>매달리면</u> 중요한 것을 놓친다.

⑤ ⓔ: 형편이 <u>어려울수록</u> 모두가 힘을 합쳐야 한다.

▶ 소요 시간 　분　초

• 홀수 기출 분석서 **독서** 문제 P.126 / 해설 P.243

[7~10] 다음 글을 읽고 물음에 답하시오.

일반 사용자가 디지털 카메라를 들고 촬영하면 손의 미세한 떨림으로 인해 영상이 번져 흐려지고, 걷거나 뛰면서 촬영하면 식별하기 힘들 정도로 영상이 흔들리게 된다. 흔들림에 의한 영향을 최소화하는 기술이 영상 안정화 기술이다.

영상 안정화 기술에는 빛을 이용하는 광학적 기술과 소프트웨어를 이용하는 디지털 기술 등이 있다. 광학 영상 안정화(OIS) 기술을 사용하는 카메라 모듈은 렌즈 모듈, 이미지 센서, 자이로 센서, 제어 장치, 렌즈를 움직이는 장치로 구성되어 있다. 렌즈 모듈은 보정용 렌즈들을 포함한 여러 개의 렌즈들로 구성된다. 일반적으로 카메라는 렌즈를 통해 들어온 빛이 이미지 센서에 닿아 피사체의 상이 맺히고, 피사체의 한 점에 해당하는 위치인 화소마다 빛의 세기에 비례하여 발생한 전기 신호가 저장 매체에 영상으로 저장된다. 그런데 카메라가 흔들리면 이미지 센서 각각의 화소에 닿는 빛의 세기가 변한다. 이때 OIS 기술이 작동되면 자이로 센서가 카메라의 움직임을 감지하여 방향과 속도를 제어 장치에 전달한다. 제어 장치가 렌즈를 이동시키면 피사체의 상이 유지되면서 영상이 안정된다.

렌즈를 움직이는 방법 중에는 보이스코일 모터를 이용하는 방법이 많이 쓰인다. 보이스코일 모터를 포함한 카메라 모듈은 중앙에 위치한 렌즈 주위에 코일과 자석이 배치되어 있다. 카메라가 흔들리면 제어 장치에 의해 코일에 전류가 흘러서 자기장과 전류의 직각 방향으로 전류의 크기에 비례하는 힘이 발생한다. 이 힘이 렌즈를 이동시켜 흔들림에 의한 영향이 상쇄되고 피사체의 상이 유지된다. 이외에도 카메라가 흔들릴 때 이미지 센서를 움직여 흔들림을 감쇄하는 방식도 이용된다.

OIS 기술이 손 떨림을 훌륭하게 보정해 줄 수는 있지만 렌즈의 이동 범위에 한계가 있어 보정할 수 있는 움직임의 폭이 좁다. 디지털 영상 안정화(DIS) 기술은 촬영 후에 소프트웨어를 사용해 흔들림을 보정하는 기술로 역동적인 상황에서 촬영한 동영상에 적용할 때 좋은 결과를 얻을 수 있다. 이 기술은 촬영된 동영상을 프레임 단위로 나눈 후 연속된 프레임 간 피사체의 움직임을 추정한다. 움직임을 추정하는 한 방법은 특징점을 이용하는 것이다. 특징점으로는 피사체의 모서리처럼 주위와 밝기가 뚜렷이 구별되며 영상이 이동하거나 회전해도 그 밝기 차이가 유지되는 부분이 선택된다.

먼저 k 번째 프레임에서 특징점들을 찾고, 다음 k+1 번째 프레임에서 같은 특징점들을 찾는다. 이 두 프레임 사이에서 같은 특징점이 얼마나 이동하였는지 계산하여 영상의 움직임을 추정한다. 그리고 흔들림이 발생한 곳으로 추정되는 프레임에서 위치 차이만큼 보정하여 흔들림의 영향을 줄이면 보정된 동영상은 움직임이 부드러워진다. 그러나 특징점의 수가 늘어날수록 연산이 더 오래 걸린다. 한편 영상을 보정하는 과정에서 영상을 회전하면 프레임에서 비어 있는 공간이 나타난다. 비어 있는 부분이 없도록 잘라 내면 프레임들의 크기가 작아지는데, 원래의 프레임 크기를 유지하려면 화질은 떨어진다.

7. 윗글을 이해한 내용으로 적절하지 **않은** 것은?

① 디지털 영상 안정화 기술은 소프트웨어를 이용하여 이미지 센서를 이동시킨다.

② 광학 영상 안정화 기술을 사용하지 않는 디지털 카메라에도 이미지 센서는 필요하다.

③ 연속된 프레임에서 동일한 피사체의 위치 차이가 작을수록 동영상의 움직임이 부드러워진다.

④ 디지털 카메라의 저장 매체에는 이미지 센서 각각의 화소에서 발생하는 전기 신호가 영상으로 저장된다.

⑤ 보정 기능이 없다면 손 떨림이 있을 때 이미지 센서 각각의 화소에 닿는 빛의 세기가 변하여 영상이 흐려진다.

8. 윗글의 'OIS 기술'에 대한 설명으로 적절하지 **않은** 것은?

① 보이스코일 모터는 카메라 모듈에 포함되는 장치이다.

② 자이로 센서는 이미지 센서에 맺히는 영상을 제어 장치로 전달한다.

③ 보이스코일 모터에 흐르는 전류에 의해 발생한 힘으로 렌즈의 위치를 조정한다.

④ 자이로 센서가 카메라 움직임을 정확히 알려도 렌즈 이동의 범위에는 한계가 있다.

⑤ 흔들림에 의해 피사체의 상이 이동하면 원래의 위치로 돌아오도록 렌즈나 이미지 센서를 이동시킨다.

9. 윗글을 참고할 때, 〈보기〉의 A~C에 들어갈 말을 바르게 짝지은 것은?

〈보 기〉

특징점으로 선택되는 점들과 주위 점들의 밝기 차이가 (A), 영상이 흔들리기 전의 밝기 차이와 후의 밝기 차이 변화가 (B) 특징점의 위치 추정이 유리하다. 그리고 특징점들이 많을수록 보정에 필요한 (C)이/가 늘어난다.

	A	B	C
①	클수록	클수록	프레임의 수
②	클수록	작을수록	시간
③	클수록	작을수록	프레임의 수
④	작을수록	클수록	시간
⑤	작을수록	작을수록	프레임의 수

4

국어 영역

10. 윗글을 읽고 〈보기〉를 이해한 반응으로 가장 적절한 것은? [3점]

〈보 기〉

새로 산 카메라의 성능을 시험해 보고 싶어서 OIS 기능을 켜고 동영상을 촬영했다. 빌딩을 찍는 순간, 바람에 휘청하여 들고 있던 카메라가 기울어졌다. 집에 돌아와 촬영된 영상을 확인하고 소프트웨어로 보정하려 한다.

[촬영한 동영상 중 연속된 프레임]

㉠ k 번째 프레임

㉡ k+1 번째 프레임

① ㉠에서 프레임의 모서리 부분으로 특징점을 선택하는 것이 움직임을 추정하는 데 유리하겠군.
② ㉡을 DIS 기능으로 보정하고 나서 프레임 크기가 변했다면 흔들림은 보정되었으나 원래의 영상 일부가 손실되었겠군.
③ ㉠에서 빌딩 모서리들 간의 차이를 특징점으로 선택하고 그 차이를 계산하여 ㉡을 보정하겠군.
④ ㉠은 OIS 기능으로 손 떨림을 보정한 프레임이지만, ㉡은 OIS 기능으로 보정해야 할 프레임이겠군.
⑤ ㉡을 보면 ㉠이 촬영된 직후 카메라가 크게 움직여 DIS 기능으로는 완전히 보정되지 않았다는 것을 알 수 있겠군.

• 홀수 기출 분석서 **독서** 문제 P.086 / 해설 P.156

[11~15] 다음 글을 읽고 물음에 답하시오.

특허권은 발명에 대한 정보의 소유자가 특허 출원 및 담당 관청의 심사를 통하여 획득한 특허를 일정 기간 독점적으로 사용할 수 있는 법률상 권리를 말한다. 한편 영업 비밀은 생산 방법, 판매 방법, 그 밖에 영업 활동에 유용한 기술상 또는 경영상의 정보 등으로, 일정 조건을 갖추면 법으로 보호받을 수 있다. 법으로 보호되는 특허권과 영업 비밀은 모두 지식 재산인데, 정보 통신 기술(ICT) 산업은 이 같은 지식 재산을 기반으로 창출된다. 지식 재산 보호 문제와 더불어 최근에는 ICT 다국적 기업이 지식 재산으로 거두는 수입에 대한 과세 문제가 불거지고 있다.

일부 국가에서는 ICT 다국적 기업에 대해 디지털세 도입을 진행 중이다. 디지털세는 이를 도입한 국가에서 ICT 다국적 기업이 거둔 수입에 대해 부과되는 세금이다. 디지털세의 배경에는 법인세 감소에 대한 각국의 우려가 있다. 법인세는 국가가 기업으로부터 걷는 세금 중 가장 중요한 것으로, 재화나 서비스의 판매 등을 통해 거둔 수입에서 제반 비용을 제외하고 남은 이윤에 대해 부과하는 세금이라 할 수 있다.

㉠많은 ICT 다국적 기업이 법인세율이 현저하게 낮은 국가에 자회사를 설립하고 그 자회사에 이윤을 몰아주는 방식으로 법인세를 회피한다는 비판이 있어 왔다. 예를 들면 ICT 다국적 기업 Z사는 법인세율이 매우 낮은 A국에 자회사를 세워 특허의 사용 권한을 부여한다. 그리고 법인세율이 A국보다 높은 B국에 설립된 Z사의 자회사에서 특허 사용으로 수입이 발생하면 Z사는 B국의 자회사로 하여금 A국의 자회사에 특허 사용에 대한 수수료인 로열티를 지출하도록 한다. 그 결과 Z사는 ⓐB국의 자회사에 법인세가 부과될 이윤을 최소화한다. ICT 다국적 기업의 본사를 많이 보유한 국가에서도 해당 기업에 대한 법인세 징수는 문제가 된다. 그러나 그중 어떤 국가들은 ICT 다국적 기업의 활동이 해당 산업에서 자국이 주도권을 유지하는 데 중요하기 때문에라도 디지털세 도입에는 방어적이다.

[A] ICT 산업을 주도하는 국가에서 더 중요한 문제는 ICT 지식 재산 보호의 국제적 강화일 수 있다. 이론적으로 봤을 때 지식 재산의 보호가 약할수록 유용한 지식 창출의 유인이 저해되어 지식의 진보가 정체되고, 지식 재산의 보호가 강할수록 해당 지식에 대한 접근을 막아 소수의 사람만이 혜택을 보게 된다. 전자로 발생한 손해를 유인 비용, 후자로 발생한 손해를 접근 비용이라고 한다면, 지식 재산 보호의 최적 수준은 두 비용의 합이 최소가 될 때일 것이다. 각국은 그 수준에서 자국의 지식 재산 보호 수준을 설정한다. 특허 보호 정도와 국민 소득의 관계를 보여 주는 한 연구에서는 국민 소득이 일정 수준 이상인 상태에서는 국민 소득이 증가할수록 특허 보호 정도가 강해지는 경향이 있지만, 가장 낮은 소득 수준을 벗어난 국가들은 그들보다 소득 수준이 낮은 국가들보다 오히려 특허 보호가 약한 것으로 나타났다. 이는 지식 재산 보호의 최적 수준에 대해서도 국가별 입장이 다름을 시사한다.

11. 윗글을 읽고 답을 찾을 수 있는 질문에 해당하지 <u>않는</u> 것은?

① 법으로 보호되는 특허권과 영업 비밀의 공통점은 무엇인가?

② 영업 비밀이 법적 보호 대상으로 인정받기 위한 절차는 무엇인가?

③ ICT 다국적 기업의 수입에 과세하는 제도 도입의 배경은 무엇인가?

④ 로열티는 ICT 다국적 기업의 법인세를 줄이는 데 어떻게 이용되는가?

⑤ 이론적으로 지식 재산 보호의 최적 수준은 어떻게 설정하는가?

12. 디지털세 에 대한 이해로 가장 적절한 것은?

① 지식 재산 보호를 강화할 수 있는 수단이다.

② 이윤에서 제반 비용을 제외한 금액에 부과된다.

③ ICT 산업에서 주도적인 국가는 도입에 적극적이다.

④ 여러 국가에 자회사를 설립하는 방식으로 줄일 수 있다.

⑤ 도입된 국가에서 ICT 다국적 기업이 거둔 수입에 부과된다.

13. 〈보기〉는 윗글을 읽은 학생이 수행할 학습지의 일부이다. ㉮에 들어갈 말로 가장 적절한 것은? [3점]

〈보 기〉

○ **과제:** '㉠을 근거로 ICT 다국적 기업에 디지털세가 부과되는 것이 타당한가?'를 검증할 가설에 대한 판단

· **가설**

ICT 다국적 기업 자회사들의 수입 대비 이윤의 비율은 법인세율이 높은 국가일수록 낮다.

· **판단**

가설이 참이라면 [㉮]고 할 수 있으므로 ㉠을 근거로 디지털세를 부과하는 것을 지지할 수 있겠군.

① ICT 다국적 기업 자회사의 수입이 법인세율이 높은 국가일수록 많다

② ICT 다국적 기업이 법인세율이 높은 국가의 자회사에 로열티를 지출한다

③ ICT 다국적 기업 자회사의 수입 대비 제반 비용의 비율이 법인세율이 낮은 국가일수록 높다

④ ICT 다국적 기업이 법인세율이 높은 국가의 자회사에서 수입에 비해 이윤을 줄이는 방식으로 법인세를 줄이고 있다

⑤ 법인세율이 높은 국가에 본사가 있는 ICT 다국적 기업 자회사의 수입 대비 이윤의 비율은 법인세율이 낮은 국가일수록 낮다

14. [A]를 적용하여 〈보기〉를 이해한 내용으로 적절하지 <u>않은</u> 것은?

〈보 기〉

S국은 현재 국민 소득이 가장 낮은 수준의 국가이고 ICT 산업에서 주도적인 국가가 아니다. S국의 특허 보호 정책은 지식 재산 보호 정책을 대표한다.

① ICT 산업에서 주도적인 국가는 S국이 유인 비용을 현재보다 크게 인식하여 지식 재산 보호 수준을 높이기 바라겠군.

② S국에서는 지식 재산 보호 수준이 낮을 때가 높을 때보다 지식 재산 창출 의욕의 저하로 인한 손해가 더 심각하겠군.

③ S국에서 현재의 특허 제도가 특허권을 과하게 보호한다고 판단한다면 지식 재산 보호 수준을 낮춰 접근 비용을 높이고 싶겠군.

④ S국의 국민 소득이 점점 높아진다면 유인 비용과 접근 비용의 합이 최소가 되는 지식 재산 보호 수준은 낮아졌다가 높아지겠군.

⑤ S국이 지식 재산 보호 수준을 높일 때, 지식의 발전이 저해되어 발생하는 손해는 감소하고 다수가 지식 재산의 혜택을 누리지 못하여 발생하는 손해는 증가하겠군.

15. 문맥상 ⓐ와 바꿔 쓰기에 적절하지 <u>않은</u> 것은?

① Z사의 전체적인 법인세 부담을 줄인다

② A국의 자회사가 거두는 수입을 늘린다

③ A국의 자회사가 얻게 될 이윤을 줄인다

④ B국의 자회사가 낼 법인세를 최소화한다

⑤ B국의 자회사가 지출하는 제반 비용을 늘린다

▶ 소요 시간 [ ] 분 [ ] 초

15
회

• 홀수 기출 분석서 문학 문제 P.042 / 해설 P.060

[16~18] 다음 글을 읽고 물음에 답하시오.

(가)
높으디높은 산마루
낡은 고목(古木)에 못 박힌 듯 기대어
내 홀로 긴 밤을
무엇을 간구하며 울어 왔는가.　[A]

아아 이 아침
시들은 핏줄의 구비구비로
사늘한 가슴의 한복판까지
은은히 울려오는 종소리.

이제 눈감아도 오히려
꽃다운 하늘이거니
내 영혼의 촛불로
어둠 속에 나래 떨던 샛별아 숨으라.

환히 트이는 이마 우
떠오르는 햇살은
시월상달의 꿈과 같고나.

메마른 입술에 피가 돌아
오래 잊었던 피리의
가락을 더듬노니

새들 즐거이 구름 끝에 노래 부르고
사슴과 토끼는
한 포기 향기로운 싸릿순을 사양하라.

여기 높으디높은 산마루
맑은 바람 속에 옷자락을 날리며　[B]
내 홀로 서서
무엇을 기다리며 노래하는가.
　　　　　　　　　− 조지훈, 「산상(山上)의 노래」 −

(나)
꽃이 피었다,
도시가 나무에게
반어법을 가르친 것이다
이 도시의 이주민이 된 뒤부터
속마음을 곧이곧대로 드러낸다는 것이
얼마나 어리석은가를 나도 곧 깨닫게 되었지만
살아 있자, 악착같이 들뜬 뿌리라도 내리자
속마음을 감추는 대신
비트는 법을 익히게 된 서른 몇 이후부터
나무는 나의 스승
그가 견딜 수 없는 건
꽃향기 따라 나비와 벌이
붕붕거린다는 것,

내성이 생긴 이파리를
벌레들이 변함없이 아삭아삭
뜯어 먹는다는 것
도로변 시끄러운 가로등 곁에서 허구한 날
신경증과 불면증에 시달리며 피어나는 꽃
참을 수 없다 나무는, 알고 보면
치욕으로 푸르다
　　　　　　　　　− 손택수, 「나무의 수사학 1」 −

16. (가)와 (나)에 대한 설명으로 가장 적절한 것은?

① (가)는 계절의 변화에 따라 달라지는 주변 풍경을, (나)는 공간의 이동에 따른 풍경 변화를 묘사하고 있다.

② (가)는 시각적 이미지를 통해 자연의 위대함을, (나)는 청각적 이미지를 통해 자연에 대한 두려움을 표현하고 있다.

③ (가)는 명령형 어조를 활용하여 대상의 행동을 유도하고, (나)는 단정적 진술을 활용하여 주제 의식을 드러내고 있다.

④ (가)와 (나)는 인격화된 사물을 청자로 하여 화자의 소망을 전달하고 있다.

⑤ (가)와 (나)는 도치된 표현을 활용하여 화자가 처한 부정적 현실에 대한 극복 의지를 강조하고 있다.

17. [A]와 [B]를 이해한 내용으로 적절하지 않은 것은?

① [A]의 '높으디높은 산마루'에서 화자를 울게 한 문제는 [B]의 '여기 높으디높은 산마루'에서의 기다림의 대상이 아니다.

② [A]의 '못 박힌 듯' 기댄 자세는 과거의 고통을, [B]의 '옷자락을 날리며' 서 있는 자세는 미래에 대한 기대를 드러내고 있다.

③ [A]의 '긴 밤'에 담긴 부정적 상황은 '이 아침' 이후 [B]의 '맑은 바람'을 동반하는 새로운 상황으로 변화하고 있다.

④ [A]의 '무엇'이 [B]의 '무엇'으로 이행하는 과정에서 '나래 떨던 샛별'과 '향기로운 싸릿순'은 화자의 지향점으로 기능하고 있다.

⑤ [A]의 '간구'는 '사늘한 가슴'의 생명력 회복을 바라는 기원을, [B]의 '노래'는 '메마른 입술'에 생명력이 회복된 이후의 소망을 표출하고 있다.

18. 〈보기〉를 바탕으로 (나)를 감상한 내용으로 적절하지 <u>않은</u> 것은? [3점]

<보 기>

「나무의 수사학 1」의 화자는 도심 속 가로수를 관찰하며 도시를 비판적으로 조망한다. 도시의 가로수는 나무의 푸름이나 아름다운 꽃조차도 도구적 가치에 의해서 평가된다. 화자는 삭막한 도시 환경에도 불구하고 고통을 참아 내며 꽃을 피우는 모습을 나무의 반어법으로 인식한다. 도시에 제대로 뿌리박지 못하면서도 도시 환경에 적응하여 꽃을 피우는 나무에서 치욕을 읽어 낸 것이다. 그것은 도시의 이주민인 화자가 나무에 대해 동질감을 느끼는 이유이기도 하다.

① '들뜬 뿌리'는 나무가 처한 상황에 대한 화자의 동질감을 반영하고 있군.
② '내성이 생긴 이파리'는 나무가 도시에 적응하면서 지니게 된 성질을 보여 주는군.
③ '시끄러운 가로등 곁'은 꽃을 피우며 참아 내야 할 삭막한 도시 환경을 드러내고 있군.
④ '신경증과 불면증'은 나무가 도시에 적응하기 위해 견뎌 내야 할 고통을 보여 주고 있군.
⑤ '치욕으로 푸르다'는 도구적 가치로 평가받아 그 환경에 적응하지 못하는 나무에 대한 비판적 표현이군.

• 홀수 기출 분석서 문학 문제 P.096 / 해설 P.169

[19~22] 다음 글을 읽고 물음에 답하시오.

[앞부분 줄거리] 황만근은 마을 사람들에게 바보 취급을 받지만, 외지 출신인 민 씨는 달리 생각한다. 어느 날, 밤늦게 집에 가던 황만근은 토끼고개에서 거대한 토끼를 만난다.

"그기 뭔 소리라? 내가 내 집에 내 발로 가는데 니가 뭐라꼬 집에 못 간다 카나. 귀신이마 썩 물러가고 토끼마 착 엎디리라. 내가 너를 타고서라도 집에 갈란다."

거대한 토끼는 황만근이 한 번도 맡아 본 적이 없는 비린 냄새를 풍기면서 느릿하고 탁한 음성으로 다시 말했다.

"너는 ⓐ여기서 죽는다. **너는 여기서 죽는다.** 너는 여기서 죽는다. 너는 집에 못 간다."

황만근은 온몸에 소름이 돋고 털이란 털은 모두 위로 곤두섰다. 그래도 있는 힘을 다해 토끼를 밀치며 "비키라!" 하고 소리를 질렀다. 그런데 토끼를 밀친 황만근의 팔이 토끼의 털에 묻히는가 싶더니 진공청소기에 빨려 드는 파리처럼 쑤욱 안으로 빨려 들어가는 것이었다 ㉠(황만근이 한 말이 아니라 그 말을 들은 민 씨의 표현이다). 황만근은 한 팔로 옆에 있는 나무를 붙잡으면서 빨려 들어간 팔을 도로 빼려고 안간힘을 썼다. 황만근을 빨아들이려는 공간은 아무것도 잡히지 않을 정도로 넓었고 허전했고 또한 소름끼치도록 차가웠다. 토끼는 토끼대로 쉽게 끌려 들어오지 않는 황만근을 마저 끌어들이기 위해 온몸을 떨면서 뒷발을 든 채 버티고 있었다.

그런 상태로 시간이 하염없이 흘렀다. 어느새 동쪽 하늘이 부옇게 밝아 오기 시작했다. 그러자 토끼는 황만근을 향해 "너는 이제 살았다. 너는 이제 살았다. 너는 이제 살았으니 나를 놓아라" 하고 말했다. 황만근은 오기가 나서 "택도 없는 소리 말거라. 니를 탕으

로 끓이서 어무이하고 나하고 마주 앉아서 먹어 치울 끼다. 니 가죽을 빗기서 어무이 목도리를 하고 내 토시를 하고 장갑을 할 끼다. **니는 인자 죽었다.** 자슥아" 하고 소리쳤다. 토끼는 다급하게 물었다. "그럼 어떻게 하면 네 팔을 빼겠느냐." 황만근은 팔을 안 빼는 게 아니라 못 빼고 있는데 토끼가 그렇게 물어오자 할 말이 없었다. 그래서 되는 대로 "내 소원을 세 가지 들어주기 전에는 니까잇 거는 못 간다" 하고 말했다.

"네 소원이 뭐냐."

"우리 어무이가 팥죽 할마이걸이 오래오래 사는 거다."

㉡(팥죽 할마이란 팥죽을 파는 할머니, 혹은 늘 팥죽을 쑤고 있는 할머니 같은데 그 할머니가 누구인지, 어째서 오래 산다고 하는지 민 씨는 모른다.)

토끼는 ⓑ마을이 있는 서쪽으로 고개를 기울였다가 몸을 소스라치게 떨고 나서 힘겨운 목소리로 말했다.

"지금 들어주었다. 그 다음은?"

"여우 겉은 마누라가 생기는 거다."

"송편을 세 번 먹으면 네 집으로 올 거다. 다음은 무엇이냐?"

"떡두깨(떡두꺼비) 겉은 아들이다."

"마누라가 들어오면 용왕이 와서 그렇게 해 준다. 이제 나를 놓아라."

"내가 언제 니를 잡았나. 니가 가 뿌리만 되지, **바보 자슥아.**"

그러자 토끼는 속았다는 걸 알았는지 얼굴을 무섭게 부풀리더니 황만근의 얼굴에 뜨겁고 매운 김을 내뿜었다. 황만근이 눈을 뜨지 못하고 쩔쩔매다가 간신히 떠 보니 어느새 자신의 팔이 돌아와 있는 것이었다. 황만근의 ⓒ주변에는 토끼털이 무수히 떨어져 바늘처럼 반짝이고 있었다. 황만근은 제대로 숨 쉴 겨를도 없이 집으로 달려갔다. 동네 곳곳의 닭들이 홰대에서 소리쳐 울고 있었다. 황만근은 밖에서 "어무이, 어무이" 하고 소리치면서 ⓓ마당으로 뛰어 들어갔지만 방 안에서는 아무 기척이 없었다. 방 안에 들어가 보니 그의 어머니는 그가 나갔을 때의 모습 그대로, 얼굴이 백지장처럼 변해 앉아 있었다.

"어무이, 어무이!"

그가 어깨를 흔들자 젊은 어머니는 모로 쓰러져 버렸다. 그러면서 "카악!" 하고는 목에서 **주먹밥 덩어리**를 토해 냈다. 황만근이 어머니를 껴안고 통곡을 하다가 손발을 주무르고 온몸을 어루만지자 어머니는 눈을 떴다.

"니 와 인자 왔노?"

"밤새도록 토깨이 귀신하고 씨름을 하다 왔다. 니는 괜않나."

"니 기다리다가 아까 해 뜰 녘에 닭이 울길래 밥 한 딩이를 입에 넣었다가 목이 맥히서 죽을 뿐했다. 움직있다가는 더 맥힐 거 같애서 손가락 하나 까딱 모하고 이래 니가 오기 기다리고 있었니라. 이 문디 겉은 놈의 자슥아, 와 밥만 해 놓고 물은 안 떠다 났나!"

황만근은 울다가 웃다가 덩실덩실 춤을 추었다. 그러고는 어머니에게 엉덩이를 채여 물을 뜨러 동네 ⓔ우물로 달려갔다.

[A] 그날 우물가에서는 황만근의 기이한 체험이 여러 사람의 입으로 하루 종일 수십 번 되풀이되었고 종내 황만근이 우물가로 초청되어 입이 아프도록 같은 **이야기**를 늘어놓아야 했다.

[B] 송편을 세 번 빚을 만큼의 시간, 곧 세 해가 흐른 뒤에 토끼의 **말**대로 어떤 처녀가 그의 집으로 들어왔을 때 동네 사람들이 황만근을 보는 눈이 달라졌다.

– 성석제, 「황만근은 이렇게 말했다」 –

19. ㉠, ㉡의 서술 효과로 가장 적절한 것은?

① ㉠을 통해 민 씨가 황만근에게 들은 말을 그대로 전하고 있음을 알 수 있다.

② ㉡을 통해 황만근의 말을 전하는 민 씨도 다른 인물들처럼 서술자의 서술 대상임을 알 수 있다.

③ ㉠과 ㉡을 삭제하면 황만근과 토끼의 대결 과정을 파악하기 어렵게 된다.

④ ㉠과 ㉡은 황만근과 토끼의 대결 과정 자체에 더 몰입하여 읽도록 도와주는 기능을 한다.

⑤ ㉠과 ㉡을 통해 황만근이 민 씨로부터 전해 들은 이야기가 다시 서술되고 있음을 알 수 있다.

20. ⓐ~ⓔ를 이해한 내용으로 적절하지 않은 것은?

① ⓐ: 주인공이 기이한 체험을 하는 공간

② ⓑ: 주인공이 복귀해야 할 일상적 공간

③ ⓒ: 주인공의 지난밤 체험의 흔적이 남아 있는 공간

④ ⓓ: 주인공이 어머니에 대한 불안을 감지하는 공간

⑤ ⓔ: 주인공이 어머니의 요청을 동네 사람들에게 전하러 간 공간

21. [A], [B]에 대한 설명으로 가장 적절한 것은?

① [A]는 마을 사람들이 '이야기'를 여러 차례 들었으나 여전히 흥미를 느끼지 못했음을 보여 준다.

② [A]는 직접 경험한 사건이라도 반복적으로 전달되면서 '이야기'의 내용이 점차 달라지고 있음을 보여 준다.

③ [B]는 새로운 등장인물의 '말'에 따라 '말'을 처음 전한 존재에 대한 평가가 달라졌음을 보여 준다.

④ [B]의 '말'은 [A]의 '이야기'의 일부로, '말'의 실현이 '이야기'의 신뢰성을 높이고 있음을 보여 준다.

⑤ [B]는 [A]의 '이야기'가 삼 년 동안 전해질 수 있었던 이유가 '말'의 실현에 대한 공동체의 확신 때문임을 보여 준다.

22. <보기>를 참고하여 윗글을 감상한 내용으로 적절하지 않은 것은? [3점]

─────── 〈보 기〉 ───────

윗글은 민담적 요소를 적극 활용한 현대 소설이다. 바보 취급을 받는 황만근이 신이한 존재와 대면했으나 위기를 극복하며 의외의 승리를 거둔다는 비현실적 이야기는 민담적 특징을 잘 보여 준다. 또한 반복적이거나 위협적인 어구 사용, 구성진 입담 등에는 언어의 주술성과 해학성이 잘 드러난다.

① 황만근이 '거대한 토끼'와 겨루는 비현실적인 이야기 전개는 민담의 일반적 특성과 맞닿아 있는 것이겠군.

② 토끼가 '너는 여기서 죽는다.'라는 말을 세 번 반복한 것은 언어의 주술적 특성을 드러내는 것이겠군.

③ 황만근이 '니는 인자 죽었다.'라고 발언하며 위협한 것은 의외의 결과를 가져와 토끼가 황만근의 소원을 들어주기로 하였겠군.

④ '바보 자슥아'라는 말은 황만근에 대한 신이한 존재의 우위가 변했음을 보여 주는 것이겠군.

⑤ 어머니가 '주먹밥 덩어리'를 토해 내는 것은 황만근에게 속은 것을 깨달은 토끼의 주술적 복수라 할 수 있겠군.

• 홀수 기출 분석서 **문학** 문제 P.064 / 해설 P.102

[23~25] 다음 글을 읽고 물음에 답하시오.

┌──────────────────────────────
│ [금강대] 맨 우층의 선학(仙鶴)이 삿기 치니
│ 춘풍 옥적성(玉笛聲)의 첫잠을 깨돗던디
│ 호의현상*이 반공(半空)의 소소 뜨니
│ 서호 녯 주인*을 반겨셔 넘노는 듯
│ 소향로 대향로 눈 아래 구버보고
│ 정양사 [진헐대] 고텨 올나 안준마리
│ 여산 진면목이 여긔야 다 뵈는구나
│ 어와 조화옹이 헌사토 헌사할샤
│ 날거든 뛰디 마나 섯거든 솟디 마나
│ 부용(芙蓉)을 고잣는 듯 백옥(白玉)을 믓것는 듯   ┐
│ 동명(東溟)*을 박차는 듯 북극(北極)을 괴왓는 듯 ├ [A]
│ 놉흘시고 망고대 외로올샤 혈망봉이   ┘
│ 하늘의 추미러 므스 일을 사로려
│ 천만겁(千萬劫) 디나도록 구필 줄 모르느냐
│ 어와 너여이고 너 가트니 또 잇는가
│ [개심대] 고텨 올나 중향성 바라보며
│ 만이천봉을 녁녁(歷歷)히 혀여 하니
│ 봉마다 맷쳐 잇고 긋마다 서린 긔운
│ 맑거든 조티 마나 조커든 맑디 마나
│ 뎌 긔운 흐터 내야 인걸을 만들고쟈
│ 형용도 그지업고 톄세(體勢)도 하도 할샤
│ 천지 삼기실 제 자연이 되연마는
│ 이제 와 보게 되니 유정(有情)도 유정할샤
└──────────────────────────────

(중략)

그 알픽 너러바회 [화룡소] 되어셰라
천년 노룡(老龍)이 구비구비 서려 이셔
주야의 흘녀 내여 창해(滄海)예 니어시니
풍운을 언제 어더 삼일우(三日雨)를 디련느냐
음애예 이온 플*을 다 살와 내여스라
마하연 묘길상 안문재 너머 디여
외나모 써근 다리 [불정대] 올라 하니
천심(千尋) 절벽을 반공애 셰여 두고
은하수 한 구비를 촌촌이 버혀 내여
실가티 플텨 이셔 **베**가티 거러시니
도경(圖經) 열두 구비 내 보매는 여러히라
이적선 이제 이셔 고텨 의논하게 되면
여산*이 여긔도곤 낫단 말 못 하려니

– 정철, 「관동별곡」 –

*호의현상: 흰 저고리에 검은 치마란 뜻으로 학을 가리킴.
*서호 녯 주인: 송나라 때 서호에서 학을 자식으로 여기며 살았던 은사
(隱士) 임포.
*동명: 동해 바다.
*음애예 이온 플: 그늘진 벼랑에 시든 풀.
*여산: 당나라 시인 이백(이적선)의 시구에 나오는 중국의 명산.

23. 윗글에 대한 설명으로 가장 적절한 것은?

① '금강대'에서 '진헐대'로 이동하면서 자연에 대한 화자의 이중적 태도를 보여 주고 있다.

② '진헐대'와 '불정대'에서는 이미지의 대립을 통해 화자의 내적 갈등이 고조되고 있다.

③ '개심대'에서는 선경후정의 방식으로 화자가 바라본 풍경과 그에 대한 감흥이 서술되고 있다.

④ '화룡소'에서는 화자의 시선이 원경에서 근경으로 이동하며 대상의 특징을 묘사하고 있다.

⑤ '화룡소'에서 '불정대'까지의 이동 경로를 드러내지 않아 시상이 빠르게 전개되고 있다.

24. [A]를 이해한 내용으로 적절하지 않은 것은?

① 봉우리를 '부용'을 꽂고 '백옥'을 묶은 듯한 시각적 형상으로 묘사하여 대상의 아름다움을 표현하였다.

② 봉우리를 '백옥', '동명'과 같은 무생물에 빗대어 대상에서 느낄 수 있는 자연의 영속성을 표현하였다.

③ 봉우리를 '동명'을 박차고 '북극'을 받치는 듯한 모습에 빗대어 대상의 웅장한 느낌을 표현하였다.

④ '날거든 뛰디 마나 섯거든 솟디 마나'와 같이 행위를 부각하는 대구를 통해 봉우리의 역동적인 느낌을 표현하였다.

⑤ '고잣는 듯', '박차는 듯'과 같이 상태나 동작을 보여 주는 유사한 통사 구조의 나열을 통해 봉우리의 다채로운 면모를 표현하였다.

25. 〈보기〉를 바탕으로 윗글을 감상한 내용으로 적절하지 않은 것은? [3점]

〈보 기〉
조선의 사대부들은 자연에 하늘의 이치[天理]가 구현된 것으로 보았으며, 그들 중 대부분은 자연의 미를 관념적으로 형상화하였다. 한편 「관동별곡」의 작가는 자연의 미를 현실에서 발견하여 사실감 있게 묘사함으로써 그들과의 차별성을 드러내었다. 또한 그는 자연을 바라보며 사회적 책무를 떠올리고 자연에 투사된 이상적 인간상을 모색하기도 하였다.

① '혈망봉'을 '천만겁'이 지나도록 굽히지 않는 존재로 본 것은, 작가가 지향하는 이상적 인간상을 자연에 투사한 것이군.

② '개심대'에서 '뎌 긔운 흐터 내야 인걸을 만들'겠다는 의지를 드러낸 것은, 작가가 자연을 바라보며 자신의 사회적 책무를 인식하고 있음을 보여 주는군.

③ '중향성'을 바라보며 천지가 '자연이 되'었다고 본 것은, 자연의 미가 하늘의 이치가 구현된 인간 사회의 영향을 받는다고 생각하는 작가의 인식을 보여 주는군.

④ '불정대'에서 본 폭포의 아름다움을 '실'이나 '베'와 같은 구체적 사물을 활용하여 표현한 것은, 자연을 사실감 있게 나타내려는 작가의 태도를 반영한 것이군.

⑤ '불정대'에서 본 풍경을 중국의 '여산'과 비교하며 우리 자연의 아름다움을 강조한 것은, 관념이 아닌 현실에서 아름다움을 발견하는 작가의 차별성을 보여 주는군.

15
회

• 홀수 기출 분석서 문학 문제 P.192 / 해설 P.344

[26~30] 다음 글을 읽고 물음에 답하시오.

(가)

[앞부분 줄거리] 전우치는 구미호로부터 천서를 빼앗아 술법을 배웠으나 구미호가 전우치를 속여 천서의 일부를 가져간다.

우치 대노 왈,

"흉악한 요물이 나를 업수이 여겨 이같이 속이니 내 이제 여우 굴에 가 책을 찾고 요괴를 소멸하리라."

하고 방망이와 송곳을 가지고 여우 굴로 가니, 산천이 깊고 길이 아득하여 찾을 수 없어 도로 돌아와 생각하되, '이 요괴 변화가 예측하기 어려우니 가히 이곳에 오래 머물지 못하리라.' 하고 서책을 수습하여 돌아오니, 대저 천서 상권은 부적을 붙인 까닭에 빼앗아 가지 못함이러라.

[A]

우치 집에 돌아와 천서를 보아 못 할 술법이 없으매, 과거에 뜻이 없어 스스로 생각하되, '내 벼슬하여 모친을 봉양하려 하면 자연히 더디리라.' 하고 이에 한 계교를 생각하여 몸을 흔들어 변하여 선관이 되어 오색구름을 타고 하늘에 올라 바로 궐내로 들어가 대명전에 자리하니 서기가 공중에 어리었으니 궁중이 황홀했다. 이에 조정의 신하들이 당황하여 갈팡질팡하고 임금께 아뢰기를,

"고금에 드문 괴변이라."

하니, 왕이 대경하사 여러 신하를 모아 의논하시더니, 우치가 운무 중에 서고 청의동자가 외쳐 왈,

"고려국 왕은 옥황상제 전교를 들으라."

하거늘, 왕이 명하사 바닥에 깔 자리와 향로를 올려놓은 상을 갖춰 놓게 하고 나아가 보니 한 선관이 금관 홍포로 동자를 좌우에 세우고 오색구름 중에 싸여 단정히 섰거늘, 왕이 네 번 절한 후 땅에 엎드리시니, 우치 왈,

"하늘의 궁궐이 오래되어 낡고 헐었기에 이제 수리하고자 하여 인간 여러 나라에 뜻을 전하여 모든 물건을 다 바쳤으나 다만 황금 들보 하나가 없는지라. 옥황상제께서 그대 나라에 황금이 유족함을 아시고 이제 뜻을 전하사 칠 월 칠 일 오시에 상량하리니, 그날 미쳐 대령하되 길이 십 척 오 촌이요, 너비 삼 척 이 촌, 만일 그날 미치지 못하면 큰 변을 내리우시리라."

하고 말을 마치자 선악 소리 은은하며 오색구름이 남녘으로 향하여 가더라.

(중략)

우치 무안하여 달아나고자 하더니 화담이 알고 변신하여 삵이 되어 달려드니, 우치가 보라매 되어 날려 한 즉, 화담이 또한 청사자가 되어 우치를 물어 쓰러뜨리고 크게 꾸짖어 왈,

"너 같은 요술이 임금을 속이고 세상을 희롱하니 어찌 죽이지 아니하리오?"

우치 애걸 왈,

"선생의 도술이 높으심을 모르고 존엄을 범하였으니 죄당만사(罪當萬死)이오나, 소생에게 노모가 있사오니 원컨대 선생은 잔명을 빌리소서."

화담 왈,

"내 이번은 살리거니와 다시 그런 버릇없는 일을 행치 말고 그대

모친을 봉양하다가 그대 모친이 돌아가신 후에 나와 영주산에 들어가 선도(仙道)를 닦음이 어떠하뇨?"

우치 왈,

"선생의 교훈대로 봉행하리이다."

하고 인하여 하직한 후에 집에 돌아와 요술을 행치 아니하고 모친을 봉양하더니, 세월이 여류하여 우치 모부인이 졸하니 우치 예를 갖추어 선산에 안장하고 삼 년을 받들더니, 하루는 화담이 왔거늘, 우치가 황망히 나와 맞아 인사를 마치고 자리에 앉은 후에 화담 왈,

"그대와 약속한 일이 있으매 그대 상중에 있는 것을 알고 왔거늘, 이제 그 산에 있는 구미호를 잡아 돌상자에 가두고 그 굴에 불 지름이 어떠하뇨?"

우치 왈,

"이제 선생이 그 여우를 없이하시면 진실로 온 나라의 아주 다행스러운 일이 아닐까 하나이다."

화담 왈,

"내 이제 그대를 데려가려 하나니, 행장을 꾸리거라."

하거늘, 우치 크게 기뻐하며 재산을 흩어 노복을 주며 왈,

"나는 이제 영원히 이별하려 하니, 너희들은 탈 없이 있어 나의 조상의 제사를 받들라."

하고 조상의 무덤에 하직한 후에 화담을 모시고 구름을 타고 영주산으로 향하니, 그 뒷일은 알지 못하니라.

– 작자 미상, 「전우치전」 –

(나)

S#1. 궁궐. 낮.

궁궐을 향해 날아 내려가는 오색구름. ㉠선녀와 천군 호위 속에 전우치가 지상을 내려 본다.

왕: 옥황상제의 아드님께서 오신다. 예를 갖춰라.

왕이 손짓하자, 궁중 악사들이 정악을 연주한다. 지상으로 내려온 구름. 전우치가 입을 연다. 쩌렁쩌렁한 목소리에 왕이 고개를 더 낮춘다.

전우치: 지상의 왕은 내가 시킨 대로 황금 1만 냥을 함경도 기근 지역에 보냈느냐?
왕: 그제 제 꿈에 나타나 하명하신 대로 한 치 틀림없이 그리 했습니다.
전우치: 하늘에서 그대의 덕을 높이 사 그대가 하늘로 돌아올 때 7배 70배 700배로 갚아 줄 것이다.
왕: 황공하옵니다. 왕가의 보물을 보자시길래 그것 역시 준비했습니다.
전우치: 지상의 왕이 보기보다 아주 똘똘하구나. 근데… 에이 가락이 맘에 안 드는구나.

전우치가 손짓하자, 궁중 악사들이 무엇에 홀린 듯 다른 음악을 연주한다. 맘에 안 드는지, 전우치가 손가락을 튕기자, 악사들은 음악을 바꾼다. 그제서야 맘에 든 전우치. 머리를 흔들어 박자를 느끼며, 보물이 늘어선 곳으로 걷는다. 보물을 발로 툭 쳐 보고, 도자기는 관심 없어 깨고, 보고, 던지고, 보고, 깨는데,

(중략)

거울을 연신 깨던 전우치. ⓛ한 거울에 눈이 멈춘다. 작고 투박하다. 앞면은 청동이라 탁하고 뒷면은 자개로 덮여 있다. 전우치가 슬쩍 주머니에 넣는다.

전우치: 왕은 고개를 들라.

왕: 예?

전우치: 내 본시 그림 그리기를 즐겨 해 나무를 그리면 나무가 점점 자라고 짐승을 그리면 그림에서 튀어나오니 내 재주가 아까워 그런데…

전우치가 품에서 두루마리를 꺼내 펼친다. 산수화. 궁녀 2 손에 들게 한다.

전우치: 어떤가?

왕: 지상의 풍경이 아닌 듯 살아 움직이는 것 같습니다. 소인이 과문하여 묻는데 주인 없는 빈 말은 무엇을 상징하는 것입니까?

전우치: 이 도사 전우치가 타고 갈 말이니라.

왕: … 전우치? 망나니 전우치?

전우치가 대동하고 왔던 천군들을 보면, ⓒ그저 허수아비에 불과하다.

전우치: 나를 아는가? 유명하면 아무리 이름을 숨긴다고 숨겨지는 것도 아니고 거 참.

왕: 감히 **도사 놈**이 주상을 능멸해. 여봐라 이놈을 잡아라.

궁중 무관들이 들이닥치는데, 전우치는 태평하게 한 잔 더 걸치고는, 손가락을 튕겨 음악을 바꾼다. 음악은 점점 흥겨워진다. 진땀 나는 궁중 악사들.

전우치: 도사 놈이라? 에… 도사는 무엇이냐? ⓔ도사는 바람을 다스리고 (바람이 분다) 마른 하늘에 비를 내리고 (순식간에 장대비가 내린다) 땅을 접어 달리고 (술상을 향해 축지법으로 갔다가 돌아온다) 날카로운 검을 바람보다도 빨리 휘두르고 (검이 쉭— 하는 소리와 함께 허공을 가르고) 그 검을 꽃처럼 다룰 줄 아니 (검이 왕 얼굴 앞에서 꽃으로 변한다) 가련한 사람들을 돕는 게 바로 도사의 일이다. 무릇 **생선은 대가리부터 썩는 법!** 왕과 대신들이 기근에 시달리는 백성을 보살피지 않아 이 도사 전우치가 친히 백성들 심부름을 하고자 왔으니 공치사 받을 일도 아니고.

전우치를 에워싸는 궁중 무관들. 섣불리 접근하지 못하는데, 전우치 천천히 붉은 붓을 들어 술병 모가지 테두리를 둘러 원을 그린다. 서로를 바라보다 자신의 목을 보는 무관들. 모두의 목에 붉은 테두리가 그려져 있다.

전우치: 내가 이 병 목을 치면 너희들은 어떻게 될 거 같으냐?

무관들, 술렁거리며 주춤한다.

왕: 저놈을 잡는 자에게 황금 2천 냥을 주겠다.

전우치: 하하하… 돈을 막 쓰는구나. 하하하…

전우치가 그림 속으로 들어가 말을 타고 사라진다. ⓜ웃음소리는 오래도록 왕을 언짢게 한다.

— 최동훈, 「전우치」 —

---

26. (가)의 화담에 대한 이해로 가장 적절한 것은?

① 전우치가 요술로 세상을 어지럽히지 않도록 이끈다.
② 전우치의 요청에 따라 선도를 닦기 위해 함께 간다.
③ 전우치의 공격을 받으나 도술로 전우치를 제압한다.
④ 전우치와 함께 구미호를 퇴치하여 나라를 안정시킨다.
⑤ 전우치와의 약속을 지키지 않고 영주산에 갈 것을 재촉한다.

27. 〈보기〉는 선생님의 안내에 따라 학생들이 (가)를 이해한 내용이다. ⓐ~ⓔ 중 적절하지 않은 것은? [3점]

〈보 기〉

선생님: 일반적으로 영웅 소설에서 주인공은 고난을 겪지만 조력자를 만나 병서나 무기 등을 얻어 탁월한 능력을 갖게 됩니다. 이후 주인공이 위기에 처한 나라를 구하는 공을 세워 이름을 떨치며 부귀영화를 누리는 것으로 마무리됩니다. 이때 주인공은 유교적 이념을 존중하는 인물입니다. 이와 같은 전형적인 영웅 소설과 「전우치전」이 어떻게 유사하고 다른지 이야기해 봅시다.

학생 1: 전우치가 천서를 익혀 뛰어난 능력을 얻게 된 것은 병서를 익혀 탁월한 능력을 갖게 된 일반적인 영웅 소설과 비슷해요. ·· ⓐ

학생 2: 전우치가 충을 다함으로써 효를 실천하는 것은 충효라는 유교적 이념을 중시하는 일반적인 영웅 소설과 비슷해요. … ⓑ

학생 3: 전우치가 입신양명의 길을 선택하지 않은 것은 나라에 공을 세워 이름을 널리 떨치는 일반적인 영웅 소설과는 달라요. ·· ⓒ

학생 4: 전우치가 옥황상제의 권위를 이용하여 나라의 재산을 취하려 한 것은 위기에 처한 나라를 구하는 일반적인 영웅 소설과는 달라요. ·· ⓓ

학생 5: 전우치가 재산을 흩어 노복에게 주고 떠나는 것으로 마무리되는 것은 부귀영화를 누리게 되는 일반적인 영웅 소설과는 달라요. ·· ⓔ

① ⓐ   ② ⓑ   ③ ⓒ   ④ ⓓ   ⑤ ⓔ

15회

28. (가)를 토대로 (나)가 창작되었다고 할 때, [A]와 (나)에 대한 비교로 적절하지 <u>않은</u> 것은?

① 전우치가 왕에게 말하는 태도는 [A]에서는 근엄하였으나, (나)에서는 거드름을 피우는 것으로 변화하였다.

② 전우치가 왕에게 황금을 요구한 까닭은 [A]에서는 모친 봉양을 위한 것이었으나, (나)에서는 백성을 보살피는 것으로 바뀌었다.

③ 전우치가 자신의 요구 실현에 대해 취한 조치는 [A]에서는 실행하지 않을 경우 변을 당하리라 위협하는 것으로, (나)에서는 실행한 것에 대해 보상을 약속하는 것으로 표현되었다.

④ 전우치가 왕과의 만남을 끝내는 모습이 [A]에서는 구름을 타고 남쪽으로 가는 것으로, (나)에서는 돌아올 것을 예고하며 말을 타고 산수화 속으로 들어가는 것으로 나타났다.

⑤ 전우치가 왕에게 자신의 요구를 전하는 장면은 [A]에서는 왕에게 요구하는 모습이 자세히 서술되었으나, (나)에서는 꿈에 나타나 하명하였다는 왕의 대사로 간략히 처리되었다.

29. (나)에 나타난 갈등 양상에 대한 이해로 적절하지 <u>않은</u> 것은?

① 전우치가 자신의 정체를 드러낸 것을 계기로 왕과의 갈등이 표출되어 상황이 새로운 국면으로 전환된다.

② 전우치가 '생선은 대가리부터 썩는 법'이라고 말함으로써 왕과의 갈등이 부패한 지배층에 대한 비판으로 확장된다.

③ 왕이 전우치에게 속아 그를 최고의 예우로 대하는 것은 장차 전우치의 정체가 밝혀질 때 갈등이 증폭되는 요인이 된다.

④ 왕이 전우치를 '옥황상제의 아드님'에서 '도사 놈'으로 바꿔 부르는 것에서 전우치를 향한 왕의 적대적인 인식이 드러난다.

⑤ 왕과 전우치의 주문에 따라 연주되는 음악이 계속 바뀜으로써 왕과 전우치 간의 대결이 우열을 가리기 힘든 상황임이 드러난다.

30. (나)를 영화로 제작한다고 할 때, ㉠~㉤에 대한 연출 계획으로 적절하지 <u>않은</u> 것은?

① ㉠: 전우치의 권위와 위엄이 느껴지게 하려면, 지상을 내려다보는 전우치를 올려다보며 촬영해야겠군.

② ㉡: 전우치가 거울에 관심을 갖고 있음을 강조하려면, 전우치의 얼굴이나 눈동자를 화면에 가득 담아야겠군.

③ ㉢: 천군들의 정체로 인한 왕의 당혹감을 표현하려면, 천군이 있던 자리에 놓인 허수아비를 왕의 시점으로 보여 주어야겠군.

④ ㉣: 전우치가 도사로서 가진 출중한 능력을 입체적으로 전달하려면, 여러 공간에서 동시에 일어나는 각각의 장면을 번갈아 보여 주어야겠군.

⑤ ㉤: 왕이 전우치로 인해 불쾌감을 지속적으로 느끼고 있음을 감각적으로 표현하려면, 언짢아하는 왕의 표정을 보여 주며 전우치가 남긴 웃음소리를 효과음으로 길게 끌어야겠군.

▶ 소요 시간 ☐ 분 ☐ 초

---

* 확인 사항

○ 답안지의 해당란에 필요한 내용을 정확히 기입(표기)했는지 확인하시오.

국어 영역

• 홀수 기출 분석서 독서 문제 P.052 / 해설 P.073

[1~5] 다음 글을 읽고 물음에 답하시오.

　㉠많은 전통적 인식론자는 임의의 명제에 대해 우리가 세 가지 믿음의 태도 중 하나만을 ⓐ가질 수 있다고 본다. 가령 '내일 눈이 온다.'는 명제를 참이라고 믿거나, 거짓이라고 믿거나, 참이라 믿지도 않고 거짓이라 믿지도 않을 수 있다. 반면 ㉡베이즈주의자는 믿음은 정도의 문제라고 본다. 가령 각 인식 주체는 '내일 눈이 온다.'가 참이라는 것에 대하여 가장 강한 믿음의 정도에서 가장 약한 믿음의 정도까지 가질 수 있다. 이처럼 베이즈주의자는 믿음의 정도를 믿음의 태도에 포함함으로써 많은 전통적 인식론자들과 달리 믿음의 태도를 풍부하게 표현한다.

　우리는 종종 임의의 명제가 참인지 거짓인지 새롭게 알게 된다. 이것을 베이즈주의자의 표현으로 바꾸면 그 명제가 참인지 거짓인지에 대해 가장 강한 믿음의 정도를 새롭게 갖는다는 것이다. 베이즈주의는 이런 경우에 믿음의 정도가 어떤 방식으로 변해야 하는지에 대해 정교한 설명을 제공한다. 이에 따르면, 인식 주체가 특정 시점에 임의의 명제 A가 참이라는 것만을 또는 거짓이라는 것만을 새롭게 알게 됐을 때, 다른 임의의 명제 B에 대한 인식 주체의 기존 믿음의 정도의 변화는 조건화 원리의 적용을 받는다. 이는 믿음의 정도의 변화에 관한 원리로서, 만약 인식 주체가 A가 참이라는 것만을 새롭게 알게 된다면, B가 참이라는 것에 대한 그 인식 주체의 믿음의 정도는 애초의 믿음의 정도에서 A가 참이라는 조건하에 B가 참이라는 것에 대한 믿음의 정도로 되어야 함을 의미한다. 예를 들어 갑이 '내일 비가 온다.'가 참이라는 것을 약하게 믿고 있고, '오늘 비가 온다.'가 참이라는 조건하에서는 '내일 비가 온다.'가 참이라는 것을 강하게 믿는다고 해 보자. 조건화 원리에 따르면, 갑이 실제로 '오늘 비가 온다.'가 참이라는 것만을 새롭게 알게 될 때, '내일 비가 온다.'가 참이라는 것을 그 이전보다 더 강하게 믿는 것이 합리적이다. 조건화 원리는 새롭게 알게 된 명제가 동시에 둘 이상인 경우에도 마찬가지로 적용된다. 다만 이 원리는 믿음의 정도에 관한 것이지 행위에 관한 것은 아니다.

　명제들 중에는 위의 예에서처럼 참인지 거짓인지 새롭게 알게 된 명제와 관련된 것도 있지만 그렇지 않은 것도 있다. 조건화 원리에 ⓑ따르면, 어떤 명제가 참인지 거짓인지 새롭게 알게 되더라도 그 명제와 관련 없는 명제에 대한 믿음의 정도는 변하지 않아야 한다. 예를 들어 위에서처럼 갑이 '오늘 비가 온다.'가 참이라는 것만을 새롭게 알게 되더라도 그것과 관련 없는 명제 '다른 은하에는 외계인이 존재한다.'에 대한 그의 믿음의 정도는 변하지 않아야 한다. 이처럼 베이즈주의자는 특별한 이유가 없는 한 우리의 믿음의 정도는 유지되어야 한다고 ⓒ본다.

　베이즈주의자는 이렇게 상식적으로 당연하게 여겨지는 생각을 정당화하기 위해 기존의 믿음의 정도를 유지함으로써 ⓓ얻을 수 있는 실용적 효율성에 호소할 수 있다. 특별한 이유 없이 학교를 옮기는 행위는 어떠한 방식으로든 우리의 에너지를 불필요하게 소모한다. 베이즈주의자는 특별한 이유 없이 기존의 믿음의 정도를 ⓔ바꾸는 것도 이와 유사하게 에너지를 불필요하게 소모한다고 볼

수 있다. 이 관점에서는 실용적 효율성을 추구한다면, 특별한 이유가 없는 한 기존의 믿음의 정도를 유지하는 것이 합리적이다.

1. 윗글에서 답을 찾을 수 있는 질문에 해당하지 않는 것은?

① 믿음의 정도와 관련하여 상식적으로 당연하게 여겨지는 생각을 어떻게 정당화할 수 있을까?

② 특별한 이유 없이 믿음의 정도를 바꾸어야 하는 이유는 무엇일까?

③ 믿음의 정도를 어떤 경우에 바꾸고 어떤 경우에 바꾸지 말아야 할까?

④ 믿음의 정도를 바꾸어야 한다면 어떤 방식으로 바꾸어야 할까?

⑤ 임의의 명제에 대해 어떤 믿음의 태도를 가질 수 있을까?

2. ㉠, ㉡에 대한 이해로 적절하지 않은 것은?

① 만약 을이 ㉠이라면 을은 동시에 ㉡일 수 없다.

② ㉠은 을이 '내일 눈이 온다.'가 거짓이라 믿는 것은 그 명제가 거짓임을 강한 정도로 믿는다는 의미라고 주장한다.

③ ㉠은 을이 '내일 눈이 온다.'가 참이라고 믿는다면 을은 '내일 눈이 온다.'가 거짓이라고 믿을 수는 없다고 주장한다.

④ ㉡은 을의 '내일 눈이 온다.'가 참이라는 것에 대한 믿음의 정도와 '내일 눈이 온다.'가 거짓이라는 것에 대한 믿음의 정도가 같을 수 있다고 본다.

⑤ ㉡은 을이 '내일 눈이 온다.'와 '내일 비가 온다.'가 모두 거짓이라고 믿더라도 후자를 전자보다 더 강하게 거짓이라고 믿을 수 있다고 주장한다.

3. 조건화 원리에 대해 설명한 내용으로 가장 적절한 것은?

① 에너지를 불필요하게 소모하더라도 특별한 이유 없이 믿음의 정도를 바꾸는 것은 합리적이라고 설명한다.

② 어떤 행위를 할 특별한 이유가 있더라도 믿음의 정도의 변화 없이 그 행위를 해서는 안 된다고 말해 준다.

③ 새롭게 알게 된 명제와는 관련 없는 명제에 대해 우리의 믿음의 정도가 어떠해야 하는지에 대해서 말해 주지 않는다.

④ 어떤 명제가 참인 것을 새롭게 알게 되고 동시에 그와 다른 명제가 거짓인 것을 새롭게 알게 되었을 때에도 적용될 수 있다.

⑤ 임의의 명제를 새롭게 알기 전에 그와 다른 명제에 대해 가장 강하지도 않고 가장 약하지도 않은 믿음의 정도를 가지고 있는 인식 주체에게는 적용될 수 없다.

2   국어 영역

4. 다음은 윗글을 읽은 학생의 독서 활동 기록이다. 윗글을 참고할 때, [A]에 들어갈 내용으로 적절하지 <u>않은</u> 것은? [3점]

> **[독서 후 심화 활동]**
>
> 글의 내용을 다른 상황에 적용해 보자.
>
> ○**상황**
>
> 병과 정은 공동 발표 내용을 기록한 흰색 수첩 하나를 잃어버렸다는 것을 알게 되었다. 그 수첩에는 병의 이름이 적혀 있다. 이와 관련해 병과 정은 다음 명제 ㉮가 참이라고 믿지만, 믿음의 정도가 아주 강하지는 않다.
>
> ㉮ 병의 수첩은 체육관에 있다.
>
> 병 혹은 정이 참이라고 새롭게 알게 될 수 있는 명제는 다음과 같다.
>
> ㉯ 체육관에 누군가의 이름이 적힌 흰색 수첩이 있다.
>
> ㉰ 병의 이름이 적혀 있지만 어떤 색인지 확인이 안 된 수첩이 병의 집에 있다.
>
> 병과 정은 ㉯와 ㉰ 이외에는 ㉮와 관련이 있는 어떤 명제도 새롭게 알게 되지 않고, 조건화 원리에 의해서만 자신들의 믿음의 정도를 바꾼다.
>
> ○**적용**
>
> [A]

① 병이 ㉮와 관련이 없는 다른 명제만을 새롭게 알게 된다면, ㉮에 대한 병의 믿음의 정도는 변하지 않겠군.

② 병이 ㉯만을 알게 된다면, 그 후에 ㉮가 참이라는 것에 대한 병의 믿음의 정도는 그 전보다 더 강해질 수 있겠군.

③ 병이 ㉯를 알게 된 후에 ㉰를 추가로 알게 된다면, ㉮가 참이라는 것에 대한 병의 믿음의 정도는 ㉰를 추가로 알기 전보다 더 약해질 수 있겠군.

④ 병이 ㉯와 ㉰를 동시에 알게 된다면, ㉮가 참이라는 것에 대한 병의 믿음의 정도는 ㉯와 ㉰가 참이라는 조건하에 ㉮가 참이라는 것에 대한 믿음의 정도로 변하겠군.

⑤ 병과 정이 ㉯를 알게 되기 전에 ㉮가 참이라는 것에 대한 믿음의 정도가 서로 다르다면, ㉯만을 알게 된 후에는 ㉮가 참이라는 것에 대한 병과 정의 믿음의 정도가 같을 수 없겠군.

5. 문맥상 ⓐ~ⓔ의 단어와 가장 가까운 의미로 쓰인 것은?

① ⓐ: 어제 친구들과 함께 만나는 자리를 <u>가졌다</u>.

② ⓑ: 법에 따라 모든 절차가 공정하게 <u>진행됐다</u>.

③ ⓒ: 우리는 지금 아이를 <u>봐</u> 줄 분을 찾고 있다.

④ ⓓ: 그는 젊었을 때 <u>얻은</u> 병을 아직 못 고쳤다.

⑤ ⓔ: 매장에서 헌 냉장고를 새 선풍기와 <u>바꿨다</u>.

• 홀수 기출 분석서 <u>독서</u> 문제 P.128 / 해설 P.247

[6~9] 다음 글을 읽고 물음에 답하시오.

신체의 세포, 조직, 장기가 손상되어 더 이상 제 기능을 하지 못할 때에 이를 대체하기 위해 이식을 실시한다. 이때 이식으로 옮겨붙이는 세포, 조직, 장기를 이식편이라 한다. 자신이나 일란성 쌍둥이의 이식편을 이용할 수 없다면 다른 사람의 이식편으로 '동종 이식'을 실시한다. 그런데 우리의 몸은 자신의 것이 아닌 물질이 체내로 유입될 경우 면역 반응을 일으키므로, 유전적으로 동일하지 않은 이식편에 대해 항상 거부 반응을 일으킨다. 면역적 거부 반응은 면역 세포가 표면에 발현하는 주조직적합복합체(MHC) 분자의 차이에 의해 유발된다. 개체마다 MHC에 차이가 있는데 서로 간의 유전적 거리가 멀수록 MHC에 차이가 커져 거부 반응이 강해진다. 이를 막기 위해 면역 억제제를 사용하는데, 이는 면역 반응을 억제하여 질병 감염의 위험성을 높인다.

이식에는 많은 비용이 소요될 뿐만 아니라 이식이 가능한 동종 이식편의 수가 매우 부족하기 때문에 이를 대체하는 방법이 개발되고 있다. 우선 인공 심장과 같은 '전자 기기 인공 장기'를 이용하는 방법이 있다. 하지만 이는 장기의 기능을 일시적으로 대체하는 데 사용되며, 추가 전력 공급 및 정기적 부품 교체 등이 요구되는 단점이 있고, 아직 인간의 장기를 완전히 대체할 만큼 정교한 단계에 이르지는 못했다.

다음으로는 사람의 조직 및 장기와 유사한 다른 동물의 이식편을 인간에게 이식하는 '이종 이식'이 있다. 그런데 이종 이식은 동종 이식보다 거부 반응이 훨씬 심하게 일어난다. 특히 사람이 가진 자연항체는 다른 종의 세포에서 발현되는 항원에 반응하는데, 이로 인해 이종 이식편에 대해서 초급성 거부 반응 및 급성 혈관성 거부 반응이 일어난다. 이런 거부 반응을 일으키는 유전자를 제거한 형질 전환 미니돼지에서 얻은 이식편을 이식하는 실험이 성공한 바 있다. 미니돼지는 장기의 크기가 사람의 것과 유사하고 번식력이 높아 단시간에 많은 개체를 생산할 수 있다는 장점이 있어, 이를 이용한 이종 이식편을 개발하기 위한 연구가 진행되고 있다.

이종 이식의 또 다른 문제는 ㉠내인성 레트로바이러스이다. 내인성 레트로바이러스는 생명체의 DNA의 일부분으로, 레트로바이러스로부터 유래된 것으로 여겨지는 부위들이다. 이는 바이러스의 활성을 가지지 않으며 사람을 포함한 모든 포유류에 존재한다. ㉡레트로바이러스는 자신의 유전 정보를 RNA에 담고 있고 역전사 효소를 갖고 있는 바이러스로서, 특정한 종류의 세포를 감염시킨다. 유전 정보가 담긴 DNA로부터 RNA가 생성되는 전사 과정만 일어날 수 있는 다른 생명체와는 달리, 레트로바이러스는 다른 생명체의 세포에 들어간 후 역전사 과정을 통해 자신의 RNA를 DNA로 바꾸고 그 세포의 DNA에 끼어들어 감염시킨다. 이후에는 다른 바이러스와 마찬가지로 자신이 속해 있는 생명체를 숙주로 삼아 숙주 세포의 시스템을 이용하여 복제, 증식하고 일정한 조건이 되면 숙주 세포를 파괴한다.

그런데 정자, 난자와 같은 생식 세포가 레트로바이러스에 감염되고도 살아남는 경우가 있었다. 이런 세포로부터 유래된 자손의 모든 세포가 갖게 된 것이 내인성 레트로바이러스이다. 내인성 레트로바이러스는 세대가 지나면서 돌연변이로 인해 염기 서열의 변화가 일어나며 해당 세포 안에서는 바이러스로 활동하지 않는다. 그러나 내인성 레트로바이러스를 떼어 내어 다른 종의 세포 속에 주입하면

이는 레트로바이러스로 변환되어 그 세포를 감염시키기도 한다. 따라서 미니돼지의 DNA에 포함된 내인성 레트로바이러스를 효과적으로 제거하는 기술이 개발 중에 있다.

그동안의 대체 기술과 관련된 연구 성과를 토대로 ⓐ이상적인 이식편을 개발하기 위해 많은 연구가 수행되고 있다.

6. 윗글에서 알 수 있는 내용으로 적절하지 <u>않은</u> 것은?

① 동종 간보다 이종 간이 MHC 분자의 차이가 더 크다.
② 면역 세포의 작용으로 인해 장기 이식의 거부 반응이 일어난다.
③ 이종 이식을 하는 것만으로도 바이러스 감염의 원인이 될 수 있다.
④ 포유동물은 과거에 어느 조상이 레트로바이러스에 의해 감염된 적이 있다.
⑤ 레트로바이러스는 숙주 세포의 역전사 효소를 이용하여 RNA를 DNA로 바꾼다.

7. ⓐ가 갖추어야 할 조건으로 적절하지 <u>않은</u> 것은?

① 이식편의 비용을 낮추어서 정기 교체가 용이해야 한다.
② 이식편은 대체를 하려는 장기와 크기가 유사해야 한다.
③ 이식편과 수혜자 사이의 유전적 거리를 극복해야 한다.
④ 이식편은 짧은 시간에 대량으로 생산이 가능해야 한다.
⑤ 이식편이 체내에서 거부 반응을 유발하지 않아야 한다.

8. 다음은 신문 기사의 일부이다. 윗글을 참고할 때, 기사의 ㉮에 대한 반응으로 적절하지 <u>않은</u> 것은? [3점]

> ### ○○신문   ○○○○년 ○○월 ○○일
>
> 최근에 줄기 세포 연구와 3D 프린팅 기술이 급속도로 발전하고 있다. 줄기 세포는 인체의 모든 세포나 조직으로 분화할 수 있다. 그러므로 수혜자 자신의 줄기 세포만을 이용하여 3D 바이오 프린팅 기술로 제작한 ㉮세포 기반 인공 이식편을 만들 수 있을 것으로 전망된다. 이미 미니 폐, 미니 심장 등의 개발 성공 사례가 보고되었다.

① 전자 기기 인공 장기와 달리 전기 공급 없이도 기능을 유지할 수 있겠군.
② 동종 이식편과 달리 이식 후 면역 억제제를 사용할 필요가 없겠군.
③ 동종 이식편과 달리 내인성 레트로바이러스를 제거할 필요가 없겠군.
④ 이종 이식편과 달리 유전자를 조작하는 과정이 필요하지는 않겠군.
⑤ 이종 이식편과 달리 자연항체에 의한 초급성 거부 반응이 일어나지 않겠군.

9. ㉠과 ㉡에 대한 설명으로 가장 적절한 것은?

① ㉠은 ㉡과 달리 자신이 속해 있는 생명체의 모든 세포의 DNA에 존재한다.
② ㉡은 ㉠과 달리 자신의 유전 정보를 DNA에 담을 수 없다.
③ ㉡은 ㉠과 달리 자신이 속해 있는 생명체에 면역 반응을 일으키지 않는다.
④ ㉠과 ㉡은 둘 다 자신이 속해 있는 생명체의 유전 정보를 가지고 있다.
⑤ ㉠과 ㉡은 둘 다 자신이 속해 있는 생명체의 세포를 감염시켜 파괴한다.

▶ 소요 시간 ☐ 분 ☐ 초

16
회

• 홀수 기출 분석서 독서 문제 P.088 / 해설 P.162

[10~15] 다음 글을 읽고 물음에 답하시오.

국제법에서 일반적으로 조약은 국가나 국제기구들이 그들 사이에 지켜야 할 구체적인 권리와 의무를 명시적으로 합의하여 창출하는 규범이며, 국제 관습법은 조약 체결과 관계없이 국제 사회 일반이 받아들여 지키고 있는 보편적인 규범이다. 반면에 경제 관련 국제기구에서 어떤 결정을 하였을 경우, 이 결정 사항 자체는 권고적 효력만 있을 뿐 법적 구속력은 없는 것이 일반적이다. 그런데 국제 결제은행 산하의 바젤위원회가 결정한 BIS 비율 규제와 같은 것들이 비회원의 국가에서도 엄격히 준수되는 모습을 종종 보게 된다. 이처럼 일종의 규범적 성격이 나타나는 현실을 어떻게 이해할지에 대한 논의가 있다. 이는 위반에 대한 제재를 통해 국제법의 효력을 확보하는 데 주안점을 두는 일반적 경향을 되돌아보게 한다. 곧 신뢰가 형성하는 구속력에 주목하는 것이다.

BIS 비율은 은행의 재무 건전성을 유지하는 데 필요한 최소한의 자기자본 비율을 설정하여 궁극적으로 예금자와 금융 시스템을 보호하기 위해 바젤위원회에서 도입한 것이다. 바젤위원회에서는 BIS 비율이 적어도 규제 비율인 8%는 되어야 한다는 기준을 제시하였다. 이에 대한 식은 다음과 같다.

$$\text{BIS 비율(\%)} = \frac{\text{자기자본}}{\text{위험가중자산}} \times 100 \geq 8(\%)$$

여기서 자기자본은 은행의 기본자본, 보완자본 및 단기후순위 채무의 합으로, 위험가중자산은 보유 자산에 각 자산의 신용 위험에 대한 위험 가중치를 곱한 값들의 합으로 구하였다. 위험 가중치는 자산 유형별 신용 위험을 반영하는 것인데, OECD 국가의 국채는 0%, 회사채는 100%가 획일적으로 부여되었다. 이후 금융 자산의 가격 변동에 따른 시장 위험도 반영해야 한다는 요구가 커지자, 바젤위원회는 위험가중자산을 신용 위험에 따른 부분과 시장 위험에 따른 부분의 합으로 새로 정의하여 BIS 비율을 산출하도록 하였다. 신용 위험의 경우와 달리 시장 위험의 측정 방식은 감독 기관의 승인하에 은행의 선택에 따라 사용할 수 있게 하여 '바젤 Ⅰ' 협약이 1996년에 완성되었다.

금융 혁신의 진전으로 '바젤 Ⅰ' 협약의 한계가 드러나자 2004년에 '바젤 Ⅱ' 협약이 도입되었다. 여기에서 BIS 비율의 위험가중자산은 신용 위험에 대한 위험 가중치에 자산의 유형과 신용도를 모두 ⓐ고려하도록 수정되었다. 신용 위험의 측정 방식은 표준 모형이나 내부 모형 가운데 하나를 은행이 이용할 수 있게 되었다. 표준 모형에서는 OECD 국가의 국채는 0%에서 150%까지, 회사채는 20%에서 150%까지 위험 가중치를 구분하여 신용도가 높을수록 낮게 부과한다. 예를 들어 실제 보유한 회사채가 100억 원인데 신용 위험 가중치가 20%라면 위험가중자산에서 그 회사채는 20억 원으로 계산된다. 내부 모형은 은행이 선택한 위험 측정 방식을 감독 기관의 승인하에 그 은행이 사용할 수 있도록 하는 것이다. 또한 감독 기관은 필요시 위험가중자산에 대한 자기자본의 최저 비율이 ⓑ규제 비율을 초과하도록 자국 은행에 요구할 수 있게 함으로써 자기자본의 경직된 기준을 보완하고자 했다.

최근에는 '바젤 Ⅲ' 협약이 발표되면서 자기자본에서 단기후순위 채무가 제외되었다. 또한 위험가중자산에 대한 기본자본의 비율이 최소 6%가 되게 보완하여 자기자본의 손실 복원력을 강화하였다. 이처럼 새롭게 발표되는 바젤 협약은 이전 협약에 들어 있는 관련 기준을 개정하는 효과가 있다.

바젤 협약은 우리나라를 비롯한 수많은 국가에서 채택하여 제도화하고 있다. 현재 바젤위원회에는 28개국의 금융 당국들이 회원으로 가입되어 있으며, 우리 금융 당국은 2009년에 가입하였다. 하지만 우리나라는 가입하기 훨씬 전부터 BIS 비율을 도입하여 시행하였으며, 현행 법제에도 이것이 반영되어 있다. 바젤 기준을 따름으로써 은행이 믿을 만하다는 징표를 국제 금융 시장에 보여 주어야 했던 것이다. 재무 건전성을 의심받는 은행은 국제 금융 시장에 자리를 잡지 못하거나, 심하면 아예 ⓒ발을 들이지 못할 수도 있다.

바젤위원회에서는 은행 감독 기준을 협의하여 제정한다. 그 헌장에서는 회원들에게 바젤 기준을 자국에 도입할 의무를 부과한다. 하지만 바젤위원회가 초국가적 감독 권한이 없으며 그의 결정도 ⓓ법적 구속력이 없다는 것 또한 밝히고 있다. 바젤 기준은 100개가 넘는 국가가 채택하여 따른다. 이는 국제기구의 결정에 형식적으로 구속을 받지 않는 국가에서까지 자발적으로 받아들여 시행하고 있다는 것인데, 이런 현실을 ㉠말랑말랑한 법(soft law)의 모습이라 설명하기도 한다. 이때 조약이나 국제 관습법은 그에 대비하여 딱딱한 법(hard law)이라 부르게 된다. 바젤 기준도 장래에 ㉡딱딱하게 응고될지 모른다.

10. 윗글의 내용 전개 방식으로 가장 적절한 것은?

① 특정한 국제적 기준의 내용과 그 변화 양상을 서술하며 국제 사회에 작용하는 규범성을 설명하고 있다.

② 특정한 국제적 기준이 제정된 원인을 서술하며 국제 사회의 규범을 감독 권한의 발생 원인에 따라 분류하고 있다.

③ 특정한 국제적 기준의 필요성을 서술하며 국제 사회에 수용되는 규범의 필요성을 상반된 관점에서 논증하고 있다.

④ 특정한 국제적 기준과 관련된 국내법의 특징을 서술하며 국제 사회에 받아들여지는 규범의 장단점을 설명하고 있다.

⑤ 특정한 국제적 기준의 설정 주체가 바뀐 사례를 서술하며 국제 사회에서 규범 설정 주체가 지닌 특징을 분석하고 있다.

11. 윗글에서 알 수 있는 내용으로 적절하지 않은 것은?

① 조약은 체결한 국가들에 대하여 권리와 의무를 부과하는 것이 원칙이다.

② 새로운 바젤 협약이 발표되면 기존 바젤 협약에서의 기준이 변경되는 경우가 있다.

③ 딱딱한 법에서는 일반적으로 제재보다는 신뢰로써 법적 구속력을 확보하는 데 주안점이 있다.

④ 국제기구의 결정을 지키지 않을 때 입게 될 불이익은 그 결정이 준수되도록 하는 역할을 한다.

⑤ 세계 각국에서 바젤 기준을 법제화하는 것은 자국 은행의 재무 건전성을 대외적으로 인정받기 위해서이다.

12. BIS 비율에 대한 이해로 가장 적절한 것은?

① 바젤 I 협약에 따르면, 보유하고 있는 회사채의 신용도가 낮아질 경우 BIS 비율은 낮아지는 경향이 있다.

② 바젤 II 협약에 따르면, 각국의 은행들이 준수해야 하는 위험가중자산 대비 자기자본의 최저 비율은 동일하다.

③ 바젤 II 협약에 따르면, 보유하고 있는 OECD 국가의 국채를 매각한 뒤 이를 회사채에 투자한다면 BIS 비율은 항상 높아진다.

④ 바젤 II 협약에 따르면, 시장 위험의 경우와 마찬가지로 감독 기관의 승인하에 은행이 선택하여 사용할 수 있는 신용 위험의 측정 방식이 있다.

⑤ 바젤 III 협약에 따르면, 위험가중자산 대비 보완자본이 최소 2%는 되어야 보완된 BIS 비율 규제를 은행이 준수할 수 있다.

13. 윗글을 참고할 때, 〈보기〉에 대한 반응으로 적절하지 <u>않은</u> 것은? [3점]

〈보 기〉

갑 은행이 어느 해 말에 발표한 자기자본 및 위험가중자산은 아래 표와 같다. 갑 은행은 OECD 국가의 국채와 회사채만을 자산으로 보유했으며, 바젤 II 협약의 표준 모형에 따라 BIS 비율을 산출하여 공시하였다. 이때 회사채에 반영된 위험 가중치는 50%이다. 그 이외의 자본 및 자산은 모두 무시한다.

항목	자기자본		
	기본자본	보완자본	단기후순위채무
금액	50억 원	20억 원	40억 원

항목	위험 가중치를 반영하여 산출한 위험가중자산		시장 위험에 따른
	신용 위험에 따른 위험가중자산		위험가중자산
	국채	회사채	
금액	300억 원	300억 원	400억 원

① 갑 은행이 공시한 BIS 비율은 바젤위원회가 제시한 규제 비율을 상회하겠군.

② 갑 은행이 보유 중인 회사채의 위험 가중치가 20%였다면 BIS 비율은 공시된 비율보다 높았겠군.

③ 갑 은행이 보유 중인 국채의 실제 규모가 회사채의 실제 규모보다 컸다면 위험 가중치는 국채가 회사채보다 낮았겠군.

④ 갑 은행이 바젤 I 협약의 기준으로 신용 위험에 따른 위험가중자산을 산출한다면 회사채는 600억 원이 되겠군.

⑤ 갑 은행이 위험가중자산의 변동 없이 보완자본을 10억 원 증액한다면 바젤 III 협약에서 보완된 기준을 충족할 수 있겠군.

14. ㉠에 해당하는 사례로 가장 적절한 것은?

① 바젤위원회가 국제 금융 현실에 맞지 않게 된 바젤 기준을 개정한다.

② 바젤위원회가 가입 회원이 없는 국가에 바젤 기준을 준수하도록 요청한다.

③ 바젤위원회 회원의 국가가 준수 의무가 있는 바젤 기준을 실제로는 지키지 않는다.

④ 바젤위원회 회원의 국가가 강제성이 없는 바젤 기준에 대하여 준수 의무를 이행한다.

⑤ 바젤위원회 회원이 없는 국가에서 바젤 기준을 제도화하여 국내에서 효력이 발생하도록 한다.

15. 문맥상 ⓐ~ⓔ와 바꿔 쓰기에 적절하지 <u>않은</u> 것은?

① ⓐ: 반영하여 산출하도록

② ⓑ: 8%가 넘도록

③ ⓒ: 바젤위원회에 가입하지

④ ⓓ: 권고적 효력이 있을 뿐이라는

⑤ ⓔ: 조약이나 국제 관습법이 될지

▶ 소요 시간　　분　　초

16
회

• 홀수 기출 분석서 [문학] 문제 P.196 / 해설 P.351

[16~20] 다음 글을 읽고 물음에 답하시오.

(가)

동녁 두던 밧긔 크나큰 너븐 들히
만경(萬頃) 황운(黃雲)이 훈 빗치 되야 잇다
중양이 거의로다 **내노리 호쟈스라**
블근 게 여믈고 놉흔 둙기 슬져시니
술이 니글션졍 버더야 업슬소냐
전가(田家) 흥미눈 날로 기퍼 가노매라
살여흘 긴 몰래예 **밤블이 불가시니**
⊙게 잡눈 아히돌이 그물을 훗텨 잇고
호두포* 엔 구븨예 아젹믈이 미러오니
⊙둧돈비 애내성(欸乃聲)*이 고기 푸눈 당시로다
경(景)도 됴커니와 **생리(生理)라 괴로오랴** [A]

(중략)

어와 이 청경(淸景) 갑시 이실 거시런돌
적막히 다둔 문애 **내** 분으로 드려오랴
사조(私照)* 업다 호미 거즌말 아니로다
⊙모재(茅齋)*에 빗쵠 빗치 옥루(玉樓)라 다룰소냐
청준(淸樽)을 밧쎄 열고 큰 잔의 ᄀ독 브어
⊜죽엽(竹葉) ᄀ논 술룰 둘빗 조차 거후로니
표연훈 일흥(逸興)이 져기면 놀리로다
이적선(李謫仙) 이려호야 돌을 보고 밋치닷다
춘하추동애 경물이 아름답고
주야조모(晝夜朝暮)애 완상이 새로오니
⑩몸이 한가호나 귀 눈은 겨룰 업다
여생이 언마치리 백발이 날로 기니
세상 공명은 계륵이나 다룰소냐
ⓐ강호 어조(魚鳥)애 새 밍셰 깁퍼시니
옥당금마(玉堂金馬)*의 몽혼(夢魂)*이 섯긔엿다
초당연월(草堂煙月)의 시룸 업시 누워 이셔
촌주강어(村酒江魚)로 장일취(長日醉)룰 원(願)호노라
이 몸이 이러구롬도 역군은(亦君恩)이샷다

— 신계영, 「월선헌십육경가」 —

*호두포: 예산현의 무한천 하류.
*애내성: 어부가 노를 저으면서 부르는 노랫소리.
*사조: 사사로이 비춤.
*모재: 띠로 지붕을 이어 지은 집.
*옥당금마: 관직 생활.
*몽혼: 꿈.

(나)

어촌(漁村)은 나의 벗 **공백공**의 자호(自號)다. 백공은 나와 태어난 해는 같으나 생일이 뒤이기 때문에 내가 **아우**라고 한다. 풍채와 인품이 소탈하고 명랑하여 사랑할 만하다. **대과에 급제**하고 좋은 벼슬에 올라, 갓끈을 나부끼고 인끈을 두르고 필기를 위한 붓을 귀에 꽂고 나라의 옥새를 주관하니, 사람들은 진실로 그에게 원대한 기대를 하였으나, 담담하게 강호의 취미를 지니고 있다. 가끔 흥이 무르익으면, 「어부사」를 노래한다. 그 음성이 맑고 밝아서 천지에

가득 찰 것 같다. 증자가 상송(商頌)을 노래하는 것을 듣는 듯하여, 사람의 가슴으로 하여금 멀리 강호에 있는 것 같게 만든다. 이것은 그의 **마음에 사욕이 없어** 사물에 초탈하였기 때문에 소리의 나타남이 이와 같은 것이다.

하루는 나에게 말하기를,

"나의 뜻은 어부(漁父)에 있다. 그대는 어부의 즐거움을 아는가. **강태공**은 성인이니 **내가 감히** 그가 주 문왕을 만난 것과 같은 그런 만남을 기약할 수 없다. **엄자릉**은 현인이니 **내가 감히** 그의 깨끗함을 바랄 수는 없다. ⑪아이와 어른들을 데리고 갈매기와 백로를 벗하며 어떤 때는 낚싯대를 잡고, ⊗외로운 배를 노 저어 조류를 따라 오르고 내리면서 가는 대로 맡겨 두고, 모래가 깨끗하면 뱃줄을 매어 두고 산이 좋으면 그 가운데를 흘러간다. ◎구운 고기와 신선한 생선회로 술잔을 들어 주고받다가 해가 지고 달이 떠오르며 바람은 잔잔하고 물결이 고요한 때에는 배에 기대어 길게 휘파람을 불며, 돛대를 치고 큰 소리로 노래를 부른다. ⊘흰 물결을 일으키고 맑은 빛을 헤치면, 멀고 멀어서 마치 성사*를 타고 하늘에 오르는 것 같다. 강의 연기가 자욱하고 짙은 안개가 내리면, 도롱이와 삿갓을 걸치고 그물을 걷어 올리면 금빛 같은 비늘과 옥같이 흰 꼬리의 물고기가 제멋대로 펄떡거리며 뛰는 모습은 ⊗넉넉히 눈을 즐겁게 하고 마음을 기쁘게 한다. 밤이 깊어 구름은 어둡고 하늘이 캄캄하면 사방은 아득하기만 하다. 어촌의 등불은 가물거리는데 배의 지붕에 빗소리는 울어 느리다가 빠르다가 우수수하는 소리가 차갑고도 슬프다. …(중략)… 여름날 뜨거운 햇빛에 더위가 쏟아질 적엔 버드나무 늘어진 낚시터에 미풍이 불고, 겨울 하늘에 눈이 날릴 때면 차가운 강물에서 홀로 낚시를 드리운다. 사계절이 차례로 바뀌건만 어부의 즐거움은 없는 때가 없다.

저 영달에 얽매여 벼슬하는 자는 구차하게 **영화**에 매달리지만 나는 만나는 대로 편안하다. 빈궁하여 고기잡이를 하는 자는 구차하게 **이익**을 계산하지만 나는 스스로 유유자적을 즐긴다. 성공과 실패는 운명에 맡기고, 진퇴도 오직 때를 따를 뿐이다. 부귀 보기를 뜬구름과 같이 하고 공명을 헌신짝 벗어 버리듯 하여, 스스로 세상의 물욕 밖에서 방랑하는 것이니, 어찌 시세에 영합하여 이름을 낚시질하고, 벼슬길에 빠져들어 생명을 가볍게 여기며 이익만 취하다가 스스로 함정에 빠지는 자와 같겠는가. ⓑ이것이 내가 몸은 벼슬을 하면서도 뜻은 강호에 두어 매양 노래에 의탁하는 것이니, 그대는 어떻게 생각하는가?"

하니 내가 듣고 **즐거워하며** 그대로 기록하여 백공에게 보내고, 또한 나 자신도 살피고자 한다. 을축년 7월 어느 날.

— 권근, 「어촌기」 —

*성사: 옛날 장건이 타고 하늘에 다녀왔다고 하는 배.

16. ㉠~㉣에 대한 이해로 적절하지 <u>않은</u> 것은?

① ㉠에는 전원에서의 생활상이, ㉤에는 자연과 동화되는 삶이 나타난다.

② ㉡에는 한가로운 자연 속 흥취가, ㉥에는 고독을 해소하려는 의지가 나타난다.

③ ㉢에는 자연현상에서 연상된 그리움의 대상이, ㉦에는 배의 움직임에 따른 청아한 풍경이 나타난다.

④ ㉣에는 운치 있는 풍류의 상황이, ㉧에는 자연에서 누리는 흥겨운 삶의 모습이 나타난다.

⑤ ㉤에는 변화하는 자연에서 얻는 즐거움이, ㉨에는 생동감 넘치는 자연에서 느끼는 만족감이 나타난다.

17. 〈보기〉를 바탕으로 [A]를 감상한 내용으로 적절하지 <u>않은</u> 것은? [3점]

――〈보 기〉――

17세기 가사 「월선헌십육경가」는 월선헌 주변의 16경관을 그린 작품으로 자연에서의 유유자적한 삶을 읊으면서도 현실적 생활 공간으로서의 전원에 새롭게 관심을 두었다. 그에 따라 생활 현장에서 볼 수 있는 풍요로운 결실, 여유로운 놀이 장면, 그리고 생업의 현장에서 느끼는 정서 등을 다양한 표현 방법을 통해 현장감 있게 노래했다.

① 전원생활에서 목격한 풍요로운 결실을 '만경 황운'에 비유해 드러냈군.

② 전원생활 가운데 느끼는 여유를 '내노리 ᄒ쟈스라'와 같은 청유형 표현을 통해 드러냈군.

③ 전원생활의 풍족함을 여문 '블근 게'와 살진 '눌은 둙'과 같이 색채 이미지에 담아 드러냈군.

④ 전원생활에서의 현장감을 '밤블이 ᄇ가시니'와 '아젹믈이 미러오니'와 같은 묘사를 활용해 드러냈군.

⑤ 전원생활의 여유를 즐기면서도 생업의 현장에서 느끼는 고단함을 '생리라 괴로오랴'와 같은 설의적인 표현으로 드러냈군.

18. (나)의 '공백공'에 대한 설명으로 가장 적절한 것은?

① 시간에 따른 공간의 다채로운 모습을 제시하며 자신의 감정을 드러내고 있다.

② 상대의 말과 행동이 불일치함을 언급하여 자신의 결백을 입증하고 있다.

③ 상대에 대해 심리적 거리감을 느껴 자신의 생각 표현을 자제하고 있다.

④ 질문에 답변하며 현실에 대처하는 자신의 태도를 밝히고 있다.

⑤ 대상과 관련된 행위를 열거하며 자신의 무력감을 깨닫고 있다.

19. 〈보기〉를 참고하여 (나)를 이해한 내용으로 적절하지 <u>않은</u> 것은?

――〈보 기〉――

「어촌기」의 작가는 벗의 말을 인용하여 자신의 생각을 드러내고 있다. 작가는 벗에 관한 이야기가 기록할 만한 가치가 있다는 근거를 벗과의 관계와 그의 성품에 대한 평을 통해 마련하고 있다. 이를 통해 작가는 자신이 추구하는 삶의 방향성과 가치관을 드러내며 벗의 생각에 공감하고 있다.

① 벗이 '영화'와 '이익'을 중시하는 삶을 거부한다는 것을 통해 벗의 가치관을 알 수 있군.

② 작가가 벗의 말을 '즐거워하며' 자신도 살피려 하는 것을 통해 작가는 벗의 생각에 공감하고 있음을 알 수 있군.

③ 작가가 벗을 '아우'로 삼고 있다는 것을 통해 벗이 추구하는 삶의 자세가 작가로부터 전해 받은 것임을 알 수 있군.

④ 벗이 '강태공'과 '엄자릉'을 들어 '내가 감히'라는 말을 언급한 것을 통해 그들의 삶에 미치지 못함을 스스로 인정하는 벗의 겸손한 성품을 알 수 있군.

⑤ 작가가 벗이 '대과에 급제'하여 기대를 받고 있는데도 '마음에 사욕이 없'다고 평한 것을 통해 벗의 말이 기록할 만한 가치가 있다고 여김을 알 수 있군.

20. ⓐ와 ⓑ를 비교한 내용으로 가장 적절한 것은?

① ⓐ는 '내'가 '강호'에서의 은거를 긍정하지만 정치 현실에 미련이 있음을, ⓑ는 '공백공'이 정치 현실에 몸담고 있지만 '강호'에 은거하려는 지향을 나타낸다.

② ⓐ는 '내'가 '강호'에서의 은거를 마치고 정치 현실로 복귀하려는 의지를, ⓑ는 '공백공'이 정치 현실에서 신뢰를 잃어 '강호'에 은거하려는 소망을 나타낸다.

③ ⓐ는 '내'가 '강호'에서 경치를 완상하며 정치 현실의 번뇌를 해소하려는 자세를, ⓑ는 '공백공'이 정치 현실과 갈등하여 '강호'에 은거하려는 자세를 나타낸다.

④ ⓐ는 '내'가 '강호'에서 늙어 감에 체념하면서도 정치 현실을 지향함을, ⓑ는 '공백공'이 정치 현실을 외면하면서 '강호'에 은거하려는 염원을 나타낸다.

⑤ ⓐ는 '내'가 '강호'에서 임금께 맹세하며 정치 현실의 이상을 실현하려는 태도를, ⓑ는 '공백공'이 정치 현실의 폐단에 실망하며 '강호'에 은거하려는 희망을 나타낸다.

16
회

• 홀수 기출 분석서 문학 문제 P.098 / 해설 P.173

[21~23] 다음 글을 읽고 물음에 답하시오.

한 평도 채 안 되는 구명가게는 중풍으로 쓰러져 정상적 건강 상태가 아니었던 아버지의 유일한 수입원이자 **생존 이유**였다. 때문에 ㉠그 구멍가게에 대한 아버지의 몰두와 자존심은 각별했다.

한번은 내가 아버지가 가게를 잠깐 비운 사이에 겉에 허연 인공 설탕 가루를 묻힌 '미키대장군'이라는 **캐러멜**을 하나 아무 생각 없이 널름 집어먹은 적이 있었다. 하나에 이 원, 다섯 개에 십 원이었다. 잠시 뒤에 돌아온 아버지는 단박에 그 사실을 알아채고는 불같이 화를 내며 내 목덜미에 당수를 한 대 세게 내려 꽂는 것이었다. 그 캐러멜 갑 안에 미키대장군이 몇 개 들어 있는지조차 훤히 꿰차고 있는 아버지였다.

— 이런 민한 종간나래! 얌생이처럼 기러케 쏠라닥질을 허자면 이 가게 안에 뭐이가 하나 제대로 남아나겠니, 응?

그러고 나서는 좀 머쓱했는지 입이 한 발쯤 튀어나와 뾰로통해서 서 있는 내게 미키대장군 네 개를 집어 내미는 거였다. 어차피 짝이 맞아야 파니까니, 하면서 억지로 내 손아귀에 쥐어 주었다. ㉡나는 그 무허가 불량 식품인 캐러멜 네 개가 끈끈하게 녹아내릴 때까지 먹지 않고 쥔 채 서 있었다.

— 늘큼 털어 넣지 못하겠니, 으잉?

목덜미에 아버지의 가벼운 당수를 한 대 더 얹은 다음에야 한입에 털어 넣고 돌아서 나왔다. 아버지도 가게 일을 수월하게 보려면 잔심부름꾼인 나를 무시하고는 아쉬울 때가 많을 터였다. 워낙 짧은 밑천으로 가게를 꾸려 가자니 아버지는 물건 구색을 맞추느라 하루에도 많을 때는 세 번까지 시장통 도매상으로 정부미 포대를 거머쥐고 종종걸음을 쳐야 했고, 막내인 나는 번번이 아버지의 뒤로 **팔을 늘어뜨린 채** 졸졸 따를 수밖에 없었다.

그땐 그게 죽도록 싫었다. 하마 **시장통**에서 야구 글러브를 끼거나 조립용 신형 무기 장난감 상자를 든 **반 친구**를 만나거나, 심지어 과외나 주산 학원을 가는 여자 아이들을 만나는 날에는 정말 그 자리에서 혀를 빼물고 죽고 싶은 생각뿐이었다.

(중략)

어느 날이었다. 아버지와 나는 앞서거니 뒤서거니 하면서 그 정부미 자루를 날라 왔다. 그런데 집에 도착해 한숨을 돌린 뒤 자루를 풀고 물건을 정리해 보니 스무 병이 와야 할 소주가 두 병이 모자란 채 열여덟 병만 온 것이었다.

㉢아버지의 얼굴은 맞보기가 민망할 정도로 금세 하얗게 질렸다. 왜냐하면 그 덜 온 두 병을 빼고 나면 나머지 것들을 몽땅 팔아 봤자 결국 본전치기일 뿐이었기 때문이다. 아버지는 내 등을 떼밀어 물건을 받아 온 수도상회의 혹부리 영감한테 내려 보냈다. 아버지는 말주변도 말주변이었지만 **중풍 후유증** 때문에 약간의 **언어 장애**가 있어 일부러 나를 보냈던 것이다.

— 뭐 하러 왔네?

가게 안에 북적거리는 손님들에게 셈을 치러 주느라 몇 번이고 주판알을 고르는 데 바쁜 혹부리 영감의 눈길을 잡아 두는 데 성공한 나는 더듬더듬 자초지종을 말했다. 그러나 귓등에 연필을 꽂은 채 심술이 덕지덕지 모여 이뤄진 듯한 왼쪽 이마빡의 눈깔사탕만 한 혹을 어루만지며 듣던 ㉣혹부리 영감은 풍기 때문에 왼쪽으로 힐끗 돌아간 두터운 입술을 떠들쳐 굵은 침방울을 내 얼굴에 마구 튀겼다. 애초 자기 눈앞에서 까 보이지 않은 것은 인정할 수 없다며 막무가내였다. 나중엔 아버지까지 함께 내려가서 하소연을 해 봤지만 돌아온 대답은 정 그렇게 우기면 거래를 끊겠다는 협박성 경고뿐이었다. 거래가 끊긴다면 아버지한테는 큰 타격이 아닐 수 없었다.

혹부리 영감은 아버지한테 무슨 큰 특혜를 내려 주듯이 거래를 터 준다고 허락을 놓았었다. 같은 함경도 동향이기 때문이라는 말을 덧붙이면서. 하긴 혹부리 영감한테는 매번 소주 열 병 안짝에다 새우깡 열 봉지, 껌 대여섯 개, 빵 예닐곱 개 등 일반 소매 가격 구매자보다 더 많은 물건을 떼어 가지도 않으면서 부득부득 도맷값으로 해 달라고 통사정을 해 쌓는 아버지 같은 사람 하나쯤 **거래를 끊어도** 장부상 거의 표가 나지 않을 것이었다.

결국 아버지는 자신의 과오를 인정하지 않을 수 없었다. ㉤당신의 자그마한 구멍가게로 돌아와 나머지 열여덟 병의 소주를 넋 나간 사람처럼 쓰다듬던 아버지는 기어코 아들인 내 앞에서 눈물을 보이고 말았다. 아! 아버지…….

– 김소진, 「자전거 도둑」 –

21. 윗글에 대한 이해로 가장 적절한 것은?

① 혹부리 영감의 위협적인 경고 때문에, 아버지는 혹부리 영감의 주장을 따를 수밖에 없었다.

② 아버지는 소주 두 병을 덜 받아 왔기 때문에 곤란했지만, '나'에게 당황한 내색을 하지 않았다.

③ 아버지는 '나'의 잘못을 묵인했지만, 혹부리 영감과의 잘못된 거래는 바로잡으려 노력했다.

④ 혹부리 영감은 가게 일로 바빴지만, '나'의 자초지종을 듣고 마지못해 '나'의 염려를 덜어 주었다.

⑤ 아버지는 '나'의 도움이 필요했기에, 친구들의 시선을 의식하여 우울해 하는 '나'를 기분 좋게 하려 노력했다.

22. 윗글을 감상한 내용으로 적절하지 않은 것은?

① '한 평도 채 안 되는 구멍가게'를 각별한 애정으로 운영하던 아버지에 대한 기억은, '나'에게 아버지의 '생존 이유'를 짐작하게 했겠어.

② '캐러멜'을 먹었다고 화를 냈다가 남은 '캐러멜'을 '나'의 손에 쥐어 준 아버지에 대한 기억은, '나'에게 아버지가 속마음을 드러내는 데 서툰 사람이라고 생각하게 했겠어.

③ '팔을 늘어뜨린 채' 아버지를 따르던 '나'가 '시장통'에서 '반 친구'를 만났던 경험은, '나'에게 궁핍으로 인한 내면의 상처로 남은 기억이겠어.

④ '중풍 후유증' 때문에 '언어 장애'가 있는 아버지 대신 혹부리 영감을 상대하게 된 경험은, '나'에게 어린 나이에 이해타산적인 어른들의 세계를 느끼게 한 기억이겠어.

⑤ '거래를 끊어도' 표가 나지 않을 사람이었던 아버지와 거래를 끊지 않은 혹부리 영감에 대한 기억은, '나'에게 형편이 어려운 사람들 간의 유대감을 느끼게 했겠어.

23. 〈보기〉를 참고할 때, ㉠~㉤에 대한 반응으로 적절하지 <u>않은</u> 것은? [3점]

─〈보 기〉─

이 소설의 서술자인 성인 '나'는 주로 세 가지 서술 방식을 활용한다. 첫째는 서술자가 등장인물의 내면 심리나 사건을 설명하는 것이다. 이 경우 독자는 서술자의 해석을 통해 사건을 이해하게 된다. 둘째는 서술자가 인물의 외양이나 행위만을 묘사하는 것이다. 이 경우 독자는 그 묘사가 갖는 의미를 스스로 해석해야 한다. 셋째는 서술자가 유년 '나'로 시선을 제한하여 유년 '나'의 눈에 보이는 다른 인물의 외양이나 행위를 묘사하는 것이다. 이 경우 독자는 사건의 현장을 직접 보는 듯한 느낌을 가질 수 있으며, 둘째 방식에서처럼 그 묘사에 대해 해석해야 한다. 셋째 방식에 유년 '나'의 심리가 함께 서술되면 독자는 인물의 심리에 쉽게 공감하게 된다.

① ㉠: 서술자가 아버지의 내면을 설명하여 독자는 서술자의 해석을 통해 상황을 이해하겠군.

② ㉡: 서술자가 유년 '나'의 행위를 묘사하여 독자는 그 행위가 갖는 의미를 스스로 해석하겠군.

③ ㉢: 유년 '나'로 시선을 제한하여 아버지의 내면이 직접적으로 서술되지 않았다고 생각한 독자라면 아버지의 내면을 스스로 해석하겠군.

④ ㉣: 유년 '나'로 시선을 제한하여 혹부리 영감의 모습과 행동을 묘사했다고 생각한 독자라면 장면을 직접 보는 듯한 느낌을 받겠군.

⑤ ㉤: 유년 '나'로 시선을 제한하여 아버지의 행위와 표정을 묘사하면서 유년 '나'의 심리를 함께 제시하여 독자는 그 심리에 공감하겠군.

• 홀수 기출 분석서 **문학** 문제 P.132 / 해설 P.251

[24~27] 다음 글을 읽고 물음에 답하시오.

[앞부분의 줄거리] 아들 유세기가 부모의 허락 없이 백공과 혼사를 결정했다고 여긴 선생은 유세기를 집에서 내쫓는다.

백공이 왈,

"혼인은 좋은 일이라 서로 헤아려 잘 생각할 것이니 어찌 이같이 좋지 않은 일이 일어나는가? 내가 한림의 재모를 아껴 이같이 기별해 사위를 삼고자 하였더니 선생 형제는 도학 군자라 예가 아닌 것을 문책하시는도다. 내가 마땅히 곡절을 말하리라."

이에 백공이 유씨 집안에 이르러 선생 형제를 보고 인사를 하고 나서 흔쾌히 웃으며 가로되,

"제가 두 형과 더불어 죽마고우로 절친하고 또 아드님의 특출함을 아껴 제 딸의 배필로 삼고자 하여, 어제 세기를 보고 여차여차하니 아드님이 단호하게 말하고 돌아가더이다. 제가 더욱 흠모하여 염치를 잊고 거짓말로 일을 꾸며 구혼하면서 '정약'이라는 글자 둘을 더했으니 이는 진실로 저의 희롱함이외다. 두 형께서 과도히 곧이듣고 아드님을 엄히 꾸짖으셨다 하니, 혼사에 도리어 훼방이 되었으므로 어찌 웃지 않으리까? 원컨대 두 형은 아드님을 용서하여 아드님이 저를 원망하게 하지 마오."

선생과 승상이 바야흐로 아들의 죄 없는 줄을 알고 기뻐하면서 사례하여 왈,

"저희 자식이 분에 넘치게 공의 극진한 대우를 받으니 마땅히 그 후의를 받들 만하되, 이는 선조로부터 대대로 내려오는 가법이 아니기에 감히 재취를 허락하지 못하였소이다. 저희 자식이 방자함이 있나 통탄하였더니 그간 곡절이 이렇듯 있었소이다."

백공이 화답하고 이윽고 돌아가서 다시 혼삿말을 이르지 못하고 딸을 다른 데로 시집보냈다. 선생이 백공을 돌려보낸 후에 한림을 불러 앞으로 더욱 행실을 닦을 것을 훈계하자 한림이 절을 하면서 명령을 받들었다. 차후 더욱 예를 삼가고 배우기를 힘써 학문과 도덕이 날로 숙연하고, 소 소저와 더불어 백수해로하면서 여덟 아들, 두 딸을 두고, 집안에 한 명의 첩도 없이 부부 인생 희로를 요동함이 없더라.

승상의 둘째 아들 세형의 자는 문희이니, 형제 중 가장 빼어났으니 산천의 정기와 일월의 조화를 타고 태어나 아름다운 얼굴은 윤택한 옥과 빛나는 봄꽃 같고, 호탕하고 깨끗한 풍채는 용과 호랑이의 기상이 있으며, 성품이 호기롭고 의협심이 강하여 맑고 더러움의 분별을 조금도 잃지 않으니, 부모가 매우 사랑하여 며느리를 널리 구하더라.

(중략)

화설, 장 씨 ㉠이화정에 돌아와 긴 단장을 벗고 난간에 기대어 하늘가를 바라보며 평생 살아갈 계책을 골똘히 헤아리자, 한이 눈썹에 맺히고 슬픔이 마음속에 가득하여 생각하되,

'내가 재상가의 귀한 몸으로 유생과 백년가약을 맺었으니 마음이 흡족하고 뜻이 즐거울 것이거늘, 천자의 귀함으로 한 부마를 뽑는데 어찌 구태여 나의 아름다운 낭군을 빼앗아 가 위세로써 나로 하여금 공주 저 사람의 아래가 되게 하셨는가? 도리어 저 사람의 덕을 찬송하고 은혜를 읊어 한없는 영광은 남에게 돌려보내고 구차한 자취는 내 일신에 모이게 되

[A] 었도다. 우주 사이는 우러러 바라보기나 하려니와 나와 공주의 현격함은 하늘과 땅 같도다. 나의 재주와 용모가 저 사람보다 떨어지는 것이 없고 먼저 혼인 예물까지 받았는데 이처럼 남의 천대를 감심할 줄 어찌 알리오? 공주가 덕을 베풀수록 나의 몸엔 빛이 나지 않으리니 제 짐짓 흉악하여 아버님, 어머님이나 시누이를 제 편으로 끌어들인다면 낭군의 마음은 이를 좇아 완전히 달라질지라. 슬프다, 나의 앞날은 어이 될고?'

생각이 이에 미치자 북받쳐 오르는 한이 마음속에 가득 쌓이기 시작하니 어찌 좋은 뜻이 나리오? 정히 눈물을 머금고 마음을 붙일 곳 없어하더니, 문득 세형이 보라색 두건과 녹색 도포를 가볍게 나부끼며 이르러 장 씨의 참담한 안색을 보고 옥수를 잡고 어깨를 비스듬히 기대게 하며 물어 왈,

"그대 무슨 일로 슬픈 빛이 있나뇨? 나를 좇음을 원망하는가?"

장 씨가 잠시 동안 탄식 왈,

[B] "낭군은 부질없는 말씀 마옵소서. 제가 낭군을 좇는 것을 원망했다면 어찌 깊은 규방에서 홀로 늙는 것을 감심하였사오리까? 다만 제가 귀댁에 들어온 지 오륙일이 지났으나 좌우에 친한 사람이 없고 오직 우러르는 바는 아버님, 어머님과 낭군뿐이라 어린 여자의 마음이 편안하지 못한 바이옵니다. 공주가 위에 계셔 온 집의 권세를 오로지 하시니 그 위의와 덕택이 저로 하여금 변변찮은 재주 가진 하졸이 머릿수나 채워 우물 속에서 하늘을 바라보는 것 같게 만드옵니다. 제가 감히 항거할 뜻이 있는 것이 아니나 평생의 신세가 구차하여 슬프고, 진양궁에 나아가면 궁비와 시녀들이 다 저를 손가락질하며 비웃어 한 가지 일도 자유롭게 하지 못하게 하옵고, 제 입에서 말이 나면 일천여 시녀가 다 제 입을 가리니, 공주의 은덕에 의지하여 겨우 실례를 면하고 돌아왔사옵니다."

부마가 바야흐로 장 씨의 외로움을 가련하게 여기고 공주의 위세가 장 씨를 억누르는 것을 좋지 않게 여기고 있다가 장 씨의 이렇듯 애원한 모습을 보자 크게 불쾌하여 장 씨를 위한 애정이 샘솟는 듯하였다. 은근하고 간곡하게 장 씨를 위로하고 그 절개와 외로움에 감동하여 이날부터 발자취가 ⓒ이화정을 떠나지 않았다. 연리지와 같은 신혼의 정은 양왕의 꿈에 빠진 듯 어지럽고, 낙천의 마음이 취한 듯 기쁘고 즐거워 바라던 바를 다 얻은 듯한 마음은 세상에 비할 데가 없더라.

— 작자 미상, 「유씨삼대록」 —

24. 이같이 좋지 않은 일 에 대한 이해로 적절하지 <u>않은</u> 것은?

① 백공의 거짓말 때문에 일어난 일이다.

② 백공이 한림을 곤경에 처하게 한 일이다.

③ 선생과 승상 사이에서 의견 대립이 심화된 일이다.

④ 한림이 선생과 승상으로부터 꾸지람을 당한 일이다.

⑤ 백공이 한림을 자신의 딸과 혼인시키려다 일어난 일이다.

25. [A]와 [B]에 대한 설명으로 적절하지 <u>않은</u> 것은?

① [A]와 [B]는 모두 과거 사건에 대한 정보를 제공하고 있다.

② [A]와 [B]는 모두 비유적 진술을 통해 자신이 처한 상황을 부각하고 있다.

③ [A]는 [B]와 달리 타인에 대한 자신의 원망을 의문형 표현을 활용하여 드러내고 있다.

④ [B]는 [A]와 달리 대화 상대의 환심을 사기 위해 자신의 우월한 지위를 드러내고 있다.

⑤ [A]는 앞으로의 일을 추정하는, [B]는 지난 일을 토로하는 방식으로 자신의 우려를 제시하고 있다.

26. '장 씨'를 중심으로 ⊙과 ⓒ을 이해한 내용으로 가장 적절한 것은?

① ⊙은 학문을 연마하는 공간이고, ⓒ은 덕행을 닦는 공간이다.

② ⊙은 불신을 드러내는 공간이고, ⓒ은 조소를 당하는 공간이다.

③ ⊙은 한탄을 드러내는 공간이고, ⓒ은 애정을 확인하는 공간이다.

④ ⊙은 계책을 꾸미는 공간이고, ⓒ은 외로움을 인내하는 공간이다.

⑤ ⊙은 선후 시비를 따지는 공간이고, ⓒ은 오해를 해소하는 공간이다.

27. 〈보기〉를 참고하여 윗글을 감상한 내용으로 적절하지 <u>않은</u> 것은? [3점]

─〈보 기〉─

「유씨삼대록」은 유씨 3대 인물들의 이야기들을 연결한 국문 장편 가문 소설이다. 각 이야기는 그 자체로 완결성을 갖추고 있어 독립적이지만, 혼사나 그로부터 파생된 각각의 갈등이 동일한 가문 내에서 전개된다는 점에서 연결된다. 이러한 갈등은 가법이나 인물의 성격에서 유발된다. 가문의 구성원들은 혼사를 둘러싼 갈등이 가문의 안정과 번영을 저해한다고 여겼기에, 가문 차원에서 이를 해결해 간다.

① 유세기 이야기와 유세형 이야기를 보니, 각각의 갈등이 한 가문의 혼사를 중심으로 발생한다는 점에서 두 이야기가 서로 연결되어 있음을 알 수 있군.

② 유세기의 혼사 문제에 선생과 승상이 관여한 것을 보니, 혼사를 둘러싼 갈등 해결이 가문 구성원들의 문제로 다루어짐을 알 수 있군.

③ 유세기가 혼사와 관련한 곤욕을 치른 것과 유세형이 공주를 멀리한 것을 보니, 가법과 인물의 성격 간의 대립이 갈등의 원인임을 알 수 있군.

④ 백공이 유세기를 사위 삼으려는 것과 천자가 유세형을 부마 삼은 것을 보니, 혼사가 혼인 당사자 개인의 문제에 그치지 않음을 알 수 있군.

⑤ 유세기가 평생 첩을 두지 않고 소 소저와 해로했다는 것을 보니, 유세기를 둘러싼 혼사 갈등이 해소되며 이야기 하나가 마무리됨을 알 수 있군.

• 홀수 기출 분석서 [문학] 문제 P.044 / 해설 P.064

[28~30] 다음 글을 읽고 물음에 답하시오.

(가)
바람이 어디로부터 불어와
어디로 불려 가는 것일까.

㉠바람이 부는데
내 괴로움에는 이유가 없다.

내 괴로움에는 이유가 없을까.

단 한 여자를 사랑한 일도 없다.
시대를 슬퍼한 일도 없다.

㉡바람이 자꾸 부는데
내 발이 반석 위에 섰다.

강물이 자꾸 흐르는데
내 발이 언덕 위에 섰다.

– 윤동주, 「바람이 불어」 –

(나)
새는 새장 밖으로 나가지 못한다.
매번 머리를 부딪치고 날개를 상하고 나야 보이는,
창살 사이의 간격보다 큰, 몸뚱어리.
하늘과 산이 보이고 ㉢울음 실은 공기가 자유로이 드나드는
그러나 살랑거리며 날개를 굳게 다리에 매달아 놓는,
그 적당한 간격은 슬프다.
그 창살의 간격보다 넓은 몸은 슬프다.
넓게, 힘차게 뻗을 날개가 있고
㉣날개를 힘껏 떠받쳐 줄 공기가 있지만
새는 다만 네 발 달린 짐승처럼 걷는다.
부지런히 걸어 다리가 굵어지고 튼튼해져서
닭처럼 날개가 귀찮아질 때까지 걷는다.
새장 문을 활짝 열어 놓아도 날지 않고
닭처럼 모이를 향해 달려갈 수 있을 때까지 걷는다.
㉤걸으면서, 가끔, 창살 사이를 채우고 있는 바람을
부리로 쪼아 본다, 아직도 벽이 아니고
공기라는 걸 증명하려는 듯.
유리보다도 더 환하고 선명하게 전망이 보이고
울음 소리 숨내음 자유롭게 움직이도록 고안된 공기,
그 최첨단 신소재의 부드러운 질감을 음미하려는 듯.

– 김기택, 「새」 –

28. (가)에 대한 이해로 가장 적절한 것은?

① '불려 가는'이라는 피동 표현을 통해 자신이 처한 현실에 순응하려는 화자의 태도를 강조하고 있다.

② '이유가 없을까'라는 물음의 형식으로 화자의 정신적 고통에 타당한 이유가 없음을 단정하고 있다.

③ '사랑한 일'과 '슬퍼한 일'을 병치하여 화자의 개인적 불행이 시대에 대한 무관심의 원인임을 암시하고 있다.

④ '없다'의 반복을 활용하여 자신의 삶과 내면을 응시하는 화자의 반성적 자세를 드러내고 있다.

⑤ '흐르는데'와 '섰다'의 대비를 통해 변함없는 자연에서 깨달음을 얻으려는 화자의 의지를 드러내고 있다.

29. 다음에 제시된 선생님의 안내에 따라, ㉠~㉢을 탐구한 내용으로 적절하지 않은 것은?

> 공기와 바람은 눈에 보이지 않지만 사물의 움직임을 통해 지각되고, 계속 움직이며 대상에 영향을 주는 힘으로 인식되기도 합니다. 이런 속성이 시에 어떻게 활용되는지 알아봅시다.

① ㉠에서는 움직임이라는 '바람'의 속성을 '괴로움'이라는 내면의 흔들림을 지각하는 계기로 활용하고 있다.

② ㉡에서는 끊임없이 움직이는 '바람'의 속성을 활용해 '내 발'을 '반석 위'로 이끄는 힘을 보여 주고 있다.

③ ㉢에서는 자유롭게 창살 사이를 이동하는 '공기'의 속성을 '새'가 처한 상황을 부각하는 데 활용하고 있다.

④ ㉣에서는 '날개'를 '힘껏' 떠받치는 '공기'의 속성을 활용해 '새'의 '날개'가 '공기'의 힘을 이용할 수 있음을 암시하고 있다.

⑤ ㉤에서는 보이지 않지만 존재하는 '바람'의 속성을 활용해 '창살 사이'의 빈 공간을 쪼는 '새'의 동작에 의미를 부여하고 있다.

30. 〈보기〉를 바탕으로 (나)를 감상한 내용으로 적절하지 않은 것은? [3점]

> ───〈보 기〉───
>
> 「새」에서 '새장에 갇힌 새'는 일상의 안온함에 길들어 자유를 억압하는 일상을 벗어나지 못하는 현대인의 알레고리이다. '새'의 행동에 대한 묘사는 일상에 충실할수록 잠재된 힘과 본질을 잃어 가는 아이러니와, 일상에 만족하며 자유로운 삶의 가능성을 외면하는 현대인의 모습을 보여 준다.

① 몸이 창살에 부딪치고 나서야 창살의 간격이 보이는 새는, 일상에 갇힌 자신을 의식하는 현대인의 모습을 보여 주는군.

② 바깥 풍경이 보일 정도로 적당한 간격의 창살로 된 새장은, 안온함과 억압성이라는 양가성을 지닌 일상을 보여 주는군.

③ 닭처럼 날개가 귀찮아질 때까지 부지런히 걷는 새는, 성실한 생활이 잠재력의 상실로 이어지는 아이러니를 보여 주는군.

④ 새장 문이 열려도 날지 않고 모이를 향해 달려갈 수 있을 때까지 걷는 새는, 자신의 본질에 충실하다 보니 오히려 자유를 상실하게 되는 상황을 보여 주는군.

⑤ 하늘을 자유롭게 날도록 날개를 밀어 올리는 공기를 음미할 대상으로만 여기는 듯한 새는, 자유로운 삶의 가능성을 외면하고 일상에 안주하려는 현대인의 모습을 보여 주는군.

▶ 소요 시간 ☐ 분 ☐ 초

───────────

* 확인 사항

○ 답안지의 해당란에 필요한 내용을 정확히 기입(표기)했는지 확인하시오.

제 1교시

국어 영역

• 홀수 기출 분석서 **특서** 문제 P.054 / 해설 P.079

[1~6] 다음 글을 읽고 물음에 답하시오.

과거는 지나가 버렸기 때문에 역사가가 과거의 사실과 직접 만나는 것은 불가능하다. 역사가는 사료를 매개로 과거와 만난다. 사료는 과거를 그대로 재현하는 것은 아니기 때문에 불완전하다. 사료의 불완전성은 역사 연구의 범위를 제한하지만, 그 불완전성 때문에 역사학이 학문이 될 수 있으며 역사는 끝없이 다시 서술된다. 매개를 거치지 않은 채 손실되지 않은 과거와 ⓐ만날 수 있다면 역사학이 설 자리가 없을 것이다. 역사학은 전통적으로 문헌 사료를 주로 활용해 왔다. 그러나 유물, 그림, 구전 등 과거가 남긴 흔적은 모두 사료로 활용될 수 있다. 역사가들은 새로운 사료를 발굴하기 위해 노력한다. 알려지지 않았던 사료를 찾아내기도 하지만, 중요하지 않게 ⓑ여겨졌던 자료를 새롭게 사료로 활용하거나 기존의 사료를 새로운 방향에서 파악하기도 한다. 평범한 사람들의 삶의 모습을 중점적인 주제로 다루었던 미시사 연구에서 재판 기록, 일기, 편지, 탄원서, 설화집 등의 이른바 '서사적' 자료에 주목한 것도 사료 발굴을 위한 노력의 결과이다.

시각 매체의 확장은 사료의 유형을 더욱 다양하게 했다. 이에 따라 역사학에서 영화를 통한 역사 서술에 대한 관심이 일고, 영화를 사료로 파악하는 경향도 ⓒ나타났다. 역사가들이 주로 사용하는 문헌 사료의 언어는 대개 지시 대상과 물리적 · 논리적 연관이 없는 추상화된 상징적 기호이다. 반면 영화는 카메라 앞에 놓인 물리적 현실을 이미지화하기 때문에 그 자체로 물질성을 띤다. 즉, 영화의 이미지는 닮은꼴로 사물을 지시하는 도상적 기호가 된다. 광학적 메커니즘에 따라 피사체로부터 비롯된 영화의 이미지는 그 피사체가 있었음을 지시하는 지표적 기호이기도 하다. 예를 들어 다큐멘터리 영화는 피사체와 밀접한 연관성을 갖기 때문에 피사체의 진정성에 대한 믿음을 고양하여 언어적 서술에 비해 호소력 있는 서술로 비춰지게 된다.

그렇다면 영화는 역사와 어떻게 관계를 맺고 있을까? 역사에 대한 영화적 독해와 영화에 대한 역사적 독해는 영화와 역사의 관계에 대한 두 축을 ⓓ이룬다. 역사에 대한 영화적 독해는 영화라는 매체로 역사를 해석하고 평가하는 작업과 연관된다. 영화인은 자기 나름의 시선을 서사와 표현 기법으로 녹여내어 역사를 비평할 수 있다. 역사를 소재로 한 역사 영화는 역사적 고증에 충실한 개연적 역사 서술 방식을 취할 수 있다. 혹은 역사적 사실을 자원으로 삼되 상상력에 의존하여 가공의 인물과 사건을 덧대는 상상적 역사 서술 방식을 취할 수도 있다. 그러나 비단 역사 영화만이 역사를 재현하는 것은 아니다. 모든 영화는 명시적이거나 우회적인 방법으로 역사를 증언한다. 영화에 대한 역사적 독해는 영화에 담겨 있는 역사적 흔적과 맥락을 검토하는 것과 연관된다. 역사가는 영화 속에 나타난 풍속, 생활상 등을 통해 역사의 외연을 확장할 수 있다. 나아가 제작 당시 대중이 공유하던 욕망, 강박, 믿음, 좌절 등의 집단적 무의식과 더불어 이상, 지배적 이데올로기 같은 미처 파악하지 못했던 가려진 역사를 끌어내기도 한다.

영화는 주로 허구를 다루기 때문에 역사 서술과는 거리가 있다고

보는 사람도 있다. 왜냐하면 역사가들은 일차적으로 사실을 기록한 자료에 기반해서 연구를 ⓔ펼치기 때문이다. 또한 역사가는 ㉠자료에 기록된 사실이 허구일지도 모른다는 의심을 버리지 않고 이를 확인하고자 한다. 그러나 문헌 기록을 바탕으로 하는 역사 서술에서도 허구가 배격되어야 할 대상만은 아니다. 역사가는 ㉮허구의 이야기 속에서 그 안에 반영된 당시 시대적 상황을 발견하여 사료로 삼으려고 노력하기도 한다. 지어낸 이야기는 실제 있었던 사건에 대한 기록이 아니지만 사고방식과 언어, 물질문화, 풍속 등 다양한 측면을 반영하며, 작가의 의도와 상관없이 혹은 작가의 의도 이상으로 동시대의 현실을 전달해 주기도 한다. 어떤 역사가들은 허구의 이야기에 반영된 사실을 확인하는 것에서 더 나아가 ㉯사료에 직접적으로 나타나지 않은 과거를 재현하기 위해 허구의 이야기를 활용하여 사료에 기반한 역사적 서술을 보완하기도 한다. 역사가가 허구를 활용하는 것은 실제로 존재했던 과거에 접근하고자 하는 고민의 결과이다.

[A]
영화는 허구적 이야기에 역사적 사실을 담아냄으로써 새로운 사료의 원천이 될 뿐 아니라, 대안적 역사 서술의 가능성까지 지니고 있다. 영화는 공식 제도가 배제했던 역사를 사회에 되돌려 주는 '아래로부터의 역사'의 형성에 기여한다. 평범한 사람들의 회고나 증언, 구전 등의 비공식적 사료를 토대로 영화를 만드는 작업은 빈번하게 이루어지고 있다. 그리하여 영화는 하층 계급, 피정복 민족처럼 역사 속에서 주변화된 집단의 묻혀 있던 목소리를 표현해 낸다. 이렇듯 영화는 공식 역사의 대척점에서 활동하면서 역사적 의식 형성에 참여한다는 점에서 역사 서술의 한 주체가 된다.

1. 윗글의 내용 전개 방식으로 가장 적절한 것은?

① 역사의 개념을 밝히면서 영화와 역사 간의 공통점과 차이점을 비교하고 있다.

② 영화의 변천 과정을 통시적으로 밝혀 사료로서 영화가 지닌 의의를 강조하고 있다.

③ 역사에 대한 서로 다른 견해를 대조하여 사료로서 영화가 지닌 한계를 비판하고 있다.

④ 영화의 사료로서의 특성을 밝히면서 역사 서술로서 영화가 지닌 가능성을 제시하고 있다.

⑤ 다양한 영화의 유형별 장단점을 분석하여 영화가 역사 서술의 대안이 될 수 있는지에 대해 평가하고 있다.

17
회

2. 윗글에 대한 이해로 가장 적절한 것은?

① 개인적 기록은 사료로 활용하기에 적절하지 않다.

② 역사가가 활용하는 공식적 문헌 사료는 매개를 거치지 않은 과거의 사실이다.

③ 기존의 사료를 새로운 방향에서 파악하는 것은 사료의 발굴이라고 할 수 있다.

④ 문헌 사료의 언어는 다큐멘터리 영화의 이미지에 비해 지시 대상에 대한 지표성이 강하다.

⑤ 카메라를 매개로 얻어진 영화의 이미지는 지시 대상과 닮아 있다는 점에서 상징적 기호이다.

3. ㉮, ㉯의 사례로 적절한 것만을 〈보기〉에서 있는 대로 찾아 바르게 짝지은 것은?

─── 〈보 기〉 ───

ㄱ. 조선 후기 유행했던 판소리를 자료로 활용하여 당시 음식 문화의 실상을 파악하고자 했다.

ㄴ. B. C. 3세기경에 편찬된 것으로 알려진 경전의 일부에 사용된 어휘를 면밀히 분석하여, 그 경전의 일부가 후대에 첨가되었을 가능성을 검토했다.

ㄷ. 중국 명나라 때의 상거래 관행을 연구하기 위해 명나라 때 유행한 다양한 소설들에서 상업 활동과 관련된 내용을 모아 공통된 요소를 분석했다.

ㄹ. 17세기의 사건 기록에서 찾아낸 한 평범한 여성의 삶에 대한 역사서를 쓰면서 그 여성의 심리를 묘사하기 위해 같은 시대에 나온 설화집의 여러 곳에서 문장을 차용했다.

	㉮	㉯
①	ㄱ, ㄷ	ㄹ
②	ㄱ, ㄹ	ㄴ
③	ㄴ, ㄷ	ㄱ
④	ㄷ	ㄴ, ㄹ
⑤	ㄹ	ㄱ, ㄴ

4. ㉠에 나타난 역사가의 관점에서 [A]를 비판한 내용으로 가장 적절한 것은?

① 영화는 많은 사실 정보를 담고 있기 때문에 사료로서의 가능성을 가지고 있다.

② 하층 계급의 역사를 서술하기 위해서는 영화와 같이 허구를 포함하는 서사적 자료에 주목해야 한다.

③ 영화가 늘 공식 역사의 대척점에 있는 것은 아니며, 공식 역사의 입장에서 지배적 이데올로기를 선전하는 수단으로 활용되곤 한다.

④ 주변화된 집단의 목소리는 그 집단의 이해관계를 반영하기 때문에 그것에 바탕을 둔 영화는 주관에 매몰된 역사 서술일 뿐이다.

⑤ 기억이나 구술 증언은 거짓이거나 변형될 가능성이 있기 때문에 다른 자료와 비교하여 진위 여부를 검증한 후에야 사료로 사용이 가능하다.

5. 윗글을 바탕으로 〈보기〉를 이해한 내용으로 적절하지 <u>않은</u> 것은? [3점]

─── 〈보 기〉 ───

1982년 작 영화 「마르탱 게르의 귀향」은 16세기 중엽 프랑스 농촌의 보통 사람들 간의 사건에 관한 재판 기록을 토대로 한다. 당시 사건의 정황과 생활상에 관한 고증을 맡은 한 역사가는 영화 제작 이후 재판 기록을 포함한 다양한 문서들을 근거로 동명의 역사서를 출간했다. 1993년, 영화 「마르탱 게르의 귀향」은 19세기 중엽 미국을 배경으로 하여 허구적 인물과 사건으로 재구성한 영화 「서머스비」로 탈바꿈되었다. 두 작품에서는 여러 해 만에 귀향한 남편이 재판 과정에서 가짜임이 드러난다. 전자는 당시 생활상을 있는 그대로 복원하는 데 치중했다. 반면 후자는 가짜 남편을 마을에 바람직한 변화를 가져온 지도자로 묘사하면서 미국 근대사를 긍정적으로 평가하고자 하는 대중의 욕망을 반영했다.

① 「서머스비」에 반영된, 미국 근대사를 긍정적으로 평가하려는 대중의 욕망은 영화가 제작된 당시 사회의 집단적 무의식에 해당하는군.

② 실화에 바탕을 둔 영화 「마르탱 게르의 귀향」을 가공의 인물과 사건으로 재구성한 「서머스비」에서는 영화에 대한 역사적 독해를 시도하기 어렵겠군.

③ 영화 「마르탱 게르의 귀향」은 실제 사건의 재판 기록을 토대로 제작됐지만, 그 속에도 역사에 대한 영화인 나름의 시선이 표현 기법으로 나타났겠군.

④ 영화 「마르탱 게르의 귀향」은 역사적 고증에 바탕을 두고 당시 사건과 생활상을 충실히 재현하기 위해 노력했다는 점에서 개연적 역사 서술 방식에 가깝겠군.

⑤ 역사서 「마르탱 게르의 귀향」은 16세기 프랑스 농촌의 평범한 사람들의 삶의 모습을 서사적 자료에 근거하여 다루었다는 점에서 미시사 연구의 방식을 취했다고 볼 수 있군.

6. 문맥상 ⓐ~ⓔ와 바꿔 쓰기에 적절하지 <u>않은</u> 것은?

① ⓐ: 대면(對面)할

② ⓑ: 간주(看做)되었던

③ ⓒ: 대두(擡頭)했다

④ ⓓ: 결합(結合)한다

⑤ ⓔ: 전개(展開)하기

▶ 소요 시간 　　分　　초

• 홀수 기출 분석서 독서 문제 P.092 / 해설 P.169

[7~11] 다음 글을 읽고 물음에 답하시오.

물건을 사용하고 있는 사람이 그 물건의 주인일까? 점유란 물건에 대한 사실상의 지배 상태를 뜻한다. 이에 비해 소유란 어떤 물건을 사용·수익·처분할 수 있는 권리를 가진 상태라고 정의된다. 따라서 점유자와 소유자가 항상 일치하지는 않는다.

[A] 물건을 빌려 쓰거나 보관하고 있는 것을 포함하여 물건을 물리적으로 지배하는 상태를 직접점유라고 한다. 이에 비해 어떤 물건을 빌려 쓰거나 보관하는 사람에게 그 물건의 반환을 청구할 수 있는 권리를 가진 사람도 사실상의 지배를 한다고 볼 수 있다. 이와 같이 반환청구권을 가진 상태를 간접점유라고 한다. 직접점유와 간접점유는 모두 점유에 해당한다. 점유는 소유자를 공시하는 기능도 수행한다. 공시란 물건에 대해 누가 어떤 권리를 가지고 있는지를 알려 주는 것이다. 물건 중에서 피아노, 금반지, 가방 등과 같은 대부분의 동산은 점유에 의해 소유권이 공시된다.

물건의 소유권이 양도되려면, 소유자가 양도인이 되어 양수인과 유효한 양도 계약을 하고 이에 더하여 소유권 양도를 공시해야 한다. ㉠점유로 소유권이 공시되는 동산의 소유권 양도는 점유를 넘겨주는 점유 인도로 공시된다. 양수인이 간접점유를 하여 소유권 이전이 공시되는 경우로서 '점유개정'과 '반환청구권 양도'가 있다. 예를 들어 A가 B에게 피아노의 소유권을 양도하기로 계약하되 사흘간 빌려 쓰는 것으로 합의한 경우, B는 A에게 피아노를 사흘 후 돌려 달라고 요구할 수 있는 반환청구권을 가지게 된다. 이처럼 양도인이 직접점유를 유지하지만, 양수인에게 점유 인도가 이루어진 것으로 간주되는 경우를 점유개정이라고 한다. 한편 C가 자신이 소유한 가방을 D에게 맡겨 두어 이에 대한 반환청구권을 가지게 되었는데, 이 가방의 소유권을 E에게 양도하는 계약을 체결하였다고 하자. 이때 C가 D에게 통지하여 가방 주인이 바뀌었으니 가방을 E에게 반환하라고 알려 주면 D가 보관 중인 가방에 대한 반환청구권은 C로부터 E에게로 넘어간다. 이 경우를 반환청구권 양도라고 한다.

양도인이 소유자가 아니더라도 양수인이 점유 인도를 받으면 소유권을 취득할 수 있을까? 점유로 공시되는 동산의 경우 양수인이 충분히 주의를 했는데도 양도인이 소유자가 아님을 알지 못한 채 양도인과 유효한 계약을 하고, 점유 인도로 공시를 했다면 양수인은 소유권을 취득한다. 이것을 '선의취득'이라 한다. 다만 간접점유에 의한 인도 방법 중 점유개정으로는 선의취득을 하지 못한다. 선의취득으로 양수인이 소유권을 취득하면 원래 소유자는 원하지 않아도 소유권을 상실하게 된다.

반면에 국가가 관리하는 공적 기록인 등기·등록으로 공시되어야 하는 물건은 아예 선의취득 대상이 아니다. ㉡법률이 등록 대상으로 규정한 자동차, 항공기 등의 동산은 등록으로 공시되는 물건이고, ㉢토지·건물과 같은 부동산은 등기로 공시되는 물건이다. 이러한 고가의 재산에 대해 선의취득을 허용하게 되면 원래 소유자의 의사에 반하는 소유권 박탈이 ⓐ일어나게 된다. 이것은 거래 안전에만 치중하고 원래 소유자의 권리 보호를 경시한 것이 되어 바람직하지 않다고 볼 수 있다.

7. 윗글을 이해한 내용으로 적절하지 <u>않은</u> 것은?
① 가방을 사용하고 있는 사람은 그 가방의 점유자이다.
② 가방을 점유하고 있더라도 그 가방의 소유자가 아닐 수 있다.
③ 가방의 소유권이 유효한 계약으로 이전되려면 점유 인도가 있어야 한다.
④ 가방에 대해 누가 소유권을 가지고 있는지를 알게 해 주는 방법은 점유이다.
⑤ 가방의 소유권을 양도하는 유효한 계약을 체결하면 공시 방법이 갖춰지지 않아도 소유권은 이전된다.

8. [A]에 대한 이해로 가장 적절한 것은?
① 물리적 지배를 해야 동산의 간접점유자가 될 수 있다.
② 간접점유는 피아노 소유권에 대한 공시 방법이 아니다.
③ 하나의 동산에 직접점유자가 있으려면 간접점유자도 있어야 한다.
④ 피아노의 직접점유자가 있으면 그 피아노의 간접점유자는 소유자가 아니다.
⑤ 유효한 양도 계약으로 피아노의 소유자가 되려면 피아노에 대해 직접점유나 간접점유 중 하나를 갖춰야 한다.

9. ㉠~㉢을 비교한 내용으로 가장 적절한 것은?
① ㉠은 ㉢과 달리, 국가가 관리하는 공적 기록에 의해 소유권 양도가 공시될 수 있다.
② ㉡은 ㉠과 달리, 원래 소유자의 권리 보호가 거래 안전보다 중시되는 대상이다.
③ ㉢은 ㉠과 달리, 물리적 지배의 대상이 아니므로 점유로 공시될 수 없다.
④ ㉠과 ㉡은 모두 양도인이 소유자가 아니더라도 소유권 이전이 가능하다.
⑤ ㉠과 ㉢은 모두 점유개정으로 소유권 양도가 공시될 수 있다.

17회

10. 윗글을 바탕으로 할 때, 〈보기〉를 이해한 내용으로 적절하지 <u>않은</u> 것은? [3점]

───〈 보 기 〉───

갑과 을은, 갑이 끼고 있었던 금반지의 소유권을 을에게 양도 하기로 하는 유효한 계약을 했다. 갑과 을은, 갑이 이 금반지를 보관하다가 을이 요구할 때 넘겨주기로 합의했다. 을은 소유권 양도 계약을 할 때 양도인이 소유자라고 믿었고 양도인이 소유자 인지 확인하기 위해 충분히 주의했다. 을은 일주일 후 병과 유효 한 소유권 양도 계약을 했고, 갑에게 통지하여 사흘 후 병에게 금반지를 넘겨주라고 알려 주었다.

① 갑이 금반지 소유자였다면, 병이 금반지의 물리적 지배를 넘겨받지 않았으나 병은 소유권을 취득한다.

② 갑이 금반지 소유자였다면, 을은 갑으로부터 물리적 지배를 넘겨받지 않았으나 점유 인도를 받은 것으로 간주된다.

③ 갑이 금반지 소유자가 아니었더라도, 병은 을로부터 을이 가진 소유 권을 양도받아 취득한다.

④ 갑이 금반지 소유자가 아니었더라도, 을은 반환청구권 양도로 병에게 점유 인도를 한 것으로 간주된다.

⑤ 갑이 금반지 소유자가 아니었더라도, 병이 계약할 때 양도인이 소유자 라고 믿었고 양도인이 소유자인지 확인하기 위해 충분히 주의했다면, 병은 소유권을 취득한다.

11. 문맥상 의미가 ⓐ와 가장 가까운 것은?

① 작년은 우리나라에서 수많은 사건이 <u>일어난</u> 해였다.

② 청중 사이에서는 기쁨으로 인해 환호성이 <u>일어났다</u>.

③ 형님의 강한 의지력으로 집안이 다시 <u>일어나게</u> 되었다.

④ 나는 그 사람에 대해 경계심이 <u>일어나지</u> 않을 수 없었다.

⑤ 사회는 구성원들이 부조리에 맞서 <u>일어남으로써</u> 발전한다.

• 홀수 기출 분석서 [독서] 문제 P.130 / 해설 P.253

[12~15] 다음 글을 읽고 물음에 답하시오.

스마트폰은 다양한 위치 측정 기술을 활용하여 여러 지형 환경에 서 위치를 측정한다. 위치에는 절대 위치와 상대 위치가 있다. 절대 위치는 위도, 경도 등으로 표시된 위치이고, 상대 위치는 특정한 위 치를 기준으로 한 상대적인 위치이다.

실외에서는 주로 스마트폰 단말기에 내장된 GPS(위성항법장치)나 IMU(관성측정장치)를 사용한다. GPS는 위성으로부터 오는 신호를 이용하여 절대 위치를 측정한다. GPS는 위치 오차가 시간에 따라 누 적되지 않는다. 그러나 전파 지연 등으로 접속 초기에 짧은 시간 동 안이지만 큰 오차가 발생하고 실내나 터널 등에서는 GPS 신호를 받 기 어렵다. IMU는 내장된 센서로 가속도와 속도를 측정하여 위치 변 화를 계산하고 초기 위치를 기준으로 하는 상대 위치를 구한다. 단기 간 움직임에 대한 측정 성능이 뛰어나지만 센서가 측정한 값의 오차 가 누적되기 때문에 시간이 지날수록 위치 오차가 커진다. 이 두 방 식을 함께 사용하면 서로의 단점을 보완하여 [오차]를 줄일 수 있다.

한편 실내에서 위치 측정에 사용 가능한 방법으로는 블루투스 기 반의 비콘을 활용하는 기술이 있다. 비콘은 실내에 고정 설치되어 비 콘마다 정해진 식별 번호와 위치 정보가 포함된 신호를 주기적으로 보내는 기기이다. 비콘들은 동일한 세기의 신호를 사방으로 보내지 만 비콘으로부터 거리가 멀어질수록, 벽과 같은 장애물이 많을수록 신호의 세기가 약해진다. 단말기가 비콘 신호의 도달 거리 내로 진입 하면 단말기 안의 수신기가 이 신호를 인식한다. 이 신호를 이용하여 2차원 평면에서의 위치를 측정하는 방법으로는 다음과 같은 것들이 있다.

근접성 기법은 단말기가 비콘 신호를 수신하면 해당 비콘의 위치 를 단말기의 위치로 정한다. 여러 비콘 신호를 수신했을 경우에는 신 호가 가장 강한 비콘의 위치를 단말기의 위치로 정한다.

삼변측량 기법은 3개 이상의 비콘으로부터 수신된 신호 세기를 측 정하여 단말기와 비콘 사이의 거리로 환산한다. 각 비콘을 중심으로 이 거리를 반지름으로 하는 원을 그리고, 그 교점을 단말기의 현재 위치로 정한다. 교점이 하나로 모이지 않는 경우에는 세 원에 공통으 로 속한 영역의 중심점을 단말기의 위치로 측정한다.

㉠위치 지도 기법은 측정 공간을 작은 구역들로 나누어 각 구역마 다 기준점을 설정하고 그 주위에 비콘들을 설치한다. 그러고 나서 비 콘들이 송신하여 각 기준점에 도달하는 신호의 세기를 측정한다. 이 신호 세기와 비콘의 식별 번호, 기준점의 위치 좌표를 서버에 있는 데이터베이스에 위치 지도로 기록해 놓는다. 이 작업을 모든 기준점 에서 수행한다. 특정한 위치에 도달한 단말기가 비콘 신호를 수신하 면 신호 세기를 측정한 뒤 비콘의 식별 번호와 함께 서버로 전송한 다. 서버는 수신된 신호 세기와 가장 가까운 신호 세기를 갖는 기준 점을 데이터베이스에서 찾아 이 기준점의 위치를 단말기에 알려 준다.

12. 윗글의 내용과 일치하는 것은?

① GPS를 이용하여 측정한 위치는 기준이 되는 위치가 어디냐에 따라 달라진다.

② 비콘들이 서로 다른 세기의 신호를 송신해야 단말기의 위치를 측정할 수 있다.

③ 비콘이 전송하는 식별 번호는 신호가 도달하는 단말기를 구별하기 위한 정보이다.

④ 비콘은 실내에서 GPS 신호를 받아 주위에 위성 식별 번호와 위치 정보를 전송하는 장치이다.

⑤ IMU는 단말기가 초기 위치로부터 얼마나 떨어져 있는지를 계산하여 단말기의 위치를 구한다.

13. 오차 에 대해 이해한 내용으로 적절한 것은?

① IMU는 시간이 지날수록 전파 지연으로 인한 오차가 커진다.

② GPS는 사용 시간이 길어질수록 위성의 위치를 파악하는 데 오차가 커진다.

③ IMU는 순간적인 오차가 발생하지만 시간이 지날수록 정확한 위치 측정이 가능해진다.

④ GPS는 단말기가 터널에 진입 시 발생한 오차를 터널을 통과하는 동안 보정할 수 있다.

⑤ IMU의 오차가 커지는 것은 가속도와 속도를 측정할 때 생기는 오차가 누적되기 때문이다.

14. ㉠에 대한 이해로 적절하지 <u>않은</u> 것은?

① 측정 공간을 더 많은 구역으로 나눌수록 기준점이 많아진다.

② 단말기가 측정 공간에 들어오기 전에 데이터베이스가 미리 구축되어 있어야 한다.

③ 측정된 신호 세기가 서버에 저장된 값과 가장 가까운 비콘의 위치가 단말기의 위치가 된다.

④ 비콘을 이동하여 설치하면 정확한 위치 측정을 위해 데이터베이스를 갱신할 필요가 있다.

⑤ 위치 지도는 측정 공간 안의 특정 위치에서 수신된 신호 세기와 식별 번호 등을 데이터베이스에 기록해 놓은 것이다.

15. 〈보기〉는 단말기가 3개의 비콘 신호를 받은 상태를 도식화한 것이다. 윗글을 바탕으로 〈보기〉를 이해한 내용으로 적절한 것은? [3점]

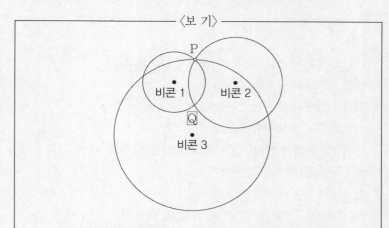

〈보 기〉

* 각 원의 반지름은 신호 세기로 환산한 비콘과 단말기 사이의 거리이다.
* 신호 세기에 영향을 미치는 장애물이 Q의 위치에 있다.
  (단, 세 원에 공통으로 속한 영역이 항상 존재한다고 가정하며, 신호 세기에 영향을 미치는 다른 요소는 고려하지 않음.)

① 근접성 기법과 삼변측량 기법으로 측정한 단말기의 위치는 동일하겠군.

② 측정된 신호 세기를 약한 것부터 나열하면 비콘 1, 비콘 2, 비콘 3의 신호 순이겠군.

③ 실제 단말기의 위치는 삼변측량 기법으로 측정된 위치에 비해 비콘 3에 더 가까이 있겠군.

④ Q의 위치에 있는 장애물이 제거된다면, 삼변측량 기법으로 측정되는 단말기의 위치는 현재 측정된 위치에서 P 방향으로 이동하겠군.

⑤ 단말기에서 측정되는 비콘 2의 신호 세기만 약해진다면, 삼변측량 기법으로 측정되는 단말기의 위치는 현재 측정된 위치에서 비콘 2 방향으로 이동하겠군.

▶ 소요 시간 　　분 　　초

6

국어 영역

• 홀수 기출 분석서 문학 문제 P.066 / 해설 P.106

[16~20] 다음 글을 읽고 물음에 답하시오.

(가)

㉠홍진(紅塵)에 뭇친 분네 이 내 생애 엇더혼고
넷사룸 풍류룰 미출가 못 미출가
천지간 남자 몸이 날만 혼 이 하건마눈
산림에 뭇쳐 이셔 지락(至樂)을 모룰 것가
ⓐ수간모옥(數間茅屋)을 벽계수(碧溪水) 앏픠 두고
송죽 울울리*예 풍월주인 되여셔라
엇그제 겨을 지나 새봄이 도라오니
도화행화(桃花杏花)눈 석양리(夕陽裏)예 퓌여 잇고
녹양방초(綠楊芳草)눈 세우(細雨) 중에 프르도다
칼로 몰아 낸가 붓으로 그려 낸가
조화신공(造化神功)이 물물마다 헌수롭다
수풀에 우눈 새눈 춘기(春氣)룰 못내 계워 소리마다 교태로다
물아일체(物我一體)어니 흥이이 다룰소냐
시비예 거러 보고 ⓑ정자애 안자 보니
소요음영*호야 산일(山日)이 적적혼디
한중진미(閑中眞味)룰 알 니 업시 호재로다
㉡이바 니웃드라 산수 구경 가자스라
답청(踏靑)으란 오놀 호고 욕기(浴沂)란 내일 호새
아춤에 채산(採山)호고 나조히 조수(釣水)호새
굿 괴여 닉은 술을 갈건(葛巾)으로 밧타 노코
곳나모 가지 것거 수 노코 먹으리라
화풍(和風)이 건듯 부러 녹수(綠水)룰 건너오니
청향(淸香)은 잔에 지고 낙홍(落紅)은 옷새 진다
㉢준중(樽中)이 뷔엿거둔 날두려 알외여라
소동 아히드려 주가에 술을 믈어
얼운은 막대 집고 아히눈 술을 메고
미음완보(微吟緩步)호야 ⓒ시냇ᄀᆞ의 호자 안자
명사(明沙) 조혼 믈에 잔 시어 부어 들고
청류(淸流)룰 굽어보니 쩌오느니 도화(桃花)ㅣ로다
무릉이 갓갑도다 져 미이 권 거인고

　　　　　　　　　　　　　　　　– 정극인, 「상춘곡」 –

*울울리: 빽빽하게 우거진 속.
*소요음영: 자유로이 천천히 걸으며 시를 읊조림.

(나)

ⓓ고산구곡담(高山九曲潭)을 사룸이 모로더니
주모복거(誅茅卜居)호니 벗님니 다 오신다
어즈버 무이를 상상호고 학주자(學朱子)를 호리라　〈1수〉

일곡은 어디미오 ⓔ관암에 히 비쵠다
평무(平蕪)에 니 거드니 원산(遠山)이 그림이로다
송간(松間)에 녹준*을 노코 벗 오눈 양 보노라　〈2수〉

이곡은 어디미오 화암에 춘만(春晚)커다
벽파*에 곳을 띄워 야외로 보니노라
㉣사룸이 승지(勝地)룰 모로니 알게 혼들 엇더리　〈3수〉

오곡은 어디미오 은병(隱屛)이 보기 됴타
수변(水邊) 정사는 소쇄홈*도 ᄀᆞ이 업다
이 중에 강학(講學)도 호려니와 영월음풍호리라　〈6수〉

칠곡은 어디미오 ⓕ풍암에 추색(秋色) 됴타
청상(淸霜) 엷게 치니 절벽이 금수(錦繡)ㅣ로다
한암(寒巖)에 혼ᄌᆞ셔 안쟈 집을 잇고 잇노라　〈8수〉

구곡은 어디미오 문산에 세모(歲暮)커다
기암괴석이 눈 속에 무쳐셰라
㉤유인(遊人)은 오지 아니호고 볼 것 업다 호더라　〈10수〉

　　　　　　　　　　　　　　　　– 이이, 「고산구곡가」 –

*녹준: 술잔 또는 술동이.
*벽파: 푸른 물결.
*소쇄홈: 기운이 맑고 깨끗함.

16. (가)와 (나)의 공통점으로 가장 적절한 것은?
① 과거를 회상하며 현실의 덧없음을 환기하고 있다.
② 음성 상징어의 사용으로 생동감을 부각하고 있다.
③ 점층적인 표현으로 대상과의 거리감을 강조하고 있다.
④ 역사적 인물들을 호명하여 회고적 분위기를 조성하고 있다.
⑤ 자연물을 통하여 시간적 배경을 시각적으로 드러내고 있다.

17. 〈보기〉를 참고하여 ㉠~㉤을 설명한 내용으로 가장 적절한 것은?

────〈보 기〉────
　조선 전기의 시조와 가사는 노래로 향유되며, 사대부들이 서로의 문화적 동질성을 확인하는 데 활용되었다. 이러한 갈래적 특성으로 인해 사대부 시가에는 대화 상황이 연상되는 여러 표현으로 공감을 유도하는 방식이 관습화되었다.

① ㉠에서는 청자와 화자가 서로 동질적인 삶을 살고 있음을 질문하기를 통해 확인하고 있다.
② ㉡에서는 청자를 불러들여 함께했던 지난날의 경험을 상기시키며 동질성 회복을 권유하고 있다.
③ ㉢에서는 화자가 상대의 부탁을 수용하며 자신과 뜻을 같이 할 것을 청자에게 명령하고 있다.
④ ㉣에서는 사람들을 일깨우려는 화자의 생각을 청자에게 묻는 방식으로 제시해 공감을 유도하고 있다.
⑤ ㉤에서는 눈으로 확인한 사실만을 믿어야 한다고 주장하는 이의 말을 청자에게 전하며 조언을 구하고 있다.

18. (가)에 대한 감상으로 적절하지 <u>않은</u> 것은?

① 자신의 삶을 옛사람과 비교하며 스스로를 풍월주인이라 여기는 데에서 화자의 자부심이 드러나는군.

② 붓으로 그린 듯한 숲 속에서 봄의 흥을 노래하는 새를 바라보는 데에서 새에 대한 화자의 부러움이 드러나는군.

③ 오늘과 내일, 아침과 저녁에 할 일들을 나열하는 데에서 하고 싶은 일에 대한 화자의 기대감이 드러나는군.

④ 맑은 향이 담긴 술잔과 옷에 떨어지는 꽃잎을 주목하는 데에서 자연과 화자의 일체감이 드러나는군.

⑤ 시냇물에 떠내려오는 도화를 보며 이상향을 연상하는 데에서 화자의 고조되는 감흥이 드러나는군.

19. ⓐ~ⓕ를 중심으로 (가)와 (나)를 이해한 내용으로 적절하지 <u>않은</u> 것은?

① (가)의 화자는 거처인 ⓐ를 나와 ⓑ와 ⓒ의 장소들로 옮겨 다니고 있다.

② (나)의 화자가 소개하는 ⓔ와 ⓕ는 ⓓ를 구성하는 장소들이라는 점에서 서로 대등한 관계에 있다.

③ (가)와 (나)의 화자는 각각 ⓑ와 ⓔ를 주위에서 가장 빼어난 경치를 볼 수 있는 곳이라고 예찬하고 있다.

④ (가)의 화자는 ⓐ에 인접한 맑은 풍경을, (나)의 화자는 자신이 ⓓ에 터를 정함으로써 생긴 변화를 드러내고 있다.

⑤ (가)의 화자는 ⓒ에서 주변으로 시선을 보내고 있고, (나)의 화자는 ⓕ를 향해 시선을 보내고 있다.

20. 〈보기〉를 활용하여 (나)를 탐구한 내용으로 적절하지 <u>않은</u> 것은? [3점]

〈보 기〉

이이의 생애를 기록한 연보에는, 그가 고산구곡에 정사를 건립한 일이 주자가 무이구곡의 은병에서 후학을 양성한 것을 본받았다는 점과 「고산구곡가」의 창작 이후 이곳을 찾는 이들이 더 많아졌다는 사실이 기록되어 있다. 한편 그가 고산구곡의 곳곳에서 지인들과 교유한 경험을 소개한 「송애기」에는 욕심 없는 마음으로 자연과 인간이 별개가 아님을 느끼고, 자연으로부터 마음을 바르게 하는 도리를 찾으면 군자의 참된 즐거움을 누릴 수 있다는 그의 생각이 나타나 있다.

① 고산구곡에서의 생활에 대한 「송애기」의 기록을 참고할 때, 고산구곡이 작자와 '벗님'들의 교유 장소로도 활용되었음을 추리할 수 있겠군.

② 작품 창작 이후와 관련한 연보의 기록을 참고할 때, '학주자'를 하려는 작자의 선택에 대한 사람들의 긍정적 반응을 추측할 수 있겠군.

③ 정사에 대한 연보의 기록을 참고할 때, '은병'이 주자를 학문적으로 계승하기 위해 선택된 공간이기도 했음을 짐작할 수 있겠군.

④ 참된 즐거움과 관련한 「송애기」의 기록을 참고할 때, '강학'과 '영월음풍'이 모순 없이 서로 어울릴 수 있는 행위임을 유추할 수 있겠군.

⑤ 자연의 감상에 대한 「송애기」의 기록을 참고할 때, 바위를 덮은 '눈'에서 자연과 합일을 이루려는 인간의 의지를 엿볼 수 있겠군.

• 홀수 기출 분석서 **문학** 문제 P.134 / 해설 P.256

[21~23] 다음 글을 읽고 물음에 답하시오.

'콩알 하나 없으니 주린 처자를 어이할꼬? 어떻든 협사촌의 서대주가 도적들과 아래위 낭청을 다니며 함께 도적하여 부유하다 하니 찾아가 얻어 보리라.'

하고 협사촌을 찾아간다. 허위허위 이 산 저 산 어정어정 걸어가며 생각하되,

'이놈이 본디 큰 쥐로 도적질하는 놈이니 무엇이라 부를꼬? 쥐라 해도 좋지 않고, 서대주라 해도 좋지 않으니, 이놈 부르기 어렵구나. 어떻든 대접함이 으뜸이라.'

길을 재촉해 협사촌을 찾아 서대주 집 문 앞에서 장끼 큰기침 두 번 하고,

"서동지 계시오?"

하며 찾으니, 이윽고 시비 쥐 나오거늘 장끼 문왈,

"이 댁이 아래위 낭청으로 다니며 관리하시는 서동지 댁이오?"

물으니 시비 답왈,

"어찌 찾으시오?"

장끼 가로되,

"잠깐 뵈오리다."

이때 서대주 자녀의 재미 보며 아내와 함께 있더니, 시비 와서 왈,

"문전에 어떤 객이 왔으되 위풍이 헌앙(軒昻)*하고 빛갓 쓰고 옥관자 붙이고 여차여차 동지 님을 뵈러 왔다 하나이다."

서대주 동지란 말을 들더니 대희하여 외헌으로 청하고, 정주(頂珠) 탕건 모자 쓰고 평복으로 나아가 장끼를 맞아 예하고 자리를 정하니, 장끼 하는 말이,

"댁이 서동지라 하시오? 나는 양지촌 사는 화충이라고도 하고, 세상에서 부르기를 장끼라고도 혹 꿩이라고도 하는데, 귀댁을 찾아 금일 만나니 구면처럼 반갑소이다. 한 번도 뵌 적 없으나 평안하시었소?"

서대주 맹랑하다, 탕건을 어루만지며 답왈,

"존객의 이름은 높이 들었더니 나를 먼저 찾아 누지에 와 주시니 황공 감사하오이다."

장끼 답왈,

"서로 찾기에 선후가 있는 것 아니니 아무커나 반갑다 못하여 진저리 나노라."

하거늘 서대주 웃으며 온갖 음식으로 대접하고 고금사를 문답하며 장끼를 조롱하며 벗하더니, 장끼 콧소리를 내며 말하기를,

"서동지께 청할 말이 있노라. 내 본시 넉넉지 못해 오늘까지 먹지 못하다가 처음 청하온데 양미 이천 석만 빌려주시면 내년 가을에 갚으리니 동지 님 생각에 어떠시오?"

서대주 웃으며 하는 말이,

"속담에 '우마(牛馬)도 초분식(草分食)하고, 산저(山猪)도 갈분식(葛分食)이라*.' 하였거든 우리 사이에 무엇이 어려우리오?"

(중략)

장끼 감사함을 칭사하고 양지촌으로 돌아가니라. 이때 서대주 노비 쥐를 명하여 창고를 열고 이천 석 콩을 배로 옮겨 양지촌으로 보내니라.

각설. 이때 동지촌에 딱부리란 새가 있으되 주먹볏에 흑공단 두루마기, 홍공단 끝동이며, 주둥이는 두 자나 하고 위풍이 헌앙한 짐승이라. 양지촌 장끼를 찾아가 오래 못 본 인사 하고 하는 말이,

"자네는 어찌하여 양식이 저리 풍족하여 쌓아 두었는가?"

장끼가 협사촌 서대주를 찾아가 양식 빌린 사연을 자세히 말하니, 딱부리 놈이 고개를 끄덕이며,

"자네 마음이 녹녹지 아니하거늘 미천한 도적놈을 무엇이라 찾았는가?"

장끼 답왈,

"나도 생각이 있으나 옛글에 '교만한 자는 집이 망한다.' 했고, '남을 대접하면 내가 대접을 받는다.' 했고, 내 가난하여 빌리러 갔기로 저를 대접하여 서동지라 존칭하였더니 대희하여 후대하고 종일 문답하며 여차여차하였노라."

하거늘 딱부리 하는 말이,

"자네 일정 간사하도다. 만일 입신양명하면 충신을 험담하여 귀양 보내고 조정을 농권하며 임금을 어둡게 하리로다. 나는 그놈을 찾아가서 서대주라 하고 도적질한 말을 하면 그놈이 겁내어 만석이라도 추심(推尋)*하리라."

장끼 답왈,

"자네 재주를 몰랐더니 오늘에야 알리로다."

딱부리 웃으며 나와 협사촌을 찾아가, 구멍 앞에 나가서 생각은 많으나 이를 갈고 "서대주, 서대주." 찾으니 이윽하여 시비 쥐 나오며 하는 말이,

"뉘 집을 찾아오시니까?"

딱부리 하는 말이,

"네 명색이 무엇이냐? 이 집이 아래위 낭청으로 다니며 도적질하는 서대주 집이냐? 나는 동지촌 사는 딱장군이니 와 계시다 일러라."

하거늘 쥐란 놈이 골을 내어 대답하고 들어가 고하니, 서대주 크게 성내고 분부하는 말이,

"어떤 놈이든지 잡아들이라."

하니 수십 명 범 같은 쥐들이 명을 듣고 딱부리를 에워싸고 결박하고 이 뺨 치고 저 뺨 치며 몰아가니 딱부리 애걸하며 비는 말이,

"내 무슨 잘못이 있다 이리하시오? 내 손주 노릇할 터이니 놓아 주고 달아났다 하시오."

한데 듣지 않고 잡아들여 서대주 앞에다 꿇리니 서대주 호령하되,

"이놈! 너는 어인 놈이기에 주인 찾을 때 근본을 해하여 찾으니 그중에 너 같은 놈은 만단을 내리라."

하며 매우 치라 하니 딱부리 머리를 조아리고 애걸하며 빌더라.

— 작자 미상, 「장끼전」 —

*헌앙: 풍채가 좋고 의기가 당당함.
*우마도 초분식하고, 산저도 갈분식이라: 소와 말도 풀을 나눠 먹고, 산돼지도 칡을 나눠 먹는다.
*추심: 찾아내어 가지거나 받아 냄.

21. 윗글에 대한 설명으로 가장 적절한 것은?

① 세밀한 외양 묘사를 통해 인물의 속성을 드러내고 있다.

② 서술자가 개입하여 인물의 행동에 대해 호감을 보이고 있다.

③ 속담과 옛글을 삽입하여 인물의 내적 갈등을 강조하고 있다.

④ 과거와 현재를 대비하여 인물의 초월적 능력을 부각하고 있다.

⑤ 공간적 배경을 자세히 묘사하여 인물의 심리 변화를 암시하고 있다.

22. '장끼'와 '딱부리'가 '서대주'를 각각 방문하는 상황에 대한 이해로 적절하지 <u>않은</u> 것은?

① 서대주를 방문하기 전에, 장끼와 딱부리는 서대주의 정체에 대해 알고 있었다.

② 서대주를 방문하기 전에, 장끼와 딱부리는 각자의 생각에 따라 서대주를 대할 방식을 계획했다.

③ 서대주를 방문하여, 장끼는 시종 일관된 태도를 보였고 딱부리는 상황의 변화에 따라 자신의 태도를 바꾸었다.

④ 서대주의 거처를 확인하면서, 장끼는 서대주의 환심을 살 만하게, 딱부리는 서대주의 반감을 살 만하게 표현했다.

⑤ 서대주를 방문하는 목적을, 장끼는 경제적인 이익을 취하는 데에 두었고 딱부리는 도적질을 벌로 다스리고 교화하는 데 두었다.

23. 〈보기〉를 참고하여 윗글을 감상한 내용으로 적절하지 <u>않은</u> 것은? [3점]

─────〈보 기〉─────

「장끼전」은 '까투리'를 중심으로 남존여비와 여성의 개가 금지 같은 가부장제 사회의 문제를, '장끼'를 중심으로는 몰락 양반의 삶과 조선 후기 향촌 사회의 다양한 변화상을 형상화했다. 이 대목은 가족의 생계 문제를 걱정하는 몰락 양반의 출현과 향촌 사회에 새롭게 등장한 신흥 부호의 생활상을 보여 주고 있다. 또한 신흥 부호의 위세로 인해 빚어지는 신흥 부호와 몰락 양반의 갈등, 그리고 신흥 부호를 둘러싼 몰락 양반 간의 불화를 그려 내고 있다.

① 장끼가 양식이 떨어져 굶주리는 처자식을 위해 부유한 서대주를 찾아가 양식을 빌리는 장면에서, 가장으로서의 책무를 다하려는 몰락 양반의 면모를 알 수 있군.

② 서대주가 '시비 쥐'를 부리고 복색을 갖추어 손님을 '외헌'에서 맞이하는 장면에서, 신흥 부호의 생활상을 알 수 있군.

③ 서대주를 대접하여 양식을 빌린 장끼에게 딱부리가 '간사하도다'라고 언급하는 장면에서, 신흥 부호에 대한 처신을 놓고 몰락 양반 간에 의견 차이가 있었음을 알 수 있군.

④ 서대주의 '시비 쥐'가 딱부리에게 골을 내는 장면에서, 몰락 양반의 경제적 곤궁함을 업신여기는 신흥 부호의 모습을 알 수 있군.

⑤ 서대주가 '수십 명 범 같은 쥐들'에게 명령하여 딱부리를 결박하는 장면에서, 향촌 사회에서의 신흥 부호의 위세를 알 수 있군.

• 홀수 기출 분석서 [문학] 문제 P.046 / 해설 P.067

[24~26] 다음 글을 읽고 물음에 답하시오.

(가)

호르 호르르 호르르르 가을 아침

취어진* 청명을 마시며 거닐면

㉠수풀이 호르르 벌레가 호르르르

청명은 내 머릿속 가슴속을 젖어 들어

발끝 손끝으로 새어 나가나니

온 살결 터럭 끝은 모두 눈이요 입이라

나는 수풀의 정을 알 수 있고

벌레의 예지를 알 수 있다

그리하여 나도 이 아침 청명의

가장 고웁지 못한 노래꾼이 된다

수풀과 벌레는 자고 깨인 어린애라

밤새워 빨고도 이슬은 남았다

남았거든 나를 주라

나는 이 청명에도 주리나니

방에 문을 달고 벽을 향해 숨 쉬지 않았느뇨

㉡햇발이 처음 쏘아오아

청명은 갑자기 으리으리한 관을 쓴다

그때에 토록 하고 동백 한 알은 빠지나니

오! 그 빛남 그 고요함

간밤에 하늘을 쫓긴 별살의 흐름이 저러했다

온 소리의 앞 소리요

온 빛깔의 비롯이라

㉢이 청명에 포근 취어진 내 마음

감각의 낯익은 고향을 찾았노라

평생 못 떠날 내 집을 들었노라

─ 김영랑, 「청명」 ─

*취어진: 계절의 정취에 젖어 든.

(나)

뒷동산 청솔잎을 빗질해주던 바람이

무어라 무어라 하는 솔나무의 속삭임을 듣고

㉣푸른 햇살 요동치는 강변으로 달려갔다 하자.

달려가선, 거기 미루나무에게 전하니

알았다 알았다는 듯 나무는 잎새를 흔들어

강물 위에 짤랑짤랑 구슬알을 쏟아냈다 하자.

그 의중 알아챈 바람이 이젠 그 누구보다

앞들 보리밭에서 물결치듯 김을 매다

이마의 구슬땀 씻어올리는 여인에게 전하니

여인이야 이윽고 아픈 허리를 곧게 펴곤

눈앞 가득 일어서는 마을의 정자나무를 향해

고개를 끄덕끄덕, 무언가 일별을 보냈다 하자.
ⓗ아무려면 어떤가, 산과 강과 들과 마을이
한 초록으로 짙어가는 오월도 청청한 날에,
소쩍새는 또 바람결에 제 한 목청 다 싣는 날에.

　　　　　　　　　　　　　　　－ 고재종, 「초록 바람의 전언」 －

24. (가)와 (나)에 대한 설명으로 가장 적절한 것은?

① (가)와 (나)는 가정의 진술을 활용하여 현실과 이상의 거리감을 드러내고 있다.

② (가)와 (나)는 각각 동일한 종결 어미의 반복을 활용하여 리듬감을 형성하고 있다.

③ (가)와 (나)는 화자의 시선이 화자 내면에서 외부 세계로 이동하는 방식으로 시상을 전개하고 있다.

④ (가)는 여정에 따른 공간의 이동을 통해, (나)는 계절의 흐름에 따른 대상의 변화를 통해 풍경을 묘사하고 있다.

⑤ (가)는 종교적 관념에 대한 사색을 바탕으로, (나)는 일상생활에서 깨달은 바를 바탕으로 주제를 구체화하고 있다.

25. ㉠~㉤에 대한 이해로 적절하지 <u>않은</u> 것은?

① ㉠은 청각적 심상을 활용하여 산뜻한 가을 아침에 대한 화자의 인상을 표현하고 있다.

② ㉡은 청명한 날이 으리으리한 관을 쓴다는 비유를 활용하여 햇빛이 쏟아지는 순간의 아름다운 모습을 표현하고 있다.

③ ㉢은 청명한 가을날에 느끼는 마음을 고향의 낯익음에 비유하여 지나가는 가을에 대한 아쉬움을 드러내고 있다.

④ ㉣은 역동적인 이미지를 활용하여 바람이 부는 강변의 풍경을 감각적으로 표현하고 있다.

⑤ ㉤은 청청한 날의 정경에 대한 화자의 반응을 제시하여 시적 상황에 대한 정서를 집약적으로 드러내고 있다.

26. 〈보기〉를 참고하여 (가)와 (나)를 감상한 내용으로 적절하지 <u>않은</u> 것은? [3점]

〈보 기〉

　자연은 시인에게 상상력의 주요한 원천이 되어 왔다. 그중 생태학적 상상력은 생태계 구성원 간의 관계에 주목한다. 생태학적 상상력은 모든 생태계 구성원을 평등한 존재로 보는 데에서 출발하여, 서로 교감·소통하며 유대감을 느끼는 관계로, 나아가 영향을 주고받는 순환의 관계로 인식한다. 생태학적 상상력을 통해 시인은 자연의 근원적 가치와, 인간과 자연의 조화로운 관계를 드러내며 궁극적으로는 이들을 하나의 생태 공동체로 형상화한다.

① (가)에서 화자가 '온 살결 터럭 끝'을 '눈'과 '입'으로 삼아 자연을 대하는 것은 인간과 자연 간의 교감을, (나)에서 '바람'이 '뒷동산 청솔잎을 빗질'하는 것은 자연과 자연 간의 교감을 드러내는군.

② (가)에서 화자가 '수풀의 정'과 '벌레의 예지'를 '알 수 있다'고 하는 것과 (나)에서 '솔나무'가 '무어라' 하고 '미루나무'가 '알았다'고 하는 것은 구성원들이 서로 소통하는 조화로운 생태계의 모습을 보여 주는군.

③ (가)에서 화자가 '수풀'과 '벌레'의 소리를 듣고 '나도' 청명함의 '노래꾼이 된다'고 하는 것과 (나)에서 '솔나무의 속삭임'을 '바람'이 '미루나무'에게 전하고, 이를 '여인'도 '정자나무'에게 전하는 것은 자연과 인간 간의 유대감을 드러내는군.

④ (가)에서 화자가 '동백 한 알'이 떨어지는 모습에서 '하늘'의 '별살'을 떠올린 것과 (나)에서 화자가 '잎새'의 흔들림에서 반짝이는 '구슬알'을 떠올린 것은 생명의 탄생을 계기로 순환하는 생태계의 질서를 보여 주는군.

⑤ (가)에서 자연을 '온 소리의 앞 소리'와 '온 빛깔의 비롯'이라고 표현한 것은 근원적 존재로서의 자연의 가치를, (나)에서 '오월'에 '산'과 '마을'이 '한 초록으로 짙어' 간다고 표현한 것은 인간과 자연이 하나가 되어 가는 생태 공동체를 형상화하는군.

• 홀수 기출 분석서 문학 문제 P.100 / 해설 P.177

[27~30] 다음 글을 읽고 물음에 답하시오.

지욱은 차츰 선생의 그런 신념이 두려워지기 시작했다. 지욱의 이해와 능력으로는 감당할 수 없는 어떤 무거운 **압박감**이 그를 못 견디게 짓눌러 왔다. 믿음이 논리를 초월할 수도 있다고는 했지만 그러나 논리적인 이해가 불가능한 **신념**은 맹목적인 아집에 그칠 위험성이 있었다. 뿐만 아니라 그 자신감이 넘치고 있는 선생의 신념은 털끝만큼 한 자기 회의마저 용납을 하지 않고 있었다. 회의가 없는 신념은 맹목적인 **자기 독단**에 흐를 위험 또한 큰 것이었다. 그리고 무엇보다도 그것은 지욱이 그에게 소망해 온 어떤 감동적인 자서전적 인물상으로는 치명적인 결함일 수 있었다. **회의가 없는** 자서전이야말로 영락없이 한 거인의 동상에 불과할 뿐이었다. 지욱이 최상윤의 신념을 두려워한 것은 그 자신 최상윤 선생에게서와 같은 어떤 **의식의 경화** 현상을 싫어해 온 성격 이외에도, 그와 같은 위험성을 어슴푸레 느끼고 있었기 때문이다. 하나 그보다도 지욱이 더더욱 그 선생의 신념을 두려워한 것은 그의 너무나도 일사불란한 언동이나 생활방식에서 오히려 어떤 씻을 수 없는 가식의 냄새를 맡고 있었기 때문이다. 사람이 도대체 이럴 수가 있을까. 한 인간의 생애에서 이처럼이나 말끔하게 후회나 의구가 없을 수 있단 말인가. 이 깐깐하고 **결백**스런 노인에게서라도 어찌 따뜻한 아랫목과 좋은 음식에 대한 바람이 전혀 없을 수 있단 말인가. 아무리 **엄격한 극기**의 세월이었던들 그것이 어찌 감히 사람의 가장 사람다운 욕망까지를 송두리째 근멸시켜 버릴 수가 있단 말인가. 이 노인은 어찌하여 그것을 끝끝내 시인하려 들지 않고 있는 것인가. 그것이 진실로 그의 **부끄러움**이 될 수는 없단 말인가 —

(중략)

"이거 아무리 맘에 없는 웃음을 팔아먹고 사는 무식쟁이라고 누구한테 지금 설교를 하려는 거야 뭐야, 건방지게. 그래 내가 지금 당신 같은 위인의 신세 하소연이나 듣자고 이런 델 찾아온 줄 알아? 그렇게 내가 한가한 사람으로 보이느냐 말야. 왜 내 일을 안 하겠다는 건지 그걸 말해 보라는 거야. 이유를 ……"

"아니, 그런 게 아니라 ……"

갑자기 **반말 투로 욱박**질러 오는 피문오 씨의 어조에 지욱은 새삼 가슴이 내려앉는 표정이었으나, 이미 본색을 드러내기 시작한 피문오 씨의 행패는 걷잡을 수가 없을 지경이었다.

"그게 아니라니? 아니 이거 당신 정말 이런 식으로 날 바보 취급하고 나설 테야? 당신 눈엔 정말로 내가 그렇게 얼렁뚱땅 되잖은 소리로도 그냥 넘어갈 것 같아 보인 모양이지? 그래, 뭐가 어째? 내 일을 하지 않게 된 게 내 탓이 아니구 당신의 그 **알량**한 **양심** 때문이라구? 내가 그래 그 알량한 당신의 양심에 **들러리**라도 서야 한다는 거야 뭐야. 업어치나 메치나 그게 그놈 아들놈 같은 소릴 가지고, 정 내게 ㉠말재간을 한번 부려 보고 싶어서 이래? 당신 눈엔 이 피문오가 그래 그만 ㉡말귀도 못 알아들을 바보 멍청이로만 보이느냔 말야? 내 아까부터 참자 참자 하다 보니 이 친구 아주 형편없이 맹랑한 데가 있는 작자로구만 그래."

피문오 씨는 이제 스스로도 분을 참을 수 없게 된 것 같았다. 벌건 얼굴에 튀어나올 듯 두 눈알을 부려 대면서 장갑을 몰아 쥔 한쪽 손을 피스톤처럼 마구 지욱의 턱 앞으로 내질러 대고 있었다.

지욱은 그만 기가 꽉 질리고 말았다. ㉢무슨 말을 할래도 목이 말라 소리가 되어 나오질 않았다. 그는 부들부들 떨려 오는 두 다리를 간신히 버티고 선 채 절망적인 눈초리로 피문오 씨의 폭풍우 같은 수모를 고스란히 견디고 있었다.

불현듯 최상윤 선생의 일이 이 처참스런 곤욕을 견뎌 낼 수 있는 어떤 서광처럼 머릿속으로 떠올라 왔다. 최상윤 선생과의 약속이 그의 참을성에는 상당한 힘을 보태기 시작했다. 이런 자의 자서전 따윌 대필하려 했다니! 최상윤 선생과 같은 분에게조차 내 주관을 굽힐 수 없었던 이 지욱이 아닌가. 이런 자의 책을 쓰면서 그의 밑구멍을 핥느니 차라리 선생의 발밑에라도 나가 엎드려 선생의 신념을 찬미함이 낫지 않으랴. 참자! 작자의 일을 피하자면 이쯤 굴욕은 즐거이 참아 넘기자. 참아서 넘겨야 한다 —

하지만 피문오 씨는 그 정도로는 물론 분통이 풀릴 수가 없는 모양이었다.

"어디 선생! ㉣말씀을 좀 해 보시라구. 아니 글에서는 그처럼 잘난 체 말이 많더니, 제 잘난 소리나 시부렁거릴 줄 알았지 선생도 남의 말을 알아듣는 덴 귀가 꽉 멀어 버리셨나. 왜 통 대답이 없으셔? 그렇담 내가 좀 더 수고를 해 주실까? 어째서 내 일을 하지 않게 되었느냐, 내 일을 하기가 싫어졌느냐 …… 그 이율 좀 더 솔직하게 말해 달라 이거야. 이 무식한 놈도 좀 분명하게 알아듣고 납득이 가게끔 말씀이야. 알아들어? 그래도 못 알아들으시겠다면 ㉤내 좀 더 똑똑히 말을 해 줄까?"

묵묵히 입을 다물고 있는 지욱을 마음 내키는 대로 매도해대다 말고 피문오 씨는 무슨 생각을 해 냈는지 갑자기 목을 잔뜩 가다듬었다. 그리고는 청승맞도록 능청스런 목소리로 허공을 향해 외쳐 대기 시작했다.

ⓐ"고장 난 시계나 라디오들 고칩시다아 — 채권 삽니다아 — 부서진 우산이나 빈 병 삽니다아 — 자서전이나 회고록들 쓰십시다아 —"

고저단속(高低斷續)을 적당히 조화시켜 가며 길게 외쳐 대고 난 피문오 씨가 이젠 좀 알아듣겠느냐는 듯 여유만만한 표정으로 지욱을 이윽히 건너다보았다.

– 이청준, 「자서전들 쓰십시다」 –

27. 윗글의 서술상 특징으로 가장 적절한 것은?

① 장면의 빈번한 교차를 통해 인물 간의 갈등을 입체적으로 드러내고 있다.

② 서술자가 중심인물의 내면을 묘사하며 인물이 처한 갈등 상황을 제시하고 있다.

③ 이야기 내부의 서술자가 인물의 행위를 묘사하며 사건의 원인을 추리하고 있다.

④ 인물 간의 대화를 통해 인물이 겪은 사건의 비현실적인 면모를 드러내고 있다.

⑤ 공간의 이동에 따라 서술자를 달리하여 사건에 대한 다양한 관점을 서술하고 있다.

28. 문맥상 의미를 고려할 때, ㉠~㉤에 대한 설명으로 적절하지 **않은** 것은?

① ㉠: 피문오가 지욱의 말을 무시하고자 하는 경멸의 감정을 담고 있다.

② ㉡: 지욱에게서 무시당하고 있다고 여기는 피문오의 성난 감정을 담고 있다.

③ ㉢: 피문오에게서 수모를 당하는 지욱이 항변도 못하고 주눅이 든 상태를 나타낸다.

④ ㉣: 피문오가 지욱의 해명을 요구하면서 닦달하고 있음을 나타낸다.

⑤ ㉤: 침묵하는 지욱에게 피문오가 자신에 대한 의구심을 풀 것을 독촉하고 있음을 나타낸다.

29. <보기>를 참고할 때, 감동적인 자서전적 인물상 에 대한 이해로 적절하지 **않은** 것은? [3점]

───── <보 기> ─────

「자서전들 쓰십시다」의 주인공은 자서전 대필 작가로서의 글쓰기에 환멸을 느끼고 있다. 이러한 글쓰기는 의뢰인의 삶을 미화하여 결국 의뢰인에게 아첨하는 것일 뿐이기 때문이다. 어떤 의뢰인들은 자신의 요구를 강요하는 일까지 서슴지 않아 주인공을 괴롭히기도 한다. 주인공이 바라는 의뢰인은 작가의 의사를 존중하면서 삶을 거짓 없이 성찰하는 사람이다. 또한 주인공은, 후회나 의문이 없는 확신에 찬 태도로 독자를 사로잡는 주장을 하는 사람보다는 타인의 삶에 기여할 수 있는 정직한 고백을 하는 사람을 원한다.

① 작가에게 '압박감'이 느껴질 정도로 '자기 독단'이 강할 뿐만 아니라 확신에 찬 태도로 '신념'을 내세우는 것은 독자를 사로잡는 자기주장을 하는 것이라는 점에서 감동적인 자서전적 인물상에 부합한다고 할 수 없겠군.

② 스스로 '회의'하며 '의식의 경화'를 경계할 줄 아는 것은 삶을 거짓 없이 성찰할 수 있다는 점에서 감동적인 자서전적 인물상에 부합한다고 할 수 있겠군.

③ '엄격한 극기'로 '부끄러움' 없이 '결백'하게 사는 것은 독자에게 후회나 의문이 없는 삶을 주장할 수 있다는 점에서 감동적인 자서전적 인물상에 부합한다고 할 수 있겠군.

④ 자서전을 쓰라고 '반말 투로' 작가를 '윽박'지르는 것은 자서전을 통해 자신에게 아첨하기를 요구하는 것으로 보인다는 점에서 감동적인 자서전적 인물상에 부합한다고 할 수 없겠군.

⑤ 작가의 '양심'을 '알량'하다고 여기고 자신은 '들러리'가 아님을 주장하는 것은 작가를 존중하지 않고 삶을 미화하도록 요구한다는 점에서 감동적인 자서전적 인물상에 부합한다고 할 수 없겠군.

30. ⓐ에 대해 이해한 내용으로 가장 적절한 것은?

① 피문오는 지욱이 생각하는 자서전의 가치를 폄하하여 지욱을 우롱하고 있다.

② 피문오가 자서전을 상품으로 팔기 위한 방법을 지욱에게 직접 보여 주고 있다.

③ 피문오가 '잘난 소리'를 하는 지욱에게 자신은 '무식한 놈'이 아님을 과시하고 있다.

④ 피문오가 자서전 쓰기를 더 많은 사람들에게 권해야 한다고 지욱에게 요청하고 있다.

⑤ 피문오는 지욱의 자서전 쓰기에 소재를 제공하고자 '맘에 없는 웃음을 팔아먹'어 왔던 자신의 직업적 능력을 발휘하고 있다.

▶ 소요 시간 [ ] 분 [ ] 초

* **확인 사항**

○ 답안지의 해당란에 필요한 내용을 정확히 기입(표기)했는지 확인하시오.

국어 영역

• 홀수 기출 분석서 **독서** 문제 P.058 / 해설 P.086

[1~4] 다음 글을 읽고 물음에 답하시오.

고대 그리스 시대의 사람들은 신에 의해 우주가 운행된다고 믿는 결정론적 세계관 속에서 신에 대한 두려움이나, 신이 야기한다고 생각되는 자연재해나 천체 현상 등에 대한 두려움을 떨치지 못했다. 에피쿠로스는 당대의 사람들이 이러한 잘못된 믿음에서 벗어나도록 하는 것이 중요하다고 보았고, 이를 위해 인간이 행복에 이를 수 있도록 자연학을 바탕으로 자신의 사상을 전개하였다.

에피쿠로스는 신의 존재는 인정하나 신의 존재 방식이 인간이 생각하는 것과는 다르다고 보고, 신은 우주들 사이의 중간 세계에 살며 인간사에 개입하지 않는다는 ㉠이신론(理神論)적 관점을 주장한다. 그는 불사하는 존재인 신은 최고로 행복한 상태이며, 다른 어떤 것에게도 고통을 주지 않고, 모든 고통은 물론 분노와 호의와 같은 것으로부터 자유롭다고 말한다. 따라서 에피쿠로스는 인간의 세계가 신에 의해 결정되지 않으며, 인간의 행복도 자율적 존재인 인간 자신에 의해 완성된다고 본다.

한편 에피쿠로스는 인간의 영혼도 육체와 마찬가지로 미세한 입자로 구성된다고 본다. 영혼은 육체와 함께 생겨나고 육체와 상호작용하며 육체가 상처를 입으면 영혼도 고통을 받는다. 더 나아가 육체가 소멸하면 영혼도 함께 소멸하게 되어 인간은 사후(死後)에 신의 심판을 받지 않으므로, 살아 있는 동안 인간은 사후에 심판이 있다고 생각하여 두려워할 필요가 없게 된다. 이러한 생각은 인간으로 하여금 죽음에 대한 모든 두려움에서 벗어나게 하는 근거가 된다.

이러한 에피쿠로스의 ㉡자연학은 우주와 인간의 세계에 대한 비결정론적인 이해를 가능하게 한다. 이는 원자의 운동에 관한 에피쿠로스의 설명에서도 명확히 드러난다. 그는 원자들이 수직 낙하 운동이라는 법칙에서 벗어나기도 하여 비스듬히 떨어지고 충돌해서 튕겨 나가는 우연적인 운동을 한다고 본다. 그리고 우주는 이러한 원자들에 의해 이루어졌으므로, 우주 역시 우연의 산물이라고 본다. 따라서 우주와 인간의 세계에 신의 관여는 없으며, 인간의 삶에서도 신의 섭리는 찾을 수 없다고 한다. 에피쿠로스는 이러한 생각을 인간이 필연성에 얽매이지 않고 자신의 삶을 주체적으로 살아갈 수 있게 하는 자유 의지의 단초로 삼는다.

에피쿠로스는 이를 토대로 자유로운 삶의 근본을 규명하고 인생의 궁극적 목표인 행복으로 이끄는 ㉢윤리학을 펼쳐 나간다. 결국 그는 인간이 신의 개입과 우주의 필연성, 사후 세계에 대한 두려움에서 벗어날 수 있도록 함으로써, 자신의 삶을 자율적이고 주체적으로 살 수 있는 길을 열어 주었다. 그리고 쾌락주의적 윤리학을 바탕으로 영혼이 안정된 상태에서 행복 실현을 추구할 수 있는 방안을 제시하였다.

1. 윗글의 표제와 부제로 가장 적절한 것은?

① 에피쿠로스 사상의 성립 배경
 – 인간과 자연의 관계를 중심으로
② 에피쿠로스 사상의 목적과 의의
 – 신, 인간, 우주에 대한 이해를 중심으로
③ 에피쿠로스 사상에 대한 비판과 옹호
 – 사상의 한계와 발전적 계승을 중심으로
④ 에피쿠로스 사상을 둘러싼 논쟁과 이견
 – 당대 세계관과의 비교를 중심으로
⑤ 에피쿠로스 사상의 현대적 수용과 효용성
 – 행복과 쾌락의 상관성을 중심으로

2. ㉠~㉢에 대한 이해로 가장 적절한 것은?

① ㉠은 인간이 두려움을 갖는 이유를, ㉡과 ㉢은 신에 대한 의존에서 벗어나게 하는 방법을 제시한다.
② ㉠은 우주가 신에 의해 운행된다고 믿는 근거를, ㉡과 ㉢은 인간의 사후에 대해 탐구하는 방법을 제시한다.
③ ㉠과 ㉡은 인간이 영혼과 육체의 관계를 탐구하는 이유를, ㉢은 모든 두려움에서 벗어나는 방법을 제시한다.
④ ㉠과 ㉡은 인간이 잘못된 믿음에서 벗어날 수 있는 근거를, ㉢은 행복에 이르도록 하는 방법을 제시한다.
⑤ ㉠과 ㉡은 인간의 존재 이유와 존재 위치에 대한 탐색의 결과를, ㉢은 인간이 우주의 근원을 연구하는 방법을 제시한다.

3. 윗글을 읽은 학생이 '에피쿠로스'에 대해 비판한다고 할 때, 비판 내용으로 적절한 것만을 〈보기〉에서 있는 대로 고른 것은?

〈 보 기 〉

ㄱ. 신이 분노와 호의로부터 자유로운 상태라면 인간의 세계에 개입을 하지 않는다는 뜻일 텐데, 왜 신의 섭리에 따라 인간의 삶을 이해하려고 하는가?
ㄴ. 원자가 법칙에서 벗어나 우연적인 운동을 한다는 것은 인과 관계 없이 듯하지 않게 움직인다는 뜻일 텐데, 그것이 자유 의지의 단초가 될 수 있는가?
ㄷ. 인간이 죽음에 대해 두려움을 느낀다면 죽음에 이르는 고통 때문일 수도 있을 텐데, 사후에 대한 두려움을 떨쳐 버리는 것만으로 그것이 해소될 수 있는가?
ㄹ. 인간이 자연재해를 무서워한다면 자연재해 그 자체 때문일 수도 있을 텐데, 신이 일으키지 않았다고 해서 자연재해에 대한 두려움에서 벗어날 수 있는가?

① ㄱ, ㄴ   ② ㄱ, ㄹ   ③ ㄷ, ㄹ
④ ㄱ, ㄴ, ㄷ   ⑤ ㄴ, ㄷ, ㄹ

4. 윗글의 '에피쿠로스'의 사상과 〈보기〉에 나타난 생각을 비교한 내용으로 적절하지 <u>않은</u> 것은? [3점]

—————————〈보 기〉—————————

신은 인간의 세계에 속해 있지는 않으나, 모든 일의 목적인 존재라네. 하늘과 땅 그리고 바다에 있는 모든 것들의 원인이며, 일체의 훌륭함에 있어서도 탁월한 존재이지. 언제나 신은 필연성을 따르는 지성을 조력자로 삼아 성장과 쇠퇴, 분리와 결합에 있어 모든 것들을 바르고 행복한 상태에 이르도록 이끈다네.

① 신을 '모든 것들의 원인'으로 보는 〈보기〉의 생각은, 신이 '인간사에 개입'한다는 것을 부정하는 에피쿠로스의 사상과 차이점이 있군.

② 신이 '지성'을 조력자로 삼아 모든 것들을 이끈다고 보는 〈보기〉의 생각은, 우주를 '우연의 산물'로 보는 에피쿠로스의 사상과 차이점이 있군.

③ 신을 '모든 일의 목적인 존재'로 보는 〈보기〉의 생각과 신이 '불사하는 존재'라고 보는 에피쿠로스의 사상은 신의 존재를 인정한다는 공통점이 있군.

④ 신이 '모든 것들'을 '바르고 행복한 상태'에 도달하게 한다는 〈보기〉의 생각은, 행복이 '인간 자신에 의해 완성'된다고 본 에피쿠로스의 사상과 차이점이 있군.

⑤ 신이 '인간의 세계'에 속해 있지 않다고 보는 〈보기〉의 생각과 신이 '중간 세계'에 있다고 본 에피쿠로스의 사상은 신의 영향력이 인간 세계의 외부에서 온다고 보는 공통점이 있군.

• 홀수 기출 분석서 독서 문제 P.094 / 해설 P.175

[5~9] 다음 글을 읽고 물음에 답하시오.

전통적인 통화 정책은 정책 금리를 활용하여 물가를 안정시키고 경제 안정을 도모하는 것을 목표로 한다. 중앙은행은 경기가 과열되었을 때 정책 금리 인상을 통해 경기를 진정시키고자 한다. 정책 금리 인상으로 시장 금리도 높아지면 가계 및 기업에 대한 대출 감소로 신용 공급이 축소된다. 신용 공급의 축소는 경제 내 수요를 줄여 물가를 안정시키고 경기를 진정시킨다. 반면 경기가 침체되었을 때는 반대의 과정을 통해 경기를 부양시키고자 한다.

금융을 통화 정책의 전달 경로로만 보는 전통적인 경제학에서는 금융감독 정책이 개별 금융 회사의 건전성 확보를 통해 금융 안정을 달성하고자 하는 ⊙미시 건전성 정책에 집중해야 한다고 보았다. 이러한 관점은 금융이 직접적인 생산 수단이 아니므로 단기적일 때와는 달리 장기적으로는 경제 성장에 영향을 미치지 못한다는 인식과, 자산 시장에서는 가격이 본질적 가치를 초과하여 폭등하는 버블이 존재하지 않는다는 효율적 시장 가설에 기인한다. 미시 건전성 정책은 개별 금융 회사의 건전성에 대한 예방적 규제 성격을 가진 정책 수단을 활용하는데, 그 예로는 향후 손실에 대비하여 금융 회사의 자기자본 하한을 설정하는 최저 자기자본 규제를 들 수 있다.

이처럼 전통적인 경제학에서는 금융감독 정책을 통해 금융 안정을, 통화 정책을 통해 물가 안정을 달성할 수 있다고 보는 이원적인 접근 방식이 지배적인 견해였다. 그러나 글로벌 금융 위기 이후 금융 시스템이 와해되어 경제 불안이 확산되면서 기존의 접근 방식에 대한 자성이 일어났다. 이 당시 경기 부양을 목적으로 한 중앙은행의 저금리 정책이 자산 가격 버블에 따른 금융 불안을 야기하여 경제 안정이 훼손될 수 있다는 데 공감대가 형성되었다. 또한 금융 회사가 대형화되면서 개별 금융 회사의 부실이 금융 시스템의 붕괴를 야기할 수 있게 됨에 따라 금융 회사 규모가 금융 안정의 새로운 위험 요인으로 등장하였다. 이에 기존의 정책으로는 금융 안정을 확보할 수 없고, 경제 안정을 위해서는 물가 안정뿐만 아니라 금융 안정도 필수적인 요건임이 밝혀졌다. 그 결과 미시 건전성 정책에 ⓛ거시 건전성 정책이 추가된 금융감독 정책과 물가 안정을 위한 통화 정책 간의 상호 보완을 통해 경제 안정을 달성해야 한다는 견해가 주류를 형성하게 되었다.

거시 건전성이란 개별 금융 회사 차원이 아니라 금융 시스템 차원의 위기 가능성이 낮아 건전한 상태를 말하고, 거시 건전성 정책은 금융 시스템의 건전성을 추구하는 규제 및 감독 등을 포괄하는 활동을 의미한다. 이때, 거시 건전성 정책은 미시 건전성이 거시 건전성을 담보할 수 있는 충분조건이 되지 못한다는 '구성의 오류'에 논리적 기반을 두고 있다. 거시 건전성 정책은 금융 시스템 위험 요인에 대한 예방적 규제를 통해 금융 시스템의 건전성을 추구한다는 점에서, 미시 건전성 정책과는 차별화된다.

거시 건전성 정책의 목표를 효과적으로 달성하기 위해서는 경기 변동과 금융 시스템 위험 요인 간의 상관관계를 감안한 정책 수단의 도입이 필요하다. 금융 시스템 위험 요인은 경기 순응성을 가진다. 즉 경기가 호황일 때는 금융 회사들이 대출을 늘려 신용 공급을 팽창시킴에 따라 자산 가격이 급등하고, 이는 다시 경기를 더 과열시키는 반면 불황일 때는 그 반대의 상황이 일어난다. 이를 완화할 수 있는 정책 수단으로는 경기 대응 완충자본 제도를 ⓐ들 수 있다. 이 제도는 정책 당국이 경기 과열기에 금융 회사로 하여금 최저 자기자본에 추가적인 자기자본, 즉 완충자본을 쌓도록 하여 과도한 신용 팽창을 억제시킨다. 한편 적립된 완충자본은 경기 침체기에 대출 재원으로 쓰도록 함으로써 신용이 충분히 공급되도록 한다.

5. 윗글을 통해 알 수 있는 것은?

① 글로벌 금융 위기 이전에는, 금융이 단기적으로 경제 성장에 영향을 미치지 못한다고 보았다.

② 글로벌 금융 위기 이전에는, 개별 금융 회사가 건전하다고 해서 금융 안정이 달성되는 것은 아니라고 보았다.

③ 글로벌 금융 위기 이전에는, 경기 침체기에는 통화 정책과 더불어 금융감독 정책을 통해 경기를 부양시켜야 한다고 보았다.

④ 글로벌 금융 위기 이후에는, 정책 금리 인하가 경제 안정을 훼손하는 요인이 될 수 있다고 보았다.

⑤ 글로벌 금융 위기 이후에는, 경기 변동이 자산 가격 변동을 유발하나 자산 가격 변동은 경기 변동을 유발하지 않는다고 보았다.

6. ㉠과 ㉡에 대한 설명으로 적절하지 <u>않은</u> 것은?

① ㉠에서는 물가 안정을 위한 정책 수단과는 별개의 정책 수단을 통해 금융 안정을 달성하고자 한다.

② ㉡에서는 신용 공급의 경기 순응성을 완화시키는 정책 수단이 필요하다.

③ ㉠은 ㉡과 달리 예방적 규제 성격의 정책 수단을 사용하여 금융 안정을 달성하고자 한다.

④ ㉡은 ㉠과 달리 금융 시스템 위험 요인을 감독하는 정책 수단을 사용한다.

⑤ ㉠과 ㉡은 모두 금융 안정을 달성하기 위해 금융 회사의 자기자본을 이용한 정책 수단을 사용한다.

7. 윗글을 바탕으로 할 때, 〈보기〉의 A~D에 들어갈 말을 바르게 짝지은 것은?

───── 〈보 기〉 ─────

미시 건전성 정책과 거시 건전성 정책 간에는 정책 수단 운용에서 입장 차이가 존재한다. 경기가 (A)일 때 (B) 건전성 정책에서는 완충자본을 (C)하도록 하고, (D) 건전성 정책에서는 최소 수준 이상의 자기자본을 유지하도록 하여 개별 금융 회사의 건전성을 확보하려 한다.

	A	B	C	D
①	불황	거시	사용	미시
②	호황	거시	사용	미시
③	불황	거시	적립	미시
④	호황	미시	적립	거시
⑤	불황	미시	사용	거시

8. 윗글과 〈보기〉에 대한 이해로 적절하지 <u>않은</u> 것은? [3점]

───── 〈보 기〉 ─────

현실에서의 통화 정책 효과는 경기에 대해 비대칭적인 것으로 알려져 있다. 통화 정책은 경기 과열을 억제하는 데는 효과적이지만 경기 침체를 벗어나는 데는 효과가 미미하기 때문이다. 경기 침체를 극복하기 위해 중앙은행의 정책 금리 인하로 은행이 대출을 늘려 신용 공급을 확대하려 해도, 가계의 소비 심리가 위축되었거나 기업이 투자할 대상이 마땅치 않을 경우 전통적인 통화 정책에서 기대되는 효과는 나타나지 않게 된다. 오히려 확대된 신용 공급이 주식이나 부동산 등 자산 시장으로 과도하게 유입되어 의도치 않은 문제를 일으킬 수 있다.

경제학자들은 경제 주체들이 경기 상황에 대해 비대칭적으로 반응하기 때문에 나타나는 이러한 현상을 '끈 밀어올리기(pushing on a string)'라고 부른다. 이는 끈을 당겨서 아래로 내리는 것은 쉽지만, 밀어서 위로 올리는 것은 어렵다는 것에 빗댄 것이다.

① '끈 밀어올리기'를 통해 경기 침체기에 자산 가격 버블이 발생하는 경우를 설명할 수 있겠군.

② 현실에서 경기가 침체되었을 경우 정책 금리 인하에 따른 경기 부양 효과는 경제 주체의 심리에 따라 달라질 수 있겠군.

③ '끈 밀어올리기'가 있을 경우 경기 침체기에 금융 안정을 달성하려면 경기 대응 완충자본 제도의 도입이 필요하겠군.

④ 통화 정책 효과가 경기에 대해 비대칭적이라면 경기 침체기에는 정책 금리 조정 이외의 방안을 도입할 필요가 있겠군.

⑤ 통화 정책 효과가 경기에 대해 비대칭적이라면 정책 금리 인상은 신용 공급을 축소시킴으로써 경기를 진정시킬 수 있겠군.

9. 문맥상 의미가 ⓐ와 가장 가까운 것은?

① 나는 그 사람에게 친근감이 <u>든다</u>.

② 그는 목격자의 진술을 증거로 <u>들고</u> 있다.

③ 그분은 이미 대가의 경지에 <u>든</u> 학자이다.

④ 하반기에 <u>들자</u> 수출이 서서히 증가하기 시작했다.

⑤ 젊은 부부는 집을 마련하기 위해 적금을 <u>들기</u>로 했다.

▶ 소요 시간 ☐ 분 ☐ 초

18
회

• 홀수 기출 분석서 **독서** 문제 P.132 / 해설 P.258

[10~15] 다음 글을 읽고 물음에 답하시오.

우리는 한 대의 자동차는 개체라고 하지만 바닷물을 개체라고 하지는 않는다. 어떤 부분들이 모여 하나의 개체를 @이룬다고 할 때 이를 개체라고 부를 수 있는 조건은 무엇일까? 일단 부분들 사이의 유사성은 개체성의 조건이 될 수 없다. 가령 일란성 쌍둥이인 두 사람은 DNA 염기 서열과 외모도 같지만 동일한 개체는 아니다. 그래서 부분들의 강한 유기적 상호작용이 그 조건으로 흔히 제시된다. 하나의 개체를 구성하는 부분들은 외부 존재가 개체에 영향을 주는 것과는 비교할 수 없이 강한 방식으로 서로 영향을 주고받는다.

상이한 시기에 존재하는 두 대상을 동일한 개체로 판단하는 조건도 물을 수 있다. 그것은 두 대상 사이의 인과성이다. 과거의 '나'와 현재의 '나'를 동일하다고 볼 수 있는 것은 강한 인과성이 존재하기 때문이다. 과거의 '나'와 현재의 '나'는 세포 분열로 세포가 교체되는 과정을 통해 인과적으로 연결되어 있다. 또 '나'가 세포 분열을 통해 새로운 개체를 생성할 때도 '나'와 '나의 후손'은 인과적으로 연결되어 있다. 비록 '나'와 '나의 후손'은 동일한 개체는 아니지만 '나'와 다른 개체들 사이에 비해 더 강한 인과성으로 연결되어 있다.

개체성에 대한 이러한 철학적 질문은 생물학에서도 중요한 연구 주제가 된다. 생명체를 구성하는 단위는 세포이다. 세포는 생명체의 고유한 유전 정보가 담긴 DNA를 가지며 이를 복제하여 증식하고 번식하는 과정을 통해 자신의 DNA를 후세에 전달한다. 세포는 사람과 같은 진핵생물의 진핵세포와, 박테리아나 고세균과 같은 원핵생물의 원핵세포로 구분된다. 진핵세포는 세포질에 막으로 둘러싸인 핵이 ⓑ있고 그 안에 DNA가 있지만, 원핵세포는 핵이 없다. 또한 진핵세포의 세포질에는 막으로 둘러싸인 여러 종류의 세포 소기관이 있으며, 그중 미토콘드리아는 세포 활동에 필요한 생체 에너지를 생산하는 기관이다. 대부분의 진핵세포는 미토콘드리아를 필수적으로 ⓒ가지고 있다.

이러한 미토콘드리아가 원래 박테리아의 한 종류인 원생미토콘드리아였다는 이론이 20세기 초에 제기되었다. 공생발생설 또는 세포 내 공생설이라고 불리는 이 이론에서는 두 원핵생물 간의 공생 관계가 지속되면서 진핵세포를 가진 진핵생물이 탄생했다고 설명한다. 공생은 서로 다른 생명체가 함께 살아가는 것을 말하며, 서로 다른 생명체를 가정하는 것은 어느 생명체의 세포 안에서 다른 생명체가 공생하는 '내부 공생'에서도 마찬가지이다. ⓙ공생발생설은 한동안 생물학계로부터 인정받지 못했다. 미토콘드리아의 기능과 대략적인 구조, 그리고 생명체 간 내부 공생의 사례는 이미 알려졌지만 미토콘드리아가 과거에 독립된 생명체였다는 것을 쉽게 믿을 수 없었기 때문이었다. 그리고 한 생명체가 세대를 이어 가는 과정 중에 돌연변이와 자연선택이 일어나고, 이로 인해 종이 진화하고 분화한다고 보는 전통적인 유전학에서 두 원핵생물의 결합은 주목받지 못했다. 그러다가 전자 현미경의 등장으로 미토콘드리아의 내부까지 세밀히 관찰하게 되고, 미토콘드리아 안에는 세포핵의 DNA와는 다른 DNA가 있으며 단백질을 합성하는 자신만의 리보솜을 가지고 있다는 사실이 ⓓ밝혀지면서 공생발생설이 새롭게 부각되었다.

공생발생설에 따르면 진핵생물은 원생미토콘드리아가 고세균의 세포 안에서 내부 공생을 하다가 탄생했다고 본다. 고세균의 핵의 형성과 내부 공생의 시작 중 어느 것이 먼저인지에 대해서는 논란

이 있지만, 고세균은 세포질에 핵이 생겨 진핵세포가 되고 원생미토콘드리아는 세포 소기관인 미토콘드리아가 되어 진핵생물이 탄생했다는 것이다. 미토콘드리아가 원래 박테리아의 한 종류였다는 근거는 여러 가지가 있다. 박테리아와 마찬가지로 새로운 미토콘드리아는 이미 존재하는 미토콘드리아의 '이분 분열'을 통해서만 ⓔ만들어진다. 미토콘드리아의 막에는 진핵 세포막의 수송 단백질과는 다른 종류의 수송 단백질인 포린이 존재하고 박테리아의 세포막에 있는 카디오리핀이 존재한다. 또 미토콘드리아의 리보솜은 진핵세포의 리보솜보다 박테리아의 리보솜과 더 유사하다.

미토콘드리아는 여전히 고유한 DNA를 가진 채 복제와 증식이 이루어지는데도, 미토콘드리아와 진핵세포 사이의 관계를 공생 관계로 보지 않는 이유는 무엇일까? 두 생명체가 서로 떨어져서 살 수 없더라도 각자의 개체성을 잃을 정도로 유기적 상호작용이 강하지 않다면 그 둘은 공생 관계에 있다고 보는데, 미토콘드리아와 진핵세포 간의 유기적 상호작용은 둘을 다른 개체로 볼 수 없을 만큼 매우 강하기 때문이다. 미토콘드리아가 개체성을 잃고 세포 소기관이 되었다고 보는 근거는, 진핵세포가 미토콘드리아의 증식을 조절하고, 자신을 복제하여 증식할 때 미토콘드리아도 함께 복제하여 증식시킨다는 것이다. 또한 미토콘드리아의 유전자의 많은 부분이 세포핵의 DNA로 옮겨 가 미토콘드리아의 DNA 길이가 현저히 짧아졌다는 것이다. 미토콘드리아에서 일어나는 대사 과정에 필요한 단백질은 세포핵의 DNA로부터 합성되고, 미토콘드리아의 DNA에 남은 유전자 대부분은 생체 에너지를 생산하는 역할을 한다. 예컨대 사람의 미토콘드리아는 37개의 유전자만 있을 정도로 DNA 길이가 짧다.

10. 윗글의 내용 전개 방식으로 가장 적절한 것은?

① 개체성과 관련된 예를 제시한 후 공생발생설에 대한 다양한 견해를 비교하고 있다.

② 개체에 대한 정의를 제시한 후 세포의 생물학적 개념이 확립되는 과정을 서술하고 있다.

③ 개체성의 조건을 제시한 후 세포 소기관의 개체성에 대해 공생발생설을 중심으로 설명하고 있다.

④ 개체의 유형을 분류한 후 세포의 소기관이 분화되는 과정을 공생발생설을 중심으로 설명하고 있다.

⑤ 개체와 관련된 개념들을 설명한 후 세포가 하나의 개체로 변화하는 과정을 인과적으로 서술하고 있다.

11. 윗글에 대한 이해로 적절하지 <u>않은</u> 것은?

① 유사성은 아무리 강하더라도 개체성의 조건이 될 수 없다.

② 바닷물을 개체라고 말하기 어려운 이유는 유기적 상호작용이 약하기 때문이다.

③ 새로운 미토콘드리아를 복제하기 위해서는 세포 안에 미토콘드리아가 반드시 있어야 한다.

④ 미토콘드리아의 대사 과정에 필요한 단백질은 미토콘드리아의 막을 통과하여 세포질로 이동해야 한다.

⑤ 진핵세포가 되기 전의 고세균이 원생미토콘드리아보다 진핵세포와 더 강한 인과성으로 연결되어 있다.

12. 윗글을 참고할 때, ㉠의 이유로 가장 적절한 것은?

① 진핵세포가 세포 소기관을 가지고 있다는 사실을 알지 못했기 때문이다.

② 공생발생설이 당시의 유전학 이론에 어긋난다는 근거가 부족했기 때문이다.

③ 한 생명체가 다른 생명체의 세포 속에서 살 수 있다는 근거가 부족했기 때문이다.

④ 미토콘드리아가 진핵세포의 활동에 중요한 기능을 한다는 사실을 알지 못했기 때문이다.

⑤ 미토콘드리아가 자신의 고유한 유전 정보를 전달할 수 있다는 것을 알지 못했기 때문이다.

13. 〈보기〉는 진핵세포의 세포 소기관을 연구한 결과들이다. 윗글을 바탕으로 할 때, 각각의 세포 소기관이 박테리아로부터 비롯되었다고 판단할 수 있는 것만을 〈보기〉에서 고른 것은?

─〈보 기〉─

ㄱ. 세포 소기관이 자신의 DNA를 가지고 있다는 것과 이분 분열을 한다는 것을 확인하였다.

ㄴ. 세포 소기관이 자신의 DNA를 가지고 있다는 것과 진핵세포의 리보솜을 가지고 있다는 것을 확인하였다.

ㄷ. 세포 소기관이 막으로 둘러싸여 있다는 것과 막에는 수송 단백질이 있는 것을 확인하였다.

ㄹ. 세포 소기관이 막으로 둘러싸여 있다는 것과 막에는 다량의 카디오리핀이 있는 것을 확인하였다.

① ㄱ, ㄷ ② ㄱ, ㄹ ③ ㄴ, ㄷ ④ ㄴ, ㄹ ⑤ ㄷ, ㄹ

14. 윗글을 바탕으로 〈보기〉를 이해한 내용으로 적절하지 <u>않은</u> 것은? [3점]

─〈보 기〉─

○ 복어는 테트로도톡신이라는 신경 독소를 가지고 있지만 테트로도톡신을 스스로 만들지 못하고 체내에서 서식하는 미생물이 이를 생산한다. 복어는 독소를 생산하는 미생물에게 서식처를 제공하는 대신 포식자로부터 자신을 방어할 수 있는 무기를 갖게 되었다. 만약 복어의 체내에 있는 미생물을 제거하면 복어는 독소를 가지지 못하나 생존에는 지장이 없었다.

○ 실험실의 아메바가 병원성 박테리아에 감염되어 대부분의 아메바가 죽고 일부 아메바는 생존하였다. 생존한 아메바의 세포질에서 서식하는 박테리아는 스스로 복제하여 증식할 수 있었고 더 이상 병원성을 지니지는 않았다. 아메바에게는 무해하지만 박테리아에게는 치명적인 항생제를 아메바에게 투여하면 박테리아와 함께 아메바도 죽었다.

① 병원성을 잃은 '아메바의 세포질에서 서식하는 박테리아'는 세포 소기관으로 변한 것이겠군.

② 복어의 '체내에서 서식하는 미생물'은 '복어'와의 유기적 상호 작용이 강해진다면 개체성을 잃을 수 있겠군.

③ 복어의 세포가 증식할 때 복어의 체내에 '독소를 생산하는 미생물'의 DNA도 함께 증식하는 것은 아니겠군.

④ '아메바의 세포질에서 서식하는 박테리아'가 개체성을 잃었다면 '아메바의 세포질에서 서식하는 박테리아'의 DNA 길이는 짧아졌겠군.

⑤ '아메바의 세포질에서 서식하는 박테리아'와 '아메바' 사이의 관계와 '복어'와 '독소를 생산하는 미생물' 사이의 관계는 모두 공생 관계이겠군.

15. 문맥상 ⓐ～ⓔ와 바꿔 쓰기에 적절하지 <u>않은</u> 것은?

① ⓐ: 구성(構成)한다고

② ⓑ: 존재(存在)하고

③ ⓒ: 보유(保有)하고

④ ⓓ: 조명(照明)되면서

⑤ ⓔ: 생성(生成)된다

▶ 소요 시간 ☐ 분 ☐ 초

6 국어 영역

[16~18] 다음 글을 읽고 물음에 답하시오.

[앞부분 줄거리] 조준구와 아내 홍 씨는 서희가 물려받아야 할 최 참판 가의 재산을 가로채고, 하인 삼수를 내세워 마을 사람들을 착취한다. 한편, 윤보는 의병 자금을 확보하기 위해 최 참판가 습격을 준비하는 데 삼수가 찾아온다.

"아무리 그리 시치미를 떼 쌓아도 알 만치는 나도 알고 있이니께요. 머 내가 훼방을 놓자고 찾아온 것도 아니겄고, 나는 나대로 생각이 있어서 온 긴데 너무 그러지 마소. 한마디로 딱 짤라서 말하겄소. 왜놈들하고 한통속인 조가 놈을 먼지 치고 시작하라 그 말이오. 고방에는 곡식이 썩을 만큼 쌓여 있고 안팎으로 쌓인 기이 재물인데 큰일을 하자 카믄 빈손으로 우찌 하겄소. 그러니 왜놈과 한통속인 조가부터 치고 보믄 ㉠꿩 묵고 알 묵는 거 아니겄소."
"야야가 참 제정신이 아니구마는."
"하기사 전력이 있이니께 나를 믿지 않는 것도 무리는 아니겄소. 하지마는 두고 보믄 알 거 아니오?"
"야, 야 정신 산란하다. 나는 원체 입이 무겁고 또 초록은 동색이더라도 내 안 들은 거로 해 둘 기니 어서 돌아가거라. 공연히 신세 망칠라."
윤보는 삼수 등을 민다.
"이거 놓으소. 누가 안 가까 바 이러요? 지내 놓고 보믄 알 기니께요. 내가 머 염탐이라도 하러 온 줄 아요? 흥, ㉡그랬을 양이믄 벌써 조가 놈한테 동네 소문 고해바칬일 기고 읍내서 순사가 와도 몇 놈 왔일 거 아니오."
큰소리로 지껄이며 삼수는 언덕을 내려간다.
'빌어묵을, 이거 다 된 죽에 코 빠지는 거 아닌지 모르겄네. 날을 다가야겄다.'

[A] 삼수가 왔다 간 다음 날 밤, 자정이 넘었다. 칠흑의 밤을 타고 덩어리 같은 침묵을 지키며 타작마당에 장정들이 모여들었다. 마을에서는 개들이 짖는다. 불은 켜지 않았지만 집집에서 인적기가 난다. 언덕 위의 최 참판댁은 어둠에 묻혀 위엄에 찬 그 형태는 보이지 않는다. 타작마당에서는 윤보의 그 우렁우렁한 목소리가 평소보다 얕게 울리고, 이윽고 횃불이 한 개 두 개 또 세 개, 계속하여 늘어나고 그 횃불은 움직이기 시작한다.

[중략 부분 줄거리] 윤보 일행이 습격하자 조준구와 홍 씨는 사당 마루 밑에 숨어 있다가 삼수의 도움을 받는다. 윤보 일행이 떠나고 날이 밝았다.

"서희 이, 이년! 썩 나오지 못할까!"
나오길 기다릴 홍 씨는 아니다. 방문을 박차고 들어가서 서희를 끌어 일으킨다.
"네년 소행인 줄 뉘 모를 줄 알았더냐? 자아! 내 왔다! 이제 죽여 보아라! ㉢화적 놈 불러들일 것 없이!"
나오지 않는 목청을 뽑으며, 거품이 입가에 묻어 나온다.
"자아! 자아! 못 죽이겠니?"
손이 뺨 위로 날았다. 앞가슴을 잡고 와락와락 흔들어 댄다. 서희 얼굴이 흙빛으로 변한다. 울고 있던 봉순이,
"왜 이러시오!"
달려들어 서희 몸을 잡아당기니 실 뜯어지는 소리와 함께

홍 씨 손에 옷고름이 남는다.
"감히 누굴! 감히!"
하다가 별안간 방에서 뛰쳐나간다. 맨발로 연못을 향해 몸을 날린다. 그는 죽을 생각을 했던 것이다.

[B] "애기씨!"
울부짖으며 봉순이 뒤쫓아 간다.
"죽어라! 죽어! 잘 생각했어! 어차피 너는 산목숨은 아니란 말이야! 죽고 남지 못할 거란 말이야!"
고래고래 소리를 지른다. 서희는 연못가에서 걸음을 뚝 멈춘다. 돌아본다. 흙빛 얼굴에 웃음이 지나간다.

"내가 왜 죽지? 누구 좋아하라고 죽는단 말이냐?"
나직한 음성이다. 홍 씨 눈을 똑바로 주시한다.
"㉣사람 영악한 것은 범보다 더 무섭다는 말 못 들으셨소?"
여전히 나직한 음성이다.
"무서우면 어떻게 무서워! 우리 내외한테 비상을 먹이겠다 그 말이냐?"
아이고! 아이고! 눈물도 안 나오는 헛울음을 울더니 이번에는 봉순에게 달려들어 머리끄덩이를 꺼두르고 한 소동을 피운다. 읍내서 헌병, 순사들이 왔다는 말에 홍 씨는 겨우 본채로 돌아갔다. 서희는 찢겨진 저고리를 내려다본다.
"길상이 놈이 날 죽으라고 내버리고 갔다."
눈이 부어오른 봉순이는,
"마지막까지 남아서 찾았지마는 사당 마릿장 밑에 숨은 줄이야우, 우찌 …… 으흐흐흐."
되풀이 입술을 떨면서 서희는 말했다.
"길상이 놈이 날 죽으라고 내버리고 갔다."
달려온 헌병들에게 맨 먼저 당한 것은 삼수다.
"나, 나으리! 이, 이기이 우찌 된 영문입니까!"
헌병이 총대를 들이대자 겁에 질린 삼수는 그러나 무엇인가 잘못되었거니 믿는 구석이 있어서 조준구를 향해 도움을 청하였다.
"이놈! 이 찢어 죽일 놈 같으니라구!"
무섭게 눈을 부릅뜬 조준구를 바라본 삼수 얼굴은 일순 백지장으로 변한다.
"예? 머, 머, 머라 캤십니까?"
"이놈! 네 죄를 몰라 하는 말이냐? ㉤간밤에 감수한 생각을 하면 네놈을 내 손으로 타살할 것이로되 으음, 능지처참할 놈 같으니라구. 이놈! 어디 한번 죽어 봐라!"
"나, 나으리! 꾸, 꿈을 꾸시는 깁니까? 이, 이 목심을 건지 디린 이, 이 삼수 놈을 말입니다!"
그러나 조준구는 바로 저놈이 폭도의 앞잡이였다고 이미 한 말을 다시 강조할 뿐이다. 물론 이 경우 폭도란 의병을 일컬은 것이다.

– 박경리, 「토지」–

16. [A]와 [B]에 대한 설명으로 적절하지 <u>않은</u> 것은?

① [A]는 비유적 표현을 활용하여 인물의 은밀한 행동 양상을 드러낸다.

② [B]는 음성 상징어를 활용하여 행동의 격렬함을 강조한다.

③ [A]는 장면에 대한 관찰을 중심으로 서술하고, [B]에는 인물의 내면에 대한 직접적 서술이 나타난다.

④ [A]는 시제가 과거형에서 현재형으로 바뀌면서 장면에 긴장감을 더하고, [B]는 현재형 진술을 활용하여 인물 간 갈등을 더욱 생생하게 전달한다.

⑤ [A]는 시간적 배경을 통해 장면의 분위기를 드러내고, [B]는 공간적 배경의 변화를 통해 인물 간 대립의 원인을 드러낸다.

17. ㉠~㉤에 대한 이해로 가장 적절한 것은?

① ㉠: 삼수는 자신의 말대로 하면 '조가'도 제거할 수 있고 윤보의 계획도 숨길 수 있음을 알리고 있다.

② ㉡: 삼수는 자신이 윤보의 계획을 이미 알고 있어 이를 동네에 알리겠다며 윤보를 협박하고 있다.

③ ㉢: 홍 씨는 자신을 습격했던 무리를 '화적 놈'이라 부르며 서희가 그들과 공모했다고 몰아가고 있다.

④ ㉣: 서희는 홍 씨에게 홍 씨의 뻔뻔함과 영악함이 도를 넘었음을 경고하고 있다.

⑤ ㉤: 조준구는 지난밤 자신을 습격했던 삼수의 행동에 분노하고 있다.

18. 〈보기〉를 바탕으로 윗글을 감상한 내용으로 적절하지 <u>않은</u> 것은? [3점]

〈보 기〉

「토지」는 개화기부터 해방 무렵까지 우리 민족의 수난과 저항의 역사를 다루고 있다. 근대 이전까지 비교적 안정적이었던 신분 질서와 사회적 관계는 이 시기를 거치며 큰 변화를 겪는데, 「토지」에서는 몰락한 양반층, 친일 세력, 저항 세력, 기회주의자 등 다양한 인물들이 때로 협력하고 때로 대립하면서 복잡한 관계망을 형성한다.

① 최 참판가 습격을 준비하던 윤보가 삼수의 제안을 듣지 않은 것으로 하겠다는 내용으로 보아, 윤보는 삼수와의 협력 관계를 거부한 것이군.

② 타작마당에 모인 장정들이 횃불을 들고 윤보와 함께 움직이는 것으로 보아, 이들은 조준구로 대표되는 친일 세력과 대립하고 있군.

③ 봉순이가 달려들어 서희 몸을 잡아당기는 것으로 보아, 이전까지 비교적 안정적이었던 신분 질서가 흔들리며 봉순이와 서희의 협력 관계가 약화되고 있군.

④ 홍 씨의 모욕에 죽을 생각을 했던 서희가 홍 씨의 눈을 똑바로 주시한 것으로 보아, 홍 씨와 서희는 대립 관계를 이어 가겠군.

⑤ 윤보에게 조준구를 치라고 했던 삼수가 조준구의 목숨을 구해 줬다는 것으로 보아, 조준구와 삼수의 관계는 상황에 따라 변하는군.

• 홀수 기출 분석서 **문학** 문제 P.136 / 해설 P.260

[19~22] 다음 글을 읽고 물음에 답하시오.

[앞부분 줄거리] 조웅은 송나라 회복을 위해 태자를 구해 함께 위국으로 가던 중 서번국 병사가 매복한 함곡을 향한다.

이적에 원수가 여러 날 만에 연주에 도달하여 군마를 다 쉬게 하고 원수도 노곤하여 사관에서 쉬고 있었는데,

[A]
한 나비가 침상에 날아들거늘 원수도 자연스럽게 날개를 얻어 그 나비를 따라 공중에 날아 한 곳에 이르니, 첩첩한 산중에 수목이 빽빽한 곳을 깊이 들어가니 그 가운데 광활하여 완연한 별세계라. 또 한 곳을 들어가니 아름다운 궁궐이 하늘에 닿았거늘, 나아가 보니 문에 현판을 붙였으되, '만고충렬문'이라 뚜렷이 쓰여 있었다.

궁궐 위를 바라보니 한 노인이 앉았으되 얼굴은 관옥 같고 머리에 황금관을 쓰고 몸에 용포를 입고 윗자리에 높이 앉았는데, 무수한 사람들이 열좌하여 <u>큰 잔치</u>를 배설하고 술과 음식이 가득한 중에 절대 가인이 차례로 앉았으니, 그 아름다움이 측량없더라. 좌석에 가득 앉은 사람들이 여러 왕의 흥망성쇠와 만고역대를 역력히 이르는지라. 맨 윗자리에 앉은 제왕은 어찌 된 줄을 모르매 분부 왈,

"그대 등은 각각 공을 밝히어 올리라."

하니 좌석에 가득 앉은 사람들이 각각 공을 밝히는 글을 올리니 그 공적에 왈,

"저는 본래 한나라 신하로 깊은 뜻이 많지 아니하리로다. 옛일을 살펴보니 복이 북두칠성과 일월에 찬란하리로다."

또 한 공적에 왈,

"칼을 잡아 흉적을 소멸하니 제후 될 만하도다. 천하를 성처럼 막았으니 문호 세상에 진동하는도다."

하였더라.

그 남은 공적은 어찌 다 기록하리오. 좌중의 여러 사람들이 각각 소회를 다하고, 혹 노기 등천하며, 혹 칼을 빼들고 매우 성을 내고, 어떤 자는 땅에 섰고, 어떤 자는 깡충깡충 뛰며, 어떤 자는 노래하고, 어떤 자는 춤추기도 하는지라. 이러한 좋은 장면을 세밀히 구경할새, 한 사람이 좌중에 나와 앉으며 왈,

"우리 각각 소회는 옛일이라. 한하여도 미치지 못하려니와 알지 못하겠노라. 대송이 역적에 망하니 인하여 멸송이 되오면 언제 회복되오리까?"

하니 한 사람이

"송나라의 복은 아직 길고 멀었는지라. 어찌 회복이 없사오리까?"

한데, 또 한 사람이,

"그대 등은 알지 못하는도다. 하늘이 송나라 왕실을 회복하고자 조웅을 명하였더니, 불쌍하도다 조웅이여! 일시가 극난하여 명일 미명에 서번 적의 간계에 걸려들어 죽을 듯하니 불쌍하도다. 조웅의 일도 우리와 같을지라. 정해진 나이를 못 마치고 전쟁의 패한 혼이 될 듯하니 불쌍코 가련하다."

이러할 제 문 지키는 군사 급히 고하기를,

"송나라 문제 들어오시나이다."

하니, 여러 사람이 일시에 뜰로 내려와 영접하여 상좌한 후에 여러 사람이 아뢰기를,

"오늘날 만날 약속을 정하옵고 어찌 늦게 도착하시나이까?"

문제 왈,

18 회

"송나라 왕실을 회복할 신하는 조웅이라. 오다가 한 곳을 보니 불측한 서번이 조웅을 잡으려고 이러저러하였거늘, 행여 그러할까 하여 시운일수를 통치 못하여 죽을 듯함에, 도사를 찾아가 구하라 하고 부탁하고 오노라."

하시니, 좌중이 외쳐 왈,

"우리는 분명 조웅이 죽으리라 하고 불쌍한 공론을 하였더니, 대운이 막지 아니하였사오니 천수를 어찌 하오리까?" 원수가 깨달으니 남가일몽이라.

(중략)

원수 꿈속의 일을 생각하니 저절로 마음이 비창하여 슬픔을 머금고 종일 행군할 동안에 염려가 끊이지 않았다.

[B] ⌜ 이날 함곡에 도달하니 해는 서쪽 산 위로 떨어지고 달은 동쪽 고개 위로 떠올랐는데, 무심한 잔나비는 달빛 아래에서 슬피 울고, 그윽한 두견성은 불여귀를 일삼았다. 갈 길은 험악한데 동쪽은 험한 산이고 서쪽은 깊은 골짜기여서 층층이 험한 산봉우리는 가슴을 찌르는 듯하고 야광은 희미하기만 했다. ⌟

선봉을 재촉하여 함곡으로 들어가는데 문득 바라보니 동편 작은 골짜기에 갈포로 만든 두건과 베옷을 입은 한 노옹이 있어 푸른 나귀를 재촉하며 백우선으로 원수를 만류하거늘 원수가 그 노옹을 바라보니 정신이 황홀하였다. 원수가 말을 머물게 하고 잠깐 기다리니 그 노옹이 묻기를,

"연주로부터 오십니까?"

원수가 답 왈,

"그러하오이다."

노옹이 왈,

"위국으로 가는 조 원수를 혹 보셨습니까? 보시면 바삐 알려 주소서."

하였다. 원수는 마음속으로 의심하고 한편으로 이상하게 여겨 왈,

"내가 바로 조웅이거니와 무슨 일로 긴히 찾습니까?"

하니, 노옹이 크게 기뻐하며 왈,

"나는 떠돌아다니는 나그네라. 성품이 남과 달라 빼어난 산천과 명승지지를 즐겨 구경하고 두루 다녔는데, 오로봉에 들어갔다가 천명 도사를 만나 수삼 일을 머물렀더니 출발할 때 한 서찰을 주며 왈, '그대에게 오늘 오시에 전하라' 하여 나귀를 바삐 몰아 진시에 도착하려고 했으나 피곤한 나귀 탓으로 시간을 넘겨 버렸기에 행여 못 만날까 염려하였더니 이곳에서 만나니 어찌 즐겁지 아니하겠습니까?"

하며, 소매 속에서 한 통 편지를 내어 주고는 팔을 들어 하직하거늘 원수 다시 노옹을 바라보니 행색이 아득하였다. 마음속으로 신기하게 여겨 그 편지를 급히 떼어 보니 다른 말은 없고 '함곡에 들어가지 말고 성중으로 먼저 들어가서 포를 한 번 쏘라'고만 쓰여 있었다. 원수가 편지를 다 보고는 대경실색하여 좌장군 위홍창을 불러 왈,

"장졸을 함곡에 들어가지 못하게 하라."

하니, 홍창이 급히 아뢰길,

"선봉이 이미 함곡에 들어갔습니다."

하거늘 원수가 크게 놀라며 왈,

"너는 급히 들어가 선봉을 데려오라. 데려올 때 조금도 어수선하게 하지 말고 그곳에 진을 치고 있는 것처럼 하면서 한둘씩 숨어 나오되 빨리 데리고 나오너라."

홍창이 원수의 명을 듣고는 급히 함곡에 들어가서 전하니 선봉이 군사를 물려 돌아왔다. 원수가 편지를 얻어 기뻐하며 진을 쳤다.

– 작자 미상, 「조웅전」 –

19. 윗글에 대한 이해로 가장 적절한 것은?

① 송 문제는 서번 적의 간계에 빠져 사람들과의 약속을 지키지 못했다.

② 원수는 함곡에서 연주로 가는 도중에 사관에서 쉬려고 군마를 멈추었다.

③ 노옹은 자신의 계획보다 늦게 도착했음에도 조웅을 만나게 되어 기뻐했다.

④ 위홍창은 역적에게 망한 송나라를 구하고자 선봉을 이끌고 함곡에 들어갔다.

⑤ 황금관을 쓴 노인은 모임의 상석에 앉아 있다가 뜰로 내려와 여러 사람을 맞이했다.

20. [A], [B]에 대한 설명으로 가장 적절한 것은?

① [A]에서는 공간의 광활함을 통해 인물의 진취적인 기상이 드러나고 있다.

② [B]에서는 시간의 흐름을 통해 인물의 낙관적 태도가 드러나고 있다.

③ [A]에서는 낭만적인 사건에 의한 환상성이, [B]에서는 구체적인 시대적 상황에 의한 현실성이 부각되고 있다.

④ [A]에서는 공간적 변화에서 비롯되는 긴장감이, [B]에서는 계절적 상황에서 비롯되는 쓸쓸함이 강조되고 있다.

⑤ [A]에서는 비현실적 공간에서 느껴지는 신비로움이, [B]에서는 현실 공간에서 느껴지는 불길함이 드러나고 있다.

21. 큰 잔치 에 대한 설명으로 적절하지 <u>않은</u> 것은?

① 참석자들은 서로의 공적을 평가하며 소회를 드러내고 있다.

② 참석자들은 특정 인물에 대한 염려와 기대를 드러내고 있다.

③ 참석자들은 대화를 통해 국가의 흥망성쇠에 대한 관심을 드러내고 있다.

④ 참석자들은 소회를 다한 후 여러 행위를 통해 각자의 심정을 드러내고 있다.

⑤ 많은 참석자와 가득한 음식 차림을 통해 풍성한 잔치 분위기를 드러내고 있다.

22. 〈보기〉를 참고하여 윗글을 감상한 내용으로 적절하지 <u>않은</u> 것은? [3점]

──────〈보 기〉──────

「조웅전」에서 꿈은 초월적 세계의 뜻을 주인공에게 전달하는 기능을 한다. 꿈속 경험을 통해 주인공은 자신에게 부여된 천명과 현실 세계에서의 위기, 자신에 대한 초월적 세계의 비호 등을 알게 된다. 이러한 초월적 세계의 뜻에 대해 주인공은 확신하지 못하지만, 전달자와 구체적 증거물을 통해 초월적 세계의 뜻을 확인하게 된다. 주인공은 이와 같이 초월적 세계의 뜻을 확인하고 실천하여 영웅적 면모를 드러낸다.

─────────────────────

① 꿈속에서 송 문제가 조웅을 구하려 하는 것은, 조웅에 대한 초월적 세계의 비호를 보여 주는 것이겠군.

② 조웅이 행군 중에 슬퍼하는 것은, 전쟁에 패한 혼이 될 것이라는 꿈속의 말에 대해 확신하지 못한 것이겠군.

③ 꿈속에서 송나라 왕실을 회복할 신하로 조웅이 거론되는 것은, 조웅에게 주어진 천명을 알게 하려는 것이겠군.

④ 조웅이 노옹을 통해 전달 받은 편지의 지시에 따른 것은, 조웅이 꿈속 경험에서 알게 된 초월적 세계의 뜻을 신뢰한 것이겠군.

⑤ 노옹이 천명 도사의 부탁을 받아 편지를 전하고 떠나는 것은, 노옹이 초월적 세계의 뜻을 조웅에게 전달하는 사람임을 보여 주는 것이겠군.

• 홀수 기출 분석서 문학 문제 P.200 / 해설 P.357

[23~27] 다음 글을 읽고 물음에 답하시오.

(가)

문장(文章)을 ᄒᆞ쟈 ᄒᆞ니 인생식자(人生識字) 우환시(憂患始)*오
공맹(孔孟)을 비호려 ᄒᆞ니 도약등천(道若登天) 불가급(不可及)*이로다
이 내 몸 쓸 ᄃᆡ 업ᄉᆞ니 성대농포(聖代農圃)* 되오리라
〈제1장〉

홍진(紅塵)에 절교(絕交) ᄒᆞ고 백운(白雲)으로 위우(爲友) ᄒᆞ야
녹수(綠水) 청산(靑山)에 시름 업시 늘거 가니
이 듕의 무한지락(無限至樂)을 헌ᄉᆞ홀가 두려웨라
〈제3장〉

인간(人間)의 벗 잇단 말가 나논 알기 슬희여라
물외(物外)에 벗 업단 말가 나논 알기 즐거웨라
슬커나 즐겁거나 내 분인가 ᄒᆞ노라
〈제6장〉

유정(有情)코 무심(無心)홀 손 아마도 풍진(風塵) 붕우(朋友)
무심(無心)코 유정(有情)홀 손 아마도 강호(江湖) 구로(鷗鷺)
㉠이제야 작비금시(昨非今是)*을 ᄭᆡ두론가 ᄒᆞ노라
〈제8장〉

도팽택(陶彭澤) 기관거(棄官去)*홀 제와 태부(太傅) 걸해귀(乞骸歸)*홀 제
호연(浩然) 행색(行色)을 뉘 아니 부러ᄒᆞ리
알고도 부지지(不知止)*ᄒᆞ니 나도 몰나 ᄒᆞ노라
〈제9장〉

인간(人間)의 풍우(風雨) 다(多)ᄒᆞ니 므ᄉᆞ 일 머므ᄂᆞ뇨
물외(物外)에 연하(煙霞) 족(足)ᄒᆞ니 므ᄉᆞ 일 아니 가리
이제논 가려 정(定)ᄒᆞ니 일흥(逸興) 계워 ᄒᆞ노라
〈제11장〉
– 안서우, 「유원십이곡」 –

*인생식자 우환시: 사람은 글자를 알게 되면서부터 근심이 시작됨.
*도약등천 불가급: 도는 하늘로 오르는 것과 같아 미치기 어려움.
*성대농포: 태평성대에 농사를 지음.
*작비금시: 어제는 그르고 지금은 옳음.
*도팽택 기관거: 도연명이 벼슬을 버리고 떠남.
*태부 걸해귀: 한나라 태부 소광이 사직을 간청함.
*부지지: 그만두어야 할 때를 알지 못함.

(나)

어느 날 나는 잠이 들었는데 비몽사몽간이었다. 정신이 산란하고 병이 아닌데 병이 든 듯하여 그 원기가 상했다. 가슴이 돌에 눌린 것처럼 답답한 게 게으름의 귀신이 든 것이 틀림없었다. 무당을 불러 귀신에게 말하게 했다.

"네가 내 속에 숨어들어서 큰 병이 났다. …(중략)… 게을러서 집

을 수리할 생각도 못하며, 솥발이 부러져도 게을러서 고치지 않고, 의복이 해져도 게을러서 깁지 않으며, 종들이 죄를 지어도 게을러서 묻지 않고, 사람들이 시비를 걸어도 게을러서 화를 내지 않아서, 마침내 날로 행동은 굼떠 가고, 마음은 바보가 되며, 용모는 날로 여위어 갈 뿐만 아니라 말수조차 줄어들고 있다. 이 모든 **허물**은 네가 내게 들어와 **멋대로** 함이라. 어째서 다른 이에게는 가지 않고 나만 따르며 귀찮게 구는가? 너는 어서 나를 떠나 저 낙토(樂土)로 가거라. 그러면 나에게는 너의 피해가 없고, 너도 너의 살 곳을 얻으리라."

이에 귀신이 말했다.

"그렇지 않습니다. 내가 어떻게 당신에게 화를 입히겠습니까? 운명은 하늘에 있으니 나의 허물로 여기지 마십시오. **굳센 쇠**는 부서지고 강한 나무는 부러지며, **깨끗한 것**은 더러워지기 쉽고, 우뚝한 것은 꺾이기 쉽습니다. 굳은 돌은 고요함으로 이지러지지 않고, 높은 산은 고요함으로 영원한 것입니다. 움직이는 것은 쉽게 요절하고 고요한 것은 장수합니다. 지금 당신은 저 산처럼 오래 살 것입니다. 경우에 따라서는 세상의 근면은 화근이, 당신의 게으름은 복의 근원이 될 수도 있지요. 세상 사람들은 세력을 좇다 우왕좌왕하여 그때마다 **시비의 소리**가 분분하지만, 지금 당신은 물러나 앉았으니 당신에 대한 시비의 소리가 전혀 없지 않습니까? 또 세상 사람들은 **물욕**에 휘둘려서 이익을 얻기 위해 날뛰지만, 지금 당신은 걱정이 없어 제정신을 잘 보존하니, 당신에게 어느 것이 흉하고 어느 것이 **길한 것**이겠습니까? 당신이 이제부터 유지(有知)를 버리고 무지(無知)를 이루며, 유위(有爲)를 버리고 무위(無爲)에 이르며, 유정(有情)을 버리고 무정(無情)을 지키며, 유생(有生)을 버리고 무생(無生)을 즐기면, 그 도는 죽지 않고 하늘과 함께 아득하여 **태초와 하나가** 될 것입니다. 내가 앞으로도 당신을 도울 것인데, 도리어 나를 나무라시니 자신의 처지를 아십시오. 그래서야 어디 되겠습니까?"

이에 나는 그만 말문이 막혔다. 그래서 ⓛ앞으로 나의 잘못을 고칠 터이니 그대와 함께 살기를 바란다고 했더니, 게으름은 그제야 떠나지 않고 나와 함께 있기로 했다.

– 성현, 「조용(嘲慵)」 –

23. (가)와 (나)의 공통점으로 가장 적절한 것은?

① 대조적 소재를 통해 삶에 대한 글쓴이의 인식을 드러내고 있다.
② 명령적 어조를 통해 세태에 대한 부정적 시각을 진술하고 있다.
③ 공간의 이동을 통해 주어진 삶에 순응해야 함을 드러내고 있다.
④ 구체적인 청자를 설정하여 자연에서 얻은 깨달음을 진술하고 있다.
⑤ 계절의 변화를 통해 과거와 대비되는 현재의 상황을 드러내고 있다.

24. 〈보기〉를 참고하여 (가)를 이해한 내용으로 적절하지 <u>않은</u> 것은? [3점]

> ─〈보 기〉─
>
> 「유원십이곡」은 강호에서의 삶을 추구하는 노래지만, 화자는 강호에 머문 뒤에도 강호와 속세 사이에서 갈등을 반복한다. 이는 강호에서의 만족한 삶이라는 이상에 도달하는 것이 쉽지 않음을 보여 주는 것이다. 그뿐 아니라 화자가 갈등을 반복하면서도 항상 강호를 선택하는 모습은, 결국 자신의 결정이 가치 있는 것임을 드러내기 위한 것으로 이해할 수 있다.

① 〈제1장〉의 초장에는 화자가 강호를 선택하게 되는 동기가 드러난다.
② 〈제3장〉의 중장에는 강호를 선택한 삶의 모습이 긍정적으로 드러난다.
③ 〈제6장〉의 중장에는 화자 자신이 분수에 맞는 선택을 했음이 드러난다.
④ 〈제9장〉의 중장에는 속세에 미련을 갖게 하는 가치를 언급함으로써 화자의 갈등이 드러난다.
⑤ 〈제9장〉의 종장에는 갈등하는 화자의 모습이, 〈제11장〉의 종장에는 자신의 선택에 만족하는 화자의 모습이 드러난다.

25. 절교 와 이우 를 중심으로 (가)를 감상한 내용으로 적절하지 않은 것은?

① 화자가 '절교'하고자 하는 대상은 '인간의 벗'으로 볼 수 있다.
② 화자는 '붕우'를 '절교'하고자 하는 대상으로 인식한다고 볼 수 있다.
③ 화자는 '백운'과의 '위우'를 통해 '무한지락'을 느끼고 있다고 볼 수 있다.
④ 화자가 '위우'하고자 하는 '구로'는 '물외에 연하 족'한 곳에 있다고 볼 수 있다.
⑤ 화자가 '물외에 벗'과 '위우'하고자 하는 이유는 '유정코 무심'하기 때문으로 볼 수 있다.

26. ㉠과 ㉡을 참고하여 (가)와 (나)를 이해한 내용으로 가장 적절한 것은?

① ㉠의 화자는 '공맹을 비호'기 위해 '성대농포'의 길을 가야 함을 알게 되었다.

② ㉡의 '나'는 '태초와 하나가' 되게 하는 상대방의 제안을 수용하며 '굳센 쇠'와 같은 변치 않는 삶을 다짐하고 있다.

③ ㉠의 화자는 '녹수 청산'에서의 삶을 즐거워하고, ㉡의 '나'는 '깨끗한 것'을 '길한 것'으로 받아들이고 있다.

④ ㉠의 화자는 현재의 삶이 옳음을 '께두른가'로 밝히고, ㉡의 '나'는 반성의 태도를 '고칠 터이니'로 드러내고 있다.

⑤ ㉠의 화자는 '풍우 다'한 현실을 긍정적으로 받아들이고, ㉡의 '나'는 '시비의 소리'에 흔들렸던 자신의 잘못을 고치겠다고 다짐하고 있다.

27. 〈보기〉를 참고하여 (나)를 감상한 내용으로 적절하지 않은 것은?

〈보 기〉

「조용」에서 필자는 '나'와 '게으름 귀신'의 대화라는 구조를 활용하여 게으름에 대한 사색의 결과를 담아내고 있다. 필자는 게으름의 양면성을 드러내어 게으름의 부정적 측면을 경계하는 한편 게으름의 긍정적 측면을 통해 세태에 대한 비판적 시각을 보여 준다.

① '나'가 무당을 내세워 '귀신'에게 말을 건네는 것에서, 자신의 게으른 생활에 대해 살펴보려는 필자의 모습을 알 수 있겠군.

② '나'가 집안의 대소사를 해결하지 않고 게으름을 피우는 행위를 나열하는 것에서, 게으름의 폐단을 드러내려는 필자의 생각을 알 수 있겠군.

③ '나'가 '멋대로' 행동하는 게으름을 탓하면서도 게으름은 자신의 '허물'이라 여기는 것에서, 게으름의 양면성을 드러내려는 필자의 의도를 알 수 있겠군.

④ '나'가 게으름 덕분에 '물욕'에서 벗어날 수 있다는 '귀신'의 말에서, 게으름의 긍정적 측면을 보여 주려는 필자의 의도를 알 수 있겠군.

⑤ '나'가 게으름 덕분에 세상 사람들과 달리 걱정 없이 살 수 있다는 '귀신'의 말에서, 이익을 얻기 위해 다투는 사람들에 대한 필자의 비판적 시각을 알 수 있겠군.

• 홀수 기출 분석서 문학 문제 P.048 / 해설 P.070

[28~30] 다음 글을 읽고 물음에 답하시오.

(가)

낙엽은 폴―란드 망명정부의 지폐
포화(砲火)에 이즈러진
도룬 시(市)의 가을 하늘을 생각케 한다
길은 한 줄기 구겨진 넥타이처럼 풀어져
일광(日光)의 폭포 속으로 사라지고
조그만 담배 연기를 내어 뿜으며
새로 두 시의 급행차가 들을 달린다
포플라 나무의 근골(筋骨) 사이로
공장의 지붕은 흰 이빨을 드러내인 채
한 가닥 구부러진 철책이 바람에 나부끼고
그 위에 세로팡지(紙)로 만든 구름이 하나
자욱―한 풀벌레 소리 발길로 차며
호올로 황량한 생각 버릴 곳 없어
허공에 띄우는 돌팔매 하나
기울어진 풍경의 장막 저쪽에
고독한 반원을 긋고 잠기어 간다

– 김광균, 「추일서정」 –

(나)

담쟁이덩굴이 가벼운 공기에 **업혀** 허공에서
허공으로 이동하고 있다

새가 푸른 하늘에 **눌려** 납작하게 날고 있다

들찔레가 길 밖에서 하얀 꽃을 **버리며**
빈자리를 만들고

사방이 몸을 비워놓은 마른 길에
하늘이 내려와 누런 돌멩이 위에 **얹힌다**

길 한켠 모래가 바위를 **들어올려**
자기 몸 위에 놓아두고 있다

– 오규원, 「하늘과 돌멩이」 –

28. (가)에 대한 설명으로 가장 적절한 것은?

① 수미상관의 기법을 활용하여 구조적 안정감을 얻고 있다.

② 유사한 문장 형태를 변주하여 시간의 흐름을 드러내고 있다.

③ 의도적으로 변형한 시어를 통해 현실 극복 의지를 드러내고 있다.

④ 추측을 나타내는 표현을 통해 대상에 대한 회의감을 드러내고 있다.

⑤ 자연물을 인공물에 빗대어 풍경에 대한 화자의 인상을 드러내고 있다.

29. 다음은 (나)에 대한 〈학습 활동〉 과제이다. 이를 수행한 결과로 적절하지 <u>않은</u> 것은? [3점]

〈학습 활동〉

『하늘과 돌멩이』는 사물에 대한 우리의 고정관념을 버리고 새로운 시각으로 사물들을 바라보려고 시도한다. 각 연의 서술어에 주목하여, 이 시에 나타난 새로운 관점을 사물에 대한 고정관념과 비교하여 탐구해 보자.

	사물	사물에 대한 고정관념	서술어	새로운 관점
1연	담쟁이덩굴	담쟁이덩굴은 벽에 붙어 자란다.	업혀	㉠
2연	새	새는 자유롭게 하늘을 난다.	눌려	㉡
3연	들찔레	들찔레의 꽃이 떨어진다.	버리며	㉢
4연	하늘	하늘은 땅에서 멀리 떨어져 있다.	얹힌다	㉣
5연	모래	모래가 바위 밑에 깔려 있다.	들어올려	㉤

① ㉠: '업혀'에 주목하면, 담쟁이덩굴은 벽에 붙어 자라는 것이 아니라 공기를 누르며 수직 상승하는 강인한 존재로 볼 수 있다.

② ㉡: '눌려'에 주목하면, 새가 아무 제약 없이 하늘을 나는 것이 아니라 하늘의 무게를 견디며 나는 것으로 볼 수 있다.

③ ㉢: '버리며'에 주목하면, 꽃이 저절로 떨어지는 것이 아니라 들찔레가 스스로 꽃을 떨어뜨리는 것으로 볼 수 있다.

④ ㉣: '얹힌다'에 주목하면, 하늘은 땅과 멀리 떨어져 있지 않고 길에 가깝게 내려와 돌멩이 위에 닿는 존재로 볼 수 있다.

⑤ ㉤: '들어올려'에 주목하면, 모래는 바위 밑에 깔려 있지 않고 자신의 힘으로 거대한 바위를 지탱할 수 있는 존재로 볼 수 있다.

30. 이미지의 활용을 중심으로 (가)와 (나)를 감상한 내용으로 적절하지 <u>않은</u> 것은?

① (가)는 '낙엽'을 '망명정부의 지폐'에 연결하여 낙엽의 이미지에서 연상되는 무상감을 드러내고 있군.

② (가)는 '돌팔매'가 땅으로 떨어지는 이미지를 '고독한 반원'으로 표현하여 외로움의 정서를 부각하고 있군.

③ (나)는 '빈자리'를 '들찔레'가 의도적으로 만들어 낸 대상인 것처럼 표현하여 비어 있는 공간의 이미지를 떠올릴 수 있도록 의미를 부여하고 있군.

④ (가)는 '길'을 '구겨진 넥타이'의 이미지와 연결하여 도시에서 느껴지는 소외감을 표현하고, (나)는 '길 밖'과 '길 한켠'처럼 중심에서 벗어난 공간의 이미지를 활용하여 대상들 간의 거리감을 드러내고 있군.

⑤ (가)는 '허공'을 '황량한 생각'이 드러나는 공허한 이미지로 활용하고, (나)는 '담쟁이덩굴'의 움직임을 활용하여 '허공'을 감각적으로 경험할 수 있는 대상으로 묘사하고 있군.

▶ 소요 시간 　　분 　　초

* 확인 사항

○ 답안지의 해당란에 필요한 내용을 정확히 기입(표기)했는지 확인하시오.

● 홀수 약점 CHECK 모의고사 1회

※ 답안지 작성(표기)은 <u>반드시 검은색 컴퓨터용 사인펜만을 사용</u>하고, 연필 또는 샤프 등의 필기구를 절대 사용하지 마십시오.

2025학년도 대학수학능력시험 답안지

① 교시 국어영역

결시자 확인 (수험생은 표기하지 말 것.)

| 검은색 컴퓨터용 사인펜을 사용하여 수험번호란과 옆란을 표기 | ○ |

※ 문제지 표지에 안내된 필적 확인 문구를 아래 '필적 확인란'에 정자로 반드시 기재하여야 합니다.

| 필 적 확인란 | |

| 성 명 | |

수 험 번 호

| | | | | — | | | | |

문 형

홀수형 ○

짝수형 ○

※ 문제의 문형을 확인 후 표기

감독관 확인 (수험생은 표기하지 말 것.)

| 서 명 또는 날 인 | 본인 여부, 수험번호 및 문형의 표기가 정확한지 확인, 옆란에 서명 또는 날인 |

공 통 과 목

문번	답 란	문번	답 란
1	① ② ③ ④ ⑤	21	① ② ③ ④ ⑤
2	① ② ③ ④ ⑤	22	① ② ③ ④ ⑤
3	① ② ③ ④ ⑤	23	① ② ③ ④ ⑤
4	① ② ③ ④ ⑤	24	① ② ③ ④ ⑤
5	① ② ③ ④ ⑤	25	① ② ③ ④ ⑤
6	① ② ③ ④ ⑤	26	① ② ③ ④ ⑤
7	① ② ③ ④ ⑤	27	① ② ③ ④ ⑤
8	① ② ③ ④ ⑤	28	① ② ③ ④ ⑤
9	① ② ③ ④ ⑤	29	① ② ③ ④ ⑤
10	① ② ③ ④ ⑤	30	① ② ③ ④ ⑤
11	① ② ③ ④ ⑤	31	① ② ③ ④ ⑤
12	① ② ③ ④ ⑤	32	① ② ③ ④ ⑤
13	① ② ③ ④ ⑤	33	① ② ③ ④ ⑤
14	① ② ③ ④ ⑤	34	① ② ③ ④ ⑤
15	① ② ③ ④ ⑤		
16	① ② ③ ④ ⑤		
17	① ② ③ ④ ⑤		
18	① ② ③ ④ ⑤		
19	① ② ③ ④ ⑤		
20	① ② ③ ④ ⑤		

도서출판 홀수
Holsoo Publishers

● 홀수 약점 CHECK 모의고사 2회

※ 답안지 작성(표기)은 <u>반드시 검은색 컴퓨터용 사인펜만을 사용</u>하고, 연필 또는 샤프 등의 필기구를 절대 사용하지 마십시오.

2025학년도 9월 모의평가 답안지

① 교시 국어영역

결시자 확인 (수험생은 표기하지 말 것.)

| 검은색 컴퓨터용 사인펜을 사용하여 수험번호란과 옆란을 표기 | ○ |

※ 문제지 표지에 안내된 필적 확인 문구를 아래 '필적 확인란'에 정자로 반드시 기재하여야 합니다.

| 필 적 확인란 | |

| 성 명 | |

수 험 번 호

| | | | | — | | | | |

문 형

홀수형 ○

짝수형 ○

※ 문제의 문형을 확인 후 표기

감독관 확인 (수험생은 표기하지 말 것.)

| 서 명 또는 날 인 | 본인 여부, 수험번호 및 문형의 표기가 정확한지 확인, 옆란에 서명 또는 날인 |

공 통 과 목

문번	답 란	문번	답 란
1	① ② ③ ④ ⑤	21	① ② ③ ④ ⑤
2	① ② ③ ④ ⑤	22	① ② ③ ④ ⑤
3	① ② ③ ④ ⑤	23	① ② ③ ④ ⑤
4	① ② ③ ④ ⑤	24	① ② ③ ④ ⑤
5	① ② ③ ④ ⑤	25	① ② ③ ④ ⑤
6	① ② ③ ④ ⑤	26	① ② ③ ④ ⑤
7	① ② ③ ④ ⑤	27	① ② ③ ④ ⑤
8	① ② ③ ④ ⑤	28	① ② ③ ④ ⑤
9	① ② ③ ④ ⑤	29	① ② ③ ④ ⑤
10	① ② ③ ④ ⑤	30	① ② ③ ④ ⑤
11	① ② ③ ④ ⑤	31	① ② ③ ④ ⑤
12	① ② ③ ④ ⑤	32	① ② ③ ④ ⑤
13	① ② ③ ④ ⑤	33	① ② ③ ④ ⑤
14	① ② ③ ④ ⑤	34	① ② ③ ④ ⑤
15	① ② ③ ④ ⑤		
16	① ② ③ ④ ⑤		
17	① ② ③ ④ ⑤		
18	① ② ③ ④ ⑤		
19	① ② ③ ④ ⑤		
20	① ② ③ ④ ⑤		

도서출판 홀수
Holsoo Publishers

답안지 작성 시 유의 사항 및 작성 요령

1 유의 사항

◎ 답안지 작성 시 반드시 검정색 컴퓨터용 사인펜만을 사용합니다.

◎ 답안지는 컴퓨터로 처리되므로 낙서, 이물질, 구겨짐 등이 없도록 합니다.

◎ 답안지의 답란에는 각 문항마다 한 개의 번호에만 표기해야 합니다.

  • 필기구의 종류 및 크기와 상관없이 예비 표기를 하면 중복 답안으로 인식되어 오답으로 처리될 수 있으므로 주의합니다.

◎ 아래 표기의 '올바른 표기'와 같이 표기해야 합니다.

  • 올바른 표기 ● (완전하고 진하게 표기) / 잘못된 표기 ⓪∅⊘⊖❶ (크기 작음, 흐림, 위치 벗어남 등)

◎ 표기한 답을 수정하고자 하는 경우

  • 감독관에게 요청하거나 수험생 본인이 가져온 흰색 수정 테이프를 사용할 수 있으나, 불완전한 수정 처리로 인해 발생하는 모든 책임은 수험생에게 있습니다.

2 작성 요령

◎ 필적 확인란에는 컴퓨터용 사인펜으로 문제지 표지에 제시된 필적 확인 문구를 정자로 표기합니다.

◎ 성명란에는 수험생의 성명을 한글로 기재합니다.

◎ 수험번호란에는 수험번호를 아라비아 숫자로 기재하고, 숫자 해당란에 정확하게 표기합니다.

◎ 문형은 배부받은 시험지의 홀수형 및 짝수형을 확인하고 해당 문형을 표기합니다.

대학수학능력시험 당일 주의 사항

1 입실 시 주의 사항

◎ 준비물: 수험표, 신분증

◎ 오전 8시 10분까지 지정된 고사실에 입실 완료

◎ 입실 후 감독관이 컴퓨터용 사인펜과 샤프 지급

◎ 시험장 반입 금지 물품 및 휴대 불가능 물품

  • 시험장 반입 금지 물품: 휴대 전화 등 모든 전자 기기

  • 시험 중 휴대 불가능 물품

    1) 적발 시 압수: 연습장, 예비 마킹용 플러스펜, 볼펜 등

    2) 적발 시 부정행위 처리: 기출 문제지, 교과서, 참고서 등

※ 반입 금지 물품을 반입했을 시, 1교시 시작 전에 감독관에게 제출해야 하며 시험 종료 후에 되돌려 받습니다. 미제출 시 부정행위로 간주됩니다.

2 입실 후 주의 사항

◎ 감독관의 본인 확인 및 휴대 물품 점검 절차에 성실히 응해야 합니다.

◎ 수험번호 끝자리가 홀수면 홀수형, 짝수면 짝수형의 시험지를 풀어야 합니다.

◎ 매 교시 시험 종료 전에는 고사실 밖으로 나갈 수 없고 이탈 시 시험 응시가 불가합니다.

◎ 본인이 선택한 최종 고시의 시험이 끝난 후, 시험관리본부의 답안지 이상 유무 확인 후에 귀가합니다.

※ 답안지 작성(표기)은 **반드시 검은색 컴퓨터용 사인펜만을 사용**하고, 연필 또는 샤프 등의 필기구를 절대 사용하지 마십시오.

2025학년도 6월 모의평가 답안지

① 교시 국어영역

결시자 확인 (수험생은 표기하지 말 것.)

검은색 컴퓨터용 사인펜을 사용하여 수험번호란과 옆란을 표기	○

※ 문제지 표지에 안내된 필적 확인 문구를 아래 '필적 확인란'에 정자로 반드시 기재하여야 합니다.

필적 확인란	- - - - - - - - - -

성 명

수 험 번 호

문 형

홀수형 ○

짝수형 ○

※ 문제의 문형을 확인 후 표기

감독관 확인
(수험생은 표기하지 말 것.)

서 명 또는 날 인	본인 여부, 수험번호 및 문형의 표기가 정확한지 확인, 옆란에 서명 또는 날인

공 통 과 목

문번	답 란	문번	답 란
1	① ② ③ ④ ⑤	21	① ② ③ ④ ⑤
2	① ② ③ ④ ⑤	22	① ② ③ ④ ⑤
3	① ② ③ ④ ⑤	23	① ② ③ ④ ⑤
4	① ② ③ ④ ⑤	24	① ② ③ ④ ⑤
5	① ② ③ ④ ⑤	25	① ② ③ ④ ⑤
6	① ② ③ ④ ⑤	26	① ② ③ ④ ⑤
7	① ② ③ ④ ⑤	27	① ② ③ ④ ⑤
8	① ② ③ ④ ⑤	28	① ② ③ ④ ⑤
9	① ② ③ ④ ⑤	29	① ② ③ ④ ⑤
10	① ② ③ ④ ⑤	30	① ② ③ ④ ⑤
11	① ② ③ ④ ⑤	31	① ② ③ ④ ⑤
12	① ② ③ ④ ⑤	32	① ② ③ ④ ⑤
13	① ② ③ ④ ⑤	33	① ② ③ ④ ⑤
14	① ② ③ ④ ⑤	34	① ② ③ ④ ⑤
15	① ② ③ ④ ⑤		
16	① ② ③ ④ ⑤		
17	① ② ③ ④ ⑤		
18	① ② ③ ④ ⑤		
19	① ② ③ ④ ⑤		
20	① ② ③ ④ ⑤		

도서출판 홀수
Holsoo Publishers

✂

※ 답안지 작성(표기)은 **반드시 검은색 컴퓨터용 사인펜만을 사용**하고, 연필 또는 샤프 등의 필기구를 절대 사용하지 마십시오.

2024학년도 대학수학능력시험 답안지

① 교시 국어영역

결시자 확인 (수험생은 표기하지 말 것.)

검은색 컴퓨터용 사인펜을 사용하여 수험번호란과 옆란을 표기	○

※ 문제지 표지에 안내된 필적 확인 문구를 아래 '필적 확인란'에 정자로 반드시 기재하여야 합니다.

필적 확인란	- - - - - - - - - -

성 명

수 험 번 호

문 형

홀수형 ○

짝수형 ○

※ 문제의 문형을 확인 후 표기

감독관 확인
(수험생은 표기하지 말 것.)

서 명 또는 날 인	본인 여부, 수험번호 및 문형의 표기가 정확한지 확인, 옆란에 서명 또는 날인

공 통 과 목

문번	답 란	문번	답 란
1	① ② ③ ④ ⑤	21	① ② ③ ④ ⑤
2	① ② ③ ④ ⑤	22	① ② ③ ④ ⑤
3	① ② ③ ④ ⑤	23	① ② ③ ④ ⑤
4	① ② ③ ④ ⑤	24	① ② ③ ④ ⑤
5	① ② ③ ④ ⑤	25	① ② ③ ④ ⑤
6	① ② ③ ④ ⑤	26	① ② ③ ④ ⑤
7	① ② ③ ④ ⑤	27	① ② ③ ④ ⑤
8	① ② ③ ④ ⑤	28	① ② ③ ④ ⑤
9	① ② ③ ④ ⑤	29	① ② ③ ④ ⑤
10	① ② ③ ④ ⑤	30	① ② ③ ④ ⑤
11	① ② ③ ④ ⑤	31	① ② ③ ④ ⑤
12	① ② ③ ④ ⑤	32	① ② ③ ④ ⑤
13	① ② ③ ④ ⑤	33	① ② ③ ④ ⑤
14	① ② ③ ④ ⑤	34	① ② ③ ④ ⑤
15	① ② ③ ④ ⑤		
16	① ② ③ ④ ⑤		
17	① ② ③ ④ ⑤		
18	① ② ③ ④ ⑤		
19	① ② ③ ④ ⑤		
20	① ② ③ ④ ⑤		

도서출판 홀수
Holsoo Publishers

답안지 작성 시 유의 사항 및 작성 요령

1 유의 사항

◎ 답안지 작성 시 반드시 검정색 컴퓨터용 사인펜만을 사용합니다.

◎ 답안지는 컴퓨터로 처리되므로 낙서, 이물질, 구겨짐 등이 없도록 합니다.

◎ 답안지의 답란에는 각 문항마다 한 개의 번호에만 표기해야 합니다.

　• 필기구의 종류 및 크기와 상관없이 예비 표기를 하면 중복 답안으로 인식되어 오답으로 처리될 수 있으므로 주의합니다.

◎ 아래 표기의 '올바른 표기'와 같이 표기해야 합니다.

　• 올바른 표기 ● (완전하고 진하게 표기) / 잘못된 표기 ◖◌◑◓◐ (크기 작음, 흐림, 위치 벗어남 등)

◎ 표기한 답을 수정하고자 하는 경우

　• 감독관에게 요청하거나 수험생 본인이 가져온 흰색 수정 테이프를 사용할 수 있으나, 불완전한 수정 처리로 인해 발생하는 모든 책임은 수험생에게 있습니다.

2 작성 요령

◎ 필적 확인란에는 컴퓨터용 사인펜으로 문제지 표지에 제시된 필적 확인 문구를 정자로 표기합니다.

◎ 성명란에는 수험생의 성명을 한글로 기재합니다.

◎ 수험번호란에는 수험번호를 아라비아 숫자로 기재하고, 숫자 해당란에 정확하게 표기합니다.

◎ 문형은 배부받은 시험지의 홀수형 및 짝수형을 확인하고 해당 문형을 표기합니다.

대학수학능력시험 당일 주의 사항

1 입실 시 주의 사항

◎ 준비물: 수험표, 신분증

◎ 오전 8시 10분까지 지정된 고사실에 입실 완료

◎ 입실 후 감독관이 컴퓨터용 사인펜과 샤프 지급

◎ 시험장 반입 금지 물품 및 휴대 불가능 물품

　• 시험장 반입 금지 물품: 휴대 전화 등 모든 전자 기기

　• 시험 중 휴대 불가능 물품

　　1) 적발 시 압수: 연습장, 예비 마킹용 플러스펜, 볼펜 등

　　2) 적발 시 부정행위 처리: 기출 문제지, 교과서, 참고서 등

※ 반입 금지 물품을 반입했을 시, 1교시 시작 전에 감독관에게 제출해야 하며 시험 종료 후에 되돌려 받습니다. 미제출 시 부정행위로 간주됩니다.

2 입실 후 주의 사항

◎ 감독관의 본인 확인 및 휴대 물품 점검 절차에 성실히 응해야 합니다.

◎ 수험번호 끝자리가 홀수면 홀수형, 짝수면 짝수형의 시험지를 풀어야 합니다.

◎ 매 교시 시험 종료 전에는 고사실 밖으로 나갈 수 없고 이탈 시 시험 응시가 불가합니다.

◎ 본인이 선택한 최종 고시의 시험이 끝난 후, 시험관리본부의 답안지 이상 유무 확인 후에 귀가합니다.

2024학년도 9월 모의평가 답안지

① 교시 국어영역

결시자 확인 (수험생은 표기하지 말 것.)

| 검은색 컴퓨터용 사인펜을 사용하여 수험번호란과 옆란을 표기 | ○ |

※ 문제지 표지에 안내된 필적 확인 문구를 아래 '필적 확인란'에 정자로 반드시 기재하여야 합니다.

필 적 확인란

성 명

수 험 번 호

| | | | | | | − | | | | |

(숫자란) 0~9

문 형

홀수형 ○

짝수형 ○

※ 문제의 문형을 확인 후 표기

감독관 확인 (수험생은 표기하지 말 것.)

서 명 또는 날 인

본인 여부, 수험번호 및 문형의 표기가 정확한지 확인, 옆란에 서명 또는 날인

※ 답안지 작성(표기)은 반드시 검은색 컴퓨터용 사인펜만을 사용하고, 연필 또는 샤프 등의 필기구를 절대 사용하지 마십시오.

공통과목

문번	답 란	문번	답 란
1	① ② ③ ④ ⑤	21	① ② ③ ④ ⑤
2	① ② ③ ④ ⑤	22	① ② ③ ④ ⑤
3	① ② ③ ④ ⑤	23	① ② ③ ④ ⑤
4	① ② ③ ④ ⑤	24	① ② ③ ④ ⑤
5	① ② ③ ④ ⑤	25	① ② ③ ④ ⑤
6	① ② ③ ④ ⑤	26	① ② ③ ④ ⑤
7	① ② ③ ④ ⑤	27	① ② ③ ④ ⑤
8	① ② ③ ④ ⑤	28	① ② ③ ④ ⑤
9	① ② ③ ④ ⑤	29	① ② ③ ④ ⑤
10	① ② ③ ④ ⑤	30	① ② ③ ④ ⑤
11	① ② ③ ④ ⑤	31	① ② ③ ④ ⑤
12	① ② ③ ④ ⑤	32	① ② ③ ④ ⑤
13	① ② ③ ④ ⑤	33	① ② ③ ④ ⑤
14	① ② ③ ④ ⑤	34	① ② ③ ④ ⑤
15	① ② ③ ④ ⑤		
16	① ② ③ ④ ⑤		
17	① ② ③ ④ ⑤		
18	① ② ③ ④ ⑤		
19	① ② ③ ④ ⑤		
20	① ② ③ ④ ⑤		

도서출판 홀수
Holsoo Publishers

2024학년도 6월 모의평가 답안지

① 교시 국어영역

결시자 확인 (수험생은 표기하지 말 것.)

| 검은색 컴퓨터용 사인펜을 사용하여 수험번호란과 옆란을 표기 | ○ |

※ 문제지 표지에 안내된 필적 확인 문구를 아래 '필적 확인란'에 정자로 반드시 기재하여야 합니다.

필 적 확인란

성 명

수 험 번 호

| | | | | | | − | | | | |

(숫자란) 0~9

문 형

홀수형 ○

짝수형 ○

※ 문제의 문형을 확인 후 표기

감독관 확인 (수험생은 표기하지 말 것.)

서 명 또는 날 인

본인 여부, 수험번호 및 문형의 표기가 정확한지 확인, 옆란에 서명 또는 날인

※ 답안지 작성(표기)은 반드시 검은색 컴퓨터용 사인펜만을 사용하고, 연필 또는 샤프 등의 필기구를 절대 사용하지 마십시오.

공통과목

문번	답 란	문번	답 란
1	① ② ③ ④ ⑤	21	① ② ③ ④ ⑤
2	① ② ③ ④ ⑤	22	① ② ③ ④ ⑤
3	① ② ③ ④ ⑤	23	① ② ③ ④ ⑤
4	① ② ③ ④ ⑤	24	① ② ③ ④ ⑤
5	① ② ③ ④ ⑤	25	① ② ③ ④ ⑤
6	① ② ③ ④ ⑤	26	① ② ③ ④ ⑤
7	① ② ③ ④ ⑤	27	① ② ③ ④ ⑤
8	① ② ③ ④ ⑤	28	① ② ③ ④ ⑤
9	① ② ③ ④ ⑤	29	① ② ③ ④ ⑤
10	① ② ③ ④ ⑤	30	① ② ③ ④ ⑤
11	① ② ③ ④ ⑤	31	① ② ③ ④ ⑤
12	① ② ③ ④ ⑤	32	① ② ③ ④ ⑤
13	① ② ③ ④ ⑤	33	① ② ③ ④ ⑤
14	① ② ③ ④ ⑤	34	① ② ③ ④ ⑤
15	① ② ③ ④ ⑤		
16	① ② ③ ④ ⑤		
17	① ② ③ ④ ⑤		
18	① ② ③ ④ ⑤		
19	① ② ③ ④ ⑤		
20	① ② ③ ④ ⑤		

도서출판 홀수
Holsoo Publishers

답안지 작성 시 유의 사항 및 작성 요령

1 유의 사항

◎ 답안지 작성 시 반드시 검정색 컴퓨터용 사인펜만을 사용합니다.

◎ 답안지는 컴퓨터로 처리되므로 낙서, 이물질, 구겨짐 등이 없도록 합니다.

◎ 답안지의 답란에는 각 문항마다 한 개의 번호에만 표기해야 합니다.

　• 필기구의 종류 및 크기와 상관없이 예비 표기를 하면 중복 답안으로 인식되어 오답으로 처리될 수 있으므로 주의합니다.

◎ 아래 표기의 '올바른 표기'와 같이 표기해야 합니다.

　• 올바른 표기 ● (완전하고 진하게 표기) / 잘못된 표기 ◐◑◒◓◖ (크기 작음, 흐림, 위치 벗어남 등)

◎ 표기한 답을 수정하고자 하는 경우

　• 감독관에게 요청하거나 수험생 본인이 가져온 흰색 수정 테이프를 사용할 수 있으나, 불완전한 수정 처리로 인해 발생하는 모든 책임은 수험생에게 있습니다.

2 작성 요령

◎ 필적 확인란에는 컴퓨터용 사인펜으로 문제지 표지에 제시된 필적 확인 문구를 정자로 표기합니다.

◎ 성명란에는 수험생의 성명을 한글로 기재합니다.

◎ 수험번호란에는 수험번호를 아라비아 숫자로 기재하고, 숫자 해당란에 정확하게 표기합니다.

◎ 문형은 배부받은 시험지의 홀수형 및 짝수형을 확인하고 해당 문형을 표기합니다.

대학수학능력시험 당일 주의 사항

1 입실 시 주의 사항

◎ 준비물: 수험표, 신분증

◎ 오전 8시 10분까지 지정된 고사실에 입실 완료

◎ 입실 후 감독관이 컴퓨터용 사인펜과 샤프 지급

◎ 시험장 반입 금지 물품 및 휴대 불가능 물품

　• 시험장 반입 금지 물품: 휴대 전화 등 모든 전자 기기

　• 시험 중 휴대 불가능 물품

　　1) 적발 시 압수: 연습장, 예비 마킹용 플러스펜, 볼펜 등

　　2) 적발 시 부정행위 처리: 기출 문제지, 교과서, 참고서 등

※ 반입 금지 물품을 반입했을 시, 1교시 시작 전에 감독관에게 제출해야 하며 시험 종료 후에 되돌려 받습니다. 미제출 시 부정행위로 간주됩니다.

2 입실 후 주의 사항

◎ 감독관의 본인 확인 및 휴대 물품 점검 절차에 성실히 응해야 합니다.

◎ 수험번호 끝자리가 홀수면 홀수형, 짝수면 짝수형의 시험지를 풀어야 합니다.

◎ 매 교시 시험 종료 전에는 고사실 밖으로 나갈 수 없고 이탈 시 시험 응시가 불가합니다.

◎ 본인이 선택한 최종 고시의 시험이 끝난 후, 시험관리본부의 답안지 이상 유무 확인 후에 귀가합니다.

※ 답안지 작성(표기)은 <u>반드시 검은색 컴퓨터용 사인펜만을 사용</u>하고, 연필 또는 샤프 등의 필기구를 절대 사용하지 마십시오.

2023학년도 대학수학능력시험 답안지

① 교시 국어영역

결시자 확인 (수험생은 표기하지 말 것.)

| 검은색 컴퓨터용 사인펜을 사용하여 수험번호란과 옆란을 표기 | ○ |

※ 문제지 표지에 안내된 필적 확인 문구를 아래 '필적 확인란'에 정자로 반드시 기재하여야 합니다.

| 필 적 확인란 | |

| 성 명 | |

수 험 번 호

문 형

홀수형 ○
짝수형 ○

※ 문제의 문형을 확인 후 표기

감독관 확인 (수험생은 표기하지 말 것.)
서 명 또는 날 인

본인 여부, 수험번호 및 문형의 표기가 정확한지 확인, 옆란에 서명 또는 날인

공 통 과 목

문번	답 란	문번	답 란
1	① ② ③ ④ ⑤	21	① ② ③ ④ ⑤
2	① ② ③ ④ ⑤	22	① ② ③ ④ ⑤
3	① ② ③ ④ ⑤	23	① ② ③ ④ ⑤
4	① ② ③ ④ ⑤	24	① ② ③ ④ ⑤
5	① ② ③ ④ ⑤	25	① ② ③ ④ ⑤
6	① ② ③ ④ ⑤	26	① ② ③ ④ ⑤
7	① ② ③ ④ ⑤	27	① ② ③ ④ ⑤
8	① ② ③ ④ ⑤	28	① ② ③ ④ ⑤
9	① ② ③ ④ ⑤	29	① ② ③ ④ ⑤
10	① ② ③ ④ ⑤	30	① ② ③ ④ ⑤
11	① ② ③ ④ ⑤	31	① ② ③ ④ ⑤
12	① ② ③ ④ ⑤	32	① ② ③ ④ ⑤
13	① ② ③ ④ ⑤	33	① ② ③ ④ ⑤
14	① ② ③ ④ ⑤	34	① ② ③ ④ ⑤
15	① ② ③ ④ ⑤		
16	① ② ③ ④ ⑤		
17	① ② ③ ④ ⑤		
18	① ② ③ ④ ⑤		
19	① ② ③ ④ ⑤		
20	① ② ③ ④ ⑤		

도서출판 홀수
Holsoo Publishers

※ 답안지 작성(표기)은 <u>반드시 검은색 컴퓨터용 사인펜만을 사용</u>하고, 연필 또는 샤프 등의 필기구를 절대 사용하지 마십시오.

2023학년도 9월 모의평가 답안지

① 교시 국어영역

결시자 확인 (수험생은 표기하지 말 것.)

| 검은색 컴퓨터용 사인펜을 사용하여 수험번호란과 옆란을 표기 | ○ |

※ 문제지 표지에 안내된 필적 확인 문구를 아래 '필적 확인란'에 정자로 반드시 기재하여야 합니다.

| 필 적 확인란 | |

| 성 명 | |

수 험 번 호

문 형

홀수형 ○
짝수형 ○

※ 문제의 문형을 확인 후 표기

감독관 확인 (수험생은 표기하지 말 것.)
서 명 또는 날 인

본인 여부, 수험번호 및 문형의 표기가 정확한지 확인, 옆란에 서명 또는 날인

공 통 과 목

문번	답 란	문번	답 란
1	① ② ③ ④ ⑤	21	① ② ③ ④ ⑤
2	① ② ③ ④ ⑤	22	① ② ③ ④ ⑤
3	① ② ③ ④ ⑤	23	① ② ③ ④ ⑤
4	① ② ③ ④ ⑤	24	① ② ③ ④ ⑤
5	① ② ③ ④ ⑤	25	① ② ③ ④ ⑤
6	① ② ③ ④ ⑤	26	① ② ③ ④ ⑤
7	① ② ③ ④ ⑤	27	① ② ③ ④ ⑤
8	① ② ③ ④ ⑤	28	① ② ③ ④ ⑤
9	① ② ③ ④ ⑤	29	① ② ③ ④ ⑤
10	① ② ③ ④ ⑤	30	① ② ③ ④ ⑤
11	① ② ③ ④ ⑤	31	① ② ③ ④ ⑤
12	① ② ③ ④ ⑤	32	① ② ③ ④ ⑤
13	① ② ③ ④ ⑤	33	① ② ③ ④ ⑤
14	① ② ③ ④ ⑤	34	① ② ③ ④ ⑤
15	① ② ③ ④ ⑤		
16	① ② ③ ④ ⑤		
17	① ② ③ ④ ⑤		
18	① ② ③ ④ ⑤		
19	① ② ③ ④ ⑤		
20	① ② ③ ④ ⑤		

도서출판 홀수
Holsoo Publishers

답안지 작성 시 유의 사항 및 작성 요령

1 유의 사항

◎ 답안지 작성 시 반드시 검정색 컴퓨터용 사인펜만을 사용합니다.

◎ 답안지는 컴퓨터로 처리되므로 낙서, 이물질, 구겨짐 등이 없도록 합니다.

◎ 답안지의 답란에는 각 문항마다 한 개의 번호에만 표기해야 합니다.

　• 필기구의 종류 및 크기와 상관없이 예비 표기를 하면 중복 답안으로 인식되어 오답으로 처리될 수 있으므로 주의합니다.

◎ 아래 표기의 '올바른 표기'와 같이 표기해야 합니다.

　• 올바른 표기 ● (완전하고 진하게 표기) / 잘못된 표기 ◖◯◑◓◒◗ (크기 작음, 흐림, 위치 벗어남 등)

◎ 표기한 답을 수정하고자 하는 경우

　• 감독관에게 요청하거나 수험생 본인이 가져온 흰색 수정 테이프를 사용할 수 있으나, 불완전한 수정 처리로 인해 발생하는 모든 책임은 수험생에게 있습니다.

2 작성 요령

◎ 필적 확인란에는 컴퓨터용 사인펜으로 문제지 표지에 제시된 필적 확인 문구를 정자로 표기합니다.

◎ 성명란에는 수험생의 성명을 한글로 기재합니다.

◎ 수험번호란에는 수험번호를 아라비아 숫자로 기재하고, 숫자 해당란에 정확하게 표기합니다.

◎ 문형은 배부받은 시험지의 홀수형 및 짝수형을 확인하고 해당 문형을 표기합니다.

대학수학능력시험 당일 주의 사항

1 입실 시 주의 사항

◎ 준비물: 수험표, 신분증

◎ 오전 8시 10분까지 지정된 고사실에 입실 완료

◎ 입실 후 감독관이 컴퓨터용 사인펜과 샤프 지급

◎ 시험장 반입 금지 물품 및 휴대 불가능 물품

　• 시험장 반입 금지 물품: 휴대 전화 등 모든 전자 기기

　• 시험 중 휴대 불가능 물품

　　1) 적발 시 압수: 연습장, 예비 마킹용 플러스펜, 볼펜 등

　　2) 적발 시 부정행위 처리: 기출 문제지, 교과서, 참고서 등

※ 반입 금지 물품을 반입했을 시, 1교시 시작 전에 감독관에게 제출해야 하며 시험 종료 후에 되돌려 받습니다. 미제출 시 부정행위로 간주됩니다.

2 입실 후 주의 사항

◎ 감독관의 본인 확인 및 휴대 물품 점검 절차에 성실히 응해야 합니다.

◎ 수험번호 끝자리가 홀수면 홀수형, 짝수면 짝수형의 시험지를 풀어야 합니다.

◎ 매 교시 시험 종료 전에는 고사실 밖으로 나갈 수 없고 이탈 시 시험 응시가 불가합니다.

◎ 본인이 선택한 최종 고시의 시험이 끝난 후, 시험관리본부의 답안지 이상 유무 확인 후에 귀가합니다.

2023학년도 6월 모의평가 답안지

① 교시 국어영역

결시자 확인 (수험생은 표기하지 말 것.)

검은색 컴퓨터용 사인펜을 사용하여 수험번호란과 옆란을 표기	○

※ 문제지 표지에 안내된 필적 확인 문구를 아래 '필적 확인란'에 정자로 반드시 기재하여야 합니다.

필 적 확인란	

성 명	

수 험 번 호

| | | | — | | | | |

문 형

홀수형 ○

짝수형 ○

※ 문제의 문형을 확인 후 표기

감독관 확인

(수험생은 표기하지 말 것.)

서 명 또는 날 인	본인 여부, 수험번호 및 문형의 표기가 정확한지 확인, 옆란에 서명 또는 날인

공 통 과 목

문번	답 란	문번	답 란
1	① ② ③ ④ ⑤	21	① ② ③ ④ ⑤
2	① ② ③ ④ ⑤	22	① ② ③ ④ ⑤
3	① ② ③ ④ ⑤	23	① ② ③ ④ ⑤
4	① ② ③ ④ ⑤	24	① ② ③ ④ ⑤
5	① ② ③ ④ ⑤	25	① ② ③ ④ ⑤
6	① ② ③ ④ ⑤	26	① ② ③ ④ ⑤
7	① ② ③ ④ ⑤	27	① ② ③ ④ ⑤
8	① ② ③ ④ ⑤	28	① ② ③ ④ ⑤
9	① ② ③ ④ ⑤	29	① ② ③ ④ ⑤
10	① ② ③ ④ ⑤	30	① ② ③ ④ ⑤
11	① ② ③ ④ ⑤	31	① ② ③ ④ ⑤
12	① ② ③ ④ ⑤	32	① ② ③ ④ ⑤
13	① ② ③ ④ ⑤	33	① ② ③ ④ ⑤
14	① ② ③ ④ ⑤	34	① ② ③ ④ ⑤
15	① ② ③ ④ ⑤		
16	① ② ③ ④ ⑤		
17	① ② ③ ④ ⑤		
18	① ② ③ ④ ⑤		
19	① ② ③ ④ ⑤		
20	① ② ③ ④ ⑤		

도서출판 홀수
Holsoo Publishers

2022학년도 대학수학능력시험 답안지

① 교시 국어영역

결시자 확인 (수험생은 표기하지 말 것.)

검은색 컴퓨터용 사인펜을 사용하여 수험번호란과 옆란을 표기	○

※ 문제지 표지에 안내된 필적 확인 문구를 아래 '필적 확인란'에 정자로 반드시 기재하여야 합니다.

필 적 확인란	

성 명	

수 험 번 호

| | | | — | | | | |

문 형

홀수형 ○

짝수형 ○

※ 문제의 문형을 확인 후 표기

감독관 확인

(수험생은 표기하지 말 것.)

서 명 또는 날 인	본인 여부, 수험번호 및 문형의 표기가 정확한지 확인, 옆란에 서명 또는 날인

공 통 과 목

문번	답 란	문번	답 란
1	① ② ③ ④ ⑤	21	① ② ③ ④ ⑤
2	① ② ③ ④ ⑤	22	① ② ③ ④ ⑤
3	① ② ③ ④ ⑤	23	① ② ③ ④ ⑤
4	① ② ③ ④ ⑤	24	① ② ③ ④ ⑤
5	① ② ③ ④ ⑤	25	① ② ③ ④ ⑤
6	① ② ③ ④ ⑤	26	① ② ③ ④ ⑤
7	① ② ③ ④ ⑤	27	① ② ③ ④ ⑤
8	① ② ③ ④ ⑤	28	① ② ③ ④ ⑤
9	① ② ③ ④ ⑤	29	① ② ③ ④ ⑤
10	① ② ③ ④ ⑤	30	① ② ③ ④ ⑤
11	① ② ③ ④ ⑤	31	① ② ③ ④ ⑤
12	① ② ③ ④ ⑤	32	① ② ③ ④ ⑤
13	① ② ③ ④ ⑤	33	① ② ③ ④ ⑤
14	① ② ③ ④ ⑤	34	① ② ③ ④ ⑤
15	① ② ③ ④ ⑤		
16	① ② ③ ④ ⑤		
17	① ② ③ ④ ⑤		
18	① ② ③ ④ ⑤		
19	① ② ③ ④ ⑤		
20	① ② ③ ④ ⑤		

도서출판 홀수
Holsoo Publishers

답안지 작성 시 유의 사항 및 작성 요령

1 유의 사항

◎ 답안지 작성 시 반드시 검정색 컴퓨터용 사인펜만을 사용합니다.

◎ 답안지는 컴퓨터로 처리되므로 낙서, 이물질, 구겨짐 등이 없도록 합니다.

◎ 답안지의 답란에는 각 문항마다 한 개의 번호에만 표기해야 합니다.

• 필기구의 종류 및 크기와 상관없이 예비 표기를 하면 중복 답안으로 인식되어 오답으로 처리될 수 있으므로 주의합니다.

◎ 아래 표기의 '올바른 표기'와 같이 표기해야 합니다.

• 올바른 표기 ● (완전하고 진하게 표기) / 잘못된 표기 ◓◐◑◒◔ (크기 작음, 흐림, 위치 벗어남 등)

◎ 표기한 답을 수정하고자 하는 경우

• 감독관에게 요청하거나 수험생 본인이 가져온 흰색 수정 테이프를 사용할 수 있으나, 불완전한 수정 처리로 인해 발생하는 모든 책임은 수험생에게 있습니다.

2 작성 요령

◎ 필적 확인란에는 컴퓨터용 사인펜으로 문제지 표지에 제시된 필적 확인 문구를 정자로 표기합니다.

◎ 성명란에는 수험생의 성명을 한글로 기재합니다.

◎ 수험번호란에는 수험번호를 아라비아 숫자로 기재하고, 숫자 해당란에 정확하게 표기합니다.

◎ 문형은 배부받은 시험지의 홀수형 및 짝수형을 확인하고 해당 문형을 표기합니다.

대학수학능력시험 당일 주의 사항

1 입실 시 주의 사항

◎ 준비물: 수험표, 신분증

◎ 오전 8시 10분까지 지정된 고사실에 입실 완료

◎ 입실 후 감독관이 컴퓨터용 사인펜과 샤프 지급

◎ 시험장 반입 금지 물품 및 휴대 불가능 물품

• 시험장 반입 금지 물품: 휴대 전화 등 모든 전자 기기

• 시험 중 휴대 불가능 물품

1) 적발 시 압수: 연습장, 예비 마킹용 플러스펜, 볼펜 등

2) 적발 시 부정행위 처리: 기출 문제지, 교과서, 참고서 등

※ 반입 금지 물품을 반입했을 시, 1교시 시작 전에 감독관에게 제출해야 하며 시험 종료 후에 되돌려 받습니다. 미제출 시 부정행위로 간주됩니다.

2 입실 후 주의 사항

◎ 감독관의 본인 확인 및 휴대 물품 점검 절차에 성실히 응해야 합니다.

◎ 수험번호 끝자리가 홀수면 홀수형, 짝수면 짝수형의 시험지를 풀어야 합니다.

◎ 매 교시 시험 종료 전에는 고사실 밖으로 나갈 수 없고 이탈 시 시험 응시가 불가합니다.

◎ 본인이 선택한 최종 고시의 시험이 끝난 후, 시험관리본부의 답안지 이상 유무 확인 후에 귀가합니다.

2022학년도 9월 모의평가 답안지

① 교시 국어영역

결시자 확인 (수험생은 표기하지 말 것.)

| 검은색 컴퓨터용 사인펜을 사용하여 수험번호란과 옆란을 표기 | ○ |

※ 문제지 표지에 안내된 필적 확인 문구를 아래 '필적 확인란'에 정자로 반드시 기재하여야 합니다.

| 필 적 확인란 | |

성 명

수 험 번 호

문 형

홀수형 ○

짝수형 ○

※ 문제의 문형을 확인 후 표기

감독관 확인
(수험생은 표기하지 말 것.)

서 명 또는 날 인

본인 여부, 수험번호 및 문형의 표기가 정확한지 확인, 옆란에 서명 또는 날인

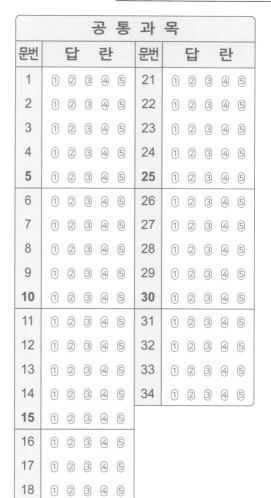

공 통 과 목

문번	답 란	문번	답 란
1	① ② ③ ④ ⑤	21	① ② ③ ④ ⑤
2	① ② ③ ④ ⑤	22	① ② ③ ④ ⑤
3	① ② ③ ④ ⑤	23	① ② ③ ④ ⑤
4	① ② ③ ④ ⑤	24	① ② ③ ④ ⑤
5	① ② ③ ④ ⑤	25	① ② ③ ④ ⑤
6	① ② ③ ④ ⑤	26	① ② ③ ④ ⑤
7	① ② ③ ④ ⑤	27	① ② ③ ④ ⑤
8	① ② ③ ④ ⑤	28	① ② ③ ④ ⑤
9	① ② ③ ④ ⑤	29	① ② ③ ④ ⑤
10	① ② ③ ④ ⑤	30	① ② ③ ④ ⑤
11	① ② ③ ④ ⑤	31	① ② ③ ④ ⑤
12	① ② ③ ④ ⑤	32	① ② ③ ④ ⑤
13	① ② ③ ④ ⑤	33	① ② ③ ④ ⑤
14	① ② ③ ④ ⑤	34	① ② ③ ④ ⑤
15	① ② ③ ④ ⑤		
16	① ② ③ ④ ⑤		
17	① ② ③ ④ ⑤		
18	① ② ③ ④ ⑤		
19	① ② ③ ④ ⑤		
20	① ② ③ ④ ⑤		

도서출판 홀수
Holsoo Publishers

2022학년도 6월 모의평가 답안지

① 교시 국어영역

결시자 확인 (수험생은 표기하지 말 것.)

| 검은색 컴퓨터용 사인펜을 사용하여 수험번호란과 옆란을 표기 | ○ |

※ 문제지 표지에 안내된 필적 확인 문구를 아래 '필적 확인란'에 정자로 반드시 기재하여야 합니다.

| 필 적 확인란 | |

성 명

수 험 번 호

문 형

홀수형 ○

짝수형 ○

※ 문제의 문형을 확인 후 표기

감독관 확인
(수험생은 표기하지 말 것.)

서 명 또는 날 인

본인 여부, 수험번호 및 문형의 표기가 정확한지 확인, 옆란에 서명 또는 날인

공 통 과 목

문번	답 란	문번	답 란
1	① ② ③ ④ ⑤	21	① ② ③ ④ ⑤
2	① ② ③ ④ ⑤	22	① ② ③ ④ ⑤
3	① ② ③ ④ ⑤	23	① ② ③ ④ ⑤
4	① ② ③ ④ ⑤	24	① ② ③ ④ ⑤
5	① ② ③ ④ ⑤	25	① ② ③ ④ ⑤
6	① ② ③ ④ ⑤	26	① ② ③ ④ ⑤
7	① ② ③ ④ ⑤	27	① ② ③ ④ ⑤
8	① ② ③ ④ ⑤	28	① ② ③ ④ ⑤
9	① ② ③ ④ ⑤	29	① ② ③ ④ ⑤
10	① ② ③ ④ ⑤	30	① ② ③ ④ ⑤
11	① ② ③ ④ ⑤	31	① ② ③ ④ ⑤
12	① ② ③ ④ ⑤	32	① ② ③ ④ ⑤
13	① ② ③ ④ ⑤	33	① ② ③ ④ ⑤
14	① ② ③ ④ ⑤	34	① ② ③ ④ ⑤
15	① ② ③ ④ ⑤		
16	① ② ③ ④ ⑤		
17	① ② ③ ④ ⑤		
18	① ② ③ ④ ⑤		
19	① ② ③ ④ ⑤		
20	① ② ③ ④ ⑤		

도서출판 홀수
Holsoo Publishers

답안지 작성 시 유의 사항 및 작성 요령

1 유의 사항

◎ 답안지 작성 시 반드시 검정색 컴퓨터용 사인펜만을 사용합니다.

◎ 답안지는 컴퓨터로 처리되므로 낙서, 이물질, 구겨짐 등이 없도록 합니다.

◎ 답안지의 답란에는 각 문항마다 한 개의 번호에만 표기해야 합니다.

　• 필기구의 종류 및 크기와 상관없이 예비 표기를 하면 중복 답안으로 인식되어 오답으로 처리될 수 있으므로 주의합니다.

◎ 아래 표기의 '올바른 표기'와 같이 표기해야 합니다.

　• 올바른 표기 ● (완전하고 진하게 표기) / 잘못된 표기 ◐◍◐◍◑ (크기 작음, 흐림, 위치 벗어남 등)

◎ 표기한 답을 수정하고자 하는 경우

　• 감독관에게 요청하거나 수험생 본인이 가져온 흰색 수정 테이프를 사용할 수 있으나, 불완전한 수정 처리로 인해 발생하는 모든 책임은 수험생에게 있습니다.

2 작성 요령

◎ 필적 확인란에는 컴퓨터용 사인펜으로 문제지 표지에 제시된 필적 확인 문구를 정자로 표기합니다.

◎ 성명란에는 수험생의 성명을 한글로 기재합니다.

◎ 수험번호란에는 수험번호를 아라비아 숫자로 기재하고, 숫자 해당란에 정확하게 표기합니다.

◎ 문형은 배부받은 시험지의 홀수형 및 짝수형을 확인하고 해당 문형을 표기합니다.

대학수학능력시험 당일 주의 사항

1 입실 시 주의 사항

◎ 준비물: 수험표, 신분증

◎ 오전 8시 10분까지 지정된 고사실에 입실 완료

◎ 입실 후 감독관이 컴퓨터용 사인펜과 샤프 지급

◎ 시험장 반입 금지 물품 및 휴대 불가능 물품

　• 시험장 반입 금지 물품: 휴대 전화 등 모든 전자 기기

　• 시험 중 휴대 불가능 물품

　　1) 적발 시 압수: 연습장, 예비 마킹용 플러스펜, 볼펜 등

　　2) 적발 시 부정행위 처리: 기출 문제지, 교과서, 참고서 등

※ 반입 금지 물품을 반입했을 시, 1교시 시작 전에 감독관에게 제출해야 하며 시험 종료 후에 되돌려 받습니다. 미제출 시 부정행위로 간주됩니다.

2 입실 후 주의 사항

◎ 감독관의 본인 확인 및 휴대 물품 점검 절차에 성실히 응해야 합니다.

◎ 수험번호 끝자리가 홀수면 홀수형, 짝수면 짝수형의 시험지를 풀어야 합니다.

◎ 매 교시 시험 종료 전에는 고사실 밖으로 나갈 수 없고 이탈 시 시험 응시가 불가합니다.

◎ 본인이 선택한 최종 고시의 시험이 끝난 후, 시험관리본부의 답안지 이상 유무 확인 후에 귀가합니다.

✂

● 홀수 약점 CHECK 모의고사 13회

2021학년도 대학수학능력시험 답안지

① 교시 **국어영역**

결시자 확인 (수험생은 표기하지 말 것.)

| 검은색 컴퓨터용 사인펜을 사용하여 수험번호란과 옆란을 표기 | ○ |

※ 문제지 표지에 안내된 필적 확인 문구를 아래 '필적 확인란'에 정자로 반드시 기재하여야 합니다.

| 필 적 확인란 | |

| 성 명 | |

수 험 번 호

문 형

홀수형 ○
짝수형 ○

※ 문제의 문형을 확인 후 표기

| 감독관 확인 (수험생은 표기하지 말 것.) | 서 명 또는 날 인 | 본인 여부, 수험번호 및 문형의 표기가 정확한지 확인, 옆란에 서명 또는 날인 |

※ 답안지 작성(표기)은 **반드시 검은색 컴퓨터용 사인펜만을 사용**하고, 연필 또는 샤프 등의 필기구를 절대 사용하지 마십시오.

공 통 과 목

문번	답 란	문번	답 란
1	① ② ③ ④ ⑤	21	① ② ③ ④ ⑤
2	① ② ③ ④ ⑤	22	① ② ③ ④ ⑤
3	① ② ③ ④ ⑤	23	① ② ③ ④ ⑤
4	① ② ③ ④ ⑤	24	① ② ③ ④ ⑤
5	① ② ③ ④ ⑤	25	① ② ③ ④ ⑤
6	① ② ③ ④ ⑤	26	① ② ③ ④ ⑤
7	① ② ③ ④ ⑤	27	① ② ③ ④ ⑤
8	① ② ③ ④ ⑤	28	① ② ③ ④ ⑤
9	① ② ③ ④ ⑤	29	① ② ③ ④ ⑤
10	① ② ③ ④ ⑤	30	① ② ③ ④ ⑤
11	① ② ③ ④ ⑤		
12	① ② ③ ④ ⑤		
13	① ② ③ ④ ⑤		
14	① ② ③ ④ ⑤		
15	① ② ③ ④ ⑤		
16	① ② ③ ④ ⑤		
17	① ② ③ ④ ⑤		
18	① ② ③ ④ ⑤		
19	① ② ③ ④ ⑤		
20	① ② ③ ④ ⑤		

도서출판 홀수
Holsoo Publishers

✂

● 홀수 약점 CHECK 모의고사 14회

2021학년도 9월 모의평가 답안지

① 교시 **국어영역**

결시자 확인 (수험생은 표기하지 말 것.)

| 검은색 컴퓨터용 사인펜을 사용하여 수험번호란과 옆란을 표기 | ○ |

※ 문제지 표지에 안내된 필적 확인 문구를 아래 '필적 확인란'에 정자로 반드시 기재하여야 합니다.

| 필 적 확인란 | |

| 성 명 | |

수 험 번 호

문 형

홀수형 ○
짝수형 ○

※ 문제의 문형을 확인 후 표기

| 감독관 확인 (수험생은 표기하지 말 것.) | 서 명 또는 날 인 | 본인 여부, 수험번호 및 문형의 표기가 정확한지 확인, 옆란에 서명 또는 날인 |

※ 답안지 작성(표기)은 **반드시 검은색 컴퓨터용 사인펜만을 사용**하고, 연필 또는 샤프 등의 필기구를 절대 사용하지 마십시오.

공 통 과 목

문번	답 란	문번	답 란
1	① ② ③ ④ ⑤	21	① ② ③ ④ ⑤
2	① ② ③ ④ ⑤	22	① ② ③ ④ ⑤
3	① ② ③ ④ ⑤	23	① ② ③ ④ ⑤
4	① ② ③ ④ ⑤	24	① ② ③ ④ ⑤
5	① ② ③ ④ ⑤	25	① ② ③ ④ ⑤
6	① ② ③ ④ ⑤	26	① ② ③ ④ ⑤
7	① ② ③ ④ ⑤	27	① ② ③ ④ ⑤
8	① ② ③ ④ ⑤	28	① ② ③ ④ ⑤
9	① ② ③ ④ ⑤	29	① ② ③ ④ ⑤
10	① ② ③ ④ ⑤	30	① ② ③ ④ ⑤
11	① ② ③ ④ ⑤		
12	① ② ③ ④ ⑤		
13	① ② ③ ④ ⑤		
14	① ② ③ ④ ⑤		
15	① ② ③ ④ ⑤		
16	① ② ③ ④ ⑤		
17	① ② ③ ④ ⑤		
18	① ② ③ ④ ⑤		
19	① ② ③ ④ ⑤		
20	① ② ③ ④ ⑤		

도서출판 홀수
Holsoo Publishers

답안지 작성 시 유의 사항 및 작성 요령

1 유의 사항

◎ 답안지 작성 시 반드시 검정색 컴퓨터용 사인펜만을 사용합니다.

◎ 답안지는 컴퓨터로 처리되므로 낙서, 이물질, 구겨짐 등이 없도록 합니다.

◎ 답안지의 답란에는 각 문항마다 한 개의 번호에만 표기해야 합니다.

• 필기구의 종류 및 크기와 상관없이 예비 표기를 하면 중복 답안으로 인식되어 오답으로 처리될 수 있으므로 주의합니다.

◎ 아래 표기의 '올바른 표기'와 같이 표기해야 합니다.

• 올바른 표기 ● (완전하고 진하게 표기) / 잘못된 표기 ◐◑◒◓◔ (크기 작음, 흐림, 위치 벗어남 등)

◎ 표기한 답을 수정하고자 하는 경우

• 감독관에게 요청하거나 수험생 본인이 가져온 흰색 수정 테이프를 사용할 수 있으나, 불완전한 수정 처리로 인해 발생하는 모든 책임은 수험생에게 있습니다.

2 작성 요령

◎ 필적 확인란에는 컴퓨터용 사인펜으로 문제지 표지에 제시된 필적 확인 문구를 정자로 표기합니다.

◎ 성명란에는 수험생의 성명을 한글로 기재합니다.

◎ 수험번호란에는 수험번호를 아라비아 숫자로 기재하고, 숫자 해당란에 정확하게 표기합니다.

◎ 문형은 배부받은 시험지의 홀수형 및 짝수형을 확인하고 해당 문형을 표기합니다.

대학수학능력시험 당일 주의 사항

1 입실 시 주의 사항

◎ 준비물: 수험표, 신분증

◎ 오전 8시 10분까지 지정된 고사실에 입실 완료

◎ 입실 후 감독관이 컴퓨터용 사인펜과 샤프 지급

◎ 시험장 반입 금지 물품 및 휴대 불가능 물품

• 시험장 반입 금지 물품: 휴대 전화 등 모든 전자 기기

• 시험 중 휴대 불가능 물품

1) 적발 시 압수: 연습장, 예비 마킹용 플러스펜, 볼펜 등

2) 적발 시 부정행위 처리: 기출 문제지, 교과서, 참고서 등

※ 반입 금지 물품을 반입했을 시, 1교시 시작 전에 감독관에게 제출해야 하며 시험 종료 후에 되돌려 받습니다. 미제출 시 부정행위로 간주됩니다.

2 입실 후 주의 사항

◎ 감독관의 본인 확인 및 휴대 물품 점검 절차에 성실히 응해야 합니다.

◎ 수험번호 끝자리가 홀수면 홀수형, 짝수면 짝수형의 시험지를 풀어야 합니다.

◎ 매 교시 시험 종료 전에는 고사실 밖으로 나갈 수 없고 이탈 시 시험 응시가 불가합니다.

◎ 본인이 선택한 최종 고시의 시험이 끝난 후, 시험관리본부의 답안지 이상 유무 확인 후에 귀가합니다.

2021학년도 6월 모의평가 답안지

① 교시 국어영역

결시자 확인 (수험생은 표기하지 말 것.)

| 검은색 컴퓨터용 사인펜을 사용하여 수험번호란과 옆란을 표기 | ○ |

※ 문제지 표지에 안내된 필적 확인 문구를 아래 '필적 확인란'에 정자로 반드시 기재하여야 합니다.

필 적 확인란

성 명

수 험 번 호

문 형

홀수형 ○

짝수형 ○

※ 문제의 문형을 확인 후 표기

감독관 확인
(수험생은 표기 하지 말 것.)

서 명 또는 날 인

본인 여부, 수험번호 및 문형의 표기가 정확한지 확인, 옆란에 서명 또는 날인

공 통 과 목

문번	답 란	문번	답 란
1	① ② ③ ④ ⑤	21	① ② ③ ④ ⑤
2	① ② ③ ④ ⑤	22	① ② ③ ④ ⑤
3	① ② ③ ④ ⑤	23	① ② ③ ④ ⑤
4	① ② ③ ④ ⑤	24	① ② ③ ④ ⑤
5	① ② ③ ④ ⑤	25	① ② ③ ④ ⑤
6	① ② ③ ④ ⑤	26	① ② ③ ④ ⑤
7	① ② ③ ④ ⑤	27	① ② ③ ④ ⑤
8	① ② ③ ④ ⑤	28	① ② ③ ④ ⑤
9	① ② ③ ④ ⑤	29	① ② ③ ④ ⑤
10	① ② ③ ④ ⑤	30	① ② ③ ④ ⑤
11	① ② ③ ④ ⑤		
12	① ② ③ ④ ⑤		
13	① ② ③ ④ ⑤		
14	① ② ③ ④ ⑤		
15	① ② ③ ④ ⑤		
16	① ② ③ ④ ⑤		
17	① ② ③ ④ ⑤		
18	① ② ③ ④ ⑤		
19	① ② ③ ④ ⑤		
20	① ② ③ ④ ⑤		

도서출판 홀수
Holsoo Publishers

2020학년도 대학수학능력시험 답안지

① 교시 국어영역

결시자 확인 (수험생은 표기하지 말 것.)

| 검은색 컴퓨터용 사인펜을 사용하여 수험번호란과 옆란을 표기 | ○ |

※ 문제지 표지에 안내된 필적 확인 문구를 아래 '필적 확인란'에 정자로 반드시 기재하여야 합니다.

필 적 확인란

성 명

수 험 번 호

문 형

홀수형 ○

짝수형 ○

※ 문제의 문형을 확인 후 표기

감독관 확인
(수험생은 표기 하지 말 것.)

서 명 또는 날 인

본인 여부, 수험번호 및 문형의 표기가 정확한지 확인, 옆란에 서명 또는 날인

공 통 과 목

문번	답 란	문번	답 란
1	① ② ③ ④ ⑤	21	① ② ③ ④ ⑤
2	① ② ③ ④ ⑤	22	① ② ③ ④ ⑤
3	① ② ③ ④ ⑤	23	① ② ③ ④ ⑤
4	① ② ③ ④ ⑤	24	① ② ③ ④ ⑤
5	① ② ③ ④ ⑤	25	① ② ③ ④ ⑤
6	① ② ③ ④ ⑤	26	① ② ③ ④ ⑤
7	① ② ③ ④ ⑤	27	① ② ③ ④ ⑤
8	① ② ③ ④ ⑤	28	① ② ③ ④ ⑤
9	① ② ③ ④ ⑤	29	① ② ③ ④ ⑤
10	① ② ③ ④ ⑤	30	① ② ③ ④ ⑤
11	① ② ③ ④ ⑤		
12	① ② ③ ④ ⑤		
13	① ② ③ ④ ⑤		
14	① ② ③ ④ ⑤		
15	① ② ③ ④ ⑤		
16	① ② ③ ④ ⑤		
17	① ② ③ ④ ⑤		
18	① ② ③ ④ ⑤		
19	① ② ③ ④ ⑤		
20	① ② ③ ④ ⑤		

도서출판 홀수
Holsoo Publishers

답안지 작성 시 유의 사항 및 작성 요령

1 유의 사항

◎ 답안지 작성 시 반드시 검정색 컴퓨터용 사인펜만을 사용합니다.

◎ 답안지는 컴퓨터로 처리되므로 낙서, 이물질, 구겨짐 등이 없도록 합니다.

◎ 답안지의 답란에는 각 문항마다 한 개의 번호에만 표기해야 합니다.

　• 필기구의 종류 및 크기와 상관없이 예비 표기를 하면 중복 답안으로 인식되어 오답으로 처리될 수 있으므로 주의합니다.

◎ 아래 표기의 '올바른 표기'와 같이 표기해야 합니다.

　• 올바른 표기 ● (완전하고 진하게 표기) / 잘못된 표기 ◐◓◑◒◖◗ (크기 작음, 흐림, 위치 벗어남 등)

◎ 표기한 답을 수정하고자 하는 경우

　• 감독관에게 요청하거나 수험생 본인이 가져온 흰색 수정 테이프를 사용할 수 있으나, 불완전한 수정 처리로 인해 발생하는 모든 책임은 수험생에게 있습니다.

2 작성 요령

◎ 필적 확인란에는 컴퓨터용 사인펜으로 문제지 표지에 제시된 필적 확인 문구를 정자로 표기합니다.

◎ 성명란에는 수험생의 성명을 한글로 기재합니다.

◎ 수험번호란에는 수험번호를 아라비아 숫자로 기재하고, 숫자 해당란에 정확하게 표기합니다.

◎ 문형은 배부받은 시험지의 홀수형 및 짝수형을 확인하고 해당 문형을 표기합니다.

대학수학능력시험 당일 주의 사항

1 입실 시 주의 사항

◎ 준비물: 수험표, 신분증

◎ 오전 8시 10분까지 지정된 고사실에 입실 완료

◎ 입실 후 감독관이 컴퓨터용 사인펜과 샤프 지급

◎ 시험장 반입 금지 물품 및 휴대 불가능 물품

　• 시험장 반입 금지 물품: 휴대 전화 등 모든 전자 기기

　• 시험 중 휴대 불가능 물품

　　1) 적발 시 압수: 연습장, 예비 마킹용 플러스펜, 볼펜 등

　　2) 적발 시 부정행위 처리: 기출 문제지, 교과서, 참고서 등

※ 반입 금지 물품을 반입했을 시, 1교시 시작 전에 감독관에게 제출해야 하며 시험 종료 후에 되돌려 받습니다. 미제출 시 부정행위로 간주됩니다.

2 입실 후 주의 사항

◎ 감독관의 본인 확인 및 휴대 물품 점검 절차에 성실히 응해야 합니다.

◎ 수험번호 끝자리가 홀수면 홀수형, 짝수면 짝수형의 시험지를 풀어야 합니다.

◎ 매 교시 시험 종료 전에는 고사실 밖으로 나갈 수 없고 이탈 시 시험 응시가 불가합니다.

◎ 본인이 선택한 최종 고시의 시험이 끝난 후, 시험관리본부의 답안지 이상 유무 확인 후에 귀가합니다.

※ 답안지 작성(표기)은 반드시 **검은색 컴퓨터용 사인펜만을 사용**하고, 연필 또는 샤프 등의 필기구를 절대 사용하지 마십시오.

2020학년도 9월 모의평가 답안지

① 교시 국어영역

결시자 확인 (수험생은 표기하지 말 것.)

| 검은색 컴퓨터용 사인펜을 사용하여 수험번호란과 옆란을 표기 | ○ |

※ 문제지 표지에 안내된 필적 확인 문구를 아래 '필적 확인란'에 정자로 반드시 기재하여야 합니다.

| 필적 확인란 | |

| 성 명 | |

수 험 번 호

문 형
홀수형 ○
짝수형 ○

※ 문제의 문형을 확인 후 표기

감독관 확인 (수험생은 표기하지 말 것.)
(서 명 또는 날 인)
본인 여부, 수험번호 및 문형의 표기가 정확한지 확인, 옆란에 서명 또는 날인

공 통 과 목

문번	답 란	문번	답 란
1	① ② ③ ④ ⑤	21	① ② ③ ④ ⑤
2	① ② ③ ④ ⑤	22	① ② ③ ④ ⑤
3	① ② ③ ④ ⑤	23	① ② ③ ④ ⑤
4	① ② ③ ④ ⑤	24	① ② ③ ④ ⑤
5	① ② ③ ④ ⑤	25	① ② ③ ④ ⑤
6	① ② ③ ④ ⑤	26	① ② ③ ④ ⑤
7	① ② ③ ④ ⑤	27	① ② ③ ④ ⑤
8	① ② ③ ④ ⑤	28	① ② ③ ④ ⑤
9	① ② ③ ④ ⑤	29	① ② ③ ④ ⑤
10	① ② ③ ④ ⑤	30	① ② ③ ④ ⑤
11	① ② ③ ④ ⑤		
12	① ② ③ ④ ⑤		
13	① ② ③ ④ ⑤		
14	① ② ③ ④ ⑤		
15	① ② ③ ④ ⑤		
16	① ② ③ ④ ⑤		
17	① ② ③ ④ ⑤		
18	① ② ③ ④ ⑤		
19	① ② ③ ④ ⑤		
20	① ② ③ ④ ⑤		

도서출판 홀수
Holsoo Publishers

※ 답안지 작성(표기)은 반드시 **검은색 컴퓨터용 사인펜만을 사용**하고, 연필 또는 샤프 등의 필기구를 절대 사용하지 마십시오.

2020학년도 6월 모의평가 답안지

① 교시 국어영역

결시자 확인 (수험생은 표기하지 말 것.)

| 검은색 컴퓨터용 사인펜을 사용하여 수험번호란과 옆란을 표기 | ○ |

※ 문제지 표지에 안내된 필적 확인 문구를 아래 '필적 확인란'에 정자로 반드시 기재하여야 합니다.

| 필적 확인란 | |

| 성 명 | |

수 험 번 호

문 형
홀수형 ○
짝수형 ○

※ 문제의 문형을 확인 후 표기

감독관 확인 (수험생은 표기하지 말 것.)
(서 명 또는 날 인)
본인 여부, 수험번호 및 문형의 표기가 정확한지 확인, 옆란에 서명 또는 날인

공 통 과 목

문번	답 란	문번	답 란
1	① ② ③ ④ ⑤	21	① ② ③ ④ ⑤
2	① ② ③ ④ ⑤	22	① ② ③ ④ ⑤
3	① ② ③ ④ ⑤	23	① ② ③ ④ ⑤
4	① ② ③ ④ ⑤	24	① ② ③ ④ ⑤
5	① ② ③ ④ ⑤	25	① ② ③ ④ ⑤
6	① ② ③ ④ ⑤	26	① ② ③ ④ ⑤
7	① ② ③ ④ ⑤	27	① ② ③ ④ ⑤
8	① ② ③ ④ ⑤	28	① ② ③ ④ ⑤
9	① ② ③ ④ ⑤	29	① ② ③ ④ ⑤
10	① ② ③ ④ ⑤	30	① ② ③ ④ ⑤
11	① ② ③ ④ ⑤		
12	① ② ③ ④ ⑤		
13	① ② ③ ④ ⑤		
14	① ② ③ ④ ⑤		
15	① ② ③ ④ ⑤		
16	① ② ③ ④ ⑤		
17	① ② ③ ④ ⑤		
18	① ② ③ ④ ⑤		
19	① ② ③ ④ ⑤		
20	① ② ③ ④ ⑤		

도서출판 홀수
Holsoo Publishers

답안지 작성 시 유의 사항 및 작성 요령

1 유의 사항

◎ 답안지 작성 시 반드시 검정색 컴퓨터용 사인펜만을 사용합니다.

◎ 답안지는 컴퓨터로 처리되므로 낙서, 이물질, 구겨짐 등이 없도록 합니다.

◎ 답안지의 답란에는 각 문항마다 한 개의 번호에만 표기해야 합니다.

  • 필기구의 종류 및 크기와 상관없이 예비 표기를 하면 중복 답안으로 인식되어 오답으로 처리될 수 있으므로 주의합니다.

◎ 아래 표기의 '올바른 표기'와 같이 표기해야 합니다.

  • 올바른 표기 ● (완전하고 진하게 표기) / 잘못된 표기 ◌◌◌◌◑ (크기 작음, 흐림, 위치 벗어남 등)

◎ 표기한 답을 수정하고자 하는 경우

  • 감독관에게 요청하거나 수험생 본인이 가져온 흰색 수정 테이프를 사용할 수 있으나, 불완전한 수정 처리로 인해 발생하는 모든 책임은 수험생에게 있습니다.

2 작성 요령

◎ 필적 확인란에는 컴퓨터용 사인펜으로 문제지 표지에 제시된 필적 확인 문구를 정자로 표기합니다.

◎ 성명란에는 수험생의 성명을 한글로 기재합니다.

◎ 수험번호란에는 수험번호를 아라비아 숫자로 기재하고, 숫자 해당란에 정확하게 표기합니다.

◎ 문형은 배부받은 시험지의 홀수형 및 짝수형을 확인하고 해당 문형을 표기합니다.

대학수학능력시험 당일 주의 사항

1 입실 시 주의 사항

◎ 준비물: 수험표, 신분증

◎ 오전 8시 10분까지 지정된 고사실에 입실 완료

◎ 입실 후 감독관이 컴퓨터용 사인펜과 샤프 지급

◎ 시험장 반입 금지 물품 및 휴대 불가능 물품

  • 시험장 반입 금지 물품: 휴대 전화 등 모든 전자 기기

  • 시험 중 휴대 불가능 물품

    1) 적발 시 압수: 연습장, 예비 마킹용 플러스펜, 볼펜 등

    2) 적발 시 부정행위 처리: 기출 문제지, 교과서, 참고서 등

※ 반입 금지 물품을 반입했을 시, 1교시 시작 전에 감독관에게 제출해야 하며 시험 종료 후에 되돌려 받습니다. 미제출 시 부정행위로 간주됩니다.

2 입실 후 주의 사항

◎ 감독관의 본인 확인 및 휴대 물품 점검 절차에 성실히 응해야 합니다.

◎ 수험번호 끝자리가 홀수면 홀수형, 짝수면 짝수형의 시험지를 풀어야 합니다.

◎ 매 교시 시험 종료 전에는 고사실 밖으로 나갈 수 없고 이탈 시 시험 응시가 불가합니다.

◎ 본인이 선택한 최종 고시의 시험이 끝난 후, 시험관리본부의 답안지 이상 유무 확인 후에 귀가합니다.

※ 답안지 작성(표기)은 **반드시 검은색 컴퓨터용 사인펜만을 사용**하고, 연필 또는 샤프 등의 필기구를 절대 사용하지 마십시오.

[   ]학년도 [   ] 답안지

① 교시 국어영역

결시자 확인 (수험생은 표기하지 말 것.)

| 검은색 컴퓨터용 사인펜을 사용하여 수험번호란과 옆란을 표기 | ○ |

※ 문제지 표지에 안내된 필적 확인 문구를 아래 '필적 확인란'에 정자로 반드시 기재하여야 합니다.

| 필 적 확인란 | |

성 명

수 험 번 호

문 형

홀수형 ○
짝수형 ○

※ 문제의 문형을 확인 후 표기

감독관 확인

(수험생은 표기 하지 말 것.)

서 명 또는 날 인

본인 여부, 수험번호 및 문형의 표기가 정확한지 확인, 옆란에 서명 또는 날인

도서출판 홀수
Holsoo Publishers

공 통 과 목

문번	답 란	문번	답 란
1	① ② ③ ④ ⑤	21	① ② ③ ④ ⑤
2	① ② ③ ④ ⑤	22	① ② ③ ④ ⑤
3	① ② ③ ④ ⑤	23	① ② ③ ④ ⑤
4	① ② ③ ④ ⑤	24	① ② ③ ④ ⑤
5	① ② ③ ④ ⑤	25	① ② ③ ④ ⑤
6	① ② ③ ④ ⑤	26	① ② ③ ④ ⑤
7	① ② ③ ④ ⑤	27	① ② ③ ④ ⑤
8	① ② ③ ④ ⑤	28	① ② ③ ④ ⑤
9	① ② ③ ④ ⑤	29	① ② ③ ④ ⑤
10	① ② ③ ④ ⑤	30	① ② ③ ④ ⑤
11	① ② ③ ④ ⑤	31	① ② ③ ④ ⑤
12	① ② ③ ④ ⑤	32	① ② ③ ④ ⑤
13	① ② ③ ④ ⑤	33	① ② ③ ④ ⑤
14	① ② ③ ④ ⑤	34	① ② ③ ④ ⑤
15	① ② ③ ④ ⑤		
16	① ② ③ ④ ⑤		
17	① ② ③ ④ ⑤		
18	① ② ③ ④ ⑤		
19	① ② ③ ④ ⑤		
20	① ② ③ ④ ⑤		

● 홀수 약점 CHECK 모의고사 [   ]회

※ 답안지 작성(표기)은 **반드시 검은색 컴퓨터용 사인펜만을 사용**하고, 연필 또는 샤프 등의 필기구를 절대 사용하지 마십시오.

[   ]학년도 [   ] 답안지

① 교시 국어영역

결시자 확인 (수험생은 표기하지 말 것.)

검은색 컴퓨터용 사인펜을 사용하여 수험번호란과 옆란을 표기   ○

※ 문제지 표지에 안내된 필적 확인 문구를 아래 '필적 확인란'에 정자로 반드시 기재하여야 합니다.

필 적 확인란

성 명

수 험 번 호

문 형

홀수형 ○
짝수형 ○

※ 문제의 문형을 확인 후 표기

감독관 확인 (수험생은 표기 하지 말 것.)

서 명 또는 날 인

본인 여부, 수험번호 및 문형의 표기가 정확한지 확인, 옆란에 서명 또는 날인

도서출판 홀수
Holsoo Publishers

공 통 과 목

문번	답 란	문번	답 란
1	① ② ③ ④ ⑤	21	① ② ③ ④ ⑤
2	① ② ③ ④ ⑤	22	① ② ③ ④ ⑤
3	① ② ③ ④ ⑤	23	① ② ③ ④ ⑤
4	① ② ③ ④ ⑤	24	① ② ③ ④ ⑤
5	① ② ③ ④ ⑤	25	① ② ③ ④ ⑤
6	① ② ③ ④ ⑤	26	① ② ③ ④ ⑤
7	① ② ③ ④ ⑤	27	① ② ③ ④ ⑤
8	① ② ③ ④ ⑤	28	① ② ③ ④ ⑤
9	① ② ③ ④ ⑤	29	① ② ③ ④ ⑤
10	① ② ③ ④ ⑤	30	① ② ③ ④ ⑤
11	① ② ③ ④ ⑤	31	① ② ③ ④ ⑤
12	① ② ③ ④ ⑤	32	① ② ③ ④ ⑤
13	① ② ③ ④ ⑤	33	① ② ③ ④ ⑤
14	① ② ③ ④ ⑤	34	① ② ③ ④ ⑤
15	① ② ③ ④ ⑤		
16	① ② ③ ④ ⑤		
17	① ② ③ ④ ⑤		
18	① ② ③ ④ ⑤		
19	① ② ③ ④ ⑤		
20	① ② ③ ④ ⑤		

답안지 작성 시 유의 사항 및 작성 요령

1 유의 사항

◎ 답안지 작성 시 반드시 검정색 컴퓨터용 사인펜만을 사용합니다.

◎ 답안지는 컴퓨터로 처리되므로 낙서, 이물질, 구겨짐 등이 없도록 합니다.

◎ 답안지의 답란에는 각 문항마다 한 개의 번호에만 표기해야 합니다.

　• 필기구의 종류 및 크기와 상관없이 예비 표기를 하면 중복 답안으로 인식되어 오답으로 처리될 수 있으므로 주의합니다.

◎ 아래 표기의 '올바른 표기'와 같이 표기해야 합니다.

　• 올바른 표기 ● (완전하고 진하게 표기) / 잘못된 표기 ◐◑◒◓◖ (크기 작음, 흐림, 위치 벗어남 등)

◎ 표기한 답을 수정하고자 하는 경우

　• 감독관에게 요청하거나 수험생 본인이 가져온 흰색 수정 테이프를 사용할 수 있으나, 불완전한 수정 처리로 인해 발생하는 모든 책임은 수험생에게 있습니다.

2 작성 요령

◎ 필적 확인란에는 컴퓨터용 사인펜으로 문제지 표지에 제시된 필적 확인 문구를 정자로 표기합니다.

◎ 성명란에는 수험생의 성명을 한글로 기재합니다.

◎ 수험번호란에는 수험번호를 아라비아 숫자로 기재하고, 숫자 해당란에 정확하게 표기합니다.

◎ 문형은 배부받은 시험지의 홀수형 및 짝수형을 확인하고 해당 문형을 표기합니다.

대학수학능력시험 당일 주의 사항

1 입실 시 주의 사항

◎ 준비물: 수험표, 신분증

◎ 오전 8시 10분까지 지정된 고사실에 입실 완료

◎ 입실 후 감독관이 컴퓨터용 사인펜과 샤프 지급

◎ 시험장 반입 금지 물품 및 휴대 불가능 물품

　• 시험장 반입 금지 물품: 휴대 전화 등 모든 전자 기기

　• 시험 중 휴대 불가능 물품

　　1) 적발 시 압수: 연습장, 예비 마킹용 플러스펜, 볼펜 등

　　2) 적발 시 부정행위 처리: 기출 문제지, 교과서, 참고서 등

※ 반입 금지 물품을 반입했을 시, 1교시 시작 전에 감독관에게 제출해야 하며 시험 종료 후에 되돌려 받습니다. 미제출 시 부정행위로 간주됩니다.

2 입실 후 주의 사항

◎ 감독관의 본인 확인 및 휴대 물품 점검 절차에 성실히 응해야 합니다.

◎ 수험번호 끝자리가 홀수면 홀수형, 짝수면 짝수형의 시험지를 풀어야 합니다.

◎ 매 교시 시험 종료 전에는 고사실 밖으로 나갈 수 없고 이탈 시 시험 응시가 불가합니다.

◎ 본인이 선택한 최종 고시의 시험이 끝난 후, 시험관리본부의 답안지 이상 유무 확인 후에 귀가합니다.